WAR CRIMES

월드 오브 워크래프트의 다른 이야기들도 놓치지 마세요!

WORLD OF WARCRAFT : PARAGONS
다수 작가 공저

볼진: 호드의 그림자
마이클 A. 스택폴 저

DAWN OF THE ASPECTS
리처드 A. 나크 저

제이나 프라우드무어: 전쟁의 물결
크리스티 골든 저

WOLFHEART
리처드 A. 나크 저

스랄: 위상들의 황혼
크리스티 골든 저

부서지는 세계: 대격변의 전조
크리스티 골든 저

스톰레이지
리처드 A. 나크 저

아서스: 리치 왕의 탄생
크리스티 골든 저

NIGHT OF THE DRAGON
리처드 A. 나크 저

BEYOND THE DARK PORTAL
아론 로젠버그, 크리스티 골든 공저

TIDES OF DARKNESS
아론 로젠버그 저

RISE OF THE HORDE
크리스티 골든 저

CYCLE OF HATRED
케이트 R. 드캔디도 저

WAR OF THE ANCIENTS : BOOK ONE—THE WELL OF ETERNITY
리처드 A. 나크 저

WAR OF THE ANCIENTS : BOOK TWO—THE DEMON SOUL
리처드 A. 나크 저

WAR OF THE ANCIENTS : BOOK THREE—THE SUNDERING
리처드 A. 나크 저

DAY OF THE DRAGON
리처드 A. 나크 저

LORD OF THE CLANS
크리스티 골든 저

THE LAST GUARDIAN
제프 그럽 저

WORLD OF WARCRAFT®

WAR CRIMES

크리스티 골든 지음 / 심연희 옮김

제우미디어

전쟁 범죄: 광기의 끝

초판 1쇄 | 2014년 6월 27일
초판 10쇄 | 2016년 11월 1일

지은이 | 크리스티 골든
옮긴이 | 심연희

펴낸이 | 서인석
펴낸곳 | 제우미디어
출판등록 | 제 3-429호
등록일자 | 1992년 8월 17일
주소 | 서울시 마포구 독막로 76-1 한주빌딩 5층
전화 | 02-3142-6845
팩스 | 02-3142-0075
홈페이지 | www.jeumedia.com

ISBN | 978-89-5952-317-7
• 파본은 본사나 구입하신 서점에서 교환해드립니다.

제우미디어 소설 공식 카페 | cafe.naver.com/jeunovels
제우미디어 페이스북 | www.facebook.com/jeumedia

만든 사람들
출판사업부 총괄 손대현 | **책임 편집** 신한길 | **기획** 전태준, 김용진, 홍지영, 김혜리, 여인우, 윤여은 | **디자인 총괄** 디자인수
제작 김금남 | **영업** 김응현, 김영욱, 박임혜
도와주신분 백영재, 김유수, 배윤호, 양유신, 정향, 김준형, 블리자드코리아 현지화팀, 홍보팀, 커뮤니티팀, 마케팅팀, 웹서비스팀, 김선하

나의 일에 끊임없는 격려와
빠르고도 유용한 답변들, 더없는 열정과 지지를 보내준
뛰어난 역사학자 션 코펠랜드에게

고맙다, 친구야!

판다리아
음영파
수도원
모구샨
난간뜰
백호사
맥주통 휴게소
쿤라이
봉우리

천둥의 섬
보랏빛 마루

프 롤 로 그

드레노어.

그곳은 오크의 요람이자 오랫동안 가로쉬 헬스크림이 알고 있던 유일한 고향이었다. 가로쉬는 이 세상에서 가장 아름답고 푸르른 나그란드에서 태어났다. 그곳에서 가로쉬는 붉은 마마에 걸려 고통을 받았고, 아버지이자 전설적인 인물인 그롬마쉬 헬스크림이 저지른 행위들 때문에 수치심으로 차마 고개를 들지 못했다. 드레노어가 악마의 마법으로 더럽혀지자 가로쉬는 아버지를 비난했다. 선대 헬스크림이 저주를 받아들인 첫 번째 장본인인지 몰라도, 그롬이 그 저주를 끝내기 위해 자기 목숨을 내놓았다는 사실을 호드의 대족장 스랄이 알려주기 전까지 가로쉬는 자신이 헬스크림의 혈통이라는 사실을 수치로 여겼다.

드레노어. 가로쉬는 아제로스 호드에 대한 불타는 자부심과 지독한 애정으로 가득한 채 리치 왕의 공포에 대적하여 자신의 새로운 고향을 지키기 위해 그곳을 떠난 뒤 돌아오지 않았었다.

그리고 지금, 가로쉬는 그곳으로 돌아온 것 같았다.

하지만 이 세계는 가로쉬가 마지막으로 기억하던 곳, 지옥의 힘이 고동치고 야생 생명체의 수가 적고 힘이 없던 곳이 아니었다. 그렇다. 이 세계는 가로쉬가 어린 시절을 보낸 아름다운 곳이었다.

잠시 동안 가로쉬는 아버지의 피부를 장식했던 문신과 같은 모양으로 치장한 자신의 강한 육체를 쭉 편 채 태양을 바라보며 맑고도 달콤한 공기를 가슴 깊이 들이마셨다. 있을 수 없는 일이지만 사실이었다.

그리고 이 현실일 리 없는 장소에서 생각할 수도 없는 또 다른 일이 일어났다. 가로쉬의 눈앞에 어디서 왔는지 아버지의 형상이 희미하게 나타났다. 그롬 헬스크림은 미소를 지었고, 그의 피부는 갈색이었다.

가로쉬는 숨이 턱 막혔다. 그 순간만큼은 호드의 대족장이나 영웅, 용맹한 전사가 아니라 그저 다시는 볼 수 없을 거라 생각했던 오래 전에 돌아가신 아버지를 바라보는 젊은이일 뿐이었다.

"아버지!"

가로쉬는 환영을 보고 복받쳐서 소리 지르며 무릎을 꿇었다.

"저는 고향에 왔습니다. 이곳, 우리가 태어난 곳으로요. 한때 아버지의 본성을 의심했던 저를 용서해주십시오!"

가로쉬의 한쪽 어깨에 손이 얹어졌다. 가로쉬는 그롬의 얼굴을 올려다보았다. 말은 여전히 더듬더듬 흘러나왔다.

"저는 아버지의 이름으로 정말 많은 일을 했습니다. 제 이름은 호드에게 사랑받는 이름이자 얼라이언스에게 공포의 대상이 되었습니다. 혹시…… 알고 계십니까? 말해주실 수 있습니까? 아버지, 제가 자랑스럽다고 말입니다."

그롬 헬스크림은 입을 열고 말하려 했다. 그때 어디선가 철컹거리는 금속성의 소리가 들려왔고 그롬은 사라졌다.

가로쉬 헬스크림은 언제나 그렇듯 깜짝 놀라 잠에서 깼다. 상냥한 목소리가 들렸다.

"안녕하세요, 가로쉬. 아침식사가 준비되었습니다. 뒤로 물러나세요."

간수들이 조금만 더 늦었더라면 가로쉬는 평생 동안 자신을 홀리며 쫓아다녔던 질문에 대한 답을 얻었을지도 모른다. 이렇게 방해한 대가로 짜증나게 차분한 판다렌들을 목 졸라 버릴 수 있다면 좋으련만.

가로쉬는 겉옷과 두건을 걸치고 어쩔 수 없이 침착한 표정을 하며 모피 이불에서 일어났다. 그리고 감옥의 빛나는 보랏빛 팔각형 창문과 금속 창틀에서 최대한 멀리 물러나 기다렸다. 꽃무늬가 그려진 긴 겉옷을 입은 마법사는 앞으로 다가와 주문을 외우기 시작했다. 창문들의 빛이 희미해졌다. 마법사는 뒤로 물러섰고 두 판다렌, 즉 일란성 쌍둥이 수컷 판다렌들이 다가왔다. 형제 중 하나가 가로쉬를 엄중히 감시하는 동안 다른 하나는 차와 여러 종류의 빵으로 차려진 식사를 열린 부분의 바닥으로 살짝 밀어 넣었다. 간수는 일어나서 가로쉬가 쟁반을 가져가도 좋다고 말했다.

가로쉬는 그렇게 하지 않았다. 대신 기운 없이 물었다.

"처형은 언제 이루어지오?"

"당신의 운명에 대해서는 아직 논의 중입니다."

가로쉬는 음식을 창살로 던져버리고 싶었다. 아니, 그보다는 저 조그만 암컷 판다렌이 손쓸 새도 없이 예상보다 더 빠르게 앞으로 돌진한 다음, 능글맞게 웃으며 자신을 고문하는 저자의 성대를 육중한 손으로 부셔버리고 싶었다. 그렇지만 가로쉬는 어떤 행동도 하지 않았다. 그는 자제심을 갖고 침착하게 움직여서 이불로 돌아가 앉았다.

마법사는 보랏빛으로 빛나는 구속 결계 창살을 쳤다. 그리고 세 판다렌들은 그곳을 떠나 경사로를 올라갔다. 그들 뒤로 문이 철컹 소리를 내며 닫혔다.

'당신의 운명에 대해서는 아직 논의 중입니다.'

그게 대체 무슨 뜻일까?

제 1 장

"그토록 끔찍한 자의 감옥으로 쓰기에 저곳은 너무 평화롭고 아름다워 보이는군요."

여군주 제이나 프라우드무어는 백호사가 가까워지자 생각에 잠겨 말했다. 제이나와 푸른용 칼렉고스, 순찰대 사령관 베리사 윈드러너와 바리안 린 왕은 야크가 튼튼한 발로 끄는 마차를 타고 있었다. 야크는 털이 북슬북슬한 것으로 보아 막 씻은 게 분명했다. 마차는 타고 있는 이들의 높은 신분에 걸맞게 비단 방석으로 장식했고 반짝거리는 차양이 달렸다. 하지만 바퀴가 궤도에서 벗어나려 할 때마다 위아래로 살짝 흔들릴 수밖에 없었다.

"그자에게는 과분하지요."

베리사는 바리안에게 시선을 고정했다.

"전하는 고엘이 그자를 죽이려 했을 때 막지 말아야 했습니다. 그 괴물을 죽이는 것 이외에 다른 정의란 있을 수 없습니다. 죽음조차도 그자가 한 일에 비하면 자비로운 벌이죠."

순찰대 사령관의 목소리는 날카로웠다. 제이나는 베리사를 비난할 수 없었다. 특히 베리나의 마음이 어떤지 완전히 알고 있는 상황이라 더욱 그랬다. 가로쉬 헬스크림은 테라모어를 파괴한 장본인이었다. 아니, 파괴라는 말은 그자가 저지른 짓을 표현하기에 너무 관대하고 객관적이니 소멸이라는 말이 더 적합했다. 수백 명의 죽음이, 도시의 핵심부에서 일어난 모든 일이 가로쉬의 책임이라 할 수 있었다. 당시 호드의 대족장 가로쉬는 얼라이언스의 가장 뛰어난 장군들과 제독들 다수를 테라모어에 모이도록 간계를 썼다. 장군들과 제독들은 테라모어에서 정직하게 전투할 계획이었다. 그러나 가로쉬는 푸른용군단에게서 훔친 유물로 위력을 증폭시킨 마나 폭탄을 도시의 심장부에 투하했다. 폭탄의 반경 안에 있던 모든 이들, 모든 것들이 죽었다. 제이나는 자신이 사랑하던 이들이 정확히 어떻게 죽었는지에 대한 끔찍한 기억이 떠오르자 머리를 흔들어 떨쳐버렸다. 제이나 프라우드무어는 다시는 테라모어의 여군주가 될 수 없으리라.

부드럽게 팔을 감싸는 느낌에 제이나는 다시 정신을 차렸다. 제이나는 푸른용 칼렉고스를 올려다보았다. 칼렉고스를 만난 것만이 참사를 통해 얻은 유일한 좋은 점이었다. 만약 칼렉고스가 집중의 눈동자를 되찾으려고 제이나에게 도움을 청하러 테라모어로 오지 않았더라면 칼렉고스와 제이나는 서로를 찾아낼 수 없었을 것이다. 전쟁의 물결로 인해 제이나가 사랑하는 동반자를 얻었다면, 그로 인해 베리사 윈드러너는 동반자를 잃었다. 현재 제이나가 가진 키린 토의 지도자라는 칭호를 가지고 있던 대마법사 로닌은 도시의 심장부에 서서 마나 폭탄을 끌어당겨 마법 능력을 최대치로 발휘하여 폭발력을 제어하려 했다. 그 과정에서 로닌은 제이나를 안전한 곳으로 이어진 차원문으로 억지로 밀어 넣었다. 제이나와 베리사, 나이트 엘프인 샨드리스 페더문과 파수병 몇 명만이 겨우 살아남았다.

은빛 서약단의 지도자는 남편을 잃은 슬픔에서 절대로 회복할 수 없었고, 앞으로도 결코 그럴 수 없으리라. 베리사는 언제나 강하고 거리낌 없이 말하는 성격이었다. 하지만 지금 베리사의 말에는 가시가 돋쳤고, 가슴에는 노스렌드의 얼음만큼이나 차갑고 쓰라린 증오가 자리 잡았다. 빛께 감사하게도 베리사의 얼음은 쌍둥이 아들인 기라마르와 갈라딘에게 이야기할 때 녹아내렸다.

얼마 전만 해도 바리안은 자신이 내린 결정을 공개적으로 비난하는 베리사의 도발에 넘어가 화를 냈을 것이다. 그러나 지금은 그저 이렇게 말할 뿐이었다.

"당신은 곧 바라는 것을 얻게 될 거요, 베리사. 타란 주의 약속을 기억하시오."

예전에는 스랄이란 이름으로 통했던 자, 한때 호드의 대족장이었고 현재 대지 고리회라는 이름의 주술사 조합을 이끄는 지도자인 고엘이 가로쉬를 둠해머로 일격에 처단하려던 행동을 바리안이 막은 후, 가로쉬는 판다렌의 손으로 넘겨졌다. 판다렌은 호드와 얼라이언스가 모두 신뢰하는 종족이었고, 가로쉬의 손아귀에서 그들 역시 피해를 견뎌왔다. 음영파의 맹주 타란 주는 가로쉬가 재판에 회부되고 죄에 합당한 벌을 받게 될 거라고 그들에게 확실히 말했다. 곧 가로쉬는 백호사의 지하 감옥에 수감되어 엄한 감시를 받았다. 그리고 이틀 전 천신 쉬엔이 직접 보낸 사신을 통해 전갈이 왔다.

'우리는 그대들이 사원으로 출석할 것을 요구하노라. 가로쉬 헬스크림의 운명이 결정되리라.'

그밖에는 아무 말도 없었다.

얼라이언스의 모든 지도자가 같은 편지를 받았다. 제이나는 언덕 발치에서 지도자들 중 몇몇이 비슷하게 꾸며진 마차를 타고 사원으로 오르는 모습을 보았다. 드워프의 공동 지도자 셋 중 하나인 섭정 여왕 모이라 타우릿산이 불쾌한 모습으로 마차를 가리키며 평온한 태도의 판다렌과 언쟁하는 듯한 모습을 보였다. 분명히 모이라는 여왕인 자신의 신분에 그 마차가 합당하지 않다고 여겼으리라.

베리사가 말했다.

"사실 우리는 왜 모이는지 알지 못합니다. 하지만 천신들에게 이모임은 중요한 것 같더군요. 그렇다면 왜 우리가 사원까지 그냥 날아가도록 허락해주지 않는 걸까요? 왜 이런 마차에서 시간낭비를 해야 하죠?"

칼렉이 말했다.

"우리는 사원에 초대받아 온 겁니다. 만약 천신들이 우리가 이런 수단을 타고 도착할 때까지 기꺼이 기다리신다면, 우리 역시 기다려야 합니다. 그렇게 오래 타고 가지 않아도 되고요."

베리사가 말했다.

"용다운 인내심으로 말씀하시는군요."

"그게 저니까요."

칼렉고스는 베리사의 말에 평온한 어조로 대답했다. 그랬다. 칼렉고스는 정말로 용으로서나 인격체로서나 그다운 존재였고, 제이나는 그런 모습이 좋았다. 물론 그들의 관계를 이어나가려면 아직도 많은 부분을 해결해야겠지만 말이다.

제이나는 수놓인 방석에 몸을 누이고 구불구불한 작은 길을 올라가는 느릿한 여정을 즐겼다. 판다리아는 놀랄 만큼 평온함이 배어 있는데다 눈길이 가는 곳마다 아름다운 경치를 보여주었다. 벚꽃은 분홍빛으로 흐드러지게 피어 바람이 가지를 흔들 때마다 꽃잎이 흩날렸다. 백호 조각상들이 지키고 서 있는 우아한 모습의 첫 번째 관문을 지나자, 작은 길은 가파르게 변했다. 마차가 계속해서 위로 올라가자 추위가 밀려들었다. 제이나는 그들이 지나는 길에 놓은 여러 개의 놋화로에서 나오는 열기에 고마운 마음이 들었다. 그녀는 가녀린 몸을 감싼 겉옷을 더욱 단단히 여몄다. 처음에는 대지 위로 드문드문 흩어진 눈이 보이더니, 고도가 높아지자 눈 더미들이 나타났다. 제이나는 주위의 풍경을 보며 마음을 비우는 일이 가지는 깊은 의미를 느끼게 되었다. 그러자 갑자기 이 상황이 무슨 의미인지 깨달았다. 제이나는 어느덧 분명한 목적을 가지고 집중을 하고 있었다. 그리고 천신들이 자신들이 초대한 손님들에게 나름의 방식으로 그렇게 할 수 있도록 돕고 있다는 사실을 깨달았다. 산까지 느긋하게 마차를 타고 올라오면서, 외따로 떨어져 있는 건물들 주위를 지나면서, 오는 길 내내 아름답고 평화로운 광경을 보면서 제이나와 동료들은 일상 세계에서 짊어지고 있던 의무를 잠시 치워두고 맑은 정신에 도달할 수 있는 기회를 얻었다. 제이나는 벚꽃 향이 희미하게 어린 공기가 마음을 씻어내도록 내버려두었다.

제이나와 칼렉은 마차 진행 방향과 반대로 앉았다. 그래서 제이나는 마차가 첫 번째로 등장한 흔들리는 밧줄 다리 앞에 멈췄을 때 무엇 때문에 베리사가 아름다운 얼굴을 찡그리고 바리안이 입매를 굳혔는지 알 수 없었다. 하이 엘프는 무의식적으로 손을 옆구리 쪽으로 가져갔다가 사원에는 어떤 무기도 가져올 수 없다는 요구를 받았던 일을 기억하고 대신 주먹을 꽉 쥐었다.

"저들은 여기서 뭘 하는 겁니까?"

베리사는 날카롭게 말을 내뱉었다가 이내 어조를 누그러뜨렸다.

"하긴 가로쉬는 저들의 전대 지도자였지요. 가로쉬의 운명이 공표될 때 저들도 그

자리에 있어야겠지요."

제이나는 앉은 채로 몸을 돌려 사원의 안뜰을 올려다보았다. 그리고 눈을 조금 크게 떴다. 얼라이언스의 지도자들이 받았던 초대를 호드 역시 받은 게 확실했다. 그러자 제이나는 가로쉬가 테라모어에서 썼던 책략, 즉 얼라이언스의 가장 훌륭한 군사 전술가들을 한자리에 모았던 일을 떠올릴 때처럼 속이 뒤틀렸다. 새로운 대족장으로서 바리안의 상대인 파란 피부의 트롤 볼진 역시 여기 와 있었다. 볼진은 오크보다 나을까? 아니면 더 나쁠까? 그게 지금 중요한가? 지금은 태어날 때의 이름인 고엘로 통하는 전대 대족장 스랄조차 폭력에 목말라하는 호드를 제어할 수 없었다. 그래서 고엘은 노력하지 않았던가.

제이나는 스랄에 대한 생각이 들자마자 눈길로 오크 주술사를 찾았다. 고엘의 옆에는 그의 짝인 아그라가 작은 보퉁이를 하나 안고 있었다.

고엘의 아들이었다.

제이나는 고엘이 아버지가 되었으며 아그라가 또 아이를 가졌다는 이야기도 들었다. 예전이었다면 제이나는 작은 아기를 안아보라며 초대를 받았을 테지만 이제 그런 시절은 지나버렸다. 고엘은 군중을 둘러보았고, 제이나만큼이나 푸른 그의 눈이 그녀의 눈과 마주쳤다.

분노와 불쾌함이 몸속에서 피어오르자 제이나는 시선을 외면했다.

제이나는 다른 생각을 해보려고 지도자들 중에서 가장 키가 큰 바인 블러드후프에게로 시선을 돌렸다. 고엘을 제외하면 바인은 제이나가 한 번이라도 친구라고 생각해봤던 유일한 호드 일원이었다. 가로쉬는 맨 먼저 타우렌의 아버지인 케른 블러드후프를 살해했고, 그림토템 타우렌이 썬더 블러프를 공격하는 동안 방관했다. 호드에서 도움을 얻지 못한 바인은 마가타에게 맞서기 위해 제이나에게 도움을 청했고, 제이나는 기꺼이 그를 도와주었다. 그리고 바인은 테라모어에 공격이 임박했다고 경고하는 것으로 은혜를 갚았다. 물론 바인은 그 공격이 여느 때와 같은 전투일 거라고 예상했고, 가로쉬가 집중의 눈동자를 훔쳐 무시무시한 목적으로 사용하리라는 사실은 알지 못했다. 제이나가 보기에 그들 사이에는 더 이상 갚아야 할 빚은 없었다.

제이나는 다른 이들도 보았다. 블러드 엘프 로르테마르 테론이 있었다. 비록 강압적이기는 해도 제이나는 최근 그와 협상을 했다. 추한 고블린 무역왕 재스터 갤리윅스가 우스꽝스러운 중산모를 여봐란 듯 쓴 모습도 보였다.

제이나 일행이 마차에서 내리자 수도사 복장을 한 판다렌이 절하며 그들을 맞았다.

"귀한 손님들이시여, 환영합니다. 아제로스의 모든 지도자분들께서 모이는 첫 번째 모임에 참석하시는 만큼, 이곳에는 오로지 평화만 있어야 합니다. 이 규칙을 지키겠다고 약속해주시겠습니까?"

"나는 우리가 정의가 이루어지는 걸 보려고 모였다 생각했소만."

베리사는 이렇게 말문을 열었으나 제이나는 손을 들어 베리사의 팔을 잡았다. 베리사는 입술을 깨물고는 더 이상 아무 말도 하지 않았다. 남편이 살해된 이후 베리사는 제이나에게 의지했고, 키린 토의 지도자 제이나는 베리사가 호드에게 품은 들끓는 증오심을 가라앉혀줄 만한 유일한 존재였다. 제이나는 수도사에게 말했다.

"우리의 마음에 평화가 없다는 사실을 당신도 알 거요. 베리사가 말한 대로 고통과 분노, 정의를 향한 갈망만이 있소. 하지만 내 입장을 말하라면, 나는 아무런 폭력도 행사하지 않겠소."

나머지 셋 역시 마찬가지로 대답했다. 베리사는 그렇게 대답하기가 힘들었지만 말이다. 판다렌은 따라오라고 말했고, 그들은 흔들리는 밧줄 다리를 건너 육중한 중앙 계단을 올라 경기장으로 들어갔다.

아이사 클라우드싱어가 사원 입구에 서 있었다. 도착한 이들은 그녀에게 절을 했다. 여수도사 아이사는 얼라이언스에 처음으로 합류한 판다렌이었다. 아이사는 그들을 보자 기쁨으로 눈을 빛냈다. 아이사는 스톰윈드에 정착했다가, 얼마 전에 이곳에 도착했다. 그 후로 제이나는 여수도사를 만나지 못했다. 아이사는 일행에게 차례대로 절을 하며 말했다.

"여러분이 오실 줄 알았습니다. 감사합니다."

바리안이 말했다.

"아이사, 무슨 일이 일어나고 있는 거요?"

"제가 아는 건 호드와 얼라이언스의 분파를 이끌고 있는 분들이 평화롭게 이곳에 오도록 요청을 받았고 위대한 천신회가 일종의 결정을 내렸다는 것뿐입니다. 부디 조용히 사원에 들어가시기 바랍니다. 왼쪽 중앙에 동료들과 같이 서주십시오. 천신들이 곧 오실 겁니다."

차분하던 아이사의 목소리는 긴장과 염려를 고스란히 드러낸 탓에 평소보다 높았다. 좋은 징조는 아니었지만, 모두 고개를 끄덕여 동의했다. 제이나는 조용히 물었다.

"지도 이곳에 왔습니까?"

아이사의 발걸음이 멈칫했다. 아이사가 얼라이언스를 택했다면, 지 파이어포우는 호드와 동맹을 맺은 최초의 판다렌이었다. 가로쉬가 지에게서 등을 돌려 하마터면 지가 위험하게 처형당할 뻔한 사건이 있기 전까지 아이사와 지는 갈라선 상태였다. 둘이 서로를 깊이 아끼고 있는 건 명백했지만, 지금 둘 사이가 어떤지는 분명하지 않았다. 아이사는 대답했다.

"그렇습니다. 지금 우리는 함께 있습니다. 둘 모두에게 소중한 시간이지요."

아이사는 더 이상 말하지 않았고, 제이나도 더이상 묻지 않았다. 마법사는 이번 재판으로 지가 호드의 편에 섰던 자신의 결정이 그릇되었음을 깨닫게 되길 바랐다.

백호사는 상당히 넓었다. 사원의 한가운데 자리 잡은 광대한 경기장에서 판다렌 수도사들은 훈련을 했다. 쉬엔의 주의 깊은 시선 아래, 수도사들은 극기 훈련을 받아 무술의 고수로 거듭났다. 사원은 무척 컸지만 위압적이지는 않았다. 아마도 이곳이 엄청나게 좌석이 많은 경기장이기는 하나, 누구도 누군가의 죽음을 보러 모이지 않기 때문이리라. 이곳은 그저 기술을 겨루는 곳이었다.

입구는 남쪽에 있었고, 바로 맞은편에는 양옆에 화로를 둔 커다란 보좌가 방청석 안에 있었다. 서쪽과 북쪽, 동쪽에는 현수막들이 드리워진 채였다. 바닥에는 저마다 독립적으로 완벽하게 장식된 여섯 개의 커다란 청동 원들이 원형으로 배치되었고,

한가운데에는 훨씬 거대한 일곱 번째 원이 약간 우묵하게 들어가 있었다. 천장에 달린 화로 등불과 통로의 열린 문들로 쏟아지는 햇빛이 안을 밝혀주었다.

다른 이들은 먼저 와 있었다. 바리안의 아들인 안두인 왕자는 일행에게 다가와 아버지와 포옹했다. 제이나는 부자가 서로에게 표현하는 편안함과 애정을 보고 기분이 좋았다. 얼마 전 둘의 관계에 긴장감이 감돌던 때와는 달랐다. 그들 중 이 땅에 가장 오래 머물렀던 안두인이 입술에 손가락을 댔고 일행은 알았다는 듯 고개를 끄덕였다.

일행은 요청받은 대로 침묵을 지키며 나이트 엘프의 대표 대여사제 티란데 위스퍼윈드와 파수대의 장군 샨드리스 페더문 쪽으로 갔다. 드레나이의 연로한 지도자 벨렌은 고개를 기울여 인사했고, 다른 이들이 줄지어 들어오는 동안 안두인은 자기의 스승이자 친구인 벨렌 곁에 가서 섰다. 길니아스의 국왕 겐 그레이메인은 땜장이왕 겔빈 멕카토크와 함께 들어왔다. 그들 뒤로 드워프 왕국들을 대표하는 삼두연합행정부의 모이라와 무라딘 브론즈비어드, 폴스타트 와일드해머가 등장했다.

그레이메인은 자신의 형상으로 늑대인간을 택했다. 그 선택은 의미심장했다. 사원에 모인 호드에게는 얼라이언스 중에도 최소한 누군가는 좀 더 원시적인 자연의 모습이 무엇인지 이해하고 있다는 사실을 알려주었고, 얼라이언스에게는 자신이 원시적인 모습을 부끄러워하지 않는다는 점을 보여주었기 때문이다.

경기장의 오른편에는 호드 대표들이 모여 있었다. 제이나는 입매를 굳힌 채 그들을 응시했다. 고엘은 지금 옛 친구이자 조언자인 아이트리그와 다른 연로한 오크와 함께 있었다. 제이나는 그가 누구인지 기억했다. 바로크 사울팽이었다. 그의 아들인 드라노쉬는 분노의 관문에서 전사했다. 리치 왕은 드라노쉬를 되살렸지만, 이는 결국 다시 죽이기 위해서였을 뿐이다. 드라노쉬는 이번에야말로 진짜 죽었다. 바로크는 백전불굴의 전사처럼 보였지만 그 역시 훌륭한 아들의 죽음을 애도하는 아버지였다.

제이나는 옆에서 베리사가 짧게 숨을 헐떡이는 소리를 듣고 그쪽으로 고개를 돌렸다.

날씬하고 우아한 형체가 백호사로 들어왔다. 여인은 얼핏 엘프 궁수처럼 보였지만 피부는 창백한 청회색이 감돌았고 두 눈은 마치 꺼지지 않는 불길이 유일하게 드러나는 배출구처럼 이글이글 빛나고 있었다.

베리사의 언니이자 포세이큰의 어둠의 여왕 실바나스 윈드러너가 도착했다.

제 2 장

바인 블러드후프는 판다리아가 멀고어 만큼이나 자신의 마음과 생각을 달래주는 능력을 가졌다고 으레 알게 되었다. 그는 전사로서 쉬엔의 사원에서 싸웠던 이들이 보여준 기술과 용맹함을 높이 평가했다. 그렇지만 마음속은 불안감으로 가득 찼다.

가로쉬가 호드의 일원에게 저지른 첫 번째 중대한 과오가 타우렌을 공격한 것, 즉 바인의 사랑하는 아버지이자 모두가 깊이 그리워하는 위대한 케른 블러드후프를 죽였다는 주장은 논란이 될 수 있었다. 결투 의식인 막고라가 표방한 대로 정정당당하게 일대일로 싸웠다면 케른이 승리했으리라는 사실을 바인은 한 치도 의심하지 않았다. 케른은 상대방의 뛰어난 실력이 아니라 가로쉬도 모르게 도끼에 발라진 독 때문에 죽었다.

하지만 가로쉬는 도끼에 '축복을 내린' 주술사 마가타가 바인의 종족과 적대적이라는 사실을 알고 있었다. 가로쉬는 자신의 뿌리를 기억하지도, 존경하지도 않는 타우렌을 신뢰하지 말았어야 했다. 타우렌 최고의 존재는 그렇게 배신을 당해 죽었다. 어쩌면 이것은 당연한 결과였는지도 모른다. 가로쉬는 이 특정한 배신행위에는 책임이 없지만, 이미 진보를 거부한 채 악에 물들어갔고, 직접 저지르지 않았다고 누구도 부정할 수 없는 극악무도한 짓들을 할 능력을 키웠다. 우선 테라모어가 파괴되었다. 바인의 꿈속에서 그때의 기억은 아직도 유령처럼 떠돌았다. 그리고 다음으로 영원꽃 골짜기가 파괴되었다. 대지모신에게 깊은 사랑과 존경을 품었던 바인은 개인적으로 큰 충격을 받았다.

티탄이 창조한 영원꽃 골짜기는 믿기 어려울 정도로 초록빛이 무성하고 아름다운 성장과 조화의 장소였다. 고대 모구 종족이 패한 이후 그곳은 봉인되었다. 신중한 수호자들이 골짜기를 감시해왔고, 얼라이언스와 호드가 골짜기에 들어갈 수 있는 권리를 얻은 것은 최근의 일이었다. 바인은 권력욕에 사로잡힌 가로쉬 헬스크림이 수천 년 동안 존재했던 무언가를 순식간에 파괴했다는 사실에 씁쓸했다. 결국 골짜기에 핀 꽃들은 영원한 존재가 아니었다. 일단 샤가 크게 패하고 난 후 새로운 생명, 새로운 희망이 골짜기에 찾아왔지만 예전의 모습은 모두 한낱 기억에 지나지 않았다.

바인은 천신들을 신뢰했다. 천신들의 지혜와 공정함을 굳게 믿었다.

그러니 마음이 이토록 불안할 이유가 없지 않은가?

"예전에 가로쉬에게 누가 그의 검은 심장에 화살을 쏘아 꿰뚫었는지 정확히 알게 될 거라고 말했소. 당신에게 엄니가 있다면, 무엇 때문에 엄니를 갈 법한 모습을 하고 있는지 나는 이해하오."

바인은 깜짝 놀랐다. 너무도 조용하게 다가온 까닭에 볼진이 옆에 와서 서는 소리도 듣지 못했다. 바인은 말했다.

"그렇소. 명예와 정의를 가르쳐주신 아버지의 말씀과 내가 오늘 개인적으로 보고 싶은 일을 조화시키기란 어렵군요."

볼진은 고개를 끄덕이더니 키득거리며 말했다.

"가을 축제에서 흔히 하는 말처럼 순서를 지켜야겠지. 더 중요한 게 뭔지 생각해야 하는 법. 하지만 우리가 새 출발을 하고 싶다면, 바리안이 말한 대로 해야 하오. 가로쉬는 살아있는 이들에게 충분히 해를 입혔소. 우리는 남아 있는 오크들이 가로쉬의 사악한 방법을 이어가기 위해 순교하는 걸 원하지 않소. 천신들이 무엇을 명하든 누구도 뭐라 할 수 없소."

바인은 고엘과 아이트리그, 바로크를 흘깃 보았다. 고엘은 아들 듀락을 아그라에게서 건네받아 익숙한 자세로 단단히 품에 안았다. 바인은 고엘이 폭력적인 행위에 아버지를 잃었기 때문에 자신은 아들의 배후에 능동적으로 관여하기로 마음먹었음을 알았다. 케른 역시 지금 보는 것과 같은 아버지였다. 그 광경은 예기치 못하게 바인에게 감동적으로 다가왔다. 아버지와 아들…… 그롬과 가로쉬, 케른과 바인, 고엘과 듀락, 아서스와 테레나스 메네실, 바로크와 드라노쉬 사울팽까지. 분명하게 이처럼 반복되는 주제는 깊게 이어진 관계와 그 관계가 어떻게 위대한 선 또는 극악한 악을 드러내는지 잊지 말라는 대지모신의 당부였다.

바인은 볼진에게 말했다.

"당신 말이 맞기를 바라오. 고엘은 가로쉬를 잡아넣은 분이고, 사울팽은 깊은 분노를 품고 있으니까."

볼진은 어깨를 으쓱였다.

"그들은 오크요. 모두 다 명예를 지닌 오크지. 내가 다시 생각해봐야 하는 이는 저 분이오. 이들 중에서 어둠의 여왕보다 더 큰 증오심을 품은 이는 없소. 그녀는 얼음장 같은 분노를 퍼붓고 싶어 하오."

바인은 홀로 당당히 서 있는 실바나스를 응시했다. 대부분의 지도자들은 자기 종족 중 저명한 일원들을 데리고 왔다. 바인의 옆에도 힘든 시절 자신에게 큰 위안을 주었던 주술사 카도르 클라우드송과 먼길잡이들 중 가장 신뢰하는 페리스 스톰후프가 서 있었다. 실바나스도 언데드인 발키르와 동행하지 않는 경우가 거의 없었다. 한때 아서스를 섬겼던 발키르는 현재 실바나스를 섬기고 있고, 예전에는 그녀의 생명을 구한 적도 있었다. 하지만 실바나스는 최소한 이번 모임에서는 누군가와 동행하는 태도를 비웃는 듯 보였다. 마치 다른 이의 도움이나 허가 없이 자신이 내뿜는 강력하고 분노에 찬 존재감만으로 가로쉬가 죽는 모습을 보기에 충분하고도 넘친다는 태도였다.

바인은 원형 경기장 너머 얼라이언스의 대표들이 모인 곳을 훑어보았다. 젊은 안두인과 여군주 제이나가 있었다. 한때 그들과 같이 앉아 차를 마셨던 기억을 떠올리며 바인은 슬프게 미소 지었다. 제이나 곁에는 무시무시하게 낯익은 얼굴이 있었다. 물론 그녀는 살아 숨 쉬는 하이 엘프였다. 실바나스와 실종된 알레리아의 자매인 베리사 윈드러너가 틀림없었다.

오늘은 어디에서도 아물지 못한 상처가 터진 듯 보였다. 바인이 천신들이 어서 와서 그들의 결정을 공표하길 바라는 순간, 팔에 난 털들은 곤두섰고 마음은 갑자기 이상하게도 한결 가벼워졌다.

빛을 등져 그늘진 윤곽으로 보이는 형체 넷이 문에 나타났다. 그들이 원형 경기장으로 성큼성큼 들어오자 바인은 마음과 영혼을 통해 위대한 천신회의 존재를 인지했다. 그리고 눈을 통해 완전히 바뀐 그들의 모습을 보았다. 바인은 항상 천신들이 동물로 위장한 모습만 보았다. 그러나 오늘 천신들은 다른 존재로 현현했다.

희망의 인도자 주학 츠지는 날씬하고 가는 골격의 블러드 엘프의 모습을 취했다. 그의 긴 머리는 타오르는 듯한 붉은색이었고, 바인이 보기에 접은 날개들은 황금빛 망토로 변한 듯했다. 이 신전의 주인인 백호 쉬엔은 유연하게 움직이는 창백하고 푸른 인간의 몸에 제어된 힘을 불어넣었고, 검고 흰 줄무늬들이 머리카락과 피부에 보였다. 바인은 불굴의 흑우 니우짜오가 타우렌의 모습으로 필멸자들 앞에 나타난 모습을 보고 영광이라 느꼈다. 니우짜오는 흰 머리를 움직여 빛나는 푸른 눈으로 방문객들을 면밀히 바라보았고, 이글거리는 발굽이 바닥에 부딪힐 때마다 메아리치는 듯했다. 바인은 현명한 옥룡 위론을 보고 처음에 깜짝 놀랐다. 위론은 넷 중 가장 특이한 모습인 아기 판다렌으로 현현했다. 바인이 이런 생각을 하자마자 위론의 심홍색 눈과 마주쳤다. 위론이 미소를 지었다. 이렇듯 상냥하고 매력적인 모습으로 나타나면 모두가 그녀에게 가고 싶을 테니 참으로 지혜로운 결정이라고 생각했다.

네 천신들은 평소 쉬엔이 청중을 맞이하는 자리가 있는 북쪽으로 향했다. 바인은 잃어버렸던 차분함과 평정심이 자신을 뒤덮는 느낌을 받았다. 그는 천신들의 존재만으로도 감사하다고 느끼며 잠시 눈을 감고 깊은숨을 내뱉었다.

모두 간절한 마음으로 천신의 말을 미동도 하지 않은 채 기다렸다.

그러나 천신들은 아무 말이 없었다. 그 대신 무언가를 기다리는 눈빛으로 지금 막 사원에 들어온 작은 존재를 바라보았다.

그는 검은 가죽 갑옷을 입었고, 오른쪽 어깨를 포효하는 백호 형상으로 장식했다. 넓은 챙이 달린 모자를 쓰고 얼굴 아래쪽으로 붉은 천을 둘러 정체를 숨겼기 때문에 그 자리에 있던 이들 중 아무도 그자가 누구인지 예상할 수 없었다. 음영파 수도사들의 수장 타란 주는 얼굴을 살짝 찌푸린 채 어색하게 절을 한 뒤 나이와 통통한 외모에 걸맞지 않게 유연한 발걸음으로 가운데 있는 원으로 다가갔다. 타란 주는 강력하고 조용한 네 명의 존재에게 다시 한 번 각각 절을 한 다음 모인 이들을 응시했다.

"여러분을 환영합니다. 오늘 나는 천신들을 대표하여 여러분에게 말씀드립니다. 우리는 감사하고도 겸허한 마음으로 여러분을 맞이하는 바입니다. 나는 여러분 모두가 잠시 시간을 갖고 난생 처음 보는 광경을 받아들이기를 바랍니다. 호드의 지도자로 일하는 모든 분들과 얼라이언스의 종족을 대변하는 모든 분들이 오늘 이곳에 모였습니다. 여러분 중 누구도 무기를 가져오지 않았습니다. 그리고 나는 부적절하게 마법을 쓰지 못하도록, 또한 빛이라고 부르는 것 역시 소환할 수 없도록 마법 감쇠장을 치라고 지시했습니다. 여러분은 예전에 더 큰 목적들을 위해서 모였듯이 하나의 공통된 목적을 위해 여기 모였습니다. 잠시 동안 여러분의 친애하는 벗들과 존경받아 마땅한 적들을 바라보기 바랍니다."

바인은 먼저 안두인을 보았다. 안두인이 증오심을 내비치며 얼굴을 찌푸리지 않으리라는 사실을 알았다. 그리고 단호한 드워프의 얼굴들과 털이 북슬북슬한 모습의 그레이메인에게로 눈길을 돌렸다. 베리사는 마치 강한 주먹뿐만 아니라 이도 악물고 있는 모습이었다. 바인은 제이나의 얼굴이 너무나 쉽게 증오와 원한을 드러낸다는 사실을 본인은 알고 있을지 궁금했다. 이렇게 서로를 바라보는 시간이 계속되자, 바인의 눈에 몇몇은 긴장을 풀었지만 몇몇은 더욱 조급해하는 모습이 들어왔다. 이 현상은 양쪽에서 모두 일어났다.

타란 주는 말을 이어갔다.

"우리 발밑에는 엄중한 경호가 이루어지는 감옥이 있습니다. 여러분은 감옥에 갇힌 자의 운명을 알아보기 위해 모이셨습니다. 바로 가로쉬 헬스크림입니다."

바인은 마른침을 삼키며 할 말을 애써 찾았다. 바인은 공기 중에 떠도는 긴장감을 느낄 수 있었다. 분노와 공포, 근심의 냄새 역시 맡을 수 있었다. 그러나 차분한 수도사는 그 때문에 서두르지 않았다.

"여러분은 가로쉬 헬스크림의 운명이 오늘 정해지리라는 이야기를 들었습니다. 이것은 전적으로 맞습니다. 천신들은 거짓을 말하지 않습니다. 그러나 그분들은 여러분에게 모든 것들을 드러내시지도 않았습니다. 많은 토론과 심사숙고 끝에 천신들은 오로지 본인들의 의견만으로 헬스크림을 재판해서는 안 된다는 결론을 내리셨습니다. 모두가 헬스크림 때문에 고통을 받았습니다. 판다리아에 거주하는 이들은 뼈아픈 고통을 받았지만, 고통은 판다리아만 당한 것이 아닙니다."

타란 주는 얼마 전 피의 울음소리에 깊은 상처를 입은 자신의 복부에 앞발을 얹었다.

"그러므로 여러분 역시 관여할 자격이 있습니다. 가로쉬의 죄는 의심할 바 없습니다. 하지만 우리는 그의 운명을 정하기 위해 공정한 공개 재판을 열 것입니다. 호드와 얼라이언스 양쪽이 관여하는 재판으로, 형을 줄이거나 석방하는 가능성 역시 열어둘 것입니다."

엄청난 소란이 일었다.

바인은 호드와 얼라이언스 중 어느 쪽이 더 시끄럽게 소리치는지 분간할 수 없었다.

"재판이라고요? 그자는 자기가 저지른 일을 두고 으스댔습니다!"

"그는 죽어 마땅합니다! 수많은 이들의 목숨을 앗아갔습니다!"

"호드 전부를 재판에 부쳐야 합니다!"

"우리는 그가 저지른 짓을 압니다! 이 세상 모두가 안단 말입니다!"

쉬엔은 눈을 살짝 가늘게 떴다. 종소리처럼 청아하고 칼처럼 날카로운 그의 목소리가 울려 퍼졌다.

"내 사원 안에서 정숙하라!"

모두 그의 말에 복종했다. 쉬엔은 만족한 채 타란 주에게 말을 계속하라고 고갯짓을 했다.

"위대한 천신회는 가로쉬 헬스크림이 끔찍하고 통탄할 만한 행위를 저질렀다는데 이견이 없으십니다. 다시 말하지만 그가 죄를 저질렀다는 사실은 논쟁의 대상이 아닙니다. 지금 결정해야 하는 사안은 그가 저지른 범죄를 다루는 방식입니다. 가로쉬가 반드시 책임을 져야 한다는 것이 아니라 어떻게 책임을 지게 할 것이냐에 대해 논의해야 합니다. 그렇게 하기 위한 방법으로는 재판이 유일합니다. 재판을 통해 호드와 얼라이언스 모두의 의견, 들어야 하는 다른 의견들 역시 발언권을 얻게 될 것입니다."

"그렇더라도 재판관과 배심원, 집행인은 여전히 천신들이 맡으시겠지요?"

이 말은 로르테마르 테론에게서 나왔다. 바인은 블러드 엘프의 협동 능력이 한계에 다다랐다고 믿어 의심치 않았다.

타란 주가 말했다.

"아닙니다, 친구 로르테마르여. 천신들은 이제껏 배심원의 임무를 맡으셨지만, 결정은 다른 의견들을 들어보고 거기에 따를 수 있습니다. 나는 파슈아, 즉 재판관의 역할을 기꺼이 다할 것입니다. 천신들은 현명한 존재이시며, 참된 정의를 바라십니다. 나는 지금 내 앞에 선 여러분 중 많은 이들을 압니다. 호드와 얼라이언스에서 정식으로 임명한 대표들이 고대 판다리아의 법에 따라 고소인와 변호인의 역할을 맡아야 합니다."

베리사가 말했다.

"그자는 이미 유죄입니다. 당신이 직접 말하지 않았습니까? 그런데 어떻게 고소인과 변호인이 있을 수 있습니까?"

"변호인은 자비로운 판결을 내려달라고 논쟁할 것입니다. 물론 고소인은 더욱 엄중한 판결을 내리라고 논쟁하겠지요. 여러분은 원하는 대로 한 명을 선발할 수 있고, 다른 편에서는 그에 대해 한 번의 거부권을 행사할 수 있습니다."

겐 그레이메인이 쏘아붙였다.

"저는 개인적으로 이 모든 과정에 거부권을 행사합니다! 가로쉬 헬스크림은 호드를 이끌고 와서 도살자처럼 우리 종족을 살육했습니다. 우리가 재판을 열기로 동의했다면, 정말 재판다운 재판을 해서 호드의 모든 지도자들을 재판정에 세웁시다. 그들이 선하다고 해봤자 살육을 방관하고 내버려둔 경우에 지나지 않습니다. 최악의 경우 이들은 살육에 동참했고……."

이렇게 말하며 그레이메인은 실바나스를 악의에 찬 눈초리로 쏘아보았다.

"……심지어 직접 공격을 유발하기도 했습니다!"

이 말에 동의하는 분노의 목소리들이 합창처럼 일어났다. 바인은 제이나 역시 그들 중 하나라는 사실을 깨닫자 유감스러웠다. 타란 주는 조용히 말했다.

"그러려면 상당한 시간이 지나야겠지요. 그러나 우리가 모두 오래 사는 건 아닙니다."

갤리윅스가 말을 내뱉었다.

"얼라이언스는 이 일에 전혀 개입해서는 안 됩니다. 가로쉬는 동료들에게 재판을 받아야 합니다. 해를 끼친 동료에게 적절한 보상을 해주겠다고 보증해야 하니까요."

멕카토크는 헛웃음을 지었다.

"금전적인 보상에 대해 말하고 있군!"

갤리윅스가 대답했다.

"그렇소. 그것도 수용할 만한 방식이 되겠지."

타란 주는 한숨을 쉬고는 앞발을 들어 좌중에게 정숙하라 청했다.

"호드와 얼라이언스의 지도자들은 결정해야 합니다. 대족장 볼진이여, 바리안 린 왕이여, 내가 제시한 조건들을 수용하겠습니까?"

트롤과 인간은 잠시 서로를 응시했다. 이윽고 볼진이 고개를 끄덕였다.

"이번 일 한가운데에 얽혀 있는 우리보다는 천신들께서 이런 일에 있어서 더 나은 관점을 가지신 듯합니다. 존경하는 타란 주 님도 같은 생각 이실겁니다. 저는 그저 주어지는 결정을 수용하기보다는 발언권을 얻는 편을 택하겠습니다. 호드는 이 조건에 동의합니다."

바리안도 즉시 대답했다.

"얼라이언스도 그렇게 하겠습니다."

타란 주가 대답했다.

"그럼 여러분이 고소인과 변호인을 고르도록 상의할 장소로 안내해드리겠습니다. 명심하십시오. 거부권은 양측에 한 번씩만 주어집니다. 현명하게 잘 선택하십시오."

이제껏 옆으로 비켜서 있던 지 파이어포우는 볼진에게 다가와 공손하게 절했다.

"여러분을 화롯불이 있는 사원의 한쪽으로 모시겠습니다."

지는 털이 북슬북슬한 넓은 얼굴로 씩 미소를 지으며 눈을 반짝였다.

"다과 역시 준비되어 있지요."

＊＊＊

판다렌은 빈말을 하지 않았다. 15분 뒤에 볼진과 고엘, 아그라와 바인, 아이트리그와 바로크 사울팽, 실바나스, 로르테마르 테론, 재스터 갤리윅스는 양탄자 위에 앉았다. 양탄자에 화려한 장식은 없었지만 돌바닥의 냉기를 막기에 충분했다. 고기와 음료수가 제공되었고, 말했던 대로 화롯불이 주위를 따뜻하게 덥혀주었다.

볼진은 음식을 보며 고개를 끄덕였다.

"배가 부르면 더 좋은 말이 나오기 마련이지."

모두 음식을 먹었다. 물론 판다리아답게 음식에 반주로 삼을 맥주도 상당히 많이 있었다. 모두 배불리 먹고 나자 볼진은 지체하지 않고 곧바로 본론으로 들어갔다.

"나의 오크 형제들이여, 내가 여러분을 얼마나 존경하는지 잘 알고 있을 거요. 그러나 우리가 가로쉬를 변호할 자를 오크 중에서 택한다면 얼라이언스가 거부권을 행사할 거라고 나는 확신하오."

고엘이 고개를 끄덕였다.

"가로쉬가 심하게 타락한 탓에 다른 이들이 종족 전체를 가로쉬와 똑같은 존재로 보게 된 일은 심히 유감스럽소. 오크가 변호인이 된다면 좋든 나쁘든 그가 하는 말이 진지하게 받아들여질 리 없소."

바인은 그 말에 동의하지 않았다.

"반대로 생각합니다. 이런 공적인 자리에서 오크가 명예롭게 행동하는 걸 모든 이들이 보게 된다면 오히려 좋을 수도 있습니다. 아이트리그 님은 차분한 언사와 현명한 생각을 하는 분으로 알려져 있으니까요."

하지만 바인의 말이 채 끝나기도 전에 연로한 오크 아이트리그는 현명한 생각을 하는 머리를 저었다.

"대부족장이여, 그대의 말에 참으로 감사하오. 그러나 고엘의 말이 맞소. 나와 고엘, 사울팽은 말을 하고 싶을 때 발언할 기회를 얻게 될 것이오. 타란 주가 그렇게 약속했고, 나는 그를 신뢰하오."

실바나스가 말했다.

"내가 가로쉬를 변호하겠소. 가로쉬와 내가 반목했다는 사실은 잘 알려져 있지. 얼라이언스는 내가 그에게 너무 가벼운 판결을 요구한다고 비난할 수 없을 것이오."

볼진이 대답했다.

"당신은 가로쉬를 엄청 비난하는 자요. 그건 틀림없는 사실이오. 하지만 우리는 고소인이 아니라 변호인을 고르고 있소."

실바나스가 말했다.

"보시오, 대족장. 이 자리에 있는 누구도 가로쉬가 목이 잘리는 운명을 맞이하지 않고 이곳에서 나가기를 원치 않소! 당신도 알잖소! 당신이 한때 직접 말하기로……."

볼진은 실바나스의 말을 끊었다. 낮은 목소리는 경고 조였다.

"내가 예전에 했던 말이 무엇인지는 내가 당신보다 더 잘 알고 있소, 실바나스여. 목이 잘린 채 죽어가도록 버려졌던 자는 당신이 아니라 나요. 나는 이 자리에 모인 우리 모두가 가로쉬의 지배 아래에서 고통 받았다는 사실을 알고 있소. 하지만 천신들께서 필멸의 존재들이 하듯이 최대한 공정한 재판을 열려 하신다는 사실 또한 알고 있소. 나는 이 일에 적합한 자가 단 한 명 있다고 생각하오. 호드와 얼라이언스 모두에게 존경을 받고, 가로쉬에게 아무런 애정도 없지만 결코 거짓을 말하지 않으며 자신이 맡은 일에 최선을 다하는 자 말이오."

볼진은 바인을 바라보았다.

바인은 영문을 모른 채 잠시 동안 트롤이 자신의 의견을 물어본 거라고 생각했다. 이윽고 그 의미를 깨달은 바인은 고함을 질렀다.

"나 말이오? 대지모신께 맹세코, 가로쉬는 내 아버지를 살해했소!"

로르테마르가 말했다.

"당신은 대족장께서 말한 요건을 갖추고 있소. 가로쉬가 당신에게 개인적으로 잘못을 저질렀음에도 호드에게 충성을 바쳤소. 가로쉬가 호드 역시 해치고 있다고 믿기 전까지 말이오. 얼라이언스는 많은 염탐꾼을 두고 있으니 알겠지. 그리고 당신은 여군주 프라우드무어와도 좋은 관계였소."

바인은 이 일을 막아 달라 애원하는 눈빛으로 고엘을 바라보았다. 그러나 고엘은 미소를 지었다.

"타우렌은 언제나 호드의 핵심이었소. 누군가 가로쉬를 설득력 있게 변호할 수 있다면, 그건 바로 그대일 거요, 나의 친구여."

바인이 쏘아붙였다.

"나는 가로쉬를 변호하고 싶지 않습니다. 여러분이 원하는 것을 나도 원합니다. 가로쉬는 백번 죽어 마땅합니다."

"그들이 우리의 말을 듣게 하시오."

이제까지 말없이 있던 이의 목소리가 들려왔다. 그 목소리는 연로했지만 깊고도 강한 힘이 느껴졌고, 날카로운 고통이 배어 있었다. 사울팽이 말했다.

"죽어 마땅한 가로쉬의 포악무도한 행위를 나열해서 퍼부어대기란 어려운 일이 아니오. 누가 재판관과 배심원이 진지하게 귀를 기울이도록 만드느냐가 관건이오. 가로쉬 때문에 큰 고통을 받은 사실을 모두 아는 상황에서 바로 그를 위해 차분하게 심사숙고 해달라고 요청하는 일은 오로지 그대만이 할 수 있소, 바인 블러드후프."

"나는 전사이지 사제가 아닙니다! 부드럽고 듣기 좋은 말이나 심금을 울리는 언변을 하는 이가 아니란 말입니다."

고엘이 말했다.

"가로쉬 역시 전사요. 좋든 나쁘든 그대는 우리가 동원할 수 있는 이들 중 가장 적합한 대표요."

바인은 이를 갈며 볼진을 바라보았다.

"내가 가로쉬가 대족장이었을 때 호드와 대족장에게 충성을 바쳤다면, 분명 당신에게도 충성을 바칠 수 있을 거요. 당신은 언제나 그럴 만한 분이기 때문이오, 볼진이여.”

볼진은 타우렌의 어깨에 손을 얹으며 말했다.

“나는 당신에게 명령하는 게 아니오. 당신은 마음 가는 대로 해야 하오.”

* * *

상황은 실바나스 윈드러너가 바라던 대로 흘러가지 않았다. 조금도 그렇지 않았다.

실바나스는 우선 그들이 여기에 모인 이유가 가로쉬를 죽이는 탐나는 임무를 누가 수행할지 정하기 위해서이기를 바랐다. 그것은 실바나스뿐만 아니라 호드의 모든 일원, 심지어 자비로운 고엘마저도 분명히 바랐던 사실이었다. 가급적 천천히, 하지만 엄청나게 심한 고통이 따르는 죽음 말이다. 바리안 린은 이미 너무 오랫동안 이 즐거운 결과를 늦춰왔다. 천신들이 철저한 재판을 원한다는 소리를 들으니 가소로웠다. 천신들과 타란 주조차도 가로쉬가 유죄라고 인정하지 않았던가. ‘정의나 복수심에서 비롯된 행동을 하지 않는다’는 개념을 받들어 시간과 노력을 계속 쓰는 건 너무나 구역질이 났다. 실바나스가 보기에 이 재판의 유일한 장점은 어떻게든 발언할 기회를 얻어 가로쉬가 저지른 죄의 증거들이 하늘 높이 쌓인 가운데 자신이 겪은 진실도 증거 중 하나로 더할 수 있으리라는 희망뿐이었다. 실바나스는 판다렌들이 파슈아로 타란 주를 선택한 사실이 좋았다. 아마도 타란 주는 사형선고를 받아들일 유일한 판다렌이라고 생각했다. 이제까지 실바나스가 관찰한 다른 판다렌들은 대부분 가로쉬를 풀어주고 그 목구멍에다 맥주를 퍼부은 뒤 술에 취한 오크가 결국 흐느껴 울며 미안하다고 말하도록 놔둘 것 같았다.

실바나스는 자신이 변호인으로 선출될 거라 기대하지 않았고, 볼진의 말대로 다름 아닌 고소인이 더 어울린다는 점도 알았다.

하지만 바인이라니?

이제껏 보아온 전사 중 가장 차분한데다 온순한 종족 출신인 바인을 변호인으로 선출하다니?

전부 미쳤군. 바인에게는 가로쉬의 죽음을 바랄 이유가 실바나스보다 더 많았다.

자신에게 아서스가 죽어 마땅하듯, 바인 역시 개인적으로 가로쉬가 죽어 마땅했다. 그렇지만 타우렌이 이 임무를 받아들인다면 아마도 변호를 상당히 잘해서 모든 이들이 가로쉬를 죽이기는커녕 꽃이나 주고 싶게 되리라고 생각했다.

바인은 귀를 축 늘어뜨린 채 무겁게 한숨을 쉬었다. 이윽고 그가 말했다.

"이 임무를 수행하겠소. 어떻게 해내야 할지 정말로 모르겠소만."

실바나스는 냉소로 입꼬리가 올라가려는 걸 참느라 무단히 애썼다.

지가 논의 중 끼어들었다.

"얼라이언스는 고소인을 정했습니다. 여러분 역시 준비가 되셨다면 다시 경기장으로 가시죠."

그들은 지를 따라 눈 덮인 길을 다시 돌아갔다. 이미 와 있었던 얼라이언스 대표들이 고개를 들어 맞수인 호드를 응시했다. 타란 주는 모두 도착할 때까지 기다렸다가 이윽고 두 무리에게 말했다.

"여러분 각자는 결정을 내리셨습니다. 대족장 볼진이여, 가로쉬 헬스크림을 변호하기 위해 누구를 택하셨습니까?"

가로쉬 헬스크림을 변호한다니, 그 말 자체로도 기분이 나빠질 만했다.

볼진이 말했다.

"우리는 타우렌 종족의 대부족장 바인 블러드후프를 택했습니다."

"얼라이언스는 어떠십니까? 여기에 반대하지 않으십니까?"

바리안은 검은 머리를 돌려 동료들을 바라보았다. 아무도 말하는 이가 없었다. 볼진이 예상했던 대로 얼라이언스 중 다수가 진심으로 만족한 듯 보였다. 실바나스가 믿을 수 없게도 바리안의 자식은 심지어 살짝 미소를 짓기까지 했다. 바리안이 선언했다.

"얼라이언스는 명예로운 평판을 지닌 블러드후프를 변호인으로 받아들이겠습니다."

타란 주는 고개를 한 번 끄덕였다.

"바리안 왕이여, 가로쉬 헬스크림을 고소하기 위해 얼라이언스는 누구를 선택했습니까?"

바리안이 대답했다.

"이 역할은 제가 맡겠습니다."

그러자 실바나스가 반박했다.

"절대로 안 되오! 당신이 우리에게 이래라 저래라 하던 때는 지났소!"

실바나스만 반대한 게 아니었다. 다른 이들도 성난 목소리를 높여 항의했고, 타란 주는 의사 진행을 위해 소리를 질러야 했다.

"진정, 진정하십시오!"

진정하라는 온순한 의미와는 반대로 타란 주의 목소리는 강압적이었다. 그러자 고함치던 소리는 수군거림으로 가라앉았고, 이내 그 소리도 줄어들었다.

"대족장 볼진이여, 바리안 왕이 고소인이 되는 데 거부권을 행사하시겠습니까?"

바리안은 호드에 친구가 거의 없었다. 호드 중 다수가 확연히 변한 바리안의 성격을 믿지 않았다. 바리안이 오그리마 점령을 거부했을 때조차도 그저 마지못해 인정했을 뿐이다. 인간들은 적이었고, 앞으로도 언제나 적이리라. 호드는 애초부터 재판을 달갑게 여기지 않았기 때문에 바리안이 고소인으로 말하는 모습을 본다면 더욱 언짢아하리라는 사실을 실바나스는 인식했다. 볼진 역시 그 점을 깨달은 듯했다. 볼진은 말했다.

"그렇습니다, 타란 주 님이여. 우리의 권리인 거부권을 행사하겠습니다."

이상하게도 얼라이언스는 거기에 대해 논쟁하려 들지 않았다. 실바나스는 이런 반응을 놓치지 않고 경계했다. 그리고 머릿속으로 이미 얼라이언스 측은 고소인의 이름을 말했던 때부터 간계를 계획했다는 사실을 깨달았다. 바리안은 평온하게 대답했다.

"그렇다면 우리는 고소인으로 대여사제 티란데 위스퍼윈드를 세우겠습니다."

티란데 위스퍼윈드. 나이트 엘프는 모든 종족 중에서도, 심지어 인간보다도 오크를 더 증오했다. 나이트 엘프는 자연을 사랑하는 데 비해 오크는 건설을 하고 전쟁 무기를 만들어내려는 욕망이 가득한 존재임을 감안하면 당연한 일이었다. 실바나스는 처음에는 격분했지만, 잠시 생각해보니 이 결정이 보기보다 나쁘지 않다고 여기게 되었다. 바인이 주저하는 모습에서도 드러나듯, 대부분의 호드는 가로쉬를 변호하기보다 고소하는 쪽을 선호했다.

하지만 티란데의 이글거리는 눈빛이 호드를 휩쓸고 지나가자, 실바나스는 호드가 처한 상황에 티란데가 공감하지 않는다는 사실을 알았다. 티란데는 여사제였지만 그녀 역시 자기 몫의 전쟁을 치뤄왔다.

타란 주는 계속 말을 이어가며 판다렌의 법이 어떻게 재판의 과정을 정하고 어떤 방식으로 전개되는지 설명했지만, 밴시 여왕 실바나스는 귀담아 듣지 않았다. 그리고 한때 자기가 썼던 엘프어로 중얼거렸다.

"멋지게 해냈군, 얼라이언스."

그러자 같은 언어로 누군가 대답했다.

"그들은 우리가 거부권을 행사하리라고 예상하고 바리안을 내세웠어요. 그래서 그보다 훨씬 더 단호한 입장을 지닌 자를 고소인으로 정할 수 있었지요. 바로 우리 중 누군가가 가로쉬에 대한 애정을 가지고 있을 경우를 대비해서 말이죠. 내가 보기에는 우리 역시 자기들만큼이나 가로쉬를 미워한다는 사실을 확실히 믿지 않는 듯해요."

실바나스는 한쪽 눈썹을 치켜뜨고 로르테마르를 바라보았다. 신도레이 지도자는 언제나 예의를 지켰지만 실바나스가 동맹을 맺자고 할 때마다 차갑게 분개했고, 강압적인 상황에 처했을 때에도 자신의 소중한 위엄을 지켰다. 탈라시안 어로 나누는 대화가 마음이 변했다는 신호일까? 혹시 로르테마르는 호드의 지도자감으로 인정받지 못하는 상황에 대해 분개하는 걸까? 실바나스는 말을 이었다.

"티란데는 가로쉬에 대한 애정이 없소."

로르테마르는 맞받아쳤다.

"하지만 호드에 대한 애정도 없지요. 볼진이 바리안을 고소인으로 받아들일 기회를 놓친 일을 두고 나중에 후회하는 건 아닐까 싶어요. 우리는 일단 기다리면서 지켜봐야 한다고 생각해요."

"우리는 항상 기다리기만 했잖소."

실바나스는 자신의 말이 암시하는 협력 관계에 대해 로르테마르가 어떻게 나올지 궁금했다. 하지만 로르테마르는 이 말을 듣지 못한 듯했다. 많은 수의 대표가 줄지어 나가자 로르테마르는 얼라이언스 쪽의 누군가에게 절을 할 뿐이었다. 실바나스는 그게 누구인지 보려고 고개를 돌렸다.

이상 할 건 없었다. 베리사와 로르테마르는 최근에 서로 만났기 때문이다. 실바나스는 동생이 블러드 엘프의 지도자를 공손히 대하는 모습을 보고 놀랐다. 그리고 베리사가 로르테마르와 인사한 후 일부러 자신의 눈을 오랫동안 바라보다가 고개를 돌리자 더욱 놀랐다.

비록 둘뿐이기는 했지만 이렇게 윈드러너 자매가 만난 건 몇 년 만에 처음이었다. 베리사가 실바나스를 다시 만나서 다소 감상적이 되더라도 자연스러웠다. 하지만 베리사의 얼굴에는 쓰라림이나 슬픔이 없었다.

그저 굳은 결심과 이상하게도 일종의…… 만족감이 보였다고나 할까?

그리고 실바나스는 그 이유를 알지 못했다.

제 3 장

바인은 다시 멀고어 땅에 발굽을 디디게 되자 막혔던 가슴이 뚫리는 기분이었다. 판다리아에 있는 내내 답답함을 느꼈기 때문이다. 바인은 깨끗하고 향긋한 밤공기를 한껏 들이마신 뒤 깊게 숨을 내쉬었다.

주술사 카도르 클라우드송이 바인을 기다리고 있었다. 그는 공손히 절하며 낮은 목소리로 말했다.

"집에 잘 오셨습니다."

바인은 대답했다.

"잠시라도 집에 머무는 편이 좋지. 이렇게 우울한 일을 할 때도 마찬가지고."

클라우드송은 나지막이 읊조렸다.

"죽은 이들은 항상 우리와 함께 있습니다. 그분들이 육체에 거하는 상태가 아니라서 슬플 수도 있겠지만 그들의 노래는 바람 속에, 웃음소리는 물속에 깃들어 있습니다."

"죽은 이들이 한때 그랬던 것처럼 지금도 우리에게 말하고 조언해주면 좋으련만."

바인은 이렇게 생각하자 가슴이 아팠고, 해묵은 상처를 일부러 다시 건드려야 할까 곰곰이 생각했다. 하지만 자기의 요구가 지혜롭지 못하다고 여겼다면 클라우드송은 막았을 거라고 확신했다.

"그들은 분명히 말합니다, 바인 블러드후프 님. 예전에 우리가 들었던 방식이 아니라 해도 말입니다."

바인은 고개를 끄덕였다. 아버지 케른은 진정 언제나 그와 함께 계셨다. 바인과 클라우드송은 전사한 타우렌 영웅들을 정화의 불길로 태워 대지모신과 창천부신에게로 보내는 장소인 붉은 바위 언덕에 함께 있었다. 썬더 블러프에서 약간 떨어진 곳에 자리한 붉은 바위 언덕은 이름 그대로 자연적으로 형성된 붉은 사암 언덕이었다. 썬더 블러프에서 잠시 벗어난 이들은 이승과 저승의 경계가 되는 붉은 바위 언덕으로 와서 평화로이 생각에 잠길 수 있었다. 바인은 케른에게 작별을 고한 이후로 여기에 온 적이 없었다. 지금처럼 그때도 클라우드송은 바인 곁에 서 있었다. 하지만 지금은 그들뿐이었다. 바인이 정서쪽을 바라보자 별이 촘촘히 뜬 밤하늘 사이로 저 멀리 화톳불과 횃불들이 저마다 작은 별처럼 빛나고 있는 썬더 블러프가 보였다. 붉은 바위 언덕의 동쪽으로 작은 불 하나가 타올라 따스함과 마음을 달래주는 광채를 더했다.

불. 바인은 등을 돌려 장례식에서 태울 시체를 기다리며 텅 비어 있는 장작더미로 된 연단을 바라보았다. 타오른 뒤에는 재만 남고, 그마저도 노래하는 바람들이 사방으로 흩어버리겠지. 타우렌은 현재 썬더 블러프에 정착했지만, 죽은 이들을 땅에 매장하는 방식을 택하지 않았다. 타우렌의 장례 의식은 그들의 근본이 유목민이라는 증거를 보여주었다. 사랑하는 이들이 바람과 불로 자유로워진다면, 그들은 살아있을 때 그랬던 것처럼 원한다면 죽어서도 방랑할 수 있었다. 바인은 클라우드송에게 물었다.

"준비할 시간은 충분했나?"

주술사는 고개를 끄덕였다.

"충분했습니다. 그리 복잡한 의식이 아니니까요."

바인은 놀라지 않았다. 타우렌은 단순한 종족이었다. 그들의 의식에는 복잡한 언어나 이상하고 얻기 힘든 물건들이 필요하지 않았다. 언제나 풍요로운 대지에서 얻을 수 있는 것으로 충분했다.

"준비되셨습니까, 대부족장님?"

바인은 쓰게 웃었다.

"아니, 하지만 어쨌든 시작하지."

자신이 직접 죽인 야수의 가죽으로 만든 옷을 걸친 클라우드송은 느리고 규칙적인 박자로 발굽을 구르며 동쪽 하늘을 향해 주둥이를 들었다.

“공기의 영혼들 만세! 산들바람과 바람과 폭풍이여, 그대들은 모든 것들이자 이보다 더한 존재이십니다. 오늘 밤, 우리는 그대들을 우리의 의식에 초대하니, 위대한 케른 블러드후프로부터 나온 지식을 여기 서서 기다리는 아들 바인의 귀에 속삭여주소서.”

어느덧 고요한 밤이 되고 부드러운 서풍이 불어와 바인의 털을 날렸다. 바인은 귀를 쫑긋 세웠지만 아직까지 들리는 소리라고는 부드러운 웅얼거림뿐이었다. 클라우드송은 주술사의 주머니에 손을 넣어 회색 먼지를 한 움큼 꺼냈다. 그러고는 걸음을 옮기며 먼지를 바닥에 뿌려서 동쪽과 남쪽을 잇는 마법진의 호를 그렸다. 보통 이런 의식에는 옥수수 꽃가루가 사용되었다. 하지만 그건 삶과 연관된 의식일 때였다. 지금 치르는 의식은 죽음과 연관된 의식이었기에 회색 먼지는 이곳에서 영혼에게 보내진 이들의 재로 이루어졌다. 클라우드송은 작은 불꽃을 바라보며 지팡이를 들어 올려 경의를 표했다.

“불의 영혼들 만세! 벌건 잉걸불과 화염과 지옥불이여, 그대들은 모든 것들이자 이보다 더한 존재이십니다. 오늘 밤, 우리는 그대들을 우리의 의식에 초대하니, 바인 블러드후프를 사랑하는 아버지 케른 블러드후프의 강한 용기로 따스하게 해주소서.”

불꽃은 잠시 동안 높이 치솟았고, 바인은 불길에서 뜨거운 열기를 느꼈다. 불길은 자신의 존재감을 알린 뒤 점차 사그라졌고, 좀 더 온화한 상태로 변해 부드러운 소리를 내며 타올랐다.

이제 클라우드송은 서쪽으로 향한 뒤 ‘빗방울과 강과 폭풍우’의 영혼들을 불러냈고, 그들이 타우렌의 대부족장을 아버지의 사랑의 기억으로 씻어주기를 요청했다. 바인은 잠시 동안 고통스럽게 뛰는 심장을 느끼며 생각했다. ‘눈물 역시 물로 이루어져 있지.’

다음으로 대지의 영혼들인 ‘흙과 돌과 산’이 환영을 받았다. 명예로운 망자의 뼈가 되는 것들이었다. 클라우드송은 케른이 종족 모두에게 가져다준 단단한 대지로부터 바인이 위안을 얻을 수 있기를 기원했다. 이제 클라우드송은 회색 먼지로 그린 신성한 마법진을 완성했다. 바인은 마법진 안의 에너지가 변해서 힘차게 고동치는 현상을 느꼈다. 폭풍이 올 때 느꼈던 전율이 떠올랐지만 이 현상은 이상할 정도로 고요하게 느껴졌다. 클라우드송은 주문을 외웠다.

"삶의 정령이여, 어서 오십시오. 그대는 공기로 이루어진 우리의 숨 속에, 불로 이루어진 우리의 피 속에, 대지로 이루어진 우리의 뼈 속에, 물로 이루어진 우리의 눈물 속에 계십니다. 우리는 죽음이 삶의 그림자일 뿐이며 만물의 끝은 탄생만큼 자연스럽다는 사실을 압니다. 우리의 의식에 참여하시어 오늘 밤 그대의 그림자 안에서 걷는 이가 우리와 함께하게 해주소서."

그들은 규칙적으로 박자를 맞춘 숨소리만 낼 뿐, 침묵을 지키며 마법진 가운데 잠시 동안 앉아 있었다. 잠시 후, 클라우드송은 고개를 끄덕이더니 바인에게 썬더 블러프를 바라보며 빈 장작더미 가운데 앉으라고 권했다. 바인은 장작더미 가운데 앉아서 계속 깊이 호흡하며 머릿속에 쉴 새 없이 떠오르는 생각을 가라앉혔다. 클라우드송은 바인에게 점토로 만든 사발 모양의 술잔을 건넸다. 술잔 안에 가득 찬 검은 액체 위로 별빛이 어른거렸다.

"이걸 마시면 환상이 보일 겁니다. 대지모신께서 허락하신다면 말입니다. 드십시오."

바인은 잔을 입으로 가져가 은엽수와 브라이어쏜, 뱀뿌리와 몇 가지 알 수 없는 향이 나는 과히 좋지 않은 맛의 액체를 맛보았다. 그러고는 주술사에게 잔을 돌려주었다. 클라우드송은 단단히 일러두었다.

"절대로 졸지 마십시오. 바인 블러드후프 님. 이제 눈의 힘을 풀고 땅을 바라보십시오."

바인은 시키는 대로 몸의 긴장을 풀고 눈의 초점을 흐릿하게 했다.

바인은 타우렌의 심장 고동을 흉내 내듯 가죽 북이 부드럽고 규칙적으로 쿵쿵 울리는 소리를 들었다. 얼마나 오랫동안 이렇게 앉아서 클라우드송에게 귀를 기울여야 할지 알 수 없었다. 그저 충분히 긴장을 풀었으며 북소리에 맞추어 울리는 가슴속으로 평화가 느껴진다는 사실만을 알았다.

그때 바인은 서서히 어떤 존재를 느끼기 시작했다. 케른 블러드후프는 아들을 내려다보며 미소를 지었다.

눈앞에 나타난 케른은 바인이 한 번도 본 적 없던 모습으로, 날카롭고 예리한 눈매를 가진 한창때의 강력한 황소의 모습이었다. 손에 룬스피어를 든 형상은 옛날 모습 그대로였다. 케른이 창을 들어 인사하자 당당한 가슴이 근육을 따라 철렁이듯 움직였다. 바인은 속삭였다.

"아버지."

케른은 애정을 담은 눈을 살짝 가늘게 뜨며 말했다.

"아들아, 너의 세계와 나의 세계는 아주 멀고 내게 주어진 시간도 짧지만, 네 가슴이 이리도 어지러울 때 와야 한다는 건 안다."

바인이 이제까지 깊이 묻어두고 표현하지 못했던 고통, 타우렌 종족에 대한 의무를 다하기 위해 스스로 억누르던 모든 고통들이 한순간 홍수처럼 밀려들었다.

"아버지……. 가로쉬는 아버지를 죽였습니다! 그자는 아버지에게 영예롭게 죽음을 맞이할 권리를 주지 않았습니다! 제가 그림토템과 마치 굴속에 던져진 야수들처럼 싸웠을 때도 그는 승자가 누가 될지 기다리며 방관했습니다! 가로쉬는 영토를 더럽히고 자기 족속에게 거짓말을 한 데다 테라모어를……."

눈물이 바인의 주둥이를 타고 흘러내렸다. 슬픔과 분노의 눈물이었다. 잠시 동안 바인은 말을 할 수 없었다. 두 감정 때문에 목이 메었다. 케른이 대답했다.

"그런데 지금 가로쉬를 변호하라는 요청을 받았구나. 네가 바라는 게 오직 가로쉬의 목을 네 발굽으로 밟아버리는 것뿐일 때 말이다."

바인은 고개를 끄덕였다.

"그렇습니다. 아버지는 누구도 용기를 내지 못할 때 가로쉬에게 반대하는 의견을 내셨지요. 아버지……. 제가 그랬어야 했을까요? 가로쉬를 막을 수 있었을까요? 가로쉬로 인해…… 흘린 모든 자들의 피가 제 책임입니까?"

바인은 자신이 던진 질문에 스스로 깜짝 놀랐지만, 말은 바인의 의사와 상관없이 흘러나왔다. 케른은 부드럽게 미소 지었다.

“과거는 과거일 뿐이다, 아들아. 바람에 흩날리는 꽃잎처럼 지나가버리지. 가로쉬는 홀로 선택을 내렸고, 당연히 그 행동에 따른 책임도 그에게 있다. 너는 언제나 가슴이 시키는 길을 가는 아이였다. 그리고 언제나 나의 자랑스러운 아들이었지.”

그 순간 바인은 케른이 하려는 대답이 무엇인지 깨달았다. 바인은 속삭였다.

“아버지는…… 제가 이 일을 해야 한다고 보시는군요. 가로쉬 헬스크림을 변호하는 일을요.”

“내 생각은 중요하지 않다. 너는 네가 옳다 느끼는 일을 해야 한다. 언제나 그래왔듯 말이다. 그 당시 내가 옳다고 본 일은 가로쉬에게 대적하는 것이었다. 또 다른 때, 네가 올바르다 생각한 일은 호드의 지도자로서 가로쉬를 지지하는 것이었다.”

바인은 으르렁거렸다.

“바리안은 고엘이 가로쉬를 죽이도록 놔둬야 했습니다.”

젊은 날의 모습을 한 늙은 황소는 평온하게 말했다.

“하지만 바리안은 그렇게 하지 않았다. 그래서 우리가 이 자리에 있는 거다. 내 질문에 대답해보거라. 그러면 무엇을 해야 할지 알 수 있을 게다. 만약 내가 배신으로 인해 죽음을 맞아 네가 슬픈 거라면, 너는 완벽한 진실함과 고결함을 얻기 위해 노력하는 것 외에 달리 무엇을 할 수 있느냐? 특히 그 진실함과 고결함을 쉽게 얻을 수 없는 상황에 처해 있다면? 네게 주어진 역할을 영예롭게 수행하는데 최선을 다할 수 있겠느냐? 나의 피와 심장으로 아끼는 아들아, 내가 여기 오기 전에 너는 이미 그 답을 알고 있었다고 나는 믿는다.”

바인은 알고 있었다. 그래서 고통스러웠다. 바인이 중얼거렸다.

“저는 이 짐을 짊어질 겁니다. 그리고 모든 능력을 다해 가로쉬를 변호하겠습니다.”

“너는 틀림없이 할 것이고 그래도 여전히 너다울 게다. 모든 것들이 끝났을 때 너는 기뻐하게 될 거다. 아니지, 아니야.”

바인이 뭐라 말하려고 하자 케른은 저항하듯 손을 들었다.

"결과가 어찌 될지 너에게 이야기할 수 없구나. 하지만 약속하마. 너의 마음은 평온해질 게다."

케른의 형상은 희미해지기 시작했다. 바인은 그저 어린아이가 아버지에게 불평하듯 귀중한 기회를 낭비하고 있다는 사실을 쓰라리게 깨달았다……. 아버지에게……!

"안 돼요!"

바인은 일어서서 소리쳤다. 목소리는 감정으로 복받쳐 올라 갈라졌다.

"아버지, 제발 가지 마세요. 아직 안 돼요. 제발 아직은 가지 마세요!"

바인은 하고 싶은 말이 너무 많았다. 얼마나 케른을 그리워했는지, 아버지의 기억에 누가 되지 않도록 얼마나 열심히 노력했는지 말이다. 그리고 이 짧은 순간이 바인에게는 세상을 다 주고도 남을 만큼 의미가 있다는 사실 역시도. 그러나 너무 늦어버렸다. 바인은 애원하듯 손을 내밀었지만 아버지는 삶의 태양이 아닌 그림자 속으로 걸어갔다. 아버지를 잡으려던 손은 그저 허공만 움켜쥘 뿐이었다.

케른의 눈 역시 슬픈 빛을 띠었다. 케른 역시 손을 내밀었지만 그 모습은 한 번 숨 쉬고 나자 사라져버렸다.

클라우드송은 쓰러진 바인을 잡았다.

"대부족장님, 원하는 답을 찾으셨습니까?"

클라우드송은 바인에게 이렇게 물으며 차갑고 깨끗한 물이 담긴 잔을 건넸다. 바인은 물을 한 모금 마시자 머리가 맑아지기 시작했다.

"내가 찾던 답 말인가? 아니네. 하지만 필요한 답은 얻었네."

바인은 친구에게 슬픈 미소를 지었다. 클라우드송은 알았다는 듯 고개를 끄덕였다. 그때 귀뚜라미 노래와 산들바람의 한숨으로 고요한 듯 고요하지 않은 밤의 정적이 깨지고, 윙윙거리는 익숙한 소리가 들리며 밝은 빛의 소용돌이가 나타났다. 클라우드송이 으르렁대었다.

"누가 감히 의식을 방해하느냐? 마법진이 아직 해제되지 않았는데!"

주술사가 열리는 차원문 쪽으로 성큼성큼 다가가자 바인은 발굽을 바닥에 대고 일어섰다. 차원문에서 호리호리한 하이 엘프가 걸어 나왔다. 그는 아주 전형적인 엘프로, 날카롭고 우아한 형체에 금발을 길게 드리우고 턱에 난 수염 다발을 유려하게 다듬은 모습을 하고 있었다. 엘프는 급히 바인을 손짓해 불렀다.

"대부족장이여, 내 이름은 카이로즈도르무입니다. 타란 주 님께서 백호사까지 당신을 호위하라고 나를 이곳으로 보냈습니다. 부디 함께 가시죠."

클라우드송이 말을 꺼냈다.

"당신은 신성한 의식을 방해하고 있습니다."

엘프는 짜증 어린 시선으로 클라우드송을 바라보았다.

"무례를 범해서 매우 미안하게 됐습니다만, 정말로 서둘러야 합니다!"

바인은 엘프가 걸친 전령사의 문장을 훑어보았다. 금박으로 가장자리를 두른 갈색의 문장에는 가슴팍에 무한의 상징이 새겨져 있었다. 시간여행단이 입는 관복이었다. 바인은 위험을 무릅쓰기로 하고 말을 꺼냈다.

"용군단이 아직도 이 옷을 입는 줄 몰랐습니다. 내 생각에 당신들이 시간을 다루는 힘은……."

카이로즈도르무는 긴 손가락이 달린 손을 성급히 휘둘렀다.

"이야기하자면 길지만 시간이 없습니다."

"시간여행단이 하는 말 치고는 놀라운 표현이로군요. 시간의 길에 심각한 장애라도 생긴 겁니까?"

"그보다는 훨씬 별 거 아닌 이유 때문입니다. 차원문이 영원히 열려 있지는 않으니까요."

갑자기 엘프가 키득거리더니 하얀 이를 반짝 내보이며 찡그리 듯 미소를 짓고서 고쳐 말했다.

"뭐 이론적으로는 그럴 수 있지만 지금처럼 '특별한' 순간에는 여기서나 저쪽에서나 영원히 열려 있지 않지요. 대부족장 바인이여, 함께 가시겠습니까?"

바인은 클라우드송을 바라보며 말했다.

"이 모든 일들을 해주어 고맙네, 카도르. 하지만 할 일이 부르는군."

"엘프의 어조로 보아 그런 듯합니다."

클라우드송은 떨떠름하게 대답했지만 절하는 것을 잊지 않았다.

"가십시오, 대부족장님. 아버님의 축복이 함께하리라 확신합니다."

＊＊＊

식사는 간소하고 소박했다. 잣을 넣은 빵과 다르나서스 블루치즈, 신선한 달의 배와 곁들여 마실 달딸기 즙이었다. 이곳, 사랑하는 엘룬 여신의 신전에서 티란데는 대드루이드 말퓨리온 스톰레이지에게 앞서 백호사에서 일어났던 일들에 대해 이야기했다.

티란데는 타란 주가 재판에 관련된 이들을 차원문으로 이동시킬 목적으로 마법사를 임명했다는 사실을 알고 기분이 좋았다. 유 페이는 귀여운 얼굴을 한 판다렌으로, 그녀가 입고 있는 물빛 비단 겉옷은 파란 눈을 한쪽만 새침하게 가린 흐트러진 한 다발의 머리카락과 어울렸다.

"추샤오 위스퍼윈드 님."

유 페이는 판다렌어로 '변호인'라는 말을 써서 티란데를 부르고는 공손히 절을 하며 자신을 소개했다.

"이곳에서 추샤오 님의 임무가 끝날 때까지 댁으로 모셔다 드리는 임무를 맡게 되어 영광입니다. 제 도움이 필요하시다면 언제든 주저하지 말고 불러주세요."

"내 사랑, 정말 이 임무를 수행하고 싶은 게 확실하오?"

대드루이드 말퓨리온이 티란데에게 물었다. 티란데에게 두 잔째 달딸기즙을 따라줄 때, 에메랄드 꿈속에서 보낸 수천 년을 떠올리게 하는 말퓨리온의 팔에 돋은 깃털이 탁자 위를 가볍게 스쳤다. 티란데는 말퓨리온이 오랫동안 잠들어 있는 동안 생긴 변화에 자신이 점차 익숙해지고 있다는 사실을 깨달았다. 이런 깃털이라든가 엘프가 아닌 밤호랑이의 것처럼 보이는 발, 길고 숱 많은 거대한 초록색 수염은 이제 낯설지 않았다. 하지만 외모가 변했다고 해도 말퓨리온이 품은 티란데를 향한 마음속 아름다움은 변하지 않았다. 말퓨리온은 지금처럼 앞으로도 티란데의 사랑이리라.

말퓨리온은 말을 이었다.

"당신은 이 재판이 얼마나 오래 걸릴지 모르오. 그리고 사실 재판에 당신이 얼마나 많은 노력을 쏟아야 할지도 모르고."

티란데는 밤의 숲처럼 차갑고 달콤한 음료수를 한 모금 마셨다. 그리고 미소 지으며 말했다.

"온 세상이 이 재판을 주목할 거예요, 여보. 그리고 당신은 내가 자리를 비웠을 때 어떤 일이 일어나도 처리할 수 있는 능력을 가지고 있어요. 나는 매일 밤 당신과 함께 있기 위해 집으로 돌아올 수 있을 거예요. 엘룬께서 직접 내리신 축복이지요."

그러더니 티란데의 목소리가 살짝 굳었다.

"그리고 얼마나 노력을 쏟아야 할지에 대해서라면, 증거를 제시하는 일 외에 내가 해야 할 일은 거의 없을 테지요. 지난 몇 달 동안 가로쉬를 따르던 이는 거의 없었고, 광포한 행동이 저지된 지금은 더욱 없어요."

티란데의 눈을 바라본 말퓨리온의 안색이 어두웠다.

"당신이 이 재판을 어떻게 풀어나갈 건지에 대해 물은 게 아니오. 당신에게 어떤 영향이 있을까 물어본 거지."

티란데는 놀랐고, 살짝 당황했다.

"그게 무슨 뜻이죠?"

"당신은 엘룬을 섬기며 깨달음과 치유를 관장하는 대여사제요. 그리고 필요하면 격렬히 전투를 치르기도 하지. 하지만 재판에서 당신은 자신의 고운 마음이 아니라 의미를 파악하기 어렵고 변덕스러운 말들을 다루게 되오. 그러면 깨달음이 아니라 미움과 상대를 비난하려는 욕망으로 들끓게 될 거요."

"결국 내가 제시하는 사실들이 깨달음과 이해를 가져올 테고, 가로쉬에게 적절한 유죄 판결이 내려진다면 마침내 모두 치유될 거예요."

티란데는 이렇게 말했다. 말퓨리온은 고민하는 듯한 얼굴로 뭐라 대답하려고 했다. 그러나 말을 채 잇기도 전에 티란데가 배우자와 식사를 하고 있는 정자 바깥에서 여자 목소리가 들려왔다.

"대여사제님."

"들어오너라, 코드레사."

정자에 드리운 얇은 천을 걷은 파수꾼이 한밤중처럼 짙푸른 색 머리를 디밀었다.

"손님이 오셨습니다. 재판과 관련된 일로 왔으며 한시가 급하다고 하셨습니다."

말퓨리온은 궁금한 듯 눈썹을 추켜올렸지만 티란데는 고개를 흔들었다. 그녀도 남편만큼이나 놀랐다.

"알겠다, 코드레사. 안으로 모셔라."

파수꾼은 뒤로 물러서서 정자에 드리운 천을 잡은 뒤 정체를 알 수 없는 손님에게 안으로 들어가라 말했다.

손님은 은빛 머리털을 한 노움이었다. 머리카락을 두 갈래로 나누어 각각 둥근 빵 모양으로 말아서 살짝 주근깨 진 얼굴 양옆에 붙인 모습이었다. 그녀는 커다란 녹색 눈을 기쁨으로 빛내며 티란데와 말퓨리온에게 인사했다.

"대드루이드여, 대여사제여. 이렇게 다시 뵙게 되어 정말 기쁩니다! 두 분을 방해해서 대단히 죄송합니다. 하지만 추샤오여, 정말로 급한 일입니다."

추샤오. 물론 이 명칭은 티란데가 현재 지닌 또 다른 직함이었다. 최소한 얼마 동안은 말이다.

"알았어요, 크로미."

티란데는 미소 지으며 우아하게 몸을 굽혀서 청동용 크로노르무 앞에 웅크리고 앉아 눈높이를 맞추었다. 용의 이름을 부르는 모습을 보고 파수병은 조용히 정자에 드리운 천을 내린 후 그들만 있도록 물러갔다.

"제가 어떻게 도우면 될까요?"

"천신들은 대여사제와 추샤오 블러드후프, 두 분이 재판에서 진술할 때 사용할 물건을 갖고 계십니다. 그 물건은 말로 설명드리기보다 보여드리는 편이 더 쉽습니다. 부디 함께 가주시겠습니까?"

제 4 장

백호사에 도착한 바인은 여기까지 자신을 차원문으로 이동시킨 유 페이에게 고마움을 표하며 절을 했다. 그리고 음영파의 수장을 바라보았다.

"안녕하십니까, 타란 주 맹주님. 요청하신 대로 카이로즈도르무가 저를 데려왔습니다."

바인은 주위를 둘러보았다. 밤에 본 백호사는 더욱 광활해 보였다. 달빛과 등불로 어느 정도 환했지만 경기장의 위쪽 의자들은 그늘에 가려져 어두웠다. 바인은 재판에 필요한 가구가 배치된 모습을 보았다. 가구는 세 구역으로 나누어져 있었다. 하나는 바인과 가로쉬를 위한 구역이고, 다른 하나는 티란데가 앉을 구역, 나머지는 파슈아와 증인들을 위한 구역이었다. 고소인과 변호인 구역에는 진홍색과 금색 천을 씌운 네모난 탁자들과 평범한 의자가 똑같이 놓여 있었다. 하나는 서쪽에 자리한 원 안에 배치되었고, 다른 하나는 동쪽 원 안에 있었는데, 그곳에는 의자가 두 개였다. 바인은 동쪽 자리가 자신과 가로쉬를 위한 곳이라고 짐작했다. 탁자 위에는 빈 물병과 잔들이 있었고, 그 옆에는 필기를 위해 갖춰둔 듯 잉크와 깃펜들, 양피지가 가지런히 정돈되어 있었다.

그들과 달리 타란 주의 자리는 높은 상단 위에 놓인 장식이 더 많은 의자였다. 하지만 어느 의자도 방청석 북쪽에 높이 솟은 보좌만큼 화려하지 않았다. 의자 옆에는 작은 징과 채가 있었다. 타란 주의 자리를 중심으로 앞쪽에서 조금 왼편으로 증인석이 있었다. 작은 탁자 위에는 역시 빈 물병과 잔이 놓여 있었다.

여기까지는 바인이 들은 대로였다. 하지만 타란 주의 자리를 중심으로 뒤쪽에서 살짝 옆으로도 탁자들과 의자들이 있었고, 탁자에는 검은 천으로 덮인 어떤 물체가 놓여 있었다.

"저게 무엇인지 여쭤봐도 되겠습니까?"

"바로 저것 때문에 내가 여러분을 이 시각에 오라고 한 겁니다."

타란 주의 대답은 질문에 대한 완벽한 설명이었지만 정작 그 말로 알 수 있는 사실은 아무것도 없었다. 타란 주는 앞발을 들어 올려 계속 질문하려는 바인을 막았다.

"추샤오 위스퍼윈드가 도착하면 모든 게 밝혀질 겁니다. 인내하세요."

바인이 대답했다.

"저는 시간이 정말로 중요한 의식을 치르던 자리에서 끌려왔습니다. 그런 입장이라 당장 인내심을 발휘할 수 없다는 것쯤은 타란 주 맹주님도 이해하실 거라고 확신합니다."

타란 주는 바인의 옆에 선 청동용에게 나무라는 눈빛을 보냈다.

"유 페이는 조금 기다렸다가 다시 차원문을 열 수 있었을 겁니다, 카이로즈도르무. 유 페이는 그런 일에 대해 신경 쓰지 않았을 거예요. 얼라이언스를 맡은 당신 동료에 비해 당신이 젊은 종족의 생활방식에 대해서 잘 모른다는 사실을 압니다만, 그들의 방식을 존중할 줄 알아야 합니다."

카이로즈도르무는 당황한 듯 보였다.

"죄송합니다. 타란 주 님의 말씀대로 동료가 나보다 잘 아는 게 맞습니다. 추샤오 블러드후프가 사과를 받아주고 타우렌의 생활방식에 대해서 내가 더 잘 알도록 도와줄 거라 생각합니다."

그럼에도 불구하고 바인의 심기는 약간 누그러졌을 뿐이다. 청동용이 의식의 핵심 부분을 방해하지는 않았지만, 정령들은 의식에 와주었는데도 제대로 대우 받지 못한 이 상황을 참지 못했다. 바인은 그 일은 그냥 잊기로 하고 타란 주가 말했던 것에 신경 쓰기로 마음먹었다.

"얼라이언스를 맡은 동료라고요?"

"카이로즈도르무가 여기서 당신을 돕기로 한 것처럼, 다른 청동용 역시 고소인에게 조언을 하게 됩니다. 그들이 곧 도착할 겁니다."

바인은 수수께끼처럼 감춰진 물체와 곧 관중들로 붐비게 될 텅 빈 좌석들을 다시 바라보았다. 바인이 경기장 안 변호인 구역에 있는 탁자와 의자 둘 쪽으로 시선을 돌리자, 아버지에게 한 말에도 불구하고 가로쉬를 변호하는 일뿐만 아니라 재판이 진행되는 동안 옆에 매일 앉아 있어야 한다는 생각에 코웃음이 났다.

"무슨 괴로운 일이라도 있습니까?"

카이로즈도르무가 바인이 앉을 의자에 길게 누워 금발 뒤로 깍지를 낀 채 타우렌을 짓궂은 눈초리로 바라보았다. 바인은 대답했다.

"괴로운 일은 많습니다, 카이로즈도르무. 하지만 당신이 해결해줄 수 있는 일은 없습니다."

"꼭 그렇게만 생각하지 말아요. 그리고 카이로즈라고 부르시죠."

그때 하나는 크고 하나는 작은 두 형체가 경기장으로 들어왔다. 티란데 위스퍼윈드는 우아하게 고개를 숙였다.

"안녕하세요, 추샤오 블러드후프. 그리고 타란 주 맹주님, 오래 기다리신 건 아닌지요."

티란데와 함께 온 노움이 바인을 바라보았다.

"안녕하세요, 대부족장이여. 다시 보게 되어 반갑습니다!"

노움은 바인에게 미소를 지어보이고는 카이로즈와 대화하려고 그에게로 갔다.

타란 주가 말했다.

"대여사제 티란데여 그리고 대부족장 바인이여. 두 분 모두 와주어서 감사합니다. 바로 본론으로 들어가겠습니다. 가로쉬에게 일어날 일보다 더욱 중요한 것은 모두가 동의하도록 재판이 공명정대해야 한다는 점입니다. 그렇지 않으면 가로쉬가 희생자가 되어, 호드 중 많은 이들이 가로쉬에게 받았다고 여기는 지침을 고수하기 위해 싸우게 되거나, 지나치게 너그러운 판결이 났다고 대중이 생각하게 될 위험이 존재하지요. 어느 경우든 호드와 얼라이언스 사이의 불화는 깊어지게 됩니다."

나이트 엘프 대여사제는 낭랑한 목소리로 말했다.

"제가 맡은 일은 쉽습니다. 타란 주 맹주님. 저는 증거만 제시해도 충분한 고소가 이루어지리라고 확신합니다."

"저는 가로쉬에게 애정 따위는 전혀 품고 있지 않습니다만, 제가 맡은 일을 명예롭게 처리하지 못할 바에야 차라리 죽음을 택하겠습니다."

바인은 모욕적인 언사가 될 듯한 말에 낮은 목소리로 대꾸했다. 타란 주는 무슨 말을 하려는 걸까?

타란 주가 말했다.

"무례를 범할 의도는 없습니다. 여러분 중 누구도 계략이나 속임수를 쓰지 않으리라는 점은 잘 아니까요. 그렇지만 사안이 사안이니만큼 뒷공론 역시 있을 겁니다."

티란데는 그 말에 동의했다.

"유감스럽게도 그걸 피할 수 없겠지요."

청동용들이 미소를 지었다. 거의 빈정대듯 보였지만 그렇다고 볼 수만도 없었다. 카이로즈도르무가 말했다.

"보통의 재판이라면 그렇겠지요. 하지만 이번은 보통 재판이 아닙니다. 여러분은 시간의 모래시계에 대해 잘 알고 계십니까?"

그저 형식적인 질문이었다. 스스로 시간을 돌릴 수 있는 거대하고 아름다운 모래시계는 과거 시간의 위상인 노즈도르무가 만들었다. 노즈도르무는 자신이 타락하여 무르도즈노라고 불리는 존재로 변한다는 미래를 내다보고 무르도즈노를 무찌를 이들에게 모래시계의 사용법을 전수하여 전투에서 이기도록 했다.

바인과 티란데는 난처한 눈빛으로 서로를 바라보았다. 노즈도르무를 도우려고 시도하는 자는 누구든 자신의 어둡고 일그러진 환영과 마주해야 한다는 소문을 둘 다 들었기 때문이다. 그런 생각은 과히 편치 않았다. 바인이 무뚝뚝하게 말했다.

"모래시계에 대해서 압니다."

"음, 무르도즈노가 전투에서 패한 후 저는…… 그러니까……."

카이로즈는 적당한 표현을 찾아내려 잠시 말을 멈추었다.

"손을 봤지요."

크로미가 거들었다. 카이로즈도 동의했다.

"그렇죠, 손을 봤습니다. 마법으로 말입니다. 나는 영원의 섬을 탐험했습니다. 그리고 모래시계 안에 담긴 시간의 모래 몇 알을 가져다가 영원의 섬에서 찾은 시대의 돌 부스러기들과 조합해서 새로운 물건을 만들었습니다. 나는 거기에 시간의 환영이라는 이름을 붙였죠. 내 입으로 직접 이렇게 말해도 될지 모르겠지만, 조그맣고 아주 놀라운 물건입니다. 시간의 환영이 가진 능력은 모래시계와 다릅니다. 모래시계처럼 시간을 되돌릴 수는 없지만, 크로미와 저는 시간의 환영에게 어떤 일정한 환영을 있는 그대로 불러오도록 지시할 수 있습니다. 어떤 중요한 순간이라도 말입니다. 심지어 미래의 몇몇 장면을 불러올 수도 있습니다."

바인은 여전히 천에 싸여 있는 물건을 불편한 기색으로 흘깃 바라보며 물었다.

"어떻게 그럴 수 있습니까?"

"시간의 환영은 시간에 정확히 조절된 틈을 생성할 수 있습니다."

티란데가 물었다.

"역사를 바꾸는 위험을 감수해야 하지 않나요?"

카이로즈가 말했다.

"전혀 없습니다."

'스스로 아주 자랑스러워하는군.' 그럴 만하다고 바인은 생각했다.

"말씀드린 대로 우리가 사용하게 될 것은 시간의 모래시계에서 구성을 본질적으로 바꾼 겁니다. 시간의 환영은 사건을 있는 그대로 불러오지 않습니다. 여기서는 실체가 나오지 않습니다. 그저 시간의 틈으로 나올 수 있는 광경과 소리를 불러올 뿐입니다."

크로미가 덧붙였다.

"또한 한 방향으로만 작동합니다. 무엇도 바뀔 위험은 결코 없습니다."

"그럼 보여드리도록 하지요."

카이로즈는 검은 천의 한 귀퉁이를 잡고서 극적으로 휙 휘둘러 천을 벗겨냈다.

시간의 환영은 금속으로 만든 용 두 마리가 달린 모래시계 모양이었다. 말 그대로 청동으로 만든 용들이었다. 용들은 각각 모래시계의 유리 구 부분을 한쪽씩 감싸고 있었다. 머리끝과 꼬리가 맞닿은 모습은 아주 정교한 장인의 솜씨로, 얼핏 보면 정말로 용들이 유리를 감고 졸고 있는 듯 보였다.

티란데가 말했다.

"위쪽 구에 있는 모래는 떨어지지 않는군요."

"크로미와 내가 시간의 환영을 활성화시키면 모래가 떨어지기 시작합니다. 위쪽 구에 있는 모래의 양은 제한이 있습니다. 여러분은 재판 중에 각각 일정한 시간 동안 시간의 환영을 이용하시게 될 겁니다. 여러분은 원하는 역사의 순간들을 반박할 수 없는 증거로써 고를 수 있고, 영상이 재생되는 시간의 길이는 주어진 시간에서 차감됩니다."

티란데가 말했다.

"말하자면 증인이 필요가 없다는 뜻이겠군요."

카이로즈가 말했다.

"그 말이 옳다고는 감히 말할 수 없습니다. 어느 순간을 고를지 현명하게 결정해야 합니다. 증인들은 단순한 사실만을 가지고 진술할 때보다 수월하겠지만, 오히려 해가 될 수도 있습니다. 크로미는 대여사제가 진술하실 때 증인과 증거를 잘 접목시키도록 조언을 드리기 위해 뽑혔습니다. 그리고 나는 당신과 함께 일할 것입니다, 대부족장이여."

바인은 곰곰이 생각하며 말했다.

"그렇다면 증인이 당시 상황을 정확하게 기억할 수 없다고 해도 거짓이나 과장, 어려움은 없겠군요."

크로미는 그 말에 동의했다.

"속임수가 없고, 어느 누구도 논박할 수 없는 변치 않는 진실만이 있는 겁니다."

티란데가 말했다.

"아, 그렇지만 분명히 동기나 속마음, 다른 계획들이……."

크로미는 손을 들고 티란데의 말을 막았다.

"전략을 누설하지 마십시오, 대여사제여!"

크로미는 강하게 말했다. 그러자 바인이 질문했다.

"어떤 순간을 고를지 어떻게 압니까? 혹시 재판정에서 당시의 장면을 보여주기 전에 직접 먼저 볼 수 있습니까?"

카이로즈가 말했다.

"물론입니다. 어떤 순간들을 선택할지 고르실 수 있도록 우리가 선발된 겁니다. 여러분이 나나 크로미에게 어떤 순간을 불러올지 말하면 정확히 그 시점을 찾도록 도와드리겠습니다."

크로미가 요청했다.

"시간의 환영을 어떻게 사용해야 변론에 가장 도움이 될지 다르나서스로 돌아가서 논의하도록 하실까요?"

티란데가 말했다.

"현명한 의견입니다, 크로미. 타란 주 맹주님, 제게 더 물을 게 있으신지요?"

타란 주가 말했다.

"그대의 조언자와 같이 가도 좋습니다, 고소인이여. 변호인도 마찬가지로 가도 좋습니다. 이제 지금 이 순간부터 그대들과 나는 재판이 시작되기 전까지 서로 만나거나 말을 나누는 일이 없을 겁니다. 평온이 함께하기를. 그리고 여러분이 명예와 성실함으로 임무를 수행할 때 천신들의 지혜가 임하기를 기원합니다."

타란 주는 깊이 허리를 숙인 후 분명히 몸이 아플 텐데도 잠시 동안 그 자세를 풀지 않았다. 바인은 타란 주에게서 존경심과 감사가 흘러나오는 걸 느꼈다.

티란데 역시 모두에게 절한 뒤 크로미와 함께 자리를 떴다. 여느 때처럼 우아하고 힘이 있는 느긋한 걸음걸이였지만, 살짝 격앙된 발걸음에서 흥분감이 여실히 보였다.

바인의 곁에 서서 그 모습을 바라보던 카이로즈가 말했다.

"흠, 대여사제는 확실히 내가 만든 물건이 마음에 드나 보군요."

바인이 대답했다.

"그렇게 느낄 만도 합니다."

"대부족장님은 아닙니까?"

바인은 명상에 잠긴 눈빛으로 카이로즈를 바라보았다.

"오늘 밤 여기 모인 모든 이들은 순수하고 꾸밈없는 진실을 봤다고 해서 가로쉬에게 유리할 게 없다는 사실을 잘 알고 있습니다. 개인적인 의견과 상관없이 가로쉬를 변호할 의무를 맡은 입장에서 보자면, 시간의 환영은 고소인에게 주는 선물과 다름없게 느껴집니다."

카이로즈가 대답했다.

"이런, 아직 포기하지 마세요. 순수하고 꾸밈없는 진실이라도 관점에 따라 다르게 해석할 수 있어요. 아시다시피 당신은 특정한 장면을 보여주기 위해 나에게 물어볼 권리가 있고, 가로쉬의 말과 행동 이외에 다른 것도 물어볼 수 있으니까요.

"재미있는 관점이군요……. 흥미가 동할 수밖에 없네요. 함께 썬더 블러프로 돌아가도록 하십시다. 그리고 시간의 환영을 어떻게 해야 가장 잘 활용할 수 있을지 알려주시오."

* * *

축하연처럼 느껴서는 안 된다는 사실을 제이나 프라우드무어는 알고 있었다. 배심원이 의심할 여지없이 사형선고를 내려서 한 생명을 앗아갈 재판을 하루 앞두고 있어서 기쁘다고? 아니, 물론 그런 기분을 느껴서는 안 된다.

하지만 분명히 기뻤다.

제이나는 다른 이들 역시 같은 기분임을 감지할 수 있었다. 물론 오늘밤 식탁에 자리 잡은 이들 중 누구도 죽어 마땅한 자를 두고 건배를 들지는 않았다. 최소한 드러내고 하지는 않았다. 하지만 모두 다른 때보다 더욱 적나라한 태도를 취하고 있었다. 대화를 나누는 목소리들은 가벼웠고, 심지어 제이나가 거의 잊고 지내다시피 했던 웃음을 짓는 이들도 있었다. 제이나는 얼마 동안 느끼지 못했던 만족감을 느꼈고, 지금은 마침내 전쟁의 공포가 끝났다는 희망을 품어보기까지 했다. 최소한 제이나는 다시 편히 숨 쉬며 죽은 자들을 애도하고, 살아있는 이들과 함께 웃으며, 자신과는 참으로 다르지만 아주 진실한 누군가와 사귀는 법을 배운다는 더 부드러운 과제들을 시작할 때라고 생각했다.

제이나는 보랏빛 마루에서 함께 둘러 앉아 식사하는 이들의 얼굴을 바라보며 너무나 오랫동안 불확실하게 여겼던 평화로운 기분을 맛보았다. 칼렉은 물론이고 바리안과 안두인 린, 베리사 윈드러너와 함께하는 식사라니.

제이나는 이들과 함께 있어서 감사하는 마음이 들면서도 동시에 전사한 이들의 빈자리를 크게 느꼈다. 제이나의 기분을 알아차린 칼렉이 부드럽게 그녀의 손을 잡았다.

"떠난 이들을 그리워하고 있군요."

칼렉은 조용히 말했고, 제이나는 애써 부정하지 않았다.

"그래요. 파이네드와 킨디, 테르보쉬도 여기에 있어야 하는데."

그들은 조용히 말했지만 엘프의 귀는 빼놓지 않고 그 말을 들었다. 베리사가 말했다.

"맞아요. 그들도 여기 있어야 하죠. 로닌과 다른 많은 이들도 그렇고요."

안두인은 베리사의 강경한 어조를 듣고 마음이 심란한 듯 했다.

"천신들께서 배심원을 맡으시고 타란 주가 재판관이시니 정의가 이루어지리라 확신해요."

베리사가 말했다.

"그래, 바인이 가로쉬의 변호인으로 뽑힌 일은 이상하지만 거기에 대해서 뭐라 할 마음은 없단다."

안두인이 말했다.

"바인은 존경받는 이에요. 개인적인 감정과 상관없이 바인은 자신의 능력을 최대한 발휘하여 맡은 일을 수행할 거라 의심치 않아요."

칼렉이 말했다.

"하지만 바인이 그 일을 달가워 할 거라는 생각은 안 드는구나."

바리안이 말했다.

"그렇소. 얼라이언스의 모든 이들이 티란데의 임무를 탐냈던 것과는 대조적이지요."

제이나가 지적했다.

"하지만 당신은 그 임무를 탐내지 않았어요."

바리안이 대답했다.

"나는 여기서 빠지고 싶소. 만약 내가 가로쉬가 죽기만을 바랐다면 고엘이 둠해머를 내려쳤을 때 그저 가만히 있었을 거요."

베리사는 입매를 굳혔지만 아무 말도 하지 않았다. 제이나는 베리사에게 어떤 말도 할 수 없었다. 바리안이 그렇게 끼어든 일을 두고 제이나 자신도 상반된 감정을 느꼈기 때문이다.

안두인이 말했다.

"아버지는 올바른 일을 하셨어요. 비록 어려운 재판이 되었지만 장기적으로 보면 좋은 결과를 가져올지 누가 알겠어요? 간단히 사형 집행을 하기보다 훨씬 근본적으로 문제를 해결하게 될 거예요. 어떤 결정이 내려지든지 말이죠."

과연 그럴까? 제이나는 의문을 품었다. 재판을 하면 악몽도 끝나고 친구들의 죽음이, 그것도 어떻게 죽었는지 생생히 떠오를 때마다 마음에 생긴 상처가 또다시 아려오는 이 상황도 끝날까? 제이나는 건드리자 마자 한 무더기의 보랏빛 가루로 무너져내린 킨디를 생각했다. 순간 제이나는 이제껏 포크를 너무 세게 잡은 나머지 손마디가 하얗게 변했다는 사실을 알아차렸다. 포크를 조심스럽게 내려놓자 손가락이 아팠다. 제이나는 식사로 나온 구운 닭을 바라보았다. 그리고 닭다리 하나를 집어 들며 으스스한 농담을 떠올리고는 미소를 지었다.

"오늘 밤 가로쉬가 저녁을 먹다가 뼈다귀가 목에 걸려 죽어버려서 모든 이들의 마음을 편하게 해주는 편이 좋지 않을까요?"

제이나는 밝은 목소리를 유지하며 계속 말했다.

"아직 배가 차지 않은 분이 있다면 후식으로 맛있는 케이크가 있다고 들었어요."

제 5 장

제1일

군중과 그들을 제지하는 경비요원들은 제이나 프라우드무어가 이제껏 본 적 없는 광경을 연출했다. 제이나는 입구에서 소용돌이를 이루며 떼 지어 몰려다니는 군중 사이로 길을 터주고 자신과 칼렉, 바리안과 안두인, 베리사가 지정석까지 도달하도록 도와준 바리안의 경비병들이 고마웠다.

호드 종족의 모든 지도자들도 같은 식으로 모였다. 그들의 다채로운 의상과 피부색, 보통 귀에 거슬리는 소리로 알 수 있는 존재감은 맞은편에 앉아 있는 얼라이언스 지도자들의 금욕적이라 할 수 있는 모습과 선명한 대조를 이루었다. 위대한 천신회는 지혜롭게도 호드나 얼라이언스 어디에도 충성을 바치지 않는 무리의 일원을 가운데 좌석에 배치해서 분위기가 험악해질 때 물리적인 완충 지역이 되도록 했다. 제이나는 가운데 좌석 쪽에 붉은 머리를 땋아 뿔과 함께 왕관처럼 두른 엘프 여성이 앉아 있는 모습을 보고 놀랐다. 그녀의 아름다운 얼굴에는 희미한 슬픔의 표정이 아로새겨져 있었다. 제이나는 연민으로 마음이 아팠다. 그녀는 조용히 말했다.

"알렉스트라자 님이 오셨군요."

칼렉은 한숨을 쉬며 제이나의 옆자리에 편히 앉았다.

"차라리 안 오셨다면 좋았을 텐데요. 그분에게 재판은 고통일 뿐이에요."

제이나가 보기에 전대 용의 위상이자 생명의 어머니인 알렉스트라자는 재판이나 젊은 종족이 정의를 구현하는 방식 같은 일들과 상관없는 초월적인 존재였다. 알렉스트라자는 언제나 위엄 있고 용맹스러우며 우아하고 동정심 어린 행동을 해왔고, 상상조차 할 수 없는 공포를 마주하거나 자신이 커다란 손실을 입었을 때조차도 그랬다. 동생인 녹색용 이세라는 옆에 앉아 알렉스트라자의 손을 잡고 신기하다는 듯 호기심에 가득 찬 눈망울로 주위를 둘러보았다.

제이나가 말했다.

"알렉스트라자 님은 여기에 오실 필요가 있어요. 재판 때문이 아니라 자신을 위해서요. 바로 나처럼 말이죠."

안두인이 말했다.

"래시온도 여기 왔어요. 제가 오라고 초대했거든요. 재판을 보고 들은 다음 아제로스를 위해서 가장 좋은 게 무엇일지 결정을 내리라고 했어요. 래시온이 오기로 결정해서 기쁘네요."

제이나는 안두인의 시선을 따라 종종 검은 왕자라는 별칭으로 통하는 존재를 호기심을 갖고 처음으로 바라보았다. 래시온에 대해 아는 이는 거의 없었다. 그리고 그의 진짜 정체를 아는 이들은 더 적었다.

제이나는 안두인에게만 들리도록 작은 목소리로 말했다.

"용군단들이 모두 여기에 온 것 같구나."

알려진 바에 따르면 래시온은 존재하는 검은용 중 유일하게 타락하지 않은 용이었다.

데스윙의 새끼인 래시온은 아직 알 속에 있을 때 주변의 간섭 덕분에 고대 신들의 마수에서 벗어났다. 그 점은 다행이라 할 수 있지만, 래시온의 삶이 평탄하지 않았음을 제이나는 인정해야 했다. 알렉스트라자 휘하의 붉은용군단은 검은용들을 정화시킬 방법을 찾았고, 붉은용 중 하나인 레아스트라자는 그 임무를 수행하기 위해 극단적인 방법을 썼다. 암컷 검은용을 납치해 억지로 알을 낳게 했던 것이다. 레아스트라자는 노움 발명가와 협력하여 용군단 전체를 괴롭히던 광기로 물든 알 하나를 정화해냈다. 그러자 심기가 불편해진 데스윙은 그 알을 파괴했다. 아니, 파괴했다고 생각했다. 그러나 이런 상황을 예상했던 레아스트라자는 정화된 알을 다른 알과 미리 바꿔치기했고, 그 과정에서 자신의 목숨은 물론 부화되지 않은 자신의 새끼도 잃고 말았다.

래시온은 당시에 아직 알 속에 있었지만 완전한 감각과 지각이 있던 상태여서 무슨 일이 벌어졌는지 예민하게 인식했고, 앞으로 붉은용군단이 자신을 키우고 평생 감시하리라는 사실도 알았다. 도적들이 알에 든 자신을 훔쳤을 때 그는 말하자면 '자유'를 얻었고, 부화한 뒤로는 붉은용의 영향을 받지 않았다. 어떻게 포획한 자들로부터 탈출했는지는 알려진 바 없지만, 어쨌든 래시온은 상당히 온전한 정신을 지닌 채 살아서 이 자리에 왔다.

안두인과 래시온은 판다리아에서 만나 친구라 할 수 있는 관계가 되었지만, 안두인이 시인한 대로 우정이란 주로 얼마나 그들의 외모가 다르냐에 초점이 맞추어졌다. 래시온의 나이는 정의하기 힘들었다. 실제 살아온 연수로 따지자면 래시온은 아직 두 살 정도의 아기였다. 하지만 용이기 때문에 타고난 지적 능력과 지혜를 소유했고, 외모로 보자면 안두인의 나이 정도 되는 젊은이였다.

안두인이 어릴 때부터 커가는 모습을 지켜본 제이나는 그에게 종종 모성애를 느꼈고, 안두인이 래시온을 친구로 둔 게 못마땅했다. 안두인에게는 래시온 말고 또래에서 동등하게 사귈만한 자가 없었지만, 래시온이 안두인에게 말 그대로 나쁜 영향을 줄까봐 걱정되었다. 이상하게 들리지만, 래시온이 검은용이라서가 아니었다. 데스윙이라는 이름으로 더 잘 알려진 래시온의 아버지 넬타리온은 끔찍한 광기 때문에 타락하기 전에는 세상을 보호하는 지혜로운 대지의 위상이었다. 제이나는 안두인이 래시온에 대해 말했던 몇 가지 것들 때문에 걱정되었다. 그녀는 검은 왕자가 최대한 알렉스트라자에게서 멀리 떨어져 앉은 광경을 보고 그럴 만하다고 생각했다.

래시온은 전체적으로 인간처럼 보였지만, 검은 피부에다 축 늘어진 바지에 튜닉과 터번을 쓴 이국적인 차림새가 퍽 인상적이었다. 왼쪽에는 영원히 못마땅한 얼굴을 하고 있는 듯한 오크 여성을, 오른쪽에는 똑같이 위협적인 모습을 한 인간 여성을 대동한 채였다. 래시온은 안두인에게 미소를 지은 뒤 진짜 정체가 무엇인지 알아볼 수 있는 이글거리는 눈을 돌려 제이나를 바라보았다. 래시온은 살짝 고개를 숙인 후 제이나에게도 우아하게 미소를 지었지만, 미소에는 래시온이 무언가 재미있어 하는 듯한 암시가 들어 있었다. 제이나는 무엇 때문에 래시온이 즐거워하는지 의아했다.

판다렌 경비병들은 고요한 산정의 호수처럼 조용하고 인내심 있는 자세로 가까이에 정렬해 서 있었다. 하지만 필요하면 얼마든지 번개처럼 재빠르게 움직일 수 있었다. 혹여나 폭력 사태가 일어나도 군중은 맨손으로 싸울 수밖에 없었다. 제이나는 마법 감쇠장의 존재를 짓누르는 듯한 안개처럼 감지했다. 이곳에서는 무기를 쓰는 게 금지되었다. 바리안이 중얼거렸다.

"익숙한 광경이로군."

제이나가 물었다.

"뭐가 말인가요?"

바리안은 좌석을 채우는 방청객들 쪽으로 고갯짓을 하며 말했다.

"저들 말이오. 내가 검투장에서 싸울 때 봤던 모습과 똑같군. 저들은 피에 목말라 있소."

"오늘은 피를 보지 않겠지요."

베리사가 말했다. 그녀는 굳이 '하지만 정의가 있다면 재판이 끝날 때 피를 보게 되겠지요.'라는 말을 덧붙일 필요가 없었다.

바리안이 말했다.

"피를 보지 않는 편이 나아요. 이 자리가 혼돈으로 치닫게 되면 모든 걸 잃게 될 거요. 수없이 많은 이들의 목숨도 포함해서 말이오."

제이나는 경기장 바닥 쪽으로 관심을 돌렸다. 바인과 티란데는 이미 와 있었다. 둘은 각각 자신에게 지정된 탁자 뒤 의자에 앉아서 기다리는 중이었다. 그 광경에 제이나는 놀라지 않았다. 제이나가 놀랐던 건 타란 주와 천신들 그리고 가로쉬가 오기를 기다리고 있는 자들이 둘 말고도 두 명 더 있다는 사실이었다. 제이나는 크로미를 알아보았다. 크로미는 상당히 강인한 청동용으로, 지금은 최대한 위협적이지 않은 모습을 하고 있었다. 하지만 크로미와 이야기하고 있는 잘생긴 하이 엘프는 누군지 알 수 없었다. 둘은 자신들의 신분을 나타내는 갈색 휘장을 입은 채 한쪽에 놓인 작은 탁자 옆에 앉았다. 탁자 위에는 덮개가 씌워진 물체가 놓여 있었다.

제이나는 두 청동용이 왜 저기에 있는지 의아해하며 분명히 재판에 공적인 임무가 있어서일 거라고 생각한 순간, 머리끝에서 발끝까지 긴 공식 예복을 차려 입은 판다렌이 들어왔다. 그는 음영파의 문장이 달린 장창을 들고 있었다. 판다렌이 장창의 밑동으로 바닥을 세 번 내려치자 방청객들은 조용히 각자의 자리에 앉았다.

"법률을 존중하는 것은 판다렌 종족이 소중히 여기는 자세입니다. 법은 그릇된 것을 바로잡아 질서를 회복할 수 있는 수단입니다. 지금은 역사적인 순간으로, 우리의 긴 역사상 처음으로 외부인이 참가하게 될 재판을 진행하게 됩니다. 그릇된 것을 바로잡으려는 노력으로, 전통에 따라 재판을 받는 이와 정의를 추구하는 이를 호명합니다. 이로써 엄숙하게 우리는 아제로스 종족에게 그릇된 행위를 저지른 가로쉬 헬스크림의 재판을 시작하겠습니다. 열린 귀와 마음으로 증언을 듣게 되실 위대한 천신회에 감사하는 마음과 재판 과정의 적법성을 판단하실 음영파의 수장 타란 주에게 경의를 표하기 위해 모두 자리에서 일어서주시기 바랍니다."

모두 일어섰다. 츠지, 쉬엔, 니우짜오와 위론은 힘든 기색이 없어 보이는 움직임으로 발코니에 들어왔다. 새로운 형상에서도 드러난 천신들의 우아함과 아름다움에 제이나는 언제나 그랬듯이 숨이 턱 막혔다. 제이나는 예전에 아이사에게 물어본 적 있었다. 아이사는 그 모습이 호드와 얼라이언스를 존중하는 태도라고 대답해주었다. 천신들은 모습은 물론이고 그들이 뿜어내는 듯한 에너지를 봐도 세련되고 독특했다. 타란 주는 필멸자였기 때문에 천신들보다는 대하기 쉬운 존재로 보였지만, 그 역시 당당한 모습이었다. 그리고 힘과 평화가 조화로이 어우러진 상태라는 게 그의 자세에서 드러났다. 타란 주는 파슈아의 자리에 올라 작은 채를 들어 징을 세 번 치고는 메아리가 잦아들 때까지 기다렸다가 말했다.

"자리에 앉으시지요."

타란 주의 목소리는 맑고 조용했지만 엄청나게 큰 재판정에서도 잘 들렸다.

"피고가 나오기 전에 여기 있는 모든 분들에게 알립니다. 나는 재판 중에 벌어지는 소란에 대해서 용납하지 않을 겁니다. 이 규칙을 어기는 이는 누구라도 재판이 끝날 때까지 경비병의 감시 아래 구속될 것입니다. 또한 독특한 상황에 걸맞도록 증거를 제시할 때 독특한 방식을 사용할 것입니다."

타란 주는 청동용들을 향해 고개를 끄덕였다. 그들은 자리에서 일어나 가려진 천을 확 끌어당겨 모래시계를 보여주었다.

제이나는 청동용들이 말하기도 전에 이미 무엇을 하려는지 깨달았다. 시간의 환영이란 장치가 작동하는 원리를 설명하는 청동용들의 목소리는 희미해졌고, 대신 제이나의 귀로 둔한 고함소리들이 한가득 밀려왔다. 잠시 동안 제이나는 숨을 쉴 수 없었다. 마치 그때처럼 다시 어디론가 빠져 들어갔다…….

누군가 손을 꽉 쥐었다. 아픔을 느낀 제이나는 다시 정신을 차렸다. 숨을 들이키자 공기가 가슴으로 밀려들어오며 제이나는 조용히 숨을 헐떡였다. 고함소리들은 그쳤지만 제이나는 가슴이 토끼처럼 빠르게 고동치는 소리를 여전히 들을 수 있었다. 자신을 주의 깊게 지켜보는 칼렉 쪽으로 고개를 돌린 제이나는 잘생긴 얼굴에 어려 있는 근심을 포착했다. 제이나는 마른 입술을 축이고는 고개를 끄덕이며 소리 내지 않고 속삭였다.

'괜찮아요.'

칼렉은 그 말을 확신할 수 없다는 얼굴이었지만 잡은 손을 놓아주었다. 제이나는 몇 번이고 천천히 심호흡을 했다. 청동용들은 설명을 마친 뒤 물러섰다.

타란 주가 경비병에게 말했다.

"죄수를 데려오시오."

이 두 마디 말은 엄청난 파장을 가져왔다. 재판정 안에 있던 모든 이들이 순간 경계하는 기색을 띤 채 바깥으로 이어져 아래층 지하실까지 다다르는 통로의 문 쪽으로 시선을 고정했다.

가로쉬 헬스크림은 여섯 명의 경비병들에게 둘러싸여 들어왔다. 경비병들 중 둘은 호드에서 온 트롤과 타우렌이었고, 둘은 얼라이언스 쪽에서 온 나이트 엘프와 드레나이였다. 나머지 둘은 제이나가 이제껏 본 판다렌 중 가장 크고 육중한 몸집의 판다렌들이었다. 가로쉬는 자신의 걸출한 아버지 그롬이 죽인 악마의 엄니로 장식한 독특한 갑옷을 입고 있지 않았다. 그저 허리띠로 묶은 튜닉과 소박한 신발 차림이었다. 튜닉은 가로쉬의 몸에 맞게 재단되지 않은 게 분명한 듯 육중한 어깨와 가슴 쪽 천이 팽팽하게 뒤틀려 있었다. 가로쉬의 갈색 피부에는 아로새긴 문신과 더불어 그에 못지않게 보이는 물갈퀴가 달린 손가락 같은 검은 선들도 있었다. 바로 샤가 남긴 흔적이었다. 가로쉬는 목과 손목, 발에 제이나의 손보다도 큰 고리들로 이어진 쇠사슬이 묶여 있어서 큰 보폭으로 걸을 수 없었다. 게다가 다리에 상처도 입은 탓에 걸음은 더욱 느렸고, 중간 중간 멈추었다. 가로쉬의 무표정한 얼굴에는 겁먹은 기색도, 자랑스러운 기색도 없었다.

잠시 동안 정적이 흘렀다. 쇠사슬이 철컹이는 소리와 경비병들의 발자국 소리만 들릴 뿐이었다.

그러나 곧이어 대혼란이 일어났다.

재판정에 있던 얼라이언스와 호드는 물론이고 심지어 명목상으로 중립인 무리까지도 파도치듯 자리에서 일어났고, 그중 몇몇은 발코니로 달려 나와 모멸적인 어구를 외쳐대며 주먹을 휘둘렀다. 다른 이들만큼이나 제이나 역시 주위를 둘러싼 마법 감쇠장이 마음에 들지 않았지만 지금은 고마웠다. 제이나는 가로쉬가 성난 군중의 손에 죽지 않기를 바랐다. 청동용들이 만든 고마운 기구를 통해 가로쉬가 자신이 한 짓을 보고 듣게 하고 싶었다. 그가 초래한 황폐함. 그가 야기한 증오심. 제이나는 아제로스의 '모든 이들'이 얼마나 철저히 그에게서 등을 돌렸는지 알려주고 싶었다.

그리고 직접 가로쉬를 죽일 수 없다면, 이름도 모르는 성난 군중 중 누구에게도 그 영예를 주고 싶지 않다고 생각하는 자신의 모습을 깨닫자 부끄러움이 밀려왔다.

판다렌들은 신속하게 대처했다. 방청석에 배치된 대부분의 경비병들은 수도사로, 그들의 몸 자체가 무기나 다름없었기에 폭도들은 재빨리 제압되어 경기장 밖으로 끌려 나갔다. 가로쉬를 지키는 경비병들은 모두 무기를 뽑아들고 간격을 좁혀 그의 주위를 에워쌌다. 그리고 가로쉬와 등진 채 침착한 얼굴로 관중을 마주보았다.

경비병들을 제외하면 소란에 흔들리지 않은 이들은 타란 주와 네 명의 천신들 그리고 당사자인 가로쉬 헬스크림뿐이었다. 문신이 새겨진 가로쉬의 갈색 얼굴은 돌로 새겨진 듯 아무 감정도 드러내지 않았다.

타란 주는 엄한 목소리로 경고했다.

"법정에서 소란을 피울 경우 어떤 일이 벌어지는지 여러분은 지금 모두 목격했습니다. 소란을 피운 자들은 재판이 끝날 때까지 경비병의 감시 아래 구속되었다 풀려날 것입니다. 이후로도 엄숙한 재판을 방해하는 이가 있다면 누구든지 같은 처지가 될 겁니다."

타란 주가 고개를 끄덕이자 가로쉬를 둘러쌌던 경비병들은 원래 위치로 돌아갔다. 타란 주가 자리한 연단 아래로 안내된 가로쉬는 그곳에서 걸음을 멈췄다. 두 명의 거대한 판다렌들이 가로쉬의 뒤에서 경계 태세를 취했다. 제이나는 경비병들이 또 다른 폭력 사태가 일어날 경우가 아니라면 눈을 깜빡이는 것 말고는 전혀 움직이지 않으리라는 사실을 알았다. 나머지 경비병들은 타란 주에게 절한 뒤 열을 지어 나갔다. 타란 주는 잠시 동안 가로쉬를 내려다보았다.

"가로쉬 헬스크림이여, 그대는 전쟁범죄를 비롯하여 아제로스 대륙은 물론 아제로스에 거하는 지각 있는 존재들 중 핵심적인 이들을 대상으로 한 범죄를 저지른 혐의가 있습니다. 또한 본인의 이름으로 자행했거나 그대와 동맹을 맺은 이들의 이름으로 이루어진 모든 행위들에 대해서도 혐의가 있습니다."

가로쉬는 아무 말 없이 가만히 서 있었다. 타란 주는 계속해서 말했다.

"혐의는 다음과 같습니다. 대량 학살, 살인, 강제 이주, 강제 실종."

극악무도한 범죄명들을 듣고 제이나는 긴장했다. 그래서 그녀는 볼진과 다른 호드 지도자들이 앉아 있는 자리를 흘깃 바라보았다. 제이나는 가로쉬의 지배 아래에서 트롤이 받았던 대우, 가로쉬가 볼진에게 하려 했던 짓에 대해서도 들은 적 있었다.

"노예화, 아동 유괴, 고문, 죄수 살해, 강제 임신."

안두인은 질겁했고, 제이나는 그에 대해 뭐라고 할 수 없었다. 그녀는 알렉스트라자를 생각했고, 생명의 어머니인 그녀 자신은 물론이고 붉은용군단이 전반적으로 당했던 끔찍한 일을 떠올렸다. 옆에 앉은 칼렉은 아주 조용한 태도를 유지했다. 제이나는 칼렉의 마음을 달랠 생각으로 그를 올려다보았다가 오히려 자신을 쳐다보고 있는 칼렉을 발견했다. 칼렉은 앞으로 나올 죄목을 알고서 제이나의 어깨를 팔로 감쌌다.

제이나는 마음의 준비를 했다.

"군사적 또는 비군사적 필요성으로도 정당화시킬 수 없는 도시와 읍, 마을의 무자비한 파괴."

영원꽃 골짜기가 그랬다.

테라모어도 그랬다.

"가로쉬 헬스크림, 이 혐의들에 대해 할 말이 있습니까?"

가로쉬는 아무 대답이 없었다. 제이나는 아주 잠깐, 만약에 전대 대족장 가로쉬가 너무나 적나라하게 제시된 혐의들을 듣고 깨닫는 바가 혹시 있을까 생각했다. 한때 가로쉬가 자신의 이름으로 무고한 이들을 살해한 부하에게 분노했다는 이야기를 들은 적이 있었다. 그리고 적들조차 가로쉬가 동족에게 보이는 열렬한 헌신만큼은 높이 산다는 점도 알았다. 한때는 가로쉬 본인도 명예롭다는 평판을 받았다.

제이나는 눈도 거의 깜빡이지 않고 숨도 거의 쉬지 않은 채 가로쉬를 응시했다. 그녀는 지금 가로쉬가 울며 주저앉아 자신이 저지른 극악무도한 행위를 용서해달라고 하기를 바라는지, 아니면 단호한 태도를 취해 모두가 무사히 그를 죽일 수 있기를 바라는지 알 수 없었다.

이윽고 가로쉬는 미소를 지으며 힘겹게 쇠사슬이 감긴 무거운 팔목으로 천천히 박수를 치기 시작했다. 그리고 비웃으며 대답했다.

"이제야 쇼가 겨우 시작되었군. 미리 기립박수를 보내오. 다크문 축제보다 재미있을 테니까."

가로쉬의 오만한 웃음이 경기장에 울려 퍼졌다.

"내가 유죄라고 말하지 않겠소. 그러면 수치스럽다는 뜻일 테니까. 하지만 무죄라고도 항변하지 않을 거요. 그렇게 주장할 마음이 없으니까. 이제 이 희극을 시작해보시지!"

방청객들은 두 번째로 자리를 박차고 일어났고, 그 모습은 서로를 밀치고 내려가 가로쉬 헬스크림의 목을 맨손으로 조르려는 것처럼 보였다. 제이나는 무의식적으로 의자 팔걸이를 잡고 몸을 반쯤 일으켰다가 칼렉과 바리안이 양옆에서 억지로 잡아두려는 손길에 정신을 차렸다.

"일어나지 말아요, 내 사랑."

칼렉이 다급하게 속삭였다. 제이나는 분노 어린 고함을 질러 귀에 거슬리는 소리에 동참하려던 자신의 모습을 깨달았다. 주먹을 쥔 채 억지로 자리에 앉자 이마에서 땀방울이 솟았다.

그동안 타란 주는 자제심을 잃었다. 그는 여러 번 징을 치고 판다렌들에게 고함쳐 명령을 내렸다. 더 많은 호드와 얼라이언스가 체포되었고, 자기들이 제멋대로 저지른 행동에 대해 재판 내내 반성하도록 구속되어 끌려갔다.

다시 비교적 조용해지자 평정심을 되찾은 타란 주가 가로쉬를 응시했다.

"그대가 한 말이 재판의 원래 의도를 바꾸지 않았으므로 우리는 계획대로 재판을 진행하겠습니다."

타란 주는 가로쉬의 경비병들을 향해 고개를 끄덕였고, 그들은 가로쉬를 앞으로 재판이 진행될 동안 앉을 바인 옆의 빈자리로 데려갔다. 가로쉬는 쇠사슬에 묶여 있었지만 도전적이고 독선적인 태도로 의자에 기대 누웠다. 제이나가 품은 증오는 너무나 강렬하고 격렬해서 가로쉬가 테라모어에 떨어뜨린 마나 폭탄도 그에 비하면 한낱 촛불처럼 보일 뿐이었다.

제 6 장

가로쉬의 악의에 찬 말과 오만한 태도를 예상 못한 건 아니지만, 안두인은 이런 일이 벌어져서 실망했다. 안두인의 이런 생각을 알면 대부분은 놀랄 것이다. 왜냐하면 안두인은 가로쉬에게 공격을 받아 거의 죽다 살아난 장본인이기 때문이다.

가로쉬는 호드의 대족장 임기가 막바지에 이를수록 얼라이언스를 이기기 위해 영적인 수단과 마법 수단을 모으는 데 점점 집착했다. 어떠한 대가를 치르더라도 상관없었다. 안두인은 가로쉬가 저지른 일이라며 떠도는 소문들을 거의 믿을 수 없었지만 몇몇 경우들은 직접 목격했다. 가로쉬는 바리안과 달리 군대의 힘을 증폭시키기 위해 샤의 어두운 능력들, 즉 부정적인 감정을 치명적이고 위협적인 물리적 능력으로 구현한 능력들을 사용하기로 결정했다.

가로쉬는 이 임무를 완수하기 위해 모구 유물인 천상의 종을 훔쳤다. 종이 울리면 다시는 돌이킬 수 없는 순수한 혼돈이 뿜어져 나왔다. 하지만 판다리아에 있는 모든 것들이 그렇듯 천상의 종과 짝이 되어 균형을 이루는 조화의 망치가 있었다. 안두인은 부서져버린 망치를 다시 조립했고, 가로쉬에게 맞섰을 때 조화의 망치로 천상의 종을 울려 불화의 소리를 참된 조화의 소리로 바꿨다.

안두인은 가로쉬를 좌절시켰다. 이에 격분한 가로쉬는 자신의 도끼인 피의 울음소리를 휘둘러 모구의 유물인 종을 산산조각 냈다.

그리고 안두인의 뼈도 산산조각 났다.

부서진 종의 파편에 짓눌렸던 몸의 모든 마디에서 그때의 고통이 느껴졌다. 안두인이 자세를 바꿀 때마다 고통은 순간적으로 다가왔고, 그때를 떠올리면 고통들은 다른 방식으로 더 깊게 파고들었다. 벨렌은 고통이 완전히 사라지지 않을 것이고, 나이가 들면 더 심해질 가능성이 높다고 말했다.

"네 몸은 그때 받은 상처를 완전히 잊지 않았다. 뼈마디 하나하나가 고유한 기억을 지니고 있지."

벨렌은 이렇게 말했다. 그러더니 연로한 드레나이는 미소를 지으며 이렇게 덧붙였다.

"빛께 감사하게도 젊은 왕자 너는 그 이야기를 들을 때까지 살게다."

안두인은 그것으로 충분했다. 그리고 조화의 망치가 불화로부터 조화를 이끌어냈다면, 지각이 있는 이 행성의 존재들 역시 그럴 수 있으리라 생각했다. 안두인은 영혼 깊은 곳에서부터 우러나오는 마음으로 이렇게 믿었다. 그건 드레나이는 물론이고 나루조차 가진 신념이었고, 그들 모두 안두인보다 지혜로웠다. 데스윙이 세상에 입힌 상처를 치유하는 데 상당히 많은 도움을 준 대지 고리회는 모든 종족의 주술사들로 이루어졌다. 그들은 세나리온 의회와 연합하여 세계수 놀드랏실을 복구했다. 협력은 가능했다. 안두인은 그 과정을 직접 목격했다. 모든 존재가 독특했고, 성장할 수 있었다.

재판은 이제 겨우 시작되었다. 자신이 저지른 범죄의 목록을 듣고도 가로쉬는 느끼는 바 없이 그저 으스댈 뿐이었지만, 청동용들이 재판을 돕기 위해 만든 독창적인 작품을 보면 가로쉬의 마음이 움직일지도 모른다.

젊은 왕자 안두인은 여전히 친구라고 여기는 바인 블러드후프를 보자 마음이 편치 않았다. 그리고 그림토템 부족이 반란을 일으켰을 때 목숨을 부지하기 위해 도망쳐야 했던 바인과 함께 제이나의 응접실에 앉아 있던 밤을 떠올렸다. 안두인은 자기 아버지를 살해한 가로쉬를 변호할 책임을 맡은 바인에게 감탄했다. 바리안을 잠깐 쳐다본 안두인은 아버지가 바인의 입장이라면 어떻게 행동했을지 궁금해졌다. 안두인은 바리안이 그만한 위엄을 가지고 그 상황을 받아들였기를 바랐다.

티란데 위스퍼윈드는 자리에서 일어나서 경기장 한가운데로 걸어갔다. 그녀는 나부끼는 겉옷을 걸치고 있었다. 겉옷은 평범하게 말하면 흰색이지만, 그렇게 표현하기에는 훨씬 더 많은 색을 띠고 있었다. 연보라색과 파란색, 진주색과 은색이 미묘하게 조화를 이뤄서 수수하면서도 우아한 모습을 자아낸 의복은 티란데 특유의 분위기를 잘 드러냈다. 안두인이 전에 티란데를 만났을 때, 그녀는 모든 얼라이언스 지도자들은 물론이고 몇몇 호드의 지도자들과 비교해도 대단히 압도적으로 보였다. 그녀가 위압적이거나 오만해서가 아니었다. 그와는 반대로 티란데는 상냥하고 우아했다.

안두인은 티란데의 모습에서 그녀가 경배하는 찬란한 달의 여신과 그녀의 종족이 그토록 사랑하는 서늘한 밤의 숲이 가진 아름다움의 정수가 무엇인지 보았다. 마그니 브론즈비어드의 장례식에서 티란데가 처음으로 말을 걸었을 때, 안두인은 뺨을 어루만져 위로하는 티란데의 상냥한 손의 감촉에 몸을 떨었다. 안두인을 위로했던 티란데의 마음은 언제나 그렇듯 진실했다.

지금 티란데는 방청객 쪽으로 얼굴을 돌리더니 생각을 정리하려는 듯 그들을 말없이 오랫동안 바라보았다. 이윽고 그녀는 타오르는 시선으로 네 명의 위대한 천신회를 올려다보았다.

"저는 고소인으로써 여기 모인 분들과 배심원들께 먼저 말할 권리가 있습니다."

티란데는 이렇게 말을 꺼냈다. 울려 퍼진 목소리는 귀에 거슬리지 않았고, 오히려 아름다운 노래처럼 들렸다.

"이 권리는 고소인으로서 제가 변론을 제기해야 하기에 받았습니다. 하지만 저는 변호인이 먼저 말하도록 허락하고 싶었습니다. 추샤오 바인 블러드후프는 저보다 훨씬 더 어려운 임무를 맡기로 결정했기 때문입니다."

티란데는 우아한 걸음걸이로 걸어 나오기 시작했다. 푸른 머리카락이 등 뒤로 물결쳐 내렸다. 그녀는 연보라색 얼굴을 들어 방청객을 올려다보았다.

"가로쉬 헬스크림은 오늘 제 수고를 크게 덜어주었습니다. 자신에게 해당되는 긴 목록의 극악한 혐의들을 시인했을 뿐만 아니라 자랑까지 했고, 이 법정을 모욕했습니다. 사원에 자리하신 분들 중 어느 누구도, 감히 말씀드리건대 아제로스에 있는 그 누구라도 저 오크 하나가 저지른 행위에 영향을 받지 않은 분이 없습니다."

이제 티란데는 가로쉬를 바라보았다. 티란데의 얼굴은 살짝 변했을 뿐이지만 안두인은 그 위에 나타난 증오를 알아챌 수 있었다.

"영예이자 우울한 기쁨이 되는 저의 임무는 가로쉬가 저질렀다고 고발당한 모든 행위들에 대한 증거를 더 많이 제시하는 것입니다. 저는 고뇌와 비통, 파괴가 일어난다는 사실을 잘 알면서도 가로쉬가 이 모든 일을 저질렀음을 여러분께 보여드리고자 합니다."

티란데는 잠시 말을 멈춘 뒤 크로미와 카이로즈가 앉은 탁자 쪽으로 몸을 돌려 그들에게 공손히 절했다.

"저는 청동용군단에게 감사드립니다. 덕분에 아무리 들어도 결국엔 무감각해질 말들을 어리석게 되풀이하는 방식이 아니라 사건들이 어떻게 전개되었는지 실제 장면을 보여드릴 수 있게 되었습니다. 여러분은 가로쉬 헬스크림이 음모를 꾸미는 모습을 지켜보고, 거짓을 말하는 목소리를 듣게 될 겁니다. 그리고 마지막에는 배신을 했다는 사실도 목격하실 겁니다."

가로쉬는 아무런 방해도 하지 않았다. 티란데는 고소인의 전략에 따라 어조를 조절하는 중이었고, 그 어조는 더욱 모질어질 터였다. 안두인은 티란데가 냉혹하게 변론을 할 테니 가로쉬가 입을 다물고 있을 수 없으리라 생각했다. 하지만 가로쉬는 침묵을 지켰다.

티란데는 실망했다 해도 그런 기색을 내비치지 않았다. 그녀는 섬세한 코끝으로 경멸감을 드러낸 후 다시 방청객을 올려다보았다. 티란데의 목소리는 더 부드러웠고, 안두인이 그녀를 처음 만났을 때 느꼈던 것과 같은 동정심으로 가득 차 있었다.

"보여드릴 장면 중 몇 가지는 끔찍합니다. 여러분 중 다수가 가로쉬 헬스크림의 행위로 인해 직접 고통을 받았다는 점을 압니다. 제가 여러분께 가할 수밖에 없는 고통에 대해서 진심으로 유감스럽게 생각합니다. 하지만 제 능력이 닿는 한 모든 수단을 동원하여 이…… 오크에게…… 정의를 구현하지 않는다면 여러분은 더욱 고통을 받게 될 거라고 믿습니다."

이제 티란데는 네 명의 위대한 존재를 보았다. 그들은 돌처럼 움직이지 않았지만 존재감은 경기장 전체를 압도했다.

"위대한 천신회여, 천신들은 현명하고 자애로우십니다. 저는 두 성품을 모두 존경하는 바입니다. 그리고 제가 말씀드리는 참된 정의를 우리에게 내려주시기를 간청합니다. 호드의 전대 대족장 가로쉬 헬스크림은 아제로스에 저지른 범죄, 아제로스의 개개인과 각 종족과 아제로스 자체에게 저지른 범죄에 대한 '하나하나 가증스러운 혐의'가 유죄라는 사실을 알아주시고, 이에 대해 최고형인 사형을 내려주시기를 간청합니다. 샤하 로르마……. 감사합니다."

안두인은 자기도 모르게 참고 있던 숨을 내쉬었다. 박수를 치는 건 허용되지 않았다. 만약 허용되었다면 분명히 방청객들 중 엄청난 대다수가 찬성의 의미로 박수를 치며 환호했을 게 분명했다. 그러나 가로쉬는 티란데의 통렬하고 강력한 언변에 아무런 영향도 받지 않은 모습이었다.

절을 한 후 티란데는 자리로 돌아가 앉았다. 격앙된 티란데가 얼굴을 붉힌 채 꼿꼿하게 앉은 모습은 마치 엘프의 화살 같았다. 타란 주는 고개를 끄덕였다.

"감사합니다, 추샤오. 이제 변호인이 발언하십시오."

바인은 차분함을 내뿜지 않았지만 티란데가 보였던 혈기 같은 것도 없었다. 그는 위엄 있게 천천히 일어나서 위대한 천신회에게 공손하게 절한 다음 방청객들에게로 얼굴을 돌렸다.

"피고 가로쉬 헬스크림은 이 법정을 가리켜 '쇼'라고 말했습니다. 저는 가로쉬가 언급한 대로 이 재판이 쇼나 희극으로 받아들여지기를 원치 않기 때문에, 가로쉬 헬스크림이 무죄라고 주장함으로써 모두의 지적 능력을 모욕할 의도는 없습니다. 또한 가로쉬가 그저 잘못된 길에 빠졌거나 오해를 했기 때문이라고 여러분을 설득함으로써 비웃음을 살 위험을 무릅쓰지도 않을 것입니다. 저는 가로쉬의 혐의인 범죄들을 눈감아달라고 요청하거나 동정을 구하지도 않겠습니다. 그리고 지금 중요한 사안 하나를 짚고 넘어가고자 합니다."

바인은 몸을 쭉 폈다. 숨을 깊이 들이마셔서 육중한 가슴을 쫙 편 모습에 모두 바인이 대부족장의 아들이자 그 자신도 대부족장이며 전사라는 사실을 다시금 인식했다.

“가로쉬 헬스크림은 저의 아버지를 죽였습니다. 여러분 중 대부분은 그 사실을 아십니다. 그렇지만 저는 지금 그를 변호하기로 결정하고 이 자리에 섰습니다. 변호를 하려는 마음은 가로쉬를 개인적으로 좋아해서가 아닙니다. 그렇다면 왜일까요? 그건 파슈아 타란 주와 위대한 천신들, 아제로스 거주민 동료들인 여러분과 마찬가지로 저 역시 존경하는 나이트 엘프 고소인께서 상당히 유려하게 말씀하신 ‘참된 정의’를 원하기 때문입니다. 그리고 또한 이렇게 하는 게 ‘올바른 행동’이기 때문입니다.”

바인은 마치 반박할 테면 해보라는 듯 방청객들을 올려다보며 앞으로 걸어갔다.

“우리는 악행을 저지른 가로쉬 같은 자가 되지 않을 겁니다. 필요나 욕망을 우선순위로 두지 않을 것입니다. 살의와 복수심, 잃어버렸다고 여긴 종족의 영광을 되찾기 위해 타오르는 증오심에 격앙된 마음으로 생각하지 않을 것입니다. 우리는 그보다 더 나은 존재입니다. 우리는 ‘저자’보다 더 나은 이들입니다.”

바인은 손가락으로 가로쉬 헬스크림을 가리켰다. 가로쉬는 엄니 둘레 입꼬리를 올려 재미있다는 듯 미소 지으며 앉아 있었다.

“그리고 우리는 더 나은 이들이기에 이야기를 듣고 생각과 마음을 모두 이용하여 후세가 진실로 참된 정의라 동의하게 될 판결을 내릴 겁니다.”

바인은 얼라이언스 방청석 쪽으로 고개를 돌려 안두인과 눈을 맞춘 후 잠시 동안 바라보았다. 그러고는 바리안을 바라보았고, 마지막으로 제이나 프라우드무어를 보았다.

제이나는 얼굴을 찌푸렸다. 그렇게 찌푸리자 작은 주름살이 생겨 눈썹이 일그러졌다. 작은 주름살은 보통 제이나가 집중하고 있을 때 나타났지만, 지금은 바인의 말에 기분이 상해서라는 걸 안두인은 깨달았다.

“우리의 의무, 즉 저와 위대한 천신회, 여기 계신 모든 분들의 의무는 바로 생각과 마음을 열어놓는 것입니다. 상한 마음이 아니라 현명한 마음이 이 자리에 필요합니다. 제가 몇몇 분들의 불평 어린 목소리를 들었던 대로, 만약 여러분이 정말로 가로쉬가 ‘벌을 받지 않고 피해가기’를 원치 않는다면, 정말로 정의를 원한다면 가로쉬의 목숨을 살려주셔야 합니다. 우리는 존재하는 동안 변할 수 있고 우리가 부쉈던 것을 고치도록 무언가를 시작할 수 있습니다. 감사합니다."

바인은 절한 다음 자리로 돌아갔다.

그의 공식 변론을 듣고 좌중은 돌처럼 조용해졌다. 안두인은 놀라지 않았다. 타우렌의 싸움은 그저 '힘들다'라고 표현할 수 있는 정도가 아니었다. '힘들다'라는 표현이 가파른 산길을 오르는 데 쓰이는 표현이라면, 바인은 지금 절벽을 타고 오르는 중이라고 해야 할 것이다.

"한 시간 동안 휴정하겠습니다. 그 후 오후에 첫 번째 증인을 소환하도록 하겠습니다."

타란 주는 징을 치고 자리에서 일어났다. 경기장에 있는 모두가 자리에서 일어났다. 이윽고 대화가 시작되었다. 흥분한 웅성임이 일었다. 화를 내는 소리와 기뻐하는 소리가 뒤섞였지만 모든 대화에서, 정말로 모든 소리에서 가로쉬에 대한 반감이 드러났다.

안두인은 바인과 눈을 마주치려 애썼지만 그는 카이로즈와 이야기를 나누기 위해 몸을 돌려 가버렸다. 바인의 거동은 신중했고 얼굴 표정은 단호했다. 안두인은 바인을 잠시 바라보며 친구로 여기고 있는 타우렌에게 가서 도움을 줄 수 있으면 얼마나 좋을까 생각했다. 언젠가는 그럴 수 있을지도 모른다. 안두인은 가로쉬에게 시선을 돌렸고, 순간 몸이 굳었다.

오크는 안두인을 똑바로 쳐다보고 있었다.

가로쉬는 알 수 없는 표정을 짓고 있었다. 그의 차갑고 맹렬한 시선에 안두인은 손바닥에 땀이 차오르고 가슴이 오그라들었고, 머릿속에는 가로쉬와 마주했을 때의 상황이 떠올랐다.

종을 치자 혼돈이 조화로움으로 바뀌었다. 가로쉬를 향해 몸을 돌리며 망치로 한 일을 말했다. 가로쉬는 분노했다.

'죽어라, 애송아!'

그러자…….

누군가 어깨에 손을 얹자 안두인은 깜짝 놀랐다. 다름 아닌 아버지라는 사실을 확인한 안두인은 얼굴을 붉혔다.

"괜찮으냐?"

바리안은 이렇게 물은 후 아들이 시선을 둔 쪽을 바라보았다. 바리안은 기분 나쁘다는 듯 낮은 소리를 내뱉었다.

"이리 오너라. 가서 무얼 좀 먹도록 하자. 네가 원하지 않으면 저자를 바라볼 필요는 없다."

눈이 마주쳤을 때 온몸으로 퍼졌던 반사적인 공포에도 불구하고, 안두인은 가로쉬를 바라보는 걸 꺼리지 않는다는 사실을 알았다. 바인이 했던 말은 여전히 안두인의 귓가와 마음을 울리고 있었고, 가로쉬는 만족스러운 눈빛이 아니었다. 실제로 가로쉬가 식사를 하러 밖으로 나가기 위해 경비병을 따라 자리에서 일어나기 전, 오크는 존중의 의미로 고개를 숙였다.

"저는 괜찮아요, 아버지."

안두인은 이렇게 말한 뒤 덧붙여 말했다.

"걱정하지 마세요. 아버지는 올바른 일을 하셨어요."

바리안은 안두인의 말뜻을 알았다. 왕은 가로쉬의 뒷모습을 바라보며 입매를 굳혔다.

"지금은 그렇다고 확신할 수 없구나. 정말로 확신할 수 없어."

* * *

모두 용아귀 부족의 장군 잴라가 죽었다고 생각했다. 그리고 잴라는 모두가 그렇게 믿도록 두는 게 더 좋았다.

처음에 잴라는 정말로 죽는 것 외에는 길이 없을 정도로 심각한 상태였다. 그녀는 오그리마 공성전투에서 원시비룡 갈라크라스를 탔다가 공격을 받고 추락해서 분명 죽었다고 볼 수밖에 없는 상태가 되었다. 그러나 정말 놀랍게도 잴라는 추락하고도 살아남았다. 부상은 심했지만 그녀의 의지는 강했다. 저승사자의 면전에 침을 뱉을 각오로 연막탄을 터뜨려 적들을 교란시킨 후 반쯤은 비틀거리는 걸음으로 성이 무너지기 전에 안전한 곳으로 달려갔다. 잴라는 사력을 다해 회복을 재촉했고, 지금은 자신이 살아남은 데 뭔가 목적이 있을 거라는 확신에 불타올랐다. 그리고 그 목적이란 바로 목숨이 달린 재판을 받고 있는 가로쉬 헬스크림을 구하는 일이었다.

잴라와 많은 수의 용아귀 부족민은 현재 버려진 장소인 그림 바톨로 퇴각해 있었다. 그림 바톨은 이제껏 그들 부족의 역사를 통틀어 가장 위대한 순간을 이루었던 장소였다. 그곳에서 잴라와 다른 이들은 비밀스럽게 회복 중이었다. 잴라는 한때 생명의 어머니 알렉스트라자가 용아귀 부족이 탈것으로 쓸 새끼 붉은용을 낳도록 고문당했던 바로 그 장소를 은신처로 택했다. 잴라는 고통 받던 알렉스트라자가 발톱으로 바위를 긁는 바람에 생긴 깊은 발톱자국을 바라보며, 한때 붉은용의 우두머리가 자신의 머리를 억지로 숙이게끔 잡아둔 거대한 쇠사슬 옆에 서서 매일 각오를 다졌다.

볼진의 호드가 잴라를 찾으려고 황혼의 고원을 수색했으며, 목에 현상금을 걸었다는 소식을 그녀도 들었다. 그들은 잴라가 그림 바톨에 있으리라고는 전혀 생각하지 않았다. 잴라는 그들이 이곳을 멍청하게 간과한 이유가 전적으로 볼진이 트롤이기 때문이라고 확신했다. 오크가 대족장이었다면 그림 바톨을 수색해야 한다는 사실을 알았을 것이다. 어쨌든 그림 바톨은 용아귀 부족의 영원한 정착지가 되지 못할 터였다. 그들은 곧 이동해야 했다.

지금 잴라는 부픈 마음으로 남은 동족들을 바라보았다. 잴라는 감정이 격앙된 거친 목소리로 말했다.

"용아귀 부족이여, 그대들은 한때 우리를 이끌었던 타락한 오크 모르고르에 대항하여 나를 따라주었다. 그대들은 자랑스러운 오크가 그토록 타락하여 더럽혀져서는 안 된다는 사실을 알고 있다. 그리고 가로쉬 헬스크림을 따랐다. 그분의 유일한 목적은 호드를 강하고 순수하며 강력하게 유지하는 것이었다. 참된 호드를 이루려는 꿈 때문에 그분은 지금 감옥에서 고통 받으며 타우렌 따위에게 변호를 받고 판다리아의 천신들의 뜻에 따라 운명이 결정될 상황에 놓였다. 판다리아에 있는 첩보원들의 보고에 따르면 우리가 영광스러운 대족장님을 구하는 데 아직도 며칠의 말미가 더 있다고 한다."

젤라는 부족민과 차례로 눈을 맞췄다. 그들도 자신처럼 느끼고 있다는 사실을 깨달았지만, 앞으로 닥칠 상황이 예상되자 후회도 들었다.

"그대들은 훈련을 받았다. 이제 준비가 끝났다. 하지만 아직까지도 우리의 수는 적다. 나는 물론이고 그대들도 우리가 실패할 수도 있음을 안다. 그렇게 되면 우리는 전멸할 것이다. 하지만 나는 이렇게 계속 숨어 지내느니 고귀한 목적으로 전투에 임하다가 죽는 편을 택하겠다. 나와 같은 뜻이라면 함성을 질러라!"

함성이 솟아올랐다. 그들 모두는 각자의 무기를 흔들어대며 목청을 높이고 발을 굴렀다. 젤라는 섬뜩하게 웃은 다음 자신도 전장의 함성에 동참했다.

"조상들의 이름으로! 오직 의지와 마음만으로 우리는 승리할 수 있을지 모른다!"

젤라는 통로에서 무언가 움직이는 모습을 보았다. 정찰병 하나가 급히 달려왔고, 꽉 쥔 손에는 두루마리가 들려 있었다. 정찰병은 숨을 헐떡이며 그녀의 발 앞에 몸을 숙였다.

"장군님, 내내 달려왔습니다. 어떤 침입자가 이것을 군주님께 드리라 했습니다!"

정찰병은 너무 꽉 쥐어서 살짝 구겨진 두루마리를 내밀었다.

짜증내며 으르렁거린 젤라는 걱정스런 마음을 감추면서 봉인을 뜯고 내용을 읽었다.

여장군께 인사드리오!

비록 머리를 낮게 숙였을지는 모르지만 아직 목숨은 붙어 있소. 대족장이 살아있는 한 과거에도, 앞으로도 참된 호드의 존재를 믿는 모든 이들의 열렬한 마음속에는 여전히 희망이 있다오.

만약 그 희망을 그대도 품고 있다면, 그대의 심장이 오크의 영광을 위해 뛰고 있다면 나를 들여보내주기를 청하오. 이야기를 나누도록 말이오. 나는 큰 도움이 될 수 있소.

친구로부터.

잴라는 편지를 가져온 정찰병을 뚫어져라 내려다보았다.

“친구라. 그렇다면 오크란 말이냐?”

정찰병은 눈을 크게 뜬 채 필사적으로 고개를 저었다.

“아닙니다, 장군님. 그는…… 용이었습니다!”

제 7 장

고엘은 휴정할 동안 머리를 식혔다. 그는 판다리아로 올 때 암컷 늑대 스노우송을 데려왔고, 가끔 늑대에 올라타 생각에 잠길 수 있어서 좋았다. 오래 전부터 고엘과 인연을 맺은 친구 스노우송은 많이 늙어서 기력이 예전 같지 않았기 때문에 고엘은 더 이상 전장에서 이 친구를 타지 않았다. 하지만 늑대는 여전히 힘차고 건강했으며, 아주 가끔은 둘이 함께 전력을 다해 달리기도 즐기곤 했다. 그들은 사원 지대에서 빠져나와 한가로운 풍경으로 구불구불 이어지는 길을 따라갔다. 그 풍경을 보자 고엘은 듀로타의 모습이 많이 생각났다.

고엘의 가슴에는 어린 아들 듀락이 단단히 끈으로 묶여 있었다. 아버지의 편안한 온기와 심장 고동 소리가 아이를 부드럽게 달래주었다. 고엘이 늑대를 몰아 울부짖는 바람의 길 기슭에 자리 잡은 작은 마을 맥주통 휴게소까지 전속력으로 달려갈 때에도 듀락은 꿈속에 깊이 빠져 있었다. 작은 생명이 자신에게 기대어 편안하게 자리 잡은 걸 느끼자 고엘의 영혼은 잔잔해졌다. 달콤한 향기를 품은 바람이 그의 얼굴을 부드럽게 쓸었다.

티란데는 진실을 이야기했다. 그녀는 그저 매일 아침 재판정에 나타나 있는 그대로의 사실을 내보이기만 해도 재판에서 쉽게 이길 수 있었다. 하지만 과거의 장면들을 보여줄 수 있는 새로운 고안물 때문에 고엘은 심란했다. 언어가 왜곡될 수 있다면 분명히 영상들도 그럴 수 있었다.

고엘은 재판 초기에 호드 전체를 재판에 세워야 한다고 외치던 얼라이언스의 분노에 찬 목소리도 떠올렸다. 고엘은 얼라이언스가 호드 전체를 재판에 세우고자 한다면 헬스크림에게 너무 많은 권력을 부여한 죄로 가장 먼저 자신을 세울 거라고 보았다. 이런 상황을 원했던 건 결코 아니었다. 고엘은 가로쉬가 아버지인 그롬을 경애하기를 바랐다. 가로쉬는 정말로 그롬을 경애했지만, 완전히 그릇된 방식으로 행했다. 그리고 지금 아제로스의 모든 이들은 고엘이 가로쉬의 강인한 성정을 두고 도박을 한 대가를 치르고 있었다. 고엘은 자신의 발 앞에 얼마나 많은 비난이 쏟아질지 궁금했다. 가로쉬는 너무 많은 피해를 주었다. 그가 목숨을 빼앗았거나 삶을 파괴한 이들뿐만 아니라 그가 옹호한다고 주장했던 호드에게도 말이다. 고엘은 참된 정의가 신속하게 이루어지기를 바라며 정령들에게 기도했다. 가로쉬는 충분히 해를 입혔고, 살아있는 한 계속해서 해를 끼칠 거라고 고엘은 생각했다.

고엘은 한 손을 들어 듀락을 더욱 단단히 가슴에 품었다. 과거는 바꿀 수도 없고 바꿔서도 안 되었다. 하지만 미래는 바꿀 수 있었다. 그리고 고엘은 아주 많은 것들이, 어쩌면 모든 것들이 법정 안에서 일어나는 일에 의해 정해지리라는 사실을 알았다.

고엘은 턱을 아들의 정수리 쪽으로 기울여 문지르면서 조용히 맹세했다. 미래를 보호하기 위해서라면 필요한 일을 모두 하리라. 어떠한 대가를 치르더라도 하고 말리라.

***

"추샤오여, 첫 번째 증인을 부르십시오."

티란데는 고개를 끄덕였다.

"법정이 허락하신다면, 드레나이 종족의 지도자이자 예언자인 벨렌을 부르겠습니다."

고엘은 이를 악물었다. 그의 곁에서 듀락을 품에 안은 아그라가 짧게 숨을 들이쉬었다. 그리고 남편에게 차분하지만 화난 목소리로 말했다.

"나는 이제껏 티란데가 이보다 더 나은 엘프 여사제라고 생각했어요. 오크가 나이트 엘프를 미워하듯 나이트 엘프 역시 오크를 미워하고 있다는 게 사실로 드러난 것 같군요."

"우리는 티란데의 의도가 무엇인지 아직 모르오."

고엘은 자신의 대답이 아그라뿐만 아니라 스스로를 향한 것임을 알았다. 아그라가 대답했다.

"충분히 그 의도를 알 수 있다고 생각요."

고엘은 대답하지 않았다. 그리고 말할 수 없을 정도로 나이 든 벨렌, 한때 듀로탄이라는 어린이에게 친절을 베풀었던 드레나이가 우아하고 위엄 있는 모습으로 성큼성큼 걸어 나와 증인석에 앉는 모습을 바라보았다. 벨렌은 이제까지 고엘이 직접 만난 드레나이 중 가장 큰 자보다도 키가 더 컸지만, 육중한 근육을 가진 드레나이들보다는 다소 호리호리해 보였다. 벨렌은 갑옷 차림이 아니라 상대적으로 간소한 의복을 걸쳤다. 옷은 부드럽게 휘날리는 흰색과 보라색 예복으로, 벨렌이 움직일 때마다 나름대로 조화를 이루며 나부끼는 듯 보였다. 깊게 주름이 팬 피부 위로 벨렌의 눈이 부드럽고 흐릿한 푸른빛으로 타올랐다. 그리고 턱수염을 따라 금장식이 된 짧은 촉수들이 드러났다. 벨렌의 허리 부근까지 드리운 하얀 턱수염은 거대한 파도의 물마루를 연상시켰다.

바인 역시 주의 깊게 벨렌을 바라보았다. 고엘은 벨렌이 앞으로 벌어질 상황을 예상하고 근육을 긴장시키는 모습을 바인 역시 충분히 보았음을 알았다.

한때 고엘은 조상들의 역사를 직접 기록한 적이 있었다. 사건들을 기억하고 있는 오크가 거의 남아 있지 않았기 때문에 기록은 단편적이었다. 오크들의 혈관을 타고 흐른 악마의 피로 인해 증오심이 불타올랐던 반면, 명확한 사고를 하기가 힘들어졌기 때문이다. 벨렌이 아제로스에 다시 나타났을 때 그의 종족은 얼라이언스와 연합하는 쪽을 택했다. 고엘도 놀랄 만한 일은 아니라고 생각했지만 슬픔과 쓰라림으로 가슴이 에이는 것은 어쩔 수 없었다. 참된 평화와 신뢰가 아제로스에 오는 그날까지 고엘은 아버지가 그랬던 것처럼 벨렌 곁에 앉아서 질문할 기회를 결코 얻지 못하리라. 그리고 얼라이언스와 호드가 가로쉬를 처치하려 연합한 반면, 저 오크는 두 세력이 연합하는 미래 따위란 불가능하도록 만들었다는 사실을 알고 있었다.

티란데가 말했다.

"예언자 벨렌이시여. 이 자리에는 진실만이 존재하고, 언제나 그러할 것입니다.

이건 판다렌 조상들의 명령으로, 우리는 균형을 추구하기 위해 그분들의 법을 따릅니다."

타란 주가 부드럽게 일깨워주었다.

"우리는 그분들의 법을 따르는 게 아니라 존중하는 것입니다."

티란데는 살짝 붉어진 얼굴로 다시 말했다.

"죄송합니다, 파슈아 타란 주여. 우리는 균형을 추구하기 위해 그분들의 법을 존중합니다. 약속해주시겠습니까?"

"약속합니다."

벨렌은 즉시 대답했다. 그의 목소리는 낭랑했지만, 몇 마디 안 되는 말에서도 온화함과 상냥함이 느껴졌다. 벨렌은 무릎 위에 손을 포개고 시작하라는 눈빛으로 티란데를 바라보았다. 티란데가 말했다.

"예언자시여, 저는 오늘 이 법정에 있는 모든 이들이 당신을 지금까지 벌어진 참사를 목격한 분으로 여긴다고 확신합니다."

고엘은 생각했다. '올 것이 왔군. 티란데는 우리 모두에게 먹칠을 하려 들고 있어. 아니, 이제까지 몇 년간 흘려온 핏자국으로 칠을 하려든다는 게 맞겠군.'

바인은 발굽으로 몸을 벌떡 일으키고 소리쳤다.

"이의 있습니다. 파슈아여, 우리는 한 오크의 행동을 재판하려 이 자리에 모인 거지 모든 오크들을 재판하려는 게 아닙니다."

티란데가 대답했다.

"존경하는 재판장 타란 주여, 변호인은 먼저 가로쉬가 자신의 종족에게 보인 엄청난 애정에 대해서 말했습니다. 저는 그 종족의 역사에 대해서 배심원들이 아시기를 간절히 바랍니다. 천신들은 많은 것을 아시지만, 드레노어에 대해서는 모르십니다. 그리고 오크의 정신과 역사에 대해서 이해하시는 게 우리가 천신들께서 내려주시리라 기대하는 판결에 필수적인 요소가 될 것입니다."

"고소인의 말에 동의합니다."

타란 주가 대답했다. 바인은 살짝 귀가 쳐졌지만 재판장의 명령을 받아들인다는 태도로 고개를 숙인 뒤 자리에 앉았다. 티란데가 말했다.

"감사합니다. 예언자시여, 간단히 본인 소개를 해주시겠습니까?"

"나는 벨렌입니다. 수천 년 동안 내 능력을 최고로 발휘하여 우리 종족을 이끌어왔습니다. 우리는 악마의 불타는 군단으로부터 빠져나오려고 고향 세계인 아르거스에서 도망쳤습니다. 그리고 수 세기 전에 드레노어에 도착해서 그곳을 우리의 새로운 고향으로 삼았습니다. 우리가 드레노어에서 이곳 아제로스까지 온 사실은 모두가 안다고 확신합니다."

티란데가 물었다.

"드레노어에서 환영받으셨습니까?"

벨렌이 말했다.

"우리는 환영받았다고 할 수도 있겠지요. 오크와 드레나이는 오랫동안 평화롭게 공존했습니다."

"정확히 말하자면, 예언자님의 종족과 오크 종족은 수 세기 동안 드레노어에서 함께 거주하며 약간의 교류를 하고 평화롭게 교역하며 서로의 종족을 존중했다는 말씀이십니까?"

"그렇습니다. 그렇게 말하는 게 정확합니다."

대여사제는 크로미를 올려다보았다. 크로미는 고개를 끄덕인 뒤 앉은 의자에서 미끄러지듯 내려왔다. 카이로즈는 그 모습을 경계하듯 바라보며 의자에 가만히 앉아 있었다.

"법정이 허락하신다면, 저는 벨렌의 첫 번째 환영을 보여드리겠습니다."

크로미는 탁자 위로 폴짝 뛰어올랐다. 키가 작은 노움의 모습을 택했기 때문에 시간의 환영에 닿으려면 이렇게 하는 수밖에 없었다. 그러나 청동용이 아무리 유쾌하고 기분 좋은 모습을 하고 있다 해도, 누구도 감히 청동용의 모습을 보고 웃지 못했다. 크로미는 본인이 택한 노움 종족의 특징을 나타내는 솜씨 좋은 작은 손을 움직였다.

시간의 환영 위쪽 유리구를 감고 있던 용 조각이 눈을 번쩍 빛내며 떴다.

경기장 안에는 놀란 듯한 중얼거림이 부드럽게 퍼졌다. 용은 머리를 들고 선잠에서 깨어난 듯 몸을 부르르 떨더니 앞발을 뻗어 아래쪽 구를 움켜잡았다. 위쪽 구에 있던 모래는 용의 눈 색깔과 똑같이 환하고 밝은 금빛을 내뿜기 시작했다. 모래는 아래쪽 구로 가늘게 떨어졌지만, 아래쪽 구를 지키는 용은 여전히 움직이지 않고 생명 없는 청동 조각 모습을 유지하고 있었다.

자기 종족의 특징인 마법을 사용하자 크로미의 눈도 밝게 빛났다. 그녀가 작은 손을 펼치자 손에서 모래색 안개가 덩굴손처럼 피어오르더니 거대한 경기장의 중앙으로 구불구불 나아갔다. 안개는 뱀처럼 꼬여서 이런저런 모양 만들기를 반복하더니 마침내 분명히 알아볼 수 있는 형상들로 변했다. 그리고 형상들 위로 색이 번지기 시작했다. 실물보다 더 큰 형상들이 띠고 있던 찬란한 청동색은 실제 색깔로 바뀌었다.

두 어린 오크가 갈색 피부를 땀과 먼지에 뒤덮은 채 서 있었다. 그들은 입을 약간 벌린 채 눈을 크게 뜨고 희미하게 빛나는 철판 갑옷을 입은 드레나이 전사를 뚫어져라 올려다보았다. 전사는 걱정스러운 모습이었고, 소년들은 깜짝 놀란 표정이었다. 하지만 두려운 기색은 없었다.

고엘은 소년들이 누구인지 알았다.

기억들이 앞다투며 떠올랐다. 고엘이 처음으로 드렉타르에게서 자기의 참된 전통에 대해 들었을 때 느꼈던 경이로움과 자부심, 잘못 작동된 시간의 길을 통해 달라진 역사 중 하나에서 부모님을 만났을 때의 기쁨, 부모님의 죽음을 억지로 목격해야 했을 때 받았던 가슴이 찢어질 듯한 고통까지. 그리고 이제 자신도 아버지가 된 상황에서, 고엘은 아버지의 소년 시절 모습을 두리번대며 애타게 바라보고 있었다. 고엘이 아들을 품에 안으려고 몸을 돌린 순간, 아그라는 이미 듀락을 그의 팔에 안겨주려 움직이고 있었다. 눈이 마주친 고엘과 아그라는 말로 표현할 수 없는 사랑과 이해의 순간을 나눴다. 이윽고 고엘은 듀락을 품에 안고 눈앞에 펼쳐진 극적인 장면 쪽으로 몸을 돌렸다.

티란데가 말했다.

"예언자시여, 여기서 우리가 보는 장면이 무엇인지 말씀해주시겠습니까?"

벨렌은 한숨을 쉬었고, 어깨를 살짝 웅크렸다. 그리고 침울한 목소리로 말했다.

"말하겠습니다. 내가 이 광경을 직접 본 적은 아니지만 저들이 누구인지 알아볼 수 있습니다."

"저들은 누구입니까?"

"드레나이는 소중한 친구인 레스탈란으로, 텔모어 경비대 대장이었습니다. 어린 오크들 중 하나는 오그림으로, 후에 둠해머로 알려진 자입니다. 그리고 나머지 하나는 가라드의 아들 듀로탄입니다."

"이런 만남이 흔했습니까?"

벨렌은 고개를 저었다. 그러자 그의 촉수가 함께 흔들렸다.

"아닙니다. 이게 처음이었습니다. 우리는 오크와 교역을 했지만, 그들의 아이들을 만난 적은 없었습니다."

"그렇다면 어째서 이런 일이 벌어졌습니까?"

"소년들은 오우거로부터 도망치고 있었고, 드레나이 일행이 그들을 도우러 왔습니다. 경비대 대장인 레스탈란은 이 아이들이 서로 다른 부족이지만 친구라는 점에 감동을 받았지요. 우리는 그들의 생활방식에서 보면 이런 우정이 흔치 않다는 사실 정도는 알았습니다. 소년들이 집으로 안전하게 돌아가기에는 너무 늦은 시간이었기에 레스탈란은 급사를 보내서 그들의 부족에게 소식을 보내고 소년들을 아침까지 손님으로 머물도록 초대했습니다. 레스탈란은 내가 이 두 아이들을 만나고 싶을 거라 생각했습니다. 사실 그랬지요. 나는 어린 오크들과 함께 저녁을 먹었고, 그들이 총명하고 선량한 성품을 지녔음을 알았습니다."

고엘은 드렉타르가 이 만남에 대해 말해주었던 일을 기억했다. 나이 든 오크 드렉타르는 그 장면을 목격하지는 않았지만 직접 이야기를 들었다. 드렉타르가 이 자리에 없어서 고엘은 다행이라 여겼다. 그가 여기 있었다면 너무나 큰 암흑이 닥치기 전에 벌어졌던 이 순간을 떠올려야 했을 테니 말이다.

"말씀하신 도시 텔모어는 찾기 쉬웠습니까?"

벨렌이 대답했다.

"아닙니다. 도시는 마법과 기술로 숨겨져 있었습니다. 초대받지 않았더라면 소년들은 결코 찾을 수 없었을 겁니다."

"허락하신다면 벨렌의 두 번째 환영을 보여드리겠습니다."

티란데는 크로미를 향해 고개를 끄덕였다. 크로미는 벌꿀 빛으로 빛나는 장갑을 낀 것처럼 보이는 손으로 동작을 취했다. 전에 있던 장면은 사라지고 다음 장면이 나타났다. 모래시계 안에 든 시간의 모래는 한 알씩 차례로 빛을 내며 떨어지기 시작했고, 이어서 두 번째 극적 장면이 고엘의 눈앞에 펼쳐졌다.

"여기란다."

레스탈란의 형상이 말했다. 암청색 털을 가진 탈부크에서 내린 레스탈란은 땅바닥에 무릎을 꿇은 후 무언가를 찾는 듯 나뭇잎과 솔잎을 헤쳤다. 무언가를 찾던 손길이 아름다운 초록 수정에 닿자, 레스탈란은 그 위에 손바닥을 부드럽게 댔다.

"켈라 멘 사미르, 솔레이 라마아 칼."

주위를 둘러싼 숲이 부들부들 떨리기 시작했다. 잠시 동안 고엘은 혹시 시간의 환영이 제대로 작동하지 않는 게 아닌가 생각했지만, 영상 속 인물들이 움직이지 않는다는 사실을 깨달았다. 어린 듀로탄은 숨을 헐떡였다. 부들거림은 점점 커지더니 순간 멈추었고, 빽빽한 숲이 있던 자리에는 산맥의 옆쪽으로 이어지는 넓은 포장도로만 있었다. 레스탈란은 일어서며 말했다.

"우리는 오우거 나라의 한가운데 있단다. 물론 이 도시가 아주 오래 전에 지어졌을 당시에는 그렇지 않았지만 말이다. 오우거들이 우리를 볼 수 없다면 공격할 수도 없지."

듀로탄이 물었다.

"하지만…… 어떻게요?"

"다름 아닌 간단한 환영이지. 말하자면…… 빛을 이용한 속임수란다. 시각은 항상 믿을 수 있는 게 아니야. 우리는 자신이 보는 게 항상 사실이며 빛은 언제나 사물을 있는 그대로 드러낸다고 생각하지. 하지만 빛과 그림자는 그 속성을 이해하는 자들에 의해 조종될 수도 있고 그대로 드러날 수도 있어. 나는 지금 주문을 외우고 수정을 만져서 바위들과 나무들, 풍경들에 떨어지는 빛의 방식을 바꿨단다. 실상은 너희들이 저기 있다고 생각하던 것과 완전히 다르단다. 지금 너희 눈으로 인식하고 있는 게 실상이지."

레스탈란은 온화하게 웃었다.

"이리 오너라, 새 친구들아. 너희 종족이 한 번도 와보지 못한 곳으로 말이다. 이 길을 걸어가면 우리 집이 나온단다."

장면은 거기서 멈춘 후 사라졌다. 모래시계의 위쪽에서 떨어지던 모래알이 멈췄다. 위쪽에 있는 청동용은 원래 자세로 돌아가서 빛나는 눈을 감고 단순한 장식의 상태로 변했다. 그러나 아래쪽 유리구를 감고 있던 용이 깨어나서 몸을 뻗더니, 자기가 지키는 유리구를 보호하듯 발톱을 올려두었다. 티란데는 조용히 물었다.

"레스탈란은 듀로탄과 오그림에게 드레나이가 그들의 도시를 보호하는 비법을 알려주었습니다. 소년들은 비밀을 지켰습니까?"

고엘은 그 대답을 알고 있었다. 벨렌은 고통을 느끼며 대답했다.

"아닙니다."

"무슨 일이 일어났습니까?"

벨렌은 깊은 한숨을 쉬었다. 그는 경기장에 앉은 호드 진영을 바라보며 고엘을 찾았다. 예언자가 입을 열었다. 벨렌의 모습은 열중한 채 듣고 있는 방청객들이 아니라 한때 자신이 반가이 맞았던 작은 소년의 아들에게 말하는 듯 보였다.

"몇 년 후, 오크들은 넬쥴에게 속은 뒤 굴단에게 배신을 당했습니다. 나는 듀로탄이 크게 후회했으리라 확신합니다. 그 일에……."

티란데는 벨렌의 말을 끊으며 부드럽게 미소 지었다.

"동정하시는 모습으로 보아 증언에 신뢰감이 들지만, 그들에 대해 아는 사실만을 말씀해주시기 바랍니다."

아그라는 비탄에 잠겼을 뿐 아니라 분노도 보였다.

"티란데는 벨렌의 속마음조차 말하지 못하게 할 심산이군요! 왜 바인은 이의를 제기하지 않지요?"

바인은 침묵을 지켰지만 그의 귀는 축 처져 있었다. 고엘은 바인이 일이 진행되는 상황을 달가워하지 않는다는 사실을 알았다.

"티란데가 그렇게 요구하는 게 옳기 때문이오. 바인은 자기가 발언할 차례를 갖게 될 거요, 여보. 걱정하지 마시오."

그러나 고엘은 자신도 아내처럼 분노하고 있음을 부정하지 않았다.

벨렌은 고개를 끄덕였다.

"잘 알겠습니다. 단순한 사실을 말하자면, 몇 년 후 듀로탄은 오크 군대를 텔모어로 이끌고 왔습니다."

"감사합니다."

티란데는 몸을 돌려 방청객을 바라보았다. 티란데의 시선은 방청석을 훑고 지나가 네 명의 천신들이 있는 곳에서 멈추었다.

"저는 법정에 계신 분들께 경고를 드립니다. 지금 여러분이 볼 장면은 잔혹하고 역겨울 겁니다. 그러나 그 점이 또한 배신과 살육의 본성이기도 합니다."

이번에도 바인은 이의를 제기하지 않았다. 이번에도 티란데의 말이 맞기 때문이라는 사실을 고엘은 쓰라리게 깨달았다.

그렇지만 명예롭게도 티란데는 고소인으로서 지금 막 하려는 일을 그다지 좋아하지 않는 듯 보였다. 그럼에도 불구하고 그녀는 말했다.

"세 번째 환영을 보여드리겠습니다. 오크가 텔모어를 점령하는 장면입니다."

시간의 환영 속 모래알은 다시 떨어지기 시작했고, 다른 장면이 나타났다. 고엘은 이제 성인으로 성장해 자기가 알아볼 수 있는 듀로탄의 모습에 주목했다. 서리늑대 부족의 지도자는 10대에 걸쳐 부족 지도자들에게 전해 내려온 전투 갑옷을 입고 있었다. 그의 아들은 실제로 그 갑옷을 한 번도 본 적 없었지만 즉시 알아보았다. 공들여 사슬로 엮은 무거운 판금 갑옷에는 하얀 늑대 두 마리가 얼굴을 맞대고 있는 모습이 그려져 있었다. 고엘은 생각했다. '저 갑옷은 내 것이어야 했어. 그리고 언젠가는 듀락의 것이 되어야 했지. 운명이 그렇게 정하셨다면 말이야.'

하지만 운명은 그렇지 않았음을 고엘은 떠올렸다. 갑옷은 어느새 사라졌다. 오그림은 갑옷이 버려져서 정령들에 의해 파괴되었다고 생각했다. 그리고 고엘은 성년이 될 때까지 인간의 죄수로 살았다. 호드, 특히 가로쉬 치하의 호드는 지은 죄가 컸지만, 그건 얼라이언스 역시 마찬가지였다.

듀로탄을 비롯해서 전투 준비를 마친 다른 오크들이 이전에 본 환영에서 나온 것과 같은 숲에 섰다. 고엘이 기억하는 모습과 아주 비슷해 보이는 오그림은 친구 옆에서서 듀로탄이 바닥에서 무언가를 찾는 모습을 지켜보았다. 고엘과 다른 이들은 그게 무엇인지 알았다.

듀로탄은 일어나서 아름다운 에메랄드빛 보석을 손바닥에 쥐었다.

오그림이 말했다.

"찾았군."

듀로탄은 고개를 끄덕인 뒤 보석에서 시선을 돌려 동료들의 얼굴을 바라보았다. 오그림은 다른 오크들에게 말했다.

"대열을 갖춰라. 사전 경고가 없어 우리는 운이 좋았다."

듀로탄은 잠시 머뭇거리다가 이윽고 치명적인 말을 읊조렸다.

"켈라 멘 사미르, 솔레이 라마아 칼."

텔모어를 보호하던 환영은 서서히 사라지고 마치 어서 와서 범해 달라는 듯 앞으로 뻗은 넓은 포장도로가 드러났다.

그 즉시 경기장 전체가 전투장으로 변한 듯했다. 전투 규모는 엄청났고, 압도적이었다. 무장한 늑대들 위에 올라 탄 오크들은 무기를 들고 전장의 함성을 지르며 돌격했다. 환영은 오크들에게 초점을 맞추어 그들이 탄 거대한 야수들이 시끄러운 고함에 자신들의 울부짖음을 더하는 모습, 고요한 도시와 날카롭고 야만적인 대조를 이루며 우레 소리와 먼지를 일으키는 무리를 보여주었다. 이윽고 환영은 전체적인 모습에서 개개의 모습으로 바뀌었다. 길을 가다가 무심코 멈추어 선 몇몇 드레나이들이 보였다. 그들은 너무 놀라 도망치거나 방어 태세를 갖추지도 못했음이 분명했다. 다른 쪽에는 몸뚱이에서 떨어져 나간 뿔 달린 머리들이 보였다. 검과 도끼가 얼마나 빨리 베어버렸던지 푸른 얼굴 위에는 여전히 어리둥절한 표정이 남아 있었다. 여기

저기에 남색 핏방울이 튀어 오크들의 갈색 피부와 갑옷을 장식했다. 늑대의 털에는 핏덩이가 말라붙고, 늑대들이 달려간 자리에는 핏자국이 남았다.

드레나이들의 경쾌했던 혀가 내뱉는 공포의 비명과 애원이 죽음의 합창 사이로 섞여들었다. 듀로탄의 종족은 큰 소리를 계속 질러댔고, 한 무리의 전사들 뒤로 당시에는 새로웠던 흑마법사들이 가까이 따라와서 무기도 없이 겁에 질린 채 모여 있는 드레나이 무리들에게 불과 어둠, 저주를 퍼부었다.

몇몇 오크는 어리석게도 피난처를 찾아 도망친 드레나이들을 따라 건물 안으로 들어갔다. 심장이 몇 번 뛰었을 뿐인 잠깐의 시간 뒤에 전사들은 피범벅이 된 채 다시 나타났고, 다음 사냥감을 찾아 발걸음을 재촉했다.

하지만 텔모어의 주민들에게는 경비병들이 있었다. 드레나이 경비병들은 적들의 이해력을 훨씬 뛰어넘는 마법으로 맞서 싸웠다. 은색에 가까운 흰색과 하늘색, 연보라색의 빛이 창백한 녹색이 도는 노란 흑마법과 맞붙었다. 이 때문에 백병전이 흐릿해 보였지만, 고엘은 자신의 아버지에게 주목했다. 마치 고엘의 시선을 따라가듯, 환영은 듀로탄과 지금 막 푸른 에너지가 빛나는 검으로 듀로탄을 공격한 이에게 초점을 맞추었다.

바로 레스탈란이었다.

레스탈란은 고엘이 이해할 수 없는 소리를 지르며 듀로탄을 잡고 세게 잡아당겨 늑대에서 떨어뜨렸다. 놀랍게도 듀로탄은 제대 반응하지 않았고 땅에 세게 떨어졌다. 레스탈란은 듀로탄이 막 도끼를 움켜쥔 순간 검을 내리쳤다.

듀로탄의 검은 늑대는 자기 주인을 방어하기 위해 몸을 빙글 돌려 커다란 이빨로 드레나이의 팔을 물었다. 빛나는 검이 레스탈란의 손에서 떨어졌고, 듀로탄의 도끼는 그의 갑옷과 살점을 갈랐다. 레스탈란은 무릎을 털썩 꿇었고, 푸른 피가 도끼 자국에서 뿜어져 나오는 동안 늑대는 그를 더 세게 물었다. 듀로탄은 두 번째로 도끼를 내리쳤고, 그것이 극한의 고통을 끝내는 일격이 되었다. 듀로탄과 친구가 되어 자기 도시의 비밀을 보여주었던 레스탈란은 그렇게 살해되었다.

고엘은 이것이 분명 마지막으로 보는 피투성이 장면이어야만 한다고 생각했다.

이걸로 티란데는 자기의 주장을 증명하고도 남았다. 고엘은 티란데가 굳게 팔짱을 끼고서 자신의 명령에 따라 법정에 나타난 끔찍한 영상에서 눈을 떼지 않고 있는 모습을 보았다. 티란데는 그만하라는 신호를 주지 않았고, 살육은 계속 이어졌다.

환영 속에서 오크들은 도시 전체를 날뛰며 돌아다녔다. 고엘은 비탄에 잠긴 채 지켜보기에도 너무나 고통스러웠던 레스탈란의 죽음이 티란데가 계획한 것의 서곡에 지나지 않는다는 사실을 깨달았다.

제 8 장

시체가 너무 많아 사냥감을 찾아 달리던 오크들은 이따금 걸려 넘어지기도 했다. 싸움은 이제 육탄전이 되었다. 다른 동료들과 마찬가지로 피에 젖은 듀로탄은 빠르고도 정확한 솜씨로 도끼를 휘두르고 찍고 내리쳤다. 잔혹한 행위는 너무나 생생하고 현장감이 넘쳐서 고엘은 지금 막 벌어지려는 일을 보고 소리 질러 경고까지 했다. 고엘만 그런 게 아니었다.

듀로탄이 싸우는 데 누군가 달려들었다. 고엘은 공포로 무기력해진 채 그 광경을 지켜보았다.

거의 아이나 다름없는 소녀였다. 여자다운 곡선을 살짝 드러낸 몸은 이제 다시 완전히 피어날 수 없게 될 터였다.

듀로탄이 소녀를 반으로 가르지 못한 건 아버지의 훈련 때문이라는 사실을 고엘은 깨달았다. 고엘은 소녀를 죽이지 않기 위해 들였을 노력과 기술을 알았고, 듀로탄이 도끼의 날을 꺾을 때 감정 이입이 되어 자신의 근육이 긴장하는 것을 느꼈다. 소녀는 아무런 불안감도 없이 무기와 갑옷으로 육중하게 무장한 오크에게 몸을 던졌고, 다른 무기도 없이 그저 꽉 쥔 주먹으로 그의 다리를 때릴 뿐이었다. 죽으리라는 사실을 뻔히 알면서도 뛰어든 소녀의 반항심은 이제껏 고엘이 본 것 중 가장 용감한 행위일지도 모른다.

그러나 듀로탄은 드레나이 소녀를 공격하지 않았다. 고엘은 듀로탄이 결코 그러지 않으리라는 사실을 알고 있었다. 하지만 다른 오크는 그렇지 않았다. 고엘은 소녀가 행동을 멈추고 빛나는 눈을 크게 뜬 채 입을 벌려 피를 세차게 토하는 광경을 보고 충격과 분노로 눈물이 핑 도는 걸 느꼈다. 소녀는 뒤에서 공격을 받았다. 소녀를 죽인 오크는 옆구리에 창을 찔러 넣었고, 소녀의 몸은 바닥으로 밀려 쓰러졌다. 오크는 아직도 꿈틀거리는 소녀의 시체를 발로 밟고서 창을 뽑아낸 뒤 그 광경에 메스꺼워하는 듀로탄을 향해 씩 웃어보였다.

"서리늑대 부족이여, 나에게 신세를 졌군."

으스러진 손 부족의 오크가 말했다.

장면은 여기서 멈추었다. 살해된 소녀의 얼굴이 잠시 떠돌다가 이내 사라졌다.

고엘의 마음속으로 다른 장면이 떠올랐다. 그가 직접 경험한 장면이었다. 그때 고엘은 주인인 애델라스 블랙무어의 군홧발 아래서 탈출한 지 얼마 되지 않았던 터라 전쟁노래 부족에게 시험을 받고 있었다. 그의 앞으로 인간 소년이 끌려왔다. 비극을 맞은 드레나이 소녀보다도 더 어린아이였다.

이스카르가 말했다.

"너는 이게 뭔지 알고 있겠지. 이들은 우리의 천적이다……. 이 아이가 커서 너를 죽일 나이에 이르기 전에 지금 죽여라."

"아직 어린아이입니다!"

적이 아니라 그저 겁에 질린 아이에 불과했다. 고엘의 심장은 그때의 기억으로 두근거렸다.

"하지 않는다면…… 살아서 이 동굴을 나갈 수 없을 게다."

"이렇게 불명예스럽고 잔혹한 행위를 저지르느니 차라리 죽음을 택하겠습니다!"

그러자 가장 난폭하고 사악한 오크, 가로쉬의 아버지인 그롬 헬스크림이 편들고 나섰다. 그롬은 이스카르에게 말했다.

"나는 전에 인간 아이들을 죽였소. 하지만 이제까지 해온 전투에서 이런 식으로 행동해서 어떤 결과를 낳았소? 우리 종족은 낙심하고 좌절한 채 수용소에서 기를 펴지도 못하고 살았고, 스스로를 해방하려고 손을 들기는커녕 남이 시키는 싸움만 했을 뿐이오. 그런 방식으로 싸우고 전쟁을 일으켰기 때문에 이런 결과에 이른 거요."

티란데는 아그라와 고엘이 두려워했던 바로 그 일, 진실을 가져다가 왜곡하는 일을 하고 있었다. 어린 소녀를 피도 눈물도 없이 살해한 행위는 오크의 특성도, 본심도 아니었다.

그러나 엄습한 공포에 숨 돌릴 틈 없이 바로 다음 장면이 나타났다. 같은 날에서 시간이 조금 지난 광경이 틀림없었다. 오크들은 핏덩이를 뒤집어 쓴 채였다. 오크들이 서 있는 방들은 한때 아름다웠지만 지금은 짓밟힌 채 부서진 의자들과 물건들로 어지러웠다. 한 오크가 듀로탄에게 물었다.

"살아있는 드레나이들을 찾으면 어떻게 할까요?"

듀로탄은 거친 목소리로 말했다.

"그들을 죽여라. 모두 다 죽여."

장면은 멈추었고, 곧 천천히 사라졌다. 모래시계의 모래는 더 이상 빛을 발하지 않았다.

"심문을 마치겠습니다, 타란 주 맹주님."

티란데는 고개를 꼿꼿이 들고 분노를 고스란히 담은 입매를 보인 채 충격으로 침묵만이 가득한 원형 경기장 안의 자기 자리로 돌아갔다.

* * *

안두인은 너무 놀라 입을 딱 벌린 채 지켜보았다. 그도 당연히 역사의 이 부분을 알고 있었다. 많은 이가 이 이야기를 어느 정도 알고 있지만, 안두인은 드레나이들과 함께 오랫동안 살면서 대부분의 이들보다 더 많은 내용을 배웠다. 그러나 안두인은 드레나이들이 어두운 시절에 겪은 개인적인 이야기들을 자신에게 밝히지 않은 사실을 알게 된 지금에서야, 그들이 자신을 얼마나 아끼는지 깨달았다. 그의 손은 식은땀으로 끈적끈적한데다 부들부들 떨리고 있었다.

벨렌은 더 늙고 슬퍼 보였다. 안두인은 지금 이 순간에도 동정심 많은 예언자가 죽은 드레나이들과 그들을 도륙한 오크들을 애도한다는 사실을 알았다. 안두인은 드레나이들과 오랫동안 함께 살았기 때문에 그 마음을 이해할 수 있었다. 희생자는 무고하게 죽었다. 그리고 오크들은 자신의 행동에 대한 결과를 지고 살아야 했다.

"할 수만 있다면 너는 전쟁을 모르게 하고 싶었다, 아들아."

안두인은 아버지를 올려다보았다. 바리안의 얼굴은 우울한 동정심을 담고 있었다.

"전쟁은 추악한 거다. 그리고 우리가 지금 본 것은 추악한 전쟁에서 가장 추악한 부분이지."

무어라 말하기에는 입이 너무 말라 있었기 때문에 안두인은 아버지의 말에 대꾸하지 않았다. 그는 전쟁이 추악하다는 말에는 동의했지만 지금 목격한 장면은 전쟁이 아니었다. 전쟁이란 두 편이 준비하고 무장하여 맞붙는 일을 의미했다. 텔모어에서 일어난 일에는 전쟁이라는 우아한 이름을 붙일 수 없었다. 그것은 더도 덜도 아닌, 말 그대로 무고한 이들에게 가해진 살육이었다. 여전히 조금 멍한 채로 안두인 왕자는 호드 쪽을 건너다보았다. 그들 중 어느 누구도, 심지어 오크들조차도 지금 본 장면에 기뻐하지 않았다. 잔혹한 광경이 그들의 마음을 어지럽힌 것만은 아니었다. 그 광경에는 어떤 영광도 없었다. 누구도 무장하지 않은 주민을 살육할 수 없었다.

바인은 잠시 기다렸다가 신중하게 일어났다. 그리고 존경의 몸짓으로 고개를 숙였다.

"지금 막 목격하신 광경으로 인해 고통스러울 거라고 확신합니다, 예언자여. 저는 고소인이 이렇게 불필요한 장면을 필요하다고 여긴 점이 유감스럽습니다."

티란데가 소리쳤다.

"재판장님, 이의 있습니다!"

"동의합니다. 변호인은 자기 생각을 증인에게 말하지 마시기 바랍니다."

"알겠습니다, 재판장님. 추측을 말하는건 옳지 못 하지요. 사과드립니다. 지금 우리가 본 장면에 대해서 어떻게 생각하시는지 말씀해주시겠습니까, 예언자여?"

벨렌이 말했다.

"사과할 필요 없습니다. 그대가 내게 무슨 말을 할지 일러주었다 해도 내가 했을 말은 그것뿐이었을 겁니다. 참으로 바라보기 고통스러운 광경이었습니다."

"어떤 점이 정확히 고통스러우셨는지 말씀해주시겠습니까?"

"무고한 이들이 불필요하게 죽었고, 그중에는 어린이들도 있었다는 점이 그렇습

니다."

바인은 고개를 끄덕였다.

"물론입니다. 그게 전부입니까?"

벨렌이 대답했다.

"아닙니다. 나는 또한 본성이 고귀하고 참된 이들이 누군가의 조종을 받아 그 본성을 억지로 거슬러 행동하게 된 점을 기억하고 고통스러웠습니다."

"듀로탄 말씀이십니까?"

"그렇습니다."

"그가 살육을 즐기지 않았다고 생각하시는군요?"

티란데가 말했다.

"재판장님, 이의 있습니다! 증인은 듀로탄이 무슨 생각이었는지 알 리 없습니다!"

바인은 분명히 이 점을 예상하고 있었다. 그래서 타란 주를 바라보는 바인은 전혀 동요하지 않았던 것이다.

"법정이 허락하신다면, 저는 고소인이 증거로써 소개한 장면의 한 부분을 제시하겠습니다. 추샤오 위스퍼윈드가 보여주지 않으려 했던 특정한 부분입니다."

타란 주가 말했다.

"진행하십시오."

바인은 카이로즈에게 고갯짓을 했다. 일어선 청동용은 크로미를 훌쩍 뛰어넘는 키였다. 그는 솜씨 좋게 손가락을 튕겨 모래가 다시 움직이도록 했다. 다시 한 번, 듀로탄의 형상과 그의 늑대, 어린 드레나이 소녀와 소녀를 죽인 자의 영상이 떨리면서 형성되었다. 끔찍한 순간은 소녀의 입에서 피가 뿜어져 나오고 창이 몸을 꿰뚫는 장면에서 정지했다.

안두인은 눈을 돌리고 싶었지만 억지로 마음을 다잡고 계속 보기로 했다. 바인은 이 장면으로 무얼 할 생각일까?

이윽고 정지됐던 영상이 움직였다. 소녀는 쓰러졌고 오크가 창을 빼자 경련을 일으켰다. 오크는 듀로탄을 향해 씩 웃어보였다

"서리늑대 부족이여, 나에게 신세를 졌군."

티란데는 이 지점에서 보여주기를 멈추고 듀로탄이 "그들을 죽여라. 모두 다 죽여."라고 경멸 어린 말을 내뱉는 장면으로 뛰어넘었다.

하지만 지금 이 순간, 눈이 있는 자라면 살해된 소녀의 시체를 내려다보는 듀로탄의 얼굴에 나타난 공포 어린 표정을 볼 수 있었다. 그리고 귀가 있는 자라면 듀로탄이 절망과 분노, 후회를 담아 길고도 거칠게 울부짖는 소리를 들을 수 있었다. 서리늑대 오크가 머리를 들자 바인이 재빨리 말했다.

"멈추십시오. 바로 거기입니다."

눈물이 갈색 얼굴로 흘러내렸다. 모두 오크가 우는 게 얼마나 드문 일인지 알고 있었다. 엄니가 삐죽 나온 듀로탄의 입은 지금 소리 없이 슬퍼하며 벌려진 채였다. 원형 경기장 역시 아무런 소리가 없었다.

환영은 사라졌다. 긴 침묵 끝에 바인은 다시 말을 이었다.

"예언자께서 오늘날 오크를 어떻게 보시는지 재판정에 말씀해주시겠습니까?"

티란데가 말했다.

"재판장님, 이의 있습니다."

타란 주가 말했다.

"기각합니다. 증인은 말씀하십시오."

벨렌은 천천히 말을 꺼냈다. 할 말을 찾아 입을 연 그의 목소리는 슬픔으로 갈라졌다.

"나는 오크들이 만노로스의 피를 마신 저주를 이겨내 기쁩니다."

"그 저주에서 풀려난 오크들을 아십니까?"

드레나이 예언자는 대답했다.

"가로쉬의 아버지인 그롬 헬스크림을 압니다."

바인은 생각에 잠긴 듯 말했다.

"그렇다면 예언자께서는 누구든 변할 수 있다고 말씀하시는 거군요. 그롬 헬스크림이라고 해도 말입니다."

"나는 진실로 그렇게 믿습니다. 마음을 다해서 말입니다."

바인은 한층 더 나갔다.

"가로쉬 헬스크림조차도 말입니까?"

티란데가 네 번째로 소리쳤다.

"재판장님, 이의 있습니다! 변호인은 또 다시 증인을 유도심문하고 있습니다."

바인은 온순한 태도로 타란 주 쪽으로 몸을 돌렸다. 그리고 말했다.

"파슈아여, 고소인이야말로 자기의 증거를 가지고 이런 식의 사고를 먼저 했습니다."

타란 주가 말했다.

"나는 고소인의 의견에 동의합니다. 변호인이여, 증인에게 추측해서 말하라고 요구하지 마십시오. 다른 식으로 질문하십시오."

바인은 고개를 끄덕였다.

"요약하자면, 예언자님의 경험에 따르면 오크 종족은 엄청난 시련과 싸워서 이겨냈습니다. 그들의 본성이 변했다고 보십니까?"

벨렌의 목소리는 노쇠하고 슬프게 들렸다.

"그렇습니다. 나는 악마의 영향이 얼마나 강력한지 대부분의 이들보다 훨씬 많이 압니다."

바인은 말했다.

"심문을 마치겠습니다."

그러나 티란데는 심문을 마치지 않았다. 직접 증인으로 지명한 드레나이 예언자에게로 다가가는 그녀의 아름다운 얼굴은 차갑다시피 했다.

"저는 단 한 가지만 묻고자 합니다, 예언자여. 의견을 덧붙이지 마시고 간단하게 대답해주시기 바랍니다. 오크들이 텔모어를 습격했을 때, 듀로탄을 비롯한 다른 오크들은 만노로스의 피의 저주에 걸린 상태였습니까?"

드레나이 예언자는 대답했다.

"아닙니다."

"그들은 자기의 뜻대로 생각하는 상태였습니까? 듀로탄의 생각도 본인의 생각이고, 선택도 그가 내린 것이었습니까?"

대답은 주저하듯 나왔다.

"그렇습니다."

티란데는 이겼다는 기색을 그리 잘 감추지 못했다.

"감사합니다. 이것으로 심문을 마치겠습니다."

***

타란 주는 한 시간의 휴정을 공표했다. 사려 깊게도 방청객들이 재판정을 떠나 방금 본 장면들을 마음에서 비워야 한다고 감지했기 때문이다. 그렇지 않으면 더 많은 이들이 재판이 끝날 때까지 구속된 상태에 있게 될 터였다.

안두인은 아직도 완전히 낫지 않은 다리를 쉬게 하고 신선한 공기를 마셔야겠다는 말로 제이나와 칼렉, 아버지에게 양해를 구했다. 하지만 진짜 속마음은 그 자리를 빠져나오는 것이었다. 판다리아에서 가장 좋아하는 장소인 석공의 우둔함에 갔다가 돌아오기에 한 시간의 휴정은 너무 짧았다. 오래 전 석공들이 주의 깊게 파놓은 일련의 계단들을 따라가면 어느 곳으로도 이어지지 않았다. 그저 엄청나게 멋진 풍경만이 나타났을 뿐이다. 이 계단의 원래 목적이 무엇인지는 아무도 몰랐다. 안두인은 오로지 아름다움을 향하도록 설계된 계단을 사랑했고, 그곳이 고요하다는 걸 알았다. 하지만 지금은 사원의 본 구역에서 멀리 떨어진 지반 부분의 한 지점에 머무는 걸로 만족해야 했다.

그곳은 주로 스승 라오와 수도사들을 위해 지정된 외딴 구역으로, 작지만 전망이 좋았다. 재판이 진행되는 동안 수도사들과 그루멀 대장장이인 검은 화살은 그날 하루 사원에서 떨어져 있으라는 요구를 받았기 때문에 안두인은 그토록 바라던 고독을 얻게 되었다.

산 공기는 상쾌하고 서늘했다. 안두인의 발은 눈이 얕게 흩뿌려진 바닥 위로 발자국을 남겼다. 조심성 없는 이들이 추락하는 것을 방지하기 위해 전망대에는 육중한 쇠사슬이 둘러져 있었다. 서쪽으로 솟아 있는 오래된 산맥들의 정상은 눈으로 덮였고, 거대한 봉우리들은 구름을 뚫고 솟아올라 뿌연 안개를 우아하게 걸친 모습이었다. 동쪽으로 눈을 돌린 안두인은 벚나무들에 둘러싸인 작은 탑 두 개를 강력한 쉬엔의 입상이 지키는 모습을 보았다.

남쪽으로 대가가 그린 걸작처럼 사원의 평화로움과 판다리아의 광대함을 모두 담은 광경이 보였다. 안두인은 예전에도 그랬듯이 한껏 보호받는 느낌을 경험하면서, 자신은 물론 자신이 알고 있는 모든 자들과도 전혀 관계가 없는 이곳이 왜 이리 고향처럼 느껴지는지 의아해했다.

“고독을 즐기고 싶은가? 아니면 함께해도 될까?”

등 뒤로 들려오는 매끄럽고 앳된 목소리는 귀에 익었다. 안두인은 아치 길에 서 있는 래시온에게 돌아서서 미소를 지었다.

“물론이지. 하지만 내가 좋은 상대가 될지는 모르겠다.”

“대여사제 위스퍼윈드, 아니 추샤오 위스퍼윈드라고 해야 하나. 확실히 세게 나오더군.”

래시온은 안두인의 옆으로 걸어오며 말했다. 뒷짐을 진 래시온은 정말로 앞에 보이는 풍경에 관심이 있는 듯 경치를 응시했다. 하지만 안두인은 그게 아니라는 사실을 알았다. 그는 대답했다.

“정말 그렇지.”

래시온이 말했다.

“그렇지만 대여사제는 새로운 사실은 하나도 말하지 않았네. 모든 이들이 이미 가로쉬를 미워하지. 왜 가로쉬가 태어나기도 전에 일어난 사건들을 꺼내는 거지? 신기한 전략일세.”

안두인이 말했다.

“별로 신기하지 않아. 대여사제는 오크가 ‘우리는 악마의 피를 마셨다’라는 핑계를 대며 발뺌할 수 없다는 사실을 우리에게 보여줬어. 가로쉬는 악마의 영향을 전혀 받지 않았어. 적어도 그 저주는 말이야.”

그러나 가로쉬는 안두인이 감히 추측하지 못할 정도로 지독한 힘에 대한 갈망에 빠졌고, 다른 이들의 고통에 무감각해지는 저주에 걸렸다.

"그렇지만 가로쉬는 그런 끔찍한 짓들을 저질렀지."

래시온은 곰곰이 생각에 잠긴 채 말했다. 그는 짧은 턱수염 다발을 주의 깊게 쓰다듬으며 눈살을 찌푸렸다.

"하지만…… 한 종족 전체를 전부 싸 잡아 먹칠해봤자 대여사제가 계속 그런 식이라면 기대에서 어긋난 결과를 가져올 뿐이야. 넌지시 암시할 필요가 있다네."

"너는 항상 넌지시 암시해야 한다고 생각하는군."

안두인의 입에서 자기도 모르게 짜증스런 대답이 흘러나왔다. 안두인은 팔짱을 꼭 끼고 몸을 덜덜 떨었다. 경기장은 화로들과 방청객들의 체온으로 따뜻했기 때문에 망토를 가져오는 걸 잊었다. 또한 살해된 소녀의 모습을 보고 자기가 생각보다 많이 동요했음을 깨달았다.

래시온은 그저 웃을 뿐이었다. 그의 입에서 나온 숨은 찬 공기를 만나 흰 입김으로 변했다.

"왜냐하면 그 말이 맞으니까. 아무것도 돌에 새긴 듯 확실하지 않다네, 안두인 왕자. 오늘 동맹을 맺은 종족이 내일이면 적이 될 수도 있는 법."

래시온은 산맥을 향해 팔을 크게 벌렸다.

"대지 자체도 변하지. 불은 활활 타올랐다가도 꺼져가는 숯으로 사그라진다네. 공기는 조용하다가도 회오리바람이 되고, 바다와 강들은 쉬지 않고 움직이지. 절대불변의 진리란 건 없어."

안두인은 입술을 꾹 다물었다. 래시온은 틀렸다. 맞을 수 없었다. 분명 보편적이고 변치 않는 무언가가 있었다. 어떤 건 언제나 그릇된 것이다. 예를 들면 죄 없는 이를 살해하는 것 말이다.

"세상에 확고한 게 없다면 지속 가능한 것을 어떻게 만들지?"

안두인이 물었다. 이건 질문이자 지친 마음에서 나온 탄원이기도 했다. 래시온은 지적했다.

"확고함의 정도에 차이가 있지. 바위와 물은 모두 변하네. 하지만 자네가 둘 중 하나 위에 집을 짓는다면, 바위 위에 지은 집보다 물 위에 지은 집에 살았을 때 결국 물에 빠져 수영할 가능성이 훨씬 높지 않겠는가."

안두인은 잠시 동안 침묵했다. 머릿속으로 수많은 생각들이 떠올랐다. 하지만 그중 어떤 것도 마음에 들지 않았고, 모두 다 심각했다. 마침내 안두인은 래시온 쪽으로 몸을 돌리고 조용히 물었다.

"래시온, 너는 우리가 친구라고 생각하니?"

래시온이 그 질문에 정말로 놀란 듯 보여서 안두인은 조금 즐거워졌다. 래시온은 터번을 쓴 머리를 한쪽으로 갸우뚱 기울이고는 질문을 곰곰이 생각하며 입술을 오므렸다. 마침내 래시온이 말했다.

"그렇다네. 어떤 식으로든 나에게 친구가 있을 수 있다면 말일세."

안두인은 덧붙인 말을 듣고 애처로이 미소 지었다.

"그러면…… 우리 그냥…… 잠시만 아무 말 없이 편안하게 여기 있을까? 친구로서 말이야."

래시온이 대답했다.

"그래, 물론이지."

그리고 그들은 그렇게 했다.

제 9 장

"성함과 직업을 말씀해주십시오."

티란데가 부른 두 번째 증인은 오크였다. 그는 건장한 체격에 드물게 창백한 초록색 피부를 한 중년 남성이었다. 여봐란 듯 턱에 난 덥수룩한 검은 수염은 대머리인 오크에게 보상인 셈이었다.

"제 이름은 코르주스입니다. 오그리마에서 버섯을 재배해 팔고 있습니다."

"증인의 가게 이름은 무엇이고, 어디에 있습니까?"

"가게 이름은 검은땅으로, 어둠의 틈에 있습니다."

걸어 나오는 티란데의 그 모습이 너무나 우아해서 걷는다기보다는 미끄러지는 듯 보였다. 그녀가 팔짱을 낀 채 집중하듯 눈썹을 모으자 위쪽 이마가 찌푸려졌다. 티란데는 과장된 연극조의 억양으로 증인의 말을 되풀이했다.

"검은땅 그리고 어둠의 틈이라. 다소 불길한 이름이군요. 아니면…… 금지된 이름이라고 해야겠지요. 혹시 대족장에게서 원치 않는 관심을 받을 만한 일이 있었습니까?"

티란데의 목소리는 도발을 하는 것처럼 들렸지만 사실 그렇다고 볼 수 없었다. 코르주스는 머리를 쳐들고 발끈하여 화난 목소리로 말했다.

"제 버섯들은 영광스럽게도 두 분 대족장들의 식탁에 올라왔습니다. 최근에 그 사건이 있기까지 저는 대족장들에게 버섯 말고 어떠한 관심도 받지 않았습니다."

"법정이 원하신다면 저는 코르주스가 말하는 사건을 배심원들께 보여드리겠습니다."

다시 한 번 크로미는 시간의 환영을 작동시켰다. 그러자 무릎을 굽히고 버섯을 수확하는 코르주스의 형상이 나타났다. 그는 문 쪽을 등지고 일에 열중해서 손님들이 장막을 열고 들어오는 광경을 보지 못했다. 그들을 보았을 때, 어쩌면 인기척을 느낀 건지도 모르지만, 코르주스는 눈살을 찌푸리며 몸을 돌렸다.

"거기서 멈추십시오."

티란데가 말했고, 크로미는 장면을 정지시켰다.

"코르주스여, 이 오크들이 누구인지 말씀해주시겠습니까?"

"저는 저자들 중 한 명의 이름만을 알 뿐입니다. 하지만 저들은 모두 코르크론 대원들입니다. 한쪽 손에 손가락이 세 개 밖에 없고 얼굴을 가로질러 흉터가 있는 자가 검은바위 부족 말코록입니다. 제가 아는 한은 그렇습니다."

오크들의 정체를 밝힌 이 말은 그저 형식적인 절차였을 뿐이다. 모인 이들 중 대부분은 코르크론의 죽은 지도자를 알아보았다. 회색 피부 위로 전시에 바르는 붉은 칠을 한 말코록은 악명 높은 검은바위 부족 오크 중에서도 가장 최악의 전형으로 알려졌다. 그렇다. 누구나 그를 알아보았고, 누구나 그를 경멸했다.

"감사합니다. 크로미, 계속해주세요."

코르주스의 형상이 말했다.

"간판을 못 보았소? 가게는 내일까지 열지 않소."

코르주스는 사용하고 있던 작은 칼을 손에 꽉 쥐었다.

"우리는 버섯을 사려고 온 게 아니오."

말코록은 조용한 목소리로 말했다. 그와 다른 네 명의 오크가 가게 안으로 들어왔다. 그중 하나는 장막을 닫았다.

"당신을 보려고 왔지."

코르주스는 그제서야 미심쩍은 표정을 지으며 물었다.

"내가 뭘 어쨌기에? 나는 정직한 상인이오. 이제까지 불평 한 번 들어본 적이 없소. 가로쉬 대족장님께서도 내 버섯을 드시고 있지 않소!"

"바로 대족장님 때문에 우리가 여기 온 거요."

말코록이 한 걸음, 또 한 걸음 가까이 다가왔다. 코르주스가 일어섰다.

"당신은 대족장님께 반대 의사를 보였지. 그러니까 당신이 버섯을 수확할 때 신경을 별로 안 쓸 날도 오지 않겠어? 응?"

무슨 말인지 감을 잡기 시작한 코르주스는 얼굴을 찌푸렸다.

"호드는 노예들로 이루어지지 않았소. 각각의 구성원은 가치 있는 존재요! 나는 대족장에 대해 음모를 꾸미지 않고서도 얼마든지 그분이 내린 결정에 반대 의사를 말할 수 있소!"

말코록은 그 말을 정말로 곰곰이 생각한다는 듯 과장된 몸짓으로 고개를 옆으로 꺾고 턱을 톡톡 두드렸다. 그리고 말했다.

"아니, 나는 네놈이 그럴 거라고 생각하지 않아."

말코록은 세 손가락이 달린 손으로 코르주스의 손목을 움켜잡았다. 손가락 몇 개가 없었지만 말코록의 손아귀 힘은 분명히 강했다. 코르주스는 칼을 떨어뜨리고 숨을 헐떡였다. 분명 즐거워하는 기색으로 말코록은 태연하게 희생자의 팔을 뒤로 비틀었다. 코르주스의 팔은 뚝 소리를 내며 부러졌다. 다른 네 명의 오크가 달려들었다. 그들은 자신들이 즐길 기회를 놓칠까봐 두려운 듯 보였고, 쾌활하게 웃는 모습은 마치 지금 수적으로 불리한 상대를 곤죽이 될 때까지 주먹질한다기보다 그저 술자리 놀이에 탐닉하는 것처럼 보였다.

그들은 오로지 주먹만을 사용했고, 맞아서 죽을 수 있는 부위가 아니라 고통을 받을 부위인 얼굴과 다리, 팔 등을 때렸다. 코르크론이 주먹 한 방을 묵직하게 내려치자 코르주스의 코가 와작와작 부서지며 피와 점액을 튀겼다. 두 번째 주먹을 맞자 머리가 뒤로 홱 젖혀지며 부서진 이들이 날아갔다. 지나치게 열심인 오크가 세 번째 주먹을 뻗으려 하자 말코록이 저지했다. 정예부대 대장은 부하를 꾸짖었다.

"우리가 이놈을 죽이면 다른 자들에게 이놈이 얼마나 벌벌 떨었는지 보여줄 수 없지 않나."

코르주스는 턱을 들고 자기가 맞는 모습을 재생하는 환영을 침착하게 응시했다. 다섯 명의 고도로 훈련된 코르크론 대원들이 가게 주인 하나를 상대한 것이었지만 코르주스는 몇 분을 버텨냈다. 하지만 결국 어쩔 수 없이 그는 바닥에 무릎을 꿇었다. 얼굴은 거의 알아볼 수 없게 된 채로 고통스럽게 가쁜 숨을 몰아쉬었다. 마지막으로 발길질을 맞고 몸을 구부렸지만 그런 상황에서도 소리를 지르며 저항했다.

코르크론 부대원들은 힘든 기색도 없었다. 그리고 잘했다는 듯 서로의 등을 두들기고는 그 자리를 떴다. 그들이 떠나자, 코르주스는 고개를 들어 피와 부서진 이 몇 개를 더 뱉은 후에 기절했다.

장면은 사라졌다. 코르주스는 지금 화난 기색으로 숨을 급히 몰아쉬고 있었다. 티란데는 심문을 다시 시작했다.

"코르주스여, 증인이 아는 바에 따르면, 코르크론이 증인에게 한 것 같은 공격은 단 한 번뿐이었습니까? 다른 이들은 이런 공격을 받지 않았습니까?"

오크가 대답했다.

"아닙니다. 그들은 다른 이들도 공격했습니다. 제가 맞았던 것처럼 심했거나 더 심했던 적도 있습니다."

티란데가 말했다.

"증인은 극도로 심하게 맞았지요. 죽지 않은 게 기적입니다."

바인이 입을 열었다.

"재판장님!"

"마지막 발언은 취소하겠습니다, 타란 주 맹주님."

티란데는 인내심을 갖기가 피곤하다는 모습으로 변호인의 말을 자르며 말했다.

"증인, 배심원들에게 '더 심했던 적'이 무슨 의미인지 말씀해주십시오."

코르주스가 대답했다.

"저는 얼마 전에 있었던 칼바위 언덕의 폭발 사고를 말한 것이었습니다."

"칼바위 언덕은 예절이 통용된다고 할 수 없는 곳이지요."

티란데가 말하자 방청석에서 킥킥대는 소리가 일었다.

"분명히 칼바위 언덕은 코르크론 부대가 아니라도 기분이 상한 손님들이 폭력 사태를 일으키거나 심지어 폭탄을 터뜨렸다고 해도 납득이 가는 곳입니다."

방청객들이 즐거워하는 기색을 내비쳤음에도 불구하고 코르주스의 표정은 침울했다.

"저는 거기 있었습니다. 될 수 있으면 오그리마를 피해 있을 생각에 여관에 묵었지요. 그러면 말코록을 우연히 만날 일이 없을 테니까요."

코르주스는 짧게 웃었다. 그는 불편한 기색이었다.

"그런데 이게 웬일입니까? 말코록은 바로 거기에 와서 포세이큰과 블러드 엘프를 위협하기 시작했습니다. 저는 말코록 일행이 오자마자 몰래 그 자리를 떴습니다. 운이 좋았죠."

"정말입니까? 말코록이 그들을 위협했다고요? 물리적으로 위협했습니까, 아니면 말로 위협했습니까?"

"말코록은 그들을 말로 협박하려고 했습니다. 최소한 처음에는 말입니다. 저는 나중에 무슨 말이 오갔는지 모릅니다."

티란데는 고개를 끄덕였다.

"크로미, 준비되었습니까? 정확히 무슨 일이 일어났는지 직접 볼 수 있게 해주세요."

안두인은 칼바위 언덕의 여관에 가본 적이 없었다. 하지만 눈앞에 펼쳐진 장면을 보니, 부서져서 다시 지어지기 전에 있던 원래 여관을 방문했으면 좋았을 거라는 마음이 조금도 들지 않았다. 그곳은 어둡고 소란하며 더러웠고, 냄새도 지독할 게 분명했다. 안두인은 청동용 카이로즈가 이 극적인 장면으로 인해 생긴 몇몇 반응에 슬며시 미소를 감추는 모습을 알아챘다.

어찌됐든, 코르크론 부대가 오기 전까지 그 여관은 난폭하면서도 기분 좋게 떠들썩한 장소로 보였다. 코르크론 부대는 문가에 멈추어 섰고, 큰 몸집으로 선술집의 중앙 홀로 들어오는 빛을 대부분 막았다. 두 명의 단골손님인 포세이큰과 신도레이가 함께 술을 마시다가 새로 온 이들을 올려다보았다.

티란데가 말했다.

"멈추십시오. 두 분의 호드는 프란디스 팔레이 대장과 켈란티르 블러드블레이드입니다. 팔레이 대장은 대족장 휘하에서 포세이큰 부대를 지휘하는 임무를 수행하도록 실바나스 여왕이 보낸 자입니다. 혈기사 블러드블레이드는 전에 순찰대 사령관 할두런 브라이트윙 휘하에서 복무하여 북부감시 요새 전투에서 훌륭하게 싸웠습니다."

안두인은 호드 쪽을 슬쩍 바라보았다. 실바나스와 할두런은 모두 몸을 앞으로 내민 모습이었다. 안두인은 팔레이나 블러드블레이드에 대해서 들은 바가 없었지만 지도자들이 부하들의 모습에 반응하는 모습으로 보아 평판이 좋았던 게 틀림없었다.

블러드블레이드는 머리털이 태양빛인데 반해 피부는 한 번도 태양빛을 받은 적이 없어 보일 만큼 창백했다. 근무가 없는 날에도 그녀는 항상 갑옷을 입었다. 팔레이는 포세이큰으로 부활하기 전에 이미 충분히 몸이 썩어버렸다. 안두인은 어떻게 팔레이가 다물어질 것 같지 않은 턱으로 음료를 마시는지 신기했다.

티란데는 크로미에게 고개를 끄덕였고, 장면은 이어졌다.

켈란티르는 옆에 앉은 동료에게 말했다.

"골치 아프게 됐군요."

"꼭 그렇지는 않을지도 모르지."

프란디스는 앙상한 팔을 들어 손짓했다.

"우리의 친구 말코록 아닌가! 이 누추한 곳에는 웬일인가? 그이 못돼먹은 그로스크가 내놓는 음식이 어쩌면 요강 속 건더기만도 못할지 모르지만, 값도 싸고 그럭저럭 배는 불릴 수 있다네. 이리 오게나, 우리가 한 잔씩 돌리겠네."

말코록이 미소를 지었다. 안두인은 그 모습이 마음에 들지 않았다. 그리고 켈란디르 역시 내색하지는 않았지만 그 모습을 마음에 들어 하지 않았다.

"그로스크, 모두에게 한 잔씩 돌리게."

검은바위 오크가 프란디스의 등을 세게 치자 포세이큰 대장은 탁자 위로 엎어질 뻔했다.

"여기에서 타우렌이나 포세이큰을 볼 수 있을 줄 알았는데. 그런데 당신이 어울리는 자리는 아닌 것 같군."

말코록은 이렇게 말하며 켈란티르를 똑바로 바라보았다.

"글쎄요, 이보다 더한 곳도 잘 다녀서."

성기사는 가늘게 뜬 눈으로 말코록을 보았다. 그러는 동안 야비한 그로스크로 보이는 여관 주인이 그들에게 술을 가져왔다. 말코록이 말했다.

"뭐, 그렇겠지. 왜 오그리마에는 가지 않았지?"

켈란티르가 말했다.

"철 울렁증 때문이죠."

긴장감에도 불구하고 안두인은 씩 웃었다. 안두인은 켈란디르의 이런 모습이 마음에 들었다. 그녀는 용감했다. 대격변이 일어났을 때 잃은 안두인의 친구인 용감한 드워프 애린이 했을 법한 말이었다.

말코록은 처음에는 크게 당황한 듯 보이다가 이내 웃었다.

"자네를 비롯한 몇몇은 촌구석을 더 좋아하는 듯하군. 젊은 황소 바인과 그의 아첨꾼 볼진은 어디 있나? 그들과 이야기할 게 있는데."

모든 이의 눈이 새로운 대족장과 변호인에게로 쏠렸다. 그들은 물론 여기 있는 다른 이들과 마찬가지로 이 장면을 처음 봤고, 모욕이 너무 노골적이라 살짝 놀란 모습이었다.

"한동안 못 봤는데요."

켈란티르가 말했다. 그녀는 시선을 침착하게 유지한 채 장화 신은 발을 탁자 위에 턱 얹었다.

"바인과는 잘 어울리지 않아서요."

말코록이 대답했다.

"정말인가? 어젯밤 당신과 프란디스가 바로 이 여관에서 바인, 볼진, 그리고 다른 사람들이랑 어울리면서 소곤대는 걸 본 사람이 있다고 들었는데,'가로쉬는 멍청이야. 스랄이 돌아와서 가로쉬를 언더시티까지 쫓아버려야 해. 테라모어에 마나 폭탄을 사용한 것은 비겁한 짓이었어.' 따위의 말을 했다고 들었다. 어찌 된 건가?"

다른 코르크론 대원이 덧붙였다.

"그리고 정령에 대해서도 말이 있었습니다."

말코록이 말을 이었다.

"그래, 정령. 케른이 기회가 있었을 때 가로쉬를 죽이지 못한 게 아깝다고, 스랄이 었다면 그런 모욕적인 방법으로 정령을 부리지 않았을 거라고 했다지."

켈란티르의 아름다운 얼굴이 딱딱하게 굳었다. 프란디스 팔레이는 손에 잔을 든 채로 탁자 위에 체액을 뚝뚝 떨어뜨렸다.

말코록이 말했다.

"하지만 자네들이 바인이나 볼진을 근래에 보지 못했다면, 그 증언이 틀렸다는 말이겠군."

정신을 차린 프란디스가 말했다.

"당연히. 더 좋은 첩보원을 두는 게 좋겠네."

프란디스는 다시 술을 마시기 시작했다. 말코록은 동의한다는 듯 말했다.

"그래야지. 당신들 둘은 가로쉬 님의 지도력에 대해 그런 말을 하지 않을 것이 분명하니까."

프란디스가 말했다.

"이해한다니 다행이네. 술은 잘 마셨네. 이번에는 내가 사도 되겠나?"

말코록이 말했다.

"글세, 우리는 할 일이 있어서. 안타깝게도 바인이나 볼진이 이곳에 없으니, 또 찾아나서야 하거든."

안두인은 생각했다. '볼진과 바인에게는 다행이었군. 그들의 로아와 대지모신께서 지켜주신 게 틀림없어.'

말코록은 고개를 끄덕이며 일어섰다.

"많이들 마셔두라고."

그는 그렇게 말하고 다른 코르크론 대원들과 여관을 나갔다. 켈란티르는 안도의 한숨을 내쉬며 말했다.

"아슬아슬했어요."

프란디스가 말했다.

"정말이네, 바로 체포되는 줄 알았지 뭔가. 아니면 대놓고 공격을 당할 거란 생각도 했네."

켈란디르는 주위를 둘러보았다.

"이상한데요. 그로스크가 없습니다."

프란디스는 턱을 당겨 얼굴을 찌푸린 표정을 지었다.

"그럴 리가 있나. 손님이 이렇게 많은데? 목마른 손님들을 기다리게 하지 않으려면 보조를 두는 게 낫겠군."

둘의 시선이 마주치자, 안두인은 상황을 파악했다. 순간 안두인은 모골이 송연해져서 소리쳐 경고하고 싶었다. 하지만 이것은 현실이 아니었다. 눈앞의 장면은 과거였고, 팔레이와 블러드블레이드가 무슨 일이 일어나고 있는지 깨달았을 시점에는 이미 너무 늦어버렸다.

불운한 두 친구는 자리에서 뛰어올라 문을 향해 달렸다. 얼음이 탁탁 소리를 내면서 그들의 길을 막았고, 이내 장면은 하얗게 변했다. 폭발음이 장내 가득히 메아리쳤고, 이내 환영은 사라졌다.

티란데는 경기장의 한가운데 서서 천신들이 앉은 자리를 올려다보았다. 거리는 상당히 멀어서 그들의 표정이 어떤지 읽기 힘들었다. 하지만 최소한 츠지를 잘 아는 까닭에, 안두인은 분명 천신들이 여기 있는 이들 만큼이나 괴로워하고 있다는 사실을 알았다. 나이트 엘프는 배심원들에게 할 말이 있다는 듯 입을 벌렸다가 머리를 흔들고 다시 한 번 생각해보는 듯했다. 그녀는 방금 본 장면에 대해 정확하게 설명할 필요가 없었다. 모두가 이해했기 때문이다.

"심문을 마치겠습니다, 파슈아 타란 주여."

티란데는 적막만이 가득 찬 거대한 경기장 안에 놓인 자기 자리로 돌아갔다.

제 1 0 장

바인은 오랫동안 가만히 앉아 있었다. 그는 침착함이 스며 나오기를 바랐다. 하지만 실제로는 방금 목격한 장면에 너무 화가 치밀어 올랐고, 분노 때문에 코르주스에게 질문도 못할 지경이었다.

거의 모든 이들처럼 바인 역시 칼바위 언덕에서 일어난 폭발이 단순한 사건이 아니라고 의심했지만, 보다시피 그렇지 않다고 입증할 증인이 남아 있지 않았다. 바인이 아는 바에 따르면, 그로스크는 아무것도 모른다고 잡아떼면서 자신이 여관을 떠났던 건 아주 다행스런 우연의 일치라고 주장했다.

상관없었다. 그로스크는 손님으로 가득 찬 선술집에 서리와 파쇄성 수류탄을 던진 이가 아니었다.

바인은 스스로를 제어할 수 있게 해달라고 조용히 기도하며 자리에서 일어나 코르주스에게 갔다. 그리고 말했다.

"증인은 가까스로 탈출했습니다. 분명히 말코록과 코르크론은 가로쉬에 대해서 안 좋게 말하는 이들의 기를 꺾기 위해 그저 폭행만 해서는 안 되겠다고 결정한 듯 보입니다."

코르주스는 고개를 끄덕였다.

"바로 그렇습니다. 저를 살려준 조상님들께 감사할 따름입니다."

"말코록은 이전에 검은바위 산에서 했던 짓을 하고 있었던 게 분명합니다. 반역자라고 인지한 이들의 뒤를 밟아 위협으로 그들을 간단하게 제거하는 일 말입니다. 증인이 앞서 말했듯이, 저는 다른 이들도 역시 강박관념에 사로잡힌 코르크론의 목표물이 되었을 거라 생각합니다."

"그렇습니다. 저만 위협을 받았던 건 절대 아니었습니다."

"그렇다면 위협을 받은 자들 중에서 혹시 가로쉬로부터 직접 누구를…… 위협하라는 명령을 받았다고 말코록이 말한 걸 들은 이가 있습니까?"

코르주스는 얼굴을 찌푸렸다. 의문에 찬 그의 시선은 가로쉬에게 향했다. 가로쉬는 마치 돌로 깎은 것처럼 꼼짝도 않고 앉아 있었고, 낮게 뜬 눈에는 무관심만 담겨 있었다.

"아닙니다. 하지만 제 생각으로는 분명히……."

바인은 손을 들어 제지했다.

"묻는 말에만 답변하십시오."

코르주스는 얼굴을 더욱 찌푸렸고, 언짢은 기색을 드러내며 대답했다.

"아닙니다."

"그렇다면 증인은 피고가 한번이라도 자기에게 반대하는 백성을 살해하라는 지시를 내린 적이 있다고 이 법정에서 말할 수 없겠군요?"

"그렇습니다."

코르주스는 분명히 부연설명하려는 마음을 애써 참고 있었다.

"그렇다면 말코록과 코르크론 부대가 자체적으로 행동했고, 가로쉬는 이 사건에 대해서 알지 못했다는 가정도 가능하지요? 이와 관련해서는 어떤 일도 몰랐다고 할 수 있지요? 그리고 만약 가로쉬가 알았다면, 이런 일을 허락하지 않고 말코록을 막는 조치를 취했을 수도 있지 않습니까?"

티란데가 말했다.

"존경하는 재판장님, 이의 있습니다."

타란 주가 말했다.

"기각합니다. 증인은 대답하십시오."

코르주스는 이를 갈았지만 질문에 대답했다.

"그…… 그렇습니다. 가능합니다."

"심문을 마치겠습니다."

바인은 티란데를 향해 고개를 끄덕였다. 티란데는 일어섰지만 증인 쪽으로 다가가지 않았다.

"파슈아여, 저는 재판 개정 연설의 일부를 법정에 다시 들려드릴 것을 요청합니다. 재판장님께서 혐의들을 제시하기 전에 피고인에게 말씀하셨던 부분입니다."

"허락합니다."

타란 주는 이렇게 말하며 자자릭 프릴을 향해 고개를 끄덕였다. 자자릭 프릴은 적당한 가격에 중립적으로 서기를 해온 고블린이었다. 자자릭은 매부리코 위에 걸친 안경을 고쳐 쓰고는 작은 가슴을 엄숙하게 부풀린 뒤 두루마리를 펼쳤다. 그러고는 귀에 거슬리는 목소리로 읽기 시작했다.

"가로쉬 헬스크림이여, 그대는 전쟁범죄를 비롯하여 아제로스 대륙은 물론 아제로스에 거하는 지각 있는 존재들 중 핵심적인 이들을 대상으로 한 범죄를 저지른 혐의가 있습니다. 또한 본인의 이름으로 자행했거나 그대와 동맹을 맺은 이들의 이름으로 이루어진 모든 행위들에 대해서도 혐의가 있습니다."

"감사합니다."

티란데가 말했다. 자자릭은 있었던 자리로 다시 돌아가 기록을 계속하려고 깃펜을 세웠다.

"분명히 본인의 이름으로 자행했거나 그대와 동맹을 맺은 이들의 이름으로 이루어진 모든 행위들에 대한 혐의'라고 하셨습니다."

나이트 엘프 티란데는 자자릭이 했던 말을 반복하고는 어깨를 으쓱였다. 그러고는 천신들을 바라보고 말했다.

"제가 보기에는 그 혐의가 너무 명백한 순간들이 있습니다. 제가 고소인으로 여기서 있을 필요조차 없을 정도로 말입니다."

그 말을 들은 바인은 정말로 화를 내며 발굽으로 벌떡 일어났다.

"고소인의 발언은 당치 않소!"

바인은 재판정에서는 격식을 차려 말해야 한다는 것도 잊고서 쏘아붙였다. 티란데는 미소를 짓고서 진정하라는 듯 손을 들었다.

"이 발언을 철회합니다, 파슈아여. 그리고 존경하는 동료에게 사과하겠습니다. 제 심문은 이것으로 마치겠습니다."

"증인은 자리로 들어가도 좋습니다."

타란 주가 말했다. 코르주스는 일어서서 안도하는 기색을 내비치며 서둘러 방청석 쪽으로 돌아갔다. 타란 주는 침착한 시선으로 티란데를 내려다보았다.

"추샤오여, 재판이 진행되는 동안 주의해주기를 강력히 청합니다. 나는 그대에게 징계를 내려야 하는 상황이 오지 않기를 바랍니다."

티란데가 말했다.

"알겠습니다."

바인은 돌아서서 눈을 가늘게 뜨고 가로쉬를 바라본 후 티란데를 보았다.

"파슈아여, 다음 증인을 심문하기 전에 시간의 조언자와 피고와 함께 의논하기 위해 10분간 휴정해주실 것을 요청합니다."

"허락합니다."

타란 주는 이렇게 말하고 징을 쳤다.

카이로즈는 미심쩍은 눈초리로 바인에게 다가왔다. 여전히 탁자 앞에 서 있던 티란데는 카이로즈를 알아차리고 무슨 일이냐는 듯 고갯짓을 했다. 카이로즈는 티란데가 앉지 않고 비워둔 의자를 잡아채더니 눈을 찡긋하며 미소를 지었다.

"금방 돌려드리겠습니다."

카이로즈는 놀란 대여사제에게 이렇게 말하고 사슬에 묶인 가로쉬 옆으로 의자를 끌어왔다. 바인은 짜증이 어렸지만 조용한 말투로 말했다.

"티란데는 이런 행동을 잊지 않을 겁니다."

카이로즈는 바인만큼 조용하게 목소리를 낮추며 말했다.

"그녀에게 무례를 범할 의도는 없었습니다. 그 책임은 내가 지도록 하죠. 그리고 이런 상황에서는 전혀 잘못하는 게 아닙니다. 이제 시간은 7분 18초밖에 남지 않았습니다. 말씀하시죠, 추샤오."

바인은 더 이상 말해봤자 소용이 없음을 알았다. 그래서 모든 관심을 가로쉬에게 돌렸고, 코에서는 경멸하듯 한숨이 나왔다.

"대지모신의 이름을 두고 말하건대 지금 도대체 뭘 하고 있는 겁니까, 가로쉬?"

가로쉬가 키득거렸다.

"나 말인가? 아무 것도 안 하고 있소만."

"바로 그걸 말하는 겁니다. 당신은 아무런 후회나 반응도 보이지 않고 있습니다. 심지어 이 재판에 희미한 관심조차 없어 보입니다!"

가로쉬는 어깨를 으쓱였고, 그를 묶은 쇠사슬들도 짤랑거리며 어울리지 않게 화려한 소리를 냈다.

"그건 바로 내가 이 재판에 전혀 관심이 없기 때문이지…… 추샤오여."

바인은 작게 욕지기를 내뱉었다.

"그렇다면 정말로 사형당하기를 간절히 바랍니까?"

"사형을 바라느냐고? 아니오. 죽음 말인가? 만약 나를 파멸시키려는 임무를 맡은 대여사제에 필적할 만한 이들과 영광스럽게 싸우다 죽게 된다면…… 죽음을 바라지. 그런 죽음은 더할 나위 없이 바라오."

바인이 경고했다.

"당신이 석방되어 다시 싸워도 좋다는 허락을 받을 확률은 매 순간마다 낮아지고 있습니다! 당신이 여기에 초연하게 앉아서 소송에 도움을 전혀 안 주는 동안 말입니다!"

가로쉬가 말했다.

"나는 침대에 누워 동화나 들을 만한 어린이가 아니오, 블러드후프. 내가 청동용만큼 오래 살 수 있다고 해도 다시 전투에 나갈 기회는 절대로 얻지 못할 거요."

카이로즈가 불쑥 말했다.

"인생이란 놀랄 일들로 가득합니다. 하지만 당신이 꼬치에 꿴 닭처럼 목이 잘려 창끝에 꽂힌 후 스톰윈드 정문부터 오그리마까지 기쁘게 왔다갔다 행진하게 된다면 분명 다시는 전장을 볼 수 없을 테죠."

몇 분이 더 흘렀다. 바인은 잠시 앉아서 자신의 양심과 씨름하는 중이었다. '가로쉬는 본인에게 어떤 일이 일어나도 신경 쓰지 않는데 왜 내가 굳이 신경을 써야 하지?' 바인은 생각했다. '분명 이만하면 충분히 명예롭게 행동했어. 그 누구도 내가 가로쉬를 제대로 변호하지 않았다고 말하지 못할 거야. 그리고 만약 가로쉬의 형 집행이 연기된다면? 그러면 어떻게 되는 건가?'

"추샤오 블러드후프."

카이로즈가 경고하는 목소리로 말했다. 바인은 한 손을 들어 청동용을 조용히 시켰다.

바인은 자신이 변호를 잘하고 있다는 사실을 알고 있었다. 오크에게는 분명히 과분한 변호였다. 하지만 다음 생에서 아버지를 만나게 된다면 그때 '아버지, 제가 왔습니다. 저는 최선을 다했습니다.' 라고 말할 수 있을까?

바인은 그 답을 알고 있었다. 그는 체념하듯 깊은 한숨을 쉬고 다시 가로쉬를 바라보았다.

"티란데에게 맞설 수 있는 무언가를 주시오, 가로쉬. 나는 지금까지 당신의 도움 없이 내 주장을 만들어왔습니다."

카이로즈가 말했다.

"당신도 그 작업이 얼마나 잘 되는지 봤잖아요."

바인은 위압적인 눈초리로 카이로즈를 흘깃 보며 말했다.

"당신의 자신감은 참으로 고무적이군요."

그러고는 다시 가로쉬 쪽을 바라보았다.

"만약 나한테 말하고 싶지 않고, 내가 당신을 변호하는 데 도움을 주고 싶지 않다면…… 누구라도 말하고 싶은 자가 있습니까? 당신이 존경하는 전사라든가 주술사는 없습니까?"

가로쉬의 엄니 근처에 이상한 미소가 피어올랐다. 그가 말했다.

"아, 추샤오여…… 한 명이…… 있소."

* * *

바인은 가로쉬가 전혀 예상치 못한 자를 마음을 터놓을 이로 지목한 탓에 아직도 머리가 어지러웠지만, 잠시 뒤 오크 옆에 자리 잡고 앉았다. 가로쉬가 조금 전 지었던 미소는 사라졌다. 그리고 이제까지 재판이 진행되는 동안 보였던 속을 알 수 없는 얼굴로 다시 돌아갔다. 티란데는 바인이 제시하는 것들은 뭐든지 연달아 사납게 반박했다. 가로쉬가 했던 행위를 놓고 비난을 나눠받을 만한 이로 바인이 내놓을 자는 하나도 남지 않았다. 그리고 가로쉬에 대해서 잘 말해줄 의향이 있는 이도 거의 없었고, 잘 말해줄 만큼 가로쉬에게 대우받은 이 역시 없었다.

티란데의 다음 증인은 재판정을 존중하겠다고 선서하는 중이었다. 바인은 카이로즈의 말이 정곡을 찔렀다고 우울하게 생각했다. 티란데는 또 다른 오크를 증인으로 불렀다. 이 자리에 있는 많은 이들이 알고, 존경하는 이였다. 그리고 바인이 심문하고 싶지 않은 이였다.

그는 바로크 사울팽이었다.

사울팽은 의자에 앉았다. 그저 앉아 있는 모습만으로도 차분함과 카리스마가 느껴졌다. 바로크의 초록색 얼굴에는 나이의 흔적이 드러났고, 세월과 슬픔으로 이마와 노란 엄니들 주변에는 깊은 주름이 나 있었다. 길게 땋은 하얀 머리채를 여전히 육중한 어깨 위로 드리운 사울팽의 눈빛은 기민했다. 바인은 이 심문이 어떻게 진행될지 알았다. 바인은 귀를 앞으로 쫑긋 세우고 무언가, 아니 어떤 것이라도 가로쉬를 조금이나마 돕는 데 쓸 만한 걸 찾게 되길 바랐다.

티란데가 상냥하게 말했다.

"성함을 말씀해주십시오."

사울팽은 낮은 목소리로 말했다.

"바로크 사울팽입니다. 브록시가르의 형제이고 드레노쉬의 아버지입니다. 저는 호드를 섬깁니다."

"브록시가르는 비단 호드만이 아니라 아제로스의 위대한 영웅 중 하나입니다. 맞습니까?"

사울팽은 그 말을 책략이라 의심하는 듯 눈을 가늘게 떴다.

"그렇습니다. 저를 포함한 많은 이들이 브록시가르를 영웅이라 여깁니다."

"증인 역시 증인의 종족은 물론 얼라이언스에서도 존경받고 계십니다."

티란데는 말을 이었다. 바인은 나이트 엘프의 목소리에 담긴 진정한 존경심을 느꼈다.

"여기 있는 많은 분이 증인의 아드님께 일어난 큰 비극에 대해 알고 있습니다."

바로크는 조심스럽게 태연한 표정을 지었다.

"다른 이들 역시 리치 왕의 어둠 때문에 고통을 받았습니다. 나는 이제까지 특별한 대우를 요구한 적이 없습니다."

그 말은 참이었다. 용감한 드레노쉬 사울팽은 후에 분노의 관문 앙그라타르 전투로 알려진 전투에서 살해당했고, 아버지를 비롯한 호드의 영웅들과 맞서기 위한 목적으로 뽑혀서 언데드로 다시 살아났다. 그러나 이런 공포들은 비극적이기는 해도 드물지 않았다. 바로크와 마찬가지로, 본인들이 슬피 울며 보낸 사랑하는 망자들과 맞서야만 했던 이들은 많았다. 리치 왕의 어두운 유산은 생존자들의 상처 입은 가슴 속에, 그리고 지금은 호드와 얼라이언스 모두에게 불편한 부분인 칠흑의 기사단 기병들에게도 여전히 살아있었다.

"괜찮다면 저는 증인께서 견뎌야 했던 일에 대해 다른 분들도 완전히 이해하시도록 하고 싶습니다."

바인은 티란데가 보여주려고 계획하는 장면들이 무엇인지 순간 깨닫고 불쾌한 충격을 받았다.

안 된다. 티란데가 지금 치밀하게 계산적으로 행동하고 있든, 그릇된 동정심으로 행동하고 있든 중요하지 않았다. 바인은 티란데가 그 장면을 보여주게 놔둘 수 없었다……. 바인은 벌떡 일어나 소리쳤다.

"재판장님, 이의 있습니다! 바로크 사울팽은 충분히 고통을 받았습니다, 파슈아여. 지금 추샤오 위스퍼윈드가 제시하는 것은 상처에 소금을 뿌리는 행위밖에 되지 않습니다. 저는 증인이 아들의 죽는 장면을 또 다시 참고 보라 강요받는 상황을 두고 볼 수 없습니다!"

타란 주가 말했다.

"이 법정에서 어떤 장면을 보거나 보지 않을지는 변호인이 결정하는 게 아닙니다, 추샤오여. 하지만 나는 변호인의 의견에 동의합니다. 법정은 바로크 사울팽이 존경받는 전쟁 영웅이자 엄청난 상실을 견뎌왔다는 사실을 인정합니다, 추샤오 위스퍼윈드여. 하지만 우리는 증인이 가로쉬와 맺은 상호관계와 그 점이 어째서 관련이 있는지 모르겠습니다. 리치 왕은 이곳에서 재판을 받는 이가 아닙니다."

티란데는 뺨이 붉게 물들었다.

"요청을 철회하겠습니다. 그리고 만약 증인께 불편을 끼쳐드렸다면 사과드리겠습니다."

바로크는 입매를 딱딱하게 굳혔지만 짧게 고개를 끄덕였다. 대여사제는 심문을 계속했다.

"바로크 사울팽이여, 증인은 본인이 깊이 존경받는다는 사실을 인정하십니까? 호드에게 바치는 증인의 헌신에 대해 의문을 제기하는 자가 없고, 혹여 있더라도 극소수에 불과하다는 점을 인정하십니까?"

사울팽이 대답했다.

"제가 다른 이들의 눈에 어떻게 비치는지는 제가 결정하는 게 아닙니다. 직접 말하자면, 저는 제 존재를 다해 호드를 사랑합니다."

"호드를 위해 죽을 만큼 사랑하십니까?"

"물론 그렇습니다."

"호드를 위해 살인을 할 수도 있습니까?"

"물론입니다. 저는 전사입니다."

"그렇다면 증인과 다른 이들이 호드를 일종의…… 학살의 명분으로 사용했다는 말씀이십니까?"

바인이 고함쳤다.

"재판장님, 이의 있습니다! 고소인이 피고와는 상관없는 과거의 사건들에 집착하듯 초점을 맞추는 행위는 증오를 부추기는 것과 마찬가지입니다!"

타란 주는 차분한 얼굴로 티란데를 돌아보았다.

"추샤오여, 왜 이런 질문이 타당한지 설명해주시겠습니까?"

"저는 여기 앉아 있는 증인이 이성적이고 책임감 있는 분임을 드러내고자 노력하는 중입니다, 타란 주여. 제가 생각하는 한 이건 결코 증오를 선동하는 행위가 아닙니다."

티란데는 화난 눈초리로 바인을 쏘아보았다. 타란 주는 잠시 이 상황에 대해 생각한 후 말했다.

"좋습니다. 고소인의 심문을 허락합니다. 증인은 질문에 대답하십시오."

바로크가 말했다.

"저는 그렇다고 대답하겠습니다."

티란데는 질문을 계속했다.

"현재 증인은 그런 종류의 행위를 묵과하고 계십니까?"

"아닙니다. 그렇지만 저는 그런 행위를 묵과했습니다."

"누구에게 저지른 행위를 말입니까?"

"그건 비밀이 아닙니다. 저는 제가 한 일이 자랑스럽지 않습니다."

바로크는 이렇게 말하며 벨렌을 쳐다보았다.

"이러한 감정을 가로쉬 헬스크림에게도 표현하셨습니까?"

"그렇습니다."

티란데는 고개를 끄덕였다.

"법정이 허락하신다면, 저는 이 대답에 적합하다고 생각하는 장면을 보여드리겠습니다."

티란데는 바인을 바라보며 덧붙여 말했다.

"이렇게 말하는 이유는 제가 택한 첫 번째 장면을 철회하라는 요청을 받았기 때문입니다."

타란 주가 말했다.

"고소인은 그 증거를 제시하십시오."

이제는 모두에게 익숙해진 모습으로 크로미는 시간의 환영을 작동시켰고, 방의 한가운데에는 구체화된 형상들이 나타났다.

모인 이들은 사슬에 속박되어 무표정한 얼굴로 앉아 있는 지금의 모습과는 다른 가로쉬 헬스크림을 처음으로 바라보았다. 몇 년 전의 모습으로, 리치 왕이 몰락하기 전이었다. 그때는 아버지가 그롬 헬스크림의 아들을 아직 존중하고 있을 때였다고 바인은 생각했다.

바인은 환영 속 대군주 사울팽이 젊어 보인다는 생각을 하다가, 하나뿐인 자식의 죽음이 그에게 얼마나 큰 상실감을 주었는지 무거운 마음으로 깨달았다.

가로쉬와 사울팽은 북풍의 땅에 있는 전쟁노래 요새에 나란히 앉아서 바닥에 놓인 커다란 지도를 내려다보았다. 지도는 짐승의 가죽을 한데 꿰매 만든 것으로, 다양한 요새들을 나타내는 호드와 얼라이언스의 모형 깃발들과 윙윙대는 장난감 비행선 하나, 지칠 줄 모르는 듯한 스컬지를 표시하는 색칠한 해골이 놓여 있었다. 사울팽은 무릎을 꿇고 여러 가지를 가리키며 말하는 중이었다. 가로쉬는 주춤거리며 어리석게도 무관심하고 짜증이 난다는 모습을 드러냈다.

사울팽이 실제 관련 있는 부대들을 원조하는 일의 중요성을 그에게 인식시키려고 노력하자 가로쉬는 거만한 몸짓으로 반박했다.

"물자 수송로들이니…… 보급품이니……. 당신은 나를 죽을 만큼 따분하게 만드는군! 우리는 호드의 전사 정신 외에는 아무것도 필요치 않소, 사울팽. 지금 우리는 이 얼어붙은 황무지에 굳건한 참호를 건설한 이상, 그 어떤 것도 우리를 막을 수 없다고!"

바인은 가로쉬가 자기보다 훨씬 나이도 많고 경험도 많은 오크에게 격식을 차리지 않고 말한다는 점에 주목했다. 바인은 그 모습이 마음에 들지 않았다. 그러나 그 미끼를 덥석 물고 나아가기에 사울팽은 너무나 영리했다.

"공성 전차들과 탄약과 갑옷들……. 그렇다면 이런 것들 없이 얼음왕관의 성벽을 어떻게 부술 계획이오?"

가로쉬는 능글맞게 웃으며 몸을 있는 힘껏 쭉 폈다. 그러고는 비웃음을 날렸다.

"계획이라고? 내 계획이 뭔지 보여드리지!"

그는 피의 울음소리를 들고서 용맹의 성채를 나타내는 작은 입상을 내리쳤다.

"자…… 이제 우리는 물자 수송로가 생겼소. 그리고 덤으로 이것도 있지."

발가드와 서부경비대 성채 모형이 가로쉬의 군홧발에 짓밟혔다.

사울팽은 위압적으로 말했다.

"이게 돌아온 탕자가 말하는 법인가! 아버지의 피가 그대에게도 강하게 흐르고 있군, 헬스크림. 항상 그랬듯이 성미가 급했지……. 참을성이 없고 경솔했어. 그대는 결과는 전혀 생각지도 않은 채 무모하게 전면전으로 뛰어드는군."

"결과 따위를 내게 말하지 마시오, 늙은이."

바인은 머리털이 쭈뼛 섰고, 시간의 환영 안에 보이는 사울팽도 그런 것이 분명했다. 사울팽은 가로쉬에게로 가까이 다가가 으르렁거렸다.

"나는 네 아버지와 같은 피를 마셨다, 가로쉬. 만노로스의 저주받은 독이 내 혈관으로도 고동쳐 흘렀지. 나는 적들의 육체와 정신을 무기로 갈랐다. 그롬은 우리 모두를 피의 저주에서 풀어주고 영광스럽게 죽었지만, 과거의 끔찍한 기억을 닦아내지 못했다. 그롬의 행동으로도 우리가 저지른 공포를 지울 수 없었어."

형상 속의 사울팽은 눈길을 돌렸다. 그는 어린 오크 가로쉬가 아니라 스스로에게 말했다. 그의 눈은 기억에 사로잡혀 있었다.

"저주가 풀린 후 찾아온 겨울에 수백의 나 같은 오크 정예병들은 절망에 빠져버렸다. 그래, 우리의 정신은 마침내 자유를 얻었지……. 우리가 군단의 영향을 받아 저지른, 생각할 수도 없는 모든 행동들을 다시 떠올릴 수 있도록 자유로워졌던 거다."

사울팽은 결론에 이른 듯 고개를 끄덕였고, 그의 목소리는 너무 작았다. 그래서 바인은 그 소리를 듣기 위해 긴장해야 했다.

"나는 어린 드레나이들의 목소리가 우리 대부분의 용기를 꺾어버렸다고 생각한다. 절대 잊을 수가 없어……. 톱니멧돼지 농장에 가본 적이 있나? 돼지들이 도살할 나이가 되었을 때 말이다. 바로 그 소리야. 돼지가 도살될 때의 소리……. 정말로 크게 울려 퍼지지. 우리 늙은 정예병들에게는 참으로 견디기 힘든 세월이었다."

벨렌은 눈을 감았다. 바인은 법정 안에 있는 이들이 벨렌 쪽으로 주의를 기울이는 것을 느꼈다. 방청석에서 얼마간 듣기 불편하게 발을 끄는 소리가 들렸다. 바인은 시선을 돌려 천신들이 눈앞에 전개되는 영상에 열중하여 시청하는 모습을 보았다.

가로쉬의 형상은 우울한 분위기를 박살내는 말을 꺼냈고, 그 말을 들은 바인은 그를 목 졸라 죽여버리고 싶었다. 가로쉬는 바인이 보여준 듀로탄의 영상과 정반대되는 말을 했다.

"하지만 분명히 당신도 이 아이들이 태어나서 무고한 존재로 자랄 거라고 생각하지 않잖아요? 그들은 다 자란 뒤 우리를 향해 무기를 들 거요!"

놀랍게도 사울팽은 가로쉬의 말에 반박하지 않았다. 대신 그는 조용하고 냉담한 목소리로 말했다.

"나는 그저 우리 적들의 아이들만을 말하는 게 아니다……."

마침내 그 말에 가로쉬도 할 말을 잃은 듯했다. 그는 그저 멍하니 서서 극도의 혐오감과 동정심이 뒤섞인 눈빛으로 사울팽을 바라보았다. 사울팽은 머리를 흔들었다. 마침내 다시 가로쉬와 말하려고 몸을 돌렸을 때, 사울팽의 목소리는 힘 있고 단호했다.

"나는 네가 우리를 어두운 길로 다시 이끌도록 놔두지 않겠다, 젊은 헬스크림이여. 나는 그날이 오기 전에 손수 너를 죽일 거다."

바로 이 부분이 티란데가 기다리던 핵심이었다. 진짜 목적도 없이 또 다시 황폐해질 전쟁으로 오크들을 밀어 넣는 충동적인 젊은 가로쉬를 내버려두느니 차라리 죽여버리겠다고 위협하는 위대한 전쟁 영웅의 모습 말이다.

가로쉬의 형상은 대답했다. 바인은 젊은 오크 가로쉬의 변한 태도를 보고 깜짝 놀랐다. 가로쉬는 존경과 경탄이 어렸다고 할 수 있는 태도로 조용히 말했다.

"어떻게 그 오랜 세월을 살아남으실 수 있었습니까, 사울팽이여? 당신의 기억에 사로잡혀 미쳐버리지 않고 말입니다."

사울팽은 미소를 지었다.

"그래서 나는 돼지고기를 먹지 않네."

"멈추십시오."

장면이 멈췄다. 티란데는 배심원과 방청객의 마음속에 그 장면이 새겨지도록 잠깐 놔두었다. 이윽고 크로미를 향해 고개를 끄덕였다. 영상은 사라졌다. 티란데는 사울팽에게 몸을 돌려 진심이 담긴 태도로 살짝 절했다.

"감사합니다, 대군주시여. 추샤오여, 이제 심문하십시오."

바인은 고개를 끄덕이고 사울팽에게 걸어갔다.

"대군주시여, 저는 증인께서 필요 이상으로 이 자리에 머물지 않도록 짧게 심문하겠습니다. 증인은 가로쉬가 어두운 길로 오크들을 이끌기 전에 죽여버리겠다고 말씀하셨습니다."

"그렇게 말했습니다."

"그 말은 비유적인 표현이었습니까?"

"아닙니다."

"정말로 가로쉬를 손수 죽일 생각이셨습니까?"

"그렇습니다."

"그러면 증인은 가로쉬가 그렇게 했다고 보십니까? 어두운 길로 오크들을 이끌었다고 말입니다."

"그렇습니다. 그래서 저는 가로쉬에 대항하여 군대를 일으켰습니다. 그가 저지른 몇 가지 사건 후에 말입니다……."

늙은 오크는 머리를 흔들며 진저리를 쳤고, 가로쉬에게 원한에 찬 눈길을 보냈다.

"그러면 추샤오 위스퍼윈드가 주장하는 대로 판결이 나면 만족하시겠습니까? 사형 말입니다."

"아닙니다."

법정에는 수군거림이 일어났지만, 바인은 만족했다. 바로크에 대한 자신의 생각은 틀린 적이 없었다. 바인은 잠깐 티란데 쪽을 흘깃 바라보았다. 칼도레이는 자리에 앉아 주의 깊게 바인 쪽을 바라보며 혹시 실수하기를 바라는 모습이었다. 바인은 실수할 생각이 전혀 없었다.

"그러면 어떻게 되기를 바라십니까?"

티란데가 벌떡 일어났다.

"재판장님, 이의 있습니다! 증인이 개인적으로 원하는 소원은 본 재판과 관련이 없습니다."

"파슈아여, 저는 대군주께서 말씀하신 '손수 너를 죽일 거다.'라는 말이 무슨 의미인지 밝히려는 의도입니다."

타란 주가 말했다.

"변호인에게 동의합니다. 대군주 사울팽이여, 대답하십시오."

사울팽은 즉시 대답하지 않았다. 그는 오랫동안 평가하는 눈초리로 가로쉬를 바라보고 나서 말했다.

"가로쉬는 언제나 지금 보는 것과 같은 모습이 아니었습니다. 제가 말한 대로 과거의 그는 경솔하고 충동적이었습니다. 그렇다고 해도 저는 호드를 향한 가로쉬의 충성심을 한 번도 의심하지 않았습니다. 지금도 동족을 향한 그의 충성심을 의심하지 않습니다. 하지만 그가 저지른 범죄는 해결되어야 합니다. 저는 그를 죽이겠다고 맹세했고, 그 맹세를 여전히 지킬 생각입니다. 하지만 다른 이에게 처형의 기회를 넘기지 않겠습니다. 저는 직접 막고라에서 그에게 도전할 겁니다."

"가로쉬가 다시 한 번 기회를 얻을 자격이 있다고 생각하십니까?"

"저를 쓰러뜨린다면, 그렇습니다. 그게 오크의 방식입니다. 참된 방식이자 영광스러운 행위지요."

바인은 자기가 들은 말을 믿을 수 없었다.

"오해하고 싶지 않아서 다시 여쭙는 걸 양해해주시기 바랍니다. 증인은 가로쉬가 이 법정의 판결로 처형되기를 원치 않으시고, 영예로운 결투장에서 가로쉬와 결투하기를 바라십니다. 만약 가로쉬가 결투에서 이긴다면, 증인은 그가 용서받았다고 여기시겠습니까?"

사울팽은 화난 듯 쏘아붙였다.

"가로쉬는 자신의 명성을 되찾을 필요가 있을 겁니다. 자신의 명성이 갈가리 찢기고 분노하는 대지에 뿌려지고 짓밟혔다는 전제 하에 말입니다. 하지만 맞습니다. 승리한다면 그는 다시 기회를 얻어야 합니다. 가로쉬는 한때 명예가 있었습니다. 그 의미를 다시 한 번 배울 수 있겠지요."

바인은 기쁨의 탄성을 지르려는 걸 간신히 참았다. '바로 이거다.' 바로 이런 방식이야말로 자신이 지지할 수 있고, 더 나아가서 공정한 방식이었다. 바인은 막고라에서 죽어간 아버지를 떠올렸고, 케른이 그 결과를 어떻게 받아들였을지 생각했다. 그리고 마음속으로 자기가 올바른 길을 걷고 있다는 사실을 확인했다. 가로쉬를 향한 분노에도 불구하고 바인은 참으로 올바른 일을 하고 있었다.

바인은 티란데에게 승리의 눈빛을 보내고는 선언했다.

"이상 심문을 마치겠습니다."

그리고 바인이 놀랍고 기쁘게도, 티란데 역시 더 이상 질문이 없었다. 타란 주가 징을 울려 그날 재판을 휴정하자 재판이 시작되고 처음으로 말 그대로 가로쉬 헬스크림이 머리를 제 자리에 붙여둘 수 있을 것 같았다.

제 11 장

쇼키아가 망치 주둔지에 나타났을 때, 대부분은 그녀가 가로쉬 헬스크림의 몰락이 너무나 비통한 나머지 오크의 고향으로 되돌아가기를 원했다고 여겼다. 또 다른 위대한 대족장인 오그림 둠해머가 죽어간 이곳에 와서 이름 없는 존재로 지내며 적군인 트롤들이나 얼라이언스 모험가들을 학살하는 데 놀라운 저격 능력을 발휘하며 지내는 일에 만족하며 지낼 거라고 생각했다. 이렇게 여기는 이들의 생각은 결국 틀리겠지만, 쇼키아는 그렇게 보이도록 기꺼이 놔두었다. 그녀는 일을 접고 상처를 핥으며 실패한 사실에 비통해하고 있지 않았다. 쇼키아는 누군가의 지령을 받는 요원이었다. 그자는 쇼키아가 호드의 영광을 되찾는 일을 해주기 바랐다. 쇼키아는 지금 철저히 위장 중이었다.

망치 주둔지는 현재 세상에 있을 곳이 없다고 느끼는 불평분자들의 비공식적인 피난처였기 때문에 아무도 쇼키아에 대해서 꼬치꼬치 묻지 않았다. 그리고 그녀는 명령을 기다리며 지내는 데 만족했고, 사정거리 안에 들어온 적들의 머리가 호박이 떨어지듯 터지는 걸 보며 즐기고 있었다.

그렇지만 판다리아에서 가로쉬 헬스크림의 재판이 시작된 이래로 쇼키아의 불안감은 커져갔다. 언제쯤 동맹세력이 전장으로 자신을 호출할까? 그의 지령은 무엇일까? 이 기분을 공유하는 이들은 또 누가 있을까?

그는 매끄러운 목소리로 말했다.

"명령을 내릴 때까지 기다리시오. 단, 시기가 적절할 때에만 내릴 것이오."

그래서 타우렌 여관주인 아데그와가 편지가 와 있다고 알려주자, 쇼키아는 기쁨을 억누르기 힘들었다.

의심할 바 없이, 그대의 손가락은 우리의 적들을 향해 방아쇠를 당기고 싶어 근질거리겠지. 하지만 먼저, 동지들을 모아야 하오. 다음은 도움이 될 만한 이들의 목록이오. 이들을 찾아내시오. 그대들이 모이면 더 자세한 지령을 보내겠소.

마른수염 골짜기에서 오늘 첫 번째 동지를 만나시오.

쇼키아는 자기의 소중한 소총과 몇 안 되는 소지품들을 챙긴 다음 늑대에 올라탔다. 그리고 채 5분도 걸리지 않아 골짜기에 도착했다. 쇼키아는 골짜기 길을 굽어 볼 수 있는 곳에 자리를 잡고 소총의 조준기에 눈을 댄 채 길을 주시했다. 그녀는 오래 기다릴 필요가 없었다.

털이 매끄럽고 윤기 나는 검은 늑대가 시야에 들어왔다. 늑대를 타고 있는 자는 늑대 등 위로 낮게 몸을 구부린 채였다. 망토로 얼굴을 가렸지만, 봉긋 솟은 몸의 형체로 보아 새로운 동료가 여자 오크라는 판단을 충분히 내릴 수 있었다. 쇼키아는 천천히 씩 웃었다. 그게 누구일지 궁금했지만……. 이제 곧 알게 되겠지.

늑대에 탄 이는 속도를 늦췄고, 늑대는 골짜기 길을 따라 올라오기 시작했다. 쇼키아는 큰 알돌 뒤에 숨어서 모습을 드러내지 않은 채 소리쳤다.

"어이! 늑대에 탄 분! 당신은 용의 친구인가?"

오크는 멈춰 서서 머리에 쓴 두건을 젖히고 강한 얼굴을 드러냈다. 용아귀 부족의 장군 잴라가 대답했다.

"대부분의 경우라면 용의 친구일 리 없지만, 지금은 그렇소."

"잴라! 나는 당신이 전투중에 추락해서 전사했다고 들었는데!"

"정말로 추락하기는 했지. 하지만 나는 우리의 참된 지도자를 위해 싸움을 계속하려고 살아있소. 나는 지령을 받은 대로 혼자 왔지만, 남아 있는 내 부족들은 전투태세를 마친 상태요."

쇼키아는 두루마리를 들어 올리며 말했다.

"그렇다면 동맹군을 더 모아보자고!"

제 2일

"저는 스톰윈드의 왕자인 안두인 린 저하를 증인으로 소환합니다."

안두인은 줄곧 이 순간이 오는 게 두려웠다. 그는 SI:7이 자신에게 '하얀 졸'이라는 암호명을 붙인 일을 두고 항상 분개했다. 양측이 자신을 말 그대로 체스 말처럼 이용하는 상황이 너무 무서웠기 때문에, 안두인은 이 재판에 어떤 식으로든 연루될 마음이 전혀 없었다. 안두인의 아버지는 물론 이 상황을 알고 있었지만 제이나는 몰랐다. 그래서 바리안이 안두인의 팔을 꽉 잡았을 때 제이나는 놀라고도 살짝 걱정하는 기색을 비쳤다. 안두인은 방청석에서 내려가 증인석으로 향했다.

안두인은 왕실 행사에 익숙했고 이보다 훨씬 더 많은 군중 앞에서 연설을 한 적도 있었다. 하지만 지금은 상황이 달랐다. 이전까지 안두인은 손님이자 초대받은 연사 내지는 존경받는 주인의 위치였다. 그런 상황에서는 무엇을 해야 하고 어떻게 처신해야 하는지 잘 알았다. 하지만 지금은 완전히 새로운 입장이라 적지 않게 심란했다. 증인석에 앉았을 때 안두인은 래시온과 눈이 마주쳤다. 그는 검은 왕자가 '이거 참 재미있군!'라고 말하는 소리가 들리는 것만 같았다. 이런 생각을 하자 안두인은 마음이 차분해졌다.

티란데는 안두인에게 다가오며 상냥한 미소를 지었다.

"안두인 왕자여, 이 자리에 와주셔서 감사합니다."

안두인은 이 일에 자신은 결정권이 없었던 것 같았다는 사실을 티란데에게 언급하지 않는 게 최선이라고 생각하고 그저 고개를 끄덕였다.

"저하, 증인은 아제로스 전역에 평화의 지지자로 알려져 있습니다. 맞습니까?"

"네."

안두인은 상세하게 말하고 싶어 견딜 수 없었지만 아버지가 해준 말을 기억했다.

'묻는 말에만 대답해라. 먼저 자진해서 말하지 마라. 티란데는 자기가 할 일을 알고 있으니까.'

"그렇다면 증인은 호드나 그 종족들을 미워하지 않는다고 말할 수도 있겠군요?"

"네, 그렇게 말할 수 있습니다."

"증인은 종종 그들과 협력하거나 심지어 전쟁 중에도 평화를 강력하게 주장했지요. 맞습니까?"

"네, 그렇습니다."

"여기 있는 모든 이들은 가로쉬 헬스크림의 이름과 명성을 익히 알고 있습니다. 그리고 증인은 직접 가로쉬와 만났던 적이 있지요. 그렇습니까?"

'올 것이 왔군.' 안두인은 일부러 가로쉬 쪽을 바라보지 않았다.

"그렇습니다."

"얼마나 많이 만났습니까?"

"두 번입니다."

"거기에 대해 법정에서 말씀해주시겠습니까?"

안두인은 왜 티란데가 시간의 환영이라는 독특한 도구가 있는데도 자기와 가로쉬가 두 번 만났던 일을 그냥 보여주지 않는지 의아했다. 아마도 티란데는 인물들이 앉아서 이야기를 나누는 모습보다는 더 생생한 장면들을 보여주려고 할당된 시간을 아끼고 있는 거겠지.

"한번은 테라모어에서 평화 회담이 열릴 때였습니다. 아버지와 여군주 제이나 프라우드무어 그리고 제가 거기 있었고, 스랄은 가로쉬와 레가르 어스퓨리를 비롯해서 몇 명의 코르크론 대원을 데리고 왔습니다."

안두인은 얼마 동안 그 불운했던 모임에 대해 생각하지 않았다. 그 후로 정말 많은 일이 일어났기 때문이다. 안두인은 어느새 자기가 사슬에 묶인 오크를 바라보고 있음을 깨달았다. 가로쉬의 차분한 눈빛 때문에 안두인은 마치 판 위에 핀으로 꽂힌 곤충 같은 기분이 들었다. 이상하게도…… 죄수는 자신이 아니라 가로쉬인데도 지금 앉은 자리에서 우물쭈물하는 이는 바로 안두인이었다.

"회담은 어떻게 흘러갔습니까?"

안두인은 솔직히 말했다.

"처음에는 애로사항이 좀 있었습니다. 하지만 일이 풀려나가자 우리는 얼마간 공통점들을 찾아내기 시작했습니다. 심지어 가로쉬도……."

"그 애로사항이라는 말의 의미가 무엇인지 설명해주시겠습니까?"

"처음에는 분위기가 정말 험상궂었습니다. 그래서 다들 그다지 좋은 기색이 아니었습니다. 그리고 모두 무기를 가져왔습니다. 공식적으로 무기를 내려놓는 절차를 위해서였습니다."

"누가 맨 처음으로 무기를 내려놓았습니까?"

"음…… 제가 내려놓았습니다. 제 활을요. 그때 처음으로 스라…… 아니 고엘과 이야기를 했습니다."

"바리안 왕과 대족장도 증인처럼 했습니까?"

"그러셨습니다. 자리에 앉아서 이야기를 하다 보니 그분들은 생각했던 것보다 서로가 공통점이 많다는 사실을 알게 되었습니다."

"가로쉬는 평화 회담에 어떻게 기여했습니까?"

"뭐…… 가로쉬는 지도자라는 존재가 때로는 전혀 흥미롭지 않은 사안에 대해서도 생각해야 한다는 사실을 이해하지 못하는 것처럼 보였습니다. 가로쉬는 고엘과 제 아버지가 무역에 대해서 이야기하고 있을 때 방해를 했습니다. 가로쉬가 계속 이야기한 내용은 호드가…… 그냥 원하는 걸 가져야 한다는 것이었습니다."

티란데는 정확히 가로쉬 쪽을 흘깃 바라보았다.

"알겠습니다. 계속 말씀해주십시오."

"리치 왕이 다시 공격한 것에 대한 이야기에 이르자 고엘과 아버지는 좋은 관계로 흘러가기 시작했습니다. 두 분은 그 문제를 해결해야 한다는 데 동의했지만 회담을 다시 개최하기로 했습니다. 그때 우리는 황혼의 망치단 요원들에게 공격을 받았습니다. 그 후 모든 게 수포로 돌아갔습니다. 물론 그건 황혼의 망치단이 원하던 바였습니다. 그들은 종족을 나누어서 공격했습니다. 호드 쪽 교인들은 얼라이언스 수장들을 공격했고, 얼라이언스 쪽은 호드를 공격했습니다. 가로쉬는 '인간의 간계'라고 외쳤고, 아버지는 고엘이 암살자를 고용했다고 오해하셨습니다. 그리고……."

"역사는 그 후의 일을 상세히 기록하고 있습니다, 안두인 왕자."

티란데는 유유자적하게 걸어와 안두인을 등지고 서서 아래편을 뚫어져라 바라보고 있는 방청객들 쪽으로 얼굴을 돌렸다. 안두인 역시 방청객들을 흘깃 올려다보고는 아버지가 검투장에 대해서 언급했던 걸 다시 떠올렸다. 저들이 정말로 피에 굶주려 있다는 사실을 깨달은 안두인은 그 생각에 오싹하고도 슬퍼졌다. 다시 눈길을 가로쉬에게로 돌린 안두인은 오크의 자세에서 피곤한 기색을 보았다. 그러자 혹시 가로쉬가 자기와 같은 생각을 하는지도 모른다는 생각이 들었다.

만약 그런 거라면, 마침내 가로쉬는 더 이상 싸우고 싶지 않을지도 모른다.

"저는 증인이 두 번째로…… 가로쉬 헬스크림과…… 만났던 장면으로 넘어가겠습니다."

안두인은 물론 이런 상황이 오리라는 사실을 알았지만, 자기가 어떻게 반응할지에 대해서는 무방비 상태였다. 그 후로 마치 시간이 전혀 지나지 않은 것만 같았다. 마치 거대한 종이 떨어졌던 게 바로 얼마 전의 일인 듯……. 안두인은 목을 가다듬고 말했고, 목소리가 살짝 떨려나오는 게 탐탁지 않았다.

"그건 몇 달 전이었습니다. 바로……."

티란데는 몸을 돌려 부드럽게 웃었지만 한 손을 들어 안두인이 더 이상 말하지 못하도록 제지했다.

"증인이 말할 필요는 없습니다, 안두인 왕자여. 저는 그 사건을 보여주고 싶습니다."

'바로 이 장면 때문에 시간의 환영을 아껴두고 싶었던 거로군…….'

안두인은 불쑥 말했다.

"그게 현명한 일이라고 생각하십니까?"

안두인의 마음속에 천상의 종이 울려대는 끔찍한 비명이 너무나 생생하게 떠올랐다. 그와 더불어 어떤 종류의 어둠이든 상관없이 마음속에 어둠을 품은 자에게 나타났던 종소리의 영향도 생생했다. 그때 그 순간을 재현한다고 생각하니 소름이 끼쳤다.

"만약에……."

티란데는 한 손을 들었다.

"두려워하지 마십시오, 저하. 증인이 품은 걱정을 이해합니다. 저는 이 사건에 대해 크로미와 충분히 이야기를 나눴고, 이미 그 사건을 직접 목격했습니다. 우리가 시간의 환영을 통해서 본 이 장면들은 굉장했지만, 이런 방법으로 종을 보고 소리를 듣는 건 실제로 종 앞에 있는 것과 같은 효과를 갖지 않습니다."

"그렇다면 빛에게 감사드릴 일이네요."

안두인은 중얼거리면서 안도의 한숨을 쉬고 긴장을 풀었다. 갑자기 뼈들이 심하게 아파왔다. 안두인 본인은 물론이고 그의 신체 역시 천상의 종에 대한 사건이 상영되는 광경을 지켜보는 게 분명 내키지 않았다. 그의 손바닥은 땀으로 축축해졌다. 안두인은 몸을 추스르려고 숨을 쉬면서 작은 목소리로 기도했다. 부드러운 치유 에너지 한 줄기가 안두인을 감쌌고 고통은 어느 정도 완화되었다.

"왕자여, 이제 안심하셨으니 우리가 보게 될 장면의 배경을 자세히 알려주시겠습니까?"

안두인은 입술을 핥은 다음 천신들을 슬쩍 올려다보았다. 그들은 아무런 반응도 보이지 않았지만, 그저 천신들을 보는 것만으로 안두인은 차분해지고 있었다. 시선을 천신들에게 고정시킨 뒤 헬스크림을 보지 않으려고 노력하면서 안두인은 말을 꺼냈다.

"모구들은 천둥왕으로 알려진 폭군 레이 션이 천상의 종이라고 이름 붙인 유물을 만들었습니다. 그 종은 처음부터 폭력적이고 잔인한 목적으로 만들어졌습니다. 종이 울리면 종이 품고 있던 불화와 공포가 발산되기 때문입니다. 종소리는 레이 션의 전사들이 가진 분노와 증오를 타오르게 만들어 비정상적인 힘과 능력을 주었고, 적들의 마음속에는 공포를 주었습니다. 얼라이언스가 이 사실을 알게 되자 나이트 엘프들이 종을 다르나서스에 숨겼습니다. 종을 잘못 사용할지도 모르는 이들의 수중에서 지키려는 의도였습니다. 호드나 얼라이언스 모두에게 말입니다. 제이나 여군주 본인께서 종을 안전하게 보관할 보호실을 설치했습니다."

"그 종은 정말로 강력한 무기 같군요."

물론 티란데는 그렇다는 사실을 알고 있었다. 안두인은 계속 말했다.

"종은 양날의 검과도 같았습니다. 종을 사용하면 얻는 것만큼 잃는 것도 있었습니다. 어쩌면 잃는 것이 더 많았을지도 모릅니다."

"종은 어떻게 되었습니까?"

"가로쉬의 명령을 받은 선리버 요원이 제이나 여군주의 방을 지나지 않고도 종이 있는 보호실로 갈 수 있었습니다. 그와 다른 호드 일원 몇몇이 종을 훔쳤습니다."

"증인이 이야기한 바에 따르면 이 종을 가진 가로쉬 헬스크림을 막을 자는 아무도 없어보이는군요."

안두인은 자기도 모르게 가로쉬 쪽을 슬쩍 바라보았다. 오크의 표정을 바라본 안두인은 소름이 돋았지만, 공포 때문이 아니었다. 안두인이 기억하는 가로쉬는 항상 뽐내는 자세이거나 포효하는 모습이었는데, 지금 그가 내비치는 고요함은 그답지 않게 비정상적이었다. 안두인은 앉은 자리 옆 작은 탁자 위에 있는 물을 한 잔 마신 후 계속 이야기했다.

"판다렌들은 종이 울리는 상황에 맞설 수단을 만들어 놓았습니다. 그리고 종이 만드는 혼돈을 조화로 바꾸는 조화의 망치를 만들었습니다. 망치는 부서져 산산조각이 났지만, 저는 도움을 받아 조각들을 찾아 조립하고 접착제를 발라서 활성화시켰습니다. 망치가 복구되자 저는 가로쉬와 맞서기 위해 떠났습니다. 그가 종을 울리기 전에 저지하고 싶었습니다."

"혼자서 말입니까?"

"달리 시간이 없었습니다."

티란데는 크로미를 향해 고개를 끄덕였고, 안두인이 두려워하던 장면이 시작되었다.

그러나 이번에 안두인은 자신이 도착하기 전에 가로쉬가 무슨 말을 했는지 들을 기회가 생겼다.

환영 속에 서 있는 가로쉬는 실제보다 더 컸다. 지금 법정에서 돌처럼 가만히 앉아 감정 없는 얼굴로 영상을 지켜보고 있는 오크가 아니라 영상 속의 모습이야말로 안두인이 기억하는 가로쉬였다. 그는 모구샨 금고에서 조금 떨어진 연단 위에 서서 종 쪽으로 몸을 향하고 있었다. 가로쉬를 제외하면 연단 위에는 그의 용사인 이시만 있을 뿐이었다. 거대한 종은 강력한 오크인 가로쉬보다도 훨씬 컸다. 종의 표면에는 끔찍한 생물의 얼굴이 새겨져 있었고, 아래 가장자리에는 대못들이 튀어나와 있었다. 가로쉬는 씩 웃고는 팔을 들어 올리며 승리의 함성을 질렀다. 그는 금고 안을 여전히 서성이고 있는 백성들을 불러 모았다.

"우리는 호드다. 우리는 그 누구의 노예도 아니다! 나는 천상의 종을 가지고 우리 안에 있는 나약함의 잔재들을 태워 없앨 것이다!"

안두인은 가로쉬가 떨고 있다는 사실을 알아챘다. 자기가 경멸하는 감정들의 이름을 내뱉는 가로쉬는 거의 주체할 수 없는 열정과 흥분으로 부들부들 떨었다.

"공포…… 절망…… 증오…… 의심. 열등한 종족들은 그 무게에 짓눌려 파묻혔다. 하지만 우리는 이 힘을 제어할 것이다. 우리는 함께 얼라이언스를 파괴하고 정당하게 우리의 소유인 것들을 요구하겠다. 우리의 승전가를 시작하자."

티란데가 안심하라고 일러주었지만 안두인은 주먹을 너무 꽉 쥔 나머지 손톱이 손바닥을 파고들었고, 눈썹에는 땀이 송송 맺혔다. 어둠의 노래가 울려 퍼졌지만, 안두인은 즉시 대여사제의 말이 맞단 사실을 알았다. 끔찍한 불협화음을 내지르는 종소리는 안두인의 귓가에만 그렇게 들릴 뿐, 마음이나 뼈에는 영향을 주지 않았다. 감사하는 마음에 맥이 탁 풀린 채 안두인은 영상을 보고 들었다.

안두인은 자신의 형상이 종 쪽으로 달려가는 광경을 보았다. 그는 자기가 평균 정도의 몸집은 된다고 생각했다. 물론 안두인의 아버지는 인간 남성 중에서도 특히 큰 편이지만 안두인은 보통 몸집으로 사는 데 익숙했다. 하지만 당시의 호드 대족장은 물론이고 거대한 종 옆에 선 자신의 형상을 보자 안두인은 자신의 얼마나 호리호리한지 깨달았다……. 얼마나 부서지기 쉬운 몸집인가…….

"멈추시오, 가로쉬! 그대는 그 종의 능력이 무엇인지 모르고 있소!"

안두인의 목소리가 들렸다. 목소리는 단호하고 확고했다.

영상 속 가로쉬가 몸을 빙글 돌려 안두인을 힐긋 보았다. 승리를 목전에 둔 상황에서 자신을 가로막으려고 나타난 게 안두인뿐이라는 사실을 깨달은 가로쉬는 이내 미소를 지었다. 그는 머리를 뒤로 추켜올리고 웃었다.

"결국 나와 대면하러 온 건 바리안이 아니라 그의 꼬마란 말인가. 용감하게도 죽으려고 뛰어드는구나, 애송아."

"여기서 멈춰주십시오."

티란데가 말했고, 장면은 멈췄다. 안두인은 눈을 깜빡이며 현실로 돌아왔다.

"정말로 다시없을 용감한 모습이었습니다, 저하."

안두인은 솔직히 말했다.

"저는 그러니까…… 그렇게 용감하지 않았습니다. 저는 죽을 만큼 무서웠습니다. 하지만 어떤 대가를 치르더라도 가로쉬를 막아야만 했습니다."

티란데는 당황한 듯 보였지만 이내 진심 어린 달콤한 미소를 지었다. 그녀가 상냥한 목소리로 말했다.

"아, 두렵지만 옳다고 여긴 바를 추구하는 태도야말로 진정한 용기입니다."

안두인은 얼굴이 달아오르는 느낌이었지만 이렇게만 이야기했다.

"사실이 그랬기 때문입니다. 가로쉬가 계속하게 둘 수 없었습니다."

티란데는 크로미에게 장면을 계속 보여달라고 신호를 주었다.

안두인의 형상이 소리쳤다.

"당신이 종을 울리게 놔두지 않겠소. 그렇게 나는 맹세했소."

"그럼 어디 나를 막아봐라, 인간이여."

가로쉬는 안두인을 비웃었다. 두 번째로 종을 치려는 걸 안두인이 힘으로 막을 수 없다는 사실을 알았기 때문이다. 안두인은 가로쉬의 거대한 팔을 막을 수 없었고, 당연히 가로쉬나 종 쪽으로 충분히 빠르게 접근할 수조차 없었다. 가로쉬는 안두인의 위협을 계속해서 조롱했다.

다시 아름다운 종에서 끔찍한 소리가 무섭게 흘러나왔다. 이번 종소리는 가로쉬의 용사인 이시를 제물로 삼았다.

판다리아에서 샤라고 알려진 어둠의 실체들, 즉 증오와 공포, 의심과 절망의 순수한 정수들이 짓누르고 파고들자 이시는 몸을 구부리고 고함을 쳤다. 이시의 고통스러운 비명을 듣자 안두인은 지금도 마음이 아팠다.

"이 고통을!"

이시가 소리를 질렀다. 그는 대부분의 이들이 상상하지도 못할 고통을 견디고 있는 듯했다.

"저는 제어할 수 없습니다!"

두 명의 안두인, 법정의 안두인과 환영 속 안두인의 형상은 모두 이시가 괴로워하는 모습을 꼼짝도 하지 않고 바라보았다. 이시의 비명을 듣고 아무런 의심도 없이 호드의 일원들이 금고 안에서 나오기 시작했다. 이시는 자기 종족에게로 돌진했고, 오크들은 어쩔 수 없이 그와 싸워야 했다. 그렇지 않았다면 그에게 살해당해야 했다.

"멈추세요."

티란데가 말했다.

"안두인 왕자여, 왜 좀 더 빨리, 아니면 지금 보고 있는 저 순간에 종을 치지 않았습니까?"

"망치는 단 한 번만 칠 수 있었습니다. 망치를 빗나가게 치면 기회가 사라져버리게 됩니다. 저는 제대로 세게 종을 칠 수 있을 때까지 기다려야 했습니다. 그래서 저 순간에 아무런 행동도 하지 않은 겁니다. 저는 종소리가 이시에게 영향을 끼칠 줄은 몰랐습니다."

"증인은 오크 용사의 안위를 걱정했습니까?"

안두인은 당황했다.

"왜 아니겠습니까?"

티란데는 아주 잠시 안두인을 응시하더니 다시 본래의 태도로 돌아갔다. 그녀는 크로미에게 지시했다.

"계속해주십시오."

이시는 인지할 수 있는 모든 부정적인 감정들, 즉 호드의 힘에 대한 의심, 죽은 자들을 떠올리면 드는 깊은 슬픔, 조만간 자신을 덮쳐올 죽음에 대한 공포들을 견뎌냈고, 이시가 고통을 견디는 동안 가로쉬는 그에게 샤와 '싸워라', 샤를 '지배해라' 내지는 '이용해라'라며 계속 격려를 보냈다. 이시는 무릎을 바닥에 털썩 떨어뜨리고는 마지막 의무라는 생각으로 헐떡이며 가로쉬에게 말했다.

"대족장님! 저는…… 대족장님의 기대에 미치지 못했습니다."

가로쉬는 죽어가는 전사에게 다가가 차분하고도 잔혹하게 말했다.

"그래, 이시. 너는 나를 실망시켰다."

그 순간 안두인은 화가 치밀었다. 가로쉬는 샤를 이시에게 불어넣었고, 오크 용사가 절대로 지배하기 불가능한 것들을 지배해보려고 얼마나 힘들여 싸웠는지 가로쉬는 물론 안두인도 지켜보았다. 이시는 자기가 섬기는 대족장을 기쁘게 해드리려고 목숨을 바쳤고, 그의 모든 노력과 고통에도 불구하고 가로쉬로부터 돌아온 건 더할 나위 없이 잔혹한 말뿐이었다. 지금 안두인은 시선을 돌려 죄수 가로쉬를 바라보았다. 감정에 복받쳐 붉게 달아오른 얼굴을 느끼며, 안두인은 저주받아 마땅한 가로쉬가 입가를 올려 만족한다는 듯 작게 웃음 짓는 장면에서 이를 악물었다.

안두인의 뼈가 아파왔다.

가로쉬의 형상이 말하고 있었다.

"네놈이 방해해서 위대한 전사를 잃었다, 젊은 왕자여. 그러니 네 목숨으로 갚아야 할 거다."

"당신이 틀렸소, 가로쉬."

안두인에게 영상 속 자신의 목소리는 너무나 어리게 들렸다. 안두인은 자신의 형상이 위로 뛰어오르는 모습을 보았다. 안두인은 종을 확실하게 한 번 칠 수 있도록 평화를 내려주십사 몸과 마음을 다해 빛에게 조용히 기도했던 순간을 떠올렸다. 안두인의 형상은 천상의 종에 대고 어렵게 구한 망치를 내려쳤고, 아름답고도 무시무시하게 보이는 종의 표면에 거대하게 갈라진 틈이 생겼다. 종소리가 가로쉬를 뒤덮고 내면까지 침투하자 가로쉬 헬스크림은 비틀거리며 뒤로 물러섰다. 그는 너무 놀라 몸의 균형을 유지할 수조차 없었다.

당시의 안두인은 몸을 돌렸다. 어린 얼굴에서 희망이 밝게 비쳤다. 안두인이 입을 열어 말하려는 순간…….

가로쉬는 정신을 차리고 으르렁거렸다.

"죽어라, 꼬마야!"

그러고는 안두인이 아니라 다시는 샤를 불러낼 수 없게 된 종 쪽으로 돌진했다. 종은 산산조각 난 뒤 안두인 위로 놋쇠이자 고통의 파편을 비처럼 쏟았다. 종은 안두인의 뼈를 부수었다. 그러자 당시에 받았던 고통을 기억하는 뼈들이 지금 격심한 통증을 느꼈고, 안두인은 그저 신음을 참을 수 밖에 없었다.

안두인이 다음으로 기억하는 건 판다렌 수도사들과 그의 스승이자 이 사건에서 생명을 구해준 상냥하고도 친절한 벨렌의 보살핌을 받아 깨어났다는 사실이었다. 그래서 지금 시간의 환영이 보여 주는 장면을 안두인은 본 적이 없었다. 그는 몸에 깃든 에일 듯한 고통이 아니라 지금 보는 영상에 초점을 맞추려고 애썼다.

놀랍게도 환영 속의 가로쉬는 큰 적인 바리안의 아들에게 치명타를 가한 사실에 기뻐하기보다는 고민에 빠진 듯한 모습이었다. 그는 투덜거렸다.

"내가 이 유물에 대해 몰랐던 것이 많군. 의지가 약한 자들은 샤의 힘을 제어할 수 없지. 하지만 나는 그걸 정복하겠다."

아무도 감히 가로쉬에게 말을 걸지 못했다. 그의 종족들조차도 조용히 옆에 서서 다음에 무슨 일이 이어질지 궁금해하고 있을 뿐이었다. 가로쉬는 몸을 일으켰다.

"최소한 인간 왕자는 죽었다."

가로쉬는 이렇게 말했다. 사무치는 말투였다.

"바리안 왕은 이제 계속 반항한 대가가 뭔지 알겠지."

가로쉬는 다시 몸을 움츠리며 거만하게 손을 흔들었다. 그는 거대한 눈썹을 찌푸렸다.

"물러가라. 생각할 게 많으니."

장면은 사라졌다. 안두인은 마지막 장면을 봐서 기뻤지만 가로쉬의 말과 표정 때문에 혼란스러웠다. 그는 오크 쪽을 흘깃 보았다. 가로쉬는 영상에서 봤던 것과 똑같은 표정을 지은 채 깊은 생각에 잠긴 듯 눈썹을 찌푸리고 있었지만, 그 생각이 무엇인지는 전혀 알 수 없었다. 안두인은 가로쉬의 노란 눈을 계속 응시했고, 티란데의 목소리를 듣고서야 비로소 시선을 거두었다.

"추샤오여, 심문하십시오."

티란데는 이렇게 말하고 뒤로 걸어갔다. 그녀는 스톰윈드의 왕자에게 절했고, 경이로운 눈빛은 친절했다. 안두인은 티란데에게 희미한 미소를 지은 뒤 마음을 굳게 먹었다. 이제 바인이 자신을 심문할 차례였다.

제 1 2 장

바인은 고개를 숙였다. 안두인은 타우렌에게서 후회의 기색이 살짝 감돈 걸 보았다고 생각했지만, 그런 감정이 있었다고 해도 금방 사라진 뒤였다.

바인이 말했다.

"우리는 증인이 견뎌온 일을 모두 보았습니다. 안두인 왕자여. 얼마 동안 증인이 죽었다는 소문이 돌았습니다. 저는 증인이 살아있는 모습을 봐서 아주 기쁩니다."

"저도 그렇습니다."

안두인은 이렇게 대답했고, 나지막한 웃음소리가 법정에 물결처럼 일었다. 바인은 귀를 쫑긋 움직였다.

"증인은 조금 전 가로쉬와 맞닥뜨렸을 때 상당히 두려웠다고 말했습니다. 종이 증인 위로 막 떨어지려는 상황을 알았을 때 어떤 기분이었습니까?"

안두인은 이 질문에 눈을 깜빡이며 잠시 주춤했지만, 이내 평정심을 되찾았다.

"저는…… 그건…… 너무 순식간에 일어난 일이었습니다."

"그래도 기억해보시겠습니까?"

왕자는 마른 입술을 핥았다.

"제가 얼마나 무서웠는지 묘사하기란 불가능합니다. 그리고 얼마나…… 배신감을 느꼈는지도요. 물론 저도 적에게 배신감을 느낀다는 말이 어리석게 들린다는 건 압니다."

"왜 애당초 가로쉬와 대면하려 간 겁니까?"

"가로쉬가 샤를 불러내는 행동을 막기 위해서였습니다."

"알겠습니다. 하지만 왜 샤를 불러내면 안 됩니까?"

"그건……."

안두인은 잠시 말을 멈추었다. 물론 가로쉬가 샤를 무기로 쓰는 걸 막고 싶었다는 게 정확한 이유였다. 그는 같은 생각으로 아버지를 설득했고, 혐오감은 좋은 결과보다 해로운 결과를 더 많이 낳는다고 설득력 있게 주장했다. 바리안은 그 주장이 지혜롭다고 보았다. 안두인은 엉겁결에 말했다.

"가로쉬 자신이 무슨 일을 하는지 알게 만들고 싶었습니다. 만약 승리를 위해서 치러야 하는 대가가 무엇인지 가로쉬가 파악하게 만든다면, 그는…… 저…… 그러니까……."

"그러면 가로쉬가 어떻게 됩니까?"

"그러면 자신의 행동이 명예롭지 않다는 사실을 알 거라고 봤습니다. 그 행동은 악하니까요. 하지만 저는 가로쉬가 그런 식으로 악하다고는 믿지 않았습니다. 자기 부하를 그런…… 것들에게…… 바쳐서 얻는 승리란 어떻게 봐도 가치가 없기 때문입니다."

말들은 아무런 검열이나 생각을 거치지도 않고 안두인의 입에서 더듬더듬 흘러나왔다. 하지만 안두인은 상처 입은 뼈들의 고통이 완화되는 걸 느끼고는 이 말이 진리이며, 빛에서 비롯되었음을 알았다.

아주 미세했지만 바인이 몸을 떨었다. 그러나 이내 안두인을 뚫어져라 바라보며 성큼성큼 걸어왔다.

"종의 놋쇠 조각들이 무겁게 증인을 덮쳤을 때, 저는 증인이 분노로 가득 찼으리라 상상했습니다. 그리고 증인이 깨어나서 길고도 고통스러운 회복기를 거쳐야 했을 때, 도움과 지혜를 주고자 찾아간 자리에서 자기의 몸속 뼈를 모두 부숴버린 가로쉬에게 복수하고 싶을 거라고도 생각했습니다."

안두인은 아주 조용하게 말했다.

"아닙니다."

바인은 계속 질문을 몰아댔다.

"고통스럽지 않았습니까? 다시는 걸을 수 없을지도 모른다는 생각에 무섭지 않았습니까? 분노가 들지 않았습니까?"

"물론 그랬습니다. 그런 마음이 모두 들었습니다."

"그럼에도 증인은 맹세를 한 지금 이곳에서 복수를 원치 않는다고 말했습니다."

"맞습니다."

"놀라운 태도입니다. 왜 그렇습니까?"

"왜냐하면 그래봤자 아무런 이득이 없기 때문입니다. 복수를 해도 제 뼈가 다시 붙는 것도 아니고, 죽은 이들이 다시 살아 돌아오는 것도 아닙니다. 복수는 더 많은 손해를 야기할 뿐입니다."

지금은 좀 더 편한 상태가 된 안두인은 숨을 쉬듯, 또 삶에 필요한 행위인 듯 말을 풀어냈다.

"하지만 분명 증인은 가로쉬가 혐의를 받은 범죄들을 하나라도 또 저지르는 걸 원치 않으시겠지요?"

"원치 않습니다."

'더 이상의 고통이나 괴로움이 있어서는 안 돼. 우리는 서로 도우려고 여기 있는 거야. 함께 성장하고 번성하기 위해서.'

"자, 고소인은 이 끔찍한 일들이 다시는 벌어지지 않게 할 확실한 방법이 가로쉬 헬스크림을 죽이는 길 뿐이라고 주장합니다. 증인 역시 그런 방법을 원하십니까?"

"재판장님, 이의 있습니다! 증인이 원하는 것은 이 법정에서 내려질 판결과는 무관합니다!"

티란데의 목소리는 긴장되어 있었다. 그녀가 자리에서 벌떡 일어났을 때의 몸짓은 평소보다 살짝 우아함이 떨어졌다. 티란데는 당황한 눈초리로 안두인을 쏘아보았다.

바인이 말했다.

"파슈아여, 가로쉬의 희생자들은 대부분 죽어서 직접 말할 수 없습니다. 안두인 왕자는 우리에게 본인의 생각을 말해줄 수 있는 생존자 중 하나입니다. 만약 우리가 정의를 얻으려고 노력하는 중이라면, 저는 가장 고통을 받았던 이들이 자신의 의견을 표현할 기회를 가져야 한다고 주장하는 바입니다."

판다렌은 먼저 바인을 쳐다보았고, 다음으로 티란데를 보았다.

"추샤오 블러드후프여, 변호인은 이게 양날의 검이라는 사실을 분명히 인식하고 있습니까? 만약 내가 증인이 그런 의견을 말하는 데 동의한다면, 다음에는 고소인의 증인도 마찬가지로 증언할 겁니다."

"그 점을 인식하고 있습니다."

바인은 이렇게 대답했다. 그러자 안두인을 보고 있던 티란데의 당황한 눈빛이 바인에게로 향했다. 안두인은 바인의 전략이 무엇인지 의아했다. 분명히, 가로쉬 헬스크림의 운명에 대해서 증인들이 의견을 제시할 수 있게 허용한 것으로, 바인은 티란데에게 강력한 무기를 건네준 거나 다름없었다. 지능이 뛰어난 바인이 그 점을 간과할 리 없었다.

"좋습니다. 변호인의 요구를 받아들이겠습니다. 안두인 왕자여, 질문에 대답하십시오."

바인이 말했다.

"말씀해주십시오, 안두인 왕자. 가로쉬 헬스크림이 저지른 일로 그가 죽어야 한다고 여기십니까?"

안두인 린은 조용히 대답했다.

"아닙니다."

"왜 아닙니까?"

"우리가 변할 수 있다고 믿기 때문입니다."

"어떤 생각으로 그렇게 말씀하시는 겁니까?"

"저는 제 아버지에게 일어난 일을 보았기 때문입니다."

안두인은 바리안에게로 눈길을 보냈고, 바리안은 놀란 듯 보였다.

"가로쉬 헬스크림도 변할 수 있다고 보십니까?"

잠시 정적이 흘렀다. 안두인은 금발로 덮인 머리를 돌려 가로쉬를 정확하게 바라보았다. 지금 안두인의 마음에는 두려움이 전혀 없고 오로지 평화만 있었다. 그는 숨을 크게 들이쉰 뒤 참된 답변이 나오도록 가슴을 폈다.

"그렇습니다."

바인은 뒤돌아서서 고개를 끄덕였다.

"이것으로 심문을 마치겠습니다."

티란데는 안두인을 바라보고, 다음으로 바인을 바라보았다. 그리고 다시 안두인을 보고는 고개를 저었다.

안두인은 안도의 한숨을 내뱉고는 일어서서 방청석에 있는 자기 자리로 돌아갔다.

***

실바나스는 돌처럼 가만히 앉아 있었다. 차가운 외모와 다르게 속에서는 분노가 타올랐다. 실바나스는 나이트 엘프 고소인이 보이는 무능력함을 믿을 수가 없었다. 만약 자기가 고소인이었다면, 젊은 인간 왕자에게 아주 많은 질문을 했을 터였다. 비단처럼 부드럽고 거미줄처럼 위험한 질문들로 왕자를 함정에 빠뜨렸을 것이다. 그러나 가로쉬 헬스크림이 안두인 린의 몸속 뼈를 전부 부수어버렸다는 사실에도 불구하고 저 아이가 새된 목소리로 손이 부들부들 떨릴 정도로 감동적인 증언을 해준 덕분에 실바나스는 법정 안의 분위기 전체가 달라진 걸 느꼈고, 티란데는 고개를 저었다.

"법정은 한 시간 동안 휴정하겠습니다."

타란 주는 이렇게 말한 뒤 징을 쳤다. 바인이 자리를 뜨자, 실바나스는 바인을 만나려고 급히 서둘렀지만 볼진이 선수를 쳤다. 바인과 볼진은 문 쪽으로 향했고, 볼진은 바인이 공정함을 보인 데 대해 진심으로 축하를 해주고 있었다.

"아무도 가로쉬가 호드에게 푸대접을 받았다고 보지 않을 것이오. 티란데가 이제 다른 무언가를 당신에게 불쑥 꺼낸다 해도 말이지. 이것 보시오, 스톰윈드의 왕자를 변호인의 증인이라고 부를 수도 있을 걸!"

바인은 낮은 소리로 말했다.

"젊은 린은 올바른 편이 무엇인지 압니다. 그는 용서를 했지요. 그 말은 아주 중요합니다."

"타우렌 대부족장의 감동적인 변호보다 중요하기야 했겠소?"

실바나스가 쏘아붙였다. 바인과 볼진이 바깥으로 나갈 때 그녀 역시 곁에 서서 걸음을 같이하기 시작했다. 때는 정오였고, 실바나스는 태양을 싫어했지만 뒷걸음질 치지 않을 참이었다.

바인은 귀를 축 늘어뜨렸다. 볼진이 말했다.

"말을 가려서 하시오, 실바나스. 당신은 말을 참아야 할 때가 언제인지 모르고 있소."

"다행스럽게도 나는 변호인이 아니니까 모든 아제로스가 보고 있는 상황에서 무슨 말을 해야 할지 신경 쓸 필요가 없소. 내가 변호인이었다면 누구만큼이나 아첨을 해대는 얼라이언스 지지자가 되었을지도 모르는 일……."

바인은 겉으로 드러나게 고함을 지르거나 실바나스의 목을 조르지 않았다. 그저 가던 길을 멈추고 그녀의 팔 위쪽을 힘주어 잡았을 뿐이다. 전쟁터가 아닌 곳에서 바인이 보이는 말과 동작은 아주 부드럽고 정확해서 실바나스는 바인이 전사, 그것도 호드가 자랑스레 내보일 수 있는 가장 훌륭한 전사들 중 하나라는 사실을 잊고 있었다. 바인이 마음만 먹는다면 그녀의 팔을 부러지기 쉬운 잔가지처럼 꺾어버릴 수 있음을 실바나스는 뒤늦게 깨달았다. 바인은 깊고 차가운 목소리로 말했다.

"나는 얼라이언스의 지지자가 아니오. 아첨하지도 않소."

"그분을 놔주시오."

볼진이 말하자 바인은 순순히 그 말을 따랐다.

"실바나스……. 바인은 자기가 맡은 일을 하고 있소. 대족장인 내가 준 임무를 말이오. 바인은 영예롭게 일하고 있는 거요. 거기에는 아무런 잘못이 없소. 바인이 잘못을 저지르고 있다는 식으로 행동하지 마시오."

실바나스는 평정심을 되찾고 말했다.

"나는 바인이 자기가 맡은 일을 잘하는 데 반대하지 않소. 나는 바인이 그 일을 너무 잘해서 이길지도 모른다는 사실에 반대하는 거요!"

바인은 애처롭게 웃으며 말했다.

"당신은 의도치 않게 나를 과대평가하고 있소. 그럴 위험은 거의 없다고 생각하오. 나는 살육에 굶주린 구경꾼들이 잠시 멈추고 생각하게끔 만들었을 뿐이오. 그리고 그걸로 족하다고 생각하오. 우리는 절대로 다른 이의 생명을 가벼이 뺏는 결정을 내려서는 안 되오. 전장에서나 막고라, 법정에서도 역시 그렇소. 그럼 두 분에게 실례가 되지 않는다면, 나는 다음 증인을 맞을 준비를 하기 위해 해야 할 일이 있어서 가보겠소."

바인은 둘에게 절을 했다. 바인은 볼진에게 절할 때 실바나스에게 한 것보다 더 깊숙이 몸을 숙인 뒤 자리를 떴다. 카이로즈가 바인을 기다리고 있었고, 실바나스는 그가 이 모든 광경을 지켜봤다는 사실을 깨달았다. 실바나스는 용의 잘생긴 얼굴 위로 스치는 선웃음을 잡아뜯어버렸으면 좋겠다고 생각했다. 왜 카이로즈는 좀 더 확실하게 단죄할 만한 것들을 보여주지 않는 거지?

볼진은 고개를 저은 뒤 한숨을 쉬었다. 그리고 무뚝뚝하지 않은 목소리로 말했다.

"언제쯤이면 똑똑하기만 한 게 아니라 판단력도 갖춰서 현명해지는 거요, 실바나스?"

실바나스는 대답했다.

"그러면 언제쯤이면 호드는 충분히 현명해져서 어떤 대접도 받을 가치가 없는 존재에게는 자비를 베푸는 게 아니라는 사실을 깨닫겠소? 가로쉬가 잠시 동안은 호드의 지도자로 좋은 선택이었는지 모르겠지만, 일단 스랄 본인이 물러날 거라고 선언한 다음에는 뭔가 다른 조치가 취해졌어야 했소."

대족장 볼진은 긴 엄니 주위로 미소를 떠올렸다.

"어둠의 여왕을 어둠의 대족장으로 추대한다거나 뭐 그런 조치 말이오?"

실바나스는 고개를 저었다.

"난 그런 자리가 갖는 권력에는 관심이 없소. 그 점은 그대도 알고 있다고 생각했는데, 볼진."

실바나스의 말은 매우 탁월한 거짓말이었다. 어느 정도 진실이 섞여 있었기 때문이다. 그녀는 그렇게 뻔뻔하고 서툰 방식으로 권력을 휘두르는 데 정말로 관심이 없었다.

볼진은 어깨를 으쓱했다.

"당신이 원하는 게 뭔지 누가 알겠소, 실바나스? 가끔은 당신이 바라는 게 아무것도 없다는 생각을 하오."

볼진은 날카로운 손톱이 달린 손가락으로 그녀를 콕 찔렀다.

"바인을 그냥 놔두시오. 그는 당신의 사냥감을 채가지 않을 거요. 그저 때가 무르익을 때까지 기다리면 되오."

볼진은 간식거리를 사기 위해 음식을 들고 다니는 행상을 부르며 자리를 떴다. 실바나스는 볼진이 떠나는 모습을 주시하며 곰곰이 생각했다.

실바나스의 분노는 누그러지지 않았다. 한 번도 그런 적이 없었다. 이제 분노란 그녀에게 마치 심장을 뛰게 하는 호흡과도 같았다. 그러나 그 분노는 뜨겁고 충동적인 상태에서 생각이 깊고 절제된 상태로 바뀌었다.

볼진과 바인은 명료하게 생각하고 있지 못했다. 그들은 자신의 종족이 어떻게 제 기능을 할 것인가, 또 호드의 일원들이 무엇을 보고 싶을 것인가 그리고 어떻게 그들이 상황을 받아들일 것인가에만 지나치게 몰두했다. 그들이 얼라이언스 쪽 빛의 추종자들을 아무리 고려한다 하더라도, 판결이 어찌 날지는 이미 정해졌을 터였다.

하지만 배심원들은 호드와 얼라이언스의 일원으로 구성된 게 아니었다. 완전히 공정한 존재들, 아제로스의 다른 종족들이 가진 본능적이고 무상하며 강렬한 감정과는 완전히 동떨어진 존재들이 배심원이 되었다. 어쩌면 그렇게 속세와는 분리되었기 때문에 배심원들은 '자비'나 '또 한 번의 기회' 같은 개념들에 무관심할 가능성도 있었다. 그 경우라면 실바나스가 걱정할 일이 없었다. 그러나 어쩌면 극단적인 복수심이나 한때 사랑했던 이들의 죽음이 선사한 끝없는 고통으로부터 너무 동떨어진 존재일 수도 있었다.

실바나스는 차분하면서도 화살촉처럼 날카로운 명료함을 느꼈다. 천신들이 얼마나 위대한 존재들일지는 모르지만, 그릇된 결정을 내릴 가능성을 놓고 위험을 감수할 수 없었다.

실바나스는 볼진이 말했던 대로 사냥감이 때가 무르익으면 알아서 오도록 놔두지 않을 작정이었다. 예전에도 수없이 그랬던 것처럼 직접 행동에 나설 참이었다. 하지만 어떻게? 혼자서 그 일을 해내는 게 불가능하지는 않겠지만 잘 될 것 같지 않았다. 그렇다면 누구를 믿어야 할까? 물론 바인은 아니다. 볼진도 아니었다. 어쩌면 테론이 좋겠지. 그는 기꺼이 이야기할 마음이 있어 보였다. 그리고 갤리윅스는 돈이라면 무조건 움직이겠지.

재판이 재개될 때까지는 아직도 시간이 얼마간 있었다. 실바나스는 언제나 자신의 왕국, 낮은 하늘 아래 경비병 임무를 맡은 포세이큰들에게 둘러싸인 언더시티에 있을 때 더 좋은 생각을 해냈다. 그녀는 포세이큰들과 집에서 영감을 얻을 작정이었다.

실바나스는 법정에 배치된 마법사 유 페이에게 다가가서 차원문을 열어달라고 요청했다. 유 페이가 주문을 중얼거리기를 마치자 그녀 앞에 언더시티의 형상이 나타났다. 바로 그때 실바나스가 모르는 판다렌 하나가 달려왔다. 판다렌은 말했다.

"실바나스 여왕님, 실례하겠습니다. 저는 이걸 여왕님께 드리라는 명을 받았습니다!"

판다렌은 두루마리 하나와 파란 천으로 싸인 작은 꾸러미 하나를 실바나스의 손에 쥐어주었다. 그러고는 재빨리 뒤로 물러나서 절을 했다. 실바나스가 누가 이 두루마리를 주었는지 물어보려 입을 채 열기도 전에 주위의 공기가 부글거렸고, 이내 자신의 거주지에 와 있었다.

그다지 오래 머무르지 않는 주인의 성향에 맞게 거주지는 검소했다. 실바나스 윈드러너는 더 이상 잠 같은 걸 잘 필요가 없었지만 때때로 이곳에 와서 그저 홀로 앉아 생각에 잠기곤 했다. 소지품도 거의 없었다. 두껍고 검은 천을 드리운 침대, 촛불과 필기구가 놓인 책상과 의자 하나, 여섯 권의 책이 나란히 놓인 선반 하나가 전부였다. 엄선한 무기들은 손에 쉽게 닿는 거리 안으로 벽에 걸려 있었다. 실바나스의 현재 모습으로는 그밖에 달리 필요한 게 없었고, 과거에 쓰던 물건들을 많이 간직하지도 않았다.

서신과 꾸러미를 누가 보냈을까 궁금한 마음으로, 또 그것들을 개봉할 때 조심해야 한다는 생각으로 실바나스는 두루마리를 철저히 조사했다. 거기에는 아무런 마법이 감지되지 않았고, 독살의 위험을 느낄 만한 표식도 눈에 띄게 드러나지 않았다. 두루마리는 붉은 밀랍으로 봉인되어 있었지만, 알아볼 만한 표식은 없었다. 꾸러미 쪽으로 관심을 돌린 실바나스는 파란 천이 모든 주요 도시들에서 흔히 팔리는 상품임을 알아차렸다. 꾸러미를 부드럽게 흔들자 안에서 무언가가 덜거덕거렸다. 부드러운 침대에 몸을 누인 실바나스는 장갑을 벗고 손톱으로 두루마리의 봉인을 뜯었다.

글씨체는 우아했고, 내용은 몇 줄 되지 않았다.

우리는 한때 같은 편이었지.
어쩌면 다시 그렇게 될 수도 있을 거야.

실바나스는 눈을 가늘게 뜨고 곰곰이 생각하며 이 알 수 없는 인물이 누구일지 생각해보았다. 글씨체는 바로 눈에 들어오지 않았지만, 어딘가 낯이 익었다. 그녀를 등진 이들이나 그녀가 공공연히 무시한 이들을 따지자면 긴 목록이 될 정도로 많았다. 재미있다는 생각으로 실바나스는 꾸러미를 열고 그 안에 있는 작은 나무상자를 열었다.

순간 가슴이 미어졌다. 그녀는 마치 상자가 자신을 물기라도 했다는 듯 바닥에 떨어뜨렸다.

실바나스는 나무상자에 든 내용물을 응시하더니 일어서서 비틀거리며 책상으로 다가갔다. 잠긴 서랍을 여는 그녀의 손가락이 떨렸다. 몇 년 동안 건드리지 않았던 이 서랍에는 과거를 떠올리게 하는 모든 것들이 들어 있었다. 물건들은 얼마 없었다. 수십 년은 족히 된 편지들, 대단한 사냥감을 잡았을 때 쓴 화살촉들 그리고 몇 가지 잡동사니들. 말하자면 생의 파편들이었다.

그리고 작은 상자가 하나 있었다.

실바나스의 마음 어딘가에서 새로 받은 것을 이 서랍에 던져버리고 열쇠를 잠근 다음 다시 잊어버리라는 외침이 들려왔다. 이래봤자 좋을 게 없을 거라고. 그렇지만…….

실바나스는 작은 상자를 쥐고 침대로 돌아왔다. 그리고 예사롭지 않은 부드러운 손길로 뚜껑을 열고 안에 든 것을 응시했다. 몇 년 전, 한 모험가가 실바나스가 전사했던 첨탑의 잔해 가운데에서 이것을 발견했다. 그리고 실바나스에게 보냈다. 이 물건을 봤던 그때, 그녀는 다시 떠오른 기억들로 무너질 뻔했고, 지금도 그럴 위험에 처했다.

어둠의 여왕에게 이다지도 큰 힘을 발휘한 물건은 우습게도 아주 작은 장신구였다. 실바나스는 목걸이를 꺼내 손 위에 차가운 로켓을 올려놓고 거기에 달린 반짝이는 파란 보석을 응시했다. 그녀는 방금 받은 물건 옆에 목걸이를 부드럽게 내려놓았다.

그 둘은 달린 보석을 제외하면 완벽하게 똑같은 한 쌍이었다. 실바나스의 로켓에는 사파이어가, 새로 받은 로켓에는 루비가 박혀 있었다. 실바나스가 알기로는 거기에 각인된 문구도 달랐다.

실바나스는 자신의 로켓을 열어 그 안에 새겨진 글자를 읽었다.

'실바나스에게. 언제나 사랑을. 알레리아가.'

알레리아…… .윈드러너 남매 중 두 번째로 떠난 이였다. 첫 번째로 죽은 건 막내이자 가장 명석했던 남동생 리라스였다. 다음은 알레리아가 외부 세계의 어둠의 차원문 뒤로 사라졌다. 그리고…….

실바나스는 고개를 저으며 다시 평정심을 되찾으려 했다. 윈드러너 남매들 중 그녀야말로 분명 아직까지 숨 쉬고 있는 유일한 존재였다.

실바나스는 루비가 박힌 로켓을 열었다. 그 안에 쓰인 말을 알고 있었지만 자기 눈으로 직접 확인할 필요가 있었다.

'베리사에게. 사랑을 담아. 알레리아가.'

제 1 3 장

굵은 글씨체로 쓴 메모는 요점만 간단히 담고 있었다.

재판이 끝난 뒤 집에서 보자.

몇 마디 되지 않는 이 말에 베리사는 너무도 긴장되었다.

베리사의 언니는 영리했다. 누군가 이 쪽지를 가로채서 본다 해도 누가 보냈는지 알 수 없을 터였고, 만약 누구인지 알아낸다 해도 내용은 아무런 해가 없어 보였다.

그렇지만 이 쪽지는 분명 해로운 내용이었다. 이 경우 '집'이라는 말은 아주 모호한 의미였다. 베리사는 자칫하면 전쟁을 야기할지도 모를 전갈이라는 사실을 깨닫지 못한 채 메모를 지니고 온 지아 지에게 감사를 표했다. 그리고 글 쓸 때 사용했던 깃펜만큼 쪽지를 가늘게 돌돌 만 다음 가까이에 있던 화로 안으로 던져버렸다.

"베리사?"

베리사는 깜짝 놀라 뒤를 돌아보았다. 바리안이었다.

"돌아갈 시간이 다 됐소. 만두를 몇 개 먹고 싶다면 빨리 가져오는 게 좋아요."

바리안과 안두인은 춘권 몇 개를 다 먹고 사원 쪽으로 가려던 참이었다. 베리사는 뒤늦게야 자기가 쪽지를 던져버렸던 화로가 건장한 체구의 판다렌 요리사의 것임을 깨달았다. 판다렌은 지금 분주하게 대나무 찜통을 쌓아올리며 완벽하게 빚은 만두들을 섬세하게 골라내는 중이었다. 요리사는 먹겠느냐는 눈빛으로 베리사에게 미소를 지었고, 그녀는 음식을 먹고 싶은 마음이 전혀 없음에도 고개를 끄덕였다.

"입에 맞을 거요. 안두인은 어제 미 샤오가 만든 걸 거의 다 먹어치웠으니까."

바리안은 씩 웃더니 안두인의 고운 머리털을 헝클어뜨리면서 말했다. 소년이 매우 수줍어하면서 고개를 푹 숙이는 모습을 보자 그 순간만큼은 안두인이 자기 나이답게 보였다.

미 샤오가 말했다.

"저하는 더 튼튼하게 크는 중이니 판다렌 음식이 맞을 겁니다. 저는 우리 땅을 이토록 잘 이해하는 분에게 영양분과 즐거움이 모두 든 음식을 제공하게 되어 영광입니다."

안두인이 베리사에게 열심히 권했다.

"씨앗들이 든 작은 빵들을 하나 드셔보세요. 연뿌리 크림이 들어 있어요. 굉장히 맛있어요."

베리사가 말했다.

"고맙구나. 그럼 두 개 주시오."

안두인이 말했다.

"나도 두 개요. 다시 생각하니 먹고 싶네요. 아버지는 먼저 가 계세요. 저도 곧 뒤따라갈게요."

"그러면 두 사람 다 잠시 후에 보기로 하지요."

바리안은 아들을 끌어당겨 짧게 한 번 안아준 뒤 원형 경기장 쪽으로 성큼성큼 걸어갔다. 안두인은 아버지가 떠나는 모습을 바라보다가 미 샤오에게 판다렌어로 고맙다고 말한 후 빵을 한입 물었다. 그는 눈을 감고 맛을 음미했다.

"정말 맛있어요."

안두인이 말했다. 베리사는 잠깐 자신의 아들들이 굉장한 식욕을 가졌음을 떠올렸지만, 이내 실바나스 쪽으로 생각을 돌렸다. 베리사는 음식에 손을 대지 않았다. 안두인은 빵을 씹으며 베리사를 바라보더니 질문했다.

"괜찮으세요?"

베리사는 가슴이 뛰었다. 이 아이는 빌어먹게 눈치가 빠르구나……. 어쩌다 내 속

마음이 드러났지? 혹시 안두인이 벌써 알아버린 건…….

"괜찮고말고. 왜 아니겠니."

베리사는 억지로 빵을 한입 먹었다. 껍질은 부드럽고 바삭했으며 속은 물리지 않게 달콤했다. 지금처럼 속이 뒤틀리고 입이 마른 상태가 아니었다면 분명 이 맛을 즐겼을 터였다.

"그러니까…… 제가 법정에서 한 말 때문에요. 저는 베리사 님과 제이나 이모가 가로쉬에게 다시 한 번 기회를 주기 꺼려하신다는 점을 알아요. 그래서 두 분께서 왜 그러시는지 저도 이해한다는 걸 말씀드리고 싶었어요. 저는 정말 두 분 마음을 이해해요."

안도감에 베리사는 맥이 탁 풀렸다.

"나도 네가 증언할 때 왜 그렇게 느꼈는지 이해한단다."

안두인의 얼굴이 환하게 빛났다. 순간 베리사는 이렇게 얼버무린 데 죄책감을 느꼈다.

"정말이세요?"

"안두인, 너는 모든 이들의 가장 좋은 면만을 보잖니. 모두 그 점을 알고 있어."

안두인의 표정이 어두워졌다.

"저도 어떤 이들이 그 점을 탐탁지 않게 여긴다는 사실을 알아요. 그들은 제가 너무 나약하다고 생각하죠."

베리사는 부드럽게 안두인의 팔을 잡으며 말했다.

"얘야, 너는 자기 손으로 가로쉬를 죽이고 싶은 자들로 가득 찬 법정에 서서 그의 편을 들어 증언했단다. 나약한 사람이라면 그런 용기를 내지 못했을 거야."

그러자 안두인의 얼굴에서 짜증스런 기색이 사라지고 매력적인 미소가 떠올랐다.

'언젠가 이 아이의 마음이 찢어질 날이 오겠구나. 만약 그때까지 살아남는다면 말이야.'

"감사합니다, 베리사님. 정말 큰 힘이 되었어요. 특히 베리사 님이 그렇게 말해주셔서 더 의미 있었어요. 그리고…… 솔직히 조금 놀랐어요. 저는 베리사 님도 자기 손으로 가로쉬를 죽이고 싶은 이들 중 하나가 아닐까 걱정했거든요."

"아니, 나는 아니야. 나는 이 재판을 연 게 현명한 처사였다고 생각해……. 그리고 천신들은 올바른 길을 택하실 거라고 믿어."

"그 말씀을 들어서 정말로 기뻐요."

그들은 함께 걸어 법정으로 돌아갔다. 베리사는 열다섯 살 먹은 소년에게 거짓말을 하도록 만든 가로쉬 헬스크림에게 다시 한 번 분노가 치밀었다.

놀랍게도 입구에서 판다렌 경비병이 누구도 입장할 수 없다고 정중하게 말했다. 바리안은 경비병에게 말을 하면서 점점 흥분했지만 결국 돌아서고 말았다. 바리안은 베리사와 안두인이 다가오는 모습을 보고 서둘러 오라고 손짓했다. 바리안의 얼굴은 금방이라도 화가 폭발할 듯 보여서 베리사는 이마에 땀이 솟아오르는 느낌이 들었다. 혹시 바리안이 알아챈 걸까……? 아냐. 만약 그랬다면 본인이 직접 베리사를 공격해왔겠지.

"무슨 일입니까?"

베리사는 궁금하고 걱정된다는 목소리를 너무 심하지는 않게 꾸며대며 물었다. 바리안이 퉁명스럽게 대답했다.

"오늘 나머지 시간은 휴정이라는군요. 안두인, 나와 함께 가자. 베리사, 당신은 원한다면 보랏빛 마루로 돌아가도 좋소."

"그러죠."

하지만 베리사는 곧바로 돌아가지 않았다. 베리사는 빵을 마저 먹는다는 핑계를 대면서 사원 안을 들여다볼 수 있는 곳을 서성거렸다. 타란 주와 바인, 티란데는 안두인과 그의 아버지를 기다리고 있는 듯 보였다. 바인이 말하기 시작했고, 바리안은 팔짱을 낀 채 이를 악물었다. 이야기를 듣는 안두인은 혼란스러운 표정이었다. 더 이상 자제할 수 없게 된 바리안은 바인에게 소리를 지르기 시작했다. 타란 주가 뭐라고 말하자 바리안은 고개를 돌려 타란 주는 물론 티란데에게도 소리를 질렀다. 그동안 안두인은 상황을 진정시키려고 노력했다.

그때 판다렌 경비병이 말했다.

"순찰대 사령관님, 삼가 말씀드립니다만, 안을 보시면 안 됩니다."

베리사는 얼굴이 달아오른 채 고개를 끄덕였다.

"알겠소. 미안하오."

그녀는 몸을 돌려 걸어가면서 바인이 대량 학살자를 편들어 위대한 천신회의 동정심을 쥐어짜낼 새로운 전략이 과연 무엇일까 궁금하게 여겼다.

베리사는 주먹을 꽉 쥐고 성큼성큼 걸어갔다. 황혼이 되기까지 시간이 너무나 더디게 느껴졌다.

＊＊＊

"무슨 일입니까?"

안두인은 타란 주부터 시작하여 티란데, 바인을 차례로 쳐다본 뒤 마지막으로 아버지를 보면서 이렇게 물었다. 안두인은 아버지의 표정만을 알아챌 수 있었다. 바리안은 지금 무언가에 굉장히 화가 난 상태였다. 바리안은 말했다.

"안두인…… 바인이 물어보기를……."

바리안의 턱 근육이 딱딱하게 굳었다.

"오, 빛이여. 맙소사, 난 말도 못 꺼내겠소!"

바인이 한 걸음 앞으로 나왔다.

"전하, 나는 왕자를 여기 데려와주신 것만으로도 감사드리고 싶습니다."

바리안이 퉁명스럽게 말했다.

"아직 감사하지 마시오. 나는 지금 왕자를 데리고 스톰윈드의 집으로 돌아갈 참이오."

안두인이 말했다.

"하지만 무슨 일이……."

바인은 귀를 홱 움직였다.

"내가 부탁 하나를 받았소."

"누가 부탁을……."

안두인은 이렇게 말을 꺼내다 말문이 막혔다. 순간 누가 무슨 요청을 했는지 알 수 있었다. 이제 남은 질문은 하나였다.

"왜죠?"

"나도 가로쉬가 왜 저하와 이야기를 하고 싶은지 모르겠소."

바인은 누가 봐도 분명히 좌절한 기색으로 귀를 홱 움직였다.

"아는 건 그가 저하와 말하고 싶어 한다는 사실, 단 하나요. 가로쉬는 자기가 이야기하고 싶은 이는 오로지 저하뿐이라고 말하고 있소."

바리안이 말했다.

"그놈과 말할 마음이 있는 이가 이 아이뿐이라고 말하는 게 더 맞겠지."

안두인은 아버지의 팔에 손을 얹었다.

"저는 아직 그러겠다고 말하지 않았어요, 아버지."

안두인은 타란 주를 바라보았다.

"이런 일이 재판 중에 허용됩니까?"

"판다렌의 법에 따르면, 나는 재판장으로서 이 법정에서 어떤 게 허용되는지 결정할 수 있습니다, 젊은이. 추샤오 블러드후프는 얼마 전 나에게 와서 말했고, 나는 이 문제를 숙고했습니다. 나는 그대가 증언을 마칠 때까지 기다리라고 추샤오에게 일러두었지요. 고소인과 변호인 모두 그대에게 더 많이 증언하도록 물을 권리를 미루었습니다. 그 결과 둘 다 얻는 것과 잃는 것이 있었습니다."

바인이 말했다.

"있는 그대로 말해서, 당신은 상냥하고 동정심 많은 인간으로 알려져 있소, 저하. 만약 당신이 가로쉬와 친해져서 그에 대해 이야기할 권리를 행사한다면 내 주장에 도움이 되겠지요. 만약 당신이 가로쉬에게 적대적이 되어 그 면에 대해 말한다면 나에게 불리하겠고요. 추샤오 위스퍼윈드 역시 나와 입장이 반대일 뿐, 같은 식으로 알 수 없는 난제를 맞이하고 있지요."

"그러면 왜 그냥 요청을 금지하지 않지요?"

티란데가 말했다.

"가로쉬가 그대와 대화를 나눈다면, 법정에서 침묵을 깰 생각이 있다는 뜻이기 때문이오. 그 말은 내가 가로쉬에게 직접 질문할 기회를 얻게 된다는 뜻이고요. 그러면 내 주장에 아주 큰 도움이 될 수 있소."

바인이 말했다.

"그리고 당신이 가로쉬와 대화를 나누면서 어떤 일이 벌어지는가에 따라 내 쪽에 도움이 될 수도 있소. 아까도 말했듯이, 이건 도박과도 같소."

타란 주가 말했다.

"나는 가로쉬가 법정에서 증언하도록 강요할 수는 없지만, 만약 그가 말한다면 아주 중요한 일이 되리라 봅니다. 일이 어떻게 되든 말이지요. 그러면 아무도 가로쉬가 말할 기회를 받지 못했다고 할 수 없을 겁니다."

안두인이 말했다.

"그러면 이 모든 게 저에게 달렸군요. 저에게는 별로 선택권이 없네요. 그렇죠?"

바리안이 말했다.

"이 일을 하지 않아도 된다. 너도 알다시피 나는 네가 안 했으면 좋겠다. 너는 이미 충분히 많은 일을 겪었다고 생각한다."

"그러면 왜 그냥 거절하지 않으셨지요, 아버지?"

바리안이 말했다.

"그건 네가 이제 스스로의 일을 결정할 수 있는 나이가 되었기 때문이다. 그리고 그 책임도 네가 져야 하지. 그렇지 않았으면 싶은 게 나의 바람이지만 말이다. 나는 너에게 선택권을 주어야 했다. 너는 가로쉬와 만날 수 있지만, 원한다면 다시는 그를 볼 필요가 없다."

이 말에 안두인은 놀랐다. 그래서 아버지에게 살짝 감사의 미소를 보냈다. 안두인은 홍수처럼 밀려오는 상충되는 감정을 진정시키려고 노력하며 잠시 생각에 잠겼다.

안두인은 자신의 연약한 몸 위로 쏟아지던 종의 잔해들과 헬스크림의 얼굴에 나타났던 증오심, 거기에 반응하듯 따라오는 뼈들의 고통을 다시 생각했다. 다시 가로쉬를 보지 않으면 일부러 고통을 불러일으키는 상황을 피할 수 있다고 생각하니 마음이 동했다. 가로쉬는 안두인을 향해 언제나 경멸과 증오심만 보일 뿐이었다. 그리고 그런 게 한두 번이 아니었다. 안두인은 가로쉬에게 어떤 것도 신세를 진 적이 없었다. 그리고 이미 전대 대족장에 대해 그 누구의 예상보다도 더욱 호의적으로 증언했다. 가로쉬는 안두인의 목숨을 빼앗기를 더없이 갈망했음에도 안두인은 가로쉬의 목숨을 구하는 데 충분히 도움을 주었다.

그렇지만…….

안두인은 환영 속에서 왕자가 죽었다고 생각하며 가로쉬가 보였던 반응을 떠올렸다. 환희에 차거나 기뻐할 거라는 예상과는 달리 오히려 곰곰이 생각하는 표정을 보였다. 그리고 법정에 앉아 있는 가로쉬의 몸짓에서 드러난 피로감을 떠올렸다.

그때 가로쉬가 곰곰이 생각했던 건 무엇이었을까? 어떤 감정들을 느꼈기에 고해성사를 할 이를 요구한 걸까? 어쩌면 후회하고 있을까?

뼈에서 느껴지는 통증이 살짝 사라졌고, 안두인은 결정을 내렸다. 그는 모인 이들의 얼굴을 바라보았다. 각각의 이들은 모두 종족도 다르고 자기와 맺은 관계도 달랐다. 인간인 아버지, 나이트 엘프 여전사, 판다렌 수호자 그리고 바인은…… 타우렌 친구였다. 아무도 그럴 거라 생각하지 않았고 한 번도 말한 적도 없지만, 그건 엄연한 사실이었다.

"곤경에 처한 이가 저와 이야기하고 싶다고 요청했어요. 어떻게 제가 그 청을 거절하고도 빛 가운데 설 수 있겠어요, 아버지."

＊＊＊

바리안은 처음에 아들과 동행하겠다고 주장했지만, 비밀스러운 희망을 품은 안두인은 거절했다. 안두인은 또한 배치된 경비병들을 입구 바깥에 두어 가로쉬와 나누는 대화를 아무도 듣지 못하게 해줄 것을 요구했다. 바리안은 거의 한 시간 동안이나 그럴 수 없다고 논쟁했지만 결국 소용이 없었다. 안두인은 이렇게 말했다.

"저는 여기에 고해성사를 듣는 신부의 입장으로 부름을 받은 겁니다. 가로쉬는 저에게 자유롭게 이야기할 수 있어야 해요. 그리고 무슨 말을 하든 제가 비밀을 철저히 지킨다는 사실을 알아야 해요."

바리안은 그리 점잖지 못한 태도를 보이며 마지못해 인정했다. 그는 타란 주와 티란데, 바인을 차례로 바라보았다.

"만약 안두인이 무슨 해라도 입힌다면 나는 여러분 모두에게 책임을 물을 겁니다. 그런 다음 내가 직접 가로쉬를 죽이겠습니다. 그 여파나 이 빌어먹을 재판 따위와는 상관없이 말입니다."

타란 주가 대답했다.

"안심하십시오, 바리안 왕이여. 가로쉬가 안두인을 공격하는 건 물리적으로 불가능합니다. 그대의 아들은 아주 안전해요. 그렇지 않았다면 내가 이렇게 말하지 않았을 겁니다."

이제 안두인은 사원 아래에 있는 분리된 구역 바깥에 섰다. 가로쉬의 간수 중 음영파 수도사 리 추와 로 추가 각각 문 양쪽에 서서 안두인을 기다리고 있었다. 간수들은 절을 했다. 리 추가 말했다.

"어서 오십시오, 고귀하신 왕자님. 왕자님은 적과 대면하는 용기를 보여주셨습니다."

안두인은 긴장해서 속이 뒤틀린 상태였지만, 걱정스러운 속마음이 목소리에 실려 나오지 않자 안심했다.

"가로쉬는 나의 적이 아니요. 지금 이곳에서는."

로 추는 천천히 미소를 지었다.

"그 점을 알고 계시다니, 왕자님은 용감할 뿐 아니라 현명하시군요. 저희는 항상 입구에 서 있으니, 부르시면 즉시 가겠습니다."

"고맙소."

안두인이 대답했다. 벨렌은 동요된 영혼을 가라앉히는 방법을 그에게 가르쳐주었다. 이제 안두인은 그 가르침에 따라 다섯을 셀 동안 천천히 숨을 들이쉰 후 잠깐 멈추고는 이내 다섯을 세며 숨을 내쉬었다. 모든 게 잘 될 거라고 벨렌은 충고했다.

'모든 밤은 끝이 나고, 모든 폭풍은 걷히기 마련이지. 계속 유지되는 단 하나의 폭풍은 바로 너의 영혼 안에 존재하느니라.'

벨렌의 가르침은 효과가 있었다……. 적어도 안두인이 가로쉬의 감방 앞에 서기 전까지는 말이다.

감방 자체는 비좁았다. 감방 안에는 모피 이불과 요강, 세숫대야만이 있을 뿐이었다. 가로쉬는 어느 방향으로든 한두 걸음 이상 걸을 수 없었고, 그마저도 발목에 연결된 사슬 때문에 제한을 받았다. 창살은 안두인의 몸집보다도 두꺼웠고, 팔각형 모양의 입구는 부드러운 보랏빛으로 봉인되었다. 타란 주의 말이 맞았다. 가로쉬 헬스크림은 물리적인 방법과 마법이 모두 동원된 감옥에 갇혀 있었다.

그러나 안두인은 이런 사실들이 그리 중요하지 않음을 깨달았다. 그의 눈은 즉시 이불 위에 꼿꼿이 앉은 오크의 눈과 마주쳤다. 왕자는 무엇을 보게 될지 알 수 없었다. 분노나 간청 어쩌면 조롱일지도 모른다. 그러나 그 어떤 감정도 존재하지 않았다. 가로쉬의 얼굴에는 안두인을 죽였다고 여긴 직후 내비쳤던 것과 같은 상념 어린 표정이 나타났다.

로 추가 알려주었다.

"창살을 만지지 마십시오. 원하신다면 한 시간까지 머물 수 있습니다. 물론 더 일찍 떠나고 싶다면 우리에게 알려주시기만 하면 됩니다."

로 추는 의자와 작은 탁자를 가리켰다. 그 위에는 물병과 빈 잔 하나가 있었다.

안두인은 목을 가다듬었다.

"고맙소. 괜찮을 거라 확신하오."

가로쉬는 안두인에게 열중하고 있던 나머지, 간수의 존재를 알아챈 것 같지도 않았다. 형제 간수들은 약속한 대로 감방의 끝으로 물러났다. 안두인은 갑자기 입안이 말랐다. 그는 마른 입속을 달래려 물을 따라서 서두르지 않고 조심스럽게 한 모금 마셨다.

"두려운가?"

"뭐라고요?"

마시던 물이 튀었다. 안두인의 뼈들이 갑자기 아파왔다.

"두려운가?"

가로쉬가 다시 말했다. 마치 평범하게 대화하고 있었다는 듯 질문이 태연하게 나왔다. 안두인은 이게 수류탄 같은 말임을 알았다. 진실하게 대답하든 거짓말을 하든 안두인이 화제로 삼고 싶지 않은 것들을 열어젖히는 일격이 될 것이다.

"그럴 이유가 없어요. 당신은 사슬에 묶인 채 마법 창살 속에 갇혀 있어요. 절대 나를 공격할 수 없지요."

"신체상의 안전을 걱정하는 건 두려워할 이유 중 하나일 뿐이다. 다른 이유도 있어. 다시 묻겠다. 두려운가?"

안두인은 조심스럽게 잔을 탁자 위에 놓으며 말했다.

"이것 봐요, 나는 당신이 부탁해서 여기에 왔어요. 당신이 대화를 승낙한 자는 내가 유일하다고 바인이 말했다고요……. 당신이 말하고 싶은 주제가 무엇이든지 말이죠."

"어쩌면 내가 이야기하고 싶은 주제가 너의 두려움일 수도 있지."

"그렇다면 둘 다 시간을 낭비하고 있네요."

안두인은 일어서서 문 쪽으로 향했다.

"멈춰라."

안두인은 가로쉬에게 등을 돌린 채 자리에 섰다. 그는 스스로에게 화가 났다. 손바닥은 땀으로 축축했고, 대놓고 덜덜 떨지 않기 위해 온갖 노력을 기울여야 했다. 안두인은 자신의 두려움을 가로쉬에게 보이고 싶지 않았다.

"왜 그래야 하죠?"

"왜냐하면…… 너는 내가 이야기하고 싶은 유일한 자니까."

왕자는 눈을 감았다. 안두인은 바로 이 순간 떠날 수 있었다. 가로쉬는 분명 그를 가지고 게임을 하려는 게 확실했다. 어쩌면 그에게 계략을 써서 하지 말아야 할 말을 하게 만들려는 의도일지도 모른다. 그렇다면 무슨 말을 듣고 싶은 걸까? 가로쉬는 무엇을 알고 싶을까? 그리고 확실히 어느 정도 두렵기는 해도, 자신이 정말로 이곳을 나가고 싶은 건 아니라는 사실을 안두인은 깨달았다. 적어도 지금은 말이다.

안두인은 숨을 깊이 들이쉬고 돌아섰다.

"그럼 이야기를 시작하죠."

가로쉬는 의자를 가리켰다. 안두인은 한 발 한 발 다가가 조심스럽고도 태연한 자세로 의자에 앉았다. 안두인은 이야기를 들을 준비가 되었다는 신호로 눈썹을 들어 올렸다.

가로쉬가 말했다.

"너는 내가 변할 수 있다고 믿는다 말했지. 내가 한 짓을 뻔히 보고도 어떻게 그런 생각을 하지?"

이번에도 진짜 감정은 없고 다만 호기심만 있었다. 안두인은 대답하려다가 잠시 주저했다. 제이나 이모라면 어떻게……. 아니야. 제이나는 더 이상 그가 닮고 싶은 외교가의 표본일 수 없었다. 안두인은 가로쉬를 죽여버리겠다고 위협했던 바리안이 현재 자신에게 제이나보다 더 좋은 표본임을 깨닫고 살짝 즐거웠다. 제이나를 사랑하는 마음으로 보자면 슬펐지만, 아버지를 사랑하는 면으로 보자면 즐거웠다.

"그럼 이렇게 하죠. 번갈아 가면서 대답하기로 해요."

가로쉬의 입가에 이상한 미소가 떠올랐다.

"그러지. 너는 예상보다 협상을 잘하는군."

안두인은 짧은 웃음을 터뜨렸다.

"고맙군요. 그런 거 같아요."

가로쉬의 미소가 커졌다.

"네가 먼저 해라."

'첫 점은 가로쉬가 땄군.' 안두인은 생각했다.

"좋아요. 내가 당신이 변할 수 있다고 본 이유는 영원히 같은 상태로 머무는 건 없기 때문이에요. 당신이 호드의 대족장 자리에서 폐위된 이유는 당신을 따르던 자들이 명령을 수행하다 반항하게 되었고, 결국 거부했기 때문이에요. 당신은 대족장에서 죄수로 변했어요. 그러니 다시 변할 수 있어요."

가로쉬는 메마르게 웃었다.

"산 상태에서 죽은 상태로 변한다는 뜻이로군."

"그것도 일종의 변화겠죠. 하지만 그게 유일한 길은 아니에요. 당신은 스스로 저지른 일들을 볼 수 있어요. 만약 다시 한 번 기회가 주어진다면, 당신이 야기한 고통과 손실을 보고 듣고 정말로 이해하고자 노력하고, 그 길을 계속 걷지 않겠다고 결심할 수 있어요."

가로쉬는 코웃음을 치더니 으르렁거렸다.

"나는 인간으로 변할 수 없어."

안두인이 대답했다.

"아무도 그러기를 기대하거나 바라지 않아요. 하지만 오크는 변할 수 있어요. 다름 아닌 바로 당신이야말로 그 점을 잘 알 텐데요."

가로쉬는 말이 없었다. 그는 잠시 시선을 돌리고 생각에 잠겼다. 안두인은 팔짱을 끼고 싶은 충동을 억누르고, 대신 편안하게 보이도록 애쓴 뒤 기다렸다. 그때 눈이 반짝반짝 빛나고 털이 부스스한 들쥐 한 마리가 모피 이불 아래에서 고개를 불쑥 내밀었다. 쥐는 코를 실룩이더니 이내 머리를 도로 넣어 시야에서 사라졌다. '한때 호드의 대족장이었던 자가…… 이제는 쥐와 같이 감옥에 갇혔군.'

"운명을 믿나, 안두인 린?"

안두인은 두 번째로 무방비 상태에서 허를 찔렸다. 가로쉬의 머릿속에선 무슨 일이 일어나고 있는 거지?

"나, 나는 확신은 없어요."

안두인은 말을 더듬었다. 조심스럽게 유지하던 침착한 겉모습이 순식간에 사라져 버렸다.

"그러니까 내 말은, 예언들이 있다는 건 알아요. 하지만 우리는 선택권 역시 갖고 있다고 생각해요."

"네가 빛을 택했나? 아니면 빛이 너를 택했나?"

"나, 나는 모르겠어요."

안두인은 스스로에게 이런 질문을 던진 적이 한 번도 없었다는 사실을 깨달았다. 사제가 될 생각을 처음으로 생각해보던 때를 떠올리자 영혼 속에서 강한 끌림이 느껴졌다. 안두인은 빛이 내려주는 평화를 갈망했지만, 빛이 자신을 불렀는지 아니면 자신이 빛을 추구하는지 알 수 없었다.

"너는 빛을 거부하는 편을 택할 수 있었나?"

"내가 왜 빛을 거부했겠어요?"

"그럴 이유야 얼마든지 있지. 한때 너 같은 금발을 가진 사랑스러운 인간 왕자가 있었다. 그는 성기사였지만 빛으로부터 등을 돌렸지."

분노와 모욕감이 안두인의 불편한 마음을 모두 날려버렸다. 안두인은 피가 확 몰려 새빨개진 얼굴로 쏘아붙였다.

"나는 아서스가 아니에요!"

가로쉬가 기묘한 미소를 지으며 시인했다.

"그래, 넌 아니지. 하지만 어쩌면…… 내가 아서스일지도 모른다."

제 14 장

유령의 땅. 그곳의 현재 이름이었다. 한때 윈드러너 가족은 이곳을 집이라고 불렀다. 베리사는 딱 한 번 할두런 브라이트윙의 요청을 받아 아마니 부족과 싸우기 위해 이곳에 돌아왔었다. 그때 베리사는 비탄에 잠겼고, 지금도 그랬다. 히포그리프를 타고 탈라시안 고개 위를 날아가는 베리사는 배 근육들이 당기는 느낌이 들었고, 고삐를 준 손바닥이 점차 땀으로 미끄러워졌다.

죽음의 흉터. 한때 아름다웠던 땅을 이리저리 휘감은 자국이 민달팽이가 지나간 것처럼 길게 드러났다. 그 자국을 따라 수백 명의 언데드들이 터벅터벅 지나갔다. 그곳이 회복이 될 수 있을지 누구도 알 수 없었다. 흉터는 트랜퀄리엔을 관통했고 이름처럼 조용했던 땅은 더 이상 이름에 걸맞기 않게 변했다. 또한 태양과 달의 성소를 반으로 갈라놓고 영원노래 숲을 거쳐 실버문을 뚫어서 옛 노래와 이야기의 소재가 되었던 경이로운 도시마저 쪼개버렸다. 베리사는 하늘 높은 곳에서 내려다봐도 리치 왕의 유산을 알아볼 수 있었다. 죽은 것들은 여전히 발을 질질 끌면서 살육하는 중이었다.

'죽었지만 죽지 않은 자들이군. 언니처럼.'

아니, 실바나스는 달랐다. 실바나스와 그녀의 종족에게는 본인들의 의지와 정신을 가지고 있었다. 그들은 할 일과 하지 않을 일을 선택할 수 있었다. 누구를 죽이고 누구를 죽이지 않을 것인지 말이다. 그리고 그들이 가진 능력 때문에 베리사는 다시는 돌아올 거라 생각지 않았던 어린 시절 고향으로 돌아왔다.

베리사의 눈에서는 눈물이 말랐다. 그리고 감각은 로닌이 죽었다는 소식을 듣고 생긴, 앞으로도 결코 완전히 치유될 수 없는 끊임없는 고통 때문에 둔해졌다. 그녀는 방향을 서쪽으로 돌렸다. 그리고 자신이 윈드러너 첨탑으로 돌아온다는 생각으로 실바나스가 즐거워하는 건 아닌가 하는 생각을 어쩔 수 없이 했다.

이곳을 다시 보자 밀려든 고통은 새롭고도 날카로웠고, 증오심에 더욱 불을 붙였다. 베리사의 고향에 이런 짓을 한 건 오크들이 아니지만, 그들은 베리사에게서 이미 충분히 많은 걸 빼앗았다. 처음에는 남동생인 리라스를, 다음에는 베리사의 위대한 빛이었던 로닌을 앗아갔다. 그들은 후에 아서스가 그랬던 만큼이나 쿠엘탈라스를 남김없이 파괴하고자 했다.

첨탑 가까이 다가간 베리사는 입을 일그러뜨리며 욕설을 내뱉었다. 가족의 첨탑이 걸어 다니는 시체들과 투명한 영혼들로 우글거렸다.

밴시들이었다.

영혼들은 생전에 목적으로 가득 찬 존재였던 만큼 죽어서는 아무런 목적이 없어 보이는 모습으로 떠돌았다. 그들 사이로 점점이 붉고 검은 겉옷을 입고 두건을 쓴 존재들이 보였다. 베리사는 그들이 누구인지 알았다. 그들은 아서스가 침입한 이후 우후죽순처럼 생긴 데솔름 교단의 인간 신자들로, 윈드러너 첨탑을 무언가 외설스럽고 폭력적인 목적으로 사용했다.

베리사의 집을 말이다.

베리사는 소리 없는 비명을 질렀다. 지금 자신을 맞이한 광경을 보자 가로쉬에게 패배 한 이후 속에서 들끓었던 무기력한 분노가 왈칵 솟아올랐다. 그녀는 거듭해서 화살을 시위에 메워 날렸다. 첫 번째 화살은 한 시종의 눈을 맞혔다. 두 번째와 세 번째 화살은 무슨 일인지 미처 깨닫지도 못한 희생자들의 목을 꿰뚫었다. 네 번째 화살은 베리사의 얼굴을 보고 깜짝 놀라 손가락을 구부려 무기를 잡으려 한 자를 맞혔고, 곧 그도 죽었다. 히포그라프가 땅에 채 닿기도 전에 뛰어내린 베리사는 떠도는 순찰자 영혼들을 공격했고, 빛나는 검을 휘둘러 형체 없는 살들을 갈라 망각으로 보냈다. 아마도 그들은 평화를 얻었을 테지만 베리사의 행동에는 동정보다 분노가 더 많았다. 베리사는 밴시의 울부짖는 소리가 자신의 몸을 관통하며 울리자 잠시 주춤했다. 하지만 그 순간은 아주 짧았을 뿐, 이내 유령의 끔찍한 비명은 영원히 멈추고 말았다. 하이 엘프는 시끄러운 비명의 불협화음에 자신의 소리도 보탰다. 그녀가 내뱉은 문장들은 독기에 찬 증오와 고통으로 쓰라리게 들리는 말일 뿐, 아무런 의미도 없었다.

주문을 너무 늦게 외우던 시종 두 명이 추가로 불운한 운명을 맞았다. 베리사는 그들에게 달려들어 한 명의 머리를 벤 다음 잇따른 일격으로 두 번째 시종의 가슴을 검으로 갈랐다. 그가 피를 내뿜으며 쓰러지자, 그녀는 쓰러진 시체의 배에 검을 찔러 넣었다.

베리사는 숨을 참고 검을 홱 잡아당겨 뽑으면서 적이 더 있는지 주위를 둘러보았다. 그들이 살아있든 언데드이든, 첨탑의 한 곳에 모여 있을 것이다. 베리사는 자신의 존재가 알려지는 일에 대해 신경 쓰지 않았다. 살아있는 존재가 여기에 다가오는 일은 거의 없었다. 혹시 겁 없는 블러드 엘프가 버려진 땅에 감히 다가온다 하더라도 두건이 달린 망토를 쓰는 정도로도 충분한 위장이 되었고, 그녀의 모습을 본 시종들은 다 죽어버려서 돌아가 보고할 수도 없었다.

시간은 꾸물거리듯 천천히 흘러갔다. 때때로 베리사는 작고 의미 없는 신음들과 한숨들을 들었다. 비록 황폐해졌지만 엄연히 윈드러너의 영토인 곳으로 정처 없이 떠돌던 밴시들이 들어오려 할 때마다 베리사는 그들과 맞서 싸웠다. 차고 끈적끈적한 안개가 피부에 달라붙었다. 베리사는 그곳에서 천천히 앞뒤로 왔다갔다 걸음을 옮기며 이 모든 게 실바나스가 꾸민 일종의 잔인한 계략이 아닐까 생각했다.

베리사의 예민한 귀는 뒤에서 들려오는 아주 희미한 소리를 잡아냈다. 그녀는 뒤로 돌아섰다. 화살은 이미 활시위에 올려 쏠 준비가 된 채였다. 그녀가 미처 화살을 날리기도 전에 화살 자루가 반으로 쪼개졌고 활시위는 윙 하고 울었다.

검은 가죽옷을 입은 궁수가 활에 걸린 베리사의 화살을 쏘아 맞혔다.

새로 온 자는 두건을 벗었다. 타오르는 붉은 눈이 초록색 아지랑이를 꿰뚫고 나왔다. 얼굴 위로 검은 입술이 냉소적인 미소를 지으며 일그러졌다.

"조심해라, 동생아."

실바나스는 무기를 내려놓으며 말했다.

"아무리 내가 밴시라도 네가 나까지 죽이고 싶지는 않겠지."

***

그들은 회색 모래 위를 걸었다. 그리 큰 차이가 없기는 했지만 죽은 자들의 한숨과 비탄보다는 파도 소리가 훨씬 견디기 쉬웠다. 실바나스는 이곳이 유령으로 가득 찼다고 생각했다. 그건 글자 그대로의 사실이기도 했지만, 한때 이곳으로 소풍을 왔던 가족의 추억이 유령처럼 가득했기 때문이다.

"우리만 남았네."

실바나스의 생각을 읽기라도 한 듯 베리사가 말했다. 실바나스는 작게 미소를 지었다. 어린 시절, 가운데 끼인 둘째와 셋째 자매였던 둘은 큰언니인 알레리아와 하나밖에 없는 남동생 리라스를 제쳐 두고 언제나 둘만 붙어 다녔다.

실바나스가 말했다.

"외교적인 말재주군."

베리사는 잠시 걸음을 멈추고 북해를 응시했다.

"처음에는 리라스가 오크에게 죽었지. 다음으로 알레리아가 아웃랜드로 사라졌고. 왜 이곳에서 보자고 한 거야, 실바나스 언니?"

"왜 그랬다고 생각하니, 동생아?"

"나에게 상처를 주려고. 언니는 죽은 자들이 편하게 생각하는 곳을 약속 장소로 잡았어. 살아있는 자들은 환영받지 못하는 곳을."

잠시 후 베리사는 고쳐 말했다.

"살아있는 자들이 사악한 의도를 갖고 있지 않는 한 말이지."

실바나스의 몸이 굳어졌다.

"너한테 상처를 주려고 그랬다고?"

실바나스는 코웃음을 치며 메마르게 웃었다.

"참 오만하구나! 너를 둘러싼 무리가 울면서 다시 생명을 돌려달라고 비명을 지르는 걸 알아채지 못했니? 그들은 내 순찰대원들이었어! 나는 여기서 죽었다고!"

베리사는 주춤했다.

"나, 나는…… 미안해. 난…… 언니가 이제는 그런 줄 알고…… 그러니까……."

실바나스는 과장된 어조로 말했다.

"밴시 여왕이 되었다고? 어둠의 여왕이라고? 썩어 없어지는 것보다야 그편이 낫지. 최소한 지금 나는 이 세상에서 일어나는 일에 대해 발언권이 있으니까."

"우리는 바랐던 것보다 발언권이 많지 않아."

베리사는 돌 하나를 집어 바다에 던졌고, 돌은 즉시 사라졌다.

"나는 지금 언니가 누구인지 모르겠어. 지금의 언니는 내가 사랑했던 모습이 아니야."

'나는 지금도 네가 사랑했던 언니야……. 하지만 네 말대로 아니기도 하지.' 실바나스는 이렇게 생각했지만 아무 말도 하지 않았다. 베리사는 몸을 돌렸다. 그녀의 얼굴은 붉게 달아오르고 눈은 이글거렸다.

"하지만 언니와 나는 한 가지 일에서 의견이 일치하지. 가로쉬 헬스크림은 자기가 저지른 일의 죗값을 죽음으로 치러야 해. 그리고 나처럼 언니도 천신들이 우리와 같은 결정을 내릴 거라 믿지 않는 것 같아. 그랬으니까 여기 왔겠지."

"그 문제에 있어서는 너와 의견이 같다고 봐야해. 그리고 나에게 이렇게 연락을 시도한 건 용기 있는 행동이었어. 특히 네가 말한 대로 지금의 내가 누구인지 모르는 상황에서는."

용감하고도 조금 경솔한 행동이었다. 만약 누군가가 베리사가 보낸 로켓 목걸이를 가로채기라도 했다면, 베리사는 배신자로 낙인찍혔으리라.

"나는 위험을 감수했어. 그럴 가치가 있어 보였고. 그 결정이 가치 있었기를 지금도 바라."

실바나스는 팔짱을 끼며 말했다.

"가로쉬 헬스크림이 얼마나 비열한 존재인지에 대해 너와 공감하게 만들려는 의도만으로 나를 부른 건 아니겠지. 틀림없이 계획이 있을 거야."

"나는…… 그러니까 아직은 없어."

실바나스는 눈썹을 추어올렸다. 그리고 베리사를 죽이려면 얼마나 많은 시간이 필요할까 계산하기 시작했다.

베리사가 말했다.

"우리만 그렇게 생각하는 게 아니라는 걸 알려주고 싶었어. 우리와 똑같은 생각을 하는 이들이 있어. 그리고 힘써 돕지 않더라도 최소한 우리가…… 가로쉬를 살해하려고 할 때 방해하지 않을 이들도 있어."

"많은 이들은 불평불만을 내뱉지, 동생아. 하지만 기꺼이 행동하는 자는 거의 없어. 네가 말한 그 협력자들은 자기가 아끼는 이들이나 본인의 평판이 위험해질 거라는 기색만 보여도 순식간에 사라지고 말 걸."

베리사는 진지한 태도로 고개를 저었다.

"아니야. 그들은 안 그래. 나는 제이나 여군주의 동의도 얻었어."

실바나스는 눈살을 찌푸렸다.

"이제 보니 거짓말을 하는구나, 동생아. 제이나 프라우드무어는 더 이상 예전같이 순한 눈망울을 한 평화주의자가 아닐지 몰라. 하지만 암살에 동조할 수 있을 것 같지 않구나. 가로쉬의 죽음을 바랄 수는 있겠지만 결코 나서서 행동하지는 않을 거야."

"언니 말은 틀렸어. 제이나는 가로쉬가 죽기를 바라. 선고를 받기 전에 말이야. 그래서 '재판이라는 거추장스러운 일을 생략해주기'를 바란다고 말했어. 다른 이들도 있어. 하늘 제독 캐서린 로저스를 봐. 로저스는 호드를 싫어해. 그중에서도 가로쉬를 제일 싫어하지."

실바나스가 말했다.

"생각해보니 로저스는 남녘해안 출신이잖아. 로저스는 포세이큰의 밴시 여왕과 협력하고 싶지 않을 거야."

"로저스는 알 필요 없어. 아무도 몰라도 돼. 우리만 아는 거야."

실바나스는 아무 말 없이 생각에 잠겼다.

"만약 천신들이 우리를 위해 먼저 사형선고를 내려주는지 기다려 볼 수도 있어."

"안 돼. 만약 천신들이 자비를 베풀기로 결정한다면……."

베리사는 잠시 뜸을 들이다 말을 내뱉었다.

"다시 기회가 없을 거야. 우리는 재판이 진행되는 동안 행동에 나서야 해. 우리 모두가 가로쉬에게 접근할 수 있을 동안 말이야."

그 말을 듣고 실바나스는 크게 웃었다.

"접근을 한다고? 동생아, 가로쉬가 얼마나 삼엄한 감시를 받고 있는지 봤니? 가장 뛰어난 암살자라고 해도 그 감방을 뚫고 들어갈 수 없어."

베리사는 미소를 지었다. 그 얼굴은 실바나스가 기억하는 모습과 같았다. 베리사가 아이였을 때 새된 웃음을 터뜨리며 벌어지던 입술 모양 그대로였다. 하지만 그 표정을 본 실바나스는 동생이 그렇게 웃어 주리라고 다시는 기대할 수 없도록 변한 잔혹한 상황 역시 어렴풋이 깨달았다.

베리사는 실바나스의 말에 동의했다.

"맞아, 그래서 암살자는 안 돼. 하지만 죄수라도 먹기는 해야 하잖아. 안 그래?"

독살. 그렇다면 베리사의 생각이 실바나스한테 미친 것이 놀랍지 않았다.

"누구도 추적할 수 없는 독을 원하는구나. 아직 만들어진 적이 없는 독 말이야."

베리사는 고개를 끄덕였다. 그러자 실바나스가 말했다.

"아주 좋아. 이제껏 그 생각을 못했다니 부끄럽구나."

"누군가 부엌에 들어가도록 시켜야 할 거야. 재료가 될 음식에 손을 대거나 가로쉬의 식사 준비를 담당하는 이를 설득할 수도 있지. 우리는……."

"잠깐만. 음모를 세우고 계획을 세우는 게 즐겁기는 하지만, 그 전에 짚고 넘어가자. 나는 아직 참여하겠다고 말하지 않았어."

"뭐라고? 방금 아주 좋다고 했잖아!"

실바나스가 말했다.

"아, 그랬지. 하지만 나는 예전에 폭군의 손아귀에서 고통을 받았어. 그리고 나를 만든 자에게 공공연히 반항했지. 아서스는 나를 고문하기 위해 되살렸지만 그는 죽고 나는 여기 살아남았어. 나는 가로쉬에게도 반항을 했어. 그러니 나는 그가 죽는 모습을 봐야겠어."

실바나스는 손을 들어 살아있을 때만큼이나 강력하고도 그 나름의 아름다움이 있지만, 만지면 차가운 자신의 청회색 몸을 가리켰다.

"그리고 나는 포세이큰이야. 너는 내가 왜 가로쉬를 죽이고 싶은지 그 이유를 알 거야. 그렇다면 동생아, 너의 이유는 뭐지?"

"나한테 이유를 묻다니!"

실바나스의 목소리는 차가웠다.

"그래, 이유를 묻고 있어. 부탁이니 말해 봐. 가로쉬가 너에게 무슨 짓을 했기에 이 길을 걷기로 결정한 거니?"

"가로쉬가 '안 한' 짓은 또 뭔데! 그는 테라모어에 영원히 용서받을 수 없는 끔찍한 짓을 저질렀어! 그리고 많은 이들이 죽었지…… 섬뜩하게. 내가 죽지 않았던 건 순전히 운 때문이야."

실바나스는 고개를 저었다. 생전에는 은발처럼 보이던 창백한 금발이었고, 지금은 베리사만큼이나 하얀색이었다. 알레리아는 여동생들의 모습이 달 같다면서 각각 큰 달님, 작은 달님이라고 놀렸고, 맏이인 자기와 막내인 리라스는 환한 금발이라서 가족의 태양이라고 했다. 알레리아 언니…….

"그건 이유가 아니야."

"오크들은 언제나 우리의 적이었어. 가로쉬는 오크가 뿌린 자손들 중 최악이지. 그들의 역사는 괴물들과 사악한 야만 행위들로 더럽혀졌어. 오크들은 어린 리라스를 빼앗아갔어, 실바나스! 그리고 언니도 알다시피 알레리아 언니는 직접 가로쉬를 처치하는 영예를 얻기 위해서라면 누구와도 싸웠을 거야. 알레리아 언니는 우리가 이 일을 하게 되길 정말로 바랐을 거라고."

실바나스는 입술을 오므렸다.

"네 말에 동의하지만, 그 역시 제대로 된 이유가 아니야."

베리사는 마른침을 삼켰다.

"언니는 나에게 상처를 주고 싶구나. 내가 고통 받는 걸 보고 싶은 거야."

"나는 네 고통의 깊이를 직접 재고 싶은 거야. 그건 상처주는 일과 달라."

베리사는 얼라이언스였다. 그녀는 인간과 결혼하여 아이들을 낳았다. 얼라이언스가 그녀의 집이었고, 거기에 터전이 있었다. 지금 베리사가 하고 싶다고 말한 일은 얼라이언스가 지키며 추구하는 법과 상충했다. 물론 얼라이언스에도 악당과 살인자, 도둑들은 충분히 있었다.

잠시 동안 실바나스는 동생이 대답을 거부하리라고 생각했다. 윈드러너 가족은 언제나 고집이 셌다. 베리사의 호리호리한 몸은 활시위만큼이나 팽팽하게 당겨진 채 긴장감에 떨릴 지경이었다. 실바나스는 죽은 자 특유의 인내심으로 기다렸다. 인내심은 아서스가 생각지 않게 그녀에게 내린 또 하나의 선물이었다. 실바나스는 동생의 내면에서 끓어오르는 분노를 감지하고 곧 폭발할 순간을 기다렸다.

그러나 분노는 폭발하지 않았다.

불꽃 대신 실바나스는 물을 보았다. 베리사의 눈에 눈물이 고였고, 이내 얼굴로 흘러내렸다. 베리사는 흘러내리는 눈물을 닦을 생각도 않은 채 말했다.

"가로쉬는 나의 로닌을 죽였어."

그 말이 다였다. 그리고 그걸로 충분했다.

실바나스는 앞으로 다가가 동생을 껴안았고, 베리사는 마치 물에 빠져 죽어가는 여인처럼 언니에게 매달렸다.

제 1 5 장

제3일

"대족장이여."

티란데는 머리를 숙이며 말했다.

고엘은 자신 아닌 다른 이가 그 호칭으로 불리는 걸 듣는 게 아직도 이상하다고 생각했다. 다시 대족장이 되고 싶어서가 아니었다. 고엘은 자기 결정을 한 번도 후회한 적 없었고, 선조들도 아시다시피 볼진은 그 자리를 차지할 만한 자격이 되었다. 하지만…… 이상한 건 이상한 거다. 고엘은 앞으로도 자기 아닌 다른 이를 대족장이라 부르는 상황에 적응할 날이 과연 오기는 할까 생각했다.

눈을 반짝이며 대답하는 볼진의 말에는 장난기가 섞여 있었다.

"대여사제여."

"증인은 몇 년 동안 종족의 지도자였고, 증인 이전에는 증인의 아버지께서 지도자셨습니다."

"맞습니다."

"지금 가로쉬 헬스크림의 포악한 통치가 끝난……."

"재판장님, 이의 있습니다!"

바인이 이렇게 말했다. 그렇지만 정말로 마음에서 우러난 반대 의사는 아닌 듯 들렸다. 티란데는 아무 일도 없었다는 듯이 부드럽게 말을 바꾸었다.

"가로쉬 헬스크림이 패배한 이후, 고엘은 증인을 대족장으로 임명했습니다. 증인은 지금 검은창 부족뿐 아니라 호드의 다양한 종족을 이끌고 있습니다. 증인은 오크가 아닌데도 말입니다."

"재판장님, 이의 있습니다!"

바인이 소리쳤다. 이번에는 진심 어린 반대가 엿보였다.

"증인이 호드를 이끄는 능력은 법정에서 토론할 주제가 아닙니다!"

"타란 주 맹주님, 저는 배심원들께 증인이 신뢰할 만한 자임을 증명하고자 노력하는 중입니다."

타란 주가 차분하게 말했다.

"그럼 다른 식으로 하십시오, 추샤오여."

"그렇게 하겠습니다. 볼진이여, 증인의 종족은 가로쉬 치하에서 엄청난 고통을 받았습니다. 그리고 증인 역시 개인적으로도 고통을 받았지요. 거기에 대해 법정에서 설명해주시겠습니까?"

볼진은 증오가 담긴 낮은 목소리로 말했다.

"기꺼이 하겠습니다. 오크가 이 세계에 도착했을 때, 트롤은 호드에 가입한 첫 번째 아제로스 거주민이었습니다. 우리는 고엘을 비롯하여 그가 이끄는 오크들의 진실한 우방이었습니다. 고엘은 제게 가로쉬의 조언자가 되어달라고 청했고, 저는 제가 가진 능력을 다해 그 일을 수행했습니다. 그러나 가로쉬는 트롤들이 그에게 얼마나 좋은 친구였는지 기억하지 않았습니다."

"구체적으로 어떻게 했습니까?"

"가로쉬는 트롤에게 오그리마의 정해진 지역에서 살라고 명령했습니다. 그는 특별 지구로 트롤들을 억지로 이주시켰습니다. 그리고 메아리 섬에 계엄령을 선포했습니다."

티란데가 생각에 잠긴 듯 말했다.

"호드를 구성하는 다양한 종족들을 대표하는 임무를 맡은 지도자의 행동으로 보기 힘들군요."

"맞습니다."

"증인은 본인이 느끼는 염려에 대해 가로쉬와 이야기를 나누셨지요, 맞습니까?"

"그렇습니다. 여러 번 했습니다."

"그러면 가로쉬는 증인에게 자기가 이 일을 했다고 인정했습니까? 빈민가에 증인의 종족을 보냈다고요?"

"인정했습니다."

"이 증언과 관련된 첫 번째 환영을 배심원들께 보여드리고 싶습니다."

티란데는 이렇게 말하고 전개되는 장면을 바라보려 뒤로 물러섰다. 트롤 지도자 볼진과 대족장 가로쉬가 그롬마쉬 요새의 공식 알현실에 있는 장면이 보였다. 가로쉬가 으르렁거렸다.

"나에게 말대답하지 마시오, 트롤. 여기서 임무를 맡은 자가 누구인지 알 텐데. 왜 스랄이 당신 대신 나를 택했는지 잠깐이라도 생각해본 적 없소?"

"왜 그랬는지는 의문의 여지가 없소, 가로쉬. 스랄이 당신에게 그 자리를 준 이유는 당신이 그롬의 아들이기 때문이고, 모든 이들이 전쟁 영웅을 원하기 때문이지."

그건 사실이었다. 리치 왕이 패배한 뒤 후유증에서 갓 빠져나온 이들은 전쟁에 지치긴 했지만, 여전히 전쟁 영웅들은 존경을 받았다. 고엘은 잠시 동안 가로쉬에게 대족장이라는 직위를 맡긴다면 그가 자신의 에너지를 분출하는 방법을 배우는 데 도움이 될 거라고 생각했다. 그러나 고엘의 생각은 크게 빗나갔다.

볼진의 형상은 남은 말을 계속 했다.

"생각했던 것보다 당신은 아버지를 훨씬 더 많이 닮았군. 악마의 피를 마시지 않았는데도 말이오."

가로쉬는 으르렁거리며 분노를 거의 억제하지 못한 듯 떨면서 볼진에게 가까이 다가갔다.

"지금 이 자리에서 네놈의 창자를 뽑아버리지 않은 걸 다행으로 여겨라, 애송아."

"여기서 멈추십시오!"

티란데는 날카롭게 소리쳤고, 두 인물의 모습은 순간 얼음조각처럼 정지했다.

"위대한 천신회여, 말씀드린 바로 이 장면입니다. 호드의 대족장 가로쉬 헬스크림은 노골적으로 볼진에게 생명의 위협을 가하고 있습니다."

티란데는 크로미를 향해 고개를 끄덕였고, 크로미는 작은 손가락들로 다시 장면이 이어지게 조정했다.

가로쉬가 말했다.

"자신이 섬기는 대족장에게 이런 식으로 말해도 된다고 생각하다니 어리석군."

"당신은 내가 섬기는 대족장이 아니오. 나는 당신을 존경하지 않소. 그리고 전쟁에 대한 당신의 어리석은 갈망으로 호드가 파멸하는 걸 나는 두고 보지 않겠소."

가로쉬가 격렬히 흥분한 모습과는 대조적으로 볼진은 차분하고 정확하며 냉정했다.

"그래서 네가 정확히 무얼 할 수 있을 거라 생각하나? 네 위협은 빈껍데기일 뿐이야. 남은 네 종족들과 함께 빈민가로 조용히 꺼져라. 나는 공식 알현실에서 네놈의 더러운 꼴을 더 이상 참고 볼 수 없으니까."

장면은 정지된 후 사라졌다. 티란데는 고개를 흔들었다. 그러고는 들은 말을 반복했다.

"남은 네 종족들과 함께 빈민가로 조용히 꺼지라니요. 호드를 그토록 오랫동안 충성스럽게 섬긴 종족을 상당히 재미있게 대우하고 평가하는군요."

"나도 개인적으로 그렇게 생각합니다."

"그러니까 가로쉬는 증인을 고엘의 지시대로 존중할 만한 조언자로 대우하기는커녕 자기가 빈민가라고 직접 묘사한 지역으로 트롤들을 보내고, 증인을 공식 알현실에서 쫓아냈군요. 게다가 증인의 생명도 위협했습니다."

고엘은 긴장했다. 볼진은 태연해보이던 태도를 버리고 진지해지기 시작했다.

"가로쉬는 협박만 한 게 아니었습니다."

볼진은 고개를 뒤로 젖혀들어 자신을 암살하려던 자의 칼이 목에 만든, 창백한 푸른색으로 부풀어 오른 흉터를 드러냈다. 고엘은 천신들을 올려다보았고, 그들이 가로쉬의 증오가 남긴 선명한 증거를 보고 불편한 기색으로 변하는 모습을 보았다.

티란데는 웅성거림이 잦아들 때까지 기다렸다가 말했다.

"저는 이 비열한 공격과 가로쉬 헬스크림이 거기서 맡은 역할에 대해서 보여드리겠습니다. 크로미?"

경기장 전체에서 부스럭거리는 소리가 났고, 거의 모든 방청객들이 조금씩 몸을 앞으로 숙였다. 볼진에게 일어난 일에 대한 이야기는 호드와 얼라이언스 모두에 알려져 있었다. 방청객 중 몇몇은 그저 피비린내 나는 사건에 호기심이 동해 지켜보는 반면, 다른 이들은 여전히 존재하는 미심쩍은 마음을 떨쳐버릴 수도 있을 거라는 마음으로 지켜보았다.

"대족장이여, 우리가 보게 될 장면의 배경을 자세히 알려주시겠습니까?"

"그러죠. 이건 호드가 판다리아 해안에 상륙한 후의 장면입니다. 검은창 부족은 나머지 호드들과 같이 가라는 명령을 받지 못했습니다. 나는 이 장소를 공격하는 게 실수라고 생각했지만, 가로쉬는 이 땅을 차지해서 상당히 기뻐했습니다……. 그는 이렇게 말했습니다……. '이 땅은 자원이 풍부하다. 나무와 돌, 철과 연료. 그리고 노동력도 있지.'"

볼진은 가로쉬의 말을 인용했다. 그러자 티란데가 생각에 잠겨 말했다.

"나무와 돌, 철과 연료. 그리고 노동력이라. 가로쉬는 자원이라는 생각으로 이 모든 것들을 언급했군요. 그러면 증인은 가로쉬가 판다렌 종족을 노예로 삼을 의도로 보였다고 법정에서 말씀하시는 겁니까?"

경기장 안으로 공포 어린 숨소리들이 줄지어 일었다. 바인은 벌떡 일어나 소리쳤다.

"재판장님, 이의 있습니다! 증인이 어떤 대답을 하든 개인적인 의견일 뿐입니다. 가로쉬가 종족 전체를 노예로 삼으려는 욕망을 가졌다는 증거는 어디에도 없습니다!"

티란데가 비꼬아 쏘아붙였다.

"그렇겠지요. 트롤들을 이렇게 후하게 대접한 자인데 그런 짓을 할 리 있겠습니까!"

바인과 티란데는 서로를 사납게 바라보았고, 타란 주는 평소보다 더 센 힘으로 작은 징을 쳤다.

"법정에서는 질서를 지키십시오! 다시 말하지만 소란을 일으키는 이는 그 누구라도 재판이 진행되는 동안 구금을 당할 겁니다! 추샤오 위스퍼윈드여, 거기에 대한 증거를 제시할 수 없다면 접근 방식을 바꾸기 바랍니다."

"재판장님께서는 법정에서 증인의 의견을 채택할 수 있다는 규칙을 세우셨습니다."

타란 주는 잠시 멈추더니 이윽고 한숨을 쉬었다.

"그랬지요. 그렇다면 질문을 적절하게 바꾸어 다시 물으십시오."

티란데는 볼진에게로 돌아섰다.

"대족장이여, 가로쉬의 말이 무슨 뜻이라고 생각하십니까?"

"추샤오 위스퍼윈드가 말하려고 한 것처럼 노예로 삼으려 했다고는 생각지 않습니다. 내가 보기에 가로쉬는 그저 전투에 나갈 새로운 병력들을 모집하고자 했습니다. 가로쉬의 구호는 '해안을 공격하고 새로운 땅을 붉게 물들이자!'였습니다."

"피로 붉게 물들인다는 뜻입니까? 판다렌 종족을 노예로 삼으려던 게 아니라 근절하려는 것이었습니까?"

"추샤오여!"

바인이 미처 의자에서 일어나기도 전에 타란 주가 성난 목소리로 대뜸 말했다.

"증인을 유도신문 하는 행위를 그만두십시오. 아니면 당신을 징계하겠습니다."

티란데는 절을 하고 한 손을 들었다.

"알겠습니다, 파슈아여. 계속 말씀해주시지요, 대족장이여."

"나는 가로쉬의 의도가 판다리아를 호드의 새 영토로 만드는 거였다고 생각합니다. 많은 이들이 호드를 위해 싸우도록 말입니다. 그리고 호드의 색은 붉은색입니다. 가로쉬가 한 말은 그런 뜻이었다고 생각합니다."

"하지만 확신할 수는 없으시지요?"

"나는 들은 것과 내 스스로의 생각에 대해서만 말할 수 있습니다."

"물론 그렇습니다."

고엘이 볼진의 신실함에 대해 깊은 존경심을 느낀 건 이번이 처음은 아니었다. 단지 의견을 이야기하는 것뿐인 만큼 볼진은 거짓말을 할 수도 있었다. 하지만 그는 거짓말을 하지 않았다. 그러나 티란데는 그 문제를 제시하고 의심의 여지를 심어놓았다. 그래서 배심원들은 물론 방청객들도 가로쉬의 말이 정말로 무슨 뜻인지를 계속 생각하게 될 터였다.

티란데가 말을 꺼냈다.

"그래서…… 호드는 판다리아에 상륙했군요."

"검은창 부족 없이 상륙했습니다. 나는 가로쉬를 만나러 갔습니다. 그때도 가로쉬는 화를 내며 예전처럼 심한 말을 내뱉었습니다. 그러더니 다시 심사숙고를 하는 듯 보였습니다."

"말씀 감사합니다. 크로미?"

작은 청동용 크로미는 탁자 위로 뛰어올라 시간의 환영을 작동시켰고, 이윽고 장면들이 나타났다. 그 시절의 가로쉬가 말했다.

"이게 나와 당신의 차이오, 볼진. 나는 내 종족이 사막에서 굶어 죽게 놔두지 않을 것이오. 오크는 물론이고 용맹스럽게 우리 편에 설 자들의 자랑스럽고 영광스러운 미래를 보장하기 위해서라면 나는 어떤 것도, 어떤 일이라도 다 할 것이오. 여기서 기다리시오."

가로쉬는 뒤로 몇 걸음 물러나서 코르크론 대원 중 하나인 라크고르 블러드레이저와 조용히 대화를 나누었다. 고엘은 눈살을 찌푸리며 왜 티란데가 배심원들에게 속삭이는 대화의 내용을 들려주지 않는지 의아하게 여겼다. 가로쉬는 잠시 후 능글맞은 웃음을 지으며 돌아왔다.

"호드를 위하는 당신의 가치를 증명하기 위해 할 수 있는 일이 있소, 트롤이여. 이 대륙의 심장부에서 임무 하나를 해주시오."

"가겠소."

그러나 볼진은 이렇게 덧붙여 말했다.

"하지만 내 종족을 위한 증인으로 가겠소. 누군가는 당신을 제어해야만 하오, 가로쉬."

장면은 멈추었다가 완전히 사라졌다. 티란데는 볼진에게 몸을 돌렸다.

"가로쉬가 증인과 라크고르 블러드레이저에게 맡긴 이 탐사에서 어떤 일이 일어났는지 말씀해주시겠습니까?"

볼진이 말했다.

"우리는 사우록 서식지를 수색하러 갔습니다. 정찰병들은 고대의 마법이 그 동굴들 안에 있다고 보고했습니다. 가로쉬는 '그것들을 확인해 보기'를 원했습니다."

"그래서 무엇을 발견했습니까?"

볼진은 깊이 숨을 들이쉬고 나서 대답했다.

"그것들은…… 부자연스러운 존재였습니다. 블러드레이저는 가로쉬가 사우록과 모구 사이에 일종의 연결 고리가 있다는 사실을 알았다고 말해주었습니다. 그건…… 맞는 말이었습니다."

또 다른 장면이 원형 경기장 한가운데에 나타났다. 이번에는 볼진과 블러드레이저 그리고 고엘이 모르는 몇몇 이들이 어둡고 습한 동굴 안에 있었다. 거대한 사우록의 몸체에서 천천히 피가 흘러나와 발목까지 차오른 고인 물에 번졌다. 사방에는 알들이 있었다. 볼진이 서식지를 찾아낸 것이다. 볼진은 낮은 소리로 으르렁거렸고, 다시 말을 시작한 그의 낮은 목소리는 분노로 떨렸다.

"모구들은…… 여기서 사악한 흑마술을 부리고 있었군. 사우록은 태어난 게 아니야. 만들어진 거지. 왜곡된 형태의 육체로 말이지."

볼진은 극도의 불쾌감으로 고개를 저었다.

"이건 가장 사악한 흑마술이군!"

볼진은 무기를 든 채 블러드레이저를 바라보았다. 그리고 이 알들을 모두 파괴하라는 명령이 내려지기를 기대했다.

그러나 블러드레이저는 잔인한 미소를 지었다. 그리고 탄성을 질렀다.

"그래! 육체를 만들고 전사를 만들어내는 힘이지. 대족장님이 원한 게 바로 이거다!"

고엘은 전개되는 장면에서 시선을 떨구고 배심원들과 방청객들을 바라보았다. 언제나 그렇듯이 천신들은 아무런 동요도 없어 보였지만, 그들만 그런 태도를 유지할 뿐이었다. 이렇게 통렬한 고발 내용을 목격한 방청객들은 욕지기를 내뱉는 것에서부터 엄청나게 격분하기까지 아주 다양한 반응을 보여주었다.

볼진의 형상이 격분한 채 소리쳤다.

"가로쉬가 신 행세를 하겠다는건가? 괴물들을 만든단 말인가? 이건 호드가 추구해서는 안 되는 행동이다!"

'그래, 이 말이야.' 고엘은 생각했다. 비록 볼진의 몇몇 동료 외에는 아무도 듣지 못했던 이 말은 세상에 울려 퍼졌다. 고엘이 볼진을 위해 메아리 섬 재탈환을 도왔을 때, 고엘을 이끌었던 것도 바로 이 말이었다. 이 말의 의미에서 힘을 받은 트롤 지도자는 자기의 가족인 호드를 방어하기 위해 삶에 집착했고, 회복하려고 안간힘을 썼다. 바리안도 그 진리를 알고 있었기 때문에 가로쉬처럼 샤의 힘을 빌리는 짓을 하지 않았고, 그 때문에 오그리마를 빼앗아 점령하기를 거부했다.

'이건 호드가 추구해서는 안 되는 행동이다.'

그리고 앞으로도 결코 추구하지 않을 행동이리라.

그러나 그건 가로쉬가 원하는 것이었고, 장면은 가차 없이 계속되었다.

블러드레이저는 볼진에게 다가갔다. 트롤은 그를 사납게 노려보았다. 오크의 콧날은 시큰거렸고 마치 끔찍한 악취라도 맡은 듯이 얼굴을 찌푸렸다.

"대족장님은 당신이 배신자라는 사실을 알고 있었어!"

블러드레이저는 으르렁거렸다. 고엘은 앞으로 닥칠 상황을 알고 있었지만 막상 몸집 크고 중무장한 코르크론 대원이 얼마나 민첩하게 움직이는지 보고 깜짝 놀랐다. 칼날이 순간 번뜩이더니 쓰러진 볼진의 목에서 상처가 벌어져 피가 솟구쳤다.

방청객들은 숨을 멈췄다. 그 장면은 이내 사라졌다. 티란데는 법정 서기에게 요청했다.

"자자릭 프릴이여, 피고인의 두 번째, 세 번째, 네 번째, 다섯 번째 그리고 일곱 번째 혐의를 읽어주시겠습니까?"

고블린 서기는 헛기침을 한 후 두루마리 몇 개를 찾아 크게 읽기 시작했다.

"살인."

티란데는 한 손을 들어 프릴을 제지했고, 그는 안경 너머로 티란데를 향해 눈을 깜빡이면서 멈췄다. 티란데는 손가락 하나를 들어 보이며 말했다.

"살인. 코르크론 대원에게 만약 볼진이 가로쉬의 야만적인 계획을 승인하지 않는다면 그의 목을 베라고 명령했습니다. 계속 읽어주세요."

"음…… 강제 이주."

고블린은 이 대목을 읽은 뒤 말하라는 듯 티란데를 바라보았다. 티란데는 두 번째 손가락을 들어 숫자를 세었다.

"호드를 위해 완벽하게 싸울 수 있는 존경받는 일원인 트롤들을 특정 지역에 거주하라 명령했습니다."

"개인의 강제 실종."

이제 세 번째였다.

"볼진을 블러드레이저와 함께 보냈지요. 아마도 볼진을 살해하게 될 거라는 사실을 아주 잘 알고 있는 자와 말입니다."

"노예화."

"판다리아에서 일어났을 법한 일입니다. 그리고 분명히 사우록 돌연변이들은 자청해서 그렇게 된 게 아니었습니다."

바인이 말했다.

"재판장님, 이의 있습니다! 가로쉬는 사우록에게 일어난 일에 대해 아무런 책임이 없습니다."

타란 주가 말했다.

"나도 변호인의 말에 동의합니다."

"가로쉬의 책임은 아닙니다. 하지만 시간의 환영은 가로쉬가 돌연변이들을 만들고 싶어 했다는 사실을 분명히 보여주었습니다."

티란데가 쏘아붙였고, 타란 주는 어쩔 수 없이 고개를 끄덕이고 말했다.

"그렇다면 '노예화의 욕망을 드러냄'이라고 말씀하십시오."

"고문."

"만약 가로쉬가 사우록에게 벌어진 일과 비슷한 일, 즉 생명체를 왜곡하는 일을 계획했다고 본다면 그렇습니다. 생명체를 뒤틀고 구부려 폭력을 가하는 일이지요. 단지 오크 하나가 변덕을 부렸기 때문에 생명체가 이렇게 만들어질 예정이었습니다."

티란데는 손짓을 하며 말했다.

"여기 있는 증인의 증언으로도 우리는 가로쉬 헬스크림이 받은 혐의의 반이나 해당하는 증거들을 보았습니다. 반이나 된단 말입니다! 이밖에도 살인과 고문, 가로쉬가 저질렀다고 볼진이 시인한 나머지 비열한 행위들을 증언할 증인들이 있습니다. 그는……."

바인이 낮은 목소리로 말했다.

"파슈아여, 만약 고소인이 증인에게 더 이상 질문이 없는 상황이라 웅변만을 늘어놓는 거라면, 제가 증인을 심문해도 되겠습니까?"

이건 분명히 정곡을 찌른 말이었다. 티란데의 뺨은 어두운 보라색으로 물들었다. 타란 주가 상냥하게 물었다.

"증인에 대해 더 질문이 있습니까, 추샤오 위스퍼윈드여?"

"괜찮으시다면 보여드리고 싶은 장면이 하나 더 있습니다. 파슈아여. 그건……아주 중요합니다. 이 장면을 본 자 중에서 이제 세상에 살아있는 자는 단 한 명뿐입니다."

"그렇다면 어서 보여주십시오."

티란데는 다시 침착한 모습을 되찾고 차분하게 크로미를 향해 고개를 끄덕였다.

고엘은 처음에 당황했다. 지금 나오는 장면들은 아까 티란데가 보여준 것이었다. 가로쉬가 볼진을 모욕한 장면 다음으로, 뒤로 물러가 라크고르와 사적으로 이야기하는 모습이었다.

그러나 이번에는 가로쉬가 코르크론 경호원과 무슨 이야기를 하는지 모두 들을 수 있었다. 가로쉬의 형상이 블러드레이저의 귀에만 들리도록 말했다.

“내 의혹을 네가 확인해줄 수 있을 거라 믿어 의심치 않는다. 저 트롤이 어떻게 반응하는지 봐라. 만약 저자가 이 말에 수긍하면 살려둬도 좋다. 그러나 그렇지 않는다면 반역자인 거다. 그러니 목을 따버려라.”

장면은 멈췄다. 티란데는 거대한 가로쉬의 형상 앞까지 걸어 나왔다. 그녀는 가로쉬의 얼굴을 싸늘하게 곁눈질했다. 그리고 환영 속 오크에서 눈을 돌려 현실의 가로쉬를 바라보았다.

현실의 가로쉬가 보이는 무표정한 얼굴과 과거의 뽐내는 모습이었던 가로쉬 헬스크림을 대조해보자니 엄청난 모순이 느껴져 마치 풍자만화를 보는 듯했다. 그러나 가로쉬의 시선은 티란데가 정지시킨 장면이 아니라 티란데에게 고정되었다. 그녀는 등을 곧게 펴고 머리를 높이 들었다. 정당한 분노를 발산하는 티란데는 아름답고도 무시무시했다. 자비심에 누그러지지 않고 동정심에 매이지 않은 무자비한 정의의 여신 같았다. 가쁜 호흡으로 가슴은 눈에 띄게 위아래로 움직였고, 길고 가느다란 목덜미에서는 고동치는 심장의 맥박이 드러났다. 고엘은 긴장한 채 오리라 예상되는 것을 기다렸다. 열렬한 연설, 분노, 헬스크림의 아들이 얼마나 타락했는지에 대한 혐오감이 예상되었다. 가로쉬를 통렬히 비난하는 데 지지자는 얼마든지 있었다. 법정은 격변으로 치닫기 직전이었다.

마침내 티란데가 말했다.

“이제 우리는 사실을 알았습니다.”

조용한 목소리로 나온 이 말은 깜짝 놀라 조용해진 경기장 안 전체에 들렸다. 티란데는 가로쉬를 조금 더 바라보았다. 그런 뒤 휘어진 티란데의 입술은 그녀가 덧붙일 수 있는 그 어떤 말보다도 더 우아하게 경멸감을 드러냈다. 그러고는 가로쉬를 등지고 뒤돌았다.

“심문을 마치겠습니다.”

제 1 6 장

바인은 뒤죽박죽이 된 머릿속으로 티란데가 이 사건에 방금 가한 충격을 되돌릴 아주 작은 기회라도 될 만한 무언가를 절망적인 심정으로 미칠 듯이 찾고 있었다.

볼진과 바인은 친구였다. 바인은 언제나 볼진을 존중했고, 케른이 죽은 후로 둘은 가깝게 지냈다. 바인은 볼진을 심문해서 사건들에 대한 그의 의중을 묻거나 배심원들에게 볼진을 믿을 수 없는 이로 보이게 하고 싶지 않았다. 하지만 애초에 바인에게 가로쉬를 변호하라고 강력하게 권했던 자는 바로 볼진이었다.

"대족장 볼진이여……. 증인이 명예로운 트롤이라는 사실을 호드와 얼라이언스 모두 알고 있습니다. 이렇게 증인의 생명을 해치려 한 시도나 트롤들이 오그리마의 그리 살기 좋지 않은 부분으로 추방된 사실은 그 누구도 부정할 수 없습니다."

볼진은 관망하는 자세로 바인의 질문을 기다렸다. 바인은 계속 말했다.

"증인은 지금 대족장의 책무를 짊어진 분입니다. 증인은 이미 더할 나위 없이 힘든 결정들을 내린 적들이 많았습니다. 그렇다면 반역자에 대한 증인의 정책은 무엇인지 물어도 되겠습니까?"

티란데가 벌떡 일어섰다.

"재판장님, 이의 있습니다! 파슈아여, 정하셨던 대로 증인이 호드를 이끄는 능력은 이 법정에서 논의할 주제가 아닙니다!"

바인이 말했다.

"파슈아여, 저는 증인의 능력에 대해 묻는 게 아닙니다. 저는 정책에 대한 그의 입장을 묻는 것뿐입니다."

타란 주는 고개를 갸웃거렸다.

"나는 그 질문이 주장하는 바와 관련이 있다고 믿습니다. 맞습니까, 추샤오?"

"그렇습니다."

"그래야겠지요. 나는 변호인에게 동의합니다."

볼진이 대답했다.

"나에게 등 돌리고 반역을 꾀한 이들을 다뤄본 적이 없습니다."

그는 이렇게 덧붙였다.

"아직까지는 말입니다."

볼진의 얼굴에 희미하게 어렸던 친근한 표정은 사라지고 근심하는 기색이 자리 잡았다.

바인이 말했다.

"앞으로도 없기를 바랍니다. 하지만 증인은 가로쉬가 호드에게 저지른 일로 그를 사형에 처하려고 했습니다."

"그랬습니다."

"그렇다면 현재 대족장이 되신 관점에서 보자면, 호드를 배신한 자는 누구라도 사형에 처하기를 원하시겠군요?"

재판정의 긴장감은 고조되었고, 재판이 시작된 이래 처음으로 그 긴장감은 가로쉬가 아닌 다른 이에게로 향했다. 바인은 뒤통수가 따가워짐을 느꼈지만 이제 물러날 수 없다는 사실을 알았다.

"그렇습니다만 만약에……."

"부디 묻는 말에만 대답해주십시오, 대족장이여."

볼진은 날카롭게 바인을 바라보더니 이윽고 말을 내뱉었다.

"그렇습니다."

바인은 더 이상 볼진을 바라보지 않아도 된다는 사실에 안도하며 뒤돌아서서 카이로즈를 향해 고개를 끄덕였다. 카이로즈는 점점 어두워진 안색으로 이제까지 조용히 앉아 있었다. 자신의 능력을 쓰지 못해 분명히 안달이 난 모습이었다. 이제 그는 말 그대로 껑충 뛰어올라 시간의 환영을 작동시켰다.

장면이 나타나자, 바인은 코로 깊은 숨을 내쉬며 어리석은 충동으로 경솔하게 일을 망치지 않으려 노력했다. 그 장면은 가로쉬와 볼진의 대화로, 티란데가 보여주었던 것과 똑같은 부분이었지만, 나이트 엘프 고소인은 그들이 만난 장면을 너무 일찍 끝내버렸다. 바인은 배심원들에게 그 장면이 어떻게 흘러갔는지 보여주고 싶었다. 환영을 보는 바인의 꼬리는 불안한 듯 이리저리 움직였다. 볼진의 형상이 잘 제어된 목소리로 말했다.

"당신은 내가 섬기는 대족장이 아니오. 나는 당신을 존경하지 않소. 그리고 전쟁에 대한 당신의 어리석은 갈망으로 호드가 파멸하는 걸 나는 두고 보지 않겠소."

"여기서 멈추십시오."

바인은 이렇게 말한 뒤 위대한 천신회 쪽으로 얼굴을 돌려 그들을 뚫어지게 바라보았다.

"이 장면은 중요합니다. 그래서 이 장면을 집중해서 다루겠습니다. 모두가 있는 그대로의 사실이라고 아는 증거로, 지금 보시는 건 다음과 같은 의미입니다. 호드의 신하가 대족장의 자리에 정당하게 임명된 이에게 들은 말을 인용하자면 '당신은 내가 섬기는 대족장이 아니다'라고 말했습니다."

카이로즈는 정확한 타이밍으로 장면을 멈추어 바인이 한 말의 중요성이 깊이 새겨지게 한 뒤, 이윽고 장면을 다시 시작했다. 가로쉬가 고함을 질렀다.

"그래서 네가 정확히 무얼 할 수 있을 거라 생각하나? 네 위협은 빈껍데기일 뿐이야. 남은 네 종족들과 함께 빈민가로 조용히 꺼져라. 나는 공식 알현실에서 네놈의 더러운 꼴을 더 이상 참고 볼 수 없으니까."

"나는 내가 무엇을 할지 정확히 아오, 헬스크림의 아들이여. 나는 당신의 백성이 당신의 어리석음을 천천히 깨닫게 될 때까지 기다리겠소. 당신의 백성이 나처럼 당신을 경멸하는 모습을 보며 난 웃게 되겠지. 그리고 때가 되어 당신이 완전히 파멸하고 당신의 권력이 아무 의미 없을때, 나는 당신의 통치를 빠르고도 조용히 끝내러 올 거요."

장면은 정지했다. 보고 있던 이들은 자리에서 자세를 고쳐 앉았다.

"볼진은 정식으로 임명된 대족장에게 어리석다고 했습니다. 그는 자기가 가로쉬를 경멸한다고 말했습니다. 그리고 가로쉬의 통치를 끝내겠다고 협박했습니다. 이 말들이 반역을 뜻하는 게 아니라면 달리 무엇이겠습니까? 그리고 현재 호드의 지도자인 볼진의 말에 따르면, 호드의 반역자들을 기다리는 운명이 무엇이겠습니까?"

"재판장님, 이의 있습니다!"

재판이 시작된 이래 처음으로 티란데는 정말로 궁지에 몰린 듯 보였다. 바인은 내내 침착함을 유지했던 나이트 엘프를 불안하게 만들었다.

"변호인은 증인을 괴롭히고 있습니다!"

타란 주가 말했다.

"변호인은 증인에게 아무 말도 하지 않고 있습니다."

티란데가 소리쳤다.

"볼진이 한 일이나 한 말, 아니면 그 반대로 하지 않은 일이나 말 모두 재판과는 관계가 없습니다!"

바인이 말했다.

"대단히 죄송합니다, 파슈아여. 다만 저는 가로쉬가 볼진에게 위협을 느끼고 그를 반역자로 간주했다고 봅니다. 저는 가로쉬가 본인의 생명에 위협을 느꼈을 가능성이 있다고 생각합니다."

타란 주가 말했다.

"나는 이제까지 표출된 불만과 짜증, 무례한 언사를 들었습니다. 그리고 가로쉬가 호드를 이끌지 못할 수도 있다는 위협의 가능성 역시 들었습니다. 하지만 고엘은 평화롭게 물러났습니다. 볼진이 만족하지 못한 채 무례하게 군 신하임은 분명하지만, 거기서 어떤 물리적인 위협은 보지 못했습니다."

바인은 이쯤에서 그만둘 수 있었다. 그는 자기의 주장이 옳다고 역설했다. 가로쉬가 볼진이 자신을 끌어내리려 한다고 인식했다면, 호드의 법으로 볼진을 죽일 권리가 있었다는 점 말이다. 그러나 바인은 그 점만으로는 부족하다는 사실을 알았다. 위대한 천신회는 가로쉬가 볼진에게 폭력을 행사하는 걸 보았다. 그들은 다른 관점에서 사건을 볼 필요가 있었다.

상황이 이렇게까지 된 사실에 혐오감을 느꼈지만, 완고하게 자신의 의무를 다하기로 결정한 바인은 말했다.

"저는 이 대화를 끝까지 들어보기를 요청합니다. 이 장면이 사건과 아주 깊은 관계가 있다고 생각합니다."

타란 주는 주위를 둘러보고 나서 고개를 끄덕였다.

"진행하십시오."

바인은 현실의 볼진이나 영상 속 볼진의 형상, 그 어느 쪽도 차마 볼 수 없었다. 호드의 새로운 지도자의 환영이 말하는 동안 바인은 천신들 쪽에 계속 시선을 두었다.

"당신은 통치 기간 내내 불안한 곁눈질로 뒤를 돌아보고 그림자를 두려워하며 지내게 될 거요."

바인은 짧게 눈을 감았다.

"때가 되면 당신의 피가 천천히 빠져나갈 테고, 그러면 누가 당신의 검은 심장에 화살을 쏘아 꿰뚫었는지 정확히 알게 될 거요."

"네가 네 운명을 이렇게 만든 거다, 트롤."

그 옛날의 가로쉬가 이렇게 으르렁거렸다. 그는 발가락 두 개 달린 볼진의 발에 침을 뱉었다.

"당신 역시 마찬가지지요. 대족장."

형상은 사라졌다.

침묵만이 흘렀다. 바인은 여전히 볼진을 차마 볼 수 없었기에 대신 타란 주에게로 관심을 돌렸다.

"증인에 대한 심문은 이것으로 마치겠습니다."

그러자 판다렌은 고개를 끄덕이며 바인이 보기에는 일말의 동정심처럼 보이는 표정으로 타우렌을 바라보았다.

제 1 7 장

안두인 뒤로 감방 문이 철컹 소리를 내며 닫혔다. 자신의 요청에 따라 안두인은 대량 학살을 저지른 자와 방 안에 둘만 남았다.

안두인은 잔에 물을 따라 마셨다. 그리고 이번에는 손이 그렇게 많이 떨리지 않는다는 사실을 깨달았다. 가로쉬는 여전히 사슬에 묶인 채로 모피 이불 위에 앉아 안두인을 바라보았다. 가로쉬가 말했다.

"나는 볼진의 증언을 들은 네 생각을 알고 싶다."

안두인은 입매를 굳혔다.

"우리가 정한 대로라면, 이번에는 당신이 먼저 말할 차례인데요."

가로쉬의 깊고도 우울한 웃음소리가 낮게 울려 퍼졌다.

"그러면 말해주지. 나는 이 감방을 살아서 나갈 수 있다는 희망을 오늘 버렸다. 내가 이 감방을 나가는 날에는 사형을 받게 되겠지."

안두인은 인정했다.

"그렇지만……. 그래요. 일이 잘 안 됐죠. 하지만 정확히 어떤 점에서 그런 생각이 들었어요?"

가로쉬는 안두인이 마치 바보라는 듯 뚫어져라 바라보았다.

"나는 볼진을 위협하고 그의 종족을 추방했고, 그를 죽이려고 했어. 분명 그걸로 충분하겠지."

안두인은 어깨를 으쓱했다.

"볼진도 당신을 위협했고, 당신 직위에 맞는 예의를 표하지도 않은데다 당신을 죽이겠다고 면전에서 맹세까지 했어요. 볼진이 혼자서 당신을 죽일 수 없다면, 뜻이 맞는 추종자들을 오그리마에서 쉽게 모았을 거예요. 어쩌면 당신이 트롤들을 추방한 건 그들이 미워서가 아니라 두려웠기 때문일지도 모르죠."

분노에 찬 오크가 엄청난 속도로 벌떡 일어났기 때문에 안두인은 움찔 뒤로 물러났다. 가로쉬의 격분에 찬 고함에 추 형제들이 황급히 달려왔다.

"괜찮소! 우리는…… 그저 논의를 하고 있었던 것뿐이오."

안두인은 이렇게 말하며 한 손을 들고 억지 미소를 지어보였다. 리와 로는 서로를 잠시 바라보았다. 리는 탐색하는 눈초리로 천천히 가로쉬를 바라보았다.

"단순히 그렇다고 여기기에는 지나치게 큰 소리였습니다."

가로쉬는 아무 말도 하지 않고 주먹을 쥐었다 폈다 하면서 숨을 급하고도 거칠게 내쉬었다. 안두인이 대답했다.

"별일 아니었소."

로는 조용히 말했다.

"죄수 헬스크림이여, 그대는 스스로를 제어해야 합니다. 저하와 이야기하는 건 특권이고, 만약 저하가 위험에 처한다는 느낌이 들면 그 특권은 없어질 겁니다. 알겠습니까?"

잠시 동안 가로쉬는 마치 창살을 뚫고 로에게 달려들 작정인 것처럼 보였다. 그러나 이윽고 그는 자리에 앉았다. 가로쉬를 묶은 사슬에서 철커덩 소리가 났다.

"알겠소."

가로쉬는 여전히 화가 난 상태였지만 스스로를 억제하며 말했다.

"좋습니다. 계속하시겠습니까, 저하?"

안두인이 말했다.

"그렇소. 고맙소. 이제 가보시오."

간수 형제들은 절을 하고 자리를 떴다. 하지만 리는 경사로를 올라가 완전히 시야에서 사라지기 전에 가로쉬에게 경고하는 눈빛을 한 번 더 보냈다.

가로쉬는 조용히 으르렁댔다.

"우리 사이에 창살이 없었다면 나는 너를 죽였을 거다."

안두인은 이상하게도 두렵지 않았다.

"알아요. 하지만 창살이 있으니까요."

"그렇지."

가로쉬는 짧게 숨을 들이쉬고 말을 이었다.

"나는 겁쟁이 따위가 내 목숨을 위협하는 건 두렵지 않았다. 나는 볼진을 단 한 번도 두려워해 본적이 없어."

평정심을 되찾은 안두인이 쏘아붙였다.

"그렇다면 왜 막고라에서 결투를 신청하지 않았죠? 볼진이 정정당당하게 당신을 이기는 게 두려운 게 아니었다면, 왜 당신들의 전통과 위배되는 공정하지 않은 일을 꾸몄어요? 당신이 한 일은 겁쟁이들이나 하는 짓이에요. 마가타가 한 짓과 똑같다고요."

"나는 네가 명예로운 자라고 생각했는데, 지금 건드리지 말아야 할 데를 건드렸구나, 애송아."

"나는 진실을 말하는 거예요. 가로쉬. 진실을 들으니 당황스럽죠, 그렇죠? 다른 이들이 당신에 대해서 생각하는 것 때문에 그런 게 아니죠. 바로 당신이 스스로 이건 자기답지 못한 행동이라고 생각했기 때문이죠."

안두인은 다시 가로쉬의 분노가 폭발할 거라고 예상했다. 하지만 이번에는 분노를 안으로 삭였다. 오로지 눈빛만이 분노를 드러냈다. 가로쉬가 아주 작은 목소리로 말하자 안두인은 긴장한 채 들어야 했다.

"나는 우리 종족의 전통을 단 한 번도 잊은 적 없다. 내가 볼진에게 말했던 걸 다시 말하겠다. 여기서 풀려난다면, 나는 오크는 물론이고 용맹스럽게 우리 편에 설 이들의 자랑스럽고 영광스러운 미래를 보장하기 위해서 그 어떤 일이라도 했을 거다."

"만약 얼라이언스가 당신 편에 섰다면요?"

"뭐라고?"

"만약 얼라이언스가 당신 편에 섰다면 어떻게 했을 건가요? 당신에게 정말로 중요한 건 오크의 자부심과 영광인가요, 아니면 스스로의 자부심과 영광인가요?"

이건 예정에 없던 말이었다. 이 말은 마치 스스로 의지를 가진 것처럼 멋대로 술술 흘러나왔다. 안두인은 자기가 말하면서도 터무니없다는 걸 깨달았다. 그럼에도 내면의 무언가가 속삭이고 있었다. '아니야, 터무니없거나 불가능하지 않아. 평화는 존재할 수 있어.' 누구도 미래를 포기할 필요는 없었다. 연합하여 모두를 위해 협력하는 것보다 더 참된 자부심을 불러일으키고 지속적인 영광을 가져오는 일이 있을까?

살육이 아니라 연합이야말로 영웅을 만드는 게 아닌가?

가로쉬는 큰 충격을 받은 표정으로 안두인을 응시했다. 믿을 수 없다는 듯 입이 살짝 벌어진 채였다.

안두인은 그들 사이에 침묵이 계속 이어지자 숨이 가빠왔다. 이 마법과도 같은 순간을 깨는 게 두려웠던 안두인은 감히 말을 다시 꺼내지 못했다.

마침내 가로쉬가 말했다.

"나가라."

실망감으로 안두인의 뼈마디 하나하나가 아렸다. 마치 뼈들이 애도가를 부르는 듯했다. 안두인은 슬픈 목소리로 조용히 말했다.

"당신은 거짓말을 했어요. 가로쉬 헬스크림. 당신이 할 수 없는 게 딱 하나 있죠. 당신은 평화를 이룰 수 없어요."

그 말을 끝으로 안두인은 일어서서 경사로를 올라가 문을 두드렸다. 그를 위해 조용히 문이 열렸고, 떠나는 안두인의 등 뒤로 가로쉬의 시선이 따갑게 느껴졌다.

* * *

제이나는 보랏빛 마루에 있는 자신의 천막에 홀로 머물며 저녁식사에 가기 위해 씻는 중이었다. 백호사에서 북서쪽으로 멀리 위치한 보랏빛 마루는 키린 토 선봉대의 작전 기지였다. 최근 이곳은 바리안과 안두인을 비롯한 다수의 강력한 마법사들과 베리사 그리고 칼렉고스와 제이나를 손님으로 맞이했다. 제이나는 좀 더 가벼운 옷으로 갈아입고 대야에 담긴 물로 얼굴을 씻었다. 제이나는 콧노래라도 흥얼거리고 싶은 심정이었다. 볼진의 증언은 상당히 결정적이었다. 그녀는 볼진과 교류해본 적이 없고, 언제부터인지는 빛만이 아시겠지만 호드가 존재하기 전부터 볼진의 종족은 인간과 다른 얼라이언스 일원들에게 언제나 위험한 존재였다. 한편으로 트롤이 오랜 역사 동안 자기 종족의 우월감을 내세웠던 점을 고려해봤을 때, 호드의 기치 아래 모인 다양한 종족에 대해 그의 이야기를 듣는 건 우스웠다. 그럼에도 불구하고, 제이나는 볼진의 법정 증언에 그저 환호하기만 했다.

"제이나?"

제이나가 말했다.

"칼렉! 들어와요."

칼렉은 문에 드리워진 휘장을 걷었지만 들어오지 않았다. 칼렉의 얼굴을 본 제이나는 좋았던 기분이 수그러졌다.

"무슨 일이 있어요?"

"괜찮다면 잠깐 산책하는 게 어때요?"

밖에는 비가 오고 있었다. 여기에는 항상 비가 오는 것 같았다. 그래도 제이나는 이렇게 대답했다.

"좋아요."

제이나는 천막 밖으로 걸어 나왔고 칼렉은 휘장을 내렸다. 그들은 서로 닿은 손을 잡았다. 제이나는 보랏빛 마루에 머무는 마법사들을 돕는 열성적인 젊은 수습생 넬피에게 잠깐 외출할 테니 다른 이들이 준비가 되었다면 저녁식사를 미루지 말라고 말했다.

이슬비가 내리는 가운데, 제이나와 칼렉은 다른 마법사들이 저마다의 일로 거니는 포장된 큰 광장을 가로질러 걸었다. 그리고 여전히 손을 잡은 채 아무 말 없이 한때 모구가 밟았던 거대한 계단을 내려가 울퉁불퉁한 오솔길 사이를 지나 물가로 향했다. 그들이 그늘나무 숲을 통과하자, 제이나는 칼렉이 구부러지는 오솔길 아래에 있는 작은 해안가로 데려가고 있다는 사실을 깨달았다. 이곳에 배치된 비전 수호병들은 그들에게 신경 쓰지 않고 주어진 감시 의무를 수행했다. 제이나는 빗물로 미끄러운 고대의 포석들 위로 조심스럽게 발을 내딛으며 이제 곧 자신들이 나누게 될 대화가 그리 즐겁지 않으리란 확신을 점점 키웠다.

좁다란 해변에 발을 디딘 제이나는 이와 비슷한 모래사장 위를 걸어봤던 기억을 떠올릴 수밖에 없었다. 이제는 더 이상 존재하지 않는 성벽 도시 바깥의 몸서리 해안이었다. 제이나는 하늘을 나는 푸른용이 내릴 곳을 탐색하던 모습을 떠올리며, 어떻게 칼렉을 만나게 되었는지 기억해냈다.

제이나를 본 칼렉의 얼굴은 환하게 빛났다. 그들은 호드에 대항하여 제이나를 도우러 올 이들에 대해서 이야기했다. 제이나는 장군들이 다가올 전쟁을 개인적인 일로 생각하는 데 우려를 표했다.

제이나는 그때 자신이 칼렉에게 했던 말을 떠올렸다. '원통하고 증오스러운 감정이라면 저만 한 사람도 없을 거예요. 어떤 사람들은 잔혹한 말까지 써가며 호드를 모욕하고 있어요. 후회스럽기도 해요……. 아버지에게는 승리가 문제가 아니었어요. 오크를 증오하셨죠. 오크를 몰살하고 아제로스 세계에서 없애버리려 하셨어요. 우리 장군들 중에도 그런 분들이 있어요.'

안두인이 옳았다. 사람들은 정말로 변했다. 지금, 제이나는 자기가 한때 마음속으로 꾸짖던 이들 중 하나가 되어버렸으니까.

칼렉이 주저하면서 제이나에게 친구 이상의 존재가 되기를 원한다고 말했던 때도 그때였다. 그는 제이나를 도와 그녀의 고향을 방어하겠다고 약속했다. '얼라이언스나 테라모어를 위해서가 아닙니다. 테라모어의 여군주를 위해서입니다.' 그리고 칼렉은 제이나의 손바닥에 지그시 입을 맞추었다.

칼렉이 용의 위상의 창조에 대한 숨겨진 진실을 드러내준 유물의 영향을 받았던 동안, 그가 자아를 잃지 않으려고 애쓰면서 제이나와 칼렉의 사이는 더욱 깊어졌다. 그러나 최근 몇 달간 일어난 사건들로 인해 그들 사이는 다시 멀어졌고, 칼렉은 얼마 전에야 판다리아에 왔다. 지금 칼렉이 제이나를 바라보는 시선에는 사랑하는 마음과 더불어 기분이 좋지 않은 기색도 있었다. 제이나는 바다로부터 불어오는 서늘한 공기와는 전혀 상관없는 싸늘함을 느꼈다.

잠시 동안 제이나는 바다에 뜬 얼라이언스 함대의 모습과 탑 최상층에서 반짝이는 보랏빛 불빛을 바라보았다. 불빛은 아래 공중 부양대에서 상당히 높이 올라간 지점에서 맴돌았다. 키린 토의 눈 형태를 한 표식들이 그 불빛을 둘러싼 모습은 제이나가 보기에 등대 같았다. 아니면 폭풍우 속의 봉화 같았다.

으스스한 농담이 떠올라 제이나는 작게 웃었다.

"처음에는 늪지대더니, 이제는 비가 오는군요. 이렇게 며칠 있다가는 물바다가 되어 경치가 근사해지겠는데요."

이 말에 칼렉이 재치 있는 답변으로 응수하지 않자, 제이나의 마음은 싸늘해졌다. 그녀는 숨을 깊이 들이쉬고 나서 칼렉에게로 몸을 돌려 두 손을 맞잡았다.

"왜 그래요?"

제이나는 이렇게 물었지만 자신이 이미 그 이유를 알고 있다는 생각에 두려웠다.

그 물음에 대한 대답으로 칼렉은 제이나를 품으로 끌어들여 꽉 안고서 그녀의 흰 머리카락 위에 뺨을 대고 비볐다. 제이나는 팔을 빼서 칼렉의 허리에 두르고 그의 향기를 맡으며 심장 고동소리를 들었다. 그러나 칼렉은 너무 빨리 제이나를 떼어낸 뒤 내려다보았다. 이윽고 그가 말했다.

"이 전쟁은 당신에게서 너무 많은 걸 앗아갔어요. 지금 나는 단순히 물리적인 것들을 말하는 게 아니에요."

칼렉은 제이나의 눈가에 흘러내린 머리카락 한 타래를 매만지며 이제는 한 줄기밖에 남아 있지 않은 그녀의 금발을 손가락 사이로 흘려보냈다.

"당신은 너무……."

"굳어버렸나요? 모질어졌어요?"

제이나는 방금 한 말처럼 굳거나 모진 목소리를 내지 않으려고 애썼다.

칼렉은 슬프게 고개를 끄덕였다.

"그래요. 당신은 계속해서 상처를 받기만 하고 낫지 않는 것처럼 보여요."

"무슨 일이 일어났는지 일일이 대볼까요? 내가 겪은 일들 중 몇 가지는 당신도 직접 봤잖아요!"

제이나는 날카롭게 말했지만 후회하지 않았다.

"전부는 아니었지요. 당신은 나에게 판다리아에 함께 가 달라고 청하지 않았어요."

제이나는 눈을 내리깔았다.

"그래요. 아니었죠. 하지만 그렇다고 결코 내가……."

칼렉은 부드럽게 말을 끊었다.

"알아요. 나는 여기 왔고, 그래서 기뻐요. 그리고 무슨 일이 닥치든 계속해서 당신과 함께 있기를 바라죠. 나는 돕고 싶어요, 제이나. 하지만 당신은 스스로의 마음이 내려앉은 이 어두운 곳을 좋아하는 것처럼 보여요. 매일 법정에서 당신을 보노라면 사랑보다는 증오로 가득 찬 다른 사람을 보는 느낌이에요. 가로쉬가 당신을 그렇게 만들었을 수도 있죠. 하지만 당신은 그 상태에 자신의 의지로 머물고 있어요."

제이나는 한 걸음 물러나 칼렉을 응시했다.

"당신은 내가 이 상태를 좋아하는 것처럼 보이나요? 악몽을 꾸고 너무 화가 나서 곧 터져버릴 듯한 느낌을 좋아하는 것처럼요? 이토록 끔찍한 짓을 저지른 자가 응당 받아야 할 벌을 받는 모습에 만족할 권리가, 아니, 철저하게 황홀경에 빠질 권리가 내게 없다고 생각하나요?"

"당신이 그 상태를 좋아한다고 절대 생각하지 않아요. 그리고 당신이 그렇게 느낄 권리도 분명 있다고 생각해요. 내가 걱정하는 건 그런 느낌들이 재판이 끝나도 계속되리란 점이에요."

제이나는 욱신거리는 관자놀이 핏줄에 손을 얹었다.

"왜 계속되리라고 생각하는데요?"

"바리안이 호드를 해체하게 만들려고 당신이 얼마나 열심이었는지 생각해봐요."

"믿을 수가 없네요. 어떻게 당신은……."

칼렉이 애원했다.

"제발 내 말을 들어봐요. 만약 바리안이 가로쉬와 똑같은 행동을 했다면 당신이 어떻게 느꼈을지 잠깐 생각해봐요. 바리안이 얼라이언스는 오로지 인간으로만 이루어져야 한다고 결정했다고 칩시다. 그래서 드레나이들이 스톰윈드에서 살려면 빈민가에만 있어야 한다고 명령했다고 말입니다. 그리고 바리안의 군대에 편성되어 전투할 사티로스 군대를 만드는 데 티란데가 반대한다면 죽여버리라고 명령했다고도요. 노움과 드워프는 오로지 노동력으로만 쓸모가 있다고 생각했다고 합시다. 그리고 아제로스의 가장 아름답고도 신성한 장소에 어떤 유물이 있다는 이야기를 듣고 그걸 얻기 위해 그곳을 파괴했다고 가정해봐요. 바리안이……."

"그만해요. 무슨 말인지 알았어요."

제이나는 떨고 있었지만 그 감정이 무엇인지 분간할 수 없었다. 칼렉은 침묵했다.

"나는 오그리마를 파괴하지 않았어요. 물론 그럴 수 있었지요. 그것도 아주 쉽게."

"알아요."

"계속 남아 테라모어 전투에서 싸우겠다고 당신이 내게 말했던 거 기억하나요?"

칼렉은 아랫입술을 깨물고 고개를 끄덕였다. 제이나는 계속 말했다.

"나는 장군들이 호드에게 품은 증오심 때문에 좌절했어요. 그리고 당신은 나에게 그들이 증오심 때문에 전투에서 믿을 수 없는 지휘관들이 되리라 생각하느냐고 물었지요."

칼렉이 대답했다.

"물론 기억해요. 당신은 자신과 장군들이 어떻게 느끼느냐는 중요하지 않다고 대답했죠. 그리고 나는 그게 아주 중요하다고 말했어요. 하지만 그 당시에는 도시를 방어하는 게 가장 중요한 과제였죠. 마치 우리 모두가, 얼라이언스와 호드가 가로쉬를 끌어내리려고 했을 때, 그를 쓰러뜨리는 게 가장 중요한 과제라서 차이를 생각하지 않고 협력했던 것처럼 말이죠."

"그러니까…… 지금 당신의 말은 이제 우리가 가로쉬를 법정에 세웠으니…… 그 차이, 바로 우리 사이의 차이가 다시 중요해졌다는 거군요."

칼렉은 속삭였다.

"그래요."

제이나의 눈에서 눈물이 흘러내렸다. 그녀는 가느다란 목소리로 말했다.

"얼마나요?"

"나도 아직 몰라요. 이 모든 게 끝날 즈음 우리가 어떤 모습일지 볼 때까지는 알 수 없겠죠. 당신이 계속 증오심에 집착한다면, 제이나…… 그 증오심이 당신을 삼킬 겁니다. 그리고 나는 증오심에게 당신을 잃게 되는 모습을…… 차마 볼 수 없을 테고요. 나는 당신을 잃고 싶지 않아요, 제이나!"

'그러면 날 떠나지 말아요.' 제이나는 가슴속으로 소리쳤지만 소리 내서 말하지 않았다. 제이나는 칼렉이 말한 의미가 무엇인지 알았다. 그의 말은 단순히 물리적인 이별을 훨씬 넘어서는 상황을 뜻했다. 이건 단순히 별 것 아닌 일을 두고 벌이는 사랑싸움이 아니었다. 이건 그들의 본질 그 자체에 관한, 그들이 누구인지에 대한 문제였다. 그리고 만약 둘의 마음이 본질적으로 추구하는 면이 서로 상충된다면, 둘이 앞으로 계속 같이 있을 수 있느냐 없느냐의 문제였다.

그래서 제이나는 더 이상 논쟁하지 않았다. 그녀는 변하겠다고 약속하지도, 떠나겠다고 위협하지도 않았다. 제이나는 몸을 펴서 팔을 칼렉의 목에 두르고 온 마음을 다해 그에게 입을 맞추었다. 고통과 사랑이 섞인 소리를 작고 부드럽게 내뱉으며 칼렉고스는 그녀를 확 끌어당겨 절대로 제이나를 놓아주지 않겠다는 듯 꼭 안았다.

***

실버문의 밤은 아름다웠다. 탈렌 송위버는 양말과 승마용 반바지, 목이 파인 아마포 셔츠를 입은 가벼운 차림이었다. 활짝 열어둔 창문으로 밤공기가 들어왔고, 얇은 비단 커튼은 바람에 부풀어 오르며 부드럽게 굽이쳤다. 왕실 환전소에 있는 탈렌의 화려한 방으로 희미한 소리들이 들려왔다. 탈렌은 침대에 누워 꿈초롱이와 검은 연꽃을 함께 넣은 수연통을 빨았다. 보통 이 둘을 조합하면 편안한 기분이 들었지만 오늘 밤에는 효과가 없었다. 감각은 멍해지는 반면 흥분은 여전히 남았고, 현재 상황에 대해 골똘히 생각할수록 탈렌은 하얀 눈썹을 찡그리게 될 뿐이었다.

불과 얼마 전까지 탈렌은 남들이 부러워할 위치에 있었다. 그는 대족장인 가로쉬 헬스크림에게 개인의 능력으로 할 수 있는 것보다 더 많은 도움을 주었다. 첫째로 키린 토의 헌신적이고도 믿음직한 일원으로 가장하여 가로쉬에게 충성스럽게 정보를 제공했고, 둘째로…… 뭐. 이제 역사는 테라모어가 어떻게 생겼으며 발전했는지에 대해서보다 어떻게 파괴되었는지를 영원히 기억할 거라고 말해두는 걸로 충분하리라.

그 생각에 블러드 엘프 탈렌은 미소를 지으며 자기가 만든 마나 폭탄의 작은 복제품 장난감 모형을 가지고 빈들빈들 시간을 보냈다. 그는 모형들을 자기가 테라모어 감옥에 갇혔을 때 구해준 호드의 일원들에게 작은 감사의 표시로 선물했다. 자신이 생각하기에도 엄청난 악취미였지만, 여전히 재미있었다.

그러나 그 당시의 영광을 떠올려도 오늘 밤 탈렌의 마음은 편하지 않았다. 그는 한숨을 쉬고 일어나서 창가 쪽으로 걸어갔다. 탈렌은 창틀에 몸을 기대고 바깥을 내다보았다. 경매장은 24시간 열려 있었지만 이 시각쯤의 밤거리는 조용했다. 사촌뻘인 칼도레이들과는 달리, 문명화된 블러드 엘프들은 자기들을 향해 미소 짓는 태양이 떴을 때 대부분의 업무를 처리했다. 만약 탈렌이 밤에도 활기찬 모습을 보고 싶었다면 죽음의 골목 위에 숙소를 잡았을 것이다.

한때는 일이 아주 잘 풀렸다. 그러다가 모든 이들이 가로쉬로부터 돌아섰다. 탈렌은 매부리코로 코웃음을 쳤다. 자기의 지도자인 로르테마르 테론조차도 대족장을 돕기를 거절했다. 전부 다 약해빠진 것들이었다. 이제 가로쉬의 운명은 한 무더기의 말하는 곰들과 일종의 빛나는…… 영적 존재들인가 뭔가가 정하겠지. 완전히 미친 짓이다.

탈렌은 사치스러운 자기 방을 다정한 눈빛으로 힐끔 보았다. 그는 곧 이 방을 비우는 게 현명하지 않을까 곰곰이 생각했다. 이제까지 테론은 정당하게 임명된 대족장을 전복시키는 데 너무 바쁜 나머지 일개 대마법사 하나에 신경 쓸 겨를이 없었다. 하지만 일단 가로쉬가 어찌될지 결정된 후에는 신도레이의 지도자가 틀림없이 테라모어에서 일어난 작은 사건을 떠올릴 테고, 탈렌 송위버 같은 엘프들을 머릿속에 떠올리게 되리라. 실제로 호드에 충성을 바쳤던 엘프들이라니, 그런 걸 상상이나 할 수 있겠는가! 만약 테론이 얼라이언스에게 계속 환심을 사려 한다면 자신이 사형이라도 당하게 될지 누가 알겠는가.

탈렌은 늘씬한 목에다 손을 대고 심사숙고하는 자세로 선을 그었다. 그는 머리가 지금 있는 자리에 그대로 붙어 있기를 원했다.

이토록 우울한 생각을 하다니. 어쩌면 실버문 여관에서 한잔하고 나면 선잠이라도 들지 모른다. 탈렌은 창문을 막 닫으려다가 거대한 두 마리의 검은 늑대가 환전소 쪽으로 달려오는 모습을 보고 멈췄다. 잠시 동안 그는 별 생각이 들지 않았다. 망토를 두른 오크들을 최근에 얻은 전리품을 경매장에서 처분하려는 모험가들이라고 여겼기 때문이다. 그러나 오크들은 경매장과 은행을 지나 탈렌의 창문 아래로 바로 달려와서 멈췄다. 탈렌은 이제 그들이 둘 다 여자라는 걸 알아차렸다. 하나는 두건을 벗고 조심스럽게 주위를 둘러보았다. 다른 여자는 여전히 두건을 쓴 채였다.

불안한 예감이 호기심과 싸웠다. 탈렌은 그런 면이 자신을 파멸로 밀어 넣는다고 심술궂게 생각했다. '뭐, 좋아. 마지막까지 허세나 부려볼까…….' 탈렌은 밝은 목소리로 아래에 있는 이들을 불렀다.

"어이, 적군 아니면 친구분들. 나는 여러분이 어떤 쪽인지 잘 모르겠소. 나를 체포하러 온 분이 아니라면, 기분 좋지 않은 테라모어의 감옥에서 나를 구하러왔던 분들이겠지. 내가 한번 오시라 초대했으니 말이오."

두건을 썼던 여자가 얼굴을 들었다. 자신의 얼굴을 탈렌만 볼 수 있게 하려는 의도였다. 회색 피부를 한 오크 여자의 자랑스러운 얼굴이었다.

"둘 다 아니지만 어쨌든 친구라네. 우리는 가장 시급하고도 영광으로 가득 찬 일에 그대의 도움을 구하러 여기 왔다네."

용아귀 부족의 지도자 잴라가 그를 향해 섬뜩하게 씩 웃었다. 탈렌이 말했다.

"아니, 이런. 나는 당신이 죽은 줄……."

"나는 살아있네. 그리고 그대도 역시 살아있는 걸 보니 기쁘군."

탈렌은 잴라가 이어서 한 말에 가슴이 뛰었다.

"그대가 말한 대로 괴롭게 갇혀 있던 그대를 누군가 한 번 구했지. 내 보기에 자네는 그 은혜를 기꺼이 갚을 마음이 있는 것 같은데."

제 1 8 장

제4일

티란데는 증인석에 앉은 고엘을 바라보더니 부드럽게 웃으며 고개를 흔들었다. 타란 주는 눈살을 찌푸렸다.

"추샤오여, 시간이 더 필요합니까?"

"아닙니다, 파슈아여. 법정에서 이렇게 행동한 점을 용서하시기 바랍니다. 저는 그저 어떻게 고엘을 소개해야 할지 생각하던 참이었습니다."

타란 주가 제안했다.

"고엘이 직접 자기소개를 하도록 두십시오."

티란데는 고엘에게 말하라고 눈짓했다.

고엘은 천신들 쪽으로 얼굴을 돌려 말했다.

"제 이름은 고엘입니다. 듀로탄과 드라카의 아들이고, 리알의 딸인 아그랄란의 평생의 짝이자 듀락의 아버지입니다. 저는 대지 고리회를 이끌고 있습니다."

티란데가 물었다.

"대지 고리회에 대해서 더 말씀해주시겠습니까? 그리고 대지 고리회가 아제로스를 위해서 한 일에 대해서도 말입니다."

고엘이 말했다.

"대지 고리회는 모든 종족의 주술사들로 이루어진 조직입니다. 거기에는 갈등이 없으며 오로지 세계를 보살피려는 마음만 있을 뿐입니다. 우리가 현재 가진 최우선의 의무는 대격변이 파괴한 세계를 정령들과 함께 치유하는 일입니다."

티란데가 계속 말했다.

"하지만 대격변 이후 증인은 혼자 몸으로 대부분의 주술사보다 더 많은 일을 하셨습니다. 증인은 대격변을 일으킨 장본인인 타락한 검은 용의 위상, 데스윙을 물리치는 역할을 하셨지요."

"돕게 되어 영광이었습니다."

"세계주술사 고엘이여, 증인은 도움 이상의 일을 하셨습니다. 그러나 지금 저는 한때 증인이 가졌던 다른 이름과 다른 직함에 대해 이야기해주시기를 바랍니다. 우리의 세상 일부에 대해 영웅적인 업적을 하시기 전 증인이 했던 일에 대해서 설명해주시겠습니까?"

바인이 분명 주저하는 기색으로 말했다.

"대단히 죄송합니다만 이의 있습니다."

티란데가 말했다.

"파슈아여, 저는 다만 증인이 어떤 인물인지 말하려는 것 뿐입니다. 누가 보아도 고엘은 참으로 대단한 분입니다."

"나는 그 말에 반대하지 않습니다, 고소인이여. 그러니 계속하시지요. 고엘, 질문에 대답해주시기 바랍니다."

"저는 한때 스랄이라는 이름의 호드 대족장이었습니다."

"스랄이라, 참으로 재미있는 이름이군요."

티란데는 생각에 잠긴 듯 말했다. 티란데는 조금 전 보였던 당혹스러운 웃음기를 지우고 본연의 태도로 돌아와 나른한 발걸음으로 법정을 걸어 다녔다.

"어떻게 그 이름을 얻으셨는지 말씀해주시겠습니까?"

고엘이 대답했다.

"그 말은 '노예'라는 뜻입니다. 제 부모님은 살해되셨습니다. 애델라스 블랙무어라는 인간이 저를 발견하여 이름을 붙여주고 검투사로 키웠습니다. 후에 알게 된 사실로, 그자는 저를 이용하여 얼라이언스에 맞서는 오크의 반란을 주도하려는 의도를 가지고 있었습니다."

티란데가 말했다.

"분명히 증인은 그러지 않으셨습니다. 그렇다면 어떤 일을 하셨습니까?"

"저는 블랙무어로부터 탈출한 뒤 오크들을 수용소에서 해방시켰습니다."

"그 일은 언제 일어났습니까?"

"군단이 오기 몇 년 전이었습니다."

티란데는 고개를 끄덕였다.

"증인은 해방된 오크들로 군대를 편성하셨지요. 그렇습니까?"

"맞습니다."

"그러면 그 군대로 무엇을 하셨습니까?"

"저는 포로수용소인 던홀드 요새의 관제소로 군대를 이끌었습니다. 저는 블랙무어를 이기고 내 종족의 자유를 얻었습니다. 마침내 저는 대양을 건너 그들을 칼림도어로 이끌고 새로운 나라와 도시를 건설했습니다. 듀로타와 오그리마였지요."

티란데가 말했다.

"오그리마. 오그림 둠해머의 이름에서 온 도시군요. 그리고 듀로타는 증인의 아버지인 듀로탄에서 온 이름입니다. 오크를 위한 나라와 도시지요."

고엘이 말했다.

"그렇습니다. 그곳은 오크의 새로운 고향이 될 예정이었습니다."

"오직 오크만을 위한 곳이었습니까?"

"아닙니다. 저는 검은창 부족의 지도자인 센진, 그 후로 그의 아들인 볼진과 강하고 훌륭한 동맹관계를 맺었습니다. 저는 타우렌이 호드의 핵심이라 믿는다고 거리낌 없이 말해왔고, 케른 블러드후프는 제 의형제였습니다. 호드는 포세이큰과 신도레이, 고블린 인구의 일부를 포함하는 규모로 성장했습니다. 그리고 지금은 우리와 연합하기를 원하고 우리의 이상을 믿는 판다렌들 역시 받아들이고 있습니다."

"누군가는 이런 선택이 참된 호드의 가치를 저해한다고 생각합니다."

고엘은 바인 옆의 정해진 자리에 앉아 있는 가로쉬를 바라보았다. 가로쉬도 고엘을 차분히 응시했다.

"저는 이들이 호드를 강화시켰지, 약화시켰다고 생각하지 않습니다."

"언제 호드의 지도자에서 물러나셨고, 그 이유는 무엇이었습니까?"

고엘이 말했다.

"그때는 리치 왕을 물리치고 난 직후였습니다. 대격변이 아제로스를 뒤흔들고 난 뒤였지요. 저는 나그란드에서 주술사들과 함께 연구하기 위해 그곳으로 떠났습니다. 무엇 때문에 정령들이 괴로워하는지 알기 위해서였습니다. 제가 없는 동안 호드에는 지도자가 필요했습니다. 그 후 능력을 연마해가면서 저는 정령들을 진정시키고 우리의 세계를 구하려고 일하는 이들에 합류했습니다."

"증인은 가로쉬 헬스크림을 증인 대신 대족장에 임명하셨지요. 맞습니까?"

고엘의 턱은 경직되었지만 목소리는 차분했다.

"맞습니다."

"그 이유는 무엇이었습니까?"

"가로쉬는 노스렌드에서 영예롭게 처신을 잘했습니다. 그는 젊고 용맹스러웠으며 전쟁과 스컬지에 대한 공포에 지친 이들에게 희망과 승리의 상징이었습니다."

"염려하지는 않으셨습니까?"

"저는 누구를 임명했더라도 나름대로 염려했을 겁니다. 예를 들자면 저는 지도자라는 위치가 연로하신 분들에게 너무 무거운 짐이 되지 않을까 걱정했습니다. 또는 그분들이 오크가 아니라는 사실 때문에 불화가 일어나지는 않을까 걱정했습니다. 완벽한 선택은 없었습니다. 가로쉬는 자신의 한계를 알고 있는 듯 보였고, 곁에서 그에게 조언해줄 이들은 많았습니다."

티란데는 크로미를 보고 고개를 끄덕였다.

"법정이 허락하신다면 지금 이 생각이 전개된 양상을 묘사하는 환영을 보여드리겠습니다."

원형 경기장 가운데로 고엘이 뚜렷이 기억하는 장면이 떠올랐다.

"곧 돌아오시는 겁니까?"

고엘은 환영 속 가로쉬의 목소리에 자신감이 없는 걸 듣고 깜짝 놀라 눈을 깜빡였다. 가로쉬가 한때 얼마나 자신의 유산은 물론 자기 자신에게도 불안함을 느꼈는지 고엘은 까맣게 잊고 있었다.

고엘은 자신이 말하는 것을 보고 들었다.

"나는 모르겠구나. 내가 배워야 하는 것을 배우려면 시간이 걸릴지도 모른다. 그렇게 오랫동안 떠나 있지 않으리라고 믿지만, 몇 주가 걸릴 수도 있고 몇 달이 될 수도 있지."

"그러면…… 호드는요! 우리는 대족장님이 필요합니다!"

"나는 호드를 위해서 가는 거다. 걱정하지 마라, 가로쉬. 나는 호드를 버리지 않아. 나는 호드를 섬겨야 하기 때문에 가야 할 곳으로 떠나는 거다. 우리 모두는 호드를 섬기지. 대족장도 역시 그렇다. 어쩌면 대족장이야말로 누구보다 호드를 섬기는 이라고 봐야겠지. 그리고 너 역시 호드를 충성스럽게 섬긴다는 사실을 나는 아주 잘 알고 있다."

"저는 호드를 충성스럽게 섬깁니다, 대족장님. 대족장님은 제 아버지가 자랑스러운 분이라는 사실을 제게 알려주셨습니다. 아버지가 다른 이들을 위해서 기꺼이 하신 일은 정말 자랑스러운 일, 호드를 위한 일이었다는 사실 말입니다. 저는 오랫동안 호드의 일부가 아니었습니다. 그렇다 하더라도 저는 제 아버지처럼 호드를 위해서 죽을 수도 있다는 사실을 충분히 알았습니다."

과거의 가로쉬가 이토록 신실하게 말하는 모습을 보자 사원 안의 많은 이들이 얼굴에 놀라운 기색을 드러내는 모습을 고엘은 보았다. 오랫동안 그들이 보고 들은 가로쉬의 모습은 오로지 테라모어의 파괴자였을 뿐이다. 고엘은 이 장면을 보여준 티란데가 현명한 선택을 한 건지 의아했다. 분명 이 장면으로 가로쉬는 동정표를 얻을 것이다.

스랄이 말했다.

"너는 이미 죽음과 직면해서 용케 벗어난 적이 있다. 너는 죽음의 하수인들을 많이 살해했지. 호드의 초창기부터 함께해온 많은 이들보다도 더욱 많은 일을 너는 지금의 새로운 호드를 위해서 했다. 그리고 이 점을 잘 알아둬라. 나는 호드를 돌볼 능력이 되는 자를 임명하지 않고서는 아무리 짧은 기간이라 하더라도 절대 자리를 떠나지 않을 거다."

"대족장님…… 대족장님은 저를 대족장으로 세우시겠다는 겁니까?"

저 어린 얼굴에 나타난 놀라움이라니…….

"아니다. 하지만 내가 돌아올 때까지 나를 위해서 호드를 이끌어달라고 너에게 지시하고 있는 거다."

가로쉬는 할 말을 찾아 더듬거렸다.

"물론 저는 전투를 어떻게 하는지 압니다. 하지만 제가 아는 건 어떻게 군대를 진군해야 하느냐 같은 전투와 관련된 전략 뿐입니다. 그러니 그런 면으로만 호드를 섬기게 해주십시오. 적들이 어디 있는지 알려주시면 대면해서 이기고 오겠습니다. 그러면 제가 얼마나 자랑스럽게 계속 호드를 섬기는지 아시게 될 겁니다. 하지만 저는 정치에 대해서는 아무것도 모르고, 그러니까…… 통치를 어떻게 하는지 모릅니다. 저는 손에 문서보다는 칼을 쥐는 편이 좋습니다!"

스랄이 말했다.

"나도 안다. 그래, 너는 건전한 조언자들 없이는 통치할 수 없을 게다. 나는 나와 오랜 세월 함께하며 지혜를 나누었던 아이트리그와 케른에게 너를 지도하고 조언을 하라고 부탁하겠다. 정치는 배울 수 있다. 그리고 너는 분명히 호드를 사랑하고 있지 않느냐?"

스랄은 머리를 흔들며 말을 이었다.

"현재는 정치적인 안목보다 그 사랑이 나에게 더 중요하다. 그리고 가로쉬 헬스크림, 네가 호드를 아주 많이 사랑한다는 게 중요하지."

가로쉬는 여전히 그답지 않게 주저했다. 그러다 마침내 그가 말했다.

"만약 대족장님께서 저를 그토록 가치 있게 여기신다면, 이 점을 알아주십시오. 저는 호드를 영광스럽게 하기 위해서라면 할 수 있는 한 모든 걸 하겠습니다!"

스랄이 말했다.

"지금으로써는 영광이 필요 없다. 달리 노력하지 않아도 너에게는 힘든 문제들이 충분히 많을 거다. 호드의 명예는 이미 확실하다. 너는 그저 그 명예를 돌보면 된다. 네 아버지께서 그러셨듯이, 네 개인보다 호드의 명예를 먼저 생각해라. 코르크론 부대에게 나를 보호했듯이 너를 보호하라고 지시하겠다. 나는 호드의 대족장이 아니라 주술사로서 나그란드에 간다. 코르크론 부대를 잘 이용해라. 그리고 케른과 아이트리그의 말을 잘 들어라. 너는 전투에 무기 없이 가겠느냐?"

가로쉬는 어리둥절한 표정을 지었다.

"말도 안 되는 질문입니다, 대족장님. 대족장님도 아시지 않습니까."

스랄은 말했다.

"아, 물론이지. 나는 네가 얼마나 강력한 무기를 가졌는가 스스로 아는지 확인하는 거다. 호드를 위해서 언제나 가장 좋은 것을 하려 애쓸 때마다 내 조언자들은 나의 무기가 되었다. 그들은 내가 보지 못하는 점을 보고 내가 미처 깨닫지 못했던 선택권들이 무엇인지 제시해주었지. 오로지 바보만이 그런 조언들을 비웃는 법이다. 그리고 나는 네가 바보라고 생각하지 않는다."

"저는 바보가 아닙니다, 대족장님. 대족장님께서 저를 바보라고 생각하셨다면 제게 이런 자리에서 호드를 섬기라 하지 않으셨을 겁니다."

"네 말이 맞다. 그러니 가로쉬, 너는 내가 돌아올 때까지 호드를 이끄는 데 동의하느냐? 아이트리그와 케른이 네게 조언을 하면 받아들이겠느냐?"

가로쉬는 숨을 깊이 들이쉬었다.

"최선을 다해 능력껏 호드를 이끄는 것이 저의 진실한 갈망입니다. 그러니 알겠습니다. 천 번이라도 알겠습니다, 대족장님. 저는 최선을 다해 호드를 이끌 것이며, 대족장님께서 알려주신 대로 조언자들의 의견을 수렴하겠습니다. 얼마나 거대한 명예를 대족장님이 제게 주셨는지 압니다. 그리고 저는 그럴 자격이 되기 위해 힘써 노력하겠습니다."

스랄이 말했다.

"그럼 결정된 거다. 호드를 위하여!"

"호드를 위하여!"

"여기서 멈춰주십시오."

장면은 멈췄다. 티란데는 정지한 거대한 인물들 쪽으로 걸어 나가 젊은 가로쉬의 모습을 주의 깊게 바라보았다. 가로쉬는 행복하고도 깊은 감동을 받은 듯 보였다. 이윽고 티란데는 고개를 돌려 침묵을 지킨 채 사슬에 묶여 눈을 반쯤 뜨고 그녀를 마주 응시하고 있는 현재의 가로쉬를 바라보았다. 티란데가 한 마디도 할 필요가 없음을 고엘은 깨달았다. 두 명의 가로쉬 헬스크림이 보이는 대조적인 모습은 그보다 더 강렬할 수 없었다.

티란데는 자기가 직접 본 증거를 믿기가 힘들다는 듯 고개를 흔들더니 질문을 시작했다.

"증인이 떠난 후로 무슨 일이 일어났는지 말씀해주십시오. 괜찮으시다면 짧게 부탁드립니다."

고엘은 말했다.

"대격변이 닥쳤습니다. 저는 물론이고 다른 어느 누가 예상했던 것보다도 더 많이 제 주술 능력이 필요했습니다."

"그래서 돌아올 수 없었던 겁니까? 증인이 하던 연구에서요?"

"처음에는 그랬습니다. 그런 뒤 저는 정령들을 진정시키려고 애쓰고 있던 대지 고리회를 도우러 혼돈의 소용돌이에 갔습니다. 하지만 데스윙이 우리 세계로 덮쳐오자 대지의 정령을 다루는 제 능력이 특히 중요하다고 판명되었습니다."

"데스윙을 파괴하는 데 아주 핵심적인 역할을 했다고 말씀드리겠습니다."

티란데가 이렇게 말했다. 그리고 바인 쪽으로 짧은 시선을 던졌다. 분명히 바인이 반박할 거라고 예상했지만, 바인은 반박하지 않았다.

"타락하지 않은 본래의 넬타리온이 없는 상황이라 대지의 수호자가 없었지요. 맞습니까?"

고엘은 불편한 듯 자세를 바꿨다.

"그렇습니다."

"그리고 오로지 증인만이 크로마투스에 대적할 대지의 정령을 갖기에 충분할 정도로, 또한 데스윙에 대적해서 악마의 영혼을 잡을 만큼 강하셨지요?"

고엘이 말했다.

"그렇습니다. 그렇다 하더라도 양측에서 많은 이들이 도와주지 않았다면 실패했을 겁니다. 그리고 다른 주술사들 역시 생명의 위협을 무릅쓰고 주저없이 행동했을 거라고 주장하는 바입니다."

티란데가 압박을 가했다.

"하지만 그럴 만한 능력이 되는 이들이 없었지요."

"없었습니다."

고엘은 이렇게 대답했다. 그는 잠깐이라도 위상들과 동등한 존재로 간주되는 게 싫었다. 또한 대지 고리회 일원들이 자신만큼 능력을 가졌다면 누구라도 같은 일을 했을 거라는 사실을 뼈저리게 알고 있는 상황에서, 자기만 특별히 대단한 영웅적 업적을 세웠다는 평가를 받는 상황 역시 싫었다.

"데스윙의 몰락 이후에 증인은 혼돈의 소용돌이로 돌아와 일을 계속 하셨습니다. 맞습니까?"

"그렇습니다."

"그리고 그때 가로쉬가 시작했던 일에 대한 이야기가 증인의 귀에도 들어왔습니다."

고엘은 탐색하는 눈초리를 티란데에게 보내고는 고개를 끄덕였다.

"그렇습니다."

"많은 이들은 이 일이 시작되었을 때 증인이 돌아와서 호드를 이끌어야 한다고 생각했습니다."

고엘이 말했다.

"그렇게 말하는 자들은 저와 함께 혼돈의 소용돌이에 있지 않아서 그런 겁니다. 거기서 일하는 대지 고리회의 일원이라면 누구도 빠져서는 안 된다고 했을 겁니다."

"그래서 증인은 떠나는 게 금지된 상황이었습니까?"

"아닙니다. 누구에게도 머물라는 명령이 내려지지 않았습니다. 우리는 가장 좋은 게 무엇인지 알기 위해 자신의 마음을 탐색해야만 했습니다. 저는 여전히 정령들의 부름을 들었고, 남아야 한다는 사실을 알았습니다."

"만약 증인이 그 부름을 계속 듣지 못했다고 가정해보십시오. 그래서 혼돈의 소용돌이를 떠날 수 있었다고 말입니다. 그렇다면 어떻게 하셨을 겁니까? 아마도 오그리마에 돌아가서 가로쉬에게 증인의 보좌에서 내려오라 말씀하셨을 겁니까?"

"그때 가로쉬는 대족장이었습니다. 저는 그런 일을 할 권리가 없었습니다. 그때의 저는 정확히 말해 호드의 일원도 아니었습니다. 저는 대지 고리회의 지도자가 되었고, 당시에는 대지 고리회에 충성을 바쳤습니다. 다른 지도자들은 변화를 만들 수 있는 위치였지만, 저는 아니었습니다. 심지어 제가 품었던 호드의 옛 이상을 호드의 일원들이 여전히 원하는지도 확신할 수 없었습니다."

"무슨 말씀인지 잘 모르겠습니다."

고엘은 티란데가 사실은 자기 말을 이해했음을 알고 있었다. 그렇지만 자신에게 주어진 발언 기회를 반갑게 맞아들였다. 그는 자기를 비하하는 듯한 미소를 지으며 말했다.

"세상은 제 차례가 올 때까지 기다리지 않았습니다. 세상은 변했지요. 오크들은 변했습니다. 그리고 나의 호드도 변했습니다. 제가 무엇을 해야 했을까요? 다시 나의 호드가 될 때까지 제 동료 오크를 죽여야 할까요? 제 휘하에 있던 호드처럼 되도록 강요할 권리가 제게 있었을까요? 다른 길을 걷기로 결심한 상황인데, 호드에 반대할 발언권이 제게 있었을까요?"

"만약 다시 돌아와 달라는 요청을 받았다면 어떻게 하셨겠습니까?"

"저는 정말로 볼진에게서 그런 요청을 받았습니다. 그리고 같은 요청을 제 형제에게서도 받았을 때, 저는 마음을 다해 답했습니다."

"증인과 증인을 따르던 이들은 볼진과 트롤들을 돕기 위해 무엇을 하셔야 했습니까?"

고엘은 바로 대답하지 않았다.

"메아리 섬에 계엄령을 선포한 코르크론 부대를 죽였습니다."

"그 행동은 대족장의 의지에 반하는 행동이 아니었습니까?"

"반하는 행동이었습니다. 그렇지만 누가 이끄느냐에 상관없이, 호드는 한 가족이며 앞으로도 그럴 겁니다. 그 행동은 외면상의 방어나 적군을 침공하는 것이 아니었습니다. 호드가 자기 자신을 공격한 겁니다."

"그래서 가로쉬에 대항하여 군대를 모으기로 결정하셨군요."

"그렇습니다. 저는 형제가 도와달라는 요청을 했을 때 가만히 있을 수 없었습니다. 우리는 형제를 가치 있게 여기지 않고 죽이려 들었던 자에게 대항했습니다."

티란데는 미소를 짓고 존경의 의미로 고개를 숙였다.

"감사합니다, 고엘. 이것으로 심문을 마치겠습니다. 변호인이여, 심문하십시오."

고엘은 티란데의 심문에 녹초가 되기는 했지만, 앞으로 올 것에 비하면 아무것도 아니라는 사실을 깨달았다. 케른 블러드후프의 아들이자 고엘의 친구인 바인이 자리에서 일어났다. 고엘은 앞서 바인이 가로쉬에게 대항하여 서로 동맹을 맺은 친구 볼진, 바로 변호인에게 책임지고 최선을 다해 헬스크림을 변호하라고 권유했던 당사자를 어떻게 심문을 했는지 보았다.

바인은 최선을 다해 심문했고, 앞으로도 그러리라. 그리고 의심할 바 없이 볼진에게 했던 것처럼 고엘 자신도 공격할 것이다.

'우리는 어쩌다 이렇게 됐는가?' 고엘은 단단히 마음먹고 심문받을 준비를 했다.

제 1 9 장

하로우마이저는 한숨을 쉬었다. 아름다운 노스렌드 대륙에 위치한 울부짖는 협만의 황홀한 풍경으로 매혹적인 밤이 또 찾아왔다. 모든 이들이 그저 계속 지껄이고 또 지껄여댈 뿐인 근사한 '극지의 빛들'과 더불어 말이다. 게다가 즐거운 영하의 날씨라니. 보기만 해도 너무 멋진 울퉁불퉁한 간이침대와 가끔 음식이라고 부를 만한 것들은 또 어떤가.

고블린은 서서 지는 해를 바라보았다. 양옆에는 그를 지키는 여자들이 하나씩 서 있었다. 하로우마이저는 투구를 벗은 여자들의 얼굴이 궁금했던 적이 한두 번이 아니었다.

그래…… 여기 서부경비대 성채에서 얼라이언스의 원치 않는 손님께서 또 하나의 멋진 날을 보내시는군.

하로우마이저는 얼마나 오랫동안 여기 잡혀 있었는지, 얼마나 오랫동안 적들이 자신의 아름다운 비행선 '레이디 러그'를 이곳을 침략하려는 해적들로부터 성채를 보호하는 역할로 써왔는지 이제는 잊어버렸다. 하루가 가면 또 하루가 올 뿐이었다. 계절의 변화는 느껴지지 않아서 지금이 무슨 계절인지 분간하기 힘들었다. 분명 몇 년은 되었으리라.

'셔츠도 없이 말이지.' 하로우마이저는 한기가 들자 슬픈 생각이 들었다. '나는 톱니항 출신이라고. 거기는 열대 기후란 말이야. 참으로 고맙기도 하셔라. 그런데 날 여기에 뒀지. 다리에 쇠공을 묶은 채 셔츠도 안 주고.'

하로우마이저는 생각에 잠겨 말했다.

"있잖소, 녹색 아가씨. 이 가혹한 처사에 대한 소문을 호드가 듣는 날에는 일종의 국제적인 사건이 될 수도 있단 말이오."

하로우마이저는 두 간수에게 말했다. 그는 관절 한두 개를 움직이며 몸을 쭉 뻗었다.

"그러니까 내 말은…… 나는 실제로 알몸이라는 거지."

하로우마이저는 곁눈질을 하며 날카로운 노란 이를 드러내고 웃었다. 그리고 왼쪽에 있던 여자를 향해 도발적으로 눈짓했다.

그녀가 이를 가는 소리가 들려오는 듯했다. 에메랄드빛 눈을 한 드워프는 그 이름을 굉장히 싫어했다. 물론 그렇게 싫어하는 모습 때문에 하로우마이저는 기회가 될 때마다 더욱 놀려댈 뿐이었다. 녹색 아가씨는 투덜대며 말했다.

"으윽. 지금 가혹한 처사라고 했나? 또 생각이 나버렸잖아!"

하로우마이저가 물었다.

"어? 혹시 나의 울퉁불퉁한 근육 위로 팽팽하게 펴진 반짝이는 초록색 피부를 보고서……."

"생각난다는 게 혹시 병균이 득실대는 불룩한 통이냐고? 당연하지."

블루벨이 울려대는군. 그 이름은 그녀의 직함인 어쩌고저쩌고 하사관만큼이나 익숙해지기 어려웠지만, 실제로 눈 색깔이 하늘색 그 자체이기는 했다.

하로우마이저가 말했다.

"이보시오, 숙녀분들. 당신들의 철갑 아래에도 분명 심장이 있을 거 아니오. 나는 여기에 오랫동안 잡혀 있었소. 그리고 여러분이 시킨 건 전부 했다오. 당신들은 저 아래 있는 해적들로부터 성채를 지키고 싶지 않소?"

하로우마이저는 날카로운 손톱이 달린 손가락으로 부서진 해협 방향을 찔러댔다. 거기에는 족히 여섯 척은 되어 보이는 해적들의 함선들이 정박해 있었다. 때때로 해적들이 침입을 했지만, 대부분의 경우 육지에 있는 이들이 닿을 수 없는 곳을 서성댔다.

'하지만 고블린 종족의 총명함과 재주로는 닿을 수 있지!' 하로우마이저는 작은 가슴을 자부심으로 부풀리며 생각했다.

"당신들은 저 아래 있는 해적들로부터 방어할 수단을 얻은 거요! 당신들이 내 배를 잡은 이후로 나는 비행선을 얼라이언스의 명령대로 매일 관리하면서 모험가들을 한가득 실어 날랐다오. 그리고 단 한 번……."

"713번."

"뭐라고요, 블루벨?"

인간 여성의 파란 눈은 푸른 하늘빛이 아니라 빙산의 푸른 냉기를 띠며 더욱 진해졌다.

"713번이라고. 당신 비행선이 고장 나거나 사고 난 게 713번이란 말이야. 게다가 오늘 또 고장이 안 나는지는 두고 봐야지."

"여인이여! 내 마음에 상처를 주다니!"

초록 아가씨는 코웃음을 쳤다.

"하! 퍽도 그렇겠다! 치근대지 마쇼, 고블린. 짜증나니까."

"내가? 치근댄다고? 그럴 리가! 당신들도 알겠지만, 이런 말이 있잖소, 일단 고블린 맛을 보게 되면……."

하로우마이저는 말을 꺼냈지만 여자들 중 누구도 자기 말을 듣고 있지 않다는 사실을 깨닫고 말을 멈추었다.

여자들은 머리를 오른쪽으로 돌려 정문 쪽을 바라보고 있었다. 하로우마이저는 큰 귀로 무슨 일에 여자들이 온 신경을 쓰고 있는지 들어보았다. 누군가 쉰 목소리로 무슨 말인지 알 수 없는 전장의 함성을 질러댔고, 얼라이언스의 반항적인 고함도 섞여 있었다. 칼이 부딪치는 너무나 친숙한 소리와 화살의 성난 노랫소리가 들려왔고, 고함은 고통에 찬 비명으로 변했다. 하로우마이저는 투덜댔다.

"오, 굉장한걸. 나는 발에 이런 걸 매달고 있는데 브리쿨이 피를 보러 납셨군 그래."

"여기 있으시오."

블루벨은 이렇게 말하고 뛰어가기 시작했다.

"와. 저 아가씨는 갑옷을 입고도 저렇게 빨리 뛰는군."

하로우마이저는 살짝 감탄하는 기색으로 눈썹을 들어 올리며 말했다.

"나도 저만큼 뛸 수 있소."

초록 아가씨가 중얼거렸다. 그 둘은 잠시 말없이 서 있었고, 이내 드워프 여자는 몸을 꿈틀댔다. 갑자기 그녀가 온갖 종류의 욕설을 쏟아냈다. 칼을 뽑아 든 초록 아가씨는 투구의 면갑 사이로 하로우마이저를 쏘아보았다.

"꼼짝 말고 여기 있어요!"

그런 다음 빠른 걸음으로 동료가 간 쪽을 따라 소란이 난 곳으로 달려갔다.

하로우마이저는 지체 없이 움직였다. 그는 다리에 묶인 사슬이 허락하는 한 멀리 가 부두 옆에 있는 작은 땅덩이에 이르렀다. 그의 손가락은 미친 듯이 무언가를 찾았고, 곧 돌멩이 하나를 그러쥐었다. 그는 눈썹을 찡그리며 집중한 채 자물통을 돌로 때리기 시작했다. 하로우마이저는 정문 쪽을 슬쩍 바라보며 무슨 일이 일어나고 있는지 알아내려 애쓰다가 이윽고 비행선으로 돌아왔다.

'망할 놈의 자물쇠 같으니.' 하로우마이저는 툴툴거리면서 무거운 쇠공 하나를 들어 올리고 나머지 하나는 질질 끌면서 레이디 러그호 쪽으로, 달콤하고도 달콤한 자유를 향해 조금씩 움직였다. 고마운 마음도 없는 촌년들 같으니라고. 그가 떠나면 그리워할 거면서. 그는 얼라이언스로 물든 황량한 이 세상에 얼마간의 웃음과 명랑함을 가져다준 유일한 존재가 아니었던가.

순간 갑판 위를 달리는 발자국 소리를 듣자 몸이 얼어붙었다. 귀를 축 늘어뜨린 하로우마이저는 자기 쪽으로 두 명의 인간 남자로 보이는 자들이 돌진하는 모습을 보았다. 하나는 머리끝에서 발끝까지 철갑옷으로 무장했고, 다른 하나는 분명 마법사나 사제로 보였다. 그는 손으로 두건을 끌어당겨 얼굴을 가린 채였다. 그들은 단복을 입지 않았고, 성채 쪽에서 바로 오는 게 아니라 성벽 둘레를 돌아 올라오고 있었다. 하지만 그건 중요한 게 아니었다. 전사가 피 묻은 칼을 뽑아든 걸로 보아 그들은 이미 이 소동을 겪은 자들이었다.

고블린은 숨을 죽였다.

"저는, 어, 그러니까 그냥 이 배를 준비시키는 중이었습죠!"

하로우마이저는 웃어 보이려고 애써 노력하며 외쳐댔다.

"우리는 공중 공격을 퍼부을 수 있을 겁니다. 그래서 브리쿨 놈들에게 본때를 보여주는 거죠. 어때요?"

하로우마이저는 섬뜩하게 붕붕 소리가 나기를 바라며 주먹을 쥐고 공중에 휘둘렀다. 마법사는 매끄럽지만 귀찮은 듯한 목소리로 말했다.

"올라타시오. 서둘러요. 쇼키아와 다른 이들이 우리를 위해 시간을 벌고 있으니까."

하로우마이저는 완전히 어리둥절해졌다. 하지만 그를 보고 비행선에 타라지 않는가. 하로우마이저는 배를 향해 무거운 걸음을 내딛기 시작했다. 전사는 성난 외마디 소리를 내뱉었고, 그 소리를 들은 하로우마이저는 전사가 인간 남자의 갑옷을 입기는 했지만 여자라는 사실을 깨달았다. 전사가 그는 물론이고 쇠공들까지 번쩍 안아다 배 위에 올려놓자 하로우마이저는 놀라면서도 내심 기뻤다. 여자는 하로우마이저를 키 앞에 아무렇게나 놔두었다. 그는 키의 손잡이를 필사적으로 그러쥐었다.

"와, 꽤 괜찮은 근육이 있으시군요! 어디로 모실까요, 아가씨?"

"아래로 가라. 그리고 난 아가씨가 아니야!"

여자는 고함으로 맞받아쳤다. 목소리는 깊고 거칠었으며 불복종을 용납하지 않았다. 여자는 부두 쪽을 돌아보았다. 분명 언제 탈출 시점을 알려야 할지 고민하는 기색이었다.

하로우마이저는 쏘아붙였다.

"이것 보십쇼, 그건 내 알 바 아니라고요. 아니, 잠깐……. 지금 나보고 해적들 쪽으로 내려가라는 겁니까?"

"내가 구출한 게 이런 저능아일 줄은 몰랐군."

여전사는 투구의 면갑 사이로 하로우마이저를 노려보며 쏘아붙였다. 이런, 여자의 눈빛은 정말로 이글거리고 있었다. 하로우마이저는 저렇게 빛나는 인간의 눈을 본 적이 없었다. 그는 다시 말했다.

"저 아래에는 해적이 있다고요. 아……. 이럴 수가……. 이제 알았네. 당신도 해적이지, 안 그렇소? 해적이 공격을 한 거로군. 그렇지 않소? 들어봐요. 내가 다 말하리다! 내가 한 일은 모조리 얼라이언스가 시킨 거라오!"

하로우마이저가 지금처럼 진실을 이야기한 적은 이제껏 살아오면서 몇 번 안 되었다.

여자는 툴툴거리면서 투구를 벗어 회색 피부와 투구 때문에 눌린 삐죽삐죽한 검은 머리 타래를 드러냈다.

"하, 누가 해적이라더냐."

오크는 이렇게 말하고 침을 뱉었다. 바로 하로우마이저의 사랑스러운 비행선 갑판에 말이다.

"해적들은 럼주를 처마시고 취한 쓰레기들이지. 하지만 안타깝게도 우리는 지금 당장 그들의 도움을 받아야 하고, 받게 될 거다."

하로우마이저가 환성을 질렀다.

"난 구출된 거로군! 때가 왔구나! 그런데 당신들은 누구요?"

"나는 용아귀 부족의 지도자 잴라다."

오크는 몸을 쭉 펴며 말했다.

"이런 세상에!"

하로우마이저는 숨이 턱 막혔다. 공성전 동안 잴나가 세운 공훈에 대해서는 심지어 노스렌드에 있는 그도 소문을 들었다. 얼라이언스 영웅들 중 몇은 호드의 패배 소식을 듣기 싫을 정도로 늘어놓곤 했다.

"잴라 장군이라고? 나는 당신이 죽은 줄……."

잴라는 갖은 욕설을 내뱉었다.

"나는 살아있고, 이제 복수심에 불타올라 있지. 그대도 그렇다고 생각하는데, 고블린."

"내 이름은 하로우마이저요. 나 역시 그렇소만, 지금은 이곳을 깔끔하게 탈출하려는 마음에 더욱 불타고 있소. 해적들한테 또 붙잡히는 상황은 생각하고 싶지 않아요.

저들을 데리고 뭘 하려는 거요?"

"우리는 우리의 목적을 위해 싸울 자들이 필요하다. 그리고 해적들은 그렇게 하겠지. 만약 돈을 많이 준다면 말이야. 내가 들은 정보로는 그대가 한때 괜찮은 인맥을 가졌다고 하더군. 그리고 상당한 자금줄에 닿을 수 있을 거라고도 했지. 그대는 우리를 도와 군대를 만들게 될 거다."

순간 모든 게 이해가 되었다. 이런 거라면 하로우마이저가 편안히 다룰 만했다.

"아, 물론 그렇겠지요. 나에게는 좋은 사업 동료들이 있었고, 한때 돈푼깨나 만지기도 했지요. 하지만 당신의 목적은 무엇이오? 내가 안 돕겠다면 어쩌겠소?"

하로우마이저는 완고하게 팔짱을 꼈다.

잴라는 몸을 빙글 돌렸다.

"그대는 우리를 도와야 풀려날 수 있을 거다. 그래야 살아있게 될 테고."

하로우마이저는 무슨 말인지 확실히 알았다.

"당신의 협상 전략은 섬세하다고는 할 수 없지만 설득력이 있군요. 알겠어요. 해적들 쪽으로 내려가겠소."

"저들이 당신을 알아볼까, 고블린?"

키가 크고 날씬한 인간이 매끄러운 목소리로 하로우마이저 옆에 서서 말했다. 그는 두건을 휙 걷어 길고 하얀 머리털과 빛나는 초록색 눈동자를 드러냈다. 블러드 엘프라니!

"당신을 구하기 위해 온갖 고초를 겪었는데 이제 와서 당신 머리가 몸에서 잘려나가 일을 그르치게 되면 난 정말 짜증날 거 같아."

"어……. 아마도 그렇겠죠?"

하로우마이저는 애매하게 말했다. 블러드 엘프는 점잔을 빼며 느릿하게 말했다.

"뭐, 그렇다면 일에 참견 말고 우리가 협상하게 뒤로 빠지시오. 아니면, 잠깐만. 어쩌면 우리는 당신을 변장시킬 수도 있겠지."

무언가 깨달은 듯한 모습으로 블러드 엘프는 손가락을 과장되게 튕겼다.

"아니, 이거 안 되겠는데. 당신은 드워프로 변장하기에 너무 작군."

하로우마이저는 눈을 부릅떴다. 마법사는 손을 뻗어 고블린의 정수리를 쓰다듬었다.

＊＊＊

바인 블러드후프는 고엘의 푸른 눈에 나타난 체념과 결심을 보았다. 바인은 고엘을 깊이 존경했고, 추가 질문을 하지 말까 생각해보기도 했다. 하지만 친구에게 질문하지 않는다면 자기는 겁쟁이가 될 것이고, 맡은 의무를 끝까지 다하지 못하게 되리라는 점을 바인은 알았다. 고엘이나 볼진은 이해할 수도 있었지만 이해하지 못할 수도 있었다. 바인은 이 임무를 받아들였으니 완수할 것이다.

바인은 고개를 숙이고 의례적으로 필요한 것보다 조금 더 오랫동안 그 자세를 그대로 유지했다.

"변호인은 한 때 스랄이라는 이름으로 불리운 고엘이야말로 영웅이라는 칭호가 남발하는 세상에서 존재하는 몇 안되는 참된 영웅이라 여긴다는 사실을 기록해 주십시오. 변호인은 증인께서 수년간 해온 희생은 물론 호드와 아제로스를 위해 하신 모든 일들에 감사를 드리는 바입니다. 우리는 당신의 은혜를 많이 입었습니다."

고엘은 눈을 가느다랗게 떴지만 정중하게 대답했다.

"부탁받은 일을 했을 뿐입니다."

'저도 지금 그렇습니다.' 바인은 이렇게 말하고 싶었다.

"대족장의 망토를 얻으려 하셨을 때, 증인은 새로운 호드에 대한 미래상이 있었습니다. 맞습니까?"

"그렇습니다. 저는 명예와 전투시의 용맹을 중시하고 서로를 가족처럼 존중하는 종족들과 개인들로 호드가 구성되기를 바랐습니다. 우리의 발자취를 끈질기게 따라다니던 '악마의 영향을 받은 유산'이라는 오래된 환영을 떨쳐버리고 싶었습니다."

"그러면 증인은 피고가 그 미래상을 위협했다고 보십니까? 악마의 영향을 받은 유산에 진정 종지부를 찍은 자가 피고의 아버지였는데 말입니까?"

티란데가 말했다.

"재판장님, 이의 있습니다. 그롬과 이 법정에 선 가로쉬는 다릅니다. 아버지와 아들은 다른 존재입니다."

타란 주가 말했다.

"고소인의 말에 동의합니다. 다른 식으로 질문하십시오, 추샤오여."

"가로쉬가 증인이 품은 호드의 미래상을 위협했다고 보셨습니까?"

"그렇습니다. 하지만 앞서 말했듯이 제가 확신할 수 없었던 점은 무슨 자격으로 제가……."

"묻는 말에만 '예, 아니오'로 답해주십시오."

고엘의 깊고 푸른 눈에 성난 빛이 잠깐 스쳐갔지만, 그는 대답했다.

"예."

"증인은 제가 말씀드린 것처럼 자신의 명예를 아는 분입니다. 배심원께서 곧 보시겠지만, 증인은 적군에게도 공정했습니다."

인간 남자의 형상이 나타났다. 그는 바닥에 엎드려 있었고, 대지는 그 아래서 진동하는 듯 보였다. 그의 머리털은 검었고, 몸에는 좋은 옷을 걸쳤다. 그리고 겁에 질린 모습이었다.

카이로즈는 장면을 멈췄다. 바인은 고엘에게 몸을 돌렸다.

"이 남자를 알아보시겠습니까?"

고엘의 얼굴이 굳어졌다.

"그렇습니다. 그리고…… 저는 변호인께서 이보다 전에 일어난 일을 보여주지 않은 데 감사드립니다."

바인은 고엘이 어떤 일을 말하는지 알았다. 그 장면을 보여준다면 주장을 훨씬 더 잘 입증할 수 있을 거라고 카이로즈가 주장했지만 바인은 그럴 만한 배짱이 없었다.

"법정에서 그게 누구인지 밝혀주시겠습니까?"

"저자는 이미 죽은 자로, 애델라스 블랙무어입니다."

역사적인 순간을 목격하게 된다는 사실을 깨닫자 놀라운 웅성거림이 법정 안에 퍼졌다.

"저는 저자와 담판을 지으러 갔습니다. 만약 제 종족을 풀어준다면, 던홀드 요새를 남겨두고 그 안에 있는 자들의 생명을 모두 살려준다는 조건을 제시했지요. 그는…… 거절했습니다.”

스스로에 대한 혐오감을 느끼면서 바인은 질문했다.

“어떤 형태로 거절했는지 법정에 설명해주시겠습니까?”

바인은 차마 고엘을 바라볼 수 없었다. 잠시 침묵이 흐른 후 고엘이 대답했다.

“저는 블랙무어에게 제 조건을 말했습니다. 그는 대답으로…… 살해된 젊은 여인의 머리를 제 발치에 던졌습니다. 그 여인은 타레사 폭스턴이었습니다.”

“증인은 인간에게 수감되었던 오크입니다. 그녀의 죽음이 증인에게는 어떤 의미였습니까?”

“당신은 알고 있습니다. 바인.”

고엘의 목소리는 낮고 차가웠다.

이제 바인은 몸을 돌리고 조심스럽게 중립적인 표현을 써가며 말했다.

“저는 압니다. 하지만 배심원들은 모르십니다.”

고엘은 숨을 깊이 들이쉬고 평정심을 되찾았다. 그의 목소리는 정확하고 절제되어 있었다. 꽉 쥔 주먹만이 그의 감정을 드러낼 뿐이었다. 고엘은 천신들이 앉은 자리를 올려다보았다. 천신들의 얼굴에는 상냥함과 동정심이 어려 있었다.

“타레사 폭스턴은 제 친구였습니다. 타레사는 저를 형제처럼 생각했습니다. 제 친누이였다고 해도 더 사랑할 수는 없을 정도로 저는 타레사를 사랑했습니다. 타레사는 저에게 상냥했습니다. 한 번은 자기의 생명을 걸고 제가 탈출하는 걸 돕기까지 했었죠. 타레사는 두 번째로 위험을 무릅쓰며 제게 경고를 했고, 그때는 들키고 말았습니다. 블랙무어는…….”

고엘은 잠시 멈추고 이를 악물더니 말을 이었다.

“블랙무어는 그녀를 죽여서 목을 벤 후 그 머리를 제게 던졌습니다. 저를 부숴버리고 싶었던 겁니다. 하지만 그러지 못했습니다.”

바인은 카이로즈에게 손짓했다. 이제 스랄의 젊은 모습이 등장했다. 과연 그답게 어디를 보아도 영웅의 자태였다. 대부분의 오크들보다 더 크고 강력한 몸집에 오크림 둠해머의 검은 갑옷을 입고, 등에는 오그림의 이름과 같은 거대한 무기인 둠해머를 매고 있었다. 스랄은 양손에 칼을 한 자루씩 들고 있었고, 그중 하나를 블랙무어에게 던졌다. 블랙무어는 비명을 지르며 스랄을 올려다보면서 허둥지둥 뒤로 달아났다. 블랙무어의 아마포 셔츠 위로 토한 자욱이 이제 확연히 보였다.

"스랄, 내가 설명할 테니……."

"아니."

이렇게 말하는 스랄의 목소리는 방금 바인과 대화할 때처럼 비현실적으로 차분했다.

"당신은 설명할 수 없소. 설명이란 없소. 오로지 전투만이 있을 뿐. 드디어 때가 온 거지. 한쪽이 죽어야 끝나는 결투요. 검을 집으시오."

블랙무어는 움츠러들었다.

"나는…… 나는……."

"검을 집으시오. 아니면 당신이 겁먹은 어린이처럼 앉아 있는 곳으로 달려들겠소."

블랙무어는 떨리는 손으로 칼자루를 움켜쥐고 비틀거리며 일어났다.

"덤비시오."

그러자 놀랍게도 블랙무어는 정말로 덤볐다. 그 인간이 취한 상태라는 건 누가 봐도 명백했지만, 그럼에도 매우 민첩해서 스랄은 그의 일격을 받아넘기기 위해 재빨리 움직여야 했다.

블랙무어의 표정이 변했다. 눈썹을 한데 모으고 입매를 굳힌 그는 왼쪽으로 공격하려는 척하다가 오른쪽을 맹렬히 공격했다. 그의 움직임은 더 견고해졌고 힘이 실렸다.

한창 때의 블랙무어가 뛰어난 전사였다는 사실을 바인은 기억했다. 실제로 카이로즈는 블랙무어가 다른 시간의 흐름에서 스스로 로데론 왕국을 세우고 독재자로 통치했다는 사실을 바인에게 알려주었다. 힘은 스랄이 더 셌지만 블랙무어는 더 민첩했다. 그리고 그는 목숨을 걸고 싸우고 있었다.

블랙무어가 왼편을 보호할 방패를 찾고 있다는 사실을 눈치 채자, 스랄은 광포하게 문짝을 경첩에서 뜯어내 블랙무어에게 던졌다.

"겁쟁이처럼 어디 문 뒤에 숨어보시지."

블랙무어는 있던 자리에서 몸을 비틀어 문을 옆쪽으로 밀더니 스랄을 불렀다.

"아직도 늦지 않았다. 네가 내 편에 서면 우리는 함께 일할 수 있어. 물론 나는 다른 오크들을 풀어주겠다. 만약 너와 마찬가지로 그들도 내 기치 아래 나를 위해서 싸워준다고 약속한다면 말이다!"

오크의 녹색 얼굴 위로 의심하는 기색이 나타났고, 곧이어 분노로 어두워졌다. 블랙무어가 돌진해왔다. 스랄은 블랙무어의 가소로운 말에 당황해서 제때 공격을 받아넘기지 못했다. 인간의 검이 검은 갑옷에 부딪쳐 쨍그랑 소리를 내었다.

"당신은 아직도 취했군, 블랙무어. 잠시라도 내가 그 광경을 용서했다고 생각한다면……."

바인은 이미 이 장면을 보았다. 그래서 다음에 무슨 일이 일어날지 알았다. 그렇지만 어느새 스랄이 폭주하는 모습을 주시하고 있었다. 스랄은 이제껏 참았다. 하지만 더 이상은 참지 않았다. 그는 엄청난 속도와 힘, 치명적인 우아함으로 블랙무어에게 돌진했다.

블랙무어에게 승산은 없었다. 그러나 그는 굴복하지 않았다. 방어하려고 검을 들어 올려 타격을 받아냈을 때 블랙무어는 분명 뼛속까지 충격을 받았을 터였다. 힘이 점점 빠지기 시작했고, 동작은 느려졌으며 마지막 일격에 블랙무어의 검은 손에서 휙 소리를 내며 날아가버렸다. 그렇지만 블랙무어는 굴복하지 않았다. 그는 장화에 손을 뻗어 단검을 빼어들더니, 이를 드러내고 외마디 함성을 지르면서 펄쩍 뛰어올라 스랄의 눈을 찌르려 했다.

그러자 스랄의 노성이 울려 퍼졌다. 그럴 수밖에 없었으리라. 그리고 스랄의 검은 그를 반으로 갈랐다.

바인은 블랙무어가 죽는 바로 그 장면을 관중들에게 보여주지 않았다.

"멈추십시오."

장면은 결정타가 가해지기 전에 사라졌다. 이윽고 바인이 말했다.

"공정한 싸움이었습니다. 어떻게 말하면 공정함 그 이상이었죠. 애델라스 블랙무어는 많은 면에서 죄인이었습니다. 그는 반역자의 아들이었고, 그가 세운 계획들 역시 반역죄에 해당하는 것들이었습니다. 오크들을 위해 무기를 만들고, 그들을 이용해 얼라이언스를 정복하고, 모든 인간 세계의 왕이 되려 했으니까요. 게다가 블랙무어는 잔인했습니다. 그는 그저 검투장에서 한 번 패했을 뿐인 스랄을 심하게 때렸습니다. 또한 재미를 보려고 젊은 타레사 폭스턴을 유혹한 다음 스랄을 도우려 했다는 이유로 처형했습니다. 많은 이들이, 심지어 인간들조차도 그를 괴물이라 부를 겁니다. 고엘은 모든 면에서 블랙무어를 미워할 만했습니다. 그럼에도 고엘은 자기의 적에게 싸울 기회를 주었습니다. 심지어 무기도 주었죠. 그래서 블랙무어가 영예롭게 죽을 수 있었습니다."

바인은 몸을 돌려 고엘을 응시했다.

"제가 이해할 수 없는 점이 있습니다. 자기가 사랑했던 이를 방금 살해한 적에게조차 무기를 줄 정도로 명예를 소중히 했던 오크가 어째서 가로쉬 헬스크림을 피도 눈물도 없이 죽이려 하느냐는 점입니다. 이게 증인께서 꿈꾸던 호드와 조화를 이루는 겁니까, 고엘이여?"

순간 많은 일들이 동시에 일어났다. 티란데는 일어서서 소리쳤다.

"재판장님, 이의 있습니다! 증인은 여기서 재판받는 당사자가 아닙니다!"

고엘 역시 일어났지만 아무 말도 하지 않았다. 그럴 필요가 없었다.

타란 주는 반복하여 징을 치며 소리쳤다.

"명령입니다! 추샤오 위스퍼윈드! 고엘! 즉시 자리에 앉으십시오. 그렇지 않으면 두 분 다 처벌하겠습니다! 추샤오 블러드후프, 변호인은 이런 일련의 질문들을 그만두십시오. 나는 고소인에게 동의합니다!"

바인은 타란 주에게 절한 뒤 고엘과 마주보았다. 고엘은 더 이상 서 있지 않았지만, 바인이 한 번도 받아본 적 없는 눈빛으로 응시하고 있었다. 바인은 다시는 그런 눈빛을 보고 싶지 않았다. 바인이 말했다.

"저는 사건의 본질에 다가가겠습니다."

타란 주가 능글맞게 말했다.

"현명한 선택입니다."

바인이 말했다.

"증인이 내리신 결정들, 할 수 있는 한 오랫동안 오그리마에서 떠나려고 결정한 것과 가로쉬 헬스크림을 수장의 자리에 임명하기로 결정한 것은 둘 다 일각의 비판을 받았습니다."

"그런 비판이 있다는 사실을 압니다."

고엘은 조심스럽게 의자에 기대며 가슴 위로 팔짱을 꼈다.

"증인은 이 법정에서 그런 결정들을 내린 데는 다 이유가 있었다고 말씀하셨습니다."

"그렇습니다. 그리고 저는 그 이유들을 열거했습니다."

"다르게 행동했더라면 좋았을 거라고 생각하십니까? 혹시 가로쉬 헬스크림이 저지른 일에 대한 책임을 느끼시지는 않습니까?"

"두 질문에 대해 모두 그렇게 생각하지 않습니다."

"그 대답에 정말 확신이 있으십니까?"

고엘은 눈을 가늘게 떴지만 미처 뭐라 말하기도 전에 티란데가 벌떡 일어나 소리쳤다.

"재판장님, 이의 있습니다! 변호인은 증인을 괴롭히고 있습니다!"

타란 주는 여느 때 같은 부드러운 목소리로 말했다.

"추샤오 블러드후프, 뭔가 주장을 입증하려는 의도라면 바로 그렇게 하십시오."

"말씀하신 대로 저는 입증하려고 합니다, 파슈아여. 곧 보시게 될 겁니다."

바인은 넋을 놓고 있는 관중에게 말했다.

"고엘은 한때 화염 드루이드들에게 사로잡힌 적이 있었습니다. 드루이드들은 고엘의 가장 큰 힘인 정령과의 친화력을 이용하여 그를 고문했습니다. 그의 정수가 조각나 각각의 정령계로 흩어졌을 때, 고엘은 자신의 공포와 직면해야 했습니다. 저는 그가 느꼈던 공포들이 전쟁터에서 벌어진 일과 관련이 있으며, 또 이 법정과도 관련 있다는 사실을 인정합니다."

바인은 카이로즈에게 고갯짓을 했고, 카이로즈는 멋진 모습으로 껑충 뛰어 일어났다. 청동용은 고엘이 증언할 때까지 내내 기다리면서, 카이로즈가 한 말을 그대로 옮기자면 '크로미가 정말 흥미로운 순간들을 보여주는 동안 뒷자리에 잠자코 앉아' 있어야만 했기 때문이다.

바인은 그런 카이로즈에게 이렇게 말했다.

"나는 목숨이 어찌될지 모르겠는 상황만으로도 분명 충분히 흥미로울 거라 생각합니다."

그러자 카이로즈의 대답은 이러했다.

"그렇다면 반드시 그 상황을 우리 쪽으로 유리하게 끌고 와봅시다."

그리고 바인은 정확히 자신의 주장에 무게를 실어줄 몇몇 장면들을 제 때에 찾아냈다.

눈앞에 나타난 장면은 아주 인상적이었다. 하늘에 있는 사원이 나타났고, 그 사원에는 주위를 둘러싼 구름만큼이나 하얀 기둥들이 있었다. 파란 번개가 하늘을 가르며 사원에 내리꽂혔고, 곧이어 성난 천둥이 대답하듯 따라왔다. 청백색으로 빛나는 망령들은 갑옷을 입은 힘이 넘치는 형상으로 맴돌았다. 그리고 성난 폭풍이 몰아치는 한가운데에 거대한 고엘의 어두운 형상으로 보이는 것이 있었다.

아그라는 고엘에게 가까이 가려고 노력하며 짝의 이름을 목 놓아 불렀다. 회색 그림자 형체가 내뱉는 말들에는 슬픔과 고통이 가득 찼다.

"실패했어. 나는 이 세상을 실망시켰다. 정령들은…… 나에게 말 걸지 않을 거다. 대지 고리회는…… 나의 지도력을 신뢰하지 않아. 나의 약함이…… 아제로스를…… 망각으로 이끌었어."

아그라의 옷과 머리털은 성난 바람에 엉클어졌고, 그녀의 목소리는 메인 목에서 간신히 흘러나왔다.

"고엘, 나예요, 아그라! 나를 알아보겠어요?"

절망한 그림자 형체는 울부짖었다.

"망각…… 오로지…… 망각뿐이야. 나는…… 대족장으로서…… 호드의 기대를 저버렸어. 가로쉬는…… 호드를 파멸로 이끌 거다. 내 종족을…… 파멸로 말이야. 케른, 나의 형제여…… 왜 나는 케른의 말을 듣지 않았을까?"

이윽고 그 형상은 아침의 빛을 받은 유령처럼 희미해졌다. 바인은 작지만 분명한 목소리로 그 말을 그대로 읊었다.

"왜 나는 케른의 말을 듣지 않았을까?"

그리고 다음 장면이 나타났다.

제 2 0 장

'안 돼, 이 장면만은…….'

몇 초 동안 숨을 쉬지 않은 고엘의 가슴속 심장에 깊은 통증이 일어났다. 고엘은 아들이 아버지의 모습을 이렇게 이용하려는 상황에 충격을 받은 채 바인을 바라보았다. 바인은 내리깐 눈으로 자기 손을 응시했다. 그는 차마 그 광경을 볼 수 없었다. '그렇다면 바인 역시 이 상황에 고통을 받고 있군. 하지만 여전히 이 장면을 보여주려 한단 말이지.' 고엘은 이를 갈며 갖은 방법을 동원하여 침착함을 유지하려 했다.

"자네는 중대한 실수를 저지르고 있네."

낮게 울리는 목소리가 들렸다. 고엘이 알고 있는 목소리였다.

바로 케른 블러드후프였다.

당시에는 만노로스의 해골과 갑옷이 걸려 있었던 죽은 나무 아래에서 나이 든 황소는 스랄을 기다리고 있었다. 케른은 팔짱을 끼고 서 있었는데, 그의 근육들과 서 있는 자세로는 나이를 먹었다는 점을 알아차리기 어려웠다. 군중 가운데에서 작은 웅성거림이 퍼졌다. 호드와 얼라이언스는 모두 케른을 훌륭한 분으로 존경했다.

'저들은 자네가 싸움에서 이길 거라고 말했지, 나의 형제여…….'

"케른!"

고엘의 형상, 아니 당시에는 아직 스랄이었던 형상이 말했다.

"자네를 봐서 반갑네. 나는 떠나기 전에 자네의 의견을 듣고 싶었네."

케른이 대답했다.

"나는 자네가 기뻐하리라고 생각지 않네. 내가 해야 할 말을 자네가 좋아하게 될 거라는 생각은 안 드니까."

"나는 자네가 하는 말은 언제든 듣지 않았나. 그래서 내가 없는 동안 가로쉬에게 조언해달라고 자네에게 부탁한 걸세. 말하게."

하지만 저 말은 사실이 아니었다. 그렇지 않았던가? 고엘은 케른의 말을 듣지 않았다.

케른이 말했다.

"급사가 자네 편지를 가져왔을 때, 나는 드디어 노쇠해져서 가련한 드렉타르처럼 열병에 걸려 꿈을 꾸고 있는 게 아닌가란 생각을 진심으로 했다네. 자네의 친필로 직접 가로쉬 헬스크림을 호드의 지도자로 임명하기를 바란다고 쓰다니!"

케른은 언성을 높였다. 스랄은 눈살을 가볍게 찌푸리며 주위를 둘러보고 말했다.

"어디 조용한 데 가서 둘이서 이야기하세. 내 처소에 가면 자네가 무슨 말을 하든지 다 들을 테니……."

"아닐세."

케른은 발굽으로 바닥을 턱 찍었다. 좀처럼 보기 드문 분노의 표시였다.

"내가 여기, 바로 자네의 가장 큰 적이었던 존재의 그림자 안에 있는 건 다 이유가 있네. 나는 그롬 헬스크림을 기억하네. 그의 열정 그리고 폭력성과 변덕스러움을 기억한단 말일세. 그가 한때 저지른 해악들도 기억하고 있지. 그롬은 만노로스를 살해해서 영웅적인 죽음을 맞았을지도 모르지. 내가 그 점을 처음으로 인정한 자가 아닌가. 하지만 누구 말을 들어봐도, 자네도 알다시피 그롬은 많은 이들의 생명을 앗아갔고 무고한 이들의 피로 자기 갈증을 풀었어. 자네가 가로쉬에게 아버지의 영웅적인 모습을 알려준 건 잘한 일이네. 그건 사실이니까. 하지만 그롬 헬스크림은 그리 좋지 않은 일들도 저지른 게 사실이고, 그의 아들은 그런 모습 역시 알 필요가 있네. 나는 자네 역시 이러한 어둠과 밝음이 둘 다 있음을 기억하라고, 그리고 가로쉬도 자기 아버지 같은 면이 있다는 걸 인정하라고 요구하기 위해 여기 온 걸세."

"가로쉬는 그롬처럼 악마의 피에 물든 적이 없네. 가로쉬가 고집이 세다는 면은 인정하지만 많은 이들이 그를 사랑하네. 가로쉬는……."

"많은 이들이 가로쉬를 사랑하는 이유는 오로지 영광만을 보기 때문이지! 그들은 어리석은 면을 보지 않네!"

케른은 수긍했다.

"나 역시 영광을 보았네. 가로쉬의 전술과 지혜를 말일세. 어쩌면 그것들은 잘 양육하고 지도하면 가로쉬의 영혼에 뿌리내릴 씨앗이 될지도 모르지. 하지만 가로쉬는 내면의 지혜를 무시한 채 생각 없이 행동하는 걸 더 편하다고 여긴다네. 오해하지 말게, 스랄. 나 역시 가로쉬의 어떤 면모는 존중하고 감탄하네. 하지만 그는 호드를 이끌 만한 재목이 아니야. 그롬보다도 나을 게 없네. 가로쉬가 도를 지나칠 때 그를 견제하려면 자네가 필요하네. 그리고 특히 지금처럼 얼라이언스와의 상황이 불확실한 경우라면 더욱 더 말일세. 자네는 지금 마그니가 다이아몬드로 변해버리고 딱히 이렇다 할 지도자가 없는 상황이니 아이언포지를 치기 아주 적절한 때라고 많은 이들이 뒤에서 수군거린다는 걸 알고 있나?"

스랄은 한숨을 쉬었다.

"물론 나도 아네. 케른, 그렇게 오래 걸리진 않을 걸세."

"지금 그게 중요한 게 아니야! 가로쉬는 자네 같은 지도자가 될 만한 성미가 아닐세. 아니, 이제 자네는 지도자가 아니라고 봐야 하나? 내가 아는 스랄은 타우렌들과 친교를 맺고 관대한 마음으로 돕는 이였지, 지금처럼 자기가 보존해온 호드를 아직 이마에 피도 안 마른 어린 새끼에게 경솔하게 넘겨주는 이가 아니네!"

"자네는 내가 이 땅에서 사귄 가장 오래된 친구 중 하나일세, 케른 블러드후프."

스랄의 목소리는 위험할 정도로 조용했다.

"내가 자네를 존경한다는 사실은 알걸세. 하지만 결정은 이미 내려졌네. 만약 자네가 가로쉬의 미성숙함을 걱정한다면, 내가 부탁한 대로 그를 지도해주게. 가로쉬에게 자네의 광대한 지혜와 상식을 베풀어주란 말일세. 나는 그 점에 있어서 자네가 필요하네, 케른. 나는 자네의 후원이 필요하지 거부가 필요한 게 아니야. 자네의 냉철한 머리로 가로쉬를 차분하게 만들어주게. 비난을 해서 그를 자극하지 말고."

"자네가 내게 지혜와 상식을 달라는군. 내가 줄 수 있는 대답은 하나뿐이야. 가로쉬에게 권력을 주지 말게. 자네의 종족에게 등을 돌리지 말고, 오만하고 난폭한 자가 자네의 종족을 이끌게 하지 말게. 그게 나의 지혜일세, 스랄. 몇 해에 걸친 피와 고통과 전쟁이 준 지혜라네."

스랄의 몸은 굳었다. 그는 결코 이런 말을 듣고 싶지 않았다. 하지만 일단 일어나 버린 일에 대해 입을 열었을 때, 스랄의 목소리는 차가웠다.

"그러면 우리는 서로 더 이상 할 말이 없겠군. 나는 최종 결정을 내렸네. 가로쉬는 내가 없는 동안 호드를 이끌 걸세. 하지만 자네가 가로쉬에게 조언하는 역할을 맡든지, 아니면 자네의 고집 때문에 호드가 그 대가를 치르게 되든지는 자네에게 달렸네."

고엘은 당시의 스랄이 의형제에게 등을 돌려 어두운 밤 속으로 사라지는 모습을 보며 슬픔으로 가슴이 무거워졌다. 고엘은 그 후 자기가 무엇을 했는지 알고 있었다. 드레노어에서 수행을 시작하기 위해 스랄은 와이번을 타고 어둠의 문으로 날아갔다.

그리고 그 후로 다시는 케른을 보지 못했다.

케른의 형상은 가만히 서서 떠나는 고엘의 모습을 계속 바라보았다. 이윽고 케른은 깊은 한숨을 쉬며 고개를 숙였다. 잠시 후에 그는 다시 고개를 들어 악마의 해골을 올려다보았다.

"그롬이여, 만약 당신의 영혼이 여기 떠돌고 계시다면, 당신의 아들을 지도하도록 우리를 도우소서. 당신은 호드를 위해 스스로를 희생하셨습니다. 그 호드를 당신 아들이 파괴하는 상황을 원치 않으시리라 봅니다."

"멈추십시오."

나이 든 황소의 형상은 천천히 사라졌다. 바인은 고엘을 마주보고 몸을 쭉 폈다.

"이제 묻겠습니다, 고엘이여. 스스로에게 하신 질문 그대로입니다. 왜 케른의 말을 듣지 않았습니까?"

고엘은 티란데가 이의를 제기할 거라고 예상했지만 티란데는 차분하게 앉은 채 입가에 살포시 미소를 짓고 있었다. 티란데는 고엘에게 대답할 기회를 주고 있었고, 고엘은 그 기회를 받았다.

"저는 청동용이 아니기 때문입니다. 저는 매 고비마다 제가 내린 결정으로 벌어질 일들이 모두 무엇일지 알면서 시간 속을 때맞춰 이리저리 훨훨 날아다닐 수 없습니다. 저는 필멸자이고, 여러분처럼 제 앞에 닥친 일만을 할 수 있을 뿐입니다. 저는 어느 것 하나 좋은 결정이 아닌 상황에서 그중 가장 좋은 결정을 내렸습니다. 그렇습니다. 저는 가로쉬를 제가 없는 동안 호드를 이끌 지도자로 임명했습니다. 그리고 대격변이 일어나자, 그대, 바인 블러드후프는 저와 함께 있었고, 제가 왜 가로쉬에게 임무를 맡겼는지 그대는 이해했습니다. 제가 다르게 행동했더라면 좋았을 거라고 생각하느냐고요? 그렇게 후회해봤자 달라지는 건 조금도 없습니다. 우리는 매분 매 순간 우리가 있는 자리에서 할 수 있는 한 최선을 다합니다. 우리는 실수하고, 또 그 실수를 안고 살아가야 합니다. 우리는 실수를 통해 배우려고 노력합니다. 그리고 우리가 할 수 있는 건 그것뿐입니다."

바인이 대답했다.

"가로쉬 헬스크림도 실수를 했습니다. 그리고 그는 실수를 안고 살기가 훨씬 힘들겠지요."

고엘이 대답했다.

"가로쉬가 앞으로 계속 산다면 그렇겠지요."

"가로쉬를 죽이려고 했지요. 맞습니까?"

"제가 그랬다는 걸 알고 계십니다."

"만약 그 순간으로 다시 돌아간다면, 그래서 패배한 가로쉬를 앞에 둔 상황이라면, 다시 가로쉬를 죽이실 겁니까?"

고엘은 자기의 내면 깊은 곳을 들여다보았다. 죽일 건가?

들려온 대답에 고엘은 놀랐다. 그리고 조용히 대답했다.

"아닙니다. 지난 며칠 간 저는 이 재판을 연 게 좋은 생각이라고 믿게 되었습니다. 우리는 여러 의견들을 들어봐야 합니다. 이런 기회가 없었다면 그 의견들을 들을 기회가 없었을 테지요. 저는 위대한 천신회께서 올바른 결정을 내리시리라 확신합니다."

바인이 말했다.

"질문 하나만 더 하겠습니다. 증인은 살면서 실수를 저지르셨다고 시인하셨습니다."

바인은 무표정한 얼굴로 팔다리와 허리에 사슬을 두르고 있는 가로쉬 쪽을 가리켰다.

"가로쉬 역시 실수를 저질렀습니다. 가로쉬는 자기의 실수를 통해 배울 기회를 갖지 말아야 합니까? 그래서 그 실수를 고칠 수 있는 일을 할 기회를 갖지 말아야 합니까?"

고엘은 낮은 목소리로 말했다. 그 목소리에는 감정이 실려 있었다.

"절대 고칠 수 없는 것도 있는 법입니다. 때때로 우리는 상황이 더 심각해지기 전에 해를 끼치는 일을 멈추어야 합니다. 바인이여, 그대의 아버지는 지혜로웠습니다. 하지만 케른이 옳았다라는 사실을 우리가 알았습니까? 우리가 모든 일들의 종말을 안단 말입니까? 저는 모릅니다. 그대는 압니까?"

고엘과 바인은 서로를 뚫어져라 바라보았다. 먼저 눈을 돌린 쪽은 바인이었다.

"이것으로 심문을 마치겠습니다."

바인은 이렇게 말하고 자리로 돌아갔다.

티란데는 옷자락을 바스락거리며 일어섰다.

"우리는 모든 일들의 종말을 모른다고 말씀하셨습니다, 고엘이여. 그리고 말씀하신 대로입니다. 법정이 허락하신다면, 저는 고엘이 다른 결정을 내렸더라면 일어날 가능성이 있었던 종말을 보여드리겠습니다. 아주 그럴 만한, 아주 일어날 가능성이 높은 종말, 깨어난 여왕 이세라 님이 보신 환영입니다. 바로 이세라 님이 증인을 찾아가게 만든 환영이지요."

타란 주가 말했다.

"고소인은 환영을 보여주십시오."

이 장면은 나타나는 데 시간이 걸렸다. 처음에는 아무것도 보이지 않았고, 아무 소리도 들리지 않았다. 이윽고 고엘은 점차 건물들과 산들, 나무들의 형상을 식별할 수 있었다. 그리고 형상들을 좀 더 자세히 바라본 고엘은 건물들에는 살고 있는 이가 하나도 없고, 산에는 자라나는 풀이 없고, 나무들도 앙상한 가지만 남았다는 사실을 알아챘다. 살아있는 게 아무것도 없었기 때문에 너무나 조용했다. 들리는 소리라고는 바람소리와 멀리서 들리는 천둥 치는 소리가 전부였다.

더 많은 것들이 시야에 들어왔다. 쓰러진 자리에서 썩어가는 시체들이었다. 인간과 오크, 타운카와 매머드, 마그나타우르와 곰들의 시체들이었다. 썩은 고기를 먹는 포식자들도 이 잔치에는 참석하지 않았다. 큰까마귀들 역시 죽은 대지 위에 미동도 없이 쓰러진 채였다. 그들의 검은 깃털 위로 차가운 바람이 불어 잔물결이 일었다.

아니, 잠깐. 아직 살아있는 존재가 있었다. 어울리지 않게 아름다운 보랏빛, 자줏빛, 푸른빛이 도는 황혼용 하나가 시야에 들어왔다. 곧 황혼용과 형제 용들이 도살장으로 변해버린 지금의 아제로스로 날아왔다. 그 용을 뒤따라 다른 용들도 계속해서 날아왔고, 곧 모여든 황혼용들이 공중을 가득 메워버려서 고엘은 환영이 보여주는 최후의 섬뜩한 장면을 어렴풋이 볼 수밖에 없었다. 그러나 그렇게 본 것만으로도 충분했다.

고룡쉼터 사원의 첨탑에 파괴자, 즉 세계파괴자의 몸이 꿰뚫려져 있었다. 죽음의 인도자는 이 세계는 물론 자기 자신에게도 죽음을 가져왔고, 오로지 황혼용들만이 이 세계에서 원을 그리며 돌 뿐이었다.

이 환영은 절대 현실이 되지 않았다. 그리고 어느 정도는 고엘 자신으로 인해 그 환영이 이루어지지 않았음을 알았다.

"이것으로 심문을 마치겠습니다."

제 21 장

베리사가 마침내 도착했을 때는 벌써 땅거미가 진 후였다. 실바나스가 동생을 태운 히포그라프를 알아차렸을 때는 품었던 희망을 다 버리고 언더시티로 돌아가려던 참이었다. 안도감이 온몸을 뒤덮고 나자 곧이어 분노가 밀려들었다. 실바나스는 쏘아붙였다.

"한 시간도 더 지나서야 도착하다니! 산 자들이 밥 한 끼 먹는 데 그렇게 오래 걸린다면 난 더 이상 먹을 필요가 없다는 게 어찌나 기쁜지 모르겠구나!"

베리사가 말했다.

"미안해. 나는 제이나와 이야기를 하고 싶었어. 고엘이 증언한 다음에 제이나가 마음을 바꾸지 않았나 보려고."

상황은 실바나스가 바랐던 것보다 잘 풀리고 있었다. 다수의 호드 일원은 물론이고 얼라이언스 중에서도 분명히 많은 이들이 가로쉬가 대족장이 된 해괴한 일은 전적으로 고엘 탓이라고 여겼다. 어떤 이들은 의심할 바 없이 계속 불평할 것이다. 불만에 찬 이들은 그런 식으로 행동하기 때문이다. 아무리 증거를 대고 설명을 하고 이유를 말해도 그들이 확고하게 고수하고 소중하게 생각하는 불평불만은 바뀌지 않았다. 바인은 고엘을 그저 한낱 필멸자의 수준으로 격하시켰지만, 티란데가 능수능란하게 선택한 마지막 환영은 반대론자들의 입을 다물게 만들었다. 최소한 얼마간은 말이다. 고엘이 지금 재판을 연 게 좋은 생각이라고 동의했어도, 가로쉬의 처형을 막은 건 바리안 린이었다는 사실을 모두가 여전히 기억했다.

"제이나의 마음이 어떤 쪽으로 바뀔 수 있는데?"

베리사에게 화난 마음보다 호기심이 더 커진 실바나스는 이렇게 물어보았다.

"어느 쪽으로든 바뀔 수 있지. 고엘의 증언 때문인지 아니면 제이나가 칼렉고스와 나눈 대화 때문인지 몰라도, 제이나는 예전만큼 피를 보기 원치 않는 듯 보이거든."

그러자 깜짝 놀란 실바나스는 위협하듯 새된 목소리로 말했다.

"제이나가 우리 편이 될 거라고 네가 말했잖아! 푸른용이 제이나에게 무슨 말을 했는데?"

베리사가 말했다.

"나도 모르겠어. 그 내용을 들을 수 있을 만큼 가까이 있었던 게 아니거든. 하지만 칼렉고스는 그리 강경한 존재가 아니야. 언니, 이걸 알아둬. 칼렉고스는 우리가 원하는 쪽보다는 생명의 어머니 쪽에 훨씬 더 가까워. 할 수만 있다면 제이나가 원하는 걸 막을 거라고. 나는 그들이 언제 산책에서 돌아왔는지 모르지만, 둘 다 심한 고민에 빠진 듯 보였어."

실바나스가 말했다.

"제이나가 계속 마음을 굳게 먹도록 네가 할 수 있는 건 다 해. 그동안 우리는 원래 계획했던 것보다 더 재빨리 움직여야 할 것 같구나."

베리사는 고개를 끄덕였다.

"언니가 제안했던 대로 사원 근처에 간이음식점을 세운 판다렌 상인들과 이야기를 나눠봤어. 미 샤오가 누이인 무람이 죄수와 간수들에게 줄 음식을 만드는 부엌에서 일한댔어. 우리는 가로쉬가 무얼 먹는지에 대해 말을 나눴지."

좀 나은 소식이었다.

"말해봐."

베리사는 바보가 아니었다. 이제 그녀는 눈에 띄게 안심했다. 베리사는 허리에 찬 단검의 자루 끝을 잡고 있던 손을 놓았다. 두 자매는 해변을 걸어 내려갔다.

"가로쉬는 매일 아침 같은 걸 먹는대. 식사는 여러 종류의 빵들과 차라고 하더군."

실바나스는 고개를 흔들었다.

"그건 안 될 거야. 네 친구 미 샤오가 가로쉬를 위해 뭔가 특별한 빵을 준비하도록 설득하지 않는다면 말이야."

"그렇지. 그리고 미 샤오의 누이도 그렇게 하지 않을 거라고 생각해. 독을 알고 있는 판다렌들이 분명 있지만, 이런 목적으로 독을 쓰는 이는 거의 없을 거야."

"계속 말해봐."

무언가 모래 사이에서 반짝이는 게 보였다. 실바나스는 허리를 굽혀 그걸 집어 들었다. 주은 것은 기념 메달로, 캘타스 선스트라이더가 히죽 웃고 있는 모습이 금빛 표면에 새겨진 걸로 보아 만들어진 지 10년은 되지 않았다. 실바나스는 입술을 비죽거리며 웃고는 메달을 파도 속으로 던졌다.

"점심은 밥과 각종 고기 꼬치구이랬어. 닭고기와 무샨 고기, 호랑이 고기 등 사냥꾼이 잡아 오는 건 뭐든지 쓰는 거라고 생각해."

실바나스는 웃지 않으려고 애썼다.

"호랑이 고기는 아닐 걸."

"하지만 호랑이 고기도 나오…… 아!"

베리사는 잠시 깜짝 놀란 표정을 짓더니 이내 웃기 시작했다. 꾸밈없고 놀랍고 즐거운 환희의 웃음이었고, 악의나 계략의 그림자에서 벗어난 웃음이었다. 덧없는 순간이지만, 실바나스는 다시 이 해변에 서서 햇살을 받으며 어딘지 리라스의 익살스러운 웃음과 닮은 여동생의 웃음소리를 듣자니 마음이 따뜻해졌다.

옛 기억에 실바나스는 살짝 가슴이 아팠다. 그러나 여전히 미소를 지었다. 이건 어쩔 수 없었다.

베리사는 쿡쿡 웃어대며 말했다.

"그래, 언니 말이 맞네. 쉬엔이 호랑이 고기를 좋아할 것 같진 않아."

베리사는 숨을 깊이 들이쉬고 다시 평정심을 되찾았다.

"나는…… 이렇게 웃은 게 처음인 것 같아……. 그 일 후로는……. 그래. 어쨌든 그게 가로쉬에게 점심으로 나가는 거야."

실바나스는 따스하게 빛나는 과거의 기억을 남겨두고 당면한 과제로 돌아왔다. 환희보다는 살인이 훨씬 마음 편했다. 적어도 더 친숙했다.

실바나스는 생각에 잠긴 듯 말했다.

"다시 말하지만, 우리가 그 짐승이 살해되고 도륙되기 전에 독살할 수 없다면, 달리 손 쓸 창구가 없어. 이건 내가 예상했던 것보다 훨씬 힘드네."

베리사는 조개껍데기 하나를 집어 들더니 손장난처럼 양손으로 주고받았다. 이제 웃음기가 사라진 베리사가 살짝 눈썹을 찌푸렸다.

"실바나스 언니……. 어떻게 우리가 가로쉬에게 줄 음식에 접근하지? 내 말은, 우리는 판다렌들이 가로쉬에게 줄 특별식을 만든다고는 생각 안 해. 간수들도 가로쉬와 똑같은 음식을 먹으니까."

"나는 뭐가 문제인지 모르겠는데."

"우리는 간수들을 죽이고 싶은 게 아니잖아."

실바나스는 눈을 깜빡거렸다.

"뭐라고?"

"우리는 가로쉬를 죽이고 싶은 거지, 그를 지키는 판다렌 간수들을 죽이려는 게 아니잖아."

실바나스는 고개를 저었다.

"가로쉬가 죽는다면 누구 하나 더 죽는다고 해도 심각하게 고민할 문제는 아니야. 가로쉬라면 분명히 그런 식의 부수적인 손해를 보는 일로 고민하며 잠을 못 이룬 적이 없을 거야. 만약 판다렌 몇 명이 죽는다 해도 그만한 가치가 있는 일이야. 아니면 너는 혹시 이 일을 할 배짱이 아예 없는 거 아니니?"

베리사는 조개껍데기를 응시하며 한 손에서 다른 손으로 옮기기를 반복했다. 실바나스는 베리사를 죽인다 해도 하나도 기쁠 게 없었지만, 용기가 없어지도록 놔둘 수는 없었다. 지금은 그럴 수 없었다.

'계속 이 길을 가, 동생아. 여기서 나와 함께 있어.'

"만, 만약에 가로쉬 말고 다른 자도 죽는다면, 바리안은 어떻게 이런 일이 일어났는지 알아내려고 할 게 틀림없어. 타란 주도 그럴 거고. 그렇다면 그들은 우리를 찾아낼 수 있어. 만약 가로쉬만 죽는다면…… 모두가 그 상황을 굳이 파헤치려 들지 않을 거야."

실바나스는 붉은 눈을 가늘게 뜨며 베리사를 응시했다.

"그건…… 내가 미처 생각하지 않았던 점이군."

실바나스는 애써 시인했다. 그러나 여전히 베리사가 무고한 생명을 죽이고 싶지 않아서 그런 게 아닐까 의심스러웠다.

"그렇다면 우리 일이 더 어려워진다는 건 너도 알거야."

베리사가 말했다.

"나는 지금은 어떻게 발각되지 않고 가로쉬를 죽일지 좀 더 생각하고 싶어. 잡힌 다음에 어떻게 탈출하느냐보다는 말이야. 내가 법정에서 살펴본 바로는, 일이 그렇게 되면 볼진조차도 비난할 거야. 바리안은 분명 그럴 테고."

불어온 바람에 두 자매의 머리카락이 이리저리 흩날렸다.

실바나스가 말했다.

"나는 네가 슬픔 때문에 정신이 없었을 거라고 생각했는데."

"난 실제로 정신이 없었어! 어떻게 함부로 그런…… 아."

빠르게 다가왔던 분노는 그만큼 빠르게 사라졌다.

"고마워."

"뭐, 백호사에서 나오는 저녁 메뉴에 대해서 계속 말해봐."

"세 가지 다른 요리가 나와. 생선이 든 쌀국수와 갖가지 종류의 스튜 그리고 녹색 카레야."

실바나스는 미친 듯이 생각했다. 마지막으로 음식을 먹어 본 지도 꽤 오래되었다. 실바나스는 가족과 함께 축제와 잔치들을 벌였던 기억으로 되돌아갔다. 해변에서 했던 소풍, 리라스의 피리 소리가 있었지. 알레리아는 책 한 권을 들고 다리를 꼬고 앉았고, 실바나스와 베리사는 밀려오는 파도 안으로 첨벙 뛰어들다가 엄청나게 배가 고파진 채 해변으로 돌아와서 구운 메추라기 고기와 햄을 게걸스럽게 먹어댔지. 사과와 수박도 있었고, 치즈와 빵이랑…….

"실바나스 언니?"

실바나스는 퍼뜩 정신을 차리고 다시 현실로 돌아왔다. 지금 두 번째로 정신을 팔아버렸다. 이건 좋지 않아. 실바나스는 베리사에게 퉁명스럽게 말했다.

"너는 어떻게 그 요리들을 만드는지 배워야 할 거야. 일단 우리가 그 재료를 알게 되면 네 부드러운 양심에 거리낄 일 없이 우리의 목적을 달성할 수 있는 방법을 찾을 수 있을지도 모르지."

베리사가 말했다.

"그럴게. 미 샤오에게 내 아들들이 판다렌 음식에 관심이 많다고 말해야겠어. 미 샤오는 좋아할 거야."

실바나스가 말했다.

"제이나에게서 시선을 떼지 마."

베리사가 말했다.

"아, 그럴 거야. 그건 걱정하지 마."

자매는 물가에 서 있었다. 실바나스는 이제 둘의 회합이 끝났음을 알았다. 하지만 윈드러너 자매 중 어느 쪽도 떠나고 싶은 마음이 없었다. 그들 사이로 침묵이 계속 흘렀다. 이윽고 베리사가 말했다.

"언니는…… 누군가에게 이번 계획에 대해서 이야기할 거야?"

실바나스가 말했다.

"아니. 내가 가로쉬를 싫어한다는 건 아주 잘 알려진 사실이야. 그리고 바인이랑 볼진과도 벌써 한바탕 옥신각신했잖아. 게다가 아는 이가 적을수록 좋은 법이야. 나는 우리가 서로를 믿을 수 있을 거라 생각해."

베리사는 밴시 여왕 쪽으로 몸을 돌려 실바나스를 계속 응시했다.

"우리가 그럴 수 있을까, 실바나스 언니?"

실바나스는 고개를 끄덕였다.

"나는 너를 배신하지 않을 거야, 동생아. 우리는 충분히 많은 손실로 인해 고통을 겪었어."

이렇게 말한 실바나스는 그 말이 진실이라는 걸 깨달았다. 이건…… 예상하지 못했던 일이었다.

베리사는 미소를 지었다.

"좋아. 이제 돌아가는 게 좋겠어."

그들은 가벼운 발걸음으로 각자의 탈것 쪽으로 돌아갔다.

"언제쯤 미 샤오와 이야기할 수 있을 거라고 보니?"

"내일 첫 번째 휴정 시간에 할 수 있을 거야. 말을 걸어볼게."

"그러면 내일 재판이 끝나고 여기서 다시 보자."

"그게 현명한 일일까? 우리는 의심을 받는 상황을 절대로 원치 않잖아."

실바나스는 내일 베리사를 볼 수 없다는 생각에 비틀거릴 뻔했다. 마치 상상통처럼, 느낄 수 없는 고통이 이상하게도 쿡쿡 찔러대서 실바나스는 울부짖지 않으려고 입술을 깨물었다. 실바나스는 대답했다.

"네가 시간이 핵심이라고 말했잖아. 그리고 우리는 어떤 독이 필요할지, 어떻게 독을 투여할지 아직 모르고……."

베리사는 살짝 웃으며 한 손을 들었다.

"좋아, 알았다고! 이 일이 성사되면 아주 기쁠 거야. 생각해봐, 실바나스 언니!"

베리사의 눈이 기쁨으로 빛났다.

"가로쉬 헬스크림이…… 감방 바닥에서 마지막 숨을 몰아쉬며 차가운 독이 천천히 자기 심장을 멈추는 걸 느낀다고 말이야. 누가 자신에게 이런 짓을 저질렀는지 가로쉬에게 알려줄 방법이 있으면 참 좋을 텐데."

실바나스가 말했다.

"너는 내가 기억하는 것보다 더 피에 굶주려 있네. 너답구나."

"그래야 했어. 나는 가로쉬가 죽는 것 말고는 다른 아무것도 생각할 수가 없었어. 그 이후로는……."

목이 메인 베리사는 시선을 돌렸다.

"좋아. 내일 만나자, 언니."

베리사는 이상하게 수줍어하며 미소를 지었다. 순간 최근 벌어진 일들 때문에 거칠고 분노에 차도록 변해버린 여인의 모습이 옅어지더니 실바나스가 기억하고 있던 여동생의 모습이 짙게 드러났다.

"이상하게 들릴지도 모르겠지만…… 우리가 이 일을 하게 되어서 기뻐. 우리가 같이 말이야."

"나도 그래, 작은 달님아. 나도 그래."

＊＊＊

"제 시간에 갈 수 없을 거다!"

잴라는 이렇게 으르렁대며 레이디 러그호의 갑판을 계속 왔다 갔다 했다. 하로우마이저는 여전히 발에 쇠공과 사슬을 단 채 서서 팔짱을 끼고 있었다. 그의 성난 얼굴은 참으로 볼만했다.

"그러니까 아가씨……."

"장군님이라고 불러라!"

"장군님, 몇 년 동안이나 제대로 수리를 할 수 없었던 점을 고려하면 지금 레이디 러그호는 제 역할을 잘 하고 있다고요. 나는 지금 최선을 다하고 있어요!"

"더 잘 해봐! 선고가 내리기 전에 거기에 도착하지 못하면 다 소용없다고!"

"이걸 풀어주신다면 도움이 될지도요."

하로우마이저는 쇠공을 가리키며 쏘아붙였다.

"네놈이 나를 실망시킨다면 배 밖으로 던져버리려고 놔두는 거다! 그러면 그 공 때문에 더 빨리 떨어져 죽겠지!"

"사실 말이죠, 물체는 무게와 상관없이 같은 속도로 떨어진다고요."

하로우마이저가 이렇게 말했다.

"맞는 말이야. 하지만 공기 저항을 계산에 넣지 않았지."

탈렌이 자기 손톱을 꼼꼼히 살펴보면서 말했다.

"또 어떤 마법 수단의 간섭도 있을 수 있고. 예를 들면 낙하산이 있다거나 천천히 떨어지는 주문을 걸었다거나……."

"그대가 저자를 돕게, 탈렌."

대마법사는 순간 얼어붙었다.

"뭐라고 했나요?"

"자네들 둘 다 똑똑하니까 함께 일하라고. 지금. 판다리아로 빨리 갈 수 있는 방법을 찾아봐."

지금 이 순간까지 탈렌은 비행을 즐기고 있었다. 잴라는 존경할 만한 동료였다. 그녀는 쉽지 않은 노력을 들여 악마 오크를 지도자 자리에서 끌어내리고 부족의 지도자가 되었다고 알려졌다. 또한 가로쉬에 반대하는 배신자들과 적잖게 접전을 치렀다. 그러니 자기들과 동맹을 맺은 용이 있을 법하지 않은 이 모임의 수장으로 잴라를 임명한 건 놀랄 일이 아니었다. 용아귀 부족은 먼저 앞서가 현재 판다리아에서 그들과 다시 무리를 결성하기를 기다리는 중이었다.

쇼키아는 다음으로 합류한 이였다. 오크 스나이퍼는 그들의 지도자를 개인적으로 아는 것 같았다. 비록 어떤 식으로 알게 되었는지는 언급하지 않을 테지만 말이다. 쇼키아의 전투 전술 이해도는, 특히 고도와 거리에 관한 한 그들의 전술을 세밀히 짜는 데 도움이 되었다.

그리고 하로우마이저는…… 그의 관심사가 아니었다. 지금까지는.

선실로 가서 하로우마이저는 블러드 엘프에게 레이디 러그호의 작동 원리에 대해 퉁명스럽게 간단히 설명했다. 탈렌은 마지못해 그 내용이 상당히 인상적이라는 걸 인정했다.

탈렌이 말했다.

"이 비행선은 모두가 한탄하는 것만큼 우리를 죽일지도 모르는 사고뭉치가 절대 아니군. 당신은 상당히 오랫동안 죄수였으면서 어떻게 비행선이 이토록 잘 작동하도록 유지했소?"

시근거리는 굉음과 시끄럽게 삐걱대는 ㄴ자 형 손잡이 옆에 서서 고블린이 대답했다.

"설탕이랑 버터로 만든 땅콩사탕과 꼰 실, 트롤 부두 우상이 그 비결이지."

탈렌은 웃었다.

"당신은 정말 재미있는 친구로군. 하지만 농담은 이쯤 하고, 정말로 어떻게 한 거요?"

하로우마이저는 한숨을 쉬더니 더러운 초록색 손가락으로 엔진의 안쪽 작동부를 가리켰다. 이윽고 탈렌은 여러 색깔로 칠하고 깃털로 장식한 어떤 작고 가냘픈 짐승의 두개골을 바라보게 되었다. 그는 말했다.

"오, 맙소사. 알겠군."

탈렌은 그 주물로부터 발산되는 마력을 느낄 수 있었다.

"자, 어쨌든 지금까지는 당신이 한 게 제대로 작동하고 있는 걸로 보이는군. 대부분은 말이오."

탈렌은 아주 조심스럽게 두개골을 꺼내 오랫동안 뚫어지게 바라보았다.

"내가 당신에게 제안 하나 하지."

"이보쇼. 내가 수직 낙하해서 죽지만 않을 수 있다면 뭐든지 말해도 좋을 정도로 마음을 활짝 열어놓고 있다오. 천천히 떨어지든 빨리 떨어지든 죽기는 매한가지거든."

"당신은 이걸 침으로 비까번쩍하게 닦아서 최대한 부드럽게 작동할 수 있게 하시오."

탈렌이 손가락을 부드럽게 젓자 보랏빛 안개가 희미하게 손가락 끝에서 흘러나오기 시작했다.

"그리고 나는 여기 있는 우리 작은 친구를 증폭시켜서 우리가 더 빨리 갈 수 있는지 보도록 하겠소."

탈렌은 주물을 들어 올린 뒤 부드럽게 입김을 불었다. 그리고 깃털들이 펄럭이는 모습을 보며 미소를 지었다.

제 2 2 장

제5일

제이나 프라우드무어는 앉은 자리에서 안절부절 못했다. 그녀는 광대한 원형 경기장을 둘러보며 바리안과 안두인에게 별 것 아닌 일들에 대해 조용히 이야기했다. 제이나는 칼렉고스가 계속 나란히 앉아 있기는 했지만, 자기들의 긴장감이 다른 이들에게도 분명하게 보인다는 점을 알았다. 둘 사이가 끝난 건 아니었다. 아직까지는 그랬다. 그리고 제이나는 이토록 소중한 무언가에 빨리 종지부를 찍고 싶지 않았다. 어쩔 수 없는 상황이 아닌 한 그리고 스스로에 대한 부끄러움이나 두려움이 없는 한 말이다.

크로미와 카이로즈는 시간의 환영에다 함께 머리를 맞대고 있었다. 필시 여러 환영들이 상영되는 순서에 대해 상의하는 듯했다. 귓가에 천둥처럼 울려대는 침묵을 깨려는 의도로 제이나는 이렇게 말했다.

"카이로즈가 시간의 환영을 사용하도록 만든 건 정말 좋은 일이에요. 뜬소문을 싹 없애 주잖아요. 우리가 본 게 완전히 진실이라는 점을 알게 되니까요."

칼렉 역시 청동용들을 보고 있었다. 그는 살짝 얼굴을 찌푸렸다.

"시간의 환영이 보여주는 정확성은 높이 평가하지만…… 가로쉬는 이 법정을 두고 다크문 축제라고 평했죠. 나는 우리가 보고 있는 장면들이 증거라기보다는 여흥거리가 될까봐 걱정돼요."

'다시 그 이야기로 돌아가는구나……. 무슨 말을 해도 항상 그 이야기로 말이지.'

제이나는 화난 듯 쏘아붙였다.

"가로쉬 본인이 이런 상황을 초래한 거라고요."

칼렉은 푸른빛이 도는 검은 머리를 흔들었다.

"거기에 대해 왈가왈부하려는 게 아니에요. 하지만 이렇게 연극적인 부자연스러움이라니……. 여기서 벌어지는 일들은 중요합니다. 이건 흥미 위주의 관람거리가 아니에요. 정의로움이 있어야 해요. 지금처럼 검투사 경기장의 분위기가 되어서는 안 됩니다."

제이나가 말했다.

"모두 상처를 받고 있어요, 칼렉. 우리 중 어떤 이들은 이 괴물이 저지른 일 때문에 절대로 완전히 회복될 수 없을 거예요. 우리는 이런 자리가 필요해요."

칼렉은 제이나 쪽으로 몸을 돌렸다. 칼렉의 아름다운 용모에 걱정하는 기색이 분명히 드러났다. 그는 제이나의 손을 잡아 두 손으로 감싸더니 조용히 말했다.

"어떤 목적으로요? 과거는 이제 뒤에 남겨두려고요? 앞으로 나가려고요? 당신은 이제까지 그러지 않았어요, 제이나. 전에 말했지만, 나는 당신이 과거를 잊고 앞으로 나아가기를 과연 원하는지도 잘 모르겠어요."

감정이 복받쳐 오른 제이나는 칼렉이 쥔 손을 홱 잡아 뺐다.

타란 주는 징을 쳐서 좌중이 정숙하도록 했다. 제이나는 그 소리에 어색한 분위기에서 빠져나올 수 있어서 고마웠다. 그리고 화가 난 마음을 애써 내색하지 않은 채 팔짱을 끼었다.

타란 주가 말했다.

"정의로운 판다렌 법정이 열렸습니다. 그러면 재판을 시작하겠습니다. 추샤오여, 첫 번째 증인을 소환하십시오."

티란데는 고개를 끄덕이고 일어서서 증인석을 향해 걸어갔다.

"고소인은 생명의 어머니 알렉스트라자 님을 소환합니다."

제이나는 입을 딱 벌렸다. 이건 예상하지 못했던 상황이었다. 참모습은 물론 용인 알렉스트라자가 인간의 모습으로 위장할 때 선택한 복장들은 보통 그리 정숙하지 않았다. 하지만 오늘 알렉스트라자는 목부터 발끝까지 가리는 희미하게 빛나는 붉은색과 금색의 드레스를 입었다. 팔과 목만 드러냈을 뿐이다. 알렉스트라자는 상당히 위엄 있는 모습으로 자리에서 일어나 증인석으로 향했다.

몇몇 이들이 일어섰다. 알렉스트라자의 용군단과 그녀의 동생이었다. 그러자 다른 용군단들의 일원들도 일어났다. 그리고 계속해서 다른 이들도 일어나기 시작해서 법정은 수백 명의 장화가 바닥을 치는 둔탁하고 부드러운 소리로 가득 찼다. 수천 년 동안 아제로스의 모든 생명을 지키고 보호하며 사랑했던 전대 용의 위상이 증인석으로 걸어가는 동안, 법정 안에 있는 거의 모든 이들이 경의를 표했다. 자리에 앉기 전, 알렉스트라자는 뿔 달린 머리를 들고 수많은 방청객의 얼굴을 올려다보았다. 알렉스트라자의 얼굴에서 부드러운 미소가 빛났고, 그녀는 감사의 표시로 가슴에 손을 얹었다. 눈에는 눈물이 글썽였다.

제이나 옆에 선 칼렉이 속삭였다.

"이런 상황이 필요한가요?"

제이나는 대답하지 않았다.

티란데는 알렉스트라자에게 따뜻하게 미소 지으며 공손히 절을 했다.

"생명의 어머니시여, 가능한 한 증언하시는 게 고통스럽지 않도록 노력하겠습니다."

알렉스트라자가 대답했다.

"친절하구나. 고맙다."

티란데는 심호흡을 했다.

"이 증인은 소개할 필요가 없습니다. 천신들도 이분을 알고 계십니다."

바인이 말했다.

"재판장님, 이의 있습니다. 증인이 가로쉬 헬스크림에 대해 직접적인 증거를 제시할 수 없다면, 저는 증인께 물러나시기를 간곡히 부탁드립니다."

티란데가 말했다.

"파슈아여, 가로쉬 헬스크림은 특히 한 부족, 바로 용아귀 부족에게서 중요하고도 영향력 있는 지원을 받았습니다. 저는 최근에 가로쉬 본인이 동맹을 맺은 부류의 족속이 어떤지 보여드리고 싶습니다."

바인이 끼어들었다.

"파슈아여, 우리 모두는, 아니 모두는 아니라 해도 우리 대부분은 때때로 그릇된 이를 동료로 삼습니다. 용아귀 부족이 과거에 한 행동은 재판과 관련이 없습니다."

타란 주가 말했다.

"추샤오 블러드후프의 지적이 맞습니다."

티란데가 대답했다.

"그렇습니다. 하지만 그게 전부는 아닙니다. 용아귀 부족은 용들을 노예로 삼았고, 지금도 계속 노예로 삼아 고문하고 있습니다. 그들은 가로쉬의 통치 아래서 그런 짓을 저질렀습니다. 그래서 저는 이분이 아주 적절한 증인이라고 생각합니다."

타란 주는 납득한 듯 고개를 끄덕였다.

"고소인의 말에 동의합니다. 심문을 계속하시지요."

"생명의 어머니시여, 증인과 증인의 종족은 한때 용아귀 부족에게 납치되어 감금되셨지요. 맞습니까?"

"맞아요."

알렉스트라자가 말했다. 제이나는 알렉스트라자가 대단히 침착하다고 생각했다.

"무슨 일이 있었는지 말씀해주시겠습니까?"

"용아귀 부족은 악마의 영혼을 손에 넣었습니다. 그건 용 종족을 제어하는 데 쓰였던 인공물이지요. 용아귀 부족은 상처 입은 수컷용을 따라 우리 집에 왔고, 악마의 영혼을 사용하여 나와 나의 세 배우자를 잡았습니다. 물론 싸움이 없지는 않았지요."

"그 후 무슨 일이 일어났습니까?"

"악마의 영혼을 지배하는 네크로스가 그림 바톨로 자신을 따라오라고 나와 내 군단에게 명령했습니다."

"증인과 증인의 군단을 데리고 무엇을 하려 했습니까?"

"그들은 우리가 얼라이언스와 대항하는 전쟁의 탈것이 되어주기를 바랐습니다. 우리를…… 전투에 타고 나가 그들의 적들을 공격하게 했지요."

"분명히 몇몇 붉은용들은 그 전투들 중에 죽었습니다. 어떻게 용아귀 부족은 죽은 용들을 대체했습니까?"

"용아귀 부족은 내가 각각 알을 낳았을 때마다 내게서 아이들을 가져갔습니다."

제이나는 동정심으로 아랫입술을 깨물었다. 제이나는 아이가 없었고, 아이를 낳을 것 같지도 않았다. 제이나는 안두인을 조카로 예뻐했다. 그리고 자신의 수습생 킨디가 죽었을 때 심한 정신적 타격을 받았다. 하지만 제이나는 그런 큰 애정이라도 부모와 자식 간의 유대감에는 비할 바가 아님을 알았다. 신비하고도 삶을 힘차게 살아가려 하는, 불멸의 존재와도 같은 생명체들의 어머니가 자식들이 노예가 되는 상황을 봤다면……. 제이나는 알렉스트라자가 어떻게 그런 일을 견딜 수 있었는지 상상이 되지 않았다. 천신들 쪽을 흘깃 본 제이나는 주의 깊고 온화한 초연함으로 증언을 듣던 천신들조차도 마음이 흔들렸음을 볼 수 있었다.

"이런 질문들로 사사로운 일들을 들춘 점에 대해 사과드립니다."

"왜 그런 질문을 했는지 이해해요."

티란데는 고마운 내색을 드러냈고, 제이나는 놀랍게도 지금 이 순간 나이트 엘프 대여사제를 위로하는 것이 용의 여왕이라는 사실을 깨달았다. 제이나는 놀라운 기색으로 고개를 저었다.

티란데는 계속 질문했다.

"각각의 알이라고 말씀하셨는데요. 어떻게 하나 이상의 알을 낳으셨습니까? 알을 뺏길 걸 알면서도 왜 자발적으로 계속해서 임신하셨습니까?"

알렉스트라자가 대답했다.

"처음에는 거부했습니다. 그들에게 알 하나를 가지라고 말했지요. 더 이상 알을 주지 않을 생각이었습니다. 나의 짝들도 거부했고요. 네크로스…… 네크로스는 알들 중 하나를 가져다가 내 얼굴 앞에 둔 다음 손으로 박살냈어요. 네크로스는…… 그 깨진 알을 나에게 끼얹었습니다."

알렉스트라자의 목소리가 갈라졌다. 그녀는 잠시 마음을 가다듬은 후 계속 말했다.

"나는 고통으로 비명을 질렀어요. 눈앞에서 부화하지 않은 아이가 살해당하고 내 몸에 그 핏덩이를 묻힌 채……. 사슬에 묶여 있었지만 나는 오크들을 공격했고, 그중 몇몇 오크에게 상처를 입혔습니다. 하지만 그들은 나를 제압했지요."

"그래서 그들이 원하는 대로 하셨군요."

"바로 그러지는 않았어요. 아이들을 낳아서 그들이 고문하게 두기 전에 죽으려고 결심하고 음식을 거부했지요. 그들은 다른 알을 파괴했어요. 그 후에는…… 그들이 원하는 대로 했어요."

알렉스트라자는 슬픈 미소를 지었다.

"알다시피 만약 내 아이들이 살았다면…… 어쩌면 언젠가는 풀려날 수 있을 거란 희망이 전에는 있었어요."

제이나는 그 참상에 공감이 되어 손으로 입을 막았다. 이미 오크 역사에서 야만적인 이 부분에 대해 알고 있었지만, 알렉스트라자가 직접 이야기하는 걸 들으니…….

이 순간 제이나는 칼렉이 시간의 환영에 대해 했던 말에 자기도 동의하고 있음을 깨달았다. 이야기를 듣는 것만으로도 충분히 심란했다. 제이나는 티란데가 그 장면을 보여주지 않으려 한 점에 말할 수 없이 고마웠다.

"다른 이들도 목숨을 잃었습니다. 맞습니까?"

"그렇습니다. 결국 나의 배우자 넷 중 셋이 살해 당했습니다."

제이나는 베리사 쪽을 흘깃 보았다. 하이 엘프는 돌로 조각한 것처럼 꼼짝도 않고 앉아 있었다. 오로지 베리사의 가쁜 숨소리만이 격앙된 감정을 드러냈다.

"그래서 증인과 증인의 배우자들은 이 끔찍한 요구를 받아들였는데도 불구하고, 증인을 잡은 이들에게서 제대로 된 대우를 받지 못하셨군요."

"그랬습니다. 나는 사슬에 묶여 있었어요. 턱에는 죔쇠를 채워서 내가 그들을 공격할 수 없게 했습니다. 우리 중 누구라도 저항을 하거나 묶인 것을 풀려고 애쓰면, 그들은 우리에게 악마의 영혼을 사용했습니다. 그건……."

알렉스트라자는 그 기억을 떠올리며 살짝 몸서리를 쳤다.

"……말할 수 없이 고통스러웠어요."

티란데는 부드럽게 물었다.

"잠시 휴정을 할까요?"

용의 여왕은 커다란 뿔이 달린 머리를 흔들었다.

"이야기를 마저 끝내는 게 좋겠어요."

알렉스트라자는 이렇게 대답했다. 매끄러운 목소리는 긴장된 채였다.

티란데가 말했다.

"증인은 용아귀 부족이 요구하는 대로 그들이 쓸 붉은용을 낳으셨지요. 용들은 어떻게 사용되었습니까?"

알렉스트라자는 무릎에 곱게 포개놓은 자기 손을 응시했다.

"용들은 짐승처럼 탈것으로 전투에 나갔고, 얼라이언스의 일원들을 죽이려는 목적으로 능력을 이용당했습니다. 그들에게 반항을 하면 고문을 받았고, 또한 아직 부화하지 않은 형제자매들이 죽을 수도 있었습니다."

"이런 행동들을 수행하도록 강요받은 상황에 대해서 특히 붉은용들은 어떤 기분이 들었을까요?"

알렉스트라자는 고개를 들었다. 목소리에 드러난 고통은 숨길 수 없었다.

"우리는 생명을, 모든 생명을 경외해요. 우리는 생명을 빼앗는 행위를 혐오하고요. 용아귀 부족이 우리에게 강요한 일 중 아마 이보다 더 우리를 경악하게 만들었던 일은 없었을 거예요."

티란데는 만족스러운 듯 고개를 끄덕이고는 방청객들에게로 얼굴을 돌렸다.

"호드의 지도자로서 가로쉬 헬스크림은 이 사실을 알면서도 자발적으로 용아귀 부족과 동맹을 맺었고, 그 부족이 탈것을 얻는 수단을 인정했습니다. 여러분은 용아귀 부족이 위 세계에 가장 자애로운 종족에게 저지른 짓을 들었습니다."

티란데는 볼진의 증언을 듣고 했던 것처럼 손가락을 펴서 하나씩 세며 걷기 시작했다.

"노예화, 고문, 강제 임신. 아동 유괴, 죄수 살해. 이 증인 한 분의 증거만으로도 다시 한 번 가로쉬는 다섯 가지 죄목에 해당됩니다."

티란데는 가로쉬를 잠시 응시하다가 알렉스트라자에게로 다시 몸을 돌렸다.

"감사합니다."

나이트 엘프는 이렇게 말했다. 그리고 바인에게 말했다.

"심문하시지요."

바인은 일어서서 용의 여왕에게 다가갔다. 제이나는 눈살을 찌푸리고 칼렉에게 말했다.

"바인이 알렉스트라자 님께 질문하는 게 당신은 아무렇지 않나요?"

칼렉이 대답했다.

"나는 차라리 알렉스트라자 님이 아무 말도 할 필요가 없었으면 좋았을 거라고 생각해요. 하지만 생명의 어머니는 강한 분이고 법정에서 증언하는 것보다 훨씬 더 심한 고통도 겪어오셨습니다. 저분은 해야 할 일을 하시는 분입니다. 바인 역시 그렇고요."

"바인은 이 일을 할 필요가 없었어요."

제이나는 앙칼지게 말했다. 이번에 대답하지 않은 쪽은 칼렉이었다. 제이나는 앞으로 몸을 기울여서 두 손 위에 얼굴을 괸 채 열심히 지켜보았다. 제이나는 이제껏 바인을 좋게 생각해왔다. 하지만 재판을 통해 바인을 지켜본 제이나는 그가 어떻게 가로쉬를 변호할 수 있는지, 이토록 잔인함이 요구되는 상황에서 어떻게 그럴 수 있는지 이해할 수 없었다. 그중 이해할 수 있는 면은 하나도 없었다.

"감사합니다. 생명의 어머니시여. 고통스럽게 해드릴 수밖에 없어서 유감스럽습니다."

타우렌은 이렇게 말했다.

'정말 말은 그럴듯하군.' 제이나는 생각했다.

"짧게 하겠습니다. 증인께서는 오크들은 물론이고 특히 용아귀 부족의 손에 상당한 고통을 받으셨습니다. 지금은 그들에 대해서 어떻게 느끼십니까?"

알렉스트라자가 대답했다.

"나는 아제로스의 어느 종족과도 다투지 않아요. 나는 생명의 어머니입니다. 위상으로써의 나의 힘이 대부분 사라졌다고 해도 나의 마음은 여전히 예전과 동일합니다."

"모든 종족들을 좋아하십니까?"

"나는 모든 종족들을 사랑해요."

알렉스트라자는 간단하게 대답했다. 제이나는 얼어붙었고, 천천히 턱을 괸 손에서 얼굴을 들었다. 충격을 받아 용의 여왕을 응시하는 제이나는 눈을 둥그렇게 뜬 채 깜빡이지 않았다.

"오크도 마찬가지입니까?"

바인은 제이나의 마음을 읽은 듯이 말했다.

"누가 이토록 끔찍한 짓을 증인께 저질렀습니까? 어떻게 증인께서는 그들을 사랑하실 수 있습니까? 그들이 멸망하는 걸 목 놓아 바라지 않으십니까? 특히 그들이 다시 권력을 잡도록 복구시킨 가로쉬 헬스크림의 멸망을 바라지 않으십니까?"

알렉스트라자가 말했다.

"정말로 악한 존재란 거의 없어요. 그리고 정말 악한 존재라 하더라도 절대로 속죄받을 수 없는 것도 아니에요. 변화는 삶의 타고난 속성이지요. 존재는 살아있는 한 성장할 수 있어요. 존재는 빛을 추구할 수 있고, 어둠을 추구할 수도 있지요. 존재가 완전히 어둠을 선택했을 때에만 삶 그 자체가 위험에 빠져 희망이 없다고 봐요."

"데스윙과 말리고스의 경우처럼 말이군요."

"그래요. 정말 애석하게 생각해요."

티란데는 온몸의 신경을 곤두세운 채 탁자 위에 놓인 서류들을 찬찬히 살피고 있었다. 이따금 티란데는 고개를 들어 시선을 흘끔 던지며 가볍게 눈살을 찌푸렸다.

제이나는 붉은용을 계속 응시했다. 그리고 날카롭게 속삭였다.

"지금 알렉스트라자 님은 무슨 말을 하시는 거죠? 뭘 하시려는 거냐고요?"

티란데가 소리쳤다.

"재판장님, 이의 있습니다!"

제이나는 안도감에 눈을 감았다. 타란 주가 물었다.

"왜 그러십니까, 추샤오여?"

"저는 휴정을 요구합니다!"

"이유가 무엇입니까?"

"증인께서는 이 질문들로 분명히 정신이 혼란하신 상태입니다!"

타란 주는 눈을 깜빡이더니 알렉스트라자를 내려다보았다.

"생명의 어머니시여, 휴정이 필요하십니까?"

"아닙니다, 파슈아여. 일어난 일을 다시 말하기란 고통스럽지만 나는 괜찮습니다."

"요청을 기각합니다. 계속하시지요, 추샤오 블러드후프."

"감사합니다."

타우렌은 고개를 숙이더니 이윽고 몸을 돌려 알렉스트라자를 바라보았다.

"마지막으로 묻겠습니다. 증인을 그렇게 고문하고, 증인의 아이들이 아직 알 속에 있을 때 죽였던 바로 그 오크들 중 하나가 오늘 증인께 와서 용서를 구한다면…… 어떻게 하시겠습니까?"

위대한 생명의 어머니는 처음엔 작게 미소를 지었지만, 곧 그 미소는 커졌다. 알렉스트라자는 고엘과 그의 가족들이 앉은 곳을 바라보았고, 고엘과 시선이 마주쳤다. 알렉스트라자가 마지막으로 말했을 때, 그녀에게서 빛이 뿜어져 나오는 듯했고, 그녀의 영혼 역시 빛이 뿜어져 나오는 것처럼 환했다.

"나는 당연히 용서할 겁니다."

알렉스트라자는 마치 어린아이가 간단하고 당연한 걸 물어보았다는 듯이 바인에게 말했다.

이것으로 심문은 끝났다.

제 2 3 장

타란 주가 징을 쳐서 오늘의 재판이 끝났다고 선언하자 안두인은 즉시 아버지 쪽으로 몸을 돌리고 말했다.

"저는 이제 가로쉬를 보러 갈게요. 오늘 저녁은 못 먹을 것 같아요."

보통 안두인은 아버지와 함께 저녁을 먹었고, 가끔은 제이나와 칼렉, 베리사와 보랏빛 마루에서 먹기도 했다. 그리고 저녁을 먹은 다음 양해를 구하고 해야 할 일을 하러 갔다……. 가로쉬와 무엇을 하든 말이다. 안두인은 자기가 가로쉬와 이야기를 하는 건지, 아니면 그의 이야기를 들어주는 건지, 혹은 그를 정신적으로 지도하는 건지, 그도 아니라면 그저 가로쉬와 바보 같은 말장난을 하고 있는 건지 알 수 없었다. 가끔은 그 네 가지를 모두 하기도 했다. 지금 당장 안두인은 앞서 나열한 일이 아닌 다섯 번째 일을 하게 될 수 있기를 바랐다. 바로 가로쉬의 둔한 두개골 안에 있는 감각을 일깨워주는 일이었다.

바리안은 고개를 끄덕이고 말했다.

"네가 그러고 싶을 거라 생각했다. 음식을 남겨놓으마."

"괜찮아요. 미 샤오가 만든 만두를 몇 개 먹으면 돼요."

제이나가 말했다.

"잠깐, 뭐라고? 지금 가로쉬라고 했니? 안두인, 가로쉬와 뭘 하려는 거니?"

제이나는 깜짝 놀라기도 하고 화도 난 듯 보였다. 바리안이 말했다.

"저녁을 들면서 설명하겠소. 가거라, 아들아."

안두인은 줄지어 늘어선 좌석들을 유연하게 뛰어넘어 계단 쪽으로 바삐 움직였다. 안두인의 뒤로 제이나가 말하는 소리가 들렸다.

"바리안, 이게 무슨 일이에요?"

안두인은 잠시 얼굴을 찡그렸다. 가로쉬에게 가는 일에 너무 정신이 팔린 나머지 제이나의 존재를 잊고 있었다. 안두인은 가로쉬와 만난다는 사실을 일부러 제이나에게 말하지 않았다. 안두인과 가로쉬의 만남을 아는 이들은 거의 없었고, 안두인은 그렇게 놔두기를 바랐다. 바로 제이나가 이런 식의 반응을 보일 거라고 예상했기 때문이다. 안두인이 하려는 일이나 관계를 맺는 이들을 두고 모두 저마다 간섭할 권리가 있다고 생각하는 듯 보였고, 그 때문에 안두인은 상당히 피곤한 상태가 되어갔다. 하지만 지금은 그런 생각보다 가로쉬를 보러 가야겠다는 마음이 더 컸다.

안두인은 통로로 급히 내려가 가로쉬의 감방으로 이어지는 문에 이르렀다. 안두인이 도착하자 리 추가 말했다.

"오늘은 죄수보다 왕자님이 더 빨리 오셨습니다. 가로쉬는 아직 오고 있는 중입니다."

"기다리겠소."

안두인은 복도 한 구석으로 걸어가 벽에 기대에 서서 가슴 앞으로 굳게 팔짱을 꼈다. 그리고 애써 긴장을 풀려고 노력하다가, 편안한 마음이 되려고 애를 쓴다는 게 얼마나 모순된 일인지 깨닫고 쓴웃음을 잠시 짓고는 그냥 서 있었다.

가로쉬는 잠시 후 도착했다. 아픈 발을 소중히 다루며 다가오는 가로쉬보다 몸을 묶고 있는 사슬이 철커덩거리며 질질 끄는 소리가 먼저 들려왔다. 가로쉬와 함께 유 페이와 여섯 명의 경비병들도 함께 왔다. 가로쉬가 감방에서 나올 때면 언제든지 그를 지키도록 지명된 경비병들이었다. 안두인은 가로쉬의 갈색 얼굴 위로 놀라운 빛이 스쳤다가 재빨리 가라앉음을 보았다. 추 형제가 문을 열었다. 유 페이는 먼저 들어가 안두인에게 따라오라고 신호를 보냈다. 경사로를 내려간 그들이 방 뒤로 가 조용히 서 있는 동안, 가로쉬는 열린 감방 문으로 철컹거리는 소리를 내며 들어갔다. 두 명의 경비병이 가로쉬의 발목에 묶은 사슬을 제외한 모든 사슬을 풀어주는 동안, 다른 네 명의 경비병과 추 형제는 옆에 서서 오크의 행동 하나하나를 감시했다. 가로쉬는 모피 이불로 가서 앉았고 그동안 문이 닫히고 잠겼다. 유 페이는 앞으로 다가가 우아한 동작으로 앞발을 흔들며 주문을 외웠다. 창문은 부드러운 보랏빛으로 빛나기 시작했다.

"이것의 특별한 기능은 무엇이오?"

분명히 그건 예방 차원의 추가 잠금 장치였지만, 안두인은 그게 정확히 어떻게 작동하는지 모른다는 사실을 깨달았다. 유 페이가 대답했다.

"이건 일방통행 방벽입니다. 간수들은 필요한 경우 안에 닿을 수 있지만 가로쉬는 밖으로 나갈 수 없습니다."

"똑똑하군요."

안두인이 말하자 유 페이는 살짝 얼굴을 붉히며 절을 했다.

"칭찬해주셔서 영광입니다."

유 페이는 눈을 내리깔고 총총걸음으로 밖으로 나갔다. 안두인은 아주 잠깐 유 페이의 이상한 행동을 의아하게 여겼지만, 지금은 저 오크와 이야기를 하는 데 훨씬 더 흥미가 있었다. 리와 로는 왕자에게 고개를 끄덕인 뒤 안두인이 죄수와 둘이 있고 싶다고 요구한 대로 문을 닫고 바깥문을 잠갔다.

안두인은 먼저 움직이지 않았다. 그저 자신이 드러내고 있는 분노를 재미있어 하는 듯한 오크를 노려볼 뿐이었다.

가로쉬가 말했다.

"말해라, 안두인 왕자. 아니면 곧 터져버리겠군. 그러다 여기가 엉망이 된 게 내 책임이라는 소리는 듣고 싶지 않다."

"어떻게 그럴 수 있어요? 어떻게 그런 짓을 하나라도 할 수가 있냐고요?"

안두인의 입에서 말들이 비틀비틀 흘러나왔다. 말하는 행위가 마치 한 번 더 움직이는 능력을 주기라도 한 듯, 안두인은 앞으로 성큼성큼 다가가 가로쉬의 감옥 창살에서 한 걸음도 채 떨어지지 않은 곳에 섰다.

"당신은 미치지 않았죠. 감정이 없지도 않아요. 그러니 말해봐요. 어떻게 이런 짓을 할 수 있죠?"

가로쉬는 유쾌한 모습으로 모피 이불 위에 기대어 누웠다. 그러자 사슬이 쩔렁거렸다.

"내가 뭘 어쨌다고?"

"무슨 말인지 알잖아요. 용아귀 부족과 동맹을 맺은 것 말이에요!"

가로쉬가 말했다.

"경건한 신심을 가진 것치고는 남을 너무 빨리 판단하는군. 티란데는 오늘 아주 멋진 게임을 했다. 나는 앞으로도 티란데가 멋진 게임을 하게 둘 거야. 알렉스트라자는 분명 자기가 쓴 소설로 눈물깨나 짜냈으니까."

"소설이라고요? 그 이야기가 당신에게는 소설로 들렸어요?"

가로쉬는 어깨를 으쓱했다.

"이제는 역사가 되었지. 그 이야기를 놓고 나를 울리려고 억지로 쥐어짜도 아무것도 나오는 게 없을 거다."

"당신을 놓고 다른 이들을 울리려고 쥐어짜는 것보다는 더 많이 나오겠죠."

"바로 그거야. 나는 네 동정심 따위는 필요 없다, 인간아."

"그러면 왜 나랑 이야기하고 싶다 한 거죠? 당신이 죽이려 들었던 나 같은 사제와?"

가로쉬는 아무 말도 없었다.

"그분은 생명의 어머니예요, 가로쉬. 그분은…… 이 세상에서 가장 자애로운 존재라고요. 그런데 당신의 종족이 그분에게 그런 짓을 한 거예요."

가로쉬의 눈이 환하게 빛났다.

"아하, 이제야 진실을 실토하는군. 너도 제이나와 똑같아, 안 그래? 너는 속으로 우리가 모두 괴물이라고 생각하지."

안두인은 신음을 내면서 좌절한 채 몸을 돌렸다. 오크는 웃었다.

"너희들은 다 똑같아."

왕자는 코웃음을 쳤다.

"분명 우리는 다 똑같죠. 당신이 고엘과 사울팽, 아이트리그와 똑같은 것처럼 말이에요."

가로쉬는 투덜대면서 시선을 돌렸다.

"그들은 호드의 참된 영광이 무엇인지 잊었다. 고엘의 경우는 그 영광이 뭔지 알았던 적도 없어."

"아, 그렇죠. 알들을 깨부수면서 얻은 영광이 참 지독히도 많네요."

"내 의지대로 용을 굴복시키는 데 영광이 있는 거다!"

"그래서 생명의 보호자를 고문하는 게 고귀한 행동이라고 정말로 생각하는군요."

"나는 알렉스트라자를 납치하지 않았어!"

"당신이 그런 건 아니었죠. 하지만 그런 짓을 저지른 자들과 깊은 관계에 있었어요. 아직도 용들을 노예로 삼고 있는 이들과 말이죠. '내 의지대로 용을 굴복시키는 데 영광이 있다'는 거니까요. 안 그래요?"

안두인은 한 발자국 더 다가갔다.

"호드에 대한 당신의 미래상이 뭐죠, 가로쉬? 이 세상이 목격해온 모습은 불필요한 폭력과 고문, 친구를 배신한 행위뿐이었어요."

"나의 호드는 거인이 벌레를 짓이기듯 적들을 짓이길 거다!"

가로쉬가 벌떡 일어나 창살 쪽으로 얼굴을 아주 가까이 들이댔고, 안두인은 자기 뺨에 가로쉬가 뿜어대는 분노의 열기를 느낄 수 있을 정도였다. 하지만 가로쉬는 창살을 건드리지 않았다.

"그러면 당신이 꿈꾸던 호드가 당신을 괴롭히는 벌레 전부를 짓이긴 다음에는 어떤 일이 벌어지나요? 그 다음은 뭔데요? 적들이 다 없어진 다음에는 뭘 할 거죠? 호드 내부로 싸움을 돌릴 건가요? 아, 그렇죠. 당신은 이미 그랬던 적이 있죠, 안 그래요?"

그들은 오랫동안 서로를 노려보았다. 이윽고 안두인이 한숨을 쉬었다. 분노는 이제 안두인에게서 모두 빠져나갔고, 남은 건 슬픔뿐이었다. 슬픔 그리고 가로쉬 헬스크림이 결과로 남긴 파멸에 대한 역겨움이었다. 거기에는 가로쉬 자체에 대한 역겨움도 적지 않았다.

"난 정말로 이해하고 싶어요."

안두인의 목소리는 속삭임에 가까웠다.

"최소한 나는 당신 마음이 어떤지 이미 조금은 이해했거든요. 당신의 종족이 자랑스럽게 고개를 들고 다니게 하고픈 당신의 마음을 난 이해해요. 종족의 아이들이 건강하게 자라기를 당신은 바라죠. 오크가 강해져서 번성할 수 있기를 바라고요. 당신은 위대한 업적을 세워서, 흙으로 돌아간 후에도 영원히 기억되기를 바라죠. 이 점은 나도 정말 이해해요. 하지만 나머지는요? 알렉스트라자는요? 폭발시킨 여관은요? 트롤들은요? 테라모어는요?"

안두인은 천천히 금발을 흔들었다.

"그건 이해 못하겠어요."

안두인이 말하는 동안 가로쉬는 조용히 있었다. 가로쉬는 소년의 말에 꼼짝 못하게 된 듯 안두인을 골똘히 바라보았다. 이제 그는 안두인만큼이나 차분한 목소리로 대답했다.

"너는 결코 이해할 수 없을 거다."

잠시 동안 안두인은 대답하지 않고 있었다.

"당신 말대로 그럴지도 모르죠."

"안두인 왕자님, 감방에서 물러나주십시오."

리 추의 목소리가 들렸다. 안두인은 그 소리에 깜짝 놀라 순순히 시키는 대로 했다. 리의 시선이 가로쉬에게 꽂혔다.

"저하, 괜찮으십니까?"

"아무 문제없소. 괜찮소."

안두인이 말했다. 리 뒤로 로가 쟁반을 든 채 서 있었다. 쟁반 위에는 김이 나는 녹색 카레 한 사발과 밥 한 사발, 복숭아 두 개, 네 쪽으로 자른 열대의 해과일과 신선한 물 한 병이 있었다. 가로쉬는 최소한 자기가 죄수를 다루었던 것처럼 감옥에서 푸대접을 받았다고 불평할 수 없었다. 유 페이가 주문을 외우자 창살에서 나던 빛이 사라졌다. 리의 엄중한 시선 아래 로는 바로 문 옆에 놓인 작은 탁자 위에 식사를 올려놓았다.

안두인은 가로쉬가 저녁을 먹도록 떠났다. 경사로 입구에서 잠시 멈춰 선 안두인은 뒤돌아서 가로쉬에게 말했다.

"다시 말하지만, 당신이 틀렸을지도 모르죠."

***

이번에 늦은 쪽은 실바나스였다. 실바나스가 윈드러너 첨탑에 도착했을 때, 베리사는 벌써 와서 해변을 이리저리 걷고 있었다. 실바나스가 박쥐에서 내리자 베리사가 달려왔다. 베리사는 소리쳤다.

"해냈어! 완벽해!"

실바나스는 베리사가 흥분한 모습에 어느새 미소를 지었다. 정말 그렇다면 굉장한 소식이었다.

"빨리 말해봐. 너무 듣고 싶으니까!"

베리사가 말했다.

"주기적으로 반복해서 나오는 음식 중 하나가 녹색 카레야. 그건 보통 사흘에 한 번씩 나온대. 하지만 무람 샤오가 말하기를, 그 순서는 어떤 재료가 더 신선하냐에 달려 있다고 해. 요리사들은 부엌에 있는 커다란 솥으로 카레를 만들고, 그 솥에서 모두가 음식을 받는 거야."

두 자매는 완벽한 자세로 가볍게 발걸음을 내딛기 시작했다. 걸어가는 둘의 움직임은 빨랐고, 흥분한 듯 보였다. 실바나스는 마치 잠들어 있다가 아주 오랜만에 깨어난 듯, 모든 감각이 고조된 듯한 느낌을 받았다.

"계속 말해봐."

"가로쉬의 음식을 그릇에 담으면 쟁반에 밥과 과일 몇 종류를 함께 놓은 다음 가로쉬에게 보낸대. 다시 말하지만, 과일들은 그때마다 신선한 거면 뭐든지 가능하대. 그리고 가로쉬에게 네 등분된 해과일도 준다고 해."

베리사는 거의 스스로를 진정시킬 수가 없었다.

"실바나스 언니, 요리 준비는 저녁 식사 때쯤에 끝나. 한입씩 먹을 때마다 카레를 밥에 섞고 거기다 해과일 즙을 뿌리는 거야. 그 과일 자체는 시큼하지만, 껍질은 달아서 밥을 다 먹고 나면 껍질을 먹을 수 있어. 우리는 카레에 독을 넣을 필요가 없다고."

실바나스는 걷던 자리에서 멈췄다. 그리고 중얼거렸다.

"해과일에 독을 넣을 수 있구나. 그러면 가로쉬가 자기 손으로 자신을 독살하는 거지!"

"맞아!"

베리사의 기쁨은 태양처럼 빛났다.

"우리는 요리가 주방에서 나오기 바로 직전에 해과일을 바꿔치기만 하면 돼."

둘 다 동시에 서로의 손을 잡았다. 베리사의 장갑 낀 손가락이 힘 있게 실바나스의 손을 쥐었다. '베리사는 정말 기뻐하고 있구나.' 실바나스는 깨달았다. '그래서…… 나도 기쁘네.'

실바나스가 말했다.

"정말 총명하구나, 작은 달님아. 너는 총명해.

베리사는 기쁨으로 얼굴을 붉혔다.

"이걸 하기 위해 부엌에 갈 수 있겠니?"

베리사는 고개를 끄덕였다.

"응. 벌써 거기 단골이 되었어. 나는 무람이 음식을 준비할 동안 이야기를 나누곤 해. 이제까지 방해하는 이는 아무도 없었어. 미 샤오가 요리사들에게 내가 관심 있어 한다는 사실을 말했다고 생각해. 나는 요리사들이 오늘 카레를 준비하는 모습을 지켜봤어. 해과일은 카레를 사발에 담기 직전에 자른 다음 쟁반에 놓더라. 나는 미리 잘라놓은 해과일을 가져다가 독을 뿌린 다음 눈 깜짝할 새에 바꿔놓을 수 있어."

"가로쉬가 해과일을 먹는지는 알고 있니?"

"응. 무람이 그러는데 가로쉬가 맛있게 먹는대."

실바나스가 생각에 잠겨 말했다.

"정말 멋지구나. 가로쉬는 아마도 이 세상에 존재해왔던 오크들 중 가장 위험한 자인데, 판다렌 과일을 좋아해서 살해를 당하다니 말이야."

베리사가 말했다.

"선물처럼 느껴져. 마치 운명인 것처럼 말이야."

실바나스는 꼭 쥔 둘의 손을 내려다보았다. 그리고…… 따스함을 느꼈다. 아니, 물리적인 온기가 아니었다. 실바나스는 다시는 체온을 느끼지 못할 것이다. 만약 자신과 동생이 장갑을 끼고 있지 않았다면, 베리사는 실바나스의 피부에서 느껴지는 차가운 감촉에 놀라 손을 뺐을 터였다.

어쩌면…… 그러지 않을지도 모른다.

실바나스는 중얼거렸다.

"어쩌면 이건 정말 운명일 거야. 어쩌면 너와 내가 서로 연락하도록 정해져 있었을지도 몰라. 그렇다면 가로쉬 헬스크림은 그 누구도 아닌 바로 우리, 아제로스에 마지막으로 남은 윈드러너 자매 연합군에 의해 끌어내려질 운명이었다는 뜻이야."

실바나스는 고개를 들어 타오르는 붉은 눈으로 베리사의 하늘색 눈을 뚫어져라 바라보았다.

"호드와 얼라이언스는 가로쉬를 간신히 막아낼 수 있었어. 하지만 동생아, 너와 나 단 둘이서 그를 끝장내게 될 거야. 그리고…… 어쩌면 이게 또 다른 무언가의 시작일지도 모르지."

"그게 무슨 말이야?"

"우리가 가로쉬를 죽이는 것에서 그만둘 필요는 없어."

실바나스의 목소리는 가늘게 떨렸다. 이랬던 적이 얼마만일까? 실바나스가 살해된 후 단 한 번 이랬다. 단 한 번, 벌써 몇 년도 더 된 그때, 모험가 하나가 실바나스에게 사파이어로 장식된 로켓 목걸이를 주었던 때였다.

"지금 얼라이언스가 너에게 무슨 의미가 있니?"

실바나스는 자기가 베리사의 마음을 제대로 읽었기를 바라며 강하게 나갔다.

"가로쉬는 시작일 뿐이야. 우리, 윈드러너 자매는 강력해. 우리는 세상을 바꿔왔어. 그리고 우리는 계속해서 세상을 바꿀 수 있어. 함께 말이야. 가로쉬를 죽인 다음에 나에게 와."

"뭐라고?"

"와서 내 옆에서 통치를 해줘. 너는 호드를 싫어하지. 나도 그랬어. 거기서 권력의 자리를 얻기 전까지는 말이야. 우리 스스로가 법이 될 수 있어, 작은 달님아. 우리는 호드를 우리가 생각하는 대로 재편할 수 있어. 아무것도 우리를 막을 수 없을 거야. 우리는 적들을 먼지로 갈아버리고 우리와 동맹을 맺은 이들을 드높일 수 있어. 나는 그렇게 느껴. 내가 보기에는 너도 그걸 느낄 수 있을 거라 생각해."

실바나스의 손은 베리사의 손을 꽉 쥐었다. 그러나 하이 엘프 순찰대 사령관은 그 손을 빼지 않았다. 베리사는 눈을 크게 뜨고 입술을 살짝 벌린 채 실바나스의 눈을 탐색하고 있었다.

"나는……."

"네가 내 옆에 있었으면 좋겠어, 동생아."

실바나스는 갈라진 목소리로 이렇게 말했다.

"나는 이제까지…… 너무나 외로웠어. 지금까지 그걸 깨닫지도 못하고 있었어. 나는 내가 외로움을 느낄 수 있을 거라고 생각하지 않았어……. 나와 함께 있어줘. 제발…… 같이 있어줘, 나의 작은 달님아."

제 2 4 장

제6일

"추샤오 위스퍼윈드여, 첫 번째 증인을 소환하십시오."

"감사합니다, 파슈아여. 저는 전직 코르크론 대원이었던 가코르그를 소환하겠습니다."

남아 있는 코르크론 대원들은 많지 않았다. 그들 중 대부분은 가로쉬의 편에 섰고, 고엘이 군대와 함께 메아리 섬에 상륙했을 때 전장에서 교전까지 했다. 볼진은 아직 자신만의 별도 경호대를 선발하지 않았다. 바인은 볼진의 경호대에 적지 않은 수의 트롤이 들어갈 거라 생각했다. 한 줌밖에 되지 않은 살아남은 코르크론 대원들은 가코르그를 제외하면 모두 감옥에 갇혔다. 가코르그는 판다리아가 발견되기도 전인 초창기에 탈퇴했다. 그의 목에는 현상금이 걸려 있었지만, 눈치 빠른 가코르그는 재주껏 지하 세계에 머물러왔다.

가코르그는 바인이 생각했던 것보다 젊었고, 여느 코르크론 대원들처럼 신체 조건이 뛰어난 오크였다. 피부는 에메랄드빛이라고 볼 수 있을 만큼 진한 초록색이었다. 선서를 하기 위해 증인석으로 다가가는 가코르그는 다리를 절고 있었다.

티란데가 요청했다.

"이름과 직업을 말씀해주십시오."

"저는 가코르그라고 합니다. 말씀하셨듯이 저는 한때 코르크론 대원이었습니다. 스랄 대족장님 밑에서 복무했고, 그 후에는 가로쉬 헬스크림 밑에서 복무했습니다."

티란데가 생각에 잠긴 듯 말했다.

"한때 복무했다가 탈퇴한 이들 중 오래 살아남은 이는 거의 없지요."

바인이 소리쳤다.

"재판장님, 이의 있습니다!"

타란 주가 말했다.

"변호인에게 동의합니다. 본인의 생각을 말하지 말고 질문하십시오, 추샤오여."

티란데는 계속 질문했다.

"가로쉬의 부대에서 언제 떠났습니까?"

"칼림도어 대륙을 차지하기 위해 초기에 치렀던 전투를 마친 직후였습니다."

"감사합니다. 크로미, 환영을 보여주세요."

크로미가 부드럽게 어르는 손길에 시간의 환영에 달려 있는 용이 깨어났다. 과거의 가코르그는 피가 묻은 불룩한 자루를 등에 매달고 나타나 빌지워터 항만 위에 여기저기 흩어져 있는 스러져가는 철제 공동 주택 중 한 집으로 다가갔다.

바닥을 지푸라기로 덮은 공동 주택에는 포로들이 살고 있었다.

포로들은 처음에는 자고 있었지만, 문이 열리자 깨어났다. 포로는 총 넷이었고, 모두의 앞다리는 튼튼한 사슬에 묶인 채였다. 그들은 하품을 하더니 커다란 갈색 눈을 비벼 졸린 기색을 거두고 호기심에 찬 듯 중얼거렸다. 그들의 얼굴은 성인 인간의 얼굴보다 컸지만 자기들의 종족에 비하면 여전히 작은 편이었다. 길고 숱 많은 머리털은 검은색과 갈색과 회색으로, 구불구불 등까지 굽이쳐 흘러내렸다. 포로들이 입은 옷이라고는 상당히 원시적인 형태의 짐승 가죽뿐이었다. 떠도는 냄새를 맡기 시작한 그들은 가코르그가 가져온 게 무엇인지 알아차리고 흥분한 듯 박수를 치면서 기쁨의 탄성을 질렀다. 그들은 작은 꼬리를 흔들며 무거운 발을 위아래로 쿵쿵대었다.

그들은 마그나타우르의 아이들이었다.

"그렇지, 어린 것들아. 네 부모들이 듣도록 큰 소리를 내거라."

가코르그가 자루에서 즙이 뚝뚝 떨어지는 큰 고깃덩이를 꺼내자 아이들이 거칠어졌다. 고기를 받은 새끼는 재잘대듯 웃어댔다. 나머지 아이들은 고기를 받고 싶은 갈망에 울부짖었고, 눈물로 둥근 뺨 위를 적시며 손을 뻗었다.

가코르그의 형상은 아이들을 잠시 바라보았다. 이윽고 그는 고개를 흔들고 혼잣말로 투덜댔다. 가코르그는 고깃덩이 하나를 꺼내서 앞발이 묶인 채 있는 힘껏 폴짝폴짝 날뛰던 몸집이 작은 여자아이에게 던져주었다. 아이는 뛰던 걸 멈추고 달게 절인 고기를 게걸스레 먹었다. 다른 새끼들은 자기 몫을 달라고 더 크게 아우성을 쳤고, 가코르그는 순순히 고기를 내주었다. 곧 네 아이들은 모두 고기를 씹게 되었다. 넷 중 가장 어린 것은 아직 아기에 불과했고, 가장 나이 많은 아이는 머리 양편으로 엄니가 돋고 있는 흔적이 살짝 보이는 남자아이였다.

"여기서 멈추십시오."

영상이 멈췄다. 티란데가 질문했다.

"이들은 누구이며, 무엇을 하고 있는 겁니까?"

가코르그의 얼굴은 슬픔으로 어두워졌다.

"마그나타우르의 아이들입니다. 가로쉬는 아이들을 납치해놓고 마그나타우르들이 잿빛 골짜기에서 자기편에 서서 싸우도록 했습니다."

"아이들은 어떤 식으로든 고문을 받았습니까?"

오크가 말했다.

"아닙니다. 제 임무는 아이들에게 먹이를 주고 돌보는 것이었습니다. 아이들의 부모들을 다루기 힘들어지면, 저는 아이들에게 특별한 먹이를 주어서 갑자기 큰 소리를 내게 만들었습니다. 아이들은 꿀에 절인 고기를 좋아했습니다. 부모들은 우리가 아이들에게 무슨 짓을 하는지 알 수 없었고, 걱정이 든 부모들을 다루기는 쉬웠습니다. 저는 아이들을 고문하지 않았습니다, 나이트 엘프여."

"하지만 증인은 납치된 아이들을 돌보았지요."

티란데가 말했다. 단순히 사실을 언급한 것이었다. 가코르그는 얼굴을 문질렀다. 그리고 무겁게 말했다.

"네, 그랬습니다."

"그 전투에서 부모인 마그나타우르들은 호드 편에 서서 싸웠습니까?"

티란데가 물었다. 하지만 바인은 대여사제 본인이 그 전투에서 마그나타우르들을 봤다는 사실을 알고 있었다.

"그렇습니다."

"어떻게 되었습니까?"

가코르그가 대답했다.

"모두 죽었습니다."

티란데가 계속 말했다.

"그렇다면 아이들은 고아가 되었군요. 어른들은 조건을 지키다가 죽어갔습니다. 가로쉬가 내건 조건은 무엇이었습니까?"

"가로쉬는 마그나타우르들에게 만약 어른들이 싸우지 않는다면 아이들을 죽이겠다고 말했습니다. 만약 그들이 호드 편에 서서 싸우다 죽으면 아이들을 풀어주겠다고 했습니다."

"알겠습니다. 가로쉬는 자신이 내건 조건을 지켰습니까?"

가코르그는 바로 대답하지 않았다. 그저 멈춘 영상 속 아이들의 형상을 응시할 뿐이었다. 고기의 핏물은 아이들이 선물을 받고 보이는 순수한 기쁨과 대조를 이루었다.

티란데가 부추겼다.

"대답해주시기 바랍니다."

그러자 가코르그는 애써 말했다.

"그렇기도 하고…… 아니기도 합니다. 말하자면, 마그나타우르들은 우리가 가진 병력 중에서 가장 뛰어난 병사들은 아니었습니다. 그리고 가로쉬는 말장난에 아주 능했습니다."

지금 가코르그는 영상에서 시선을 돌려 눈을 가늘게 뜨고 가로쉬를 째려보았다. 그러고는 내뱉다시피 말했다.

"가로쉬는 아이들을 풀어줬습니다. 그건 맞습니다. 마그나타우르들은 가로쉬의 말이 아이들을 고향에 데려다줄 거라는 의미라고 이해했습니다. 하지만 가로쉬는 아즈샤라 해변에 아이들을 풀어주라고 명령을 내렸습니다."

바인은 눈을 감았다. 그는 차마 가로쉬를 볼 수 없었다. 그랬다가는 지금 드러난 포학무도한 짓을 저지른 오크를 폭행하게 될까봐 겁이 났기 때문이다.

"하지만 아이들은 스스로 살아갈 수도 있지 않나요?"

"만약 노스렌드였다면 그랬을 수도 있습니다. 거기서는 어떤 게 안전하고 어떤 게 그렇지 않은지 알았을 테니까요. 그리고 같은 종족의 어른들을 찾았을 수도 있고요. 하지만 아이들은 조각난 해안에서 풀려났습니다."

"그곳은 안전하지 않습니까?"

"조각난 해안에는 나가가 있습니다."

가코르그의 목소리는 공허했다. 그는 더 이상 아무 말도 하지 않았다. 그럴 필요가 없었다.

"이 사실을 알게 된 후 증인은 어떻게 했습니까?"

가코르그가 말했다.

"저는 관복을 벗고 자취를 감췄습니다. 저만 그런 게 아닙니다."

"감사합니다. 이렇게 또 다른 아동 유괴의 혐의가 가로쉬 헬스크림에게 더해질 수 있습니다. 유괴뿐 아니라 살인도 되지요. 추샤오 블러드후프여, 심문하십시오."

바인은 입을 열어 거절할 수조차 없었다. 그는 그저 손을 흔들어 부정의 의사를 표시했다. 바인은 가코르그에게 할 말이 없었고, 혹여 무슨 말이라도 하게 된다면 그저 관직을 잘 떠났다는 말 밖에 못할까봐 두려웠다.

티란데가 자기 자리로 걸어가고 가코르그가 방청석에 있는 자기 자리로 돌아갔을 때, 한 파수병이 나타나 티란데에게로 곧장 향했다. 그와 조용히 이야기를 나누던, 티란데가 눈썹을 들어올렸다. 처음에는 믿지 못하겠다는 듯 보였지만, 파수병이 뭔가 말하자 납득이 된 모양이었다.

타란 주가 말했다.

"추샤오 위스퍼윈드여, 무슨 일인지 법정에 말씀해주시겠습니까?"

"잠시만 기다려주십시오, 파슈아여."

두 나이트 엘프는 계속해서 치찰음을 내며 속삭였고, 마침내 티란데가 고개를 끄덕였다. 파수병이 서둘러 밖으로 나가는 동안 티란데는 본연의 모습을 되찾았다. 티란데는 무척 놀라고도 기쁜 동시에 굉장히 흥분한 모습이었다. 마침내 티란데가 옷자락을 부드럽게 바스락거리며 일어섰다. 그리고 오랫동안 그저 책상 앞에 서 있기만 했다. 티란데는 증인을 부를 기색도 보이지 않고, 그저 방청객을 살피다가 마치 결정을 내렸다는 듯이 천신들에게로 시선을 돌렸다. 바인은 긴장했다. 티란데는 항상 자신감에 차고 절제된 모습을 보였지만, 지금은…… 상당한 승리감에 차 있었다.

티란데가 말했다.

"타란 주 맹주님, 저는 이 재판이 돌이킬 수 없게 훼손되었다고 여겨주실 것을 공식적으로 요청합니다."

경기장에서 웅성거림이 일어났고, 타란 주는 징을 쳤다. 재판이 시작된 후 처음으로 가로쉬는 바인 쪽으로 몸을 기울여 말했다.

"저게 무슨 뜻이오?"

"티란데가 무엇을 원하는지에 따라 다릅니다. 그럴 거라는 생각은 조금도 들지 않지만, 티란데는 당신이 무죄라고 생각하는 건지도 모르고, 아니면 새로운 배심원들을 두기를 바라는 걸 수도 있죠."

"그 말인즉 나는 의심할 바 없이 처형당한다는 거로군."

가로쉬의 목소리는 지루하리만큼 평온했다. 바인은 날카롭게 가로쉬를 바라보았다.

"공정한 평결을 내려줄 능력이 되는 존재는 소수뿐입니다. 그중 네 분이 현재 당신의 배심원으로 구성되어 있고요."

"내 생각이 틀리지 않다고 말하겠소."

바인은 대답하지 않았다. 소동이 가라앉자 타란 주가 말했다.

"추샤오 블러드후프와 추샤오 위스퍼윈드여, 시간의 조언자들과 함께 연단으로 와주시겠습니까?"

그들 모두가 앞에 서자, 타란 주는 티란데를 짜증 어린 시선으로 응시했다. 바인이 관찰하기로 크로미는 특별히 기분이 좋아 보이지 않았다.

"고소인이여, 왜 지금에서야 나에게 이 재판이 훼손되었다고 선언해달라고 하는지 말해보십시오."

"저는 추샤오 블러드후프가 피고를 대변하는 데 있어서 공인으로서의 이익과 개인으로서의 이익이 상충되는 일이 있다는 사실에 주목하게 되었습니다. 그래서 재판장님의 처분에 맡길 수밖에 없었습니다. 저는 추샤오 블러드후프가 공정한 변호를 할 수 있으리라 생각하지 않기 때문에 이 재판이 공식적으로 훼손되었다고 선언하고 새로운 변호인과 배심원을 임명해주시기를 요청드립니다."

타란 주는 위엄과 격분이 섞인 모습으로 말했다.

"추샤오여, 나는 피고를 전적으로 공명정대하게 대변할 만한 인물을 호드나 얼라이언스, 또는 다른 진영에서도 찾아내기가 사실상 불가능하다는 점을 그대가 모른다고 생각하지 않습니다."

티란데가 말했다.

"그렇더라도 재판장님께서는 그렇게 하셔야 합니다."

"그 증거의 속성이 무엇입니까?"

지금 티란데의 태도는 약간 불편한 듯 보였다.

"저는 증인의 존재를 지금 막 알았습니다. 그 증인은 추샤오 블러드후프에게 좋은 결과를 초래하지 않을 증언을 할 거라고만 말해두겠습니다. 저는 불필요하게 변호인의 명성에 손상을 입히고 싶지 않습니다. 이 정보를 들으면 배심원들에게 큰 영향을 주어서 공정한 평결을 내리실 수 없으리라 봅니다."

타란 주는 앞발로 팔짱을 낀 채 오랫동안 골똘히 생각했다.

"나는 그대의 적이 되고 싶지 않습니다, 티란데 대여사제."

"저도 맹주께서 제 적이 아닌 게 좋습니다, 타란 주여."

"그러면 이 놀라운 증인의 정체가 무엇입니까?"

"저의 바람은……."

바인이 화를 내며 끼어들었다.

"지금 당장 말하십시오. 나는 당신이 무얼 바라든 털끝만큼도 관심 없습니다, 추샤오여! 도대체 누구를 부른 겁니까?"

타란 주는 앞발을 들어올렸다.

"정숙하시기 바랍니다, 추샤오 블러드후프여. 추샤오 위스퍼윈드여, 추샤오 블러드후프가 가로쉬에게 가진 생각은 새로운 게 아닙니다. 심지어 추샤오 블러드후프는 처음에 했던 변호인 연설에서 자기에게 잠재적인 편견이 있음을 언급하기까지 했습니다. 만약 이의가 있었다면 그때 제기했어야 합니다."

"그때는 이 증인이 없었습니다, 파슈아여."

타란 주는 오랫동안 가만히 있었다. 이윽고 그가 입을 열었다.

"추샤오 블러드후프여, 추샤오 위스퍼윈드가 이루고픈 게 무엇인지는 분명합니다. 나는 추샤오 위스퍼윈드보다는 천신들과 그분들이 공정한 판결을 내리실 능력이 있다는 사실을 더욱 믿습니다만, 그대의 생각을 알고 싶습니다. 이 일로 피해를 입게 될 이는 그대인 것 같기 때문입니다."

'지금 이 순간이 중요하다.' 바인은 깨달았다. 물론 타란 주는 자기가 생각하기에 최선인 일을 할 것이다. 그게 파슈아로서 타란 주가 가진 권리였다. 하지만 타란 주가 바인의 의견을 물어보았으니 바인은 진실하게 대답할 터였다. 바인은 또한 티란데가 이런 행동을 할 필요가 없다는 사실도 알았다. 만약 증언이 티란데가 믿는 것처럼 치명적이라면 그저 증인을 증인석에 앉힌 채 있는 그대로 사실이 드러나게 놔두면 되었다. 그리고 바인은 티란데가 가진 확신을 의심할 이유가 전혀 없었다. 지금 티란데는 바인을 존중한다는 사실을 보이려고 애쓰는 중이었다. 그리고 어쩌면 바인에게 친절을 베풀고 있는 중인지도 모른다.

바인은 말했다.

"얼마 전이라면 이런 상황을 반갑게 받아들였을 겁니다. 저는 최선을 다해 의무를 수행했고, 이제는 계속 할 필요가 없어진 상황이니까요. 대지모신도 아시다시피 저는 제가 내린 선택과 싸워왔습니다. 저는 이런 짐을 자청해서 지지 않았고, 티란데가 찾은 증거가 무엇이든, 그 증거를 통해서도 고소인에 대한 제 감정이 얼마나 큰지 만천하에 드러날 거라고 확신합니다. 저는 대변자로서 부족할지 모르지만, 그럼에도 불구하고 가로쉬가 가진 최선의 대변자입니다. 저는 가로쉬를 변호하라는 요청을 받았고, 그렇기에 변호하겠습니다. 제가 개인적으로 감수해야 할 위험이 무엇이든 말입니다. 이게 제 생각입니다, 타란 주 맹주여."

놀랍게도 티란데는 기분이 나쁜 듯 보였다. 티란데는 바인 쪽으로 몸을 돌려 진지하게 말했다.

"지금 벌어질 일의 중요성에 대해서 당신이 제대로 인식하지 못한 것 같아요. 나는 이걸로 인신공격을 하고 싶지 않습니다."

"그렇지만 하겠죠."

"할 수 밖에 없어요!"

티란데는 목소리를 조용하게 낮추었지만 한 음절마다 격한 감정이 쏟아져 나왔다.

"나는 당신을 희생시킬 겁니다, 바인 블러드후프. 필요하다면 할 수 있는 한 가장 강력한 사례로 제시하기 위해서 말입니다. 나는 해야 한다면 그 무엇이든, 그 누구든 희생시킬 겁니다."

바인은 숨을 깊이 들이쉬었다가 내뱉었다. 그리고 몸을 일으켜 쭉 펴고 꼿꼿이 선 후 나이트 엘프를 내려다보며 아주 차분하게 말했다.

"그러면 그렇게 하십시오."

타란 주는 둘 모두를 쳐다보고 있었다. 이제 그가 말했다.

"그럼 그리 하지요. 추샤오 위스퍼윈드여, 증거를 제시해도 좋습니다. 그 증거를 기반으로 피고는 바인을 추샤오로 계속 둘 것인지 말 것인지 결정하도록 하겠습니다."

티란데는 잠시 눈을 감았다.

"바인 블러드후프, 앞으로 벌어지는 일은…… 당신 책임입니다. 감사합니다. 파슈아여."

카이로즈는 자리로 돌아가기 전에 바인의 팔을 잡고 속삭였다.

"나는 티란데가 당신에게 무엇을 제시할지 압니다. 나는 거기에 맞서서 내놓을 환영을 찾아낼 시간이 없어요. 그렇다고 무턱대고 아무 환영이나 내보일 수도 없다고요!"

바인은 태연하게 대답했다.

"그럴 필요가 없습니다. 크로미가 연루되어 있다면, 티란데는 환영으로만 토론하려는 게 아니라 제시할 수 있는 모든 증거를 보여주려는 계획인 게 분명합니다. 드러난 진실을 보고 달리 설명하지 않아도 모두가 이해하기를 바랄 수밖에요. 그리고 결과에 승복해야겠지요."

"당신은 젊은 왕자만큼이나 이상주의자군요."

좌절한 기색으로 카이로즈가 경멸하듯 말했다. 바인은 냉소적으로 코웃음을 쳤다.

"나는 그보다 더 심하다는 평가를 받아왔습니다."

이렇게 대답한 바인은 자기 자리로 돌아갔다.

가로쉬는 다시 몸을 숙이고 물었다.

"무슨 일이오?"

"재판은 진행될 겁니다. 이번에는 당신도 이 결정의 일부를 담당하게 됩니다. 당신은 나를 계속 변호인으로 둘지 아닐지 정할 수 있습니다. 만약 다른 이를 당신이 변호인으로 선택한다면, 타란 주는 그를 당신의 변호인을 임명할 겁니다."

"내가 왜 그러고 싶겠소? 당신은 며칠 안 남은 내 인생을 즐겁게 해주고 있는데."

티란데는 증인석 옆에 서서 심호흡을 한 뒤 말했다.

"먼저 알려드릴 게 있습니다. 저는 다음 증인이 제 주장에 아주 극단적인 반감을 가졌다고 봅니다. 제가 소환할 증인은 먼길잡이 페리스 스톰후프입니다."

그리고 그 순간, 바인은 티란데 위스퍼윈드가 가로쉬를 공식적으로 처형하기 위해서라면 어디까지 나가려는지 정확히 알았다.

제 2 5 장

먼길잡이 페리스 스톰후프는 사형 집행을 당하는 죄수의 분위기를 풍기며 천천히 증인석으로 다가왔다. 그는 위엄 있게 앉아서 기다렸다.

티란데가 말했다.

"법정에 이름을 말씀해주십시오."

"저는 증언하지 않겠습니다."

페리스의 낮은 목소리는 아무런 감정이 없는 듯 들렸지만, 그렇지 않다는 사실을 바인은 잘 알았다.

타란 주가 말했다.

"페리스 스톰후프여, 그대는 증인으로 부름을 받았기 때문에 증언을 해야 합니다."

"저는 케른 블러드후프 님, 그 다음으로 바인 블러드후프 님께 맹세를 했습니다. 그분들께 해가 될 말이나 행동을 절대로 하지 않겠다고 말입니다. 저는 그분들의 비밀을 지키는 신뢰받는 자입니다. 저에게 말하라 강요할 수 없습니다."

타란 주가 언급했다.

"판다렌 법에 따르면, 나는 그대가 증언하기로 결정할 때까지 그대를 무기한 억류할 수 있습니다."

"대부족장님을 배신하느니 명예를 지키며 남은 일생을 감옥에서 보내겠습니다."

바인은 더 이상 참을 수 없었다. 그래서 자리에서 일어섰다.

"페리스 스톰후프여, 나는 그대가 말할 것을 명령하오. 그대는 나와 아버지께 그대의 충성을 증명하고도 남았소. 그리고 바로 우리 둘을 위해서 나는 그대가 말하는 그 어떤 것도 그대의 책임으로 돌리지 않겠다고 약속하오. 이곳은 아버지인 케른과 내가 언제나 고귀하게 생각하던 진실을 위한 장소이니, 판다렌 법이 요구하는 대로 증언을 하시오."

무표정했던 페리스의 얼굴이 변했다. 그는 괴로운 모습으로 바인을 바라보았다. 페리스는 자기가 요구를 받아 들여 드러날 일이 가져올 충격이 얼마나 클지 바인이 완전히 파악하지 못했다고 생각하는 게 분명했다. 하지만 바인은 알고 있었고, 그래서 안심이 될 정도였다. 바인은 고개를 끄덕였다. '증언하시오.'

"증언하겠습니다만, 그건 대부족장님께서 그래야 한다고 명령하셨기 때문이라는 점을 알아두십시오."

페리스는 이렇게 말했다. 슬퍼하는 기색이 역력했다.

"배심원들께서는 이 점에 주목해주십시오. 이 증인은 적대적입니다."

티란데는 페리스가 조건을 달고 증언하는 데도 전혀 기쁜 내색이 아니었다. 하지만 후회하는 모습을 보이지도 않았다.

"증인의 이름과 직업을 말씀해주십시오."

"저는 페리스 스톰후프입니다. 바인 블러드후프 님을 섬기는 먼길잡이입니다. 그 전에는 그분의 아버지인 케른 님을 섬겼습니다."

"먼길잡이의 임무에 대해 말씀해주십시오."

"제일 중요하고 우선되는 임무는 밀사입니다만, 그보다 더한 일을 맡아서 합니다. 우리는 전달하는 서신의 내용을 알고 있습니다."

페리스의 목소리에는 기운이 없었고 좌절감이 어렸다.

"모든 면으로 안전하게 이동하는 법을 알고 있기 때문에 우리와 우리의 중요한 임무는 방해를 받지 않습니다."

"대부족장 블러드후프의 전갈을 전달하지 않을 때는 보통 어디에 있습니까?"

"그분 곁에 있습니다."

"조언자나 고문으로 말입니까?"

페리스는 회색 머리를 흔들었다.

"아닙니다. 제가 그분께 필요한 경우를 제외하고는 그림자로 있습니다."

가로쉬는 바인 쪽으로 몸을 기울이고 편하게 대화를 나누듯 말했다.

"티란데는 당신을 파멸시킬 거요, 타우렌."

바인이 대답했다.

"당연히 그럴 거라고 확신합니다."

"그런데 어째서……."

"조용히 하십시오."

바인이 낮은 목소리로 말했다. 그의 목소리는 위험할 정도로 부드러웠다.

티란데가 계속 질문했다.

"그렇다면 증인은 많은 비밀을 알고 있습니다. 고소인으로서 이 일에 대한 기록에 대해 언급할 것이 있습니다. 이 증언은 오로지 이 재판을 위한 목적으로만 찾았습니다. 저는 얼라이언스를 도우려는 목적으로 호드의 비밀을 엿볼 의도는 전혀 없습니다."

타란 주가 즐겁다는 듯이 말했다.

"만약 그대가 그러리라고 생각했다면, 나는 그대를 법정에서 추방하려고 했을 겁니다, 추샤오여."

바인은 얼라이언스 일원들의 반응을 보려고 방청석 쪽으로 고개를 들지 않았다. 바인은 그저 환영이 상영되도록 놔둘 작정이었다. '제발, 대지모신이여, 이 결정이 우리 모두를 위한 최선이 되게 하소서……. 우리는 전쟁에 너무 지쳤습니다.'

티란데는 살짝 눈살을 찌푸렸지만 고개를 숙였다. 그녀는 페리스에게 다시 주목했다.

"언제 처음 바인 블러드후프를 섬기기 시작했습니까?"

먼길잡이가 대답했다.

"그림토템 부족이 썬더 블러프를 차지하고 블러드후프 마을을 공격했을 때입니다. 대지모신의 가호로 바인 님은 제때 경고를 받아서 탈출할 수 있었습니다."

"그러면 증인이 바인에게 경고했습니까?"

"아닙니다. 저는 케른 님과 오그리마에 함께 갔습니다. 저는…… 막고라가 끝난 뒤 돌아오는 길이 지체되었습니다. 그림토템 부족이 감시 중이었기 때문입니다. 저는 그 후에 타우라조 야영지에서 바인 님과 합류했습니다."

"그러면 누가 경고를 했습니까?"

"스톰송이라는 이름의 그림토템 주술사가 했습니다. 그는 마가타보다 명예를 지키는 자였습니다."

"바인은 운이 좋았군요. 법정이 원하신다면, 저는 이 끔찍한 밤의 환영을 보여드리겠습니다."

장면이 펼쳐지자, 바인은 잠시 눈을 감고 침착함을 달라고 기도했다. 바인과 조른 스카이시어, 하뮬 룬토템이 보였고 페리스는 보통 그렇듯이 뒷자리에 앉아 있었다. 바인은 페리스를 깊이 존경했지만, 페리스는 매사에 깊이 관여하지 않는 편을 선호했다. 그건 먼길잡이로서 받은 훈련의 일부였다.

모두의 앞에 음식이 놓인 가운데 하뮬의 형상이 말했다.

"마가타는 원하는 걸 차지했소. 썬더 블러프와 블러드후프 마을을 장악했지요. 아마 모자케 야영지도 수중에 넣었을 거요. 만약 마가타를 막지 않는다면, 그녀는 모든 타우렌 지역을 차지하겠지요."

조른이 조용히 끼어들었다.

"하지만 해바위 지역은 아닐거요. 그들은 염탐꾼을 보냈습니다. 공격을 물리칠 수 있었을 겁니다."

바인은 환영 속 자신이 고개를 끄덕이며 조용히 으르렁대다가 입맛이 없어도 먹어야 했기 때문에 음식을 한입 씹는 모습을 지켜보았다.

잠시 후 바인의 형상이 말했다.

"대드루이드여, 나의 아버지께서는 언제나 당신의 조언을 신뢰하셨습니다. 나는 지금처럼 그 조언이 필요했던 적이 없습니다. 우리는 이제 뭘 해야 합니까? 어떻게 해야 마가타와 싸울 수 있을까요?"

하뮬은 바로 대답하지 않았다. 잠시 시간이 흐른 뒤, 그는 이렇게 말했다.

"우리가 알 수 있는 정보에 따르면, 대부분의 타우렌 지역은 마가타가 장악하고 있소. 주민들이 원하든 원하지 않든 말이오. 가로쉬는 이러한 배신행위에 관여하지 않았을지는 모르나, 확실히 성미가 상당히 급한 자인데다 어떻게든 그대의 아버지를 죽이고 싶어 했지. 언더시티는 그대에게 안전하지 않소. 가로쉬에 충성을 바칠 가능성이 있는 오크들이 순찰하지 않더라도 말이오. 검은창 부족 트롤들은 신뢰할 만하지만, 그들의 수는 많지 않소. 그리고 블러드 엘프를 보자면, 거기서 도움을 줄 가능성은 아주 희박하오. 가로쉬는 우리가 블러드 엘프들에게 가기 전에 먼저 가 있을 가능성도 있소."

바인은 낮은 소리로 웃었지만, 그 웃음은 쓰디썼다.

"그렇다면 우리의 적들이 친구들보다도 더 믿음직해 보이는군요."

"최소한 찾아가기가 더 용이하다고 볼 수 있소."

하뮬은 이렇게 대답했다. 바인의 형상은 깊은 생각에 잠긴 채 침묵에 빠졌다. 충분히 고심한 끝에 결정을 내린 바인은 머리를 흔들고 귀를 펄럭였다.

"나는 언제나 명예를 존중하지 않는 친구보다는 명예로운 적을 택하겠습니다. 그러니 명예로운 적에게 가도록 합시다. 우리는 스랄이 신뢰하던 여인을 찾아갈 겁니다. 바로 제이나 프라우드무어 여군주에게 가겠습니다."

법정은 아수라장이 되었다.

* * *

제이나는 티란데를 뚫어지게 바라보았다. 마치 물속에 잠긴 것처럼 제이나를 둘러싼 목소리들은 무의미한 소리들처럼 나직하고 먹먹하게 들려왔다. 제이나는 자신의 손을 움켜잡는 손의 감촉이나 어깨를 흔드는 손길도 느낄 수 없었다. 그저 끔찍하고도 떨쳐버릴 수 없는 배신감으로 티란데를 노려볼 뿐이었다. 나이트 엘프 역시 깊은 동정심과 불굴의 결심이 뒤섞인 모습으로 제이나의 눈길을 마주했다.

"어떻게 티란데가 이럴 수 있지?"

제이나가 중얼거렸다. 제이나는 바인이 이런 일을 할 거라고 어느 정도는 예상했지만 티란데가 이러다니…….

"제이나!"

칼렉의 목소리는 제이나가 이제껏 들었던 목소리보다도 강하고 컸다. 칼렉은 제이나의 어깨를 흔들었다. 그러자 제이나를 감싸던 마법이 순간 탁 풀렸고, 갑자기 모든 게 엄청난 속도로 밀려들며 점점 큰 소리를 냈다. 모든 이들이 고함을 치고 있었고, 타란 주는 징을 세게 쳐댔다. 제이나는 티란데에게서 마지못해 눈길을 거두고 바리안을 바라보았다. 바리안 역시 고함을 지르고 있었다.

"제이나, 왜 이 일에 대해 나한테 말하지 않았소?"

안두인의 두 눈은 금화만큼이나 커졌다. 안두인 역시 폐위된 타우렌 대부족장을 도왔던 일에 관해서는 아무 말도하지 않는 게 제일 낫다는 결정을 내렸던 게 분명했다.

지금은 제이나와 안두인에게 빛의 가호가 있기를 바라는 수밖에 없었다. 제이나는 중얼거렸다.

"모두 부서지고 있어. 모든 게. 그저 모든 게 다 부서지고 있구나."

칼렉이 말했다.

"제이나, 타란 주가 방금 10분간의 휴정을 선포했어요. 당신이 원한다면 우리는 자리를 뜰 수 있어요. 당신은 이 일 때문에 여기 있을 필요가 없어요."

"제이나가 여기 있을 필요가 없다는 게 무슨 말이오?"

바리안은 진정하려고 애쓰는 게 눈에 보였지만 완전히 진정하지는 못했다.

"선리버들이 일으켰던 일과 똑같은 거잖소. 제이나, 나에게 말을 했어야지. 마음의 준비를 해야 하니 다음에 무슨 일이 일어났는지 말해요."

제이나는 고개를 흔들고 어깨를 폈다. 그리고 말했다.

"무슨 일인지는 전하께서 곧 보실 거라고 믿어 의심치 않아요. 10분 안에 모든 걸 다 말할 수는 없어요."

"그러면 할 수 있는 한 말해봐요! 제길, 빛께서 내 눈을 멀게 하시라지. 제이나, 지금 난 가장 친한 친구 중 하나라고 생각했던 이가 바인 블러드후프와 비밀 회동을 했다는 사실을 알았단 말이오!"

바리안은 이렇게 쏘아붙이며 넓은 가슴 앞으로 팔짱을 꼈다. 아마도 제이나를 공격하려는 마음을 억제하려고 노력하는 것이리라.

"계속 스랄을 만나러 몰래 빠져나가는 것도 충분히 못마땅하지만 이건……."

"아버지, 저도 드릴 말씀이 있어요."

안두인이 조용히 말했다.

***

바인은 조용히 앉아 있었다. 자신을 둘러싼 온 세상이 미쳐가고 있는 반면, 그는 이상하게도 평안한 기분을 느꼈다.

타란 주는 10분간의 휴정을 선언했지만, 싸움을 말린 다음 날뛰는 자들을 '거처'로 치워버리는 데만 적어도 그 두 배의 시간이 걸렸다. 티란데는 바인이 제이나 프라우드무어와 처음에 접촉했던 일을 숨기지 않았다는 사실을 몰랐을 것이다. 그림토템과 블러드후프 사이에 일어난 갈등에서 누가 이기는지 두고 보겠다는 가로쉬의 결정에 대해 바인은 너무 화가 났기 때문에, 대족장보다 얼라이언스의 지도자가 자신을 더 지원해주었다는 사실을 공공연하게 알렸다. 심지어 호드의 지도자들과 종족들이 모인 대규모 회합에서 제이나가 자신을 도왔다는 이유를 들며 테라모어를 공격하지 않겠다고 했을 정도였다. 아무도 바인을 배신자라고 생각하지 않았다. 호드 중에서도 제이나를 존경하는 이들이 있었고, 제이나는 바리안이나 티란데만큼 경멸을 받는 이가 아니었다.

최소한 그때는 그랬다.

가로쉬는 생각에 잠긴 표정으로 바인을 응시했다. 그리고 말했다.

"이제 당신도 나와 함께 감옥에 갇히게 될 것 같군, 블러드후프."

바인이 말했다.

"그럴지도 모르죠. 하지만 나는 감방 동기로 다른 이를 요청할 겁니다."

"그렇다면 제이나인가?"

"아니오. 아마도 안두인일 겁니다."

타란 주는 다시 징을 쳤고, 이번에는 모두가 자리에 돌아갈 준비가 된 듯 보였다.

"나는 오늘 재판을 이쯤에서 마무리하는 게 어떨까 숙고해보았습니다."

타란 주의 목소리는 평소보다 엄했고, 눈은 드물게 분개한 기색으로 빛났다.

"하지만 이번 증인의 증언이 끝날 때쯤에는 우리 모두가 좀 더 교양 있게 행동하기를 바랍니다. 그렇지 않을 경우, 증인이나 법정에서 언급된 인물들 중 누구라도 위험에 빠졌다고 느끼는 경우 나는 그 즉시 그들이 음영파의 보호를 받도록 조치할 것임을 알아두십시오. 이곳은 다크문 축제도 아니고, 검투사 경기장도 아닙니다. 여기는 법정입니다. 정의와 진리를 위한 장소란 말입니다. 그리고 나는 이곳이 그리 되도록 할 겁니다."

아무도 말이 없었다. 타란 주는 잠시 동안 좌중을 둘러보았다. 이윽고 그는 다시 티란데 쪽으로 눈길을 돌렸다.

"추샤오여, 질문을 다시 시작하십시오."

"감사합니다, 파슈아여."

잠시 뜸을 들인 티란데는 일어서서 옷매무새를 가다듬고 페리스 쪽으로 걸어갔다.

"저는 어디까지 했는지 기억합니다."

티란데는 방금 있었던 휴정이 평소와 다름없는 휴식 시간이었다는 듯 말했다.

"우리는 바인 블러드후프가 여군주 제이나 프라우드무어와 만날 계획을 갖는 모습을 보았습니다."

모든 이의 시선이 제이나에게 향했다. 제이나는 차분하게 꼿꼿이 앉은 채 손을 포개어 무릎 위에 올려놓았지만, 겉모습과는 다르게 얼굴은 홍조를 띠었고, 숨이 가빴다. 제이나의 옆에 앉은 칼렉은 필요하다면 언제라도 뛰어올라 행동을 취할 준비가 된 것처럼 보였고, 바리안은 험악한 표정을 짓고 있었다. 바리안의 쏘는 듯한 시선은 페리스에게서 티란데로 옮겨갔다. 바인은 바리안이 누구에게 가장 화가 났는지 구별할 수 없었다.

"맞습니다."

“그들이 만났을 때 증인도 있었습니까?”

“아니오, 저는 없었습니다.”

“하지만 어떤 일이 일어났는지는 아시지요?”

“저는 대부족장님께서 말씀하신 것만 압니다.”

“그럼 그 내용이 무엇입니까?”

페리스는 깊은 슬픔이 담긴 눈으로 바인을 흘깃 보았다.

“제이나 프라우드무어 여군주는 얼라이언스를 호드와의 전쟁으로 끌어들이지 않겠지만, 개인적으로 원조를 하는 데 동의하셨다는 것입니다.”

“어떤 형태의 원조를 받았습니까?”

“그분은 대족장님께 금을 주셨습니다.”

인정할 수 없다는 소리가 방청석에서 일었다. 티란데는 질문했다.

“얼마나 많은 금이었습니까?”

“자세한 사항까지는 알지 못합니다.”

“증인의 대부족장님께서 제이나 여군주와 이런 협상을 한 게 이번뿐이었습니까?”

바인은 긴장했다. 두 번째 방문은 공공연히 알려진 사실이 아니었기 때문이다. 대답하는 페리스의 목소리는 지칠 대로 지쳐 있었다.

“아니오, 한 번이 아닙니다.”

티란데는 크로미를 향해 고개를 끄덕였다.

“법정이 허락하신다면, 보여드릴 두 번째 환영이 있습니다.”

제 2 6 장

제이나는 이번 폭로로 인해 아직도 멍한 상태였다. 이런 상태가 점점 사라지리라는 걸 알았지만, 잠시 동안은 차라리 반가웠다. 제이나의 감정들은 너무나 모순되어 있는데다 시퍼렇게 날이 선 상태라 그 감정들을 자세히 알아보고 싶지 않았다. 지금 여기서는 말이다. 바리안은 제이나, 아니면 자기 아들을 즉시 반역자로 몰지 않았고, 잠시 동안은 그걸로 충분했다. 바리안은 나머지 일이 어떻게 전개되는지 두고 보는 중이었다.

제이나 역시 진실이 밝혀지는 모습을 두고 보았다.

제이나의 아늑한 작은 응접실이 나타났다. 벽난로 옆으로 의자 두 개와 책들이 줄지어 꽂혀 있는 모습이 보였다. 제이나는 잠시 동안 아득해졌다. 그녀의 소박한 응접실이었다. 그저 방일 뿐이었다. 그런데 이제는 사라져버리고 없었다. 테라모어의 모든 이들, 모든 것들이 함께 보랏빛 먼지로 날아갔다. 장작이 타는 소리, 찻잔이 받침에 가벼이 부딪히는 소리, 웃음소리나 생기 넘치는 지적인 대화들을 다시는 들을 수 없으리라.

제이나는 그 장면에서 눈을 뗄 수 없었다. 다만 무작정 칼렉고스에게 손을 뻗었다. 칼렉고스는 제이나의 손을 꽉 잡았다.

그리고 제이나 자신의 모습, 다급히 옷을 걸친 모습이 나타났다…….

금발에 온화한 눈, 눈썹에 한 줄기 주름살이 나 있는 얼굴, 고통스러운 비명보다는 부드러운 말을 할 줄 알던 입술이었다.

그 모습은 낯선 이의 얼굴이었다.

얼마 전까지만 해도 자기가 얼마나 순진했는지 눈으로 확인할 수 있는 증거를 본 제이나의 마음은 산산이 부서졌다. 제이나는 모두가 보는 앞에서는 무너지고 싶지 않았고, 칼렉은 그 마음을 알았다. 그래서 칼렉은 제이나의 어깨에 팔을 감거나 위로하려 들지 않고 다만 돌처럼 굳건히 그녀의 손을 잡고 있을 뿐이었다.

환영 속 제이나는 천천히 걷다가 몸을 돌려 손님을 맞았다. '타우렌 옆에 서니 정말 작아 보이네…….' 이런 식의 진부한 생각으로 제이나는 개인적인 감정의 폭풍이 몰아치는 가운데 작은 오아시스 쉼터를 지나듯 잠시 동안 현실을 잊었다. 타우렌은 망토를 두르고 조용히 선 채 자신을 안으로 데리고 온 경비병들이 보이는 무례함에도 개의치 않았다.

제이나가 말했다.

"나가주시겠어요?"

'내 목소리가…… 정말로 저렇게 어리게 들렸나?'

"여군주님? 이…… 동물과 단둘이 계시겠다는 말씀입니까?"

경비병들 중 한 명이 이의를 제기했다. 제이나는 경비병을 매섭게 노려보았다.

"그는 선의를 가지고 날 찾아왔어요. 그렇게 말하지 마세요."

경비병은 살짝 얼굴을 붉히며 당황했다. 이윽고 경비병과 그의 동료는 여군주에게 절한 뒤 물러갔다.

페리스는 두건을 걷어 올렸다.

"제이나 프라우드무어 여군주님, 페리스 스톰후프라고 합니다. 대부족장님의 명령을 받고 왔습니다. 여군주님에게 철퇴를 전해달라고 하셨습니다. 여군주님께서 그 철퇴를 보시면 제 말이 진실이라는 것을 진정 믿어주실 거라고…… 말씀하셨습니다."

공포파괴자였다. 정교한 고대 드워프의 무기로, 마그니 브론즈비어드가 안두인 린에게 주었고, 안두인이 바로 이 응접실에서 바인 블러드후프에게 준 무기였다. 이제야 제이나는 그날 자기가 공포파괴자를 들고 있었던 사실을 기억해냈다. 당시의 제이나는 원래의 모습을 완벽하게 간직하고 있는 철퇴를 손에 쥐었다. 공포파괴자는 은으로 만든 머리 부분에 금테를 두르고, 그 위에 룬문자들을 새기고 작은 보석들을 점점이 박아 넣은 모습이었다.

"공포파괴자를 못 알아볼 일은 없지요."

당시의 제이나가 말했다. 다른 누구도 착각할 리 없었다. 안두인을 아는 이라면 공포파괴자에 대해서도 알았기 때문에, 이제 티란데는 테라모어의 여군주는 물론 스톰윈드의 왕자 역시 이 일에 연루되었다는 사실도 폭로했다.

"대부족장님도 그렇게 생각하셨습니다, 제이나 여군주님. 대부족장님은 여군주님께 감사하며 여군주님을 높이 평가하고 계십니다. 그리고 공포파괴자를 받았던 그날 밤의 기억 때문에, 저를 보내어 경고를 전하게 하셨습니다. 북부감시 요새가 호드에게 점령당했습니다."

성난 함성이 일기 시작했다. 그중 얼마는 제이나를 향한 분노였지만, 대부분은 바인에게 향했다. 제이나는 왜 그런지 이해했다. 마가타를 물리치기 위해 제이나에게 도움을 청하러 간 건 내분에 의한 것으로, 호드가 얼라이언스를 공격한다는 사실을 제이나에게 경고해주는 것과는 달랐다. 제이나는 몇 세기는 족히 되었다고 느낄 정도로 정말로 오랜만에 호드 일원의 안위에 대해서 어느새 걱정하고 있었다.

타란 주는 징을 쳤고, 긴장감이 사그라지지는 않았지만 방청객은 조용해졌다. 아무도 이 절체절명의 순간에 법정에서 추방되고 싶지 않았기 때문이다.

페리스의 형상은 계속 말했다.

"이 승리가 어둠의 주술을 이용한 것이라 더 비통해하고 계십니다. 바인 대부족장님은 이런 행동을 매우 싫어하시지만, 백성을 보호하기 위해 호드를 도우며 계속 섬길 것을 맹세하셨습니다. 대부족장님은 이런 의무를 따르는 것이 가끔은 기쁘게 느껴지지 않는다는 사실을 강조하고 싶어 하셨습니다."

어떤 이들의 분노는 줄어들었지만, 법정은 격노한 소리로 상당히 시끄러워졌다.

제이나는 자기가 말하는 소리를 들었다.

"나도 그 말은 믿지만, 어쨌든 바인도 얼라이언스를 상대로 하는 폭력 행위에 가담했군요. 북부감시 요새 말이에요."

"시작일 뿐입니다."

페리스가 제이나의 말을 가로챘다.

"헬스크림은 소규모 요새보다 훨씬 더 큰 것을 노리고 있습니다."

"뭐라고요?"

제이나는 마치 복부를 세게 맞은 듯했던 그때의 충격을 아직도 떠올릴 수 있었다.

"그의 목표는 이 대륙을 정복하는 것입니다. 그는 곧 호드에게 테라모어로 진격하라고 명령할 것입니다. 그리고 새겨들으십시오. 호드의 병력은 강합니다. 지금 이대로라면 막지 못할 것입니다. 대부족장님은 여군주님께서 베푼 도움을 기억하고 제게 경고를 전하라 하셨습니다. 여군주님께서 무방비 상태로 공격받기를 원치 않으십니다."

제이나는 진심을 담아 말했다.

"당신의 대부족장님은 정말 신의를 지키는 분이로군요. 그분이 절 귀하게 생각해 주신다니 기쁩니다. 또 적시에 경고를 전해주어 감사한 마음입니다. 무고한 생명들을 구하는 데 큰 도움이 될 것이라고 전해주세요."

"대부족장님은 이 이상 도움을 드리지 못한다는 사실을 유감으로 생각하십니다, 여군주님. 그리고…… 공포파괴자를 받아달라고, 대부족장님께 그 무기를 선물한 친절하신 분께 다시 돌려주라고 부탁하셨습니다. 바인 대부족장님은 더는 그 무기를 가지고 있을 수 없다고 생각하십니다."

제이나는 생각했다. '이 점을 볼진은 분명히 이해할 거야. 어쩌면 볼진은 여기에 대해서 알고 있었는지도 모르지…….'

"반드시 공포파괴자를 전 주인에게 돌려주겠어요."

제이나의 형상이 말했다. 목소리에서 따스함과 감사함이 진하게 우러나왔다. 제이나는 깨달았다.

'나는…… 좋은 사람이었구나. 나는 정말 좋은 사람이었어. 저 때는…….'

제이나는 페리스가 자신에게 공손히 절을 했을 때, 그 역시 자신을 좋은 사람으로 여겼다는 사실을 알 수 있었다. 제이나는 빠르게 쪽지 하나를 써서 밀봉한 다음 먼길잡이에게 건네주었다.

"혹시 얼라이언스 영토 내에서 붙잡히게 되면, 이 밀서가 도움이 될 거예요."

페리스의 낮은 목소리가 웃음으로 울렸다.

"붙잡히는 일은 없겠지만, 걱정해주시니 감사합니다."

"그리고 고귀한 대부족장에게 타우렌 정찰병이 날 찾아왔다는 소문은 돌지 않을 것이라고 전해주세요. 누군가 묻는다면, 전투에서 빠져나온 얼라이언스 정찰병에게서 소식을 들었다고 대답하겠어요. 좀 쉬면서 기운을 차린 다음, 안전하게 돌아가세요."

페리스가 말했다.

"대지모신의 웃음이 함께하길 빕니다, 여군주님. 여군주님을 뵈니 대부족장님의 결단이 더 이해가 되는군요."

과거의 제이나는 진지하게 말했다.

"언젠가 우리가 같은 편이 되어 싸울 수 있다면 좋겠군요."

"언젠가는요. 그러나 아마도 지금은 아닌 것 같습니다."

지금도, 현재 이곳에서도 아니라고 제이나는 생각했다.

"자, 전하."

제이나는 사라지는 장면 쪽으로 시선을 계속 둔 채 바리안을 불렀다.

"나를 반역죄로 체포하실 건가요?"

"묻고 싶은 게 하나 있습니다."

제이나는 몸을 돌려 바리안을 바라보았다. 흉터가 새겨진 바리안의 옆얼굴이 보였다. 그의 시선은 제이나가 아닌 바인을 향한 채였다.

"바인이 마나 폭탄에 대해 알고 있었다고 생각해요? 바인도 테라모어에 모든 장군들을 불러 모은 계획에 가담했다고 봅니까?"

"아니오."

대답은 빠르고도 단호했고, 이 한 마디 말에 제이나의 마음은 이상하게도 편해졌다.

바리안은 천천히 고개를 끄덕이고는 말했다.

"좋아요. 하지만 나는 아직 결정을 내리지 않았습니다. 재판이 끝나면 당신과 안두인은 나에게 이와 관련된 일들을 모조리 말해야 할 겁니다."

이제 바리안은 제이나를 바라보았다. 그의 푸른 눈동자는 이글거리는 감정으로 차 있었다.

"모조리 말입니다."

타란 주가 말했다.

"추샤오 위스퍼윈드여, 증인에게 더 질문하시겠습니까?"

티란데가 대답했다.

"아니오, 없습니다, 타란 주 맹주님."

"추샤오 블러드후프여, 피고와 잠시 시간을 보낸 다음……."

"그럴 시간은 필요 없소."

가로쉬가 끼어들었다. 가로쉬는 오랫동안 그저 앉아서 듣는 것 외에는 아무것도 한 게 없었기 때문에, 제이나는 가로쉬의 목소리를 듣자 깜짝 놀랐다. 그의 목소리는 크고 힘찼으며 또렷하게 들렸다. 하지만 제이나가 언제나 익숙하게 들어오던 오크의 오만한 고함은 아니었다.

"나는 결정을 내렸소."

타란 주가 말했다.

"변호인이 발언해야……."

가로쉬는 목소리를 더 크게 높여 말했다.

"내가 발언하겠소. 나는 바인 블러드후프를 변호인으로 계속 두겠소."

바인의 귀가 완전히 쫑긋 섰다. 분명히 모든 이들처럼 바인은 물론 제이나도 가로쉬가 적과 친목을 맺은 타우렌에게 격분하리라 여겼기 때문이다.

티란데는 이 사실을 믿을 수 없는 듯했다.

"파슈아여, 저는……."

"피고는 자신의 추샤오가 마음에 든다고 합니다."

타란 주도 살짝 놀란 듯 보였지만, 즉시 평정심을 되찾았다.

"나는 그대가 기꺼이 이 선택을 받아들일 것을 제안합니다, 추샤오 위스퍼윈드여. 더 소환할 증인이 있습니까?"

"한 명이 더 있습니다, 파슈아여."

"그러면 내일 부르도록 하십시오. 추샤오 블러드후프여, 그 후에 증인을 데려올 준비가 되었습니까?"

"확실히 준비되었습니다."

바인이 대답했다.

"아주 좋습니다. 나는 이쯤이면 하루치의 놀랄 일로 충분하다고 생각합니다. 떠나기에 앞서 모든 이들에게 다시 알려드립니다. 이 사원은 평화의 장소입니다. 오늘 일어난 일들에 대해서 여러분의 감정이 어떻든 간에, 당사자들에게 부드럽게 말씀하시고 절대로 그들을 판단하지 마십시오."

타란 주는 징을 세 번 친 후 공식적으로 오늘의 일정을 마쳤다.

제이나는 일어서서 떠나려고 했지만, 바리안에게 팔을 붙잡혔다.

"아직 끝난 게 아니오. 잠깐 이야기를 합시다."

제 27 장

이야기는 잠깐보다 더 걸렸다.

이야기는 길어졌다. 그리고 불편했다. 마침내 안두인은 이게 실제로 이야기가 아니라 더할 나위 없는 고함의 대결이라는 걸 알았다.

그의 아버지는 당연히 격노했다. 안두인과 제이나 모두 바리안이 격노하리라는 걸 알았기 때문에 제이나가 바인과 가진 모임에 안두인이 참석했다는 사실을 절대로 언급하지 않았다. 아니, 처음부터 그들이 만났다는 사실 자체를 이야기하지 않았다.

"어떻게 바인을 도와줄 수 있소, 제이나? 어떻게 자금을 대줄 수 있지?"

보랏빛 마루에 도착하자마자 바리안은 폭발하고 말았다. 바리안은 숙소 근처에 커다란 천막을 쳐놓고 그 안에서 자신에게 필요한 업무를 수행했다. 그곳에는 의자들이 구비되어 있었고, 스톰윈드 왕의 의자는 다른 의자들보다 더 화려하지는 않았지만 아무나 앉을 수 없었다. 빛줄기가 천 위에 계속 무늬를 새겨 넣었다.

제이나는 맞받아 쳤다.

"나는 테라모어의 자금이나 얼라이언스의 자금이 아닌 내 개인 자금을 바인에게 줬어요. 그리고 당신도 마가타 그림토템을 타우렌의 지도자로 두어서 좋으리란 생각을 해본 적 없었을 거 아니에요. 얼라이언스를 포함해서 그 누구에게든 말이에요!"

"당신이 나와 전혀 상의하지 않았기 때문에 내 생각이 뭔지 말할 기회조차 없었소!"

"바인은 당신에게 간 게 아니라 나에게 왔다고요. 그리고 테라모어는……."

제이나는 얼굴이 하얗게 질려서 잠시 숨을 삼켰다.

"테라모어는 자기 일을 알아서 하는 데 아주 익숙한 도시였어요! 게다가 당신은 어떤 식으로든 이야기를 들으려 하지 않았을 테죠. 바로 지금도 들으려 하지 않는 것처럼요."

바리안은 눈을 비볐다. 그리고 말했다.

"나는 오늘 법정에서 이야기를 들었소. 타우렌 먼길잡이가 나에게 정보를 주기를, 당신이 얼라이언스와 적대관계에 있는 이들의 한 종족과 아주 미묘하게 정치적 성격을 띤 회담을 진행했다고 하더군."

제이나가 말했다.

"우리는 그때 타우렌이나 호드와 싸우는 중이 아니었어요."

바리안이 소리쳤다.

"우리는 언제나 싸우는 중이오! 어디에선가 누군가는 분쟁을 일으키는 뭔가를 저지르고 있소. 당신은 너무나 똑똑한데 그걸 모를 리 없소. 바로 그렇기 때문에 이런 성질의 일들이 상당히 중요한 거요. 모든 게 다 상관이 있소. 이건 중요한 일이오. 그래서 나는 여기에 대해 이런 식으로 알아서는 안 되었던 거요."

제이나가 말했다.

"아마 당신이 바인의 말을 듣지 않았을 거란 점은 나만큼이나 당신도 잘 알잖아요. 바인이 무슨 말을 하든, 이유가 무엇이든 말이에요. 왜냐하면 바인은 호드니까요. 그리고 내가 바인을 도와주었기 때문에 나는 최소한 테라모어의 어린이들을 안전하게 대피시킬 수 있었어요!"

바리안이 말했다.

"당신도 역시 똑같이 행동하고 있소. 당신이야말로 호드가 무슨 말을 하든 듣지 않을 거 잖소."

제이나가 뭐라 항변하기도 전에 바리안이 먼저 선수를 쳐서 손을 들어올렸다.

"잠깐 진정해요."

바리안은 애써 침착하게 말하려 했다.

"바인과 당신 일은 잠시 제쳐두지요. 내가 정말로 알고 싶은 건 빛의 이름을 걸고 도대체 왜 당신이 내 아이를 이 일에 끌어들일 생각을 했는지에 대해서요!"

"저는 그러니까, 말하자면 우연히 걸려 들어간 거였어요."

안두인은 분위기를 부드럽게 하려는 생각으로 이 논쟁에 직접 끼어들었다.

"저는 제이나 이모의 귀환석을 사용해서 아이언포지에서 탈출한 다음 그 대화가 벌어지는 와중에 휙 들어온 거예요. 제이나 이모에게 화내지 마세요, 아버지. 이모는 어쩔 방법이 없었어요."

바리안이 쏘아붙였다.

"나는 지금 너무 화가 나서 너와 제이나 둘 다 잠시 감옥에 넣고 싶은 지경이다."

"나에게 그런 식으로 말하지 말아요. 나는 정당한 자격이 있는 지도자이지, 당신의 부관이나 자식이 아니에요."

제이나는 얼음장처럼 차가운 목소리로 이렇게 말했다. 거기에 대답이라도 하듯 천둥이 울렸다. 제이나는 분노로 몸을 떨었다.

"당신은 얼라이언스의 일원이오."

바리안은 이렇게 쏘아붙이며 제이나에게로 가까이 다가갔다. 제이나는 이를 악물며 말을 내뱉었다.

"그거 아시나요? 내가 거기에 대해 생각하면 할수록, 키린 토의 전대 지도자들이 옳았다는 생각이 들 뿐이에요. 소속 없이 독립하는 편이 더 나아요. 나에게 이래라저래라 하지 마세요, 바리안 린. 자꾸 그러면 나도 가만히 있지 않겠어요."

"제이나 이모……."

안두인이 말을 꺼내려 했지만 제이나는 고개를 흔들었다.

"미안하구나. 하지만 지금은 린 가문 남자들에게 충분히 질린 상태란다. 그럼 모두 저녁식사 때 뵙지요."

몇 년에 걸친 수련으로 익힌 기술을 이용해 제이나는 솜씨 좋게 손을 흔들어서 어디론가 순간이동을 했다. 자청색 빛 속으로 보이는 제이나의 모습은 통명스럽고 거칠어 보였다. 이윽고 그녀는 사라졌다.

아버지와 아들은 잠시 동안 아무 말 없이 서 있었다. 계속 내리는 비는 그들의 머리 위 천막을 부드럽게 두드려댔다. 말 없이 있는 게 어색해진 안두인이 말을 꺼냈다.

"그러면 아버지는 저를 저녁도 안 주고 감옥에 가두실 건가요?"

"제이나는 너를 끌어들이지 말았어야 했다."

바리안은 미소도 띠지 않고 이렇게 말했다.

"만약 제가 제이나 이모의 응접실에 펑 하고 나타나지 않았다면 저를 끌어들이지 않았을 거예요."

안두인은 이렇게 말했다. 그리고 의자에 앉아서 멍하니 팔걸이에 새겨진 문양을 손가락으로 따라 그렸다.

"바인은 좋은 이에요, 아버지."

바리안은 자리에 앉아 얼굴을 손에 파묻었다.

"마그니…… 그분은 네 친구였다, 안두인. 공포파괴자는 그분이 너에게 준 소중한 물건이었다. 왜 너는 그걸 타우렌 따위에게 줘버린 거냐? 바인이 네 얼굴에 그걸 휘두르게 하려고 준 거냐?"

그 말을 들은 순간 분노보다 상처가 더욱 컸다.

"그렇게 하는 게 옳은 일이라고 느꼈기 때문이에요. 빛은 바인을 좋아하셨어요. 그리고 바인은 명예로운 자이기 때문에 그걸 저에게 돌려주었어요. 바인은 자기편을 선택했고, 전쟁에서 제이나를 향해 공포파괴자를 써야 하는 상황을 정말 원치 않았던 거예요."

바리안은 잠시 눈을 감았다.

"나는 그런 식으로 생각해본 적이 없다. 나는 아직도 제이나에게 아주 화가 많이 나 있다, 아들아."

"제이나 이모도 왜 그런지 알 거예요. 다만 지금은 상처를 받아서 그런 거죠. 제 생각에…… 오늘 옛 고향을 봐서 힘들었을 거예요."

"물론 그랬을 거다. 이 재판은……."

바리안은 고개를 흔들었다.

"나는 재판이 끝나면 기쁠 거다. 결과가 어떻든 가로쉬는 더 이상 힘이 없어. 가로쉬의 행동이 저지당하는 한, 나는 그가 죽든지 옥에서 괴로워하든지 더 이상 상관없다는 생각이 드는구나."

"전하."

천막 바깥에서 바리안의 경비병이 그를 불렀다.

"전갈을 가지고 왔습니다."

"들어오게."

바리안은 경비병을 불렀다. 경비병은 들어와서 사방으로 빗방울을 튀기며 재빨리 경례를 한 뒤, 어찌어찌하여 젖지 않게 가져온 돌돌 말린 두루마리를 왕에게 건넸다. 밀랍으로 봉인된 두루마리에는 공식 법정 문서라는 표식을 나타내는 판다렌의 문양이 있었다. 바리안은 손가락을 봉인 밑에 넣어 밀랍을 뜯은 후 글을 읽었다. 그러더니 순간 말도 못하게 격노한 듯 보였다가 이윽고 웃기 시작했다.

"뭐예요?"

대답 대신 바리안은 두루마리를 안두인에게 던졌다.

바리안 린 전하께

귀하는 가로쉬 헬스크림의 재판에

피고를 위한 증인으로 소환되었습니다.

백호사로 출석해주시기 바랍니다.

문서에는 타우렌의 발굽이 찍혀 있었다.

***

저녁식사 후, 안두인은 해변으로 내려갔다. 최소한 비는 그친 상태였고, 안두인은 아버지나 제이나 근처에 있고 싶지 않았다. 안두인은 둥근 바위 위에 앉아 바다를 바라보며 항구에서 흔들리는 배들과 탑 위의 보라색 불빛을 보았다.

그러다 날갯짓하는 소리가 들려왔다. 깜짝 놀란 안두인은 공포파괴자를 손에 쥐고 벌떡 일어섰다가 몇 미터 위 상공을 맴도는 커다란 개만 한 크기의 형상을 보자 긴장을 풀었다. 그 생물은 앞발로 작은 가죽 가방을 들고 있었다.

"누군가와 함께 있고 싶은가?"

래시온이 물었다. 그러자 안두인은 대답했다.

"너도 알겠지만, 제이나 이모와 아버지는 내가 너랑 더 이상 말하지 않는 편을 바라셔. 그러니 어찌됐든 제발 이리 내려와서 나랑 같이 있어줘."

래시온은 짧게 웃고는 왕자 옆에 있는 다른 바위로 가볍게 내려왔다. 그리고 눈 깜짝할 새에 인간의 모습으로 변했다. 그는 여전히 웃고 있었다.

"왼쪽이랑 오른쪽이 안 보이네."

안두인은 래시온을 어디든 따라다니던 경호원들을 가리켜 이렇게 말했다.

래시온이 말했다.

"그들에게는 오늘 저녁 자유 시간을 줬네. 나는 아주 흥미로운 사건이었던 오늘 증언이 끝나고 자네가 괜찮은지 보러온 걸세. 만약 자네 아버지가 자네를 감옥에 넣기로 했다면 나는 자네를 탈옥시킬 만반의 준비가 되어 있었지. 자네가 그 점을 확실히 알아주길 바랐다네."

안두인이 말했다.

"진짜 고맙다. 감옥에 가는 건 지금은 미뤄진 상태야. 적어도 재판이 끝날 때까지는 말이지. 아무래도 아버지는 내가 서른일곱 살이 될 때까지 날 가둬두고 싶으신가봐."

래시온이 대답했다.

"대부분의 인간 부모들이 그런 마음인 건 자명하다네. 난 자네가 오늘은 가로쉬를 보러 가지 않을 거라고 생각했지."

"너 어떻게……. 아냐, 됐어."

안두인은 그 사실을 숨기려고 노력한 건 아니었지만 자청해서 말하지도 않았다. 그리고 다른 이들 역시 자신과 가로쉬의 만남에 대해서 이야기하지 않았다는 확신도 있었다. 하지만 래시온은 언제나 자기가 알고 싶은 건 뭐든지 알아내는 듯 보였다.

"나는…… 내가 가로쉬를 다시 보러 갈지 모르겠어."

"자네 설마 그 친구를 빛으로 이끄는 걸 벌써 포기한 건 아니겠지!"

래시온은 한 손을 가슴에 얹고 신파극을 연기하듯 뒷걸음질 쳤다.

"솔직히 그 말을 들으니 다소 슬프군. 물론 나는 자네가 언젠가 그 순진함 때문에 파멸하리라고 오래 전부터 주장해왔네만."

안두인은 턱을 문지르며 한숨을 쉬었다.

"모르겠어. 그냥 지친 것 같아. 이 모든 것들에 지쳤어. 그리고 특히 지금은 여기서 이러지도 저러지도 못하는 상태고."

래시온이 선언했다.

"내가 좀 더 나이를 먹은 뒤, 자네가 공손하게 부탁한다면 자네를 등에 태우고 아주 매혹적인 장소들로 데려다주겠네. 거기서 우리는 자네 아버지를 하룻밤 새에 10년은 늙어버리게 만들 만한 모험을 하자고."

"네 말이 얼마나 근사하게 들리는지 넌 모를 거야."

안두인이 침울하게 말했다. 검은용이 말했다.

"그나저나 저기 땔감으로 쓸 만한 떠다니는 나무가 보이는군. 저걸로 추위도 없애고 불도 환하게 밝히세."

래시온은 화려한 몸짓으로 작은 가방에서 뭔가를 꺼냈다.

"지후이 게임을 하게 말이지."

안두인은 기운이 났다. 양편의 균형을 맞추는 게 목적인 지후이 게임은 오늘처럼 특별한 밤을 보내기에 더할 나위 없이 좋아 보였다. 안두인이 말했다.

"그러자."

제 28 장

제7일

"고소인이여, 마지막 증인을 소환하십시오."

타란 주가 말했다. 제이나는 티란데가 피곤해 보인다고 생각했다.

"법정이 허락하신다면, 저는 제이나 프라우드무어 여군주를 증인으로 소환합니다."

제이나는 일어서서 서두르지 않고 계단을 따라 사원 바닥으로 내려갔다. 제이나는 어제 티란데가 그렇게 행동한 게 과연 현명한 일이었는지 여러 가지 이유로 의문이 들었다. 나이트 엘프가 자기가 소환할 수 있는 가장 좋은 증인의 명성을 더럽혔다는 사실 역시 적잖이 궁금했다. 하지만 제이나는 이제 상관없다는 생각이 들었다. 가로쉬의 끔찍함에 대한 증거는 충분하고도 남아서, 천신들처럼 동정심이 가득한 존재들이라도 어딘가 축축하고 어두운 곳에 가로쉬를 가둬둘 충분한 이유를 알고 있을 터였다. 그리고 거기 뒀다는 사실을 잊어버리겠지.

어젯밤 칼렉은 제이나와 이야기를 나누려 했지만, 제이나는 칼렉에게 자기는 괜찮으며 아주 피곤하다고 말한 뒤 내일 아침 법정에서 보자고 했다. 그런 뒤 제이나는 악몽들을 꾸었다. 페리스의 증언에 대한 반응과 자기가 직접 하게 될 증언에 대해 구토감이 들 정도의 걱정에서 비롯된 악몽이었다.

"제이나 여군주여, 먼저 특정한 사건들을 다시 생생하게 보시도록 강요를 드리게 되어 정말 유감이라고 말씀드리고 싶습니다."

제이나는 티란데의 눈을 똑바로 쳐다보았다. 그리고 퉁명스럽게 말했다.

"추샤오여, 나는 매일 테라모어가 생생하게 떠오릅니다. 심문하시지요."

고개를 끄덕이는 티란데는 어쩐지 벌을 받는 듯한 모습이었다. 그녀는 걸으면서 말하기 시작했다.

"제이나 여군주여, 어제 페리스 스톰후프가 증언한 바에 따르면 증인은 테라모어 공격에 대한 경고를 받았습니다."

"그렇습니다."

"경고를 받은 후 무엇을 하셨습니까?"

"저는 테라모어의 시민들에게 이 소식을 알려주라고 명령을 내렸습니다. 떠나기를 원하는 이들은 자유롭게 가도 좋다는 허락을 받았습니다. 나중에 알게 된 바에 의하면, 대부분의 시민들은 남아서 싸우기를 원했습니다. 얼마 후, 우리는 모든 어린이들을 포함한 민간인들을 가득 태운 배 한 척을 가젯잔으로 보냈습니다. 그리고 저는 바리안 왕에게 연락했습니다."

증언은 제이나가 두려워했던 것만큼 어렵지 않았다. 제이나는 혼잣말을 했다. '그냥 질문에 대답을 하자. 냉정심을 유지하자.'

"바리안 왕의 대답은 어땠습니까?"

"바리안 왕은 7군단 함대를 보내겠다고 답했습니다. 그리고 아제로스의 각 지역 주둔지에 있는 장군들 여러 명을 불러들이겠다고 했습니다. 바리안 왕은 겐 그레이메인에게 연락할 참이었고, 저는 다른 얼라이언스 지도자들에게 도움을 요청할 예정이었습니다."

티란데는 앞으로 손을 모아 잡고 계속 걸었다. 티란데의 시선은 제이나가 아닌 배심원들에게로 향했다.

"그 후에 어떤 일이 일어났습니까?"

"저는 후에 호드 배 몇 척이 도착했다는 보고를 받았습니다. 그들은 얼라이언스 바다에서 살짝 벗어난 곳에 닻을 내렸습니다."

"이 소식을 들었을 때 증인은 공격하셨습니까?"

이제 제이나는 확실히 뭔가를 느끼기 시작했다. 뱃속으로부터 올라오는, 구역질이 나는 역겨운 감각이었다. 제이나는 고개를 저었다.

"아닙니다."

"왜 공격하지 않았습니까?"

"그들이 우리 바다에 있지 않았기 때문입니다. 그리고 저는 전쟁을 먼저 도발하는 자가 되고 싶지 않았습니다."

'나는 그랬어야 했어. 빛이여 도우소서, 나는 공격했어야 했어. 만약 장군들이 도착하기 전에 우리가 공격했더라면…….'

"증인은 얼라이언스 지도자들에게 도움을 요청하셨다고 말했습니다. 그들 말고 다른 이들에게도 도움을 요청했습니까?"

제이나는 입술을 축이고 말했다.

"네, 저는 달라란으로 가서 6인의 의회와 이야기를 했습니다. 제 요청에 6인의 의회는 로닌 본인과 여러 명의 촉망받는 마법사들을 보내준다고 대답했습니다. 로닌의 부인인 은빛 서약단의 순찰대 사령관 베리사 윈드러너도 동행했습니다."

"그 후에는 무엇을 하셨습니까?"

"바리안 왕이 약속했던 지원군을 기다렸습니다. 우리는 식량과 무기, 붕대들을 비축하는 등의 행동으로 도시에 전쟁 준비를 해갔습니다. 군인들은 매일 훈련을 했습니다. 우리는 호드가 언제든 항구로 들어올 거라고 예상했습니다."

질문들이 테라모어가 파괴되던 상황으로 냉혹하게 제이나를 끌고 갈수록, 제이나의 심장 박동은 빨라졌다.

"약속한 지원군은 도착했습니까?"

제이나는 비웃음을 내뱉었다. 모든 이들이 이 사건을 알았다. 모두가 테라모어에 벌어진 일을 알고 있었다. 분명 천신들조차도 아는 사실이었다. 하지만 이건 그녀가 기다려온 거였다. 그렇지 않은가? 가로쉬 헬스크림이 죗값을 치르도록 만드는 것. 그리고 그러기 위해 그 끔찍한 날의 사건을 다시 생생히 떠올려야 한다면, 제이나는 그렇게 하리라.

제이나는 목소리를 가다듬었다.

"그렇습니다. 7군단은 스무 척의 배와 얼라이언스에게 가장 뛰어난 여섯 명의 장군들…… 그리고 위대한 제독 한 분과 함께 도착했습니다."

오브리 제독은 북부감시 요새 공격에서 겨우 살아남았는데 테라모어에 와서 죽고 말았다…….

티란데가 물었다.

"프라우드무어 여군주여?"

"미, 미안합니다. 다시 질문해주시겠습니까?"

"제 질문은, 호드가 공격을 했느냐는 겁니다. 그랬습니까?"

"네."

"공격에 맞설 준비가 된 상태였습니까?"

"네. 우리는 결국 이겼지만, 힘들게 승리했습니다. 그리고 상당히 많은 수의 부상자가 나왔습니다. 이 모든 일이 벌어지는 와중에 우리는 반역자를 찾아냈습니다. 탈렌 송위버였지요. 키린 토의 일원이었고, 선리버 중 하나였습니다."

제이나는 감정에 휘둘리지 않고 말하려고 했지만, 마지막 말에는 가시가 돋쳐 있었다. 제이나는 주먹을 꽉 쥐었다. 그들이 믿을 만한 존재가 아니라는 사실을 왜 깨닫지 못했을까?

"그 전투에서 가까운 지인을 잃으셨습니까?"

"경비대장 와이모어가 죽었습니다. 그는 오랜 제 친구였습니다."

"특별히 가슴 아프게 여겨지는 죽은 이가 또 있습니까?"

제이나는 고개를 흔들었다.

"아니오. 그때는…… 없었습니다."

"증인은 호드가 전통적인 방식을 통해 테라모어를 파괴하려고 최선을 다해 싸운 것 외에 다른 짓을 하고 있다는 낌새를 알아차렸습니까?"

"아닙니다. 호드는 맹렬히 싸웠고 많은 부상자를 냈습니다. 우리가 그랬듯 호드 역시 전력을 다해 싸웠다고 믿을 만한 확실한 증거들이 있었습니다."

"그러면 증인은 이 승리가 진정한 승리라고 생각하셨군요."

제이나는 고개를 끄덕였다.

"그렇습니다."

"호드가 퇴각한 후 무엇을 하셨습니까?"

제이나가 말했다.

"언제나 해야 하는 것들을 했습니다. 부상자들을 돌보았습니다. 죽은 자들을 매장했고요. 사랑하는 이들을 잃은 자들을 위로했습니다. 살아남은 자들을 안아주었지요."

'킨디…….'

제이나는 숨을 삼켰다.

"우리는 전투가 벌어진 동안 호드 중 몇몇이 탈렌 송위버를 구출한 사실을 알아냈습니다. 베리사와 샨드리스 페더문은 그들이 자취를 감추기 전에 찾아낼 수 있는지 보려고 길을 떠났습니다. 그래서 그들은……."

제이나는 목이 메었다.

"그래서 그들은 마나 폭탄이 투하되었을 때 거기 없었군요."

티란데는 깊은 동정심을 보이며 이렇게 말했다.

제이나는 소매 안에 손수건을 넣어둘 생각을 해서 다행이라고 여겼다. 그녀는 손수건을 꺼내 눈가를 가볍게 두드린 후 말했다.

"없었습니다. 빛의 가호 덕택에 그들은 살아남았습니다."

타란 주가 말했다.

"추샤오여, 휴정하기 원하십니까?"

티란데는 제이나를 바라보았다. 대마법사는 고개를 저었다. 이 일들을 증언하려고 여기에 오기까지 정말 힘들었고, 만약 여기서 멈춘다면 다시 그럴 수 있을지 제이나는 확신할 수 없었다. 티란데가 말했다.

"아닙니다. 계속하겠습니다. 그래서 증인은 전투가 끝나고 얼라이언스가 승리했다고 생각했군요. 증인은 백성들을 돌보기 시작했습니다. 무언가 잘못되었다는 사실을 언제 깨달았습니까?"

"이 일이 일어나기 전에 칼렉고스가 테라모어로 왔습니다."

'만약에 그랬다면' 이라는 생각들을 무시할 수 없었다. 그 가능성들에 대한 생각들은 탈부크 떼처럼 제이나의 머릿속을 질주했다. 그것도 한 번에 하나씩이 아니라 한꺼번에 많은 생각들이 떠올랐다. 만약에 더 열심히 집중의 눈동자를 찾았더라면, 만약에 집중의 눈동자가 도둑맞지 않았더라면, 만약에…….

"푸른용군단은 집중의 눈동자라는 이름의 소중한 유물을 도둑맞았고, 칼렉은 제 도움으로 그 위치를 알아내려 했습니다. 전투 직후, 칼렉은 자기가 집중의 눈동자를 감지할 수 있다고 알려주었습니다. 그리고 그게 빠른 속도로 테라모어를 향해 다가오고 있다고 했습니다."

티란데는 생각에 잠겨 말했다.

"집중의 눈동자에 대해서 좀 더 설명해주시겠습니까?"

제이나는 설명했다.

"그 유물은 몇 천 년 동안 잠든 상태였지만, 말리고스가 폭풍 바늘들을 지휘하기 위해 그걸 사용했습니다. 폭풍 바늘들은 아제로스의 유적들을 잇는 선들로부터 비전 마법을 끌어내어 마력의 탑으로 연결했습니다. 말리고스가 죽자, 집중의 눈동자는 오색용 실험에서 유일하게 성공한 결과물이었던 크로마투스를 활성화시키는 데 사용되었습니다. 그를 무찌르는 데 네 위상의 힘과 더불어 대지의 정령의 힘을 관장하는 고엘의 도움이 모두 필요했습니다."

제이나는 또 다시 전대 대족장이 이 세상에 기여한 일을 떠올려야만 했다. 화가 난 제이나는 그 생각을 치워버렸다.

티란데가 말했다.

"정말로 강력한 유물이군요. 그릇된 이의 손에 들어가면 분명 재난이 되겠지요. 그 다음에 무슨 일이 벌어졌습니까?"

제이나가 말했다.

"칼렉은 그걸 찾으러 갔습니다. 그리고 로닌은……."

제이나의 목소리가 갈라졌다. 그녀는 떨리는 손으로 물을 한 잔 따라 한 모금 들이켰다. 심장은 토끼처럼 빠르게 뛰고 있었다.

티란데는 제이나의 손을 잡아 위로하고 싶다는 듯한 모습으로 움직였지만 끝까지 실행에 옮기지 못했다. 대신 티란데는 크로미 쪽으로 몸을 돌려 경건한 목소리로 말했다.

"대단히 죄송하지만 저는 이 사건의 환영을 제시하겠습니다."

크로미는 이제껏 제이나가 보아온 모습보다 더욱 엄숙하게 보였다. 작은 노움은 시간의 환영에 부드럽게 손을 댄 후 주문을 써서 선잠을 자는 금속용을 깨웠다.

제이나는 입술을 세게 깨물었다. 형상 하나가 나타나기 시작했다. 제이나는 자신의 모습과 모든 것들을 바친 자, 로닌의 모습을 알아보았다. 눈에 눈물을 글썽인 채 제이나는 방청석에 있는 베리사를 바라보았다. 하이 엘프는 주먹을 꽉 쥔 채였고, 숨을 쉬는 것 같지 않았다. 제이나는 베리사가 이 장면을 목격하게 되어 슬플지 기쁠지 알 수 없었다. 분명 큰 충격을 받겠지만, 베리사는 두 눈으로 자기가 사랑했던 남자의 진정한 영웅적인 면모를 보게 되리라. 그리고 다른 이들 역시 그럴 것이다.

장면은 제이나의 탑에서 일어난 일이었다. 제이나가 아끼는 탑이었다. 책들과 두루마리들, 앉아서 독서를 할 만한 작은 공간으로 가득 찼던 곳, 조제한 물약과 이것저것 다양한 묘약이 든 병들이 아무렇게나 쾌활하게 흩어져 있던 곳이었다. 열린 창문으로 빛과 공기가 들어왔고, 창문 너머로 고블린의 하늘 갈레온선 한 척이 떠 있는 모습이 보였다. 갈레온선은 아직 작은 점으로 보였다. 바로 제이나와 파이베드 데르쉬가 수많은 시간을 보냈던 곳이였다. 지금 로닌은 아주 활기차게 살아있는 모습으로 급히 계단을 올라오는 과거의 제이나를 기다리고 있었다. 제이나의 뒤로 그녀를 도와주었던 자원자들이 따라왔다. 제이나는 뒤늦게야 그들의 이름을 모른다는 사실을 깨달았다.

"저건, 집중의 눈동자인가요?"

제이나의 형상이 물었다. 로닌이 대답했다.

"그렇소. 이제껏 만들어진 것 중 가장 커다란 마나 폭탄에 마력을 공급하고 있소.

그리고 아무도 빠져나가지 못하도록 마법 감쇠장을 만들어내고 있소. 내가 마력 감쇠장의 방향을 바꿀 수 있소. 그러나 먼저 도와주시오. 내가 저지할 수 있는 시간은 이 사람들을 안전한 곳으로 대시피킬 정도의 시간뿐일 거요."

"물론이에요!"

제이나의 형상은 차원문을 열었다. 스톰윈드로 열었다고 제이나는 기억했다. 제이나는 동료들을 스톰윈드로 보낼 계획이었다. 하지만 제이나는 물론이고 다른 이들은 차원문이 대해에 있는 작은 바위섬으로 열리는 광경을 보았다.

"왜 제 차원문을 돌리는 거죠?"

"힘을…… 아껴야 하오."

로닌이 신음을 내뱉었다. 마법 감쇠장을 막아내려고 애쓰느라 힘을 소모하고 있는 게 분명했다. 제이나는 항변하려고 했지만 로닌이 막아섰다.

"따질 것 없소. 그냥 가시오, 모두 다!"

제이나의 동료들은 그 말에 따랐지만, 제이나는 아니었다. 제이나는 자신의 형상이 엄청난 충격을 받아 로닌에게 말하는 걸 보았다.

"막을 수 없군요! 죽을 생각인 거죠!"

"닥치고 그냥 가시오! 마나 폭탄을 바로 이 자리로 끌어당길 거요. 베리사와 샨드리스…… 그리고 최대한 많은 이들을 살리기 위해서요. 이 탑의 벽은 마법으로 보호되고 있소. 폭발을 최소화할 수 있을 거요. 멍청한 어린애처럼 굴지 말고 가시오! 제이나!"

"안 돼요! 그럴 수 없어요! 당신은 가족이 있어요. 당신은 키린 토의 지도자예요!"

"당신이 키린 토의 미래요!"

로닌이 쏘아붙였다. 그는 곧 쓰러질 듯했고, 오로지 굳건한 의지를 발휘해서 겨우 서 있는 것처럼 보였다. 제이나의 환영이 고집을 부렸다.

"아니에요! 전 아니에요! 테라모어는 제 도시예요. 제가 남아서 지키겠어요!"

"제이나, 빨리 가지 않으면 우리 둘 다 죽을 거요. 그러면 저 저주받은 폭탄을 여기로 끌어오려는 내 노력이 물거품이 되오. 폭탄이 도시 한가운데에서 터지길 바라는 것이오? 그렇소?"

하늘 갈레온선이 다가오는 소리가 커졌다. 제이나는 소리쳤다.

"당신을 버릴 수 없어요! 우리가 힘을 합치면 방향을 돌릴 수 있을지도 몰라요!"

제이나는 자기의 형상이 몸을 돌려 다가오는 배를 보는 장면을 지켜보았다. 바로 칼렉고스가 떨어지는 모습과 폭탄이 투하되는 모습이었다. 환영은 바뀌었고, 갑자기 제이나가 봤던 광경을 여기 있는 모든 이들이 보고 있는 듯했다. 법정에는 일제히 숨을 들이키는 소리가 들렸다.

다음에 일어난 일은 제이나의 기억 속에 흐릿하게 남아 있었지만, 이제는 그 일을 전부 보게 되었다. 로닌은 주문을 잠깐 멈추고 제이나를 힘으로 붙잡아 차원문 안으로 밀어 넣었다. 제이나는 저항했지만 차원문 주문에 잡히고 말았다.

제이나는 그 일이 벌어질 때 로닌을 똑바로 보고 있었다.

키린 토의 지도자는 창문을 응시하며 팔을 벌렸다. 수염이 난 얼굴에는 완강하고 완전한 반항심이 어려 있었다.

그리고…….

제이나의 시야가 하얗게 변했다. 로닌의 몸이 보랏빛으로 변했다. 극도로 순수한 비전 마법의 색이었다. 그러고는 역겨운 연보랏빛 구름을 내뿜으며 폭발했다.

자기가 뭘 하고 있는지 알아차리기도 전에, 제이나의 목에서 갑자기 비명이 흘러나왔다. 제이나만 그런 게 아니었다. 이 법정에서만 그리고 과거에서만 그런 게 아니라, 마나 폭탄이 떨어지는 장면을 지켜본 이들은 절망 어린 공포에 휩싸인 채 비명을 지르고 있었다.

제이나는 타란 주의 징소리가 울려 퍼지고 휴정을 선포하는 소리를 어렴풋이 들었다. 제이나는 베리사에게 고통을 주는 장면이 끝나서 다행이라고 생각했다. 하지만 자기가 고통 받을 장면은 이제 시작될 뿐이었다.

* * *

제이나가 개인적으로 목격한 일에 대해서 안두인은 그녀에게 직접 물어본 적이 없었다. 안두인은 그 사건에 대해 들었고, 그래서 제이나가 겪어냈던 악몽에 대해 이해했다고 생각했다. 그러나 자기가 이해한 건 극히 일부에 불과하다는 사실을 이제 깨달았다. 티란데가 또 무엇을 보여주려는지 모르지만, 어제 티란데가 한 행동을 보자면 더 지독한 장면을 보여줄 거라는 예상이 들었다. 티란데는 이미 배심원들과 방청객들에게 로닌이 희생하는 끔찍한 광경을 보여주었다. 티란데는 이제 아무것도 망설이지 않을 거라고 생각했다.

안두인은 나이트 엘프의 잔혹하고도 단호하며 감정의 여지를 남겨두지 않는 태도가 효과가 있음을 인정해야 했다. 안두인은 화가 치밀어 오른 상태로 가로쉬를 노려보았다. 오크는 절룩이는 다리를 하고 몸에 난 샤의 상처를 드러낸 채, 사슬에 묶여 죽음을 목전에 두고 앉아 있었다. 그의 옆에는 손에 머리를 파묻고 있는 바인이 있었다. 안두인은 방청객들이 화가 났지만 사원에서 쫓겨나지 않도록 스스로를 제어하는 이유는 감옥에 갇힐 게 두려워서가 아니라는 걸 알았다. 사원에서 쫓겨나면 다음 환영을 볼 수 없고, 다음 증언을 들을 수 없거나 다음에 나올 잔학무도한 행위에 대해 간접적으로 경험할 수 없었기 때문이다.

휴정은 단 20분이었다. 베리사는 일어서서 한 마디도 없이 떠났다. 안두인은 베리사가 돌아올 거라고 생각하지 않았지만 그녀에게 뭐라 할 수 없었다. 제이나 역시 티란데와 함께 바로 떠났다. 그들은 서로 몸짓을 주고받았지만, 안두인은 제이나와 티란데 사이에 도는 긴장감을 알아차렸다. 안두인은 칼렉고스가 두 여인과 동행할 거라고 생각했지만, 푸른용은 자리에 머물러 있었다. 안두인이 물었다.

"제이나 이모에게 안 가세요? 휴정 시간은 짧지만 제이나 이모는 칼렉 님을 보면 기뻐할 거예요."

칼렉은 냉담하게 고개를 저었다.

"나는 제이나가 그럴 거라고 확신할 수 없구나."

안두인은 어색한 듯 자세를 고쳐 앉았다. 바리안은 아무런 관심을 보이지 않았다. 왕은 의자 뒤에 등을 대고 앉아 가슴 앞으로 팔짱을 낀 채 못이 박힌 듯 가로쉬를 노려보고 있었다. 안두인은 조용히 말했다.

"그렇다니 유감이에요. 제이나 이모는 너무 많은 일을 겪었어요……. 칼렉 님과 제이나 이모 두 분은 정말로 서로에게 딱 맞는 것 같아요."

"나도 그러길 바랐지."

푸른용은 이렇게 말했다. 그러자 쓸데없는 말을 했다는 듯, 칼렉고스는 안두인의 어깨를 잡더니 짐짓 꾸민 듯이 떠들썩하고 명랑한 기색으로 말했다.

"뻐근한 날개를 좀 펴러 가야겠구나."

"저도 그럴까 해요."

안두인이 대답했다.

"뭐, 너도 날개를 펴러 가겠다고?"

재미없는 농담이었고, 자기도 그럴 기분이 아님에도 안두인은 미소를 지었다.

"하하, 그랬으면 좋겠네요. 저는 다리밖에 없어서요. 조금 있다 뵙죠, 칼렉."

조금 뒤 연꽃 빵 세 개와 야크 우유차 한 잔을 먹은 안두인은 왜 자기가 가로쉬 헬스크림을 도우려는지 모르겠다는 생각을 했다. 그리고 만약 보게 되리라 예상하고 있는 그 장면을 티란데가 보여준다면, 안두인은 앞으로 계속 그를 도울 수 없을 거라 생각했다.

***

제이나는 창백했지만 아까보다는 침착함을 되찾은 상태였다. 들어와서 각자의 자리에 앉는 제이나와 티란데는 이전보다는 서로에게 한결 편안해진 모습이었다. 타란 주는 재판이 다시 시작되었음을 공표한 뒤 티란데에게 계속 진행하라 일렀다.

티란데가 말했다.

"시간의 환영에서 보신 바대로 로닌은 증인을 안전한 곳으로 순간이동을 시켰고, 마나 폭탄을 탑으로 끌어들이는 데 성공했습니다. 그 후에 어떤 일이 벌어졌습니까?"

제이나는 꼿꼿이 앉아 무릎 위로 손을 모았다. 눈시울은 붉었지만 입을 연 제이나의 목소리는 차분했다.

"저는 섬에서 정신을 되찾았습니다. 칼렉고스는 저를 찾았고, 저는 그에게 테라모어로 돌아갈 거라고 말했습니다. 혹시 내가 도울 수 있는 이가 남았는지 보려고 말입니다. 칼렉고스는 같이 가겠다고 제안했지만 저는 혼자 가겠다고 고집을 부렸습니다."

안두인은 곁눈질로 흘끔 칼렉고스를 보았다. 푸른용은 입을 굳게 다문 채였고, 제이나를 보고 있지 않았다. 안두인은 둘이 실제로 나눴던 대화는 제이나가 말하고 있는 것처럼 정중하지 않았을 거라고 추측했다.

"그래서 가셨습니까?"

"네."

"저는 제이나 프라우드무어가 도시로 돌아갔을 때 무엇을 보았는지 여러분에게 보여드리겠습니다. 그녀가 세웠고, 사랑했으며, 목숨을 바치려 했던 도시에서 말입니다."

티란데는 크로미에게 고갯짓을 했다.

방청객으로부터 일제히 공포 어린 수군거림이 들려왔다. 안두인은 평소에 감정을 드러내지 않던 위대한 천신회조차도 괴로운 기색을 띤 모습을 보았다. 마나 폭탄은 거대한 폭탄 구멍을 남겨놓았고, 입을 벌린 구멍 뒤로 거대한 탑이 있었던 자리에는 잔해만이 남았을 뿐이었다. 하늘은 기묘하고 비정상적인 색채로 찢기고 상처 입었다. 안두인이 듣기로 그런 색은 노스렌드에서나 볼 수 있었다.

그리고 시체들…….

안두인은 마른침을 세게 삼켰다. 입안에서 쓴 맛이 감돌았다. 너무나 많은 시체들이 있었다. 어떤 시체들은 정상적으로 보였다. 말하자면, 보통 시체들을 볼 때처럼 정상적이었다는 뜻이다. 하지만 다른 시체들은 공중에 떠서 위로 피를 흘리고 있었다. 게다가 어떤 시체들은 온 몸이 보라색이었다. 죽음이 어떤 형태로 닥치는지는 아무런 이유도 법칙도 없는 듯 보였다.

안두인은 제이나가 핏기가 가신 얼굴로 충격에 빠져 멍하니 잔해 사이를 걷는 광경을 지켜보았다. 지금은 흰색인 제이나의 머리는 거의 붕 뜨다시피 했고, 안두인은 아직도 눈에 보이는 비전 에너지가 웅얼대며 갈라지는 소리를 들을 수 있었다.

일상생활의 파편들은 압도적인 규모의 파괴와 선명한 대조를 이루며 드러났다.

안두인은 굽 달린 술잔이며 머리빗, 책에서 떨어진 책장들 같은 물건들이 제이나가 집어 들자마자 보라색 먼지로 스러지는 장면을 얼핏 보았다.

거대한 사원에 침묵이 흐르는 동안, 방청객들은 제이나가 파멸의 잔해 속을 뒤지며 살아남은 이들이나 어떤 희망의 신호가 있는지 찾는 광경을 지켜보았다. 침묵 가운데 들려오는 유일한 소리는 누군지 알아볼 수 있는 시체들을 마주쳤을 때 제이나가 애도하며 내는 조용한 슬픔의 소리뿐이었다. 수많은 전투에서 살아남았던 파이네드는 제이나가 몸을 굽혀 그녀의 긴 머리카락을 쓸어내리려 할 때도 여전히 검을 쥔 채였다. 파이네드의 머리카락은 마법사의 손길 아래 산산이 흩어졌다.

안두인은 다른 이들도 알아보았다. 오브리 제독과 오랫동안 스톰윈드의 정문에서 자리를 지켰던 마커스 조나단이 있었다. 안두인은 이기적이게도 저 당시의 제이나가 그냥 저곳을 떠나주기를, 그래서 간접적으로라도 더 이상 이 끔찍한 광경을 볼 필요가 없기를 어느새 바라고 있었다.

바닥에는 어린아이만한 작은 형체가 있었다. 안두인은 몸을 돌려 제이나를 보았다. 그녀는 지금 손수건에 얼굴을 묻고 있었다. 제이나는 이 장면을 차마 볼 수 없었고, 안두인은 그런 제이나에게 아무것도 할 수 없었다.

제이나의 형상은 진홍색 웅덩이에 얼굴을 박은 채 엎드린 작은 시체를 응시했다. 한 갈래로 묶은 시체의 분홍색 머리카락은 피로 뿌옇게 물들어 있었다. 제이나는 자신의 수습생이었던 킨디 스파크샤인의 시체에 부드럽게 손을 뻗었다.

시체는 보랏빛 가루로 부서져 내렸고, 과거의 제이나는 고통에 찬 비명을 질렀다.

안두인은 고개를 돌리려 했다. 그러나 이 시대 최고의 마법사 중 하나인 여군주 제이나 프라우드무어가 소녀를 다시 짜 맞출 수 있기라도 한 듯 비전 마법의 재를 두 손에 가득 쥔 채 비명을 지르며 우는 모습에서 차마 눈을 뗄 수가 없었다.

안두인 옆에서 칼렉고스는 날카로운 숨을 한 번 들이쉬었다. 안두인은 벌떡 일어서서 티란데를 향해 '그만! 제발 그만 해요!'라고 소리치고 싶었다. 이 침묵의 함성을 어찌어찌 듣기라도 한 듯, 티란데는 크로미를 향해 고갯짓을 했다. 고맙게도 장면은 사라졌다. 안두인은 자기도 모르게 멈추고 있었던 숨을 내쉬었다.

티란데는 몸을 돌려 비싼 대가를 치르고 산 승리감으로 눈을 번뜩였다. 종소리처럼 강하게 울리는 목소리로 그녀는 말했다.

"이제 심문하시지요, 추샤오 블러드후프여."

제 29 장

바인 블러드후프는 바로 일어서지 않았다. 지금 본 광경에 너무나 놀란 상태였다. 바인은 이걸 본 뒤 가로쉬 헬스크림에 대해 긍정적인 말을 하려는 시도는 물론이고, 제이나에게 일련의 질문들을 퍼부을 수 있을 거라는 생각이 들지 않았다. 바인은 가로쉬를 바라보려고 마음먹을 수조차 없었다. 그는 대지모신께서 지켜주시기를 비는 기도를 말없이 짧게 올린 다음 일어서서 한때 테라모어의 여군주였던 제이나에게로 다가갔다. 바인은 조용히 말했다.

"제이나 여군주여, 원하신다면 기꺼이 휴정을 요청하겠습니다."

제이나는 알 수 없는 감정들이 뒤섞인 표정으로 바인을 바라보았고, 목소리는 단호했다.

"아닙니다. 저는 이 증언을 마치고 싶습니다."

"저는 법정에 있는 그 누구도 증인을 비난할 수 없다고 확신합니다."

바인은 동정심을 보이지 않았다. 제이나는 동정을 원치 않았다. 바인에게는 아니었다.

"그리고 법정에 있는 우리가 방금 본 장면들 때문에 복받쳐 오른 감정을 애써 눌러야 할 정도라도, 이토록 비겁한 공격 이후에 증인이 어떤 마음이었을지는 그저 추측만 할 수 있을 뿐입니다."

바인은 거리낌 없이 이렇게 말했다. 그는 사실을 있는 그대로 말하는 타우렌이었다. 테라모어의 파괴를 방금 목격한 이들 중 아무도 그 사건을 달리 말할 수는 없을 터였다.

"어떻게 느끼셨는지 직접 말씀해주시겠습니까?"

제이나는 바인을 노려보다가 이윽고 웃기 시작했다. 사납고 쓰라린 웃음이었다. 당황한 바인의 귀가 처졌다. 제이나는 자신을 추스르려 애썼다.

"저는 제가 느꼈던 걸 말로 표현할 수 있다고 생각하지 않습니다."

"그래도 해주시기를 부탁드립니다, 제이나 여군주여."

"화가 났습니다. 너무나 심하게 화가 났지요. 너무 큰…… 분노가 있었습니다. 저는 숨도 쉴 수 없었습니다. 먹을 수도 없었어요. 거의 움직일 수조차 없을 정도로 너무 화가 났습니다. 여기서 보신 장면? 그래요. 끔찍했지요. 제 눈에 여러분 중 많은 수가 우는 게 보입니다. 하지만 여러분은 그래도 거기에 없었어요. 나는 거기서 내 친구들이……."

제이나는 입을 꾹 다물고 침묵에 잠겼다. 바인은 잠시 제이나를 놔두었다가 다시 부드럽게 말을 걸었다.

"화가 났다고 하셨습니다. 그러면 무엇을 하고 싶었습니까?"

"그를 죽이고 싶었습니다."

"가로쉬 헬스크림 말입니까?"

"그렇습니다. 가로쉬와 더불어 내가 찾아낼 수 있는 오크란 오크는 전부 죽이고 싶었습니다. 나는 모든 고블린들과 모든 트롤들을, 모든 포세이큰들과 모든 블러드 엘프들 그리고 모든 타우렌들을, 바로 당신 바인 블러드후프도 포함해서 전부 죽여버리고 싶었습니다. 나는 가로쉬 헬스크림이 내 집을 쓸어버린 것처럼 호드를 쓸어버리고 싶었습니다. 내 삶을 쓸어버린 것처럼 말입니다."

바인은 화를 내지 않았다. 그가 말을 꺼냈을 때의 목소리와 태도는 여전히 부드러웠다.

"그래서 무엇을 하셨습니까?"

"나는 바리안 왕에게 가서 가로쉬 헬스크림이 저지른 짓에 대해 말했습니다. 그리고 바리안이 옳았다고, 호드를 신뢰하지 않고 미워했던 그가 옳고 내가 틀렸다고 말했습니다. 나는 바리안에게 우리가 호드와 전쟁을 해야 한다고 했습니다. 그리고 우리는 오그리마를 파괴하는 것으로 전쟁을 시작해야 한다고도 했습니다."

"바리안 왕은 어떻게 반응했습니까?"

"바리안은 우리가 전쟁을 해야 한다는 데 동의했습니다. 하지만 내가 원하는 대로 즉시 공격하기를 바라지 않았습니다. 바리안은 우리가 전략을 세우고 북부감시 요새를 재건해야 한다고 말했습니다. 나는 집중의 눈동자를 주기로 약속했고, 가로쉬가 내 집을 파괴했던 것처럼 오그리마를 파괴하기 위해 어떻게 집중의 눈동자를 사용해야 하는지 안다고 말했습니다."

"바리안 왕의 반응은 어땠습니까?"

제이나는 다시 자신의 손을 내려다보았다.

"바리안은…… 우리가 성급하게 행동해서 얼라이언스의 손실을 더하는 위험을 감수할 수 없다고 말했습니다. 그리고 안두인은 일부 호드 세력들도 가로쉬의 비겁한 행동을 두고 화를 냈을 거라 생각한다더군요. 저는 그들에게 그러기에는 너무 늦었다고 말했습니다."

"정확히 뭐라고 말씀하셨습니까?"

"기억이 나지 않습니다."

"제이나 여군주여, 뭐라 하셨는지 말씀해주실 수 없다면 저는 이 만남의 환영을 상영할 수 있습니다."

바인의 목소리는 부드러웠다. 그럼에도 불구하고 제이나는 고개를 홱 들었고, 바인은…… 제이나의 얼굴에서 수치심을 보았다.

제이나는 조용히 말했다.

"그러실 필요 없습니다. 저는 바리안에게 당신은 겁쟁이라 말했고, 안두인에게는…… 제가 안두인이 순진하게 속아 넘어가는 성격을 갖게 된 데 어느 정도 일조했다면 미안하게 됐다고 말했습니다. 그리고…… 그 자리를 떴습니다."

"그 후에는 무엇을 하셨습니까?"

"달라란으로 갔습니다. 베리사에게 무슨 일이 일어났는지 알려주었습니다. 얼마나 베리사의 남편이 용감했는지 말해주고, 그가 제 생명과 베리사 그리고 구할 수 있었던 모든 이의 생명을 구했다고 알려주었습니다."

바인은 베리사의 반응을 보려고 고개를 들지 않았다. 베리사는 휴정 이후 돌아오지 않았기 때문이다.

"저는 키린 토에게 도와달라고 애걸했습니다. 예전에 키린 토가 했던 것처럼 달라란을 있던 자리에서 들어 올려 그걸로 오그리마를 남김없이 파괴하기를 바랐습니다. 그들은 거부했습니다."

바인이 말했다.

"그러면 아무도 도시 전체를 쓸어버리기를 원하지 않은 것 같습니다. 테라모어에서 그런 일이 일어났는데도 말입니다."

"네. 아무도 원치 않았습니다."

"그 다음으로 어떻게 하셨습니까?"

"저는 호드가 찾기 전에 집중의 눈동자를 되찾았습니다. 그리고 아무도 도와주지 않을 때 그 사용법을 익혔습니다."

"도와줄 군대나 달라란 없이 말입니까?"

"맞습니다."

"증인의 계획은 무엇이었습니까?"

제이나의 눈은 바인의 눈을 마주한 채 움직이지 않았다. 제이나는 고개를 치켜들었다.

"물의 정령들로 이루어진 조류를 보내서 오그리마를 쓸어버리는 거였습니다."

바인이 말했다.

"우리는 증인께서 그러지 않으셨음을 안다고 말씀드리는 게 안전하겠군요. 저지를 당하셨습니까? 아니면 마음을 바꾸신 겁니까?"

"저는…… 둘 다였습니다."

"무슨 뜻인지 설명해주시겠습니까?"

제이나는 눈썹을 찌푸렸다.

"저는…… 계획대로 흘러가게 만들어 두었습니다."

제이나는 잠시 말을 멈추었다. 어쩌면 조심스럽게 할 말을 선택하는 것일 수도 있었고, 그저 그 당시 어떤 기분이었는지 떠올리려는 것일 수도 있었다. 카이로즈는 바로 그 순간을 찾아냈지만 타우렌이 이 장면을 보여주지 않기로 하자 상당히 짜증을 냈다. 바인은 분노에 차서 이성을 잃은 제이나가 주의 깊게 복수를 계획하는 장면을 보여주어도 가로쉬를 변호하는 데 도움이 되리라고 생각하지 않았다. 또한 이미 너무 많은 고통으로 인해 힘겨워하는 여인이 이 장면을 보게 된다면 또 다른 고통만 안겨줄 뿐 자신에게는 아무런 도움이 안된다고 생각했다.

"저는 격투의 섬에 가서 파도를 만들었습니다. 그리고 얼마 안 있어 그 파도를 오그리마가 있는 북쪽으로 보낼 생각이었습니다. 파도는 가는 동안 계속 강해져서 오그리마에 이르면 훨씬 더 강력해졌을 겁니다."

"그럼 왜 파도를 보내지 않으셨습니까, 프라우드무어 여군주여?"

"고엘이 저를 방해했습니다."

"증인이 어디에 있는지 고엘은 어떻게 알았습니까?"

"고엘은 정령들이 보내준 환영을 봤습니다. 정령들은 고엘을 불러 도와달라고 요청했습니다. 고엘은 제가 오그리마를 수장시켜버리게 둘 수 없다고 말했습니다. 우리는…… 파도들을 제어하기 위해 싸웠습니다."

바인은 고엘을 올려다보았다. 고엘은 아그라와 함께 몸을 앞으로 숙이고 열심히 지켜보고 있었다. 그의 푸른 눈에는 슬픔이 어려 있었다. 인간 외교가와 오크 지도자 사이의 우정은 특별했다. 가로쉬는 그 역시 파괴했던 것이다.

"누가 이겼습니까?"

제이나는 바인의 시선을 따라갔다가 이내 재빨리 시선을 아래로 떨궜다.

"제가 이겼습니다. 저는 고엘을 막 죽일 참이었습니다."

"그래서 어떻게 되었습니까?"

"칼렉이 저를 찾았습니다. 칼렉은 고엘과 함께 제 결심을 돌이키려고 설득했습니다."

"그들은 증인을 설득했습니까? 아니면 제압했습니까?"

제이나는 고민에 빠진 표정이었다.

"그들은 제가…… 가로쉬보다 나을 게 없다고 말했습니다. 그리고…… 아서스보다도 나을 게 없다고도 했습니다. 그래서 저는……."

제이나는 얼굴을 들었다.

"그들의 말이 옳다는 걸 깨달았습니다."

"그리고 가로쉬 역시 증인과 마찬가지가 될 거라는 점도 깨달으셨습니까?"

"재판장님, 이의 있습니다!"

티란데가 말했다.

"파슈아여, 저는 우리 모두 증인의 말을 올바르게 이해하고 있는지 확인하려는 겁니다."

바인이 이렇게 말했다. 타란 주가 말했다.

"변호인의 말에 동의합니다. 증인은 정확하게 설명하십시오."

제이나가 말했다.

"그렇습니다. 그도 저와 똑같은 자가 될 거라고 깨달았습니다."

"그리고 그러기를 원치 않으셨군요."

"그렇습니다. 절대로 원하지 않았습니다."

"하지만 그 잠시 동안 증인은 가로쉬가 어째서 그런 일을 하고 싶어 하는지 이해하셨습니다. 도시 전체를, 민간인까지 포함해서 파괴하는 일을 말입니다."

"저는……. 그렇습니다. 네, 저는 이해했습니다."

바인은 고개를 숙였다.

"감사합니다, 제이나 여군주여. 이것으로 제 심문을 마치겠습니다."

"고소인이여, 더 질문이 있습니까?"

타란 주가 티란데에게 물었다. 그가 앞발을 징채로 뻗은 것으로 보아 분명 질문이 더 없을 거라고 생각한 모양이었다.

"네, 파슈아여. 질문이 있습니다."

티란데는 이렇게 말하며 일어서서 제이나가 앉은 자리로 걸어갔다.

"제이나 여군주여……. 증인이 만약 조수의 파도를 보냈다면 얼라이언스 함대 역시 파괴되었으리라는 사실을 그 후에 알게 되셨습니다. 파도를 보내지 않기로 자제하신 게 기뻤던 이유가 그 때문이었습니까?"

바인은 숨을 죽였다. 그저 그 말이 옳다고 대답하는 게 제이나에게는 쉬웠다. 바로 그게 티란데가 원하는 대답이었고, 그러면 제이나는 떠나도 된다는 허락을 받고 이제껏 잔인하게 다시 파헤쳐진 상처를 얼마든지 달랠 수 있었다. 바인은 달라란, 즉 제이나의 새로운 도시이자 새로운 테라모어인 그곳이 선리버들의 배신으로 큰 상처를 입었다는 사실을 알았다. 많은 이들은 제이나가 그 때문에 테라모어가 스러진 이후의 감정 상태로 되돌아갔다고 말했다. 그리고 제이나가 바리안을 부추겨 실제로 호드를 와해시키려 한다는 소문들도 돌았다.

제이나는 즉시 대답하지 않았다. 그리고 질문을 두고 응당 필요할 만큼 심사숙고했다.

"물론 저는 제가 알지도 못한 채 함대를 쓸어버리는 일을 하지 않았다는 말을 듣고 안심했습니다. 하지만 그게 이유는 아닙니다. 그래서 기뻤던 건 아니었습니다."

제이나는 가로쉬를 바라보며 말을 이었다.

"공격을 하지 않아 기뻤던 이유는 바로 제가 저자와 절대로 똑같은 인물이 되고 싶지 않았기 때문이었습니다."

나중에 이때를 떠올린 바인은 티란데가 그 대답을 받아들였어야 했다고 생각했다. 하지만 나이트 엘프는 현 상태를 그대로 둘 수 없었다. 제이나는 티란데가 가진 마지막 증인이자 최고의 증인이었다. 고소인으로서 앞으로 남은 건 바인의 증인에게 할 추가 심문뿐이었고, 티란데는 요점을 강조하며 끝을 맺고 싶었다. 그래서 티란데는 하나만 더 질문하겠다는 말을 너무 많이 반복했다.

"다시 말해 호드 같은 인물이 되지 않겠다는 뜻입니까?"

제이나는 아주 조용해졌다. 티란데는 기다렸다. 잠시 후 티란데는 대답해달라고 요청했다.

"제이나 여군주여? 제 질문은 증인께서 절대로 호드 같은 인물이 되지 않기를 바라셨느냐는 겁니다."

지치고 분노하며 상처입고 황폐해졌지만 정직한 제이나는 간단하게 대답했다.

"호드는 가로쉬와 다릅니다."

너무 늦게야 자신의 실수를 알아차린 티란데의 눈이 둥그렇게 커졌다.

"이것으로 심문을 마치겠습니다, 파슈아여."

티란데는 조용히 말하며 제이나를 오랫동안 쳐다보다가 이윽고 자리로 돌아갔다.

* * *

언더시티 근처에 있는 티리스팔 숲 속의 청명 호수에 도착한 실바나스는 자신을 기다리고 있는 동생을 발견했다. 실바나스가 말했다.

"네가 보낸 쪽지를 봤어. 그리고 우리가 탈 말들을 가져왔어."

실바나스는 베리사가 휴정이 끝나고 다시 법정으로 돌아갈 거라고 생각하지 않았다. 베리사는 남편이 죽는 모습, 정확히 말하자면 순수한 비전 현신으로 변했다가 죽은 모습을 지켜본 직후였다. 하지만 실바나스는 쪽지에 다만 '청명 호수에서 보자. 말을 타고 싶어.'라고 적힌 걸 보고 놀랐다. 그리고 베리사가 이렇게 포세이큰 영토 깊숙한 곳에서 만나자고 제안한 사실을 좋은 징조로 받아들였다. 실바나스는 동생이 이 장소까지 알고 있으며, 상처나 더러움 없는 모습으로 거기에 도착한 게 자랑스러웠다. 윈드러너 가의 달님들은 모두 뛰어난 순찰자들이었다. 그리고 베리사가 하자고 요청한 일은 놀랍지 않았다. 그들은 어릴 때 함께 말을 타고 달리기를 즐겼다. 특히 베리사가 더 좋아했다.

죽은 나무줄기에 등을 기대고 앉아 있던 베리사가 천천히 고개를 돌렸다. 초췌하고 연약한 모습이었다. 실바나스는 동생에게 무언가 즐거운 일을 선사해줄 수 있다는 생각에 기뻐하면서, 동생이 자신의 바람대로 즐거워해주기를 바랐다. 베리사의 눈은 탈것을 보자 동그래졌다. 죽은 것들은 베리사를 계속 응시했다. 그중 하나는 살 없는 긴 목을 구부리고 풀 부스러기를 씹었다. 씹은 풀은 바닥으로 떨어졌지만 그것은 알아차리지 못하는 듯했고, 한입 더 씹으려고 척추를 구부렸다. 베리사가 중얼거렸다.

"이것들은…… 뼈밖에 안 남았네. 뼈말들이구나."

"기꺼이 나를 나르려는 생물은 거의 없어, 동생아. 나에게 가까이 오려는 생물이 거의 없다는 게 맞겠지. 언더시티에 와서 살려면 너는 이것들을 타는 법을 배워야 할 거야. 확실히 말해두지만 이것들은 네 명령을 따를 거야."

"그래, 그럴 거라고 생각해."

베리사가 대답했다. 그러나 일어서려 하지 않았다. 실바나스는 말들이 아무데도 가지 않으리란 사실을 알았기에 말고삐를 놓고 동생 옆에 앉았다. 실바나스는 어색하게 물었다.

"기분은 좀 어떠니?"

다른 존재의 상태가 어떤지 중요했던 적도 상당히 오랜만이었다.

베리사는 눈을 감았지만 눈물이 속눈썹 아래로 흘러내렸다.

"나는 그이가 너무나 그리워, 실바나스. 너무 많이 그리워."

실바나스는 아무런 위로도 하지 않았다. 동생을 위해서 로닌의 시체를 다시 살려낼 수조차 없었다. 그래서 실바나스는 가만히 앉아 있었다.

베리사가 말했다.

"나는 우리가 가로쉬를 죽이게 되어서 정말로, 정말로 기뻐. 나는 언니가 가진 독이 무엇이든 느리고 고통스럽게 작용했으면 좋겠어. 나는 오늘 내가 예전에 뭘 했는지 보게 되어서 기뻐. 덕분에 가슴속 타는 불에 기름을 부었거든. 나는 그 장면을 다시는 볼 일이 없기를 바라. 다시는 로닌의 죽음에 대해 생각하고 싶지도 않아. 그 세상에 더 이상 상관하고 싶지 않아."

실바나스는 주머니에서 작은 유리병을 꺼내며 말했다.

"자, 나는 네 모든 꿈들을 이뤄줄 수 있다고 생각해. 이 작은 병에는 한 무리의 오크를 죽이기에 충분한 독이 들어 있어. 그래…… 우리 둘 다 원하는 건 이것뿐이지. 천천히 고통스럽게 죽이는 그리고 해독제가 전혀 없는 독이야."

베리사는 마치 실바나스가 생일 선물을 줬다는 듯 반응했다. 얼굴은 환해졌고 슬픔은 물러갔다. 그리고 경건한 자세로 유리병을 받았다. 베리사가 중얼거렸다.

"그렇게 치명적인 것치고는 정말 작구나."

"해과일 한 조각마다 한 방울씩 넣도록 해. 그러면 더 이상 가로쉬 헬스크림은 없는 거야."

베리사는 한 손으로 유리병을 꼭 쥐고, 다른 한 손으로는 자신의 가느다란 목에 걸린 로켓을 감싸 쥐었다. 실바나스는 이전에 베리사의 목걸이를 다시 돌려주었고, 이제 두 자매는 함께 시간을 보내는 동안 목걸이를 항상 걸고 있었다.

"고마워, 언니. 나는 언니를 믿을 수 있을 줄 알았어."

실바나스는 미소를 지었다.

"네가 그렇다니 얼마나 기쁜지 모르겠다. 그리고 그 세계를 떠나는 것 말인데, 나는 너에게 내 세계를 열어두었지. 그래서 여기서 만나자고 한 거야?"

베리사는 고개를 끄덕였다.

"첨탑에서 계속 만나는 건…… 슬퍼서 말이야. 나는 내가 곧 살게 될 곳에 대해서 슬슬 알아보고 싶었어."

실바나스는 베리사의 대답을 듣고 미소가 떠올랐지만 애써 감춘 채 아무 말도 하지 않았다. 이상한 환상통이 점점 커졌지만, 실바나스는 아서스에게서 자유를 되찾을 때 발휘했던 강철 같은 의지로 그 고통을 무시했다. 아서스가 실바나스의 백성들에게 민달팽이가 지나간 자국처럼 죽음의 흉터를 남겼던 이후 처음으로 실바나스는…… 행복했다. 그녀는 이제까지 너무나 많은 것들을 잃었는데, 이제 운명은 실바나스에게 이런 예상치 못한 선물을 준 듯싶었다. 실바나스 개인에게도 그랬고, 호드 안에서 더 많은 권력을 얻으려는 시도 면에서도 그랬다. 실바나스와 그녀의 동생을 막을 자는 진실로 없으리라. 폭력과 공포를 겪었기 때문에 실바나스는 오늘날 이 자리에 섰고, 똑같은 폭력과 공포에 쫓긴 베리사 역시 실바나스를 찾게 되었다.

믿을 만한 이가 있는 게 얼마나 좋을지 실바나스는 곰곰이 생각했다. 그저 두려움이나 개인적인 이득 때문에 명령에 따르는 존재가 아니라 참으로 믿을 만한 존재. 자기처럼 생각하고 느끼는 자. 베리사 역시 그걸 원하는 것처럼 보였다.

실바나스는 물론 베리사에게 모든 걸 다 털어놓지 않았다. 일단 스스로 밴시가 되지 않는 한 밴시 여왕과 같을 수는 없었다. 실바나스의 종족은 살아있는 존재에게 복종하는 일을 불쾌하게 여길 터이다. 하지만 실바나스는 자기가 죽었던 때보다는 훨씬 더 부드럽고 편안하게 동생이 죽도록 해주리라. 친절하게 말이다. 베리사는 그저 잠이 들었다가 아름다운 모습으로 변신한 채 깨어날 것이다. 숨 쉬는 존재는 절대 꿈꾸지도 못할 통찰력과 야심을 지니고 다시 태어나리라.

"재밌는 거 알려 줄게. 이제 난 녹색 카레 생선 요리를 만들 줄 알아."

베리사는 소중한 독약을 조심스럽게 가방 안에 넣으며 말했다.

"주방에서는 너를 더할 나위 없이 신뢰하나 보구나."

"그래. 이제 하루나 이틀만 더 있으면……."

베리사는 눈살을 찌푸렸다.

"실바나스 언니, 이게 정말 이토록 쉬울까? 나는 어쩐지 무언가 잘못되고 있다는 느낌이 계속 들어."

실바나스는 베리사를 안심시켰다.

"아무것도 잘못되는 건 없을 거야, 작은 달님아. 우리는 이 순간을 거저 받은 게 아니야. 땀과 눈물과 고통을 대가로 치르고 이 순간을 얻은 거라고. 우리는 이 승리를 받을 자격이 있어."

"그래. 한 가지 후회되는 점은 우리가 가로쉬 헬스크림이 마지막 숨을 몰아쉬는 모습을 못 본다는 거야."

실바나스가 말했다.

"아, 하지만 분명히 상상할 수 있지. 사실 상상하는 걸로 만족해야 해. 그리고 우리는 가로쉬의 시체와 더불어 그의 죽음으로 일어날 혼돈을 보게 되겠지. 그리고 훗날 우리가 가로쉬를 죽였다고 주장할 수 있게 될 거야. 그를 죽이는 일을 두고 너무 뜸을 들였거나 소심했던 자들에게 말이야. 그들은 우리를 부러워하게 될 걸."

베리사는 무릎에 팔을 감고 앉아 호수를 응시했다. 그리고 말했다.

"나는 언제나 이 나라가 어둡고…… 슬플 거라 생각했어. 하지만 이 암흑 속에는 이상한 종류의 아름다움이 있네. 안 그래?"

실바나스가 대답했다.

"그래. 나는 나이트 엘프가 아니지만 그들의 생각을 알겠어. 달이 빛나고 태양이 얼굴을 감추는 시간인 밤에는 달콤함과 순수함이 존재하지. 죽음에는 아름다움이 있어."

"언니는…… 그들이 언니의 결정을 받아들일 거라고 생각해? 나를 데려와서 언니와 같이 다스리게 하는 걸?"

"포세이큰 말이니, 아니면 호드 말이니?"

"어느 쪽이든. 둘 다 말이야."

실바나스가 말했다.

"어쩌면 처음에는 받아들이지 않겠지. 그들이 적응하려면 시간이 좀 걸릴 거야. 하지만 머지않아 네가 가치 있는 존재라는 걸 알게 될 테고, 네가 언더시티에 있는 걸 좋아하게 될 거야."

베리사가 계속 말했다.

"내 걱정을 하는 게 아니야. 아들들이 걱정돼서 그래. 그 애들에게는…… 아주 이상할 거야."

실바나스는 그 말을 듣고 완전히 놀랐다. 베리사가 정말로 그런 생각을……. 아니, 그건 불가능했다.

실바나스는 조심스럽게 어떤 말을 할지 생각했다.

"그럴 거야."

그녀는 마치 그 생각이 이제야 떠오른 듯 동의했다.

"애들은 자기 또래의 친구가 없을 거고, 왜 그런지 설명하려면 힘들겠지. 아마 애들의 마음에 아주 안 들지도 몰라. 언더시티는…… 아이들에게 어울리는 장소는 정말 아니야, 동생아."

베리사는 눈길을 돌렸다. 실바나스는 매가 사냥감을 보듯 베리사를 날카롭게 바라보았다. 베리사가 남편을 잃은 미망인일 뿐 아니라 두 아이를 키우는 편모이기도 하다는 점을 미처 인식하지 못하다니, 얼마나 자신이 바보스러운가. 두 자매가 비밀

회동을 해온 이후 처음으로 베리사는 아이들에 대해서 언급했다. 아이들의 아버지가 죽은 이후 베리사는 복수 말고는 그 어떤 것도 생각하지 않는 것처럼 보였다.

베리사는 한숨을 쉬었다.

"아니지. 그래, 아닐 거라고 봐."

베리사는 풀밭으로 손을 내려 멍하니 솔방울 하나를 집어 들었다.

베리사의 목소리에서 무언가를 감지한 실바나스는 경계 태세를 취했다.

"물론 네가 정말로 아이들을 데려오고 싶다면, 나는 최선을 다해 아이들을 환영할 거야. 결국 그 애들은 너를 빼면 나에게 가장 가까운 피붙이니까."

베리사는 하얀 머리를 흔들었다.

"아냐, 언니 말이 맞아. 나는 여기가 아이들에게 좋은 곳일 거라고 상상할 수 없어. 아이들은 지금 있는 곳에 머무는 게 좋아."

베리사는 메마르게 웃었다.

"어쨌든 나는 이제껏 아이들에게 그리 좋은 엄마는 아니었으니까."

베리사는 불쑥 손에 쥔 솔방울을 부수었다. 베리사가 던져버린 자리로 갈라진 솔방울 조각들이 떨어져 내렸다.

실바나스는 다시 안심했다. 베리사는 상황을 이해하고 있었다. 실바나스는 조카들을 살해해야 하는 상황만큼은 피하고 싶었다. 그렇지만 동생이 안전하게 죽으면 마음이 더 편할 것이다. 그러면 그들은 함께 있을 수 있다.

영원히.

제 3 0 장

제8일

“저는 바리안 린 왕을 증인으로 소환합니다.”

바인이 말했다. 안두인은 입이 근질거려 참을 수가 없었다. 그는 아버지 쪽으로 몸을 숙이고 속삭였다.

“묻는 말에만 대답하세요. 먼저 자진해서 말하지 마시고요.”

“하, 하.”

바리안은 투덜대면서 일어섰다. 안두인은 제이나의 놀란 표정을 보고 바인이 바리안에게 변호인 측 증인으로 출석해달라고 요청한 사실을 자기에게만 이야기했음을 깨달았다. 제이나의 푸른 눈은 아버지에게서 아들 쪽으로 옮겨갔다. 이윽고 제이나는 입을 굳게 다물고 돌처럼 앞쪽을 노려보았다.

물론 제이나만 놀란 게 아니었다. 어떤 상황에서든 스톰윈드의 왕이 호드의 지도자를 편들어 이야기하게 만드는 건 이상해 보였다. 그 지도자가 고엘이라 해도 역시 이상했을 것이다. 그런데 심지어 가로쉬란 말인가? 안두인은 바인이 무슨 생각을 하는 건지 의아해하면서 의자에 몸을 기댔다.

바리안은 증인 선서를 하고 시작하라는 눈빛으로 바인을 보았다. 바인이 말했다.

“법정이 허락하신다면, 제가 증인에게 질문하기 전에 증거가 될 만한 영상을 보여드리겠습니다. 여러분 대부분은 바리안 린 왕이 피고의 즉결 처형에 반대하는 의견을 낸 인물임을 아십니다. 하지만 증인이 항상 그렇게 온건한 태도였던 건 아니었습

니다."

"재판장님, 이의 있습니다. 바리안 왕은 재판을 받는 당사자가 아닙니다."

티란데가 일어서며 말했다. 바인은 동의했다.

"네, 바리안 왕은 당사자가 아닙니다. 하지만 그의 결정이 아니었다면 가로쉬는 살아있지 못했을 테고, 우리 중 아무도 오늘 이 자리에 모이지 않았을 겁니다."

제이나는 그 실수에 대해 숨죽인 소리로 뭐라고 투덜대었다. 칼렉은 기분 나쁘다는 듯 눈살을 찌푸렸고, 제이나 뒤에 앉은 베리사는 독선적인 모습이었다. 베리사는 아름다운 여성이었지만 표정은 추했다. 안두인은 입술을 깨문 다음 다시 아버지에게 주목했다.

타란 주가 말했다.

"그건 부정할 수 없는 사실이지만 내가 고소인의 이의를 기각하기에는 충분한 주장이 아닙니다."

"파슈아여, 이상하게 들릴지도 모르지만, 저는 바리안 왕을 피고에 대한 성격증인(보통 해당 인물의 평판과 증인의 개인적 지식을 바탕으로 그 인물의 도덕적 자질과 윤리성에 대해 그 인물 편에 서서 증언하는 증인—옮긴이)으로 세우기 위해 그의 진실성을 확립하고자 합니다."

타란 주가 말했다.

"그대의 요청이 이치에 맞지 않다 하더라도 어찌될지 볼만하겠군요. 변호인의 주장에 동의합니다."

티란데는 그 결정에 승복했다. 그러나 자리에 돌아가는 내내 입을 가늘게 다물고 있었다. 자리에 앉은 티란데는 무언가 적기 시작했다.

"이제 저는 이것을 입증해줄 환영을 보여드리겠습니다."

카이로즈는 시간의 환영 쪽으로 성큼성큼 걸어갔다. 안두인은 모래시계가 뒤집어지더니, 티란데가 테라모어의 파괴를 보여주었을 때 모래를 다 써버린 위쪽 유리구가 다시 꽉 찬 모습을 보았다. 살아있는 청동용은 부드럽게 장치 주위에 손으로 주문을 그려 넣었다. 그러자 금속으로 만든 청동용이 살아나 빛나는 모래를 아래쪽으로 떨어뜨렸다.

처음 장면은 캄캄했다. 그러더니 뭔가 멀리서 싸우는 소리가 들려왔다. 성난 외침과 비명, 칼과 칼이 부딪히는 소리였다.

"무슨 일이냐?"

겁에 질린 여성의 목소리가 들렸다. 종족의 특색으로 흔히 나타나는 어투를 최근에야 익히기 시작한 목소리였다.

바로 모이라 타우릿산이었다. 안두인은 다음에 무슨 일이 벌어질지 이제 알았다. 하지만 여전히, 이게 정말 변호인의 주장에 힘을 실어줄 것인가는 알 수 없었다. 심지어 변호인이 과연 이 영상이 도움이 되기를 바라고 있는지조차 알 수 없었다.

등불이 켜지자 모이라는 두려운 눈초리로 주위를 응시했다. 그녀는 아이언포지에 있는 자기 숙소에 홀로 있지 않았다. 침대 옆에 놓인 요람에는 자고 있는 아기가 있었고, 검은 무쇠 드워프 둘이 문가에 있었다. 그중 하나가 문을 열기 시작했다.

"안 돼!"

모이라가 새된 비명을 질렀다. 그녀는 일어나 침대 위에 서서 문을 노려보았다. 잠옷 차림의 모이라는 손을 천천히 목 쪽으로 가져갔다.

"명령이다. 밖으로 나가지 마라! 저들은 우리를 못 찾을지도 모른다!"

그들은 만약을 대비해 무기를 꺼내들었다. 오래 기다릴 필요가 없었다. 문가에서 엄청난 쿵 소리가 났고, 모이라는 숨을 들이켰다. 쿵 소리가 한 번 더 울렸고, 누군가가 바깥에서 들어오려고 세 번째로 문을 쳤다. 네 번째 만에 문은 떨어져나가며 길을 완전히 터주었다.

모이라는 공포에 사로잡혀 비명을 질렀다. 놀라서 깬 아기 역시 겁에 질려 맹렬히 울음을 터트리자 더 시끄러워졌다. 세 명의 침입자는 방 안으로 밀고 들어와 경비병들을 공격하기 시작했다. 검은 무쇠 드워프들은 필사적으로 싸웠지만 수적으로 불리했다. 복면을 쓴 침입자들의 지도자는 두 개의 검을 능숙하게 휘둘렀다. 그는 엄청난 힘이 실린 찌르기 한 방으로 드워프 하나를 빠르게 처치했는데, 너무 세게 찌른 나머지 시체에서 바로 칼을 뽑아낼 수 없어 그대로 놔두었다.

그는 몸을 돌려 모이라를 마주보고 숨을 헐떡이며 복면을 벗었다. 모이라의 형상은 물론이고 방청객들은 그 인물이 바리안이라는 사실을 알고 숨을 들이켰다. 안두인은 그게 누구인지 알고 있었지만, 그 잔인한 행위에 자기도 모르게 여전히 슬퍼하고 있었다. 자기가 조금만 더 일찍 도착했더라면 좋았을 텐데. 안두인의 눈은 실제 모이라가 앉은 자리로 향했다. 그리고 모이라가 불편한 기색이긴 해도 침착한 얼굴로 앉은 모습을 보았다. 모이라가 이 장면을 볼 수밖에 없는 상황이 안두인은 유감스러웠다. 그리고 이걸 보여준 바인에게 화가 났다.

바리안은 공포에 질린 드워프를 붙잡았고, 도망치려고 애쓰는 모이라를 침대에서 끌어내려 방 밖으로 질질 끌고 갔다. 그 뒤로 이어진 환영에서 바리안은 대용광로 옆에 있는 큰 광장으로 붙잡은 포로를 데려갔다. 드워프들과 노움들이 겁에 질린 채 무슨 일인지 어리둥절한 모습으로 그 광경을 보며 모여들기 시작했다. 바리안은 모이라의 잠옷 깃을 잡아 자기 쪽으로 끌어당긴 다음 그녀의 목에 칼을 댔다.

바리안은 고함을 질렀다.

"왕권 탈취자를 보시오! 이 자식을 두고 마그니 브론즈비어드는 셀 수 없을 정도로 눈물을 흘렸소. 마그니의 사랑스러운 어린 딸이었지. 그 딸이 자기 도시와 동족에게 한 일을 봤다면 마그니가 얼마나 구역질이 났겠소!"

바리안은 고개를 돌려 모이라의 휘둥그레진 눈을 들여다보았다.

"이 왕좌는 네 것이 아니다. 너는 속임수와 거짓말, 책략으로 왕좌를 탈취했다. 너는 아무런 잘못도 하지 않은 네 신하들을 위협했고 아직 얻지 않은 칭호를 얻으려고 다른 이들을 괴롭혔지. 나는 네가 훔친 왕좌에 앉아 있는 걸 더는 볼 수 없다!"

"여기서 멈추십시오."

바인이 말했다. 안두인은 방청객들이 일제히 현실로 돌아오는 걸 느꼈다. 모든 이들의 눈이 바인에게로 향했다.

"우리는 증인과 섭정 여왕 모이라 타우릿산을 보았습니다. 모이라는 분명히 시련에서 살아남았지요. 무슨 일이 일어난 건지 설명해주시겠습니까?"

바리안이 말했다.

"이 일은 대격변 바로 전에 벌어졌습니다. 대지와 접촉하여 무슨 일이 일어나는지 알 수 있기를 바라며 마그니 왕이 고대의 의식을 수행했던 때였습니다. 뭔가가 잘못되었고, 마그니는 말 그대로 대지의 일부로 변했습니다. 그러자 섭정 여왕 모이라가 어디선가 불쑥 나타나서 자기가 왕위 계승자라고 주장했습니다. 모이라는 아이언포지를 봉쇄하고 제 아들을 볼모로 잡았습니다. 다행히도 안두인은 탈출했습니다."

"그런 다음 증인은 무엇을 하셨습니까?"

"저는 아이언포지에 침투했습니다."

"무슨 목적이었습니까?"

"모이라를 제압하고 아이언포지를 해방시키려고 했습니다."

"어떻게 모이라를 제압할 의도였습니까?"

"그때 어떻게 할지는 사실 몰랐다고 생각합니다. 만약 모이라가 반항했다면 죽였을 겁니다."

"부상자들이 생겼습니까?."

"그렇습니다."

안두인은 티란데를 흘깃 보았다. 티란데는 의자에 등을 대고 앉아 팔짱을 끼고, 얼굴에는 조심스럽게 아무런 표정도 드러내지 않았다. 안두인은 티란데가 이의를 제기하고 싶어 한다는 사실을 알았지만, 이 사안에 대해 티란데는 벌써 기각을 당했다. 바인은 카이로즈를 보고 계속하라고 고갯짓을 했다.

"아버지!"

안두인은 자신의 형상이 바리안에게 다가가려 필사적으로 군중 사이를 헤치는 모습을 지켜보았다. '정말 어리게 보이네.' 안두인은 심란하게 생각했다.

"너는 여기 오지 말았어야 했다, 안두인. 나가라. 여긴 네가 있을 곳이 아니다."

안두인의 모습이 대답했다.

"여기야말로 제가 있을 곳이에요! 아버지가 저를 여기로 보내셨잖아요! 아버지는 제가 드워프 종족에 대해서 알기를 바라셨고, 저는 이제 이들에 대해서 알아요. 저는 마그니를 잘 알았고, 모이라가 왔을 때 여기 있었어요. 그리고 모이라가 도착해서 생긴 소동을 봤어요. 그리고 모이라와의 문제를 해결하기 위해 이들이 무기를 잡았을 때 상황이 거의 내전이나 다름없는 상태로 치닫는 것도 봤어요. 아버지가 모이라에 대해서 어떻게 생각하시든 모이라는 정당한 후계자에요!"

바리안이 으르렁댔다.

"핏줄로 보면 그럴지도 모른다. 하지만 정신적으로는 아니야. 모이라는 주문에 걸려 있다, 아들아. 마그니는 언제나 그렇게 생각했어. 모이라는 널 가둬놓으려 했다. 지금도 아무 이유 없이 수많은 이들을 구금하고 있단 말이다. 모이라는 지도자로서 적격이 아니야! 마그니가 이루려 했던 모든 것들을 파괴할 거다! 마그니가…… 목숨을 바칠 만큼 아꼈던 모든 걸 말이다!"

이제 아버지에게 더 가까이 다가간 과거의 안두인은 손을 내밀었다. 안두인은 생각했다. '그때 죽을 정도로 무서웠지. 내가 뭔가 잘못 말할까봐 그리고 아버지가 모이라의 목을 베어버릴까봐. 그러면 내 잘못이 될 테니까. 우리는 정말 많은 노력을 해왔지. 우리 모두가. 모두가 아니라 해도 대부분이.'

"주문 같은 건 없어요, 아버지. 마그니는 진실을 보지 않고 그렇게 믿으셨던 것뿐이에요. 진실은 달라요. 마그니는 모이라가 남자 후계자가 아니라서 내쫓았다고요."

"너는 명예로운 남자의 기억에 침을 뱉는 거냐, 안두인."

"아버지도 명예로운 남자이시지만 여전히 실수하실 수 있지요."

"멈추십시오."

바인이 말했다.

"바리안 왕이여, 안두인 왕자가 한 말의 의미가 뭐라고 생각하십니까?"

바리안이 말했다.

"안두인은 과거에 제가 했던 행동을 언급하고 있는 겁니다. 저는 자랑스럽지 못한 말과 행동을 많이 했습니다. 다른 종족들을 협박하기도 하고, 성질을 참지 못하거나 관용 없는 자세를 보이기도 했지요. 뭐, 점잖게 말해서 그렇습니다. 하지만 분명히 알 수 있듯이, 안두인은 과거의 저처럼 생각하거나 행동하지 않는다고 봅니다."

장면은 계속되었다. 모이라를 받아들일지 말지 결정하는 건 드워프들에게 달린 문제라고 논쟁하는 자신의 형상을 안두인은 지켜보았다. 그리고 앞으로 남은 평생 동안, 안두인은 바리안이 한 말을 기억하게 되리라.

"모이라는 너를 볼모로 삼았다, 안두인! 내 아들인 너를 말이다! 모이라는 그 죗값을 치르지 않을 수 없어! 나는 모이라가 너와 도시 전체를 감옥에 가두도록 놔두지 않겠다! 그러지 않을 거라고! 알겠니?"

"멈추십시오."

바인이 말했다.

"이 이야기를 들으니 증인께서 모이라를 죽이려 했던 이유는 그녀가 아이언포지를 찬탈해서가 아니라 안두인의 안전을 위협했기 때문인 듯합니다."

바리안은 고개를 끄덕였다.

"저는…… 화가 났습니다. 제 아들과 저는 그때 긴장 관계에 있었습니다. 그리고 저는……."

바리안은 적당한 말을 고르느라 애썼다. 분명히 얼마나 많은 이들이 듣고 있는지 의식했기 때문이다.

"얼마나 아들을 잃고 싶지 않은 건지 깨닫고 놀랐습니다. 그리고 안두인이 안전하다는 걸 알고 나자, 제가 그런 마음이 들도록 만든 모이라를 벌주고 싶었습니다."

바리안은 눈을 들어 안두인을 찾았고, 아버지와 아들 사이에 따스한 시선이 오갔다. 장면은 캄캄하게 변했다. 바인이 물었다.

"이 상황은 결국 어떻게 끝났습니까?"

"안두인은 드워프들이 스스로의 운명을 정할 권리가 있다고 논쟁했고, 그 주장은 상당히 옳았습니다."

바인은 카이로즈를 향해 다시 고갯짓을 했다. 이제 과거의 바리안은 결정을 한 듯 보였다. 바리안은 여전히 포로로 잡고 있던 모이라에게 말했다.

"나는 그게 사실이 아니기를 바라지만, 왕위 계승권이 있다는 너의 주장은 정당하다. 하지만 나와 마찬가지로 너, 모이라 브론즈비어드도 현재보다 더 나은 모습이 되어야 한다. 네 백성을 잘 다스리기 위해서 혈통만이 아니라 다른 것도 더 많이 갖추어야 한다. 너는 그 자질을 얻기 위해 노력해야 할 거다."

"멈추십시오. 그래서 세 망치 평의회가 결성되었습니다. 평의회는 드워프 종족이 현재 만족하고 있는 통치제도입니다. 맞습니까?"

"맞습니다. 그렇습니다."

"그러면 모이라가 동의했을 때 어떻게 하셨습니까?"

"저는 그녀를 놔주었고 제 부하들과 철수했습니다."

장면은 조금 뒤 다시 이어졌다. 바리안은 안두인에게 다가가 꽉 안아주었다. 그들 주위에 서 드워프들은 안심한 채 언제나 그렇듯이 벌써 좋은 맥주로 축하연을 벌일 준비를 하며, 소리를 지르고 휘파람을 불며 외쳤다.

"와일드해머!"

"브론즈비어드!"

"검은 무쇠!"

환영 속 안두인이 말했다.

"보셨죠, 아버지? 아버지는 해야 할 올바른 일이 무엇인지 정확히 알고 계셨어요. 저는 아버지가 알고 계셨다는 사실을 알았어요."

바리안의 형상은 미소를 지었다. 그리고 대답했다.

"내가 그렇다는 걸 믿어줄 누군가가 나는 필요했다. 내가 믿기 전에 먼저 말이다."

바인은 카이로즈에게 손짓했고, 장면은 정지했다.

"전하, 스스로가 변하셨다고 생각하십니까?"

바리안은 안두인에게로 시선을 휙 날렸다. 젊은 왕자는 씩 웃었다. 바리안은 다시 바인을 바라보고 고개를 끄덕였다.

"네, 그렇습니다."

"다른 이들도 그렇다고 생각할까요?"

"그렇습니다. 다른 이들은 제가 스스로 보는 것보다 저의 변한 모습을 더 많이 보는 듯하니까요."

"왜 변하려고 노력하셨습니까?"

"나의 어떤 부분들은 내가 정말 되고픈 인간상이 되는 데 방해가 되기 때문입니다."

바인은 계속 말했다.

"증인께서는 어떤 면으로는 아주 글자 그대로, 둘로 나누어진 분이셨지요. 다시 하나로 합쳐지는 과정은 쉽지 않았고, 얼마 동안 증인이 기억하는 과거는 전부 폭력뿐이기만 했습니다. 본성을 바꾸고자 노력하는 일개 인간의 입장에서 보자면, 이런 면들 때문에 자기와의 싸움에서 이길 확률이 엄청나게 낮습니다. 어떻게 이겨내시고 변하실 수 있었습니까?"

바리안은 솔직히 말했다.

"그건…… 쉽지 않았습니다. 그리고 그때 저는 아주 불완전한 존재였고 지금도 그렇습니다. 저는…… 때때로 과거의 모습으로 돌아갑니다. 처음에는 정말로 변하고 싶다는 의지를 스스로가 깨달아야 했습니다. 그런 다음에는 의지와 훈련 그리고 변하기 위해 애써 싸워야 할 이유들이 필요했습니다."

바인이 되풀이해서 말했다.

"의지. 훈련. 이토록 어려운 싸움을 시작해야 할 이유. 어디서 이런 의지와 훈련, 이유들을 얻으셨습니까?"

바리안이 말했다.

"저를 도와주려는 이들이 있었고, 저는 그들의 말을 들었습니다. 말하자면 그들은 저의 우둔한 머리를 깨우쳐서 제가 실제로 어떻게 행동하고 있는지 그리고 그런 행동들이 내가 마음속에 그리는 모습과 얼마나 어긋나 있는지 알려줄 수 있었습니다. 저는 엄마 없는 아들에게 할 수 있는 한 최고의 아버지가 되고 싶었습니다. 아주 어려운 시절을 견뎌낸 백성들에게 최고의 통치자가 되고 싶었지요. 저는 왕위에 앉은 시간을 제 옹졸한 충동을 다스리며 보내는 게 아니라 백성들의 삶이 나아지는 데 필요한 것을 하며 보낼 의무가 있다고 느낍니다."

"그렇다면 누군가가 협박을 하거나 억지로 시켜서 변한 게 아니라, 증인에게 의지하고 있는 이들을 위해 더 나은 사람이 되고 싶어서 스스로 변했다고 말씀하시는 게 맞습니까?"

"그 말이 완전히 맞습니다. 그렇습니다."

"그렇다면 가로쉬 헬스크림도 자기 백성을 아낀다고 생각하십니까?"

"재판장님, 이의 있습니다!"

티란데가 소리쳤다.

"기각합니다."

타란 주는 이렇게 말하고 바인을 향해 고개를 끄덕였다.

바리안은 진실만을 말하기로 선서했다는 사실을 분명히 인식하고 있었다. 그는 날카로운 푸른 눈을 가로쉬에게 고정시키면서 대답하기 전 잠시 생각을 정돈했다.

"한때는 그랬다고 생각합니다. 저는 가로쉬가 지금도 여전히 오크들을 아낀다고 보지만, 호드 전체는 아니라고 생각합니다."

"그렇다면 자기 백성들을 아낀다는 뜻이군요."

"자기 백성이란 말이 오크를 의미한다면 그렇습니다."

"가로쉬가 지적 능력이 높다고 보십니까?"

"그렇습니다. 아주 높다고 생각합니다."

"그렇다면 지금 여기에 자신의 백성을 아끼는 자가 있습니다. 그의 적인 증인조차도 그렇게 말했습니다. 증인이 직접 말씀하신 대로라면 아주 지적 능력이 높은 자입니다. 어떤 이들은 전하를 두고 그렇게 말할지도 모릅니다. 그렇다면 이런 자도 변할 가능성이 있다고 보십니까?"

왕은 가벼운 웃음인 듯한 소리를 냈다.

"가로쉬가 그럴 거라고는 절대로……."

"부디 묻는 말에만 대답해주십시오. 그렇습니까, 아닙니까? 백성을 아끼고 아주 지적 능력이 높은 자라면 변할 가능성이 있습니까?"

바리안은 못마땅한 얼굴로 뭐라 말하려다가 이내 입을 다시 다물었다. 바리안은 숨을 한 번 들이키더니 이윽고 조용히 말했다.

"그렇습니다. 가능합니다."

"감사합니다, 전하. 이것으로 증인에 대한 심문을 마치겠습니다."

이제까지 자리에 앉아 있으려고 애쓰던 티란데는 바리안에게 질문하기 위해 말 그대로 펄쩍 뛰어올랐다. 바리안은 티란데만큼이나 안심한 듯 보였다. 티란데가 말했다.

"전하, 저는 몇 가지 질문만 드리겠습니다. 첫 번째로, 증인은 대량 학살을 저지르는 분이십니까?"

"뭐라고요?"

바리안은 티란데를 노려보았고, 바인은 소리를 질렀다.

"재판장님, 이의 있습니다!"

티란데가 부드럽게 말했다.

"파슈아여, 저는 증인을 어떤 혐의로 고소하려는 게 아닙니다. 그저 증인이 스스로를 규정하도록 질문하는 것뿐입니다."

타란 주가 물었다.

"무슨 목적이십니까, 추샤오여?"

"변호인은 바리안 왕을 가로쉬를 위한 성격증인으로 세웠습니다. 바인은 증인의 전문적 의견을 확립하는 기회를 얻었습니다. 그래서 지금 저도 같은 일을 하고 있는 겁니다."

"고소인에게 동의합니다. 고소인이 증인을 괴롭히지 않는다고 내가 판단하는 한, 심문을 계속해도 좋습니다. 증인은 대답하십시오."

티란데는 고개를 숙이고 다시 바리안에게로 시선을 돌렸다.

"전하께서는 대량 학살을 저지르는 분이십니까?"

"아니오."

바리안은 이렇게 언급했다. 눈썹을 한데 모은 채였다. 안두인은 도대체 티란데가 이 질문으로 뭘 하려는지 의아했다.

"증인께서는 권력을 갈구하십니까? 이제까지 권력을 갈구하신 적이 있습니까?"

바리안이 대답했다.

"아니오. 감히 말하건대 권력과 책임의 망토는 무겁습니다."

안두인은 어떤 면으로는 아버지가 바리안 왕보다는 검투사 로고쉬로 단순하게 사는 편을 선호했으리란 점을 알았다.

"변호인은 방금 우리에게 증인과 SI:7 요원들이 아이언포지로 잠입해서 주민들 중 검은 무쇠 일원들을 공격하고 무장하지 않은 여성을 위협하는 장면을 보여주었습니다. 이런 일을 정기적으로 하십니까?"

"물론 아닙니다! 말도 안 되는 질문입니다."

바리안은 이렇게 말을 꺼냈다.

"전하, 부디 질문에만 답해주십시오."

티란데는 전혀 동요하지 않았다.

"아닙니다!"

"가장 분노에 차고 암울했던 시절, 증인께서는 주요 도시 하나의 전체 인구를 절멸시킬 계획을 치밀하게 짜고 실행하셨습니까?"

이제 안두인은 티란데의 의도를 이해했다. 그의 아버지가 대답했다.

"아닙니다."

티란데는 차분하게 타란 주 쪽으로 몸을 돌렸다.

"파슈아여, 변호인은 가로쉬 헬스크림이 다루어야 할 사안들을 두고, 법적인 절차에 따라 전문가의 의견 형식으로 증명해줄 증인으로 바리안 왕을 데려왔습니다. 저는 바리안 왕이 비슷한 난제들을 정말로 다루었을 수도 있다는 면을 인정하지만, 바리안 왕은 가로쉬 같은 인물이 아니었고, 지금도 아니며, 앞으로도 절대 그렇지 않을 겁니다. 그러므로 바리안 왕은 가로쉬가 무엇을 하며 무엇을 하지 않을지 앞으로의 일에 대한 전문가의 의견을 가졌다고 여길 수 없습니다. 따라서 저는 재판장님께 이 증인이 말한 모든 기록들을 삭제해주실 것을 요청합니다."

"이의 있습……."

타란 주는 앞발을 들어올렸다.

"말씀하신 요점을 알겠습니다, 고소인이여. 하지만 나는 증인의 증언을 지우지 않을 겁니다. 나는 고소인이 하신 질문들과 변호인의 질문들이 모두 유효하고 적절했다고 생각합니다."

"하지만 파슈아여……."

티란데가 이렇게 말을 꺼냈다.

"그대는 주장을 제대로 입증했습니다, 고소인이여. 증인에게 더 하실 질문이 있습니까?"

"아닙니다, 타란 주 맹주님."

"좋습니다. 오늘의 재판은 이것으로 마칩니다. 내일 우리는 최후 변론을 할 겁니다. 추샤오 위스퍼윈드여, 추샤오 블러드후프여, 내일은 배심원들에게 호소할 마지막 기회가 될 겁니다. 그 기회를 함부로 쓰지 않기를 바랍니다."

제 3 1 장

제9일

재판의 마지막 날, 공기 중에는 팽팽한 긴장감이 감돌았다. 실바나스는 사원을 걷는 도중, 판다렌 경비병들을 재주껏 따돌린 고블린 노름꾼과 마주쳤다.

"거기 숙녀분."

넓은 대머리에 안경을 걸친 고블린이 말을 걸었다. 그가 입은 양복 조끼에는 흠 없이 반질반질하게 닦은 단추들이 달려 있었다.

"돈을 좀 거실 마음이 없으신지요?"

실바나스는 굉장히 기분이 좋은 상태라 그 말을 듣고 재미있다는 생각이 들었다. 그래서 걸음을 잠시 멈추고 조그마한 초록색 사기꾼을 향해 미소를 지었다. 피식거리는 미소로 입술을 구부리며 실바나스는 물었다.

"승률이 어떻게 되지?"

"즉시 처형 쪽은 승률이 반반인데 떨어지고 있는 중이고, 무기징역에 2대1입죠. 그리고 좀 예상치 못하게 흘러갈 경우에는 승률이 아주 높습니다."

"예를 들면?"

고블린은 수첩을 들여다보았다.

"어디 보자……. 배심원들의 의견이 갈릴 경우에 25대1이고, 탈출 시도에 18대1, 피고가 갑자기 불운하게 서거할 경우가 50대1, 피고가 마음을 완전히 돌이켜 지은 죄를 전부 참회하는 경우가 200대1, 여기에는 오그리마 고아원에서 자원 봉사를 하는 것도 포함되어 있지만 거기에 국한되는 건 아닙지요."

고블린은 실바나스를 뚫어지게 바라보았다. 그가 쓴 안경 때문에 고블린의 작은 눈은 불안할 정도로 커다랗게 보였다. 실바나스는 즐거운 기분으로 물었다.

"정말 거기다가 돈을 건 자가 있단 말인가?"

"어이구, 놀라실 겁니다요. 예상외의 결과는 매일 일어나는 법입죠. 제가 한때 옛 신기루 경주장에서 본 경기를 말씀드리자면, 방금 뽑아 번드르르하고 화려한 노움 차가 반환점에서 15마신이나 앞서가다가 결승선을 통과 못한 일도 있었습니다요."

아, 정말 구미가 당겼다. 하지만 실바나스는 내기에 돈을 건 자신을 고블린이 기억할 거라는 위험부담을 감수할 수 없었다. 그래서 그저 고블린의 반질반질한 초록색 머리를 가볍게 두드려주고 법정 안으로 들었다.

오늘 밤, 최후 변론이 끝나면 천신들은 토론을 하기 위해 자리를 뜰 거고, 가로쉬는 마지막 식사를 하게 된다. 실바나스는 그 식사가 녹색 카레 생선 요리가 되리라는 걸 알고 있었다. 그건 가로쉬가 가장 좋아하는 요리였고, 베리사는 식사로 그게 나오리라고 확인해주었다. 오늘 법정에서 무슨 일이 벌어지더라도 그저 하찮은 여흥거리일 뿐이었다. 근심 걱정에 눈살을 찌푸리고 토론과 논쟁을 하며 초조해하는 건 다른 이들이나 하게 두라지. 실바나스와 베리사는 그 모든 게 얼마나 놀랄 정도로 부질없는 일인지 아는 유일한 이들이었다.

타란 주는 평소보다 몇 번 더 징을 쳐서 수다스러운 소음을 잠재웠다.

"여기 계신 여러분 모두가 아시리라 확신하지만, 오늘은 가로쉬 헬스크림의 마지막 재판 날입니다."

타란 주는 티란데를 응시했다.

"추샤오 위스퍼윈드여, 다시 소환해서 증언을 듣고 싶은 증인이 있습니까?"

나이트 엘프는 전보다 훨씬 공식적인 예복을 입고 있었다. 승리를 자축하는 게 틀림없었다. 그렇다면 실바나스는 티란데가 승리를 축하하는 모습에 다른 때와는 전혀 다른 태도로 기뻐하리라.

"없습니다, 파슈아여."

"추샤오 블러드후프여, 그대야말로 다시 소환해서 증언을 듣고 싶은 증인이 있습니까?"

바인은 뿔이 난 머리를 흔들었다.

"없습니다, 파슈아여."

"그러면 그렇게 알겠습니다. 최후 변론을 시작하기 전, 노파심이라 생각하지만 이 재판의 마지막 몇 시간이 난장판으로 변하는 걸 방지하기 위해, 나는 여기 계신 모든 이들에게 앞으로 보게 될 것에 대해 알려드리고자 합니다. 오늘 일정은 이렇습니다. 먼저 고소인이 피고를 처형해야 한다고 주장할 것입니다. 그리고 변호인은 종신형을 요구하는 주장을 할 겁니다. 우리는 그 후 두 시간 동안 휴정을 한 뒤, 최종 판결이 나기 전 피고가 원한다면 어쩌면 마지막이 될지도 모르는 식사를 하게 됩니다."

실바나스는 순간 경직했다. 뭐라고? 카레는 배심원들이 심의하러 떠난 후 오늘 밤에 제공된다고 생각했지, 오후에 제공될 거라고 생각하지 않았는데! 이러면 자신들의 모든 계획이……. 실바나스의 시선은 동생에게로 향했다. 이 거리에서는 베리사의 표정이 어떤지 알아낼 수 없었다. 하지만 동생은 갑자기 가방에 엄청난 관심이 생긴 것처럼 보였다. 베리사는 가방을 샅샅이 뒤지더니, 이내 고개를 끄덕이고는 몸을 돌려 포세이큰들이 앉은 쪽을 건너다보았다.

그러자 순간 들었던 공황 상태는 사라지고 흔쾌한 기분이 들었다. 실바나스는 미소가 떠오르는 걸 애써 참으며 생각했다. '사랑스런 동생아, 우리는 정말 멋진 한패구나!' 베리사는 언제나 독을 지니고 다닌 듯 보였다. 저주받은 가로쉬가 떠벌이기 좋아하는 입으로 음식을 떠서 넣을 때가 언제든, 두 자매는 실패하지 않으리라.

대참사를 면한 채 실바나스는 재판장에게 다시 주의를 기울였다. 타란 주는 엄숙한 얼굴로 방청객을 바라보았다.

"나는 그 시점에서 아무런 소란이 일어나지 않으리라 믿습니다. 가로쉬의 운명은 우리 앞에서 곧 결정됩니다. 가로쉬는 본인의 생각과 마음속에 있는 말을 모두가 듣도록 할 권리가 있으며, 그가 바라는 한 얼마든지 말할 권리가 있습니다. 이 점을 이해하실 수 없다면, 나는 분별심이 없는 이들은 누구든 음영파 수도원의 한가운데에서 한 달 동안 구금된다는 점을 아주 기꺼운 마음으로 분명하게 말해두고자 합니다."

실바나스는 판다렌이 그렇게 하리라는 사실을 한 순간도 의심하지 않았고, 다른 이들 역시 그런 듯했다. 타란 주는 자기의 발언에 어울리는 근엄한 태도로 만족한 모습을 보이며 계속 말했다.

"피고의 발언이 끝나면 배심원들께서는 심의를 하실 겁니다. 우리는 배심원들께서 평결을 하시러 돌아오실 때에 다시 모이게 됩니다. 추샤오 위스퍼윈드여, 이제 우리는 그대의 최후 변론을 듣기로 하겠습니다."

***

제이나는 티란데가 일어서는 모습을 가만히 지켜보았다. 티란데는 두루마리에 적은 글을 잠깐 훑어보고 다시 가지런히 말아서 옆에 놓았다. 나이트 엘프는 여기에 온 많은 이들이 이 순간을 기다려왔음을 알았다. 티란데는 모든 이들의 관심을 완전히 끌었고, 서두르지 않았다. 그녀는 간소하게 보이는 룬문자가 새겨진 가방을 탁자 위에 놓고 그 속에 손을 넣어 달걀만 한 크기의 돌 하나를 꺼냈다.

티란데의 서정적인 목소리가 또렷하게 울려 퍼졌다.

"저는 맨 처음에 했던 변론에서 제가 더 쉬운 일을 맡았다 말씀드렸습니다. 고소인으로서 제 일은 가로쉬 헬스크림이 다시 한 번 기회를 받을 만한 자격이, 과오를 고칠 기회를 받을 자격이, 변호인께서 여러분의 동정심을 유발하려고 보란 듯이 입에 올린 어구들을 받을 자격이 없다는 증거를 제시하는 것이었습니다. 제가 이야기하기에 앞서 가로쉬는 혐의를 받은 범행을 저질렀다 인정했고……"

티란데는 살짝 미소를 지으며 어깨를 으쓱했다.

"그때 가로쉬의 태도가 어땠는지 여러분이 기억하시리라 의심치 않습니다."

티란데는 발걸음을 돌려 자신의 탁자로 돌아왔다. 그녀는 조심스럽게 돌을 내려놓고 가방에 손을 넣어 두 번째 돌을 꺼낸 후 이야기를 계속했다.

"변호인께서는 우리가 변할 수 있느냐 물었습니다. 물론 우리는 변할 수 있습니다. 변화는 만물의 본성입니다. 하지만 때로 만물은 더 좋은 쪽으로 변하지 않습니다. 나무는 분명히 자랍니다. 하지만 악의 역시 그렇습니다."

다시 한 번 티란데는 돌을 내려놓았고, 이번에는 돌 두 개를 집어 들었다.

"저는 맨 처음에 했던 변론에서 여러분께 약속을 드렸습니다. 여러분께서 가로쉬 헬스크림이 음모를 꾸미는 걸 보게 되실 거라고, 그가 거짓말하는 소리를 듣게 되실 거라고, 그가 배신하는 장면을 목격하게 되실 거라고 말입니다."

티란데는 멈춰 서서 제이나를 똑바로 바라보았다.

"저는 벌어진 일들 중 많은 부분을 보여드릴 수밖에 없어서 상당히 유감스러웠습니다. 하지만 제 주장을 완전히 설득력 있게 만들기 위해 최선을 다하지 않았다면 제 의무를 아주 태만하게 수행한 게 되었겠지요."

그리고 티란데는 돌들을 쥔 손을 가슴에 모으고 절을 했다.

제이나는 그 점을 이해했다. 그리고 마른침을 크게 삼킨 후 고개를 끄덕였다. 티란데가 거기에 눈에 띄게 반응하지는 않았지만, 제이나는 티란데가 안심했다고 생각했다. 또 다시 대여사제는 돌들을 내려놓고 두 개를 더 꺼냈다. 이제 돌 네 개는 티란데의 탁자 가장자리를 따라 작은 열을 이루었다. 호기심 어린 눈초리로 돌들을 바라보는 이들이 한둘이 아니었다. 티란데가 말했다.

"혐의는 모두 해서 열 가지였습니다. 이 혐의들 중 많은 수가, 아니 대다수가 여러 번 해당됩니다."

티란데는 이렇게 말하며 더 많은 돌들을 꺼내어 옆으로 나란히 늘어놓았고, 돌들은 모두 가지런히 열을 늘려갔다.

"대량 학살. 살인. 강제 이주. 개인의 강제 실종. 노예화. 아동 유괴. 고문. 죄수 살해. 강제 임신. 군사적 또는 비군사적 필요성으로 정당화시킬 수 없는 도시와 읍, 마을의 무자비한 파괴."

티란데는 잠시 멈추었다. 그녀는 돌들을 자세히 들여다보며 전부 개수를 세는 모습을 보여주었다.

"여기에 돌 아홉 개가 있습니다."

티란데는 방청석 쪽으로 시선을 들고 빛나는 눈으로 거기에 앉은 얼굴들을 샅샅이 보았다.

"제가 가로쉬에게 부과된 혐의가 열 가지라고 방금 말해놓고 왜 돌들은 아홉 개만 가지고 있는지 여러분은 어쩌면 의아하실 겁니다. 그 이유는 이 돌들이 혐의를 나타내는 게 아니기 때문입니다."

티란데는 책상 쪽으로 몸을 돌리고 첫 번째 돌을 집어 들어 면밀히 바라보았다. 그러고는 천천히 말했다.

"이 돌들은 그의 혐의를 나타내는 것 이상의 의미가 있습니다. 돌들은 가로쉬 헬스크림의 기억을 영원히 품고 가야 할 바로 그 땅에서 나왔습니다. 예를 들면…… 이건 돌발톱 산맥에서 가져온 돌입니다. 크롬가르 대군주가 새로운 호드를 향한 가로쉬의 철학을 믿고 따르며 무고한 주민들을 전부 살해한 지역입니다. 어떻게 했습니까? 바로 그 위에 폭탄을 떨어뜨렸습니다. 그리고 가로쉬는 크롬가르를 죽였습니다……. 불명예스러운 행동에 대한 혐의로 말입니다."

티란데는 돌을 바닥으로 세차게 던졌고, 제이나는 깜짝 놀라 자리에서 펄쩍 뛰었다. 놀라서 숨을 들이키는 작은 소리들이 경기장 안에 일었다. 티란데는 맹렬하고 아름다운 눈길을 들어 다음 돌을 집었다.

"이 돌에는 검붉은 얼룩들이 있습니다……. 이건 많은 이들이 살해되는 광경을 지켜보았습니다. 이 돌은 오그리마의 경기장에서 가져왔습니다."

티란데는 손가락으로 신중하게 돌을 가리켰다.

"막고라 결투가 벌어지는 곳이지요. 바인 블러드후프의 아버지가 배신을 당해 죽은 장소입니다."

티란데는 이 돌은 부드럽게 내려놓은 다음 세 번째 돌을 집으러 움직였다.

"이끼 낀 돌은 길니아스에서 가져왔습니다. 가로쉬 헬스크림이 공격해서…… 너무나 많은 이들이 전사한 곳이지요. 그리고 다른 돌도 있습니다. 바로 아즈샤라, 가을 풍경이 아름다웠던 아즈샤라에서 가져왔지요. 이제 그곳은 그렇게 아름답지 않습니다. 안 그렇습니까? 가로쉬 헬스크림이 고블린들에게 그 땅을 줬고, 고블린들은 아즈사라를 기계들로 파헤쳐서 호드를 상징하는 거대한 도시로 만들었습니다. 물을 더럽혀서 수도에서조차 마실 수 없도록 만든 게 누굽니까!"

티란데는 이 돌을 처음 돌처럼 세게 내리쳤고, 제이나는 티란데의 얼굴에 나타난 고통이 진짜임을 보았다.

티란데가 다음 돌을 부드럽게 집어 들자 고통은 더 깊어졌다. 그 돌에는 파란색과 녹색 줄무늬들이 있었다.

"잿빛 골짜기에서 온 돌입니다. 숲과 시냇물과 생명들로 울창했던 곳이었습니다. 그러나 잿빛 골짜기가 되었습니다. 가로쉬의 지휘 아래 오크들이 약탈한 곳, 유괴된 아이들과 그 부모들의 죽음으로 치열했던 전투의 장소입니다."

이 상황에 완전히 몰두한 제이나는 티란데가 그 돌도 내리칠 거라 생각하고 마음의 준비를 했다. 하지만 나이트 엘프는 부드럽게 그 돌을 내려놓고 슬픈 기색으로 쓰다듬은 후 다음 돌을 집었다. 이번 돌은 마치 화산의 용암 조각처럼 보이는 게 다른 돌들과 달랐다. 순간 제이나는 이 돌이 어디서 왔는지 알아차렸다.

"아즈샤라와 잿빛 골짜기를 약탈하는 걸로도 모자라, 더 많은 걸 원했던 가로쉬는 무고한 이들을 죽이는 일을 멈추지 않았습니다. 훨씬 더 많은 걸 원했지요. 가로쉬는 호드가 살아남아 번성할 권리가 있을 뿐 아니라, 목적을 이루기 위해서라면 바로 자기 자신이 뭐든지 할 권리가 있다고 믿었습니다. 어떠한 해를 끼치든 상관없이 말입니다."

티란데는 모두가 볼 수 있도록 바위 조각을 높이 들었다.

"이건 용암거인의 조각입니다! 이토록 그릇되게 이용당한 대지가 고통과 분노로 울부짖어도 개의치 않았던 암흑주술사에게 잔혹한 상태로 복종할 수밖에 없었던 강력한 정령 말입니다. 그리고 이건…… 대격변 이후의 일이었습니다!"

아직 세 개가 더 남아 있었다. 제이나는 나란히 놓인 다음 돌을 바라보았다. 그 돌은 회색이었고, 매끄러운 게 수백 년간 흐르는 물에 닳아 매끈해진 모습이었다. 티란데는 마치 금방이라도 부서질 달걀을 다루듯 조심스러운 손길로 그 돌을 집어 들더니 제이나를 똑바로 응시했다.

대마법사는 숨을 멈췄다. 제이나는 칼렉의 손이 자기 손을 쥐는 걸 느꼈다. 칼렉의 손길은 너무 가벼워서 제이나가 위로받기를 원치 않는다면 언제든 떼려는 마음이 보였다. 제이나는 칼렉을 바라보지 않았다. 그 별것 아닌 돌 조각에서 눈길을 뗄 수 없었기 때문이다. 대신 제이나는 손을 벌려 칼렉의 손가락에 자신의 손가락을 단단히 깍지 꼈다.

"테라모어의 돌입니다."

티란데는 감정이 깊게 묻은 목소리로 말했다. 이 말 외에 더 말할 필요가 없었다.

티란데는 그 돌을 가슴에 누른 다음 다시 책상에 내려놓았다. 그리고 마지막 남은 두 개의 돌 중 하나를 만지며 조용히 말했다.

"다르나서스의 돌입니다. 나이트 엘프의 고향인 그곳은 선리버들이 달라란을 배신하고, 자기들의 마법으로 이 세계를 돕는 게 아니라 천상의 종을 훔쳤을 때 더럽혀졌습니다."

그리고 마지막 돌은…….

"영원꽃 골짜기의 돌입니다."

티란데의 목소리는 갈라졌다. 제이나는 그게 연기가 아님을 알았다.

"아주 오랫동안 감춰져 있던 고대의 장소였습니다. 우리가 바라볼 수 있게 된 것도 최근의 일이었습니다. 그리고 이제, 그곳은 심하게 훼손되어서 다시 완전히 피어나려면 또 다시 영원한 세월을 기다려야 할지도 모릅니다. 이 모든 것들이 전부 호드의 한 분파만을 위한 가로쉬 헬스크림의 말로 표현할 수도, 멈출 수도 없는 권력욕 때문에 일어났습니다!"

티란데는 몸을 빙글 돌렸다. 강하고도 나긋나긋한 형체를 이루는 몸의 선 하나하나에 넘치는 분노가 새겨져 있었다.

"이러한 자가 다시 기회를 얻는다면, 그 기회를 이용해서 더 심한 피해를 입히는 것 외에 무얼 더 하겠습니까? 더 큰 힘을 모아 더 많은 동지들을 배신하는 것 외에 그 무엇을 한단 말입니까? 위대한 천신회여! 현명하신 여러분은 사물을 참되게 이해하시는 능력이 우리보다 월등하십니다. 저는 강력하게 주장하는 바이며…… 간청 드리는 바입니다. 그의 적들에게, 동맹들에게, 바로 이 땅에게 가로쉬가 저지른 행위에 대하여 사형을 선고해주십시오. 가로쉬는 변하지 않을 겁니다. 그는 변할 수 없습니다. 그에게 남은 건 자존심과 갈망뿐입니다. 심장이 뛰는 한 가로쉬는 음모를 꾸밀 겁니다. 그리고 숨을 쉬는 한 살육을 저지를 겁니다."

티란데는 숨을 크게 들이쉬고 우아한 몸을 꼿꼿이 세웠다.

"그 행위를 끝내주십시오. 그를 끝내주십시오. 지금."

제 3 2 장

티란데는 자리로 돌아갔고, 법정은 조용했다. 제이나는 가로쉬 헬스크림을 바라보는 모두의 열기가 느껴지는 듯했다. 너무 많은 생명이 사라졌다. 너무 많은 고통이 있었다. 너무 많은 파괴가 일어났다. 모두 가로쉬가 저지른 일이었다. 혼자서! 그 종족 전체보다 일개 개인이 더 많은 해를 입히는 게 가능한 일인가?

바로 그 일개 오크가 이 앞에 앉아 있었다. 한 번 깔끔하게 칼을 내리치면, 정확히 겨냥한 화염구 한 방이면 끝나버릴 일이었다. 가로쉬 헬스크림은 다시는 그 누구도 해할 수 없게 되리라.

제이나의 손가락은 마법을 걸고 싶은 마음에 근질거렸다.

잠시 후 바인 블러드후프가 일어났다. 그의 발굽 소리는 조용한 법정 안에서 아주 크게 들렸다. 제이나는 타우렌이 불가능한 임무를 맡은 데 대해 일말의 동정심을 느꼈다.

바인은 잠시 서서 생각을 정리한 다음 엄숙하게 집중하고 있는 천신들을 향해 발언했다.

"저는 여러분께서 자비를 베풀어달라는 열정 어린 탄원, 여러분의 지혜와 동정심에 대한 호소를 듣게 될 거라고 기대하셨다는 점을 알고 있습니다. 지금도 전 그렇게 탄원할 수 있습니다. 아직 어떤 말을 할지 결정하지 못했기 때문입니다. 하지만 제가 여기서 나누고픈 이야기는 가로쉬 헬스크림에 대한 게 아닙니다. 바로 저에 대한 이야기입니다."

바인은 뒷짐을 지고 원형 경기장 바닥 둘레를 천천히 걷기 시작했다.

"가로쉬의 변호를 맡아달라는 부탁을 받았을 때, 저는 분명히 그럴 마음이 전혀 없었습니다. 저는 추샤오 위스퍼윈드가 부러웠습니다. 그분이 이길 가능성이 더 높았기 때문만이 아니라 그분이 수행한 역할을 저도 원했기 때문입니다."

바인은 티란데의 책상 앞에 섰다. 티란데는 바인을 호기심뿐만 아니라 경계심도 품고 바라보았다. 바인은 막고라 경기장에서 가져온 두 번째 돌을 집어 들었다. 티란데가 그 돌을 골라 온 이유는 다름 아닌 돌에 튄 핏자국 때문임을 제이나는 이제 확실히 알았다. 핏자국은 케른의 것일 가능성이 아주 높았다.

티란데는 눈을 가늘게 떴지만 바인을 막지 않았다. 바인은 계속해서 느릿느릿 걸었다.

"이 돌들을 수집하는 일은 참으로 만족스러운 작업이었을 겁니다. 이 돌들이 있던 장소들에서 일어났던 일들을 생각하고, 그 사건들이 얼마나 비극적이면서도 일어날 필요가 없었던 일이었는지 떠올리게 되었을 때 말입니다."

바인의 손은 부드럽게 작은 돌을 쥐었다.

"크로미 옆에 앉아서 그 사건이 일어났던 바로 그 시간을 응시하며 각각의 증거를 찾아내고, 배심원들과 방청객들에게 '여기, 이걸 보십시오! 저걸 보십시오! 느껴 보십시오! 이게 바로 가로쉬 헬스크림이 한 짓입니다!'라고 말하는 건 정말 만족스러웠을 겁니다."

제이나는 의아했다. '바인은 뭘 하는 거지? 그냥 포기하려는 건가? 가로쉬를 변호하는 게 처음부터 가망 없는 일이었다는 걸 인정하려는 건가?'

"그래서 저는 썬더 블러프에 갔습니다. 제 아버지와 대족장 스랄이 우리 종족을 위해 세운 고향으로 말입니다. 저는 그곳의 공기를 마시며 붉은 돌 위에 앉아 어떻게 해야 할지 아버지께 여쭈었습니다."

바인은 방청석에 앉은 카도르 클라우드송 쪽으로 손짓을 했다.

"저는 환영을 보여달라고 했습니다. 그리고 환영이 나타났습니다."

이제 바인의 목소리는 살짝 떨렸고, 손은 아버지의 혈액이 뿌려졌을지도 모르는 돌을 꽉 쥐었다.

"아버지께서는 제가 증오와 고통에 빠져 있기만 해서는 안 되며, 여전히 거만하게 행동해서도 안 된다는 사실을 아셨습니다. 아버지께서는 제가 요청을 받아들이고 제 능력을 최대로 발휘하여 정말로 가로쉬 헬스크림을 변호할 필요가 있음을 아셨습니다. 어떤 결과가 나오더라도, 거기에 평화가 없더라도 상관없이 말입니다. 그걸 아셨던 이유는 아버지가 저를 잘 아셨기 때문입니다. 그리고 비록 아버지는 가로쉬의 손에 돌아가셨지만, 만약 살아계셨다면 같은 일을 하셨을 것이기 때문입니다. 그래서 저는 가로쉬를 대변하는 일에 동의했습니다. 저는 카이로즈와 함께 많은 시간을 보내며 티란데가 했던 것과 똑같이 사건들을 조사했습니다. 그리고 저는 정말로 가로쉬 헬스크림을 변호할 방도는 없다는 사실을 알아냈습니다. 유일한 변호 방법은 사건을 넘어서서 정말로 중요한 것들을 알아보는 거였습니다."

바인은 자기의 커다란 손바닥에 자리 잡은 돌을 다시 바라보았다.

"티란데는 최후 변론을 위해 이 돌들을 찾느라 먼 거리를 갔습니다. 저는 그 점을 과소평가하지 않습니다. 그리고 티란데가 돌들을 모으고 그 의미에 대해 생각하며 분명히 느꼈을 고통 역시 과소평가하지 않습니다. 하지만 제가 말씀드리고픈 건 티란데의 공연이 통렬했다는 사실, 바로 그 점입니다. 그건 공연이었습니다. 시간의 환영과 똑같은 쇼였습니다. 어떤 면으로 보자면 다크문 축제와 똑같습니다. 이 재판은 다크문 축제와 비교할 수 없다고 계속 언급되었지만, 실은 다를 게 없었습니다."

바인은 배심원들을 똑바로 바라보면서 작은 돌을 힘센 손가락으로 부쉈다.

"이건 아무런 의미도 없습니다."

제이나는 왈칵 밀려드는 분노를 느꼈다. 혹은 모욕감이었는지도 모른다. 어떻게 저럴 수 있지? 어떻게 아버지의 소중한 추억으로 간직해야 할 것을 저토록 냉정하게 부술 수 있단 말인가? 다른 이들의 불쾌한 기색들도 법정 안에 물결치듯 일어났다. 타란 주가 징채를 집어 들자 수군거림은 사그라졌다.

바인은 그런 반응에도 흔들리는 기색 없이 손을 펴서 부스러기들을 바닥에 떨어뜨렸다.

"결국 모든 건 이렇게 됩니다. 우리는 모두 먼지입니다. 바위, 나무, 들판과 숲의 생명체들, 타우렌, 나이트 엘프, 오크 할 것 없이 우리 모두는 먼지가 됩니다. 그리고 그건 중요하지 않습니다. 우리가 죽는다는 사실은 중요하지 않다는 겁니다. 정말 중요한 건 우리가 한때 살아있었다는 점입니다."

바인은 이제 살짝 도발적인 자세로 원형 경기장을 둘러보았다.

"만물은 살아있을 때만 변할 수 있습니다. 우리가 사는 동안에만 친구를 위로하거나 어린 것들을 키우고 도시를 건설할 수 있습니다. 제 아버지는 살아계셨고, 삶을 완전하고도 훌륭하게 사셨습니다. 그분은 제게 많은 교훈을 가르쳐주셨습니다."

이제 바인은 제이나와 안두인을 똑바로 바라보았다.

"예전에 아버지께서는 파괴가 쉽다고 말씀하셨습니다. 하지만 무언가 지속되는 것을 창조하기란 어려운 일이라고 말씀하셨습니다."

바인은 다른 돌을 집어 들었다. 바로 바인과 제이나, 안두인이 아주 많은 것들에 관해 이야기를 나누었던 테라모어의 돌이었다.

"저는 이 돌로 가로쉬 헬스크림의 두개골을 내리칠 수 있습니다. 하지만…… 이 돌로 도시를 건설하는 데 쓸 수도 있겠지요. 저는 이 돌로 옥수수를 갈거나 돌을 데워 요리를 할 수도 있습니다. 아니면 화려한 물감을 칠해 대지모신을 기리는 의식에 쓸 수도 있습니다. 우리가 이 돌로 무엇을 하든 안 하든 언젠가 이 돌은 먼지가 될 겁니다. 중요한 점은 우리가 살아있는 동안 이걸로 무엇을 하느냐 입니다. 그리고 우리의 마음을 둘러싼 공포와 상처를 지나 스스로의 마음속을 참되게 들여다본다면, 그 사실이 중요함을 깨닫게 될 거라고 봅니다."

바인은 테라모어의 돌을 내려놓았다.

"우리는 부끄러운 일들을 모두 저지르면서 살아왔습니다. 우리는 할 수만 있다면 다시 되돌리고 싶은 일들을 저지르면서 살아왔습니다. 우리는 저마다 가로쉬 헬스크림 같은 악한 모습으로 변할 가능성을 가슴속에 품고 있습니다. 저는 이 재판에서 시간의 환영이 보여주는 사건들을 보면서 이 점을 깨닫기 시작했습니다. 텔모어를 공격했지만 후에 그를 믿지 못한 백성들에게 추방당한 듀로탄에게서 그 점을 보았습니다. 죄 없는 어린이들을 처리하라는 명령을 받고 큰 역겨움을 느껴서 코르크론의 일원이라는 선망 받는 지위를 떠난 가코르그에게서도 보았습니다."

그리고 바인은 바리안을 가리켰다.

"바리안 왕이여. 전하께서는 한때 무방비 상태로 잠옷만 입은 여인의 목에 칼을 들이댔습니다. 그리고 지금, 두 분은 친구이자 동맹 관계에 있습니다. 알렉스트라자 님은 심한 학대를 당하셨지만, 심하게 고통을 받으셨던 만큼 용서를 하셨습니다. 왜냐하면 그분은 그게 유일한 길이라는 사실을 알고 계셨기 때문입니다. 그리고 우리 역시 그 점을 알아야 합니다."

바인은 두 눈 가득 동정심을 담고 다시 제이나를 바라보았다.

"테라모어의 여군주는 엄청나게 큰 손실을 입고 배신을 당했습니다. 그리고 이제는 더 이상 테라모어의 여군주가 아니십니다. 제이나는 위상들처럼 특별한 인내심이나 자기를 지탱하는 목적을 가진 이가 아니었고, 우리는 그녀의 슬픔과 분노를 보고 들었습니다. 하지만 제이나조차도 알던 사실이 있습니다. 자신은 가로쉬 같은 자가 되고 싶지 않다는 점입니다."

바인은 천신들에게로 다시 몸을 돌렸다. 그들은 바인을 집중해서 지켜보고 있었다.

"티란데는 참된 정의에 대해 말했습니다. 저는 여러분께서 그게 무엇인지 아시리라 믿습니다. 그리고 저는 오늘 여기서 참된 정의가 이루어지는 걸 보게 되리라 믿습니다. 감사합니다."

＊＊＊

바인은 모든 이들의 마음을 움직인 건 아닐지도 몰랐지만, 최소한 제이나의 심금을 울리는 많은 이야기를 했다. 두 시간의 휴정이 시작되어 자리를 뜨는 제이나의 머리와 마음속에는 아주 많은 것들이 떠올랐다. 칼렉이 같이 식사를 하겠느냐고 물었지만, 제이나는 부드럽게 거절했다.

"나는…… 나는 생각을 좀 해야겠어요."

제이나는 이렇게 말했다. 칼렉은 고개를 끄덕이며 미소를 지었지만 눈에는 슬픔이 담겨 있었다.

제이나는 국수 한 그릇을 사서 경기장에서 멀리 떨어진 외딴 곳에 있는 만개한 벚나무 아래에 자리를 잡았다. 제이나는 국수를 좋아했고, 경치는 근사했다. 그러나 기계적으로 음식을 입에 넣고 씹었을 뿐, 경치도 음식도 안중에 없었다.

제이나는 천신들의 임무가 전혀 부럽지 않았다. 제이나는 자기가 듣고 보고 말해야 했던 것들에 대해 떠올렸다. 킨디에 대해 생각하며, 모든 일을 두고 발랄한 면과 진지한 면이 날카롭게 싸워대던 모습과 확고하고 생기 넘치던 의지를 떠올렸다. 칼렉과 그녀가 지금 씨름하고 있는 선택에 대해서도 생각했다. 그리고 칼렉이 자신을 사랑한다는 사실에는 의심할 여지가 없다는 점도 생각했다. 제이나는 순간 든 쓰라린 깨달음을 통해 칼렉의 마음이 자신의 마음보다 더 선하고 강하며 자애롭다는 사실을 알았다. 하지만 그의 마음은 제이나의 원한이 내뿜는 독성을 견디지 못했다. 그 독에 칼렉이 상처 입었다는 점을 제이나는 깨달았다. 칼렉은 상처 입은 채 남아 있을 수도 있지만, 그녀를 떠나 완전해질 수도 있었다.

'무슨 선택지가 이토록 지독하담.'

제이나는 생각했다. 하지만 바인이 한 가지 옳은 게 있었다. 제이나는 가로쉬처럼 되기를 원치 않았다. 그리고 만약 자신들의 입장이 바뀌었다면…… 가로쉬는 그녀를 놓고 어떤 선택을 했을까?

"제이나 여군주님?"

제이나를 부른 자는 법정 급사 중 하나인 지아 지였다. 그는 몸을 낮추어 절을 했다.

"혼자 계신 시간을 방해한 점을 용서하십시오. 전갈을 하나 가지고 왔습니다."

지아는 두루마리 하나를 내밀었다. 제이나는 눈살을 찌푸리며 그걸 받았고, 봉인을 보자 창백해졌다. 붉은 밀랍에는 틀림없는 호드의 표식이 찍혀 있었다.

떨리는 손가락으로 밀랍을 뜯어 두루마리를 펼친 제이나의 머릿속으로 수천 가지 생각이 마구 쏟아졌다. 모두 끔찍한 생각들뿐이었다. 거기에는 다음과 같이 쓰여 있었다.

달라란에서 벌어진 일에 대해 내가 아는 데 시간이 걸렸습니다. 당신은 평화를 주장하는 여인이었지요. 하지만 지금의 당신은 더 이상 그렇지 않습니다. 가로쉬는 이 땅을 불태웠고, 죽은 자들만이 희생자인 건 아닙니다. 당신이 가로쉬나 호드에게 갖는 감정이 무엇이든 간에 나는 당신을 비난하거나 미워하지 않습니다.

우리 모두에게는 떨쳐지지 않는 나쁜 기억들이 있습니다.

브이

제이나는 그 편지를 몇 번 반복해서 읽은 후 천천히 미소를 지었다.

"답변을 전해드리길 바라십니까, 제이나 여군주님?"

지아가 물었다. 제이나는 대답했다.

"그래요. 대족장님에게 이해해주어서 감사드린다 말했다고 전해주세요."

"알겠습니다, 여군주님."

지아는 몸을 낮추어 절을 하고 제이나의 말을 전달하러 돌아갔다. 제이나는 지아가 떠나는 모습을 지켜보았다. 여전히 얼굴에 남아 있는 미소로 인해 제이나는 따뜻해졌다. 전망이 좋은 자리에 있던 제이나는 저 아래 밀려드는 군중들을 바라보았다. 그중에 단 한 명만이 푸른빛 도는 검은 머리카락을 가졌다. 그는 바리안과 안두인과 이야기를 나누는 중이었고, 제이나가 지켜보는 가운데 둘과 악수를 한 다음 눈을 내리깐 채 걸어가기 시작했다.

'떠나고 있어.'

제이나는 볼진에게서 받은 전갈을 움켜쥔 채 달리기 시작했다.

"칼렉!"

제이나는 소리쳤다. 아무 상관없는 이들의 고개가 제이나 쪽을 돌아보았다.

"칼렉!"

제이나는 길 위를 날듯이 달려갔다. 나무뿌리를 재빠르게 뛰어넘기도 하고 발을 헛디디기도 했다. 제이나가 다가오자 군중은 길을 비켜주었다. 제이나는 그 사실을 알아차리지도 못했지만 신경 쓰지도 않았다. 제이나의 시선은 칼렉고스에게 꽂혀 있었다. 그녀는 빛에게 짧은 기도를 올려 부디 칼렉이 군중 속에 묻혀버리지 않기를 바랐다.

"칼렉!"

칼렉의 걸음이 느려지더니 이내 멈추었다. 그는 무슨 소리를 듣는 듯 고개를 갸웃하더니 이윽고 뒤를 돌아 인파를 훑어보았다. 그들의 눈이 마주쳤고, 칼렉의 얼굴은 태양처럼 환하게 빛났다. 제이나의 마음은 기쁨으로 한없이 드높아졌다. 둘 사이의 거리는 점점 좁아졌고, 제이나는 활짝 팔을 벌린 칼렉에게 몸을 던졌다.

모두가 지켜보는 바로 그곳에서 그들은 기쁨에 차 오랫동안 입을 맞추었고, 제이나는 지독히도 감사한 마음이 들었다.

가로쉬 헬스크림은 이미 많은 걸 앗아갔다.

그러나 이것만큼은 앗아가지 않을 것이다. 가로쉬는 제이나를 앗아가지 못하리라.

제 3 3 장

"베리사!"

무람 샤오는 친구가 된 베리사를 따스하게 맞았다.

"오늘은 재판의 마지막 날이라 당신을 보게 될지 어떨지 몰랐어요."

베리사는 생강과 양파 등을 칼이 보이지 않을 정도로 빨리 써느라 분주한 판다렌에게 미소를 지었다.

"아, 아녜요. 나는 배운 조리법을 확실하게 알아두고 싶었어요. 이건 여기서 아주 인기가 많아 보이네요. 오크도 먹을 정도로 말이죠."

무람은 눈을 환하게 빛내며 따스하고 낮은 목소리로 키들거렸다. 그러고는 눈을 찡긋하며 말했다.

"달리 말해서 엘프도 먹을 정도라고 해야죠. 말씀이 맞아요. 당신에게 이 요리를 만드는 법을 확실히 알려드리지 않았다면 제 임무를 다하지 못했다는 생각이 들었을 거예요. 제 주방은 당신을 언제든지 환영한다는 사실을 알아주세요. 여기에 다시 찾아와주실 거죠?"

무람은 희망에 찬 눈빛으로 베리사를 바라보았다. 순간 베리사는 예상치 못했던 고통을 느꼈다. 아니, 다시 찾아오지 않을 것이다. 예전에 있었던 곳이 어디든 베리사는 다시는 가지 않을 것이다. 오로지 암흑의 공간만이, 먼지투성이 땅 오그리마 그리고 고블린의 연기 나는 빈민굴이 곧 자기가 거할 곳이 되겠지. 하지만 꼭 그렇지만은 않았다. 베리사는 실버문에 가서 예전과 지금이 얼마나 달라졌는지 기억을 떠올릴 수도 있을 거고, 가족이 살던 첨탑에 가서…….

베리사는 쉽게 거짓말을 했다.

"아, 물론이죠. 나는 당신이 좋아졌으니까요, 무람."

최소한 그 점은 진실이었다.

무람의 얼굴이 환하게 빛났다. 그러더니 부끄럽기라도 한 듯 살짝 무뚝뚝하게 말했다.

"여기…… 같이 거들어주세요. 바질을 썰고 해과일을 잘라주세요."

해과일. 해과일이 거기 있었다. 아직 자르지 않았는데도 해과일은 감미로운 향을 강하게 풍겼다. 베리사는 실수로 손을 베지 않도록 아주 신중한 자세로 칼을 움직였다.

식사는 8인분이었고, 무람은 여덟 개의 작은 도자기 접시를 내왔다. 무람이 전부 설명한 대로 카레 소스를 포함한 생선 카레에 들어갈 해과일들을 베리사는 조각내어 잘랐다. 베리사는 이야기의 대부분을 듣지 않았다. 지금 생각할 수 있는 것이라고는 바인 블러드후프의 마지막 탄원에도 불구하고 오로지 가로쉬 헬스크림의 죽음뿐이었다. 로닌은 죽었어……. 이제 가로쉬는 죗값을 치러야 해.

"어떤 게 가로쉬의 식사죠?"

베리사는 목소리가 평소처럼 들리기를 바라며 이렇게 물었다. 무람은 숟가락으로 쟁반 하나를 가리키며 말했다.

"가로쉬의 쟁반은 갈색 대나무로 만든 거예요. 그 쟁반에는 한 조각 더 얹어주세요. 마지막 식사가 될 테니까요. 가로쉬가 그걸 좋아한다는 걸 전 알거든요."

"당신은 살인자에게도 아주 친절하군요."

베리사는 미처 생각하고 말하기도 전에 이렇게 쏘아붙였다. 하지만 무람은 베리사가 사랑하는 이를 잃었다는 걸 알았기에 동정심 어린 눈으로 하이 엘프를 바라보았다.

"저는 내일도 이 아름다운 세상에서 깨어나 건강에 좋은 음식들과 사랑하는 친구들, 가족들을 보겠지요. 가치 있는 일을, 세상을 바꾸는 일을 할 테고요. 하지만 위대한 천신회께서 무슨 결정을 내리시든 가로쉬 헬스크림은 제가 보는 걸 절대로 보지 못할 거예요. 이 점을 알기 때문에 저는 쉬이 친절해질 수 있답니다."

부끄러운 마음이 전기가 오르듯 매섭게 베리사를 뒤덮었다. 바로 뒤이어 분노도 따라왔다. 베리사는 그저 고개를 끄덕이고 다른 해과일 조각을 집었다. 무람은 앞발로 땀을 훔치고는 카레를 뜨려고 저쪽으로 갔다.

지금이야.

베리사는 주머니에서 살그머니 유리병을 꺼내 마개를 열었다. 한 방울이면 족했지만, 각 조각에 세 방울씩 독을 떨어뜨리는 베리사의 손은 더 이상 떨리지 않았다. 액체는 군침이 돌게 하는 과일의 즙 속으로 빠르게 용해되었다. 아무도 분간해낼 수 없을 것이다. 베리사는 마개를 병에 다시 밀어 넣고 눌러서 단단히 막은 다음 비누로 손을 씻었다.

임무는 끝났다.

"고맙습니다, 베리사. 다음에 다시 볼 때까지 당신이 그리울 거예요."

무람이 이렇게 말했다. 베리사는 힘없이 미소를 지었다.

"고마워요, 무람. 전부 다 말이에요. 그럼 다시 봐요."

베리사는 떠나려고 몸을 돌렸다. 무람은 베리사의 뒤에다 대고 말했다.

"그리고 다시 오실 때에는 아드님들도 데리고 오세요. 아주 예쁜 사내아이들이겠지요!"

베리사의 아들들.

이 말에 베리사는 순간 큰 충격을 받아 몸이 떨리기 시작했다. 베리사는 한 손을 들어 헤어지는 인사를 하며 계속 걸어가 한동안 주방으로 쓰는 사원 아래 방을 빠져나와 복도로 서둘러 갔다.

베리사는 차가운 돌에 몸을 기대어 숨을 몰아쉬었다. 베리사는 폭력 행위에 서투른 이가 아니었다. 그녀는 전에 많은 생명을 빼앗았다. 하지만 그건 언제나 전장에서 한 일이었고, 무언가를 또는 누군가를 위한 싸움이었다. 하지만 이번에는 달랐다. 이건 심사숙고해서 계산하고 주의 깊게 계획한 살인이었고, 순찰자의 무기가 아니라 암살자의 무기를 사용한 일이었다. 이건 눈에 화살을 맞히는 것보다, 어둠 속에서 칼을 찌르는 것보다 더 나쁜 행동이었다.

'아주 예쁜 사내아이들이겠지요.'

베리사는 오랫동안 아들들에 대해 생각하지 않았다. 우선 선리버 일당과 로르테마르를 다뤄야 했고, 다음으로는 오그리마 공성전에 참여해야 했으며, 그 후에는 재판이 있었다. 베리사는 몇 년 간 아들들과 거의 시간을 함께 보내지 않았다. 심지어 그 일이 있은 직후에도…….

로닌의 붉은 머리털과 베리사의 눈을 닮은 아이들은 정말로 아름다웠다. 아주 조금 먼저 태어나 형이 된 기라마르와 동생인 갈라딘. 베리사는 자신이 얼마나 아들들의 웃음소리를 그리워하는지 갑자기 깨달았다. 아이들이 얼마나 다루기 힘든 개구쟁이들이었는지, 그렇지만 얼마나 고운 마음씨를 가졌는지 그리고 아이들의 용감한 모습을 애들 아버지가 얼마나 자랑스럽게 여기곤 했는지…….

베리사는 언더시티에 아이들이 있는 모습을 그려보려 했지만…… 그럴 수 없었다. 어디서 아이들이 뛰놀며 웃을까? 입맞춤처럼 상쾌한 햇살을 받으려고 하늘로 얼굴을 돌릴 수 있을까? 아이들이 죽은 자의 도시에서 삶에 대한 걸 하나라도 배울 수 있을까?

"베리사 님?"

활기찬 아들들이 회색의 어두운 언더시티에 있는 모습을 상상하며 넋을 잃었던 베리사는 심하게 놀랐다.

"안두인이구나."

베리사는 살짝 웃으며 말했다.

"미안해. 잠시 생각에 빠졌어."

"아뇨, 제가 죄송해요. 놀라게 해드릴 의도는 아니었어요. 괜찮으세요?"

베리사는 현실로 돌아와서 또 하나의 아름다운 소년과 얼굴을 마주보았다. 안두인은 쌍둥이 아들들보다 훨씬 나이가 많기는 하지만, 왕자 역시 베리사의 아들들처럼 상냥하고 선한 마음씨를 가졌다.

베리사는 말했다.

"나는 괜찮단다. 정말 괜찮아. 그런데 이곳에서 뭘 하는 거니?"

안두인은 약간 주저하는 듯 보였다.

"가로쉬를 보러 가요. 얼마 전에 가로쉬가 저를 보고 싶다고 했거든요. 그래서 우리는 재판이 끝나고 이야기를 나눠왔어요. 알렉스트라자 님의 증언이 끝난 후로는 가로쉬를 다시 보고 싶지 않았지만……. 이번이 저한테 남은 마지막 기회일지도 모르니까요. 그래서 가로쉬가 저한테 또 다시 소리를 지르기만 하더라도 가야 한다는 생각이 들었어요."

베리사는 안두인을 뚫어지게 바라보면서 아들들의 웃는 모습을 떠올렸다. 베리사는 마음이 바뀌기 전에 불쑥 안두인 쪽으로 돌진해서 그의 팔을 잡았다. 당황한 안두인은 베리사를 응시했다.

"베리사님?"

"빛께서 여기에 관여하신다는 생각이 드는구나."

베리사는 이렇게 말했다. 말들은 빠르게 쏟아져 나왔다. 공포와 증오가 베리사의 입을 미처 막아버릴 수도 없게 빠르게 나왔다.

"나는 선택권을 너에게 넘길게. 가로쉬의 음식에는 독이 들었어. 그렇게 알고 네가 어떻게 할지 정하렴."

베리사는 대답을 기다리지 않고 복도를 달려갔다. 베리사는 유 페이를 찾아서 달라란으로 간 다음 아들들을 안아주리라. 따스하고 사랑스러운 그리고 살아있는 아들들을 꼭 안은 다음 다시는 결코 그들을 버릴 생각을 하지 않으리라.

***

안두인은 놀라움에 입을 딱 벌리고 하이 엘프 순찰자의 뒷모습을 응시했다.

독이라니? 베리사가 가로쉬를 독살하려던 참이었다고? 안두인은 그 사실을 믿기 힘들었다. 이윽고 안두인은 테라모어 사태 이후 베리사가 얼마나 까칠하고 모질어졌는지 그리고 베리사와 제이나가 서로 상대방의 까칠하고 모진 모습을 키워왔다는 사실을 고통스레 깨달았다. 그렇다. 이제 안두인은 그 사실을 믿을 수 있었다.

안두인은 순간 드는 생각에 정신을 차리고 급히 행동했다. 벌써 음식을 가져갔으면 어떻게 하지? 안두인은 복도를 전력 질주해서 내려와 경사로로 이어지는 문 앞에 미끄러지듯 멈추었다. 그리고 숨을 헐떡이며 물었다.

"저녁 식사는 아직 안 왔소?"

"아직 안 왔습니다, 왕자님. 왕자님이야말로 먼저 저녁을 드시고 진정하신 다음 돌아오셔야 할 듯합니다."

로가 이렇게 말했다. 안두인은 안도감에 힘이 빠진 채로 힘없이 웃었다.

"미안하오. 지금 가로쉬를 볼 수 있겠소?"

경비병 형제는 서로를 빤히 쳐다보았다. 로가 말했다.

"가로쉬는…… 지금 아주 기분이 안 좋은 상태입니다."

"아주 안 좋습니다."

리가 맞장구쳤다.

제때 늦지 않고 왔다는 안도감에 어지러웠던 안두인은 태도를 엄숙하게 바꾸었다.

"가로쉬는 지금 죽음을 목전에 두고 있소. 그것도 본인이 꿈꿔왔던 종류의 죽음도 아니오. 가로쉬는 용감하게 행동해왔지만, 지금 그가 할 수 있는 일은 기다리는 것 뿐이오. 나는 좋지 않은 기분을…… 이해할 수 있소. 잠깐이라도 보고 싶은데 안 되겠소?"

"바라는 대로 하십시오, 전하."

리는 주저함을 역력히 드러내며 이렇게 말하고는 문을 열었다.

가로쉬는 평소처럼 모피 이불 위에 앉아 있지 않았다. 그는 좁은 감방을 걸어 다니는 중이었지만, 발걸음은 한 번에 몇 센티미터밖에 움직이지 못했다. 문이 열리자 가로쉬는 화난 듯 올려다보았고, 들어온 이가 누구인지 확인한 후에는 얼굴이 더욱 어두워졌다. 안두인은 가로쉬가 연달아 말로 공격해댈 걸 각오했지만, 오크는 아무 말도 하지 않은 채 제한된 보폭으로 계속 걸어 다닐 뿐이었다.

안두인은 의자에 앉아 기다렸다. 절그럭, 절그럭, 쓰윽, 끼이익. 절그럭, 절그럭, 쓰윽, 끼이익.

몇 분이 지나자 가로쉬가 걸음을 멈추었다.

"왜 여기에 있는 거냐, 인간 아이야?"

이건 안두인이 예상하지 못한 상황이었다. 가로쉬는 원한에 찬 목소리도 아니었고, 격노하지도 않았다. 다만 체념한 상태였다.

"나는 혹시 당신이 내가 필요…… 나와 말하고 싶어 할 경우를 대비해서 온 거예요."

"난 그러고 싶지 않다. 어디 다른 데로 가라. 당장."

오크의 목소리에 담겨 있던 체념의 어조가 경멸의 어조로 바뀌기 시작했다.

"돌아가서 빛이랑 하는 장난질을 하든지 공포파괴자라는 네 작은 철퇴나 휘두르든지 하거라. 너한테 네 장난감을 돌려준 걸 보면 최소한 바인은 타우렌이라는 이름값은 했군."

안두인이 말했다.

"당신은 나를 화나게 만들려는 중이군요."

"효과가 있나?"

"그래요."

"잘 됐군. 이제 가라."

"아뇨."

안두인은 이렇게 말하고 스스로도 놀랐다.

"당신은 먼저 나한테 와달라고 했어요. 마음속 어딘가에서 사제를 원했지만, 감히 호드의 누군가와 이야기할 상황에 직면할 수는 없었죠. 그러면 이야기하고 싶은 욕망, 그 필요성이 너무 적나라해질 테니까. 그래서 이른바 당신의 적인 나를 부르는 편이 나았던 거죠. 사실을 말해줄까요? 곧 있으면 처형될지도 모른다는 사실을 직시하는 것보다 말장난을 하거나 욕설을 주고받는 편이 나으니까요. 하지만 가로쉬, 당신이 이해하지 못한 건 사제라는 존재의 의미를 내가 믿는다는 점이에요. 당신이 나를 원하든 안 원하든 나는 당신과 함께 머물 거예요. 왜냐하면 조금이라도, 1분이라도 내가 있어서 기쁠 때가 있을지도 모르니까요."

"삐악삐악 대는 네놈의 존재에 한 번이라도 기뻐하느니 차라리 뒤틀린 황천의 가장 어두운 구역에서 썩어가겠다!"

가로쉬는 안두인의 바로 앞에서 태도를 바꿨고, 안두인은 오크가 침착한 겉모습을 유지하느라 얼마나 애쓰고 있는지 알아차렸다. 이제 침착함은 더 이상 가로쉬에게 남아 있지 않았다. 가로쉬의 눈은 붉게 타오르지 않았지만, 그 눈에 깃든 분노는 똑똑히 보였다. 가로쉬는 끓어오르는 화를 애써 내색하지 않으면서 수갑 찬 주먹을 쥐었다 펴기를 반복했다.

"너는 매일 온통 잘난 척, 신성한 척하면서 거기 앉아 있었지."

가로쉬의 말에서는 혐오감이 뚝뚝 떨어졌다.

"너와 네 소중한 빛 말이다. 내 말을 견디고 내 운명이 네놈 앞에서 소진되는 걸 지켜보면서 네놈이 나의 방식을 바꿀 수 있다고 확신했지. 저 밖에 있는 모든 이들은 나에게서 무언가를 원했다, 꼬마야. 그리고 너 역시 마찬가지야."

"나는 당신을 도우려는 마음에 여기 있는 거라고……."

가로쉬의 언성이 높아졌다.

"나를 어떻게 돕는데? 내가 죽는 걸 돕겠다고? 내가 애완 늑대처럼 쓰다듬어달라고, 가끔 고기 조각이나 달라고 낑낑거리며 사는 걸 돕겠다고? 너한테는 내가 전사처럼 당당하게 걷지도 못하고 짐승처럼 사슬에 묶여 있어야 하는 상황으로 충분하지 않은가 보지? 네 빛이 나를 이렇게 대하기를 원하나보지?"

안두인은 그 말을 듣고 물리적으로 폭행을 당하는 것처럼 느꼈다.

"아니오, 전혀 그렇지 않아요. 빛께서는 그런 식으로 일하시지 않아요……."

"사춘기 인간 소년 주제에 빛에 대해 알면 얼마나 안다는 거냐."

오크는 이렇게 비웃으며 말했고, 이내 웃기 시작했다.

"나는 충분히 알아요."

안두인은 화가 치밀었지만 억지로 참았다.

"내가 아는 건……."

"너는 아무것도 모른다, 꼬마야. 너는 네 어머니의 자궁에서 나온 지 정말 얼마 안

돼서 아직도 머리에 피도 마르지 않은 상태라고!"

안두인은 무엇에 찔리기라도 한 듯 몸에 경련이 일어났다.

"우리 어머니는 이 일과 아무런 상관도 없어요, 가로쉬. 이건 당신에 대한 거고, 바로 당신의 시간이 얼마 남지 않았을지도 모른다는 사실에 관한 거라고요. 당신도 알겠지만 이제……."

"내가 말하는 게 바로 그거라고 하지 않나! 나를 포함해서 모든 이들에게 뭐가 최선이고 뭐가 옳은지 안다는 식의 네 오만함과 너희 저주받은 얼라이언스의 오만함에 대해서 말하는 거라고!"

안두인은 지금 가쁜 숨을 쉬며 주먹을 불끈 쥔 상태였다. 문이 열리고, 마치 오크가 폭언을 퍼붓는 소리를 전혀 듣지 못했다는 듯이 태연한 모습으로 유 페이와 추 형제가 들어왔다. 가로쉬는 그들을 향해 으르렁거렸다.

"물러서십시오, 가로쉬. 우리에게는 당신을 해칠 의도가 없다는 사실을 아실 겁니다."

로는 이렇게 말했고, 작은 유 페이가 곁에 섰다. 안두인은 순간 이 상황에서 위협적인 존재는 추 형제들이 아니라 유 페이라는 사실을 알았다. 가로쉬는 그들을 노려보다 무력하게 울부짖고는 마법사가 마법을 거두고 녹색 카레 생선 요리가 담긴 쟁반을 안으로 넣는 동안 물러서 있었다. 유 페이는 다시 마법을 활성화시켰고, 세 판다렌들은 아무 말 없이 떠났다. 문은 닫히고 그들 뒤로 잠겼다.

"가로쉬, 내 말을 들어봐요……."

안두인은 독이 든 음식에 대해서 경고할 의도로 이렇게 말을 꺼냈다.

"너야말로 내 말을 들어라, 꼬마야. 나는 네가 자라서 왕이 되기를 바란다. 내가 여기서 그 모습을 보든 안 보든, 네가 왕위에 오르는 날 오크들은 축하할 거다. 그리고 우리는 스톰윈드로 진격하겠지. 내 말 듣고 있나? 우리는 네가 다스리는 거리들로 돌진해서 네 백성들을 죽일 거다. 우리는 평화를 갈구하는 연약한 네 몸뚱이에 창을 꽂아서 아직 피도 마르지 않은 머리와 함께 네 도시를 불태울 거다. 그리고 네 소중한 빛께서 내세에 너에게 뭘 허락하시든 간에, 네 부모들은 티핀 왕비가 차라리 유산을 해서 네가 태어나지 않았더라면 좋았을 거라고 여기게 될 거다."

안두인은 숨도 쉬지 못했다. 분노가 타오르다 못해 하얗게 되어 곧 터져버릴 것 같은 기분이었다. 안두인은 가로쉬의 입을 다물게 하고 싶었고, 생각을 폭발시켜서 가로쉬 헬스크림에 관한 건 전부 지워버리고 싶었다. 안두인은 빛을 사용하는 법을 알았다. 그래서 지금 빛을 자신을 보호하는 방패로 쓰거나 상처를 치료하는 약으로 쓰는 게 아니라 상대를 공격하는 무기로 쓸 수도 있었다.

어쩌면 베리사가 맞은 걸지도 모른다. 어쩌면 빛께서 이렇게 관여하시는 건지도 모른다. 빛께서는 가로쉬 헬스크림을 돌보실 것이다. 안두인이 할 일이라고는 가만히 있는 것뿐이었다. 자기가 뭔가 도울 수 있다고 생각했다니 어리석었다. 어떻게든 가로쉬에게 다가갈 수 있다고 생각했다니. 오크가 한 말 중 옳은 게 하나 있었다. 선한 것은 그 무엇도 그에게 다가갈 수 없었다.

안두인은 생각했다. '저자는 나를 죽일 거야. 그럴 수 있다면 지금 나를 죽일 테지. 그냥 죽게 놔두자. 저자가 없는 세상은 분명히 더 좋아질 거야.'

가로쉬는 스톰윈드의 왕자가 분노를 제어하려 애쓰는 모습을 지켜보더니 웃었다. 그는 해과일 조각을 카레에 짜 넣은 뒤 그릇을 들어 입에 갖다 댔다.

반쯤은 으르렁대다시피 고통스럽게 헐떡이면서 안두인은 앞으로 쏜살같이 튀어나가 마법이 걸린 창문 안으로 팔을 뻗어 가로쉬의 손에 들린 그릇을 쳤다. 그릇은 바닥에 떨어져 달가닥거렸고, 안에 든 음식은 모피 이불 위로 흩어졌다.

가로쉬는 안두인의 팔을 잡아 홱 당겼고, 왕자의 얼굴은 단단한 쇠창살에 부딪혔다. 가로쉬는 팔을 심하게 비틀어서 몸에 붙어 있지 못할 정도로 만들었다. 안두인은 숨을 헐떡였다.

"내가 널 화나게 했지, 꼬마야? 그럼 내가 이긴 거다!"

"당신의 음식에는 독이 들었어요."

안두인은 새된 목소리로 이렇게 말했다. 그러고는 고통을 참느라 이를 악물었다.

"거짓말 마라! 나는 창살 너머로 빼빼 마른 네 작은 목을 비틀 수는 없지만 네 팔을 잡았지. 나는 관절에서 이 팔을 잡아 뜯어낼 수 있어!"

안두인은 빛이 자기를 채우도록 두었고, 고통은 그에게서 물러갔다. 영혼 속에는 흥분 대신 침착함이 자리 잡았고, 안두인은 저항하지 않았다. 그저 가로쉬를 바라볼 뿐이었다. 오크의 말이 맞았다. 가로쉬는 대지에서 나무를 쉽게 뽑아내듯 안두인의 팔을 잡아 뜯어낼 수 있었다. 안두인은 지금 오크의 처분을 기다리면서 근심을 내려놓았다. 자기가 올바른 일을 했다는 것, 그 점이 중요했다. 무슨 일이 일어나든 일어나게 두리라.

가로쉬는 분노에 차 숨을 헐떡이며 안두인을 노려보았지만, 안두인의 시선은 흔들리지 않았다.

가로쉬의 발치에서 일어난 작은 움직임에 둘의 시선이 모아졌다. 그건 안두인이 전에 봤던 쥐였다. 쥐는 생선 카레의 향기에 어쩔 수 없이 이끌려 구멍에서 나왔다. 쥐는 허둥지둥 앞으로 나와 수염을 실룩거리며 냄새를 맡더니 앞발로 음식을 조금 잡아 뜯어먹기 시작했다.

쥐가 갑자기 경련을 일으켰다가 아주 조용히 앉아 있었다. 그러더니 이내 다시 먹기 시작했다. 다시 한 번 몸뚱이가 흔들렸고, 이번에는 몸부림치기 시작했다. 그리고 주둥이로 피와 거품을 내뿜으며 고통스럽게 뒹굴더니 말을 듣지 않는 사지를 움직여 다시 쥐구멍으로 기어가려고 애썼다. 폐가 공기를 애타게 찾는다는 듯, 쥐는 잦은 숨을 몰아쉬며 신음을 내더니 마침내 다행스럽게도 움직임을 멈췄다.

안두인은 크게 마른침을 삼키고 쥐를 응시하다가, 불쌍한 생물에게서 눈을 돌려 자기를 뚫어져라 응시하는 가로쉬를 보았다. 오크는 시선을 돌리더니 안두인을 아주 난폭하게 밀쳐냈다. 왕자는 비틀거리며 넘어졌다.

안두인은 잠시 주저하면서 이제는 다 나은 팔을 문지르다가 이내 몸을 돌려 경사로를 올라갔다. 그리고 차분한 손으로 문을 두드렸다. 문이 열리자 안두인은 가로쉬에게 아무런 말도 하지 않고 떠났다.

안두인은 마음의 평화를 찾았다. 이제 가로쉬도 그처럼 평화를 찾을 시간이었다.

복도 쪽으로 내려가기 전, 안두인은 리 추에게 몸을 돌렸다. 그리고 말했다.

"가로쉬가 판결을 들으러 불려갈 때 부탁이니…… 그의 사슬을 풀어주시오."

"우리는 그럴 수 없습니다, 안두인 왕자님."

리가 말했다.

"그러면…… 최소한 다리를 묶은 사슬이라도 풀어주시오. 그래서 가로쉬가 전사답게 걷도록 말이오. 만약 그가 도망치려고 해도 분명히 여섯 명의 경비병으로 충분히 막을 수 있을 거요. 나는…… 가로쉬가 도망칠 거라 생각하지 않소. 그는 자기가 죽게 될 가능성이 높다는 사실을 알고 있소."

추 형제는 시선을 교환했다. 그리고 말했다.

"잘 알겠습니다. 저희가 타란 주 님께 여쭈어보겠습니다. 하지만 확실하게 약속드릴 수는 없습니다."

＊＊＊

전달하는 서한에 대해서나 누가 누구에게 무엇을 보냈는지에 대해 말하지 않겠다는 맹세를 한 법정의 급사 지아 지는 바쁜 하루를 보냈다. 그의 도움을 필요로 하는 이들이 아주 많았기 때문이다. 오늘은 그중에서도 가장 바쁜 날인 듯했다.

먼저 대족장 볼진이 여군주 제이나에게 보내는 편지가 있었고, 여군주가 대족장에게 구두로 한 답변이 있었다. 그런 다음 순찰대 사령관 베리사 윈드러너가 자기 언니에게 보내는 쪽지가 있었다. 지아는 답변을 기다렸지만, 아주 크고 화난 목소리로 "꺼져라!"라는 말을 들었다. 그렇더라도 지아는 순찰대 사령관에게 전할 구두 전언이 실제로 있었다. 실바나스가 아니라 바로 안두인 왕자가 보내는 전언이었다. 유 페이는 달라란으로 가는 차원문을 열어주었고, 그곳에서 지아는 분수 옆에 앉아서 두 아들을 지켜보는 베리사를 발견했다. 소년들은 각자 동전을 손에 가득 움켜쥐고 이것저것 소원을 말하면서 웃고 있었다. 지아 지는 공손하게 절하며 말했다.

"순찰대 사령관님, 전언이 있습니다."

지아는 의미심장한 눈초리로 붉은 머리의 엘프 혼혈아들을 바라보았다.

순찰대 사령관은 살짝 창백해진 얼굴로 앉았던 분수 옆자리에서 일어섰다. 소년들은 하던 일을 멈추고 걱정스러운 눈길로 베리사를 응시했다.

"곧 돌아올게."

베리사는 아이들에게 약속한 뒤 말소리가 들리지 않을만한 곳까지 걸어갔다.

"무슨 전언이죠?"

베리사는 공손하지만 조심스러운 기색이었다.

"전언은 스톰윈드의 안두인 린 왕자 저하가 보내셨습니다. 다음과 같은 말을 남기셨습니다. '그는 살았습니다. 저는 두 아이들을 아버지도 어머니도 없게 두지 않을 겁니다. 이제부터는 뜻대로 하세요.' 거기에 대한 답변을 전해드릴까요?"

베리사의 얼굴은 부드러워졌고 다시 평화로운 기색으로 아름다워졌다.

"그래요. 안두인에게…… 로닌이 고마워했다고 전해주세요."

* * *

죽은 말은 살아있을 때처럼 재빠르게 달렸지만 결코 지치지 않았다. 말에 탄 이 역시 살아있을 때처럼 재빠르게 사냥감을 죽였고, 결코 지치지 않았다. 늑대며 곰, 수사슴과 거미들의 시체들이 숲속에 이리저리 나뒹굴기 시작했다. 불운하게도 그녀가 가는 길에 들어온 것들은 무엇이든 죽었지만, 항상 빨리 죽은 건 아니었고 깨끗하게 죽는 것도 드물었다.

어둠의 여왕은 밴시 특유의 소름끼치는 비명을 질렀다. 실바나스의 내면을 채운 구역질나는 배신감과 분노, 미칠 것 같은 슬픔이 비명에 배어났다. 그 소리만 듣고도 힘이 빠져 겁에 질린 곰이 쓰러졌다. 여왕은 두꺼운 갈색 가죽에 화살을 퍼부었고, 곧 짐승은 고통에 차서 울부짖으며 이끼 낀 땅을 파헤쳤다. 실바나스는 곰이 고통 받는 모습을 흡족하게 바라보았다. 그녀는 뼈밖에 남지 않은 탈것에서 뛰어내려 늑대 한 마리에게 달려들었고, 늑대는 실바나스의 으르렁대는 소리에 같은 소리로 응수했다. 곧이어 실바나스는 맨손으로 늑대의 머리를 몸에서 찢어냈다.

고통은 견딜 수 없을 정도였다. 지난 며칠간 느꼈던 고통, 베리사와 함께 있어서 너무나 행복했을 때 느꼈던 것과 같은 환상통이었다. 다만 두 고통에는 다른 점이 있었다. 그때에는 고통과 함께 기쁨도 있었지만, 지금은 오로지 비통함만 있었다.

고통. 그리고 증오심 뿐.

가죽옷 여기저기에 피가 튀었지만 실바나스는 개의치 않았다. 고통을 멈추는 유일한 방법은 다른 무언가에게 고통을 주는 것이었다. 자신의 고뇌와 슬픔과 절망을 살아있는 무언가에게 풀어야 했다. 왜냐하면 동생인 베리사에게 풀 수는 없었기 때문이다. 작은 달님에게는…….

실바나스는 늑대 머리를 쥔 채 비틀거리며 진홍색 액체로 끈적끈적해진 속눈썹을 깜빡여 털었다. 늑대 머리를 손에서 놓자, 머리는 공허하게 이리저리 튀면서 굴러갔다. 실바나스는 무릎을 털썩 꿇고 손에 얼굴을 묻은 채 울었다. 마치 모든 걸 잃어버리고 상처 입은 어린아이처럼 울었다.

'작은 달님아……!'

서서히 울먹임은 그치고 뜨거워진 상처로부터 익숙한 차디찬 평화가 밀려왔다. 실바나스는 입술에 묻은 피를 핥으며 일어섰다.

실바나스는 알았어야 했다. 처음에 느꼈던 고통, 그녀가 어리석게도 감히 지금 자신의 본질과는 다른 무언가를 바랐을 때의, 자기 것이 아닌 무언가를 느끼려 했을 때의…… 다시 사랑을 느껴보려 했을 때의 고통……. 그건 경고였다. 더 이상 희망이라든가 사랑, 신뢰 혹은 기쁨 같은 걸 느낄 수 없다는 경고였다. 그런 것들은 살아있는 존재들을 위한 감정이다. 결국에는 제이나 프라우드무어의 수습생이었던 킨디의 보랏빛 가루처럼 부서지고 손가락 사이로 주루룩 흘러내린 뒤 혼자 남겠지. 언제나 그랬듯이 또 다시. 눈물과 살육을 통해 마음을 진정시킨 실바나스는 다시 말에 올라탔다. 포세이큰의 밴시 여왕 실바나스 윈드러너는 자기가 사랑할 수 있다고 믿는 실수를 다시는 저지르지 않으리라.

제 3 4 장

고엘은 실바나스의 자리가 비어 있는 모습을 보고 놀랐다. 고엘이 생각하기에 호드의 모든 지도자들 중 실바나스가 가로쉬에 대한 증오심을 개인적으로 가장 많이 불태웠기 때문이다. 바인이 뭐라 했던가?

볼진이 바인에게 이렇게 말했다.

"이들 중에서 어둠의 여왕보다 더 큰 증오심을 품은 이는 없소. 그녀는 얼음장 같은 분노를 퍼붓고 싶어 하오."

그럼에도 가로쉬가 마침내 침묵을 깨는 날에, 가로쉬가 고통을 기꺼이 받아들이는 자리에 실바나스가 오지 않았다니, 뭔가 이상했다.

방청객들이 줄지어 들어와 자리를 채웠지만, 누구도 감히 실바나스의 자리에 앉으려 들지 않았다. 카이로즈는 청동용의 탁자에 홀로 서서 시간의 환영을 수리하고 있었다. 고엘은 시간의 환영이 더 이상 쓰이지 않을 테니 카이로즈가 그 장치를 비활성화시키고 있는 거라 생각했다. 고엘은 카이로즈가 어젯밤 내지는 그 전에도 할 수 있던 일을 지금 하는 광경을 보고 어느새 언짢아졌다. 최후 변론을 할 때 그 장치를 쓸 필요는 없었다. 모든 증거가 이미 제시되었기 때문이다. 고엘은 가로쉬에 대한 애정이 없었지만, 그래도 카이로즈가 이토록 평범한 작업을 하는 건 무례하다고 생각했다. 고엘은 재판 과정을 존중하지 않는다는 기미를 보이는 이런 행동을 타란 주가 왜 허락했는지 의아했고, 분명 청동용만이 알 법한 중요성이 있을 거라고 추측했다. 크로미도 의심의 여지없이 조금 뒤에 카이로즈가 하는 일에 동참할 터였다. 고엘은 각자 아주 중추적인 역할을 한 청동용들이 가로쉬의 발언을 결코 놓칠 리 없다고 확신했다.

재판은 이 시점까지 풀어낸 갈등보다 더 많은 긴장감을 조성했다. 호드 중 많은 이들은 두드러지게 성실한 모습으로 가로쉬를 변호한 바인에게 분노를 표출했다. 볼진과 고엘에게 썼던 변호인의 전략은 찌르는 듯한 괴로움을 주었다. 하지만 변호인의 최후 변론은 바인이 그렇게 행동해야 했던 이유들을 분명히 보여주었고, 고엘은 그 점을 이해했다. 그렇지만 여전히 재판이 끝나게 되어서 기뻤다. 위대한 천신회에서 어떤 결정을 내리든 위안이 되리라.

오늘 원형 경기장은 평소보다 더욱 흥분해 이야기를 나누는 목소리들로 웅성대었다. 안으로 들어온 타란 주가 매일 그랬듯이 서두르지 않는 똑같은 발걸음으로 자리를 향해 걸어가자, 떠드는 소리들은 잦아들었다. 타란 주는 징을 치고 선언했다.

"재판은 이제 시작되었습니다. 배심원분들을 모셔 오십시오."

네 명의 천신들은 평소의 모습처럼 알 수 없는 차분한 태도를 유지한 채 피고가 해야 할 지도 모르는 발언을 들을 준비를 마쳤다. 고엘의 옆에 있던 아그라는 긴장하며 중얼거렸다.

"저기 오네요."

가로쉬 헬스크림은 여전히 여섯 명의 경비병을 좌우에 대동했지만, 이제껏 다리를 묶어서 보폭을 제한하고 비틀거리게 만들었던 사슬들은 차고 있지 않았다. 하지만 절름거리는 걸음걸이는 여전했다. 그의 손을 묶은 수갑 한 쌍을 제외하면 다른 사슬들 역시 사라지고 없었다. 가로쉬는 지쳤지만 태연한 기색으로 예전보다 더 꼿꼿하게 몸을 세웠다. 고엘은 아그라에게 말했다.

"타란 주가 이런 모습을 허락한 걸 보니 기쁘오. 가로쉬가 어떤 인물이든 간에 그는 전사요. 짐승이 아니라 오크처럼 죽음을 대면해야 하오."

아그라가 말했다.

"흠. 당신은 나보다 더 자비롭군요. 나는 가로쉬가 조금이라도 존경을 받을 만한 자격이 있다고는 눈곱만큼도 생각하지 않아요. 누군가에게 존경을 받을 만한 일을 했다 하더라도, 그 이상으로 다 깎아먹었으니까요."

고엘이 말했다.

“그 점 역시 비극이라 할 수밖에 없소.”

***

안두인은 아주 어릴 때부터 공식적인 자리에서 차분하게 앉아 있는 법을 배웠다. ‘몸을 이리저리 꼬는 건 왕자에게 어울리지 않는 행동입니다.’라는 말을 안두인은 들어왔다. 하지만 오늘 베리사를, 그 다음으로 가로쉬를 만나고 나자 몸이 자꾸 의자에서 튀어 올라 자리에서 움직이지 않기가 어려웠다. 다행히 다른 이들도 안두인만큼 불안해 보였다. 물론 안두인은 자신이 휴정 시간에 겪었던 것과 같은 일을 다른 이들은 겪지 않았기를 바랐다. 겉으로 드러난 행동으로 보아 제이나와 칼렉은 아주 좋은 일이 있었던 것 같았다. 손을 맞잡은 그들은 행복해 보였다. 안두인은 그 모습을 보고 기뻤다. 그는 무언가는 좋은 방향으로 제대로 변화하기를 원했다.

“넌 좀 괜찮으냐?”

바리안이 이렇게 물었다.

“저요? 괜찮아요.”

안두인은 아주 빠르게 대답했다. 바리안이 말했다.

“나는 네가 가로쉬와 이야기를 시작했을 때 별로 마음에 들지 않았다. 하지만…… 지금 생각하니 올바른 결정이었던 것 같구나. 이제는 천신들께 모든 게 달렸지.”

“만약 가로쉬가 자비를 베풀어달라고 한다면 천신들께서 그러실 거라 생각하세요?”

안두인은 물어보지 않을 수 없었다. 바리안이 말했다.

“나는 천신들께서 무엇을 하시고 안 하실지 추측해볼 수조차 없다. 지금 나한테 중요한 건 네가 무사하다는 점이야.”

“저는 아무 탈도 없었어요.”

안두인은 이렇게 말했고, 실제로 자기가 무사하다는 점을 다시금 깨달았다. 안두인은 가로쉬를 위해 할 수 있는 모든 일들을 다했기에 만족했다. 여전히 조금 안절부절못한 상태이지만 말이다. 안두인은 문들 중 하나가 움직이는 광경을 포착했다.

"저기 오네요."

가로쉬가 대부분의 사슬을 푼 모습으로 앞으로 걸어오자, 안두인은 타란 주가 자신의 요청에 동의했다는 사실을 알았다. 오크는 깨끗한 튜닉도 받았다. 가로쉬는 안두인이 그를 두고 떠났을 때보다 좋아 보였다. 더 차분하고…… 더 위엄 있는 모습이었다.

바리안이 말했다.

"이상하군. 크로미는 어디 있지? 크로미도 여기 오고 싶어 할 거라고 생각했는데."

안두인이 슬쩍 아래를 둘러보니 정말로 카이로즈만이 청동용의 탁자 옆에 서 있었다. 그는 여전히 시간의 환영을 만지작거리는 중이었다.

"모르겠네요."

안두인은 이렇게 말하고 다시 모든 관심을 가로쉬에게 기울였다. 경비병들은 법정의 한가운데까지 그를 호위했다. 그런 다음 네 명의 경비병들은 뒤로 물러났다. 두 명만 남은 경비병들도 오크 뒤로 몇 걸음 물러난 곳에 섰다. 가로쉬가 파슈아를 마주 보았다.

타란 주가 말했다.

"가로쉬 헬스크림이여, 그대는 판다렌 법을 따르는 정식 법정에서 재판을 받았습니다. 배심원들께서 그대의 운명에 대해 심의하시기 전에 나나 배심원들께, 혹은 방청객에게 할 말이 있습니까?"

가로쉬는 마치 처음 본다는 듯 방청객을 응시했다. 그는 원형 경기장을 둘러보며 이따금 멈추어 섰고, 그렇게 한 바퀴를 완전히 돌았다. 한 번은 멈춰 서서 안두인을 빤히 바라보았다. 그를 바라보는 가로쉬의 얼굴에 알 수 없는 기색이 스치고 지나갔다.

"그렇소."

가로쉬의 강한 목소리는 커다란 공간에서도 잘 들렸다.

"나는 분명히 할 말이 있소. 고귀한 타란 주여. 위대한 천신회여. 아제로스 사방에서 온 방청객들이여. 당신들이 들은 모든 걸 나도 들었소. 당신들이 본 것들을 나도 보았소.”

가로쉬는 몸을 움직여 티란데를 마주보았다. 티란데는 더할 나위 없이 침착한 모습으로 조용히 자리에 앉아 있었다.

“티란데 위스퍼윈드는 나의 죄를 열거하며 강력하고 치명적인 주장을 펼쳤소. 그 주장을 듣고 당신들 중 몇몇은 화가 났고 복수를 생각했소. 나를 죽여야 한다고도 생각했지. 내가 죽기를 바라는 당신들을 나는 비난하지 않소.”

가로쉬는 티란데에게 슬쩍 능글맞은 웃음을 날리고는 자신의 변호인에게로 돌아섰다. 바인 역시 침착한 모습이었지만 어딘가 티란데보다 더 우울한 모습이었다.

“바인 블러드후프는 나를 변호할 이유가 거의 없었지만 대단히 진지한 모습으로 내가 결백하다는 주장이 아니라 이해를 구하는 주장을 펼쳤소. 공감해달라고 말이오. 배심원과 방청객에게 자신들의 마음을 들여다보고 그중에 전혀 죄 없는 자는 없다는 사실을 보라고 했소.”

그런 뒤 가로쉬는 몸을 돌려 안두인을 마주보았다. 그 바람에 안두인은 깜짝 놀랐다.

“그리고 안두인 린 왕자가 있소. 그는 당연히 내가 죽어야 한다고 강력하게 요구하는 이들 중 하나여야 했지만 나와 같이 시간을 보내기로 했소. 나는 잔인하고 잔혹하고 고통스러운 방식으로 그를 살해하려 했소. 그런데 안두인이 한 일이 뭐였소?”

가로쉬는 믿을 수 없다는 듯이 고개를 저었다.

“안두인은 나에게 빛에 대해 이야기했소. 그는 내가 변할 수 있다고 믿는다 말했지. 그는 내가 증오와 폭력을 분출했을 때 내게 친절함을 보여줬소. 사형선고를 받으리라 기대하는 상황을 마주한 지금, 내가 비참한 노예가 아니라 전사처럼 당신들 앞에 서 있을 수 있게 된 건 안두인 덕택이오.”

가로쉬는 수갑을 찬 두 손을 들어 올리고 안두인에게 가볍게 절을 한 다음, 다시 한번 방청객 쪽으로 얼굴을 돌렸다.

“아, 그래. 나는 얼마나 많은 피를 내 손에 묻혔는지 아주 잘 알고 있소. 내가 한 일이 얼마나 심각했고, 그 결과가 무엇인지 정확히 아오.”

가로쉬는 숨을 깊이 들이쉬고는 생각을 정리하는 듯 보였다. 안두인은 앞으로 몸을 숙였다. 희망을 가지고 싶지 않았지만, 어쩔 수 없이 아주 간절하게 희망을 품고 있었다.

"그리고 이제, 내가 내 생각과 마음에 있는 걸 거리낌 없이 말할 수 있는 이 순간, 여기에서 나는 진실을 당신들에게 말하겠소. 나는……."

가로쉬의 웃음소리가 경기장에 울려 퍼졌다.

"아무것도 후회하지 않아!"

안두인은 숨 쉬는 것조차 잊었다. 그저 차갑고 무감각한 느낌만 있었다. 안두인은 잠시 동안 머릿속으로 아무 말도 떠올리지 못한 채 앉아 가로쉬를 노려보았다. 귓가에 소리가 울려댔다. 성난 방청객들의 분노 어린 고함이었다. 타란 주는 질서를 지키라고 징을 울렸지만 소용없었다.

하지만 가로쉬는 이건 시작일 뿐이라는 듯 행동했다. 그는 수갑 찬 팔을 들어 올리고 포효했다.

"그래! 맞아! 나는 얼라이언스의 무릎을 꿇릴 수만 있다면 테라모어 같은 도시를 수 천개라도 파괴했을 거다! 재잘재잘 지껄이는 나이트 엘프 새끼들을 전부 사냥해서 가냘픈 울음소리가 이 세상에서 영원히 들리지 않게 만들었겠지! 능력만 되었다면 모든 트롤들과 모든 타우렌들, 가식적인 웃음을 짓는 모든 블러드 엘프들과 탐욕스러운 고블린들과 비틀비틀 걷는 시체들을 없애버렸을 거다. 그리고 거의 그럴 뻔했지!"

안두인은 아버지가 자신의 이름을 계속해서 부르고 있음을 알아차렸다. 안두인은 충격과 환멸감에 뒤덮여 불안정한 상태로 바리안을 바라보았다. 바리안은 아마도 그의 이름을 세 번은 부른 듯했다.

"안두인, 가자. 고엘이 우리와 이야기하고 싶다는데 왜 그런지 알 것 같다."

고엘은 입구 근처에 서 있었다. 안두인과 시선이 마주친 고엘은 가벼운 고갯짓으로 밖으로 이어지는 복도 쪽을 가리켰다. 안두인은 고개를 끄덕였고, 입술을 축이고 고개를 흔들며 바리안과 함께 계단 쪽으로 요리조리 나아갔다. 경기장 아래에서는 가로쉬가 계속 말하는 중이었다. 안두인은 이를 악물었다. 어째서 가로쉬가 변할 수 있다고 생각한 걸까?

"내가 저지른 포악무도한 짓들을 나는 전혀 후회하지 않아! 더 저지르지 못한 게 후회스러울 뿐이다!"

가로쉬는 이렇게 소리쳤고, 자기 말을 듣고 일어난 소동을 보며 잔인하게 웃었다.

"나를 괴롭히는 유일한 사실은 참된 호드가 다시 살아나는 모습을 보기 전에 저지를 당했다는 거다!"

안두인과 바리안은 고엘이 기다리고 있는 문 쪽으로 갔다. 바리안이 물었다.

"크로미 때문이오?"

"크로미 때문이오."

고엘은 확실히 말했다. 안두인이 물었다.

"크로미가 왜요?"

고엘은 안두인 쪽으로 몸을 돌렸다.

"크로미는 티란데가 주장을 펼치도록 도와주었다. 그런데 왜 여기 없는 걸까?"

바리안이 말했다.

"뭔가가 잘못되고 있어."

안두인이 즉시 제안했다.

"제가 가서 크로미를 찾을게요. 오랫동안 여기서 지낸 덕분에 이곳을 아주 잘 알거든요."

안두인의 목소리는 비통했다. 그는 정말 도움이 되고 싶었다. 하지만 그곳을 떠나 크로미를 찾으러 가려는 더 큰 이유는 더는 가로쉬가 하는 말을 들을 수 없다는 생각 때문이었다.

* * *

안두인은 가로쉬의 감옥이 있는 곳의 계단으로 가볍게 달려갔다. 추 형제에게 혹시 크로미를 보았는지 물어보고, 보지 못했다면 경계 태세를 갖추라고 말해줄 생각이었다. 안두인은 모퉁이를 돌고 나서 미끄러지듯 급히 멈추었다.

판다렌 둘이 바닥에 축 늘어져 누워 있는 모습은 마치 아무렇게나 던져놓은 하얀 고 검은 곡물 자루들 같았다. 지금까지 가로쉬를 묶었던 사슬들은 그들의 육중한 몸에 단단히 묶여 있었고, 입에는 재갈이 물려진 상태였다.

"오, 안 돼."

안두인은 신음하며 그들에게로 달려갔다. 두 형제 모두 머리에 타격을 입었고, 털에는 피가 끈적끈적하게 묻어 있었지만 아직 숨은 쉬고 있었다. 안두인은 리의 심장에 손을 얹고 빛에게 드리는 기도를 외웠다. 부드러운 노란 광채가 손에 나타나 따스하고 따끔거리는 느낌을 주었다. 빛의 축복은 안두인의 몸을 흘러 부드러운 빗줄기처럼 그를 씻어내리더니 리에게로 퍼져갔다. 안두인이 재갈을 빼주자 판다렌은 눈을 떴다.

"두 명의…… 여자들이었습니다."

안두인이 로 추에게 몸을 돌려 두 번째 쌍둥이 형제를 치료하려고 빛에게 기도하는 동안 리가 낮게 중얼거렸다.

"여자들은 석궁을 가지고 있었습니다. 무기를 가질 수 없는데도 갖고 있었습니다."

안두인의 손 아래에서 로의 두개골에 났던 커다란 혹이 줄어들었고, 이내 로 역시 눈을 깜빡이며 정신을 차렸다. 안두인은 그의 입에 물려진 재갈 역시 세게 당겨서 뺐다.

"그들이 석궁을 갖고 있었는데도 살아있다니 운이 좋았소."

안두인은 이렇게 말하며 두 여성 전사들이 누구인지 그리고 왜 여기 왔는지 의아했다.

"사슬을 풀어주겠소."

안두인은 로 추가 사슬과 문 열쇠 둘 다 언제나 옆구리에 찬 주머니에 넣고 다닌다는 사실을 알았다. 안두인은 열쇠들을 집으려고 손을 뻗었다가 이내 눈살을 찌푸렸다.

"로, 열쇠들은 어디에 있소?"

“여자들이 훔쳐간 게 틀림없습니다!”

로는 힘없이 짜증을 내며 꿈틀거렸다.

“그들이 누구인지 알아보았소?”

왕자는 이렇게 물었다. 두 형제 모두 고개를 저었다.

“하지만…… 이해가 안 되오. 가로쉬는 이미 감옥에서 나간 상태요. 왜 그들이 열쇠를…….”

안두인은 벌떡 일어나서 닫힌 문을 세게 두드렸다.

“크로미?”

안두인은 들려온 소리에 집중하며 귀를 문에 바짝 갖다 댔다.

“안두인!”

희미했지만 높은 음조를 띤 노움의 목소리는 크로미였다. 안두인은 안도감에 털썩 주저앉았다.

“누가 로와 리를 묶어 놓고 열쇠를 훔쳐갔어요. 하지만 곧 꺼내줄게요!”

안두인은 크로미가 자기 목소리를 들을 수 있게 소리 질러 말하며 크로미를 안심시켰다.

“걱정 마세요. 그런데 이게 어떻게 된 거예요?”

“카이로즈 짓이에요!”

“뭐라고요?”

안두인은 놀라 입을 딱 벌렸다.

“제발 듣기만 해요. 우리는 시간이 없어요! 나는 카이로즈가 시간의 환영을 가지고 뭔가 일을 벌일 거라고 생각해요. 카이로즈가 그걸 고치는 모습을 목격하고 왜 그러냐고 물어봤거든요. 카이로즈는 끄는 일을 한다는 식으로 둘러대더라고요. 나는 카이로즈에게 의문이 들기 시작했는데…… 깨어나 보니 여기에 갇혀 있었어요. 왕자님은 카이로즈가 뭘 하려는 계획이든 막아야 해요! 제발, 서둘러요!”

“가십시오!”

리가 이렇게 소리쳤다. 그러자 로도 덧붙여 말했다.

"우리는 명상을 하면서 인내심을 기르고 있겠습니다."

그러자 매끈하고 고운 목소리가 들려왔다.

"그러면 큰 도움이 되겠지. 특히 리는 인내심을 발휘할 수 있을 걸세."

안두인은 이토록 비참한 날에 또 배신감을 느끼게 되자 심장이 오그라들고 구역질이 났다. 그는 비통한 목소리로 말했다.

"석궁을 가진 여자 둘. 그 중 하나는 오크였고, 다른 하나는 인간이었겠지. 안 그렇소, 리? 미리 알았어야 했는데."

래시온은 슬픈 미소를 지으며 말했다.

"어쩌면 진작 알아차려야 했을 일이지만, 아직까지 자네 마음속에는 배신자를 알아채는 능력이 없네. 안두인 린. 위안이 될지 모르겠지만, 난 지금 이럴 수밖에 없다는 사실이 정말 유감스럽다네."

안두인은 경멸하듯 웃었다.

"분명 그렇겠지."

검은 왕자는 어깨를 으쓱했다.

"믿든 안 믿든 그건 사실이야. 우리는 친구잖나. 자네와 나 말일세."

"친구라고? 서로를 죽이는 게 무슨 친구야!"

용은 빛나는 눈을 크게 떴고, 그 모습은 상처 입은 듯 보였다.

"내가 왜 그러겠나? 추 형제를 보게. 살아있잖아. 물론 틀림없이 끔찍한 두통이 있기는 하겠지. 그리고 내가 자네를 아끼는 마음에 비하면 저들은 아무것도 아니야."

"래시온, 여기서 무슨 일이 벌어지는 거야? 넌 뭘하고 있는 거야?"

어린 검은용이 한숨을 쉬었다.

"자네는 일전에 나에게 재판을 보고 들은 다음 아제로스를 위해서 가장 좋은 게 무엇인지 결정하라고 권했지. 나는 자네가 명령한 그대로 해왔네. 자네는 스톰윈드의 왕위 계승자이지. 자네에겐 왕국을 안전하게 지킬 의무가 있어. 자네는 왕국과 백성에게 가장 좋은 거라 믿는 일을 하지. 나는 마지막 검은용이니, 우리 용군단이 지녔던 예전 임무, 바로 아제로스를 안전하게 지키는 일은 이제 내 한 몸에게 달렸네. 나는 그 임무를 영예롭게 수행해야 하네."

"그 말을 듣지 마세요, 안두인!"

크로미가 소리쳤다. 안두인은 여전히 사슬에 묶여 있는 판다렌들을 가리켰다.

"저게 아제로스를 안전하게 지키는 행동이야?"

"이 경우에는 목적이 수단을 정당화하는 거라 확실히 말해두지. 언젠가는 자네가 이해해주기를 나는 마음 깊이 바라네. 그리고 그날이 오면, 자네와 나는 끔찍한 적을 마주하게 될 걸세. 어쩌면 우리는 형제로서 함께 적을 마주하게 될지도 몰라."

안두인은 필사적으로 손을 내밀었다.

"너는 이런 식으로 행동할 필요가 없어. 무슨 일인지 나한테 말해줘. 우리는 함께 할 수 있어. 우리는 방법을 찾을 수 있을……."

"이젠 작별을 고할 시간이군, 젊은 왕자여."

래시온은 한 손을 들어 올렸고, 곧이어 안두인은 의식을 잃었다.

제 35 장

“아무것도, 세상의 어떤 것도 나를 막을 수 없다!”

가로쉬는 고함을 지르며 아직도 묶여 있는 주먹을 들어 올리고 승리의 몸짓으로 흔들어댔다.

그 순간, 제이나는 이제까지 자신을 성가시게 해온 게 뭔지 깨달았다. 모두가 흥분한 상태였다. 가로쉬, 타란 주, 경비병들, 방청객들, 모두가 말이다. 하지만 카이로즈는 그저 탁자 옆에 서서 잘생긴 얼굴 위로 가벼운 미소를 떠올리고 있을 뿐이었다. 심장의 고동이 한 번 울릴 정도의 시간이 지난 후 모든 게 앞뒤가 들어맞았다. 제이나가 숨을 들이쉬며 타란 주에게 경고를 하기도 전에, 청동용은 우아한 손을 나른하게 뻗었다. 모두의 눈이 폭언을 퍼붓는 가로쉬에게 향해 있는 동안, 카이로즈는 시간의 환영을 탁자에서 떨어질 정도로만 슬쩍 밀었다.

“안 돼!”

제이나는 소리를 질렀지만 소동에 묻혀버렸다. 그동안 마치 느린 화면을 보듯 제이나는 시간의 환영이 무자비한 바닥으로 넘어지는 광경을 지켜보았다. 기구가 떨어지며 계속 뒤집어지자, 안에 든 모래들이 빛나기 시작했다. 그리고 장식품 같이 모래시계에 달려 있던 작은 금속 용들이 둘 다 깨어나서 날개를 펴더니 날아갔다.

시간의 환영은 불협화음 같은 소리를 내며 깨졌다. 유리구들은 산산조각 났고, 그 안에 들어 있던 모래들은 밖으로 쏟아진 뒤 위로 솟구쳤다. 앞을 볼 수 없을 정도의 에너지 폭풍이 솟았고, 금빛 회오리가 빙빙 돌며 빛을 발했다. 방청객들의 소리는 분노에서 공포에 찬 비명으로 바뀌었고, 제이나는 공중에서 일어난 변화를 느꼈다. 바로 마법의 떨림이었다. 사원을 덮고 있던 마법 감쇠장은 사라졌다. 이제껏 금지되지 않았던 유일한 마법은 청동용들의 마법이었는데, 이제 그 마법이 감쇠장을 제거한 것이다. 제이나가 멍하니 바라보는 가운데, 시공간의 거대한 틈이 입을 쩍 벌렸다. 가로쉬와 카이로즈는 바닥 아래로 곧장 쑥 들어간 듯 보였고, 다른 존재들이 거기서 솟아나왔다.

그들은 악마나 정령들 또는 보통 흔하게 볼 수 있는 존재가 아니었다. 제이나는 이 존재들이 고개를 흔들며 주변을 둘러보더니 자신들의 무기를 휘두르는 모습에 너무 놀라서 잠시 동안 말을 할 수 없었다.

제이나는 백발에 한 가닥 금발을 드리우고 흰색과 보라색, 파란색의 나부끼는 옷차림에 화려한 지팡이를 지닌 여자에게 시선을 고정했다. 그 여자는 화난 기색으로 입을 일자로 굳게 다물었고, 눈에서는 창백한 푸른빛이 타올랐다. 머리 위에는 여자를 앞발로 움켜쥘 수 있을 만큼 커다란 푸른용이 하늘빛과 얼음 특유의 푸르스름한 빛의 색조를 띤 화려한 모습으로 미친 듯이 웃고 있었다. 백발인 여자의 옆에는 잔인하고 냉정한 얼굴을 한 나이트 엘프가 있었고, 그녀 옆에는…….

"칼렉! 저들은 우리에요!"

제이나는 이렇게 소리쳤다. 하지만 칼렉은 몸을 변화시킬 만큼 큰 공간을 찾아 벌써 탁 트인 바닥으로 달려가고 있는 중이었다. 제이나는 즉시 전투태세에 들어갔고, 정신은 재판이 진행되던 때보다 맑고 또렷해졌다. 제이나와 칼렉은 다른 이들이 갖지 못한 장점이 있었다. 이제 마법 감쇠장이 없어졌기 때문에 그들은 무기를 돌려받은 거나 마찬가지였다.

제이나는 마법을 사용할 작정이었다. 바닥에 서서 호드 종족들을 목표물로 삼아 그들이 있는 방향으로 화염구들을 보내는 여자는 낯선 이가 아니었다. 제이나는 그녀가 어떤 마음인지 너무나 잘 기억했다. 그 여자는 그냥 보통 제이나가 아니었다. 바로 시간의 흐름에 있었던, 자기가 직접 살아봤던 제이나였다. 그리고 제이나는 그 여자가 하려는 행동을 막아야 하는 잔인한 운명에 처했다. 제이나는 소용돌이치며 타오르는 화염구 하나를 소환해 또 다른 자신에게 던졌다.

그 여자는 고개를 돌려 순수한 비전 에너지의 번개로 화염구를 막았다. 그 여자의 얼굴은 차가운 미소로 일그러졌고, 제이나는 순간 의문이 들었다. '나는 내가 정확히 무엇을 할지 알고 있어. 그리고 저 제이나도 그렇겠지. 그러면 어떻게 내가 나 자신과 싸우지?'

＊＊＊

고엘과 바리안은 사원 입구를 양편에서 떠받치는 돌기둥에 기대서 가로쉬 헬스크림이 미친놈처럼 지껄이는 말을 들었다. 고엘은 고개를 저으며 말했다.

"내뱉는 말 한 마디 한 마디마다 자기 무덤을 파고 있군. 이게 무슨 낭비인지."

바리안은 끄덕이려던 고개를 옆으로 기울이더니 살짝 눈살을 찌푸렸다. 고엘은 즉시 경계했고, 신전 안에서 벌어지는 격분할 만한 일로부터 관심을 돌렸다. 고엘 역시 아직은 희미하지만 점점 커져가는 꾸준한 소리를 들었기 때문이다. 엉뚱한 박자를 지닌 그 소리는 마치 많은…….

"날갯짓 소리군."

바리안은 쏘아붙였다. 그가 말하는 동안에 다른 소리 역시 들려왔다. 이 소리는 좀 더 규칙적인 똑똑 두드리는 소리로 쿵쿵거리며 박자를 만들었다.

"비행선이야!"

고엘이 고함쳤다. 두 전사는 그들 사이에 벌어진 수십 년 동안의 전투 경험을 통해 숙련되어온 까닭에, 달리 말할 필요도 없이 이 상황에 완벽하게 협력하여 행동했다. 소리를 질러 경고를 보낸 바리안은 복도와 바깥쪽을 곁눈질하면서 놀란 경비병의 앞발에서 칼을 빼어들었다. 고엘은 급히 발길을 돌려 사원 바닥으로 향했다. 전투에 전사들을 불러 모으려고 입을 막 떼었을 때, 고엘은 카이로즈가 아주 태연하게, 또 아주 고의적으로 시간의 환영을 엎질러서 백호사의 바닥에 엄청난 혼란을 불러오는 광경을 보았다.

고엘은 에너지 폭풍 때문에 한 손을 들어 눈을 가렸다. 소용돌이치는 폭풍이 내뿜는 소음은 방청객들의 비명에 묻힐 뻔했지만, 들리지 않은 것은 아니었다. 거대한 시간의 틈이 터져 입을 벌렸다. 눈을 가늘게 뜬 고엘은 카이로즈와 가로쉬가 둘 다 승리의 미소를 지으며 바닥 사이로 사라지는 모습을 무기력한 분노에 싸인 채 지켜보았다. 고엘은 균열이 닫힐 거라고 예상했지만, 카이로즈는 사전에 모든 가능성에 대해 준비를 해두었다. 둘이 서 있던 바닥에는 이제 열 명의 인물이 서 있었고, 고엘은 그들이 누구인지 다 알았다. 고엘은 인간들의 전통적인 판금 방어구를 입은 강력한 오크를 한 눈에 알아보았다. 오크는 반짝 빛나는 가슴 위로 검은 매의 문장이 새겨진 붉은색과 금색의 휘장을 걸쳤다. 오크는 거대한 전투 도끼를 동료들보다 더 민첩하게 휘둘렀고, 곧바로 비명을 지르는 방청객들로 가득 찬 좌석으로 달려들었다.

고엘은 그 문장을 알아보았다. 다른 시간의 흐름에서 자기를 죽이러 왔던 적도 그 문장을 달았다. 그때 고엘은 그 적을 죽였다. 고엘은 이 자 역시 죽일 것이다.

"스랄!"

고엘이 소리를 지르자, 애델라스 블랙무어의 휘장을 걸친 강력한 오크는 몸을 돌려 탐욕스러운 웃음을 띤 채 그 자신과 마주보았다.

***

잴라는 무한의 용군단이 백호사로 다가가자 웃음을 지었다. 용들의 등 위에는 충성스러운 용아귀 부족 오크들이 웅크리고 있었다. 안에서는 카이로즈도르무 덕택으로 잴라의 대족장이 탈출하는 중이었다. 잴라는 청동용과 그림 바톨에서 처음 만났던 때를 떠올렸다. 알렉스트라자가 몇 년 전 용아귀 부족에게 잡혀 있던 바로 그 장소에서 말이다. 카이로즈도르무는 잴라에게 말했다.

"나는 용아귀 부족의 족장인 당신에게 부릴 수 있는 용군단을 주겠소."

"청동용 말이오?"

잴라는 이렇게 물었다. 카이로즈도르무는 고개를 저었다.

"청동용군단은 결과가 어떻든 상관없이 원하는 대로 시간을 펼칠 수 있소. 무한의 용군단과 나는 시간을 바꾸는 게 우리의 목적에 적합하리라고 굳게 믿소."

이제까지 누설이나 경고는 물론, 확실한 승리의 영광을 방해할 만한 건 아무것도 없었다. 가로쉬의 가장 중요한 적들이 한자리에 모였다. 카이로즈가 가로쉬에게 모든 사실을 밝히면, 가로쉬는 이번 전투에 본인이 테라모어에서 취했던 뛰어난 전략에 바치는 찬사가 들어 있다는 사실을 알아차릴 거라고 잴라는 확신했다. 사원 내부와 외부를 모두 공략하면, 가로쉬를 죽음으로 몰고가려고 집착하던 자들은 용아귀 부족이 선사하는 죽음과 자신의 다른 자아가 선사하는 죽음 사이에서 옴쭉달싹 못하게 되리라.

아주 훌륭한 계획이었다. 잴라는 이 공격에서 호드의 일원들을 죽이게 되더라도 개의치 않았다. 잴라가 생각하기에 진짜 호드의 유일한 일원들은 바로 지금 자신과 함께하는 자들이었다.

잴라는 늘 하던 대로 아무 생각 없이 자기가 탄 용을 폭력적으로 대하려는 태도를 제어하느라 힘들었다. 무한의 용은 막 부려도 되는 타는 짐승이 아니라 카이로즈가 제공한 자발적인 동맹군이었다. 잴라가 왼쪽으로 몸을 기울이자, 총기에 쓰이는 금속 색깔을 띤 근사한 날개막을 가진 용은 몸을 기울여 하로우마이저가 어찌어찌 수리한 비행선 옆으로 잴라를 데려갔다.

"당신네 유쾌한 친구들은 준비가 되었나?"

잴라는 덜거덕거리는 소리 가운데서 자신의 목소리가 들리도록 고함을 쳤다.

고블린은 어깨 너머로 비행선에 가득 탄 해적들이 죄다 무기를 든 모습을 힐끔 쳐다보고 잴라에게 엄지를 들어보였다. 해적들 중 몇몇은 처음에 하로우마이저를 도살하려고 했지만, 금을 준다는 약속에 누그러졌다.

"그렇죠. 저것들 중 몇 놈은 낙하산이 상당히 미덥지 못하다고 보지만요. 나는 진짜 기분이 상했다고요. 쇼키아는 이물에 자리 잡고서 낙오자들이나 주요 목표물을 하나씩 겨누어 쏠 준비를 마쳤고, 탈렌은 고물에서 역시 그럴 준비를 마쳤죠. 그러니까……."

그러면서 하로우마이저는 아직도 양쪽 발에 달린 사슬과 쇠공들을 가리켰다.

"언제 이걸 풀어줄 겁니까?"

잴라는 머리를 뒤로 젖히면서 거리낌 없이 기쁘게 웃었다. 며칠 전까지만 해도 좌절한 채 어쩔 줄 모르지 않았던가!

"자네는 우리의 승리 축하연에서 춤을 추게 될 거야, 고블린. 내 약속하지!"

하로우마이저가 말했다.

"그래야죠. 내가 이 모험에 쏟아 부은 돈이 얼만데."

"나는 먼저 가서 카이로즈가 성공했는지 봐야겠다!"

잴라는 이렇게 고함치고는 다시 오른쪽 정강이에 살짝 힘을 줬다. 용은 다시 몸을 기울여 원래 주행로로 돌아갔다. 새된 비명을 지르는 하로우마이저의 목소리가 아득하게 들려왔다.

"여보쇼, 거기, 그거 만지지 마쇼. 아니, 아니, 그거 마시지 말라니까. 제발 좀……!"

한때 얼라이언스의 자랑스러운 도시를 분화구로 만들어버린 마나 폭탄의 위력보다 훨씬 못한 폭탄조차도 만들 수단이 없었지만, 탈렌은 여러 개의 작은 마나 폭탄들을 그럭저럭 만들어낼 수 있었다. 새로 만난 동료로 서로의 능력을 인정하게 된 탈렌과 하로우마이저는 그들의 힘을 최대한 합쳤고, 하로우마이저는 탈렌이 만든 마나 수류탄 중 몇 개에 무작위로 시한장치를 달았다. 그 수류탄들은 불발탄처럼 생겼고, 예상치 못한 시간에 터지도록 장치를 했다. 가장 최악의 결과를 낳을 만한 시간에 터지기를 기대하면서 말이다. 모두 최소한 두세 개의 수류탄으로 무장한 용을 탄 오크들은 자신들이 죽인 희생자를 볼 때마다 사기가 충만해질 것이다. 잴라는 이제 사원을 볼 수 있었다. 잴라 앞에 펼쳐진 사원, 이제 고요함은 곧 무참하게 깨지리라. 사원의 다리들과 통로들, 작은 탑들에는 판다렌들이 가득했다. 그리고 중앙의 원형 경기장은 가로쉬 헬스크림의 적들로 가득했다.

잴라는 용을 이끌어 아래로 더 가까이 내려갔다. 용은 무엇을 해야 하는지 알았다. 용은 날개를 접고 아래로 하강했고, 잴라는 늑대에 달라붙은 갈고리 달린 씨앗처럼 용에게 들러붙었다. 용은 머리를 세차게 휙 꺾더니 일소하는 숨결의 검은 회오리를 하늘을 가리키며 소리치는 판다렌 상인들의 무리에게 내뿜었다.

잴라는 기쁨의 환성을 질렀다. 카이로즈는 일전에 확실하게 말한 대로 마법 감쇠장을 제거해놓았다. 잴라는 주머니에 손을 넣어 작고 둥근 물체를 꺼내들었다. 용아귀 부족의 지도자는 첫 번째 마나 수류탄을 던졌고, 작은 연보랏빛 폭발이 일어나는 광경을 보며 커다랗게 미소 지었다.

***

안두인은 눈을 깜빡이면서 고통 때문에 흐릿하게 보이는 광경을 응시했다. 안두인은 크로미가 자기 이름을 부르는 소리와 더불어 위쪽으로부터 들려오는 다른 소리들을 들었다. 그 소리들은 아까 들었던 고함만이 아니었다. 안두인은 그 아우성이 뭔지 확실히 알 수 없었고, 아주 조심스럽게 자신의 뒷머리를 만졌다. 그러자 여러 단계의 고통들이 쏘아대듯 찾아와 안두인은 새된 비명을 질렀다. 달걀만 한 크기의 혹이 만져졌고, 손에는 피가 묻어나왔다. 소음은 계속 들렸고, 갑자기 모든 상황이 이해되었다.

안두인은 칼이 부딪히는 소리와 날카로운 노랫소리 같은 마법의 소리를 분간해냈다. 갑자기 파도처럼 밀려오는 메스꺼움에 사로잡혔다. 그건 지금 입은 부상 때문이 아니었다. 바로 자기 때문에 가로쉬는 아주 가벼운 속박만을 당한 채 경기장으로 갔다. '만약 누가 다치기라도 한다면, 그건 나 때문이야.'

"안두인 님?"

"나는 괜찮소, 로."

안두인은 거짓말을 했다. 그냥 똑바로 앉는 것만으로도 눈앞이 다시 캄캄해질 정도였다. 안두인은 추 형제들을 치료하느라 힘을 다 써서 남은 힘이 많지 않았지만, 빛에게 도와달라고 요청했고, 고통은 이제 몹시 아프기만 할 정도로 줄어들었다.

"나는 저 위에 올라가야겠소…… 카이로즈를 막아야 하니까. 당신들과 크로미를 구할 이들을 보내겠소."

"싸우기에는 부상이 너무 깊습니다."

리가 확고하게 말했다.

'책임질 일이 없었다면 나도 그렇게 생각했겠지.' 안두인은 자포자기한 채 이렇게 생각했지만 말로 꺼내지는 않았다. 추 형제의 반대를 무시한 안두인은 오로지 순전한 의지만으로 일어서서 계단을 올랐다. 경기장의 입구에 비틀거리며 도달한 안두인은 자기가 환각에 빠진 게 아닌가 하는 생각을 했다.

안두인은 전투 중인 자들을 알아보았지만, 동시에 그들은 낯설었다. 파란 피부색을 한 트롤은 인간과 엘프의 귀로 만든 목걸이를 걸고 꽥꽥 소리를 지르며 귀들을 더 잘라내려는 중이었다. 거대한 철퇴를 휘두르는 힘센 타우렌은 대족장의 갑옷을 입은 모습이었다…….

그리고 스톰윈드 왕의 대관복을 입은 금발의 인간 소년이 바닥에 몸을 움츠리고 무릎을 가슴에 꼭 안은 채 공포에 질려 얼어붙어 있었다. 손에는 현재의 모습과 참으로 모순되게도 공포파괴자를 쥐고 있었다.

래시온의 말이 퍼뜩 스쳤다. '자네는 왕국의 왕관을 쓰기에 너무 무른 게 아닌가 싶어서 걱정이 된다네, 안두인 왕자.' 다른 시간의 갈래에서는 적어도 배신자 용의 말이 맞았다. 경직된 안두인의 몸은 풀렸고, 다른 소년 쪽으로 급히 달려가 손을 뻗었을 때, 스톰윈드의 어린 왕은 새된 비명을 질렀다.

"뒤를 조심해!"

그리고 어린 왕은 손으로 자기 머리를 감쌌다.

안두인은 옆으로 튀어 올라 넘어졌다. 지루하게 몇 시간이고 맨손 격투 훈련을 받았던 게 본능적으로 효과를 발휘했다. 안두인은 자기를 거의 벨 뻔한 수리검이 바람을 가르는 소리를 들었다. 그는 벌떡 일어나서 몸을 돌려 거대한 트롤이 자기를 흘겨보는 모습을 보았다. 볼진이 말했다.

"빠르군, 어린 왕자. 하지만 나는 곧 네 귀를 목걸이에 꿰어 찰 거다."

안두인은 거인 같은 트롤이 몸을 꼿꼿이 펴고 수리검을 치켜드는 모습을 노려보았다. 그러고는 다른 안두인 쪽으로 몸을 날려 그가 손에 쥐고 있던 공포파괴자를 잡아 챈 뒤 위쪽으로 휘둘렀다. 찬란한 노란빛이 철퇴에서 흘러나왔고, 볼진은 고통스럽게 신음을 내뱉었다. 잠깐의 틈이었지만 안두인이 여유 있게 부드러운 호를 그리며 공포파괴자를 휘두르기에는 충분했고, 그 격렬한 순간에 철퇴는 마치 저절로 움직이는 것처럼 보였다. 은으로 만든 철퇴의 머리는 트롤의 왼쪽 옆구리를 쳤다. 가죽 갑옷 위를 내려친 탓에 치명타는 되지 못했지만, 안두인은 그 아래로 갈비뼈들의 탄성력을 느낄 수 있었다.

볼진은 신음을 내뱉으며 비틀거렸고, 잔인한 얼굴을 안두인에게로 돌렸다. 볼진은 맹세했다.

"이런 짓을 했으니 넌 고통을 받게 될 거다, 어린 왕자여. 조금만 기다리면 브원삼디께서 네 영혼을 받으시게 되겠지!"

볼진은 트롤 특유의 연구개음 언어로 비명을 지르며 미친 자처럼 안두인에게 다가왔다. 안두인은 소름끼치게도 트롤이 자기를 죽이려는 게 아니라 오른쪽 귀를 자르러 온다는 사실을 알아차렸다.

무슨 말인지 모를 소리를 지르며 안두인은 공포 파괴자를 치켜들었고, 빛나는 철퇴는 다시 한 번 수리검을 안두인의 얼굴에서 쳐내서 그의 생명을 구했다. 즉시 역습을 가한 볼진은 무장하지 않은 안두인의 어깨에 타격을 입혔고, 왕자는 뒤로 물러나며 비틀거렸다. 공포파괴자가 안두인의 손가락 사이로 빠져나갔다. 안두인이 한 손으로 피가 나는 상처를 움켜쥐고 올려다보자 볼진은 안두인의 목숨을 끝낼 일격을 가하려고 뒤로 물러섰고…….

그러다 볼진이 비틀거렸다. 엄니가 난 하얗게 칠한 얼굴 위로 경악한 표정이 나타났다. 바로 어린 왕 안두인이 직접 볼진에게 달려들었던 것이다.

물론 헛된 행동이었다.

볼진은 즉시 정신을 차리고 몸을 비틀어 마치 개가 쥐를 떨쳐버리듯 호리호리한 안두인 왕을 손쉽게 던져버렸다. 트롤은 매정한 모습으로 소년의 가슴에 칼을 꽂았고, 이윽고 피가 뚝뚝 떨어지는 수리검을 잡아 뽑은 다음 허리를 굽혀 그의 귀를 잘라내려 했다.

거대한 금빛 앞발이 어디선가 내려와 볼진을 잡아챈 후 원형 경기장을 가로질러 세게 내던졌다. 크로미는 거대한 머리를 안두인 쪽으로 가져갔다.

"괜찮아요?"

안두인은 괜찮았다. 동시에 죽어가고 있었다. 그래서 어떻게 대답해야 할지 몰랐다. 안두인은 어떻게든 늦지 않았기를 바라면서 또 다른 자신에게로 갔다. 그는 재빨리 기도문을 외워서 상처의 출혈은 멈추었지만, 왕의 흐릿한 얼굴을 보니 죽음을 늦추기만 했을 뿐 피할 수 없다는 사실을 알았다.

"그는 무기도 없이 볼진에게 달려들었어요. 내 생명을 구해줬죠."

안두인 왕자는 괴로운 목소리로 말했다. 그는 생전 처음 보는 것처럼 크로미를 응시했다. 그리고 바보같이 말했다.

"빠져나왔군요. 잊고 있었어요. 죄송합니다."

안두인은 왕을 감싸 안았다. 따뜻한 피가 그의 셔츠로 스며드는 게 느껴졌다. 볼진의 수리검은 왕의 가슴을 완전히 관통했다. 크로미가 말했다.

"경비병들이 우리를 찾았어요. 나는 이 시간의 틈을 약화시키기 위해 할 수 있는 일은 뭐든 해야 해요. 그게 이들 모두를 돌려보낼 수 있는 유일한 방법이에요."

안두인은 죽어가는 자기 자신을 안고 있는 모습이 정말로 비현실적이라고 생각했다.

"그럼 제가 어떻게 하면 좋을까요?"

안두인은 창백하고 조용한 얼굴에서 시선을 돌릴 수 없는 것처럼 보였다……. 자신의 얼굴에서…….

크로미는 한없이 자상한 태도로 말했다.

"지금 하는 일을 계속하면 돼요. 그들을 받아들이면 이 장소에 있는 그들의 실재가 점점 희박해지는 데 도움이 돼요. 왕자님은 또 다른 자신의 존재를 받아들이는 게 쉽지요."

크로미는 거대한 머리를 들어 올려 다른 격렬한 싸움들을 둘러보면서 말했다.

"다른 이들은 더 많이 힘들 거예요."

크로미는 노움의 형상으로 모습을 바꾼 뒤, 아직도 바닥에 널려 있는 부서진 시간의 환영의 파편으로 달려가 주문을 외우기 시작했다. 안두인은 다시 시선을 왕에게 돌렸다. 이제 그는 이상하리만큼 평온한 파란 눈을 들어 자신을 바라보고 있었다.

"너는…… 무사하구나."

왕이 말했다. 왕자는 대답했다.

"그래, 난 무사해. 네가 나를 구했어."

"내…… 가?"

그 목소리는 이제 더 가냘파졌지만 왕은 기쁜 표정이었다. 그는 키득거리며 웃더니 이내 고통으로 얼굴을 찡그렸다.

"나는 너무 무서웠어……. 아무것도 할 수가 없었어. 그를 그저 바라봤을 뿐……."

안두인은 부드럽게 그의 말을 가로챘다.

"하지만 너는 해냈어. 중요한 순간에 해낸 거야."

왕은 침묵에 빠졌다가 이내 말했다.

"여기…… 너무 춥다."

안두인은 상처를 건드리지 않으려 조심하면서 소년을 더 꽉 끌어안았다.

"내가 있잖아."

싸움은 계속되었지만 안두인에게는 저 멀리서 일어나는 어렴풋한 일로 느껴졌다. 또 다시 오랫동안 아무 말도 없어서 안두인은 이제 다 끝나버린 거라고 생각했다. 이윽고 왕은 입을 열었고, 목소리가 너무 가냘파서 안두인은 집중해서 들어야 했다.

"무서워……."

안두인은 마른침을 꿀꺽 삼켰다. 그리고 말했다.

"무서워하지 마. 곧 어머니를 만나게 될 거야. 그리고 아버지도."

"아버지…… 살아계셔? 여기서는?"

"그래, 살아계셔."

죽어가는 안두인은 눈을 감았다.

"기쁘다. 아버지를 볼 수 있다면 좋을 텐데."

"보게 될 거야. 그러니까…… 힘을 내봐. 알았지?"

희미한 미소가 떠올랐다.

"너는 나만큼이나 거짓말을 못하는구나."

미소는 점점 희미해졌다.

"아버지께 사랑한다고 전해줘."

"그럴게."

왕은 희미하게 한숨을 쉬었고, 다시는 가슴을 들어 올려 숨을 쉬지 않았다. 창백해진 피부는 그저 단순하고도 엄숙한 죽음의 손길이라고 보기에는 더욱 창백하게 변했다. 놀랍게도 왕의 몸은 부드럽고 순수한 광채를 발하기 시작하더니 이내 희미해졌다.

안두인 린 왕은 고향으로 떠나갔다.

비틀거리는 두 발로 천천히 일어난 안두인 린 왕자는 공포파괴자를 움켜쥐고 눈물로 젖은 얼굴을 소매로 훔치면서 아직도 전투에 붙잡혀 있는 이들을 치유하기 시작했다.

제 36 장

경비병들은 무기들을 나르느라 분주했다. 판다렌 하나가 작은 도끼를 바인에게 던져주었다. 타우렌은 두 스랄이 교전 중인 쪽으로 달려가면서 한 손으로 수월하게 그 도끼를 받아들었다. 바인은 고엘이 주술사 차림인 게 고마웠다. 두 스랄은 입고 있는 옷과 휘두르는 무기 외에는 겉보기에 이렇다 할 차이점이 없었기 때문이다. 그들에게 막 다가간 순간, 바인은 어느새 뛰다 말고 그 자리에 얼어붙어버렸고, 균형을 잡으려고 애썼다. 울부짖는 용의 웃음소리가 들려와 위를 올려다보자 미친 칼렉고스가 자신을 향해 웃고 있는 모습이 보였다. 푸른용의 화신은 확실히 제정신이 아니었다. 원형 경기장 바깥보다 안에 죽은 자가 더 많이 나오지 않은 유일한 이유가 그거였다. 칼렉고스는 아군이나 적군이나 똑같이 목표물로 삼은 듯 보였고, 전투 전략이라 할 만한 게 전혀 없었다.

하지만 또 다른 칼렉고스는 전투 전략이 있었고, 또 다른 자신에게 달려들어 바인을 보고 있는 미친 칼렉고스의 시선을 끌었다. 두 오크는 계속 싸웠지만, 다른 쪽 스랄은 수세에 몰린 듯 보였다. '당연히 그렇지.' 바인은 생각했다. 또 다른 스랄은 주술사 훈련을 받을 기회가 전혀 없었지만, 고엘은 전투 경험을 가진데다 주술의 달인이었기 때문이다.

순간 바인은 하마터면 두 동강이 날 뻔했다. 공격을 봤다기보다는 감으로 느낀 바인은 간신히 제때 몸을 돌려 커다란 철퇴를 피했다. 철퇴를 휘두른 존재는 마치 산처럼 거대하고 믿을 수 없을 정도로 빨라 보였다. 이제 바인은 또 다른 자신의 두 눈을 노려보았다. 또 다른 바인은 놀란 듯 보였고, 잠시 뒤로 물러났다. 그 순간 바인은 자기가 가벼운 옷차림인 반면, 또 다른 자신은 완전 무장하고 있다는 사실을 충분히 떠올릴 수 있었다.

곁눈질을 한 바인은 천신들이 움직이지 않고 있음을 알아채자 분노가 치밀었다. 여기 있는 이들이 죽어가는 게 보이지 않는단 말인가? 천신들은 너무 높은 곳에 계신 존재들이라 우리를 도울 수 없다는 건가?

그 순간, 마치 바인의 생각을 듣기라도 한 듯 불협화음을 내는 어지러운 전장을 뚫고 고함이 울려 퍼졌다. 강하고 깊으며 풍성한 그 목소리는 호랑이의 두 턱으로부터 나왔고, 경고이자 간청에 가까웠다. 바로 이 사원의 주인인 쉬엔의 목소리였다.

"샤를 기억하라! 샤를 기억하라!"

순간 바인은 깨달았다.

또 다른 바인, 고엘, 저마다 전투를 벌이고 있는 또 다른 자신들은 그저 아무 데서나 끌어온 화신들이 아니었다. 카이로즈는 일부러 그가 찾을 수 있는 모습들 중 가장 어둡고 상처받은 모습, 가장 반항적인 상태의 화신을 골라냈다. 칼렉고스는 미쳤다. 스랄은 증오하던 애델라스 블랙무어의 전사였다. 바인 자신은 호드의 대족장이었다. 그리고 또 다른 자신이 가로쉬 헬스크림을 살해해서 아버지 케른 블러드후프의 원수를 갚았음을 바인은 어쩐지 알 수 있었다.

그러니 천신들이 이 싸움에 관여하지 않는 상황은 놀랍지 않았다. 그들이 관여한다 해도 불에 기름을 붓는 일밖에 되지 않을 터였다. 바인은 또 다른 자신에게 물었다.

"너는 가로쉬를 죽였지. 안 그래? 왜냐하면 가로쉬가 아버지를 죽였기 때문이지."

또 다른 바인은 눈을 가늘게 뜨더니 으르렁거렸다.

"나는 내 손으로 직접 헬스크림을 둘로 찢어버렸다. 그리고 청동용이 말하기를 너, 너는 가로쉬를 변호했다지!"

노성을 지르며 또 다른 바인이 달려들었지만 바인은 공격을 받아넘겼다. 바인의 도끼날은 철퇴의 머리에 부딪혀 쨍그랑 소리를 내었다. 바인이 예전에 했던 말이 드레나이의 수정들만큼이나 날카롭고 분명하게 자신에게로 되돌아왔다. '우리는 저마

다 가로쉬 헬스크림 같은 악한 모습으로 변할 가능성을 가슴속에 품고 있습니다.'

지혜, 그건 위론의 선물이었다.

"이건 우리 모두가 될 수 있는 모습입니다! 그들은 적이 아닙니다. 그들은 우리들입니다!"

바인은 방청객들에게 소리쳤다.

"우리는 이들과 싸우면 안 됩니다! 그들을 받아들여야만 합니다!"

그 순간 확신이 바인에게 물밀듯 밀려왔다. 니우짜오가 내려준 불굴의 정신이었다. 또 다른 공격을 피한 바인은 팔에 더 강한 힘을 느꼈다. 천신들이 말하고자 하는 바에 마음을 더 많이 열수록, 바인은 천신들의 선물을 더 많이 받아들일 수 있었다.

또 다른 바인은 거듭하여 공격했고, 이번에는 철퇴가 바인의 어깨를 쳤다. 바인은 신음을 내뱉었지만 반격하지 않았다. 대족장 바인이 소리쳤다.

"또 다른 내 모습은 겁쟁이인가?"

"아니야. 우리는 같은 존재야. 다만 너는 다른 길을 택한 거다, 바인. 하지만 나는 네 감정을 잘 알아. 왜 네가 가로쉬 헬스크림을 죽이고 싶었는지 말이다."

"거짓말 마라. 내 마음을 알았다면 너도 똑같은 일을 했을 거다."

그리고 반대편 황소는 달려들었다. 하지만 이번에는 화가 났기 때문에 부주의했다. 바인은 일격을 가했지만, 자기가 쥔 작은 도끼의 뭉툭한 끝으로 쳤을 뿐이다. 그는 헐떡이며 말했다.

"나는 너를 해치지 않을 거다. 하지만 나는 내 자신을 방어해야겠다!"

대족장 바인은 주저했다. 그는 이야기를 듣고 있었다. 하지만 그게 얼마나 오래 갈지 누가 알겠는가?

위론의 지혜가 다시 한 번 타우렌의 마음을 어루만졌고, 동시에 바인은 무슨 말을 해야 할지, 상처받고 고통 받는 또 다른 자신에게 어떻게 다가가야 할지 알게 되었다.

"어쩌면 네가 스랄이라는 이름으로 알고 있을지도 모르는 우리의 친구 고엘은 일전에 내게 말한 적이 있다. 다른 시간의 흐름에 살고 있더라도 우리는 언제나 본질적으로 같은 존재라고 말이다. 그리고 우리의 아버지 케른께서 믿으셨던 점이 있다. 바로 무언가 지속되는 것을 창조하기란…….”

“……더 어렵지만 더 좋은 거라고 하셨지.”

대족장은 이렇게 중얼거렸다. 그리고 바인은 희망을 느꼈다.

***

칼렉은 다른 시간의 갈래에서 온 모든 전투원들 중에서도 자신의 도플갱어가 가장 위협적인 존재임을 알았다. 또 다른 칼렉은 용일 뿐만 아니라 분명 미친 상태였기 때문이다.

그리고 칼렉은 그 사실이 상당히 두려웠다.

안비나가 죽었을 때 너무 깊이 슬퍼한 나머지 미치기 직전이었다는 사실은 칼렉만이 알았다. 미쳐버린 말리고스의 눈을 통해 위상들의 새벽을 생생하게 경험했을 때 자신이 거의 정신을 놓을 지경이었다는 사실은 제이나만 알았다. 다른 시간의 갈래에서 온 자신의 상태로 칼렉이 변할 가능성은 너무나도 컸다.

바인의 말이 칼렉에게 들렸다. 하지만 어떻게 이 모습을 받아들일 수 있단 말인가? 이렇게 절망적인 생각을 하는 동안에도 푸른용은 낙하하여 꼬리를 휘둘러 방청객들이 움츠리며 모여 있던 자리를 흩어버렸다. 그중 몇몇은 일어서지 못했다.

“안 돼!”

칼렉이 소리쳤다. 그는 칼렉고스에게 얼음을 내뿜어 거대한 용의 행동을 늦추었지만 완전히 막지는 못했다. 칼렉고스는 머리를 빙글 돌리고 웃으면서 흐느꼈다. 그는 애원했다.

“왜 안 되는데? 그들이 나를 미워하게 놔둬. 그들이 나를 처치하도록 놔두라고! 제발!”

이제까지 칼렉은 암울한 순간들을 겪었다. 하지만 칼렉은 앞에 있는 용이 느끼는 감정은 느낀 적이 없었다.

“무슨 일이야? 너한테 무슨 일이 일어났던 거야?”

칼렉은 이렇게 물었다. 대답을 듣기가 두려운 그의 목소리는 갈라져 있었다.

"모두 사라졌어. 그들 전부가!"

최소한 두 용들은 대화를 하고 있었다. 그 순간만큼 칼렉고스는 아무도 죽이지 않았다. 칼렉이 물었다.

"누가 사라졌는데?"

칼렉고스가 울부짖었다.

"전부 다! 안비나! 제이나도…… 푸른용들 모두, 전부 다, 키리고사도……."

"뭐라고?"

"오그리마가 함락되고 나서 모두 다 전쟁에서 죽었어. 나만 빼고……. 다 나 때문이야. 나는 제이나를 저지할 수 없었어. 그래서 그들은 이제 모두 사라져버렸어……."

칼렉은 믿을 수 없었다. 하지만 소름끼치게도 그럴 거라고 생각했다. 상처 받은 칼렉고스는 자기가 속한 시간의 흐름에서 오그리마를 파괴하는 상황으로부터 제이나를 돌이키는 데 실패했고, 그로 인해 일어난 전쟁은 푸른용군단 전체를 쓸어버렸던 것이다. 잠시 동안 칼렉은 큰 충격으로 아무것도 할 수 없이 그저 휘청거렸을 뿐이고, 광기가 자신 역시 쓸어내리는 걸 느꼈다. 이윽고 정신을 차린 그는 어떻게 칼렉고스에게 다가가야 하는지 알았다. 칼렉은 말했다.

"그건 네 잘못이 아니야. 제이나는 스스로 너나 고엘의 말을 듣지 않는 편을 선택한 거야."

이 말을 하는 칼렉은 마음이 완전히 맑아지면서 자기가 한 말이 참으로 진실임을 확실히 깨달았다. 왜 이제까지 이걸 알지 못했을까?

"나는 제이나를 저지했어야 했어!"

칼렉은 외쳤다.

"제이나는 네 명령을 받는 소유물이 아니야! 제이나는 주체적인 여인이야! 칼렉고스, 네가 잃어버린 것들을 생각하면 가슴이 아파. 진심으로 유감이야. 하지만 이건 네가 져야 할 짐이 아니야!"

"너는 쉽게 그런 말을 할 수 있겠지! 너의 제이나는 살아있으니까! 널 사랑하니까!"

칼렉고스는 이렇게 소리 지르다가 주저했다.

"제이나는…… 널 사랑하지. 그렇지?"

칼렉은 그 질문을 받고 마음이 아팠다.

"제이나는 날 사랑해. 하지만 여전히 우울한 기색으로 살아가고 있어. 그리고 그 우울함에서 빠져나오려는 결단은 오로지 제이나만이 내릴 수 있지."

칼렉은 간청했다.

"모르겠나? 우리는 같은 존재야. 우리는 같은 일을 했어. 제이나가 어떤 결정을 내렸느냐에 따라 달라진 거야. 네가 어떤 걸 했는지 안 했는지에 달린 일이 아니란 말이야."

칼렉고스는 매우 놀란 듯 보였다.

"그러면…… 안비나는?"

안비나는 한때 칼렉이 마음을 다해 사랑했던 다른 존재였다.

"안비나 역시 스스로 선택을 한 거야."

칼렉고스는 즉시 분별력을 갖춘 맑은 정신으로 돌아오지 않았다. 하지만 행동을 잠시 멈추었다. 무언가 골똘히 생각하는 표정으로 바뀐 얼굴은 한결 편안해졌다.

그리고 이윽고 용은 사라졌다.

＊＊＊

바리안은 여러 감정에 휩싸인 채 자신이 다가올 전투를 고대하고 있다는 사실을 깨달았다. 재판이 예상했던 것보다 더 견디기 힘들었기에, 바리안은 뭔가 몸을 써서 도움이 될 만한 일 그리고 명백하게 올바른 일을 할 기회를 반갑게 맞았다.

바리안은 방청객들이 원형 경기장에서 헐레벌떡 뛰어나오는 모습이나 수도사들이 그들을 싸울 수 있는 이들과 싸움에서 제외해야 할 이들의 무리로 나누는 모습에 거의 관심을 기울이지 않았다. 수도사들은 싸울 수 없는 이들을 판석이 깔린 안뜰에서 아래로 이어지는 계단으로 재빠르게 안내하여 잔디 덮인 훈련장으로 내려간 뒤 다리를 건너도록 인도했다. 대부분의 이들은 겁에 질린 듯 보였다. 바리안은 뭐라 비난할 수 없었다. 저기 오는 게 생물이든 무생물이든 간에 정말 이곳으로 오는 중이었다. 저것들은 용아귀 부족이 틀림없었다. 그들 말고 또 누가 가로쉬 헬스크림의 재판 마지막 날 사원에 공격을 퍼붓겠는가?

안전한 곳을 찾는 길은 길고도 비참한 질주가 될 터였다. 만약 정말로 안전한 곳이 있다면 말이다. 사원은 공중 공격에 대체로 취약했다. 물론 사원은 전투를 대비하여 수련하는 곳이었고, 힘을 숭상하는 곳이었다. 하지만 여기서 숭상하는 힘이란 육체와 의지의 힘이지, 마법의 힘이나 전쟁에 쓰이는 기계장치의 힘이 아니었다. 이 점이 판다리아의 가장 큰 약점이라고 바리안은 생각했다. 하지만 그래서 판다리아는 그토록 특별할 수 있었다.

바리안은 그 점을 보호하기 위해서 기꺼이 죽으리라.

날개 달린 짐승들을 데려온 이들은 사냥꾼들과 마법사들, 주술사들 등을 태우고 하늘로 날아올라갔다. 바리안은 주술사들이 공격을 할 수 있는지 알 수 없었다. 바리안은 마법을 느끼는 힘이 없었기에 마법 감쇠장이 제거되었는지 직접 판단할 수 없었다. 날갯짓 소리가 점점 가깝게 들렸다. 바리안은 긴장했다. 만약 사냥꾼들이 일을 잘해준다면 즉시 얼마의 적군을 죽이거나 적어도 용아귀 부족 몇 명을 떨어뜨릴 것이다. 일단 탄 자들이 떨어지면, 원시비룡들은 할 수만 있다면 도망칠 터였다.

바리안은 안뜰에 있는 화로 곁에 서서 양손검을 잡아 손에 익히며 몸의 무게중심을 발 앞쪽에 실었다. 전투를 하고 싶은 욕망이 몸속에서 달아올랐고, 바리안은 그 욕망을 더욱 크게 불러일으켰다. 바리안의 옆에는 이름 모르는 여러 명의 판다렌 수도사들이 있었다. 수도사들은 평온해 보였지만, 바리안은 그들 역시 싸울 준비가 되어 있음을 알았다.

처음에는 점처럼 작게 보였던 적들이 점점 가까이 다가왔다. 바리안은 곁눈질을 하며 판다렌들에게 말했다.

"저 윤곽을 보니, 이 거리에서 판단하기는 어렵지만…… 뭔가 이상해 보이는군."

그중 하나가 물었다.

"무슨 말씀이십니까?"

"용아귀 부족 오크들은 원시비룡을 타지, 용을 타지 않소. 더 이상은 말이오. 그런

데 저것들은…….”

바리안은 목구멍으로 뒷말을 삼켰다. 판다렌이 말을 이어주었다.

“용들입니다. 그러니까 용아귀 부족은 여전히 용들을 타는군요.”

바리안의 마음속으로 소름끼치는 의혹이 일어났다. 분명 더 이상 검은용은 존재하지 않았다. 그리고 황혼의 용군단 역시 사라졌는데…….

“사원 안에서 무슨 일이 일어났소?”

“정확한 설명은 못 들었습니다만, 시간의 환영이 잘못되었다는 이야기를 들었습니다.”

바리안은 욕지기를 내뱉었다. 그는 말했다.

“무한의 용군단이군. 판다렌 친구들이여……. 골치 아픈 일이 생겼소.”

그 순간, 지도자의 용이 하강하며 회오리치는 모래의 검은 구름을 뿜었다. 결계가 걷힌 것이다! 바리안의 입술은 잔인한 미소로 일그러졌다. 그는 말했다.

“상황이 방금 더욱 더 막상막하가 되었군.”

“막상막하라고요? 저들에게는 용들이 있습니다!”

판다렌이 반박했다.

“그러면 우리에게는 흑마법사들이 있습니다!”

저마다 모든 종족에서 여러 명의 인물들이 소환 마법을 부리기 시작하자 환호성이 일었다. 뒤틀린 황천의 심연으로부터 추하고 뾰족뾰족하게 생긴 시뻘건 생명체, 바로 지옥사냥개가 희미하게 나타났다. 그 옆으로 머리는 하얗고 얼굴은 동안인 인간 흑마법사가 허리를 굽혀 그 짐승을 갑자기 쓰다듬으며 “착하지.”라고 말을 건넸다. 이 특이한 악마들이 마법을 먹고 산다는 사실을 바리안은 떠올렸다. 바리안은 자기도 모르게 씩 웃었고, 악마를 아주 사랑스럽게 다루던 어여쁜 젊은 여인은 바리안을 향해 눈을 깜짝였다.

마법사들은 화염구들과 얼음 파편들, 비전 마법 화살들을 발사하기 시작했다. 용아귀 부족 지도자는 몇 미터 아래로 뭔가를 던졌다. 보라색과 흰색의 빛이 작은 구를 이루며 주변을 감쌌고, 유백광의 거품은 어처구니없게도 아름다웠다. 바리안은 그게 뭔지 알았고, 조금 뒤에 소름끼치는 증거로 명백히 드러났다. 세 구의 시체가 판석 위로 널브러졌고, 시체들은 마나 수류탄의 비전 에너지로 인해 보라색으로 변했다. 다른 이들도 마나 수류탄을 알아차렸고, 이내 방청객들 사이로 다시 공포가 물결치듯 퍼졌다.

바리안은 당연한 격분이 치솟았다. 그는 주술사들에게 고함쳤다.

"저들을 끌어내리시오! 지면으로 끌어내려서 남은 이들이 저들을 쉽게 처치하게 해주시오!"

바리안의 말에 마법사들은 기운을 내서 새롭게 공격을 시작했다. 한두 명의 오크들이 타고 있던 용에서 떨어졌다. 운이 좋은 자들은 곤두박질쳐서 아래에 있던 물로 떨어졌지만, 그렇지 못한 이들은 돌 위로 떨어져 부서졌다. 포세이큰 마법사 하나는 무한의 용에게 실하고 강력한 화염구를 하나 던졌고, 화염구는 용의 날개막을 태우고 깨끗하게 뚫었다. 용은 고통에 찬 비명을 지르며 산만하게 날개를 펄럭거렸고, 마침내 사원 본건물의 계단 앞으로 추락해서 마법력이 없던 등에 탄 오크들을 계단 위로 사정없이 떨어뜨렸다.

하지만 다른 용들이 더 왔다. 열두 마리가 넘는 용들은 V자 대열을 지어 사원 위와 그 둘레로 날아왔다. 강력한 날갯짓에 수십 명이 쓰러졌다. 바리안은 쓰러져서 부상당해 마치 진흙탕 속을 달리려는 듯 움직이는 오크 쪽으로 급히 달려갔다. 화살들을 쏘는 날카로운 소리가 들려온 순간, 바리안은 화살들 중 하나가 자신의 어깨를 뚫었다는 사실을 알고 새된 비명을 질렀다. 바리안은 갑옷을 입고 있지 않았다. 아무도 갑옷을 입은 이가 없었다. 여기 있는 이들은 재판을 보러 왔지 전투를 준비하고 온 게 아니었다. 바리안은 운이 좋았다. 곁에 있던 오크 주술사는 목에 검은 깃을 단 화살을 맞고 쓰러졌다.

용아귀 부족이 발사하는 무기는 화살만이 아니었다. 마나 수류탄 두 개가 더 떨어져서 즉시 비전 마법으로 생명을 앗아가는 사악한 구체를 만들어냈고, 이제 그들의 마법사들은 불과 얼음을 쏟아 붓고 있었다.

용들은 쉼 없는 맹공을 멈추고 몸을 기울여 비행하여 다시 위로 올라갔다. 그러자 고블린 비행선 하나가 칙칙폭폭 소리를 내며 제 모습을 드러냈다. 그 순간, 끔찍하게도 바리안은 용아귀 부족이 테라모어를 절멸시켰던 것과 똑같은 마나 폭탄을 조잡하게나마 또 만들어낸 건 아닌가 하는 생각을 했다. 하지만 비행선은 그만한 폭발력을 지닌 무기를 갖춘 걸로 보이지는 않았다. 그렇다면 어째서…….

수십 개의 형체가 둥둥 뜬 비행선에서 뛰어내렸고, 낙하산이 그 아래에서 펼쳐졌다. 사냥꾼들과 주술사들은 바리안이 요청하지 않아도 다가오는 적들을 알아서 공격했다. 땅에 낙하할 즈음에 그중 많은 수가 죽었다. 하지만 전부 다 죽은 건 아니었다.

왼쪽 어깨와 팔을 잇는 관절 부분에 꽂힌 화살에서 오는 고통은 대단히 심했다. 바리안은 화살을 뽑아내는 위험을 감수하지 않고 그냥 놔두었고, 비명을 지르듯 욱신거리는 상처를 무시한 채 양손검을 들어 올려 낙하산을 타고 내려온 이들에게 달려들었다. 용아귀 부족이 총알받이로 쓰려고 용병만이 아니라 해적들 역시 고용했다는 사실을 깨달은 바리안은 믿을 수 없다는 생각과 더불어 어두운 쾌락이 몸에 차올랐다.

"상황을 아주 재밌게 만들었군, 용아귀 부족!"

바리안은 반항적으로 고함치며 첫 번째 해적에게 달려들었다. 낙하산에서 빠져나오려 여전히 애쓰던 해적은 쉬운 먹잇감이었지만, 벌써 빠져나온 이들은 이제 바리안에게 모여들었다. 왕의 피는 뜨겁게 타오른 터라 그는 거대한 양날검을 마치 아이들 장난감처럼 휘둘러서 날이 휜 단검을 들고 다가오던 트롤의 목을 베었다. 바리안은 다음으로 검은 머리의 인간 여자를 거의 둘로 쪼개버렸다. 다음 상대인 거대한 타우렌은 몸집만큼 한쪽 눈이 애꾸인 점도 무시무시했고, 더욱 어려운 상대였다. 바리안은 여세를 몰아 몸을 비틀며 검을 위로 들어 올려 타우렌의 오른쪽 팔을 베어버렸다.

하지만 타우렌은 왼쪽 팔에도 무기를 들었고, 그 무기는 바리안의 옆구리를 깊숙이 파고들었다. 아찔함이 확 든 바리안은 비틀거리며 뒤로 물러섰고, 그 순간은 방어하려고 칼을 들어 올릴 수가 없었다. 하지만 공격은 이어지지 않았다. 뭔가 타우렌보다 더 커다란 몸집에 회색 피부를 하고 빨갛고 노란 옷을 입은 존재가 앞으로 돌진했다. 타우렌의 뿔 달린 머리는 단칼에 몸에서 깨끗하게 떨어져 나갔다. 지옥수호병은 작고 이글거리는 눈으로 바리안을 응시하며 나직하게 말했다.

"당신의 운명도 곧 이같이 될 거요."

바리안도 뭐라고 재치 있게 쏘아붙이고 싶었지만 그럴만한 힘이 없었다. 그는 집중하려고 눈을 깜빡였다. 다리에 힘이 풀려 무릎을 털썩 꿇은 바리안은 어쩌면 지옥수호병이 한 말이 맞을지도 모른다고 생각했다.

부드러운 손길이 바리안을 만졌다. 순간 타는 듯한 고통과 함께 화살이 어깨에서 확 뽑혀나갔고, 바로 따스함과 안정감이 고통을 대신했다. 바리안은 감사하는 눈길로 나이트 엘프 여사제를 바라보았다. 길고 어두운 보랏빛 머리카락과 연보랏빛 피부를 지닌, 키가 멀쑥한 여인이었다. 여사제는 수줍게 고개를 숙였다가 몸을 돌려서 흰머리의 흑마법사를 위해 간청하는 기도를 올리려 손을 들었다. 흑마법사의 지옥수호병이 바로 바리안의 목숨을 구해주었다.

바리안은 다시 싸움으로 돌진해서 젊은 오크 주술사를 둘러싸고 한꺼번에 공격하는 다섯 명의 해적 떼에게 공격을 퍼부었다. 바리안과 오크는 함께 해적들을 물리친 뒤 인정한다는 뜻으로 고개를 끄덕이고는 더 많은 적들을 찾아 나섰다.

그들 위로 다시 그림자가 드리워졌다. 바인은 또 공격이 있으리라 예상했지만, 이번에는 일곱 마리의 용들이 사원 바로 가까이에서 선회했다. 잠시 동안 바리안은 그 행동이 뭔지 의아했다가 이내 알게 되었다. 용들은 다리 쪽으로 향했다. 거의 태연해 보이는 태도로 용 한 마리가 거대한 꼬리로 다리 하나를 쳐서 밧줄을 끊었고, 다리를 건너던 판다렌 지원군들은 불행히도 굴러 떨어져 죽음을 맞았다. 다른 용은 거대한 앞발로 두 번째 다리의 밧줄을 움켜쥐고는 홱 잡아당겼다.

안전한 곳으로 미처 대피하지 못한 이들은 이제 안뜰과 수련장에 갇혀버린 상태였다.

하늘로부터 더 많은 해적들이 내려왔다. 바리안은 해적들이 바깥에 있는 경비병들과 맞붙으라고 보내진 거라 생각했지만, 이제 보니 그들 중 몇 명만 전투에 참여하고 대부분의 해적들은 사원 안쪽으로 향하고 있었다.

바리안의 아들은 사원 안에 있었다. 바리안은 나직한 숨소리로 으르렁대면서 그들이 가는 방향으로 향했다. 바리안은 소총이 발사되는 소리를 들었고 이내 옆구리를 망치로 맞은 듯한 느낌을 받았다. 거의 동시에 따라온 고통에 얼굴을 찌푸린 바리안은 상처를 한 손으로 누르고 계속 전진했다. 하지만 몇 미터 채 가기도 전에 거대한 그림자가 바리안에 앞으로 드리워졌다. 바리안은 가던 길을 멈추고 양날검을 확 들어올렸다.

"잴라!"

바리안은 믿을 수 없어 하며 신음을 내뱉었다.

잴라는 거대한 무한의 용 위에 웅크린 광기 어린 미소를 지으며 도끼를 쥐고 있었다.

"바리안 린 왕! 오늘 하루에 대족장님을 풀어드리고 네놈의 목도 베게 되겠군!"

"그럼 어디 와서 베어보시지!"

바리안은 고함을 질렀다. 급히 행동에 들어간 바리안은 총알에 맞은 상처에서 날카롭고 심한 고통이 점점 커지는데도 아랑곳하지 않고 가능한 한 높이 뛰어올랐고, 잴라의 발목을 움켜쥐어 용 위에서 끌어내렸다.

잴라는 이런 행동을 예측하지 못했기에 심하게 떨어졌다. 잴라가 타고 있던 용은 방향을 바꾸어 불쑥 위로 올라가야 했다. 안 그랬다면 사원 벽에 몸을 세게 부딪쳤을지도 모른다. 만약 바리안이 좀 더 작은 검을 휘둘렀다면 잴라는 그 자리에서 끝장이 났겠지만, 바리안은 양날검을 쓰려고 뒤로 물러나야 했다. 바리안이 그러던 찰나, 잴라는 으르렁대며 장갑 끼지 않은 바리안의 손을 물어뜯으며 자기 다리를 바리안의 다리에 걸었다. 바리안은 넘어지지 않았지만 비틀거렸다. 잴라는 급히 일어나 바리안의 칼보다는 다루기 쉬운 자기 도끼를 치켜들고 그의 몸통을 막 내려치려했다.

잴라는 자기 몸에서 불이 확 치솟아 터지자 비명을 질렀다.

여전히 판석 위에 선 채 바리안은 몸을 돌려 제이나 프라우드무어를 보았다. 제이나는 벌써 손을 뻗어 더 치명적인 마법을 쓰기 위해 동작을 취하는 중이었고, 손바닥

가운데서 화염구가 나타나기 시작했다. 그때 총성이 울려 퍼지더니 제이나가 몸을 홱 비틀며 눈을 크게 떴다. 막 생기려던 화염구가 갑자기 사그라지면서 제이나의 가슴 위로 붉은 반점이 꽃처럼 피어올랐다.

"제이나!"

바리안이 소리쳤다.

몸통이 그슬린 채로 비틀거리던 잴라는 그 몸을 이끌고 사원 쪽 복도를 따라 비척비척 내려갔다. 바리안은 여전히 잴라를 잡고 가로쉬를 죽여서 앞으로 일으킬 위협을 끝내버릴 수 있었다. 하지만 바리안은 잴라를 따라가지 않았다.

다른 이들이 잴라를 저지할 수 있을 것이다. 어쩌면 그러지 못할지도 모른다. 하지만 지금 바리안은 적을 죽이기 보다는 누군가를 도와주어야 했다.

그래서 바리안은 제이나 쪽으로 갔다.

제 3 7 장

몸에 입은 화상으로 인한 통증 때문에 심하게 괴로웠지만, 잴라는 자기가 약속한 대로 바리안 린의 목을 벨 시간을 어떻게든 갖게 되기를 간절히 바랐다. 가로쉬는 분명 그 전리품을 전시해서 커다란 환호를 불러일으킬 테고, 바로 잴라 본인이 바리안을 죽였다는 칭호를 받은 이가 될 것이다. 하지만 자신의 야욕보다 더 중요한 일은 가로쉬가 깔끔하게 탈출을 해냈는지 확인하는 일이었다. 처음에 잴라가 사원에 들어갔을 때는 그런지 아닌지 분간하기가 불가능했다. 경기장 안은 전쟁터를 작게 압축해놓은 듯했다. 최소한 잴라는 싸움터 위를 맴도는 푸른용과 청동용이 할 수 있는 한 아군에게 해를 입히지 않으면서 적들을 공격하는 모습을 보았다. 작은 몸집의 무한의 용 몇 마리도 사원 안으로 들어왔는데, 그들은 아군이든 적군이든 가리지 않았다. 다른 곳에서는 해적들이 즐겁게 소리를 지르며 피를 보려는 욕망을 분출시키는 중이었다. 해적들은 적군이든 아군이든 상관없이 쓰러진 이들의 주머니와 가방을 약탈할 때만 살육하던 짓을 멈추었다.

잴라는 경멸조로 콧방귀를 뀌었다. 마음 같아서는 어서 싸움판으로 달려들고 싶었지만 그렇게 하지 않았다. 대신 화상으로 인한 통증을 참고 이를 악물면서 이리저리 전투원들을 헤치며 대족장을 찾아다녔다. 거대한 가로쉬의 모습이나 시간 여행자 친구가 택했던 호리호리한 하이 엘프의 모습은 보이지 않았다. 잴라에게 기쁨이 물밀듯 몰려왔다. 이제 자신의 임무는 성공적으로 완수되었다. 더 이상 여기서 꾸물거릴 필요가 없었다.

"용아귀 부족이여!"

피 묻은 도끼를 들어 올리자 고통이 찾아왔지만 내색하지 않으면서 잴라는 이렇게 소리쳤다.

"안전한 곳에서 승리를 맛볼 수 있게 우리를 데려다주려고 무한의 용군단이 밖에서 기다리고 있다! 해적들은 알아서 최후를 맞게 내버려두어라!"

용아귀 부족 오크들에게서 환호성이 울려 퍼졌다. 잴라는 한때 동맹군이었던 멍청한 이들의 얼굴에 스친 배신당했다는 표정을 보고 즐거웠다. 멍청이들. 저들 중 어느 누구도 전투에서 어떻게 빠져나올 건지 묻는 놈이 없었다. 저들은 이제 죽거나 감옥에서 썩어가겠지. 도망칠 수 없을 것이다. 누구에게 잡히든 말이다.

＊＊＊

상황은 시작하자마자 끝난 듯 보였다. 잴라가 자기들을 태연하게 버렸다는 사실에 다소 놀란 해적들은 빠르게 체포되어 판다렌들에게 넘겨졌다. 더 맥이 빠졌던 점은 대부분의 용아귀 부족 오크들이 무한의 용들의 등에 타고 탈출했다는 사실이었다. 뒤에 남은 이들은 벌써 죽었거나 몇 분 안에 죽을 이들뿐이었다.

일단 싸움이 끝나자, 고엘은 아그라를 찾아 나섰다. 고엘은 세 구의 해적 시체 위에 서서 아이를 품에 안고 있는 아그라를 발견했다. 해적들은 멍청하게도 아그라를 공격했던 게 분명했다. 아그라는 지쳐보였다. 아마 싸웠을 뿐 아니라 치유를 하느라 지쳤을 거라 고엘은 생각했다. 고엘은 힘센 팔로 아내와 아이를 모두 감싸 안았다. 아그라는 한 발 물러서서 애정 어린 눈길로 고엘을 바라보며 말했다.

"당신은 예전에도 또 다른 자신과 싸웠지요, 여보. 하지만 언제나 그렇듯이 이 상황은 훨씬…… 비유적이네요."

아그라를 바라보는 고엘의 눈은 침울한 기색이었다.

"나는 조상들에게 다시는 이런 일이 없도록 기도하오."

블랙무어의 고분고분한 졸개인 자신을 바라보기란 기운이 빠지는 일이었다. 고엘은 바인의 현명한 말에 따라, 또 다른 스랄을 죽이는 대신 그 역시 자신의 일부분이라고 받아들이려 애썼다. 스랄은 이름의 의미 그대로 노예였다. 그리고 결국, 고엘은 그 이름 때문에 스랄을 받아들일 수 있었다. 고엘은 스랄이었던 때가 있었기에 그가 남긴 게 무엇인지 이해했다. 오크는 자기가 고엘이 될 수 있으리라는 사실을 결코 알지 못했다. 다른 모든 이들도 각자의 어려운 싸움에서 승리한 듯 보였다.

"고엘!"

바리안의 목소리였다. 하지만 그 목소리는 약하고 쉬어 있었다. 몸을 돌린 고엘은 공포에 사로잡혀 푸른 눈을 크게 떴다.

제이나…….

바리안 자신도 여러 군데 상처를 입어 피를 흘리면서도 소름끼칠 정도로 축 늘어진 대마법사의 몸을 안고 비틀거리며 들어왔다. 바리안은 몇 걸음 더 못 걷고 다리가 풀려 구부러졌지만, 그래도 안고 있던 소중한 제이나를 떨어뜨리지 않았다. 고엘은 가서 제이나를 받아 안고 조심스럽게 땅에 눕혔다. 아그라는 아이트리그에게 아기를 건네주고 고엘을 따라갔다.

"피를 상당히 많이 흘렸어요."

아그라는 이렇게 말했지만 그래도 언제나 가지고 다니던 토템 주머니로 갈색 손을 뻗었다. 고엘도 아그라처럼 물의 토템을 쥐고 물의 정령에게 치유의 손길을 내려주십사 빌었지만, 매 호흡마다 희망이 사라져가는 느낌을 받았다. 총알에 맞은 상처는 하나인 듯 보였지만 심장 가까운 곳에 맞은 데다 지금 고엘은 힘이 다 빠진 상태였다. 제이나의 피부에 밀랍처럼 창백한 색이 어렸고, 가슴이 호흡으로 오르락내리락하는 모습도 고엘은 볼 수 없었다.

바리안은 다른 이들이 자신을 도우려 하자 성을 냈다. 그는 얼굴을 찌푸리며 말했다.

"나는 괜찮소. 제이나를 먼저 도우시오."

"제이나 이모!"

안두인이 무거운 걸음을 끌고 애써 다가왔다. 그의 앳된 얼굴에는 속마음이 그대로 드러나 있었다. 안두인은 '이모'라 부르는 여인 옆에 무릎을 꿇었다. 지체하지 않았지만 더없이 조심스러운 태도로 안두인은 상처 위에 두 손을 덮었다. 희미한 빛이 손들을 뒤덮기 시작했고, 피로 젖은 조직은 가냘프고 질퍽한 소리를 냈다.

고엘은 정령들의 반응을 느낄 수 없었다. 정령들을 부르는 고엘의 부름은 너무 약했다. 자기 자신을 비롯하여 다른 적들과 싸우느라 애를 쓴데다, 고엘과 아그라 모두 지쳐 있었다. 눈 밑의 어두운 그늘과 구부정한 어깨로 미루어 보아 젊은 왕자 역시 지쳐 있었다. 어머니 달에게 기도를 드리는 티란데조차도 목소리가 떨렸고, 벨렌은 도움이 될 만큼 연로하고 현명했지만 너무 늦게 도착한 듯 보였다.

칼렉이 달려왔다. 대마법사가 숨과 함께 피거품을 내뱉자 칼렉의 얼굴은 제이나만큼이나 창백해졌다. 용은 무릎을 꿇고 제이나의 얼굴을 두 손으로 감쌌다. 그는 속삭였다.

"제이나, 안 돼. 가지 말아요. 이보다 더한 일도 맞서 왔잖아요. 당신은 강해요, 제이나. 힘내요. 내 말 들려요? 힘을 내요!"

안두인이 애원했다.

"제이나 이모, 제발…… 제발 우리를 두고 가지 마세요. 나는 오늘 벌써 내가 죽는 모습을 봤다고요. 나는 이모 역시 죽는 걸 볼 수 없어……."

안두인의 얼굴 위로 눈물이 쏟아졌고, 이렇게 말하는 동안에 빛은 희미해졌다.

제이나의 가슴은 거의 숨을 쉬지 않는 것 같았다. 몇 번 더 호흡하고 나면 제이나는 떠날 것이다. 고엘은 그토록 오랫동안 자신의 친구였던 이를 이제 영원히 볼 수 없게 되리라. 손상된 관계를 고칠 기회가 다시는 없으리라. 제이나가 자신의 적으로 죽는 상황, 고엘은 그보다 더 나쁜 상황을 생각할 수 없었다. 고엘은 말문이 막힌 채 아그라의 어깨에 부드럽게 한 손을 얹어 주문을 저지했다. 아그라는 고엘을 바라보았고, 고엘은 고개를 저었다. 아그라의 얼굴이 일그러졌다. 자기가 고통을 느껴서가 아니라, 남편에게 공감했기 때문이다. 아그라는 고엘을 격렬하게 껴안았다.

안두인은 두 손을 들었다. 손들은 제이나의 피로 흠뻑 젖은 채였다. 안두인 옆에 있던 칼렉은 미동도 없는 상태가 되었다. 칼렉은 절대로 믿을 수 없다는 듯 심한 충격을 받은 모습이었다.

"안두인."

바리안은 고엘이 이제껏 들어본 목소리 중 가장 부드러운 어조로 말했다.

"그만해라. 네가 할 수 있는 건 이제 없다."

제이나에게 맞섰던 이들조차도 충격을 받은 듯 보였다. 어떤 이의 얼굴에도 기쁨이나 승리의 표정은 없었다. 그저 많은 이들이 그토록 전설적이고 일개 인생보다 훨씬 더 컸다고 여겼던 이가 여전히 인생의 법칙에 복종한다는 사실에 충격을 받았을 뿐이다.

안두인이 속삭였다.

"아뇨. 그럴 수 없어요……."

"그렇다면 학생은 내 사원의 가르침을 기억하고 있군."

앳되고도 연로하며, 열정적이면서도 엄숙하고, 또한 말할 수 없이 자애로운 목소리가 들렸다.

"희망은 모든 다른 것들이 기대를 저버렸을 때 우리가 마지막으로 지닌 것이다. 희망이 있는 곳에는 언제나 치유할 여지가 있는 법. 가능한 모든 것들은 물론이고 때로는 불가능한 것들도 어느 정도 그러하다."

고엘은 눈을 들어 주학 츠지가 그들 위를 맴도는 모습을 보았다. 츠지의 날갯짓에서 나오는 바람은 시원했고, 전투의 열기와 눈물의 온기를 느낀 이들에게 아주 상쾌하게 다가왔다. 그 바람은 봄과 새로운 시작의 향기와 더불어 삶과 희망의 향기를 머금었다. 오크의 아린 가슴은 가벼워지고 대신 평화가 가득 차올랐다. 몸과 영혼에 든 멍들, 크고 작은 상처와 부상들은 태양빛을 받고 눈이 녹듯 사라졌다. 고요함과 안도감이 고엘의 내면에 자리 잡았다. 제이나를 내려다본 고엘은 출혈이 멎고 건강한 혈색이 돌아온 것을 확인했다. 제이나는 눈을 떠서 자신을 둘러싼 이들, 인간과 용, 오크를 비롯한 수많은 다른 이들이 놀라움과 기쁜 기색으로 자신을 응시하는 얼굴들을 바라보았다. 제이나는 칼렉에게 손을 뻗었고, 칼렉은 제이나의 손을 잡아 자기 뺨에 대고 눌렀다.

제이나는 안두인에게 아직도 다소 가냘픈 목소리로 말했다.

"너는 이걸 참 잘하게 됐구나."

왕자는 떨면서 웃었고, 칼렉고스는 제이나를 품에 끌어당겨 꽉 안고서 잠시 동안 얼굴을 제이나의 부드러운 목덜미에 눌렀다. 고엘은 제이나가…… 행복해 보인다는 사실을 깨달았다. 어쩌면 제이나는 몸만 치유된 게 아닐지도 모른다. 고엘은 어떻게 제이나가 또 다른 자기 자신의 분노한 모습을 받아들일 수 있었는지 의아했다. 자기는 절대 알 수 없을 거란 생각이 들었다. 둘의 눈이 마주치자, 고엘은 제이나에게 미소를 지었다. 그리고 제이나가 한 손을 고엘에게 뻗자, 고엘은 그 손을 잡았다. 제이나는 고엘의 손을 한 번 꽉 쥐고서 놓아주었다. 다른 곳에서는 다른 이들 역시 완전히 원기 왕성한 상태로 일어섰고, 그들은 적지 않게 놀란 듯 보였다. 주학이 말했다.

"그러므로 츠지가 축복하노니, 오늘은 더 이상 죽는 이가 없으리라. 다시 주어진 이 기회를 받아 현명하게 사용하라."

"감사드립니다, 주학이시여."

바리안은 이렇게 말하고 공손히 절을 했다. 그리고 몸을 돌려 크로미를 바라보았다.

"가로쉬는 가버렸습니다. 일을 꾸민 자는 카이로즈였지요. 안 그렇습니까? 어떻게 이런 일이 일어난 겁니까?"

크로미는 이제껏 고엘이 본 모습 중 가장 분노하고 지친 기색이었다. 핏방울과 시간의 환영에서 나온 먼지로 더럽혀진 갈색과 금색의 휘장을 걸친 창백한 얼굴로, 크로미는 그들에게 말했다.

"우리는 한때 시간의 길을 완전히 파악했고, 과거와 현재를 완전히 명료하게 볼 수 있었습니다. 노즈도르무가 우리의 위상이 되신 순간부터 우리 군단의 임무는 신성한 시간의 흐름을 보호하는 것이었습니다. 그리고 우리는 그 임무를 수행하도록 광대한 능력을 받았습니다. 하지만 지금은…… 상황이 그렇게 분명하지 않습니다. 우리는 여전히 시간의 길들을 여행할 수 있지만, 더 이상 완벽한 지식을 갖고 있지 않습니다. 그래서 우리는 필멸자들에게 우리를 도와 시간의 흐름을 안전하게 지켜 달라고 협력을 요청했습니다. 하지만 여기에 대해서 불평하는 목소리들이 쭉 있었습니다. 우리 중 어떤 이들은 우리가 버린 기술들을 사용하여 시간의 길을 조작해야 한다고 생각했습니다. 과거를 변경해서 더 나은 쪽으로 미래를 바꿔야 한다고 말입

니다."

크로미는 슬프게 미소를 지었다.

"물론 더 나은 쪽이 무엇일지 누가 판단할 수 있겠습니까? 특히 우리가 한때 가졌던 완벽한 통찰력이 없는 시점에서는 더욱 그렇지요. 그래서 우리들 대부분은 참았던 겁니다. 하지만 카이로즈는 청동용이 상황을 바꿀 수 있고 또 바꾸어야 한다고 생각하는 세력들 중 하나인 게 분명합니다. 카이로즈는 언제나 수리하는 걸 정말 좋아했고……."

크로미의 목소리가 기어들어갔다.

"어떻게 이런 일이 일어날 수 있습니까? 당신은 우리에게 시간의 환영은 제한적인 능력을 가졌다고 말하지 않았습니까?"

티란데가 이렇게 말했다. 티란데는 자기들만큼이나 망연자실한 기색이 명백한 크로미를 공격하지 않으려고 애쓰고 있음이 분명했다. 어쩌면 크로미는 보이는 것 이상으로 큰 충격을 받았을지도 모른다. 하지만 대여사제는 극도로 좌절하고 분노한 상태였다.

"그 기구는 과거나 미래의 영상만을 보여줄 뿐이지 어떻게든 과거나 미래를 실제로 나타내거나 바꿀 수는 없다고 말입니다."

크로미가 말했다.

"오늘 아침까지 그 말은 사실이었습니다. 노즈도르무는 그 점에 있어서는 단호하셨습니다. 하지만 시간의 환영은 카이로즈의 창작품이었습니다. 카이로즈는 안전장치를 우회하는 방법으로 그걸 조립한 게 틀림없습니다."

바리안은 눈살을 찌푸리며 고엘을 바라보았다. 둘은 모두 카이로즈의 행동이 이상하다고 생각했던 점을 기억했다. 바리안이 말했다.

"카이로즈는 오늘 아침에 그걸 조립했습니다. 우리 모두가 보고 있는 확 트인 공간에서 대놓고 말입니다. 분명히 말하지만 그는 대담한 자입니다."

안두인이 말했다.

"래시온도 이 일에 참여했습니다. 저와 추 형제를 때려눕힌 게 바로 래시온입

니다."

모두는 불편한 기색으로 침묵했다. 볼진이 침묵을 깨고 말했다.

"그러면 이제 우리는 뛰어나고 강력한 청동용 발명가와 마지막 검은용 그리고 헬스크림의 아들이 모두 힘을 합친 상황에 닥쳤는데도 언제 어디로 가서 그들을 찾아야 할지조차 모르고 있군요."

볼진은 고개를 저었다.

고엘은 천신들 쪽으로 주의를 기울였다. 츠지를 제외한 다른 천신들은 다소 냉담한 기색을 유지하며 침묵하고 있었다. 고엘이 말했다.

"천신님들께서는 우리가 또 다른 우리와 싸우는 동안 물리적으로 관여하지 않으셨습니다만, 우리에게 통찰력을 선물로 내려주셨습니다. 저는 왜 그 이상 행동하지 않으셨는지 이해합니다. 그리고 우리 모두는 제이나를 비롯한 다른 이들을 살려주신 데 대해 츠지 님께 말할 수 없이 감사드립니다. 하지만 저는 천신님들께서……."

고엘은 긴장하며 다음과 같이 말했다.

"가로쉬가 도망친 일로 더욱 근심하시리라 생각하게 됩니다. 천신님들께는 선고를 내리실 의무가 있기 때문입니다."

타란 주가 말했다.

"위대한 천신회여, 부디 이 판다렌의 호기심에 답해주시기 바랍니다. 어떤 판결을 내리셨을지 알고 계십니까?"

니우짜오가 말했다.

"참으로 우리는 알고 있다. 우리는 처음부터 알고 있었다."

모든 이들이 천신들을 노려보았다. 고엘은 애써 분노를 삭였고, 티란데는 아연실색한 모습이었다. 타란 주가 물었다.

"그러면…… 어떻게 판결하실 작정이셨습니까?"

우아한 초록색 형상을 물결치듯 움직이며 위론이 말했다.

"가로쉬 헬스크림은 살아서 배움을 계속하게 되었으리라. 사랑하는 이들과 지혜, 불굴의 정신과 힘 그리고 희망은 죽은 상태에서 배울 수 없다."

쉬엔이 말했다.

"삶이란 상이나 벌의 대상이 아니다. 삶이란 자신이 어떤 모습으로, 또 어떻게 변할 것인지 알기 위해 지금 이 순간 자신의 모습을 이해하고 받아들이는 것을 뜻한다."

"우리는 정의가 이루어졌다고 본다."

흑우는 이렇게 말하며 발굽을 쿵 내딛고 북슬북슬하고 윤기 흐르는 머리를 흔들었다. 티란데가 질문했다.

"그러면 왜 재판을 여셨습니까? 마지막에 가로쉬에게 내려질 선고가 무엇인지 처음부터 아셨으면서요? 천신님들께서는 그저 우리를 갖고 노신 겁니까?"

위론이 아주 상냥하게 말했다.

"결코 그런 적 없다, 열정적인 고소인이여. 너의 노력은 재판의 결과에 아주 중요한 역할을 하였다. 알다시피…… 재판을 받았던 건 가로쉬 헬스크림만이 아니었다."

잠시 동안 고엘은 이해하지 못했다. 그러다 이윽고 천천히 이해하게 되었다.

"우리 역시 재판을 받았군요."

고엘은 이렇게 말했다. 이렇게 교묘하게 다루어졌는데도 격분하지 않고 마음 속 더 깊은 부분, 더 현명한 부분, 바로 생명의 영혼과 섞인 부분이 완전히 그 사실을 받아들였다는 사실에 고엘은 놀랐다. 고엘은 타우렌과 인간, 트롤과 엘프, 심지어 용을 포함한 다른 이들의 얼굴을 보며 그들 역시 그 사실을 받아들였다는 걸 깨달았다.

츠지는 머리를 빠르게 위아래로 움직였다.

"젊은 왕자와 타우렌 변호인이 가장 빨리 그 점을 파악했다. 하지만 이제 너희들 모두가 이해했도다. 너희 역시 재판을 받고 선고를 받았다. 너희는 우리가 주는 모든 축복과 더불어 스스로의 마음과 정신에서 지식을 깨달았고 다른 이들에게서 지식을 받았다. 그러니 이제 너희는 세상으로 돌아가 해야 할 일을 수행하라."

모두 서로를 바라보았다. 원기 왕성하고 강력한 모습의 바리안은 아들의 어깨에 손을 얹었다. 칼렉고스와 제이나는 손을 깍지 꼈다. 티란데와 바리안, 고소인과 변호인은 나란히 선 채였다. 볼진은 고개를 끄덕이며 생각에 잠긴 듯 보였다. 크로미와 로르테마르, 다른 많은 이들 역시 같은 모습이었다.

고엘은 이들 사이에서 더 이상 지도자의 역할을 맡고 있지 않았다. 그렇지만 고엘은 모든 이들의 얼굴이 결국 자신 쪽을 돌아봄을 깨달았다. 겸허한 자세로, 듀로탄과 드라카의 아들 고엘은 모두를 대표해서 말했다.

"우리는 가로쉬를 찾겠습니다."

에 필 로 그

가로쉬는 시간의 길 차원문에서 걸어 나왔다. 그 곁에는 카이로즈가 있었다.

"어떻습니까?"

청동용이 이렇게 물었다. 아닌 게 아니라 카이로즈는 자신에게 더할 나위 없이 만족하는 듯 보였다.

가로쉬는 바로 대답하지 않았다. 그는 가만히 서서 부드러운 바람의 손길을 피부에 느끼며 나그란드의 완만하게 굽이치는 푸른 언덕들을 응시했다. 가로쉬는 물결을 이루는 풀밭에 발을 묻고 발밑으로 건강하고 강력한 대지를 느꼈다.

"여기는 내 고향이 아닙니다."

가로쉬는 이렇게 중얼거리면서 눈을 가늘게 뜨고 태양을 올려다보았다.

"이건 내 하늘이 아닙니다."

카이로즈가 말했다.

"그 말이 맞기도 하고 틀리기도 하지요. 당신은 고향에 왔습니다, 가로쉬 헬스크림. 하지만 꼭 그렇지는 않지요……. 저 하늘은 당신이 자란 곳의 하늘이 아닙니다."

한 무리의 갈라진 굽 소리가 천둥치듯 지나갔다. 그리 멀지 않은 거리에 힘세고 윤기 흐르는 털이 난 짐승들이 지나가고 있었다. 이곳은 가로쉬의 종족이 태어난 곳이었다. 그는 아버지가 보았던 것과 같은 대지와 같은 하늘을 보았다. 이곳은 청동용이 준 선물이었다. 더 이상 존재하지 않는 세계, 하지만…… 무엇이든지 될 수 있는 세계였다.

"헬스크림!"

거친 오크의 목소리가 소리쳤다.

가로쉬는 자신의 이름을 부르는 소리에 깜짝 놀라며 아군이 어떻게든 자신과 카이로즈를 따라온 게 틀림없다고 생각했다.

"누가……."

가로쉬는 이렇게 물었지만, 카이로즈는 이제껏 지었던 것보다 더 짓궂은 미소를 지으며 어딘가를 가리킬 뿐이었다. 완전히 어리둥절한 채 가로쉬는 고개를 돌렸다.

또 다른 헬스크림이 그를 불렀다.

검은 머리털을 바람에 휘날리고 근육이 우람한 갈색 육체 위로 반짝이는 햇살을 받은 채 문신을 한 사나운 오크가 언덕에 서 있었다. 가로쉬의 혈관에 흐르는 피와 같은 피가 흐르는 오크는 귀가 찢어질 듯한 외침으로 인사에 대답하며 무언가를 들어 올렸다.

바로 피의 울음소리였다.

감사의 글

언제나 그랬듯이, 정말 대단한 사람들인 블리자드 친구들에게 감사하고 싶다. 그들은 처음부터 끝까지 기획을 진행시켰고, 그들 덕택에 아주 즐겁게 작업했다. 크리스 멧젠, 미키 닐슨, 데이브 코샥, 제리 추, 션 코펠랜드, 맷 번즈, 케이트 개리, 조슈아 호스트에게 감사한다.

일 러 두 기

지금 읽은 이 소설은 부분적으로 블리자드 엔터테인먼트 사의 컴퓨터 게임인 〈월드 오브 워크래프트〉의 인물과 상황, 설정을 토대로 창작되었다. 월드 오브 워크래프트는 여러 상을 수상한 〈워크래프트〉 세계를 온라인에서 경험할 수 있는 게임이다. 월드 오브 워크래프트는 수천 명의 플레이어가 공존하는 세계이며, 플레이어는 그 세계에서 자신만의 영웅을 생성하고, 세계를 탐험하며, 모험과 임무를 수행한다. 그 방대하고 다채로운 세계에서 플레이어는 이 소설에 조명된 강력하고 매력적인 인물들을 만나 같은 진영이 되어 싸우거나 적이 되어 싸울 수 있다.

월드 오브 워크래프트는 2004년 11월에 등장한 후 세계에서 가장 인기 있는 다중 접속 온라인 게임이 되었다. 최근 확장팩인 판다리아의 안개에서는 새로운 대륙에서 새로운 원정과 모험을 할 수 있다. 판다리아의 안개나 앞으로 출시될 확장팩인 드레노어의 전쟁군주에 대한 정보는 WorldofWarcraft.com에 수록되어 있다.

추가 도서 정보

이 책에 등장하는 인물과 상황, 배경에 대한 더 알고 싶다면 아래에 소개된 책을 통해 아제로스에 대한 이야기를 추가로 알 수 있다.

- 예전 대족장 가로쉬 헬스크림에 대한 추가 정보는 월간 '월드 오브 워크래프트' 만화 15권-20권(월터 시몬슨, 루이스 시몬슨, 존 뷰런, 마이크 보우덴, 월든 웡, 팝 만), 〈월드 오브 워크래프트 : 부서지는 세계 : 대격변의 전조〉(크리스티 골든), 〈월드 오브 워크래프트 : 제이나 프라우드무어 : 전쟁의 물결〉(크리스티 골든), 〈월드 오브 워크래프트 : Beyond the Dark Portal〉(애런 로젠버그, 크리스티 골든), 〈월드 오브 워크래프트 : 볼진 : 호드의 그림자〉(마이클 A. 스택폴), 그리고 〈월드 오브 워크래프트: 뛰어난 이들〉에 수록된 단편소설 "Heart of War"(사라 파인), "As Our Fathers Before Us"(스티븐 닉스), "Edge of Night"(데이브 코샤)에서 찾을 수 있다.

- 대부족장 바인 블러드후프가 가로쉬 헬스크림과 험악한 사이가 된 이야기를 포함해 그에 대한 더 많은 정보는 〈월드 오브 워크래프트 : 부서지는 세계 : 대격변의 전조〉(크리스티 골든), 〈월드 오브 워크래프트 : 제이나 프라우드무어 : 전쟁의 물결〉(크리스티 골든), 〈월드 오브 워크래프트 : 스톰레이지〉(리처드 A. 나크) 그리고 〈월드 오브 워크래프트 : 뛰어난 이들〉에 수록된 단편소설 "As Our Fathers Before Us"(스티븐 닉스)에서 만날 수 있다.

• 대여사제 티란데 위스퍼윈드가 나이트 엘프의 수장 자리에 오르게 된 이야기는 〈월드 오브 워크래프트: 고대의 전쟁 3부작〉 3권(리처드 A. 나크)에 수록되어 있고, 티란데의 삶에 일어난 다른 사건들은 〈월드 오브 워크래프트 : 스톰레이지〉(리처드 A. 나크), 월간 '월드 오브 워크래프트' 만화 6권(월터 시몬슨, 루도 룰러비, 산드라 호프, 토니 워싱턴) 그리고 〈월드 오브 워크래프트 : 뛰어난 이들〉에 실린 단편소설 "믿음의 씨앗"(발레리 와트루스)에 나와 있다.

• 안두인 린 왕자는 얼라이언스와 호드 양쪽 일원들과 모두 유대를 맺는 독특한 능력을 가졌다. 안두인의 삶에 대한 이야기는 〈월드 오브 워크래프트 : 부서지는 세계 : 대격변의 전조〉(크리스티 골든), 〈월드 오브 워크래프트 : 제이나 프라우드무어: 전쟁의 물결〉(크리스티 골든), 〈월드 오브 워크래프트 : Wolf-heart〉(리처드 A. 나크), 월간 '월드 오브 워크래프트' 만화(월터 시몬슨, 루도 룰러비, 산드라 호프, 토니 워싱턴) 그리고 〈월드 오브 워크래프트 : 뛰어난 이들〉에 수록된 단편소설 "왕가의 피"(E. 다니엘 어레이), "예언자의 가르침"(마크 허치슨)에 나와 있다.

• 바리안 린 왕의 초창기 모습은 〈월드 오브 워크래프트 : 아서스 : 리치 왕의 분노〉(크리스티 골든), 〈월드 오브 워크래프트 : Tide of Darkness〉(애런 로젠버그), 〈월드 오브 워크래프트 : Beyond the Dark Portal〉(애런 로젠버그, 크리스티 골든)에서 확인할 수 있다. 그리고 최근의 삶은 월간 '월드 오브 워크래프트' 만화 (월터 시몬슨, 루도 룰러비, 산드라 호프, 토니 워싱턴), 〈월드 오브 워크래프트 : 부서지는 세계 : 대격변의 전조〉(크리스티 골든), 〈월드 오브 워크래프트 : 제이나 프라우드무어 : 전쟁의 물결〉(크리스티 골든), 〈월드 오브 워크래프트 : 스톰레이지〉(리처드 A. 나크), 〈월드 오브 워크래프트 : Wolf-heart〉(리처드 A. 나크), 〈월드 오브 워크래프트 : 뛰어난 이들〉에 수록된 단편소설 "왕가의 피"(E. 다니엘 어레이)에 담겨 있다.

• 여군주 제이나 프라우드무어의 과거를 알고 싶다면 월간 '월드 오브 워크래프트' 만화 (월터 시몬슨, 루도 룰러비, 산드라 호프, 토니 워싱턴), 〈월드 오브 워크래프트 : 부서지는 세계 : 대격변의 전조〉(크리스티 골든), 〈월드 오브 워크래프트 : 제이나 프라우드무어: 전쟁의 물결〉(크리스티 골든), 〈월드 오브 워크래프트 : 아서스 : 리치 왕의 분노〉(크리스티 골든), 〈월드 오브 워크래프트 : Cycle of Hatred〉(키이스 R. A. 디캔디도), 〈월드 오브 워크래프트: 위상들의 새벽〉(리처드 A. 나크) 그리고 〈월드 오브 워크래프트: 영웅들〉 5권에 수록된 "악몽"(리처드 A. 나크, 롭 텐 파스)에서 찾을 수 있다.

• 칼렉고스에 대한 이야기와 그의 과거 영웅적인 행적은 〈월드 오브 워크래프트 : Night of the Dragon〉(리처드 A. 나크), 〈월드 오브 워크래프트: 위상들의 새벽〉, 〈월드 오브 워크래프트 : 스랄 : 위상들의 황혼〉(크리스티 골든), 〈월드 오브 워크래프트 : 부서지는 세계 : 대격변의 전조〉(크리스티 골든), 〈월드 오브 워크래프트 : 제이나 프라우드무어 : 전쟁의 물결〉(크리스티 골든), 〈월드 오브 워크래프트: 태양샘 3부작〉의 2권 〈월드 오브 워크래프트 : Shadow Wing〉, 〈Nexus Point〉(리처드 A. 나크, 김재환) 그리고 WorldofWarcraft.com에서 볼 수 있는 단편소설 "위상의 사명"(맷 번즈)에서 확인할 수 있다.

• 밴시 여왕 실바나스 윈드러너는 〈월드 오브 워크래프트: 태양샘 3부작〉의 3권 〈월드 오브 워크래프트 : 유령의 땅〉(리처드 A. 나크, 김재환), 〈월드 오브 워크래프트 : 아서스 : 리치 왕의 분노〉(크리스티 골든), 〈월드 오브 워크래프트 : 제이나 프라우드무어 : 전쟁의 물결〉(크리스티 골든), 〈월드 오브 워크래프트: 뛰어난 이들〉에 수록된 단편소설 "태양의 그림자"(사라 파인)와 "Edge of Night"(데이브 코샤)에서 만날 수 있다.

• 스랄이라는 이름으로 알려진 고엘의 초창기 모험은 〈월드 오브 워크래프트 :

Lord of the Clans〉(크리스티 골드), 〈월드 오브 워크래프트 : 스랄 : 위상들의 황혼〉(크리스티 골든), 〈월드 오브 워크래프트 : 부서지는 세계 : 대격변의 전조〉(크리스티 골든), 〈월드 오브 워크래프트 : 제이나 프라우드무어 : 전쟁의 물결〉(크리스티 골든), 〈월드 오브 워크래프트 : Cycle of Hatred〉(키이스 R. A. 디캔디도), 월간 '월드 오브 워크래프트' 만화 15권~20권(월터 시몬슨, 루이스 시몬슨, 존 뷰런, 마이크 보우덴, 월든 웡, 팝 만), WorldofWarcraft.com에서 볼 수 있는 단편소설 "위상의 사명"(맷 번즈)에 잘 나와 있다.

• 베리사 윈드러너는 아제로스 역사상 가장 많은 사건들에 등장했다. 베리사의 과거 행적은 〈월드 오브 워크래프트 : Day of the Dragon〉(리처드 A. 나크), 〈월드 오브 워크래프트 : Night of the Dragon〉(리처드 A. 나크), 〈월드 오브 워크래프트 : 제이나 프라우드무어 : 전쟁의 물결〉(크리스티 골든)에서 볼 수 있다. 그리고 〈월드 오브 워크래프트 : 고대의 전쟁 3부작〉(리처드 A. 나크), 〈월드 오브 워크래프트 : 스톰레이지〉(리처드 A. 나크), 〈월드 오브 워크래프트 : Beyond the Dark Portal〉(애런 로젠버그, 크리스티 골든)에서도 잠깐 등장한다.

• 대족장 볼진이 겪은 주요 사건들은 검은창 트롤의 지도자가 되기 전의 이야기를 포함해서 〈월드 오브 워크래프트 : 볼진 : 호드의 그림자〉(마이클 A. 스택폴), 〈월드 오브 워크래프트 : 제이나 프라우드무어: 전쟁의 물결〉(크리스티 골든), 〈월드 오브 워크래프트: 뛰어난 이들〉에 수록된 단편소설 "심판"(브라이언 킨드레건)에서 확인할 수 있다.

• 판다리아의 굳건한 수호자이자 음영파의 은밀한 명령을 따르는 존경받는 지도자 타란 주는 〈월드 오브 워크래프트 : 볼진 : 호드의 그림자〉(마이클 A. 스택폴)에서 모습을 볼 수 있다.

• 벨렌은 얼라이언스 일원 중 가장 현명하고 연로한 이 중 하나다. 벨렌이 드레노어에 살았던 시절은 〈월드 오브 워크래프트 : 호드의 탄생〉(크리스티 골든)에 나온다. 드레나이 지도자에 대한 세부 사항들은 〈월드 오브 워크래프트 : Wolf-heart〉(리처드 A. 나크), 〈월드 오브 워크래프트 : 뛰어난 이들〉에 수록된 단편소설 "예언자의 가르침"(마크 허치슨)에 담겨 있다.

• 생명의 어머니 알렉스트라자에 대한 이야기는 〈월드 오브 워크래프트 : 스랄 : 위상들의 황혼〉(크리스티 골든), 〈월드 오브 워크래프트 : 고대의 전쟁 3부작〉(리처드 A. 나크), 〈월드 오브 워크래프트 : 스톰레이지〉(리처드 A. 나크), 〈월드 오브 워크래프트 : Day of the Dragon〉(리처드 A. 나크), 〈월드 오브 워크래프트 : Night of the Dragon〉(리처드 A. 나크), 〈월드 오브 워크래프트: 위상들의 새벽〉(리처드 A. 나크), WorldofWarcraft.com에서 볼 수 있는 단편소설 "위상의 사명"(맷 번즈)에서 볼 수 있다.

격렬한 전쟁은 계속된다

'전쟁범죄'는 아제로스에서 가장 악랄하고 모두에게 미움 받는 인물인 가로쉬 헬스크림의 흥망성쇠에서 비롯된 놀라운 사건들을 그리고 있다. '월드 오브 워크래프트'의 네 번째 확장팩 '판다리아의 안개'에서는 호드의 대족장인 가로쉬가 얼마나 타락했는지 목격하고 그를 호드의 대족장 자리에서 끌어내리는 데 참여할 수 있다.

하지만 가로쉬의 폭정은 아제로스를 향해 다가오는 사악한 폭풍의 조짐일 뿐이다. 이제 출시될 확장팩인 '드레노어의 전쟁군주'에서 호드와 얼라이언스의 지도자들은 영웅들을 불러 모아 시간을 가로질러 다른 시간길에 존재하는 오크의 고향에서 용맹을 떨치게 될 것이다. 낯선 동지들과 사악한 적들로 가득한 야만적이고 무자비한 지역에서 강철 호드라는 이름의 냉혹한 오크 군대가 아제로스를 침략하려고 모이고 있으니…… 그들을 저지하도록 힘을 모으자.

계속해서 확장하고 있는 세계는 지구상 수백만 명의 사람들에게 즐거움을 주었다. 그 세계를 알아보고 싶다면 WorldofWarcraft.com에서 무료 시험판을 받을 수 있다. 이제 그 이야기를 생생하게 경험해보자.